LE MATOU

Yves Beauchemin

Le Matou

roman

Édition définitive

FIDES

Toute ma gratitude à Michel Gay pour son travail acharné,
sa bonne humeur et ses remarques éclairantes.

Catalogage avant publication de Bibliothèque et Archives nationales
du Québec et Bibliothèque et Archives Canada

Beauchemin, Yves, 1941-

Le Matou

Publ. à l'origine dans la coll.: Collection Littérature d'Amérique.

Montréal : Québec/Amérique, © 1981.

ISBN 978-2-7621-2760-7

I. Titre.

PS8553.E172M38 2007   C843'.54   C2007-940508-8
PS9553.E172M38 2007

Dépôt légal: 1er trimestre 2007
Bibliothèque et Archives nationales du Québec

Les Éditions Fides reconnaissent l'aide financière du Gouvernement
du Canada par l'entremise du Programme d'aide au développement
de l'industrie de l'édition (PADIÉ) pour leurs activités d'édition.
Les Éditions Fides remercient de leur soutien financier
le Conseil des Arts du Canada et la Société de développement
des entreprises culturelles du Québec (SODEC).
Les Éditions Fides bénéficient du Programme de crédit d'impôt pour
l'édition de livres du Gouvernement du Québec, géré par la SODEC.

IMPRIMÉ AU CANADA EN SEPTEMBRE 2015

À Viviane

«D'un coup de scalpel, il ouvrit l'animal.

— Vous voyez? murmura le docteur après avoir tripoté les viscères. Ce n'est qu'un matou.

— Oui, bien sûr, répondit le patient. Du moins en apparence, ajouta-t-il avec un fin sourire.»

Alexeï Dangoulov, *L'Obus*

«Cependant, l'allocation familiale ne devient payable ou ne cesse de l'être qu'à compter du mois qui suit l'événement donnant droit à l'allocation ou y mettant fin.

Ainsi, le mois de la naissance de l'enfant n'est pas payable tandis que le mois de son décès est payable.»

Régie des rentes du Québec
Service des allocations familiales
Formule H-100

1

Vers huit heures un matin d'avril, Médéric Duchêne avançait d'un pas alerte le long de l'ancienne succursale postale « C » au coin des rues Sainte-Catherine et Plessis lorsqu'un des guillemets de bronze qui faisaient partie de l'inscription en haut de la façade quitta son rivet et lui tomba sur le crâne. On entendit un craquement qui rappelait le choc d'un œuf contre une assiette et monsieur Duchêne s'écroula sur le trottoir en faisant un clin d'œil des plus étranges.

Florent Boissonneault, un jeune homme de vingt-six ans au regard frondeur, se trouvait près de lui quand survint l'accident. Sans perdre une seconde, il desserra la ceinture du malheureux, défit son col et se précipita dans une boutique pour alerter la police. Déjà, une foule de badauds s'amassait autour du blessé qui perdait beaucoup de sang. Cela ne l'incommodait aucunement, d'ailleurs, car il était occupé à revivre une délicieuse partie de pêche qu'il avait faite à l'âge de sept ans sur la rivière l'Assomption.

Florent revint près de lui et s'efforça de disperser les curieux. Un de ceux-ci était remarquable. Il s'agissait d'un grand vieillard sec à redingote noire dont le visage se terminait par un curieux menton en forme de fesses. Il observait Florent depuis le début avec un œil admiratif.

— Voilà un jeune homme *de gestes sûrs* et *d'un bel sang-froid*, dit-il à voix haute avec un accent bizarre. C'est un trésor *à* notre pays.

Florent ne l'entendit pas, occupé qu'il était à répondre aux questions des policiers. Au bout de quelques minutes, il put s'en aller. Son auto l'attendait à deux coins de rue. Il arriva bientôt chez Musipop, la compagnie de distribution de disques qui l'employait comme représentant depuis trois ans.

— *Late as usual**, remarqua monsieur Spufferbug en levant vers lui son front dégarni, qui reflétait désagréablement la lueur des néons.

Florent haussa les épaules, fit un clin d'œil à son collègue Slipskin et abattit sa journée de travail avec le même entrain que d'habitude.

Le lendemain matin, à son arrivée au bureau, il reçut des mains de mademoiselle Relique, l'antique secrétaire de Musipop, un colis enrubanné d'où s'échappait une forte odeur de musc. Il déchira l'emballage et demeura silencieux pendant quelques secondes. Un énorme C en bronze luisait au fond d'une boîte doublée de velours bleu.

— Quel est le farceur qui vous a remis ça? demanda-t-il à la secrétaire.

— Ce n'est pas un farceur, c'est le concierge, répliqua l'autre sèchement. Il l'a reçu à sept heures ce matin.

Le surlendemain, Florent recevait un deuxième colis, tout aussi odorant, contenant cette fois-ci un B.

— C'est un vieux monsieur à barbiche, lui apprit mademoiselle Relique d'un air désapprobateur. Il s'est d'abord moqué du concierge, puis lui a donné une bouteille de vin. La Sainte Vierge elle-même ne m'en ferait pas boire une goutte.

Au troisième colis, qui contenait la lettre A accompagnée d'un bout de papier où l'on avait griffonné : « Patience, un message existe », les secrétaires commencèrent à jaser avec des airs mystérieux. Sur les entrefaites, Florent dut

* En retard comme d'habitude.

12

s'absenter pour un voyage de trois jours dans la région du lac Saint-Jean. À son retour, les lettres R, M et H l'attendaient, empilées sur son bureau. Mademoiselle Relique se plaignait de violents maux de tête causés par l'odeur du musc.

— Qu'est-ce que je vais faire de tout cet alphabet? se demandait Florent, de plus en plus intrigué.

— Va *la* vendre dans un magasin d'*antiques,* lui suggéra Slipskin et il lui fournit sur-le-champ l'adresse de l'établissement de son père.

Deux jours passèrent. La générosité de son bienfaiteur ne donnait pas de signes de fatigue. Florent résolut d'aller au fond de l'affaire et de recevoir lui-même son prochain colis. Il se leva à l'aube et s'installa à son bureau devant une tasse de café.

À six heures vingt, il entendit une auto stopper devant Musipop. Bondissant de sa chaise, il courut ouvrir la porte et se retrouva nez à nez avec un infirme loqueteux, à la barbe hirsute, au visage creusé, qui le regardait d'un air stupide, la bouche béante.

— Mo... mo... mossieu Bwazono, bafouilla-t-il en lui tendant un colis, pendant que l'auto démarrait avec fracas.

Florent le considéra un instant, puis se retira dans le bureau. L'infirme déposa le colis par terre et s'avança au milieu de la rue, tournant la tête de tous côtés, complètement désemparé.

◆ ◆ ◆

— Mais c'est très simple, fit Élise après avoir examiné les lettres de bronze que son mari venait d'apporter chez lui. Il n'y a pas cinquante combinaisons possibles :

CHAMBRE 330 NELSON

Elle le regarda d'un air amusé où transparaissait la satisfaction modeste d'avoir résolu un problème facile.

Florent se promenait de long en large dans la cuisine en se mordillant un ongle :

— L'hôtel Nelson, évidemment, place Jacques-Cartier, chambre 330... ou 303.

Il s'ébouriffa les cheveux et soupira bruyamment :

— Eh bien ! me voilà sans doute pris avec un vieux pédéraste qui s'amuse à m'envoyer des lettres d'amour de cent dollars (ce bronze-là coûte cher, crois-moi). Il ne me fichera pas la paix tant que je ne serai pas allé lui mettre mon poing sur le nez.

— À ta place, je resterais tranquille. Il finira bien par se lasser.

Ce ne fut pas l'avis de Len Slipskin, le lendemain, lorsque Florent lui apprit sa découverte. Slipskin professait qu'un homme placé devant l'occasion de gagner quelques dollars sans peine et qui négligeait de la saisir allait contre les lois de la nature. Lui-même, malgré une certaine timidité causée par un peu de zézaiement, appliquait cette maxime avec une vigueur allègre.

— Je peux même t'accompagner, proposa-t-il, *if you think it's gonna be too tough*[*].

Florent refusa. Il aurait considéré comme une lâcheté de ne pas se présenter seul. La bizarrerie de cette histoire l'avait plongé dans une ivresse inquiète, un peu semblable à celle que lui procuraient le café ou le *hard rock*.

Aussi, après avoir dîné à La Blanche Hermine, rue Saint-Hubert, une crêperie qu'il avait prise en affection (c'était une fine fourchette, et qui professait des théories fort élaborées sur la profession de restaurateur), Florent monta dans son auto et se rendit à l'hôtel Nelson.

À cette heure, l'endroit était particulièrement paisible. Deux employés transportaient des tables de métal sur la terrasse en prévision des clients que la belle saison allait ramener. Malgré son appréhension, Florent fut sensible

* [...] si tu crois que ce sera trop difficile.

14

à l'atmosphère chaleureuse qui régnait dans le hall du vieil hôtel, avec ses boiseries sombres, son éclairage tamisé et ses photographies d'époque.

— Chambre 330? fit le préposé à la réception, un gros garçon à bretelles jaunes et au visage poupin. Ça n'existe pas.

— 303, alors.

En entendant ce chiffre, le préposé se passa la main dans les cheveux, tandis que la stupéfaction le faisait ressembler à un premier communiant de village ahuri par la grâce.

— C'est... c'est la chambre de monsieur Ratablavasky. Il ne reçoit jamais. Est-ce... est-ce qu'il vous attend?

Florent fit signe que oui. Après avoir vérifié au téléphone, le préposé revint au comptoir.

— Prenez l'escalier au fond, montez au troisième étage et tournez à votre gauche.

Et il regarda Florent s'éloigner comme si ce dernier se déplaçait par lévitation.

Le cœur oppressé, Florent se mit à gravir le petit escalier de marbre blanc qu'il avait emprunté maintes fois avant son mariage – et deux fois après – lorsque le sort lui faisait rencontrer une jolie fille qui avait le goût de faire plus ample connaissance avec lui.

L'hôtel Nelson, avec ses tapis élimés, ses boutons de porte branlants et ses vieux canapés répandus dans tous les corridors, présentait le gentil débraillé d'une pension de famille. Un charmant laisser-aller flottait entre ses murs et invitait aux folies, à l'amour, aux menues trahisons.

Parvenu au troisième étage, Florent se rendit à la porte 303 et frappa deux coups.

— Entrez, fit une voix sourde.

Il tourna le bouton et se retrouva dans une grande pièce remplie d'une pénombre dorée. Les murs étaient recouverts d'énormes peintures à l'huile représentant des scènes bucoliques du siècle dernier. Des tables lourdement sculptées, des bahuts énormes, des fauteuils massifs recouverts de velours pourpre encombraient la pièce sans parvenir toutefois à masquer ses grandes dimensions. Un vieillard revêtu d'une robe de chambre noire et chaussé de vieilles pantoufles se souleva lentement d'un fauteuil et vint à sa rencontre, un journal à la main.

— Je sais que vous me prenez pour une espèce de fou, lui dit-il tout de go sans prendre la peine de se présenter, aussi mon devoir *m'ordonne à* vous rassurer, ensuite nous pourrons causer à l'aise, comme deux personnes sérieuses remplies, disons... de bonne volonté, n'est-ce pas?

Florent le regardait, interloqué.

— Je ne vous offre rien à boire, ajouta l'autre avec un sourire bonhomme, vous croiriez que j'ai *disposé* quelque drogue... n'est-ce pas? C'est tout à fait normal. Veuillez me suivre, s'il vous plaît.

Florent était plutôt agréablement surpris par son interlocuteur. Il s'attendait à voir une sorte de maniaque doucereux. Il avait devant lui un homme distingué et apparemment lucide malgré des allures un peu bizarres. Un seul détail le choquait: l'odeur désagréable qui semblait émaner de ses pantoufles.

Egon* Ratablavasky s'était rendu au fond de la pièce. Il écarta une tenture et fit entrer son visiteur dans un salon d'aussi grandes dimensions que la pièce précédente, mais beaucoup plus éclairé; des pots de fougères géantes étaient disposés un peu partout et une forte odeur de médicament imprégnait l'atmosphère.

— *Il doit payer une fortune pour demeurer ici*, pensa Florent. *Je ne savais pas que l'hôtel louait des suites.*

— Veuillez pardonner l'odeur de cette pièce, s'excusa le vieillard en lui présentant une chaise qu'il avait débarrassée de plusieurs petits pots remplis d'une terre

* Prononcer «Égonne». (N.D.A.)

boueuse, mais ces chères plantes ont le besoin d'un engrais... spécial, *difficile au nez.*

Il s'assit et croisa les jambes d'un mouvement vif et gracieux. Son accent étonnait Florent. Jamais il n'avait entendu cette façon étrange de rouler les «r», qui rappelait le murmure affectueux du chat à la vue de son maître.

— Je vous remercie *que vous soyez venu,* reprit l'autre en souriant. Cela prouve que vous possédez de l'imagination et que je n'avais pas fait erreur sur votre tête. Alors, tout de suite, je vous affirme que je ne suis pas un malade sexuel (excusez-moi *de la franchise*), ni rien de cette sorte. Aussi, respirez, respirez à fond, malgré l'odeur de ces plantes. La confiance finira par pénétrer dans vos veines, avec le merveilleux oxygène. Je le sais : je ne suis plus jeune et le destin a gratifié ma personne de certaines allures... originales (c'est bien le mot?). Je possède des idées particulières sur un peu tout, mais par la croix de saint Vladimir je vomis celles qui offensent *à* l'honnêteté !

— Que me voulez-vous? coupa Florent, qui avait horreur du bavardage.

— Je vous ai fait venir dans ce salon pour vous apprendre une nouvelle intéressante. Ailleurs, sur la rue par exemple, vous m'auriez considéré *tel qu'un* fou (oui, oui !), une espèce de vieille pantoufle pour ainsi dire, et vous auriez continué votre chemin en riant. Ici, dans mon décor, je prends tout mon sens, avouez-le. Je possède deux autres pièces comme celle-ci, fit-il en étendant le bras vers une porte à demi dissimulée par un pot de fougères, mais là se déroule mon intimité, si vous permettez. Vous voyez donc que je suis riche. Je n'attends rien de vous. Ni argent, ni autre chose. Seulement un peu d'imagination, peut-être. Un spectacle d'imagination.

— Un spectacle d'imagination? répéta Florent.

Son cœur se mit à battre. Une sorte de brume rose et sucrée se répandit dans sa tête ; il s'efforça vainement de la dissiper.

17

— Je vous connais *davantage* que vous ne pensez, continua le vieillard en souriant. En effet, j'ai eu la chance de rencontrer *quelques jours plus tôt* un jeune homme impétueux rempli de bonnes pensées qui n'hésite pas à *donner* secours aux malheureux piétons victimes des façades de bureaux de poste...

— Vous étiez là?

— Et pourquoi pas? Je vais, je viens, je me promène ainsi que tout le monde. Aussi, je connais vos projets. Je puis vous donner un tuyau, comme on dit dans le langage moderne.

— Quels projets?

— Vous aimez les restaurants. Vous avez le rêve... d'en posséder un. N'est-il pas vrai?

— Comment le savez-vous? balbutia Florent, de plus en plus stupéfait.

Il jeta un regard en coin du côté de la porte.

— Ne craignez rien, je ne suis pas un sorcier. Les sorciers portent des plumes sur la tête, brassent des mélanges très épouvantables, et d'ailleurs se trompent jour et nuit. Moi, je possède un chapeau, j'aime bien manger et je me trompe rarement. Comment se fait-il? Eh bien, je me renseigne chez des personnes ayant des connaissances très larges, voilà tout.

Florent se leva:

— Quel tuyau voulez-vous me refiler?

Le vieux se mit à sourire avec une expression de bonté malicieuse. Il possédait un visage étonnant. Les deux petites fesses de son menton rose et grassouillet avaient un aspect vaguement lubrique, qui faisait un étrange contraste avec ses yeux charbonneux, profondément enfoncés, surmontés de sourcils en touffes, d'où s'échappait un regard austère, aussi impersonnel qu'une inscription de bronze sur un édifice. Egon Ratablavasky se leva à son tour et prit Florent par le bras avec une aimable familiarité:

— Ne vous attendez pas à mer et monde, dit-il. Les occasions ne sont jamais si belles qu'on pense dans la vie. *Quand elles ont l'apparence, il faut les avoir en soupçon.* Ce sont de jolies momies qui, une bonne nuit, déroulent leurs bandelettes (c'est bien le mot?), s'approchent de vous *parmi* votre sommeil et vous étranglent.

— *Il est complètement cinglé,* pensa Florent. *Et moi qui avais un rendez-vous chez le disquaire Bertrand à deux heures...*

Tout en parlant, Ratablavasky avait amené son invité près d'une fenêtre qui donnait sur la place Jacques-Cartier.

— Connaissez-vous un restaurant du nom de La Binerie? fit-il doucement.

— Le restaurant de la rue Mont-Royal, près de Saint-Denis?

— Exactement. Eh bien, il est en vente. Et pour un prix ridicule. Vous savez que la nourriture en est excellente?

— Oui, bien sûr. On y sert de la cuisine québécoise. C'est une sorte d'institution dans le coin.

— Institution, voilà qui est le vrai mot! Trente-six ans de bonne cuisine, il y a là un trésor inestimable que personne ne peut vous voler, n'est-ce pas? Vous avez des économies... 11 780 $, si ma mémoire dit vrai...

Florent leva brusquement la tête.

— Je sais tout, murmura le vieillard avec un pâle sourire, perdu dans la contemplation de la place Jacques-Cartier. J'aime ce pays et j'adore me renseigner sur lui. Mon amour a besoin de renseignements au lieu de baisers. Eh bien, mon jeune ami, avec un peu de capital et de bonne volonté, plus le sourire de certains banquiers – je peux vous procurer un de ces sourires pour le prix d'une plume de poule, comme on dit dans mon pays –, le restaurant est à vous, s'il vous plaît de le posséder. Vous prendrez les trente-six ans de bonne cuisine et peu à peu vous les grossirez en trente-sept, trente-huit, trente-neuf, et ainsi de suite, comme il vous plaira. Votre portefeuille prendra du ventre pendant que vous deviendrez le bienfaiteur de l'humanité par des repas délectables. Qu'en pensez-vous, monsieur Florent?

— Et pourquoi ne l'achetez-vous pas vous-même si l'occasion est si bonne? rétorqua l'autre, méfiant.

Un sourire indulgent arrondit les lèvres du vieillard. Il posa sa main sur l'épaule de Florent:

— Allons, je suis sûr que cette phrase a quitté votre bouche par distraction... Regardez-moi. Je dors près de mon tombeau... Me voyez-vous *tirant aux rames* de cette galère? Levé à cinq heures, couché à deux heures, sans compter les feux des fourneaux, les employés voleurs, les fournisseurs rapaces, l'inflation, la critique des clients? Je mourrais avant le moindre profit! Et qu'aurais-je à faire de profits? Quand vous toucherez à mon âge, cher jeune ami, vous comprendrez que le seul argent qui compte désormais se trouve dans le tiroir-caisse de saint Pierre. J'ai eu la chance de rencontrer un jeune homme impétueux, rempli de bonnes pensées, qui n'hésite pas *de* donner secours aux piétons victimes des façades... Ce jour-là, le hasard a ouvert devant mes yeux les portes de votre âme et j'ai voulu vous aider. Allez, pensez-y, fit-il en le reconduisant à la porte. Je ne vous retiens plus, vous avez sans doute beaucoup de clients à visiter. Quant à moi, la sieste m'appelle. Ne vous faites pas d'illusions sur ma chétive personne, fit-il après avoir inspecté chaque bout du corridor, vous n'êtes qu'un instrument à l'intérieur de mes mains dont je me sers pour *fructifier* mes mérites devant le Très-Haut.

Il fit une grimace:

— Allez voir monsieur St-Onge à La Binerie, je vous prie fortement. Il vous confirmera ma conversation. Et d'ailleurs, ajouta-t-il avec un sourire mielleux en le retenant par la manche, vous pouvez même supposer que j'ai la cervelle un peu... comment dire ? fêlée, je vous le permets. Si cela joue *en votre bien,* pourquoi ne pas en profiter ?

Florent redescendit lentement l'escalier. Il décida d'aller prendre une bière au bar et se mit à jongler à ce qui venait de lui arriver. Rêvait-il ? Est-ce que son ambition la plus chère allait se réaliser, comme par magie ? Ouvrir un restaurant ! Envoyer aux quatre vents ses interminables tournées chez les disquaires (poignées de main, entrain factice, plaisanteries insipides, dîners lourds, mauvais café) et les monceaux de feuilles de commandes qu'il manipulait chaque soir en bâillant !

Le garçon venait à peine de le servir qu'un gros homme court et rubicond s'approcha de sa table en souriant :

— Capitaine Galarneau, lança-t-il d'une voix tonitruante. Excusez mon sans-gêne, je suis un fruit de l'armée. Je peux m'asseoir ?

Florent l'observa un instant, haussa imperceptiblement les épaules et fit signe que oui.

— Même chose, cria le capitaine au garçon. Je ne prendrai pas beaucoup de votre temps, vous êtes pressé. Moi aussi, quoique retraité. Disons tout de suite que je connais le vieux Ratablavasky. Il m'a parlé de vous. Oui, oui, les nouvelles circulent vite. Après tout, nous sommes au XXᵉ siècle, saint-crucifix ! Eh bien ! profitez de votre chance, c'est moi qui vous le dis. Egon est un vieux toqué un peu trop porté sur les femmes (chacun ses verrues, pas vrai ?), mais à sa manière c'est un cœur d'or. Voilà des mois qu'il se cherchait un jeune homme dur, ambitieux, avec de vraies boules dans les culottes, pour le pousser sur la voie du succès et revivre sa jeunesse par procuration, pour ainsi dire. Il a dû vous parler de ses mérites pour le ciel et de tout le saint bataclan : n'en croyez pas un maudit mot. Il tuerait le pape, s'il le fallait. Non, Egon s'ennuie de sa jeunesse : ça lui prend donc un jeune homme. Rien de plus logique, hein ? Mais ne comptez pas sur ses bidous : il est plus séraphin que Séraphin lui-même ! Par contre, il possède beaucoup de *relaaations*. Ça ne lui coûte rien de s'en servir et vous, ça vous rapporte. Salut et bonne chance !

Sur ces mots, il leva son verre de bière, l'inclina et pendant quelques secondes sa bouche rappela celle d'un fleuve.

En sortant de chez le disquaire, Florent téléphona à Élise pour lui raconter son aventure (elle le supplia de tout laisser tomber), puis une fois de retour chez Musipop il fit la même chose avec Slipskin. Celui-ci se montra vivement intéressé et le bombarda de questions, allant jusqu'à lui demander quelle sorte de meubles possédait Ratablavasky. L'interphone bourdonna.

— Votre père sur la deuxième ligne, fit mademoiselle Relique dont la voix, aggravée par le récepteur, avait la douceur du barbelé.

— Salut, lança Florent, je m'achète un restaurant.

— Hein ? Quoi ? Que c'est que tu me dis là ?

— Oui, je m'achète un restaurant. La Binerie, sur la rue Mont-Royal.

— Es-tu sérieux ? La Binerie ? C'est un très bon *spot*, ça. J'allais manger là durant la guerre. Mais tu veux rire. Jamais je ne croirai...

— Je te raconterai. Pour l'instant, je suis un peu pressé. Dis donc, tu connais un peu le milieu des affaires, toi... As-tu déjà entendu parler d'un bonhomme du nom d'Egon Ratablavasky ?

— Egon quoi ? Minute ! laisse-moi prendre un crayon et répète-moi ça lentement, mon blond. Je vais m'informer, fit-il après avoir noté. Fie-toi sur moi, j'ai le nez long et le bras sans fin. Ah oui ! pendant que j'y pense : ta mère fait demander si vous venez souper dimanche ?

Florent fit une grimace :

— Hum... je ne sais pas. Je te rappellerai.

Il raccrocha.

— N'oubliez pas que vous devez partir pour Québec demain matin à huit heures, fit mademoiselle Relique d'une voix sèche et toute menue qui rappelait cette fois-ci l'écoulement d'un filet de sable. Elle s'arrêta devant eux, revêtue de son manteau gris souris, serrant son billet d'autobus dans sa main gantée de noir :

— Les magasins Sherman se plaignent de ne pas vous voir souvent depuis deux mois...

— *Vieux bénitier*, murmura Florent en la regardant s'éloigner, pendant que son ami Slipskin, une cigarette au bout de ses longs doigts couverts de rousselures, fixait le plafond avec un sourire rêveur.

Vers six heures, ce même jour, monsieur Gustave St-Onge, propriétaire de La Binerie, se sentit particulièrement outragé d'avoir à discuter au téléphone d'un sujet aussi grave que la vente de son restaurant et, qui plus est, avec un petit jeune homme qui ne semblait pas faire la différence entre une serviette et un torchon.

— Au bout du fil, mon ami, fit-il en agitant sa main gauche mouillée d'eau de vaisselle, je n'entends plus que du chinois quand vient le moment de certains sujets. Amène-toi, on se parlera. Sinon, salut et que la picotte t'emporte.

— Je suis en train de faire la cueillette de tous les vieux toqués de la ville, bougonna Florent en déposant le combiné.

— Je te vois aller, fit Élise, et tu m'inquiètes. Ils ont beau être toqués, tu te prêtes à leur jeu. Je te sens capable de risquer toutes nos économies. Et pourtant, fit-elle avec une moue pleine de coquetterie, on s'était bien promis de les réserver pour quelqu'un d'autre.

Et elle promena lentement sa main devant son bas-ventre en esquissant une rondeur imaginaire. Florent la saisit par les épaules :

— Cesse d'angoisser, Maman Écureuil, tu vas l'avoir ta belle-maison-avec-une-grande-cour-ombragée-pourélever-ta-marmaille. C'est justement pour nos vingt-trois enfants que je veux faire beaucoup d'argent.

Elle secoua la tête avec un sourire railleur :

— Fais-m'en d'abord un, beau blond, et on discutera ensuite des autres...

— Diable ! murmura Florent en sortant de chez lui, je ne pensais pas qu'elle voulait un enfant à ce point-là. Bah ! et puis, à bien y penser, on est passés devant l'autel un peu pour ça. Après trois ans de mariage, la nature doit commencer à s'impatienter, je suppose...

Et c'est en remuant ces graves pensées qu'il marcha jusqu'à La Binerie, qui se trouvait à six coins de rue de chez lui.

Il s'agissait d'un minuscule établissement coincé entre deux immeubles qui ne lui avaient laissé que cinq mètres de façade, le forçant à s'allonger comme un wagon-restaurant. Un comptoir bordé de tabourets faisait presque toute la longueur du local. Au fond, de chaque côté d'un lavabo surmonté d'un distributeur de serviettes, on avait réussi à caser deux tables avec banquettes. Derrière, se trouvait une petite pièce fermée où se démenait le cuisinier. On avait installé les toilettes au sous-sol. Il fallait passer derrière le comptoir pour s'y rendre et emprunter un petit escalier casse-cou rempli d'un air suffocant. Chaque centimètre cube avait été judicieusement exploité, après de longues réflexions. Une propreté impeccable régnait partout. L'établissement comptait six employés divisés en deux équipes qui travaillaient chacune huit heures. On ne pouvait y accommoder que dix-sept clients à la fois, mais ces derniers se succédaient à une belle cadence, car l'endroit était renommé pour sa bonne grosse nourriture paysanne.

— Ah bon ! c'était vous, le petit jeune homme au bout du fil ? s'exclama un type gros et trapu frisant la soixantaine.

Une grande tête fouineuse apparut dans la porte de la cuisine. Monsieur St-Onge – c'était lui – se retourna avec un geste impératif et la tête disparut. Il désigna un tabouret à Florent :

— Asseyez-vous, qu'on jase un peu, monsieur le futur restaurateur.

Florent obéit, tout décontenancé. À part un couple au fond qui se murmurait des douceurs en mangeant du ragoût, l'endroit, chose inhabituelle, était désert.

— Thé ? café ? J'ai une bonne tarte aux pommes qui sort tout juste du four, fit monsieur St-Onge avec une amabilité commerciale quelque peu pressante.

Et, sans attendre sa réponse, il déposa une portion de tarte devant Florent. L'arôme qui s'en échappait semblait justifier ses vantardises. La tête fouineuse apparut une seconde fois, pour se retirer à toute vitesse. Le patron, tourné vers Florent, avait quand même eu le temps de l'entrevoir.

— Bertrand ! jappa-t-il, apporte-moi des fourchettes, veux-tu ?

Un grand homme dégingandé, qui n'était plus dans sa première jeunesse, s'avança vers eux, le poignet cassé, la taille serrée dans un immense tablier. Il avait une allure tellement efféminée que Florent ne put s'empêcher de sourire.

— Faudrait faire décongeler du veau pour demain, murmura-t-il à monsieur St-Onge tout en jetant un regard en biais sur Florent.

— Bonyenne ! c'est vrai ! j'avais oublié. Sors-en dix kilos tout de suite.

Les deux mains sur les hanches, il regarda Florent manger. Après quelques bouchées, celui-ci repoussa son assiette :

— Votre tarte est bonne en s'il vous plaît, monsieur St-Onge, mais je sors de table. La bedaine va m'éclater.

— Ah bon. Une tasse de thé, alors, pour faire digérer?

Florent n'eut pas le temps de répondre. La vapeur du thé lui montait déjà au visage.

— Je suis bien content de te voir la fraise, mon jeune, reprit monsieur St-Onge, tout en passant le torchon sur le comptoir. Qui t'envoie?

— Personne.

Le restaurateur le regarda longuement, se passa la main au-dessus de la lèvre supérieure, puis:

— Alors, aussi bien te dire la vérité tout de suite, au risque de passer pour une girouette: je n'ai pas réellement l'intention de vendre. Dans quatre ou cinq ans, peut-être. Mais pas maintenant. Quelqu'un a dû te raconter des histoires. D'ailleurs, tu n'es pas le premier à venir me trouver. Ça me fait un petit velours de vous voir approcher en procession. J'ai toujours la même réponse: c'est vrai, mon commerce est une mine d'or. Je tire les mêmes conclusions que vous et je le garde.

Florent, stupéfait, se mit à fixer son front dégarni, qu'un demi-cercle de cheveux gris prolongeait loin en arrière sur le crâne. Des gouttelettes de sueur y luisaient et semblaient lui envoyer de petits clins d'œil moqueurs.

— Débiné? fit monsieur St-Onge d'un ton où perçait une nuance de commisération.

— Pour ne rien vous cacher, oui. Surtout après ce que monsieur Ratablavasky vient de me raconter. Vous le connaissez, ce moineau-là?

Du coup, le gros visage un peu commun de son interlocuteur changea d'expression et prit un air respectueux, presque craintif.

— Ah bon... Monsieur *Raltabasky* t'a approché? Pourquoi ne le disais-tu pas tout de suite? Je n'aime pas les cachotteries... Évidemment, ça change tout. Il ne m'enverrait pas n'importe qui. Quel âge as-tu?

— Vingt-six ans.

— Marié ?

Florent fit signe que oui.

— C'est mieux ainsi... *quand on ne couraille pas.* Un mari coureur est quatre fois pire qu'un célibataire débauché, crois-moi.

Il sortit un mouchoir de sa poche et s'épongea le front.

— Évidemment que mon commerce est à vendre. Regarde-moi le visage : c'est comme si j'y avais posé une annonce. J'ai fait deux thromboses depuis le mois de juin, ça suffit pour cette année. Vends ou meurs, m'a dit le médecin. D'accord, je vends, mais pas au premier venu. J'ai mis trente-six années de ma vie dans ce restaurant-là, je n'ai pas envie qu'on en fasse une gargote dès que j'aurai le dos tourné. C'est une question d'honneur. Si tu ne comprenais pas ça, on ne t'aurait pas envoyé ici : à ce sujet, j'ai l'esprit tranquille. Bon. Étant donné que je suis devant un protégé de monsieur *Raltabasky,* je peux me permettre de lui faire des conditions faciles, car l'argent ne m'intéresse plus beaucoup (Florent posa la main sur sa bouche pour cacher un sourire), je me suis trop échiné à *n*'en faire. Je laisse tout aller à quarante-cinq mille, quinze mille comptants, le reste dans six mois, à neuf pour cent. Est-ce que ça te va ?

— Hum... c'est bien de l'argent. Est-ce que je dois vous donner ma réponse ce soir ?

— Bien sûr que non. Prends le temps de te renseigner. Je ne suis pas inquiet : à moins d'être fou, tu vas revenir. Mais d'abord, voyons voir la marchandise.

Il se mit à lui faire visiter le restaurant. Chaque recoin fut examiné, le moindre défaut de construction ou d'aménagement scrupuleusement indiqué. Florent essaya d'en savoir un peu plus long sur Ratablavasky. Mais le restaurateur esquiva les questions d'un air embarrassé et mit fin à la conversation en le reconduisant à la porte après une deuxième tasse de thé.

— *Qu'est-ce qui m'arrive?* se demandait Florent le lendemain matin en filant vers Québec. *Ce vieux schnoque d'émigré vient de me donner la chance de ma vie. 15 000 $ comptants, le reste dans six mois, j'aurai tout le temps de me négocier un emprunt avantageux. La clientèle est faite, et fidèle. Le restaurant va se payer tout seul et je vais être riche à trente-cinq ans. C'est incroyable.*

Une heure plus tard, il arrêtait son auto devant le centre commercial Fleur de lys et se présentait chez le disquaire Sherman avec un entrain qui lui fit doubler ses ventes. La petite caissière fut tellement ensorcelée par sa pétulance qu'elle se rendit deux fois aux toilettes corriger son maquillage.

— Dommage que vous restiez à Québec si peu longtemps, lui dit-elle avec un sourire timide au moment de son départ.

Il ne fit pas à cette phrase le sort qu'elle méritait. Bien d'autres idées lui trottaient par la tête. Il avait hâte en particulier de souper avec son ami Aurélien Picquot.

Picquot était un vieil original de cinquante-deux ans, arrivé de France après la guerre, et qui dirigeait les cuisines du Château Frontenac. Florent l'avait rencontré là-bas quelques années plus tôt à l'occasion d'un congrès. Un soir qu'il s'était présenté à la salle à manger vers onze heures, longtemps après le service, il s'était retrouvé seul avec un homme aux traits énergiques accentués par une longue moustache cirée, noire comme un fourneau de pipe. Une toque de cuisinier posée devant lui, l'inconnu dégustait tranquillement un Pernod, manifestement fatigué par le grand branle-bas du souper. En le voyant arriver si tard, il lui avait lancé un mot narquois. Florent avait répliqué sur le même ton. Et c'est en s'insultant poliment qu'ils en étaient venus à se jauger, puis à s'apprécier et finalement à se découvrir une passion commune pour la bonne cuisine et la franchise. Florent en avait récolté un souper aux frais de la maison et les deux hommes, malgré leur grande différence d'âge, avaient passé une fin de soirée fort agréable au bar de l'hôtel (et toujours aux frais de la maison).

— Vous revenez à Québec à chaque fin de mois ? lui avait demandé le cuisinier aux petites heures du matin. Que diriez-vous si nous soupions ensemble une fois par mois ? À moins, bien sûr, que vous ne me trouviez trop vieux ou... trop fada ?

Florent lui avait assuré que tel n'était pas le cas et, trente jours plus tard, s'était présenté au rendez-vous. Depuis, leur souper mensuel était devenu un rituel sacré.

Florent avait invité plusieurs fois son ami à venir le voir à Montréal. Picquot secouait la tête :

— Trop de suie et trop de bruit, là-bas ! Je préfère rester dans ma ville de province.

— Eh bien, que t'arrive-t-il ? s'exclama Picquot tandis que Florent, le visage radieux, s'attablait en face de lui. Tu viens de découvrir un Rembrandt au fond de ta cave, ou quoi ?

— Monsieur Picquot, j'ai une nouvelle extraordinaire à vous apprendre.

Sentant que la conversation allait prendre un tour confidentiel, le cuisinier fit signe au garçon de table de se tenir à distance respectueuse. Florent lui raconta son aventure. Picquot fit la moue :

— Peuh ! de la cuisine de cultivateurs. Je te croyais plus fine bouche.

— Elle en vaut bien d'autres. Et puis c'est tout ce que je peux me payer, et encore, ça va me forcer.

Le cuisinier tiraillait sa moustache, comme font les guerriers saxons dans les films américains.

— Qui fait la popote, là-bas ?

— Je ne sais pas.

— Ah, mais il faut le savoir, mon ami, il faut le savoir tout de suite ! Et il faut surtout connaître ses projets. Un cuisinier qui démissionne emporte souvent avec lui la prospérité d'un établissement. Moi-même, tout pauvre cuistot que je suis, si je rendais mon tablier – et j'y pense de plus en plus, soit dit entre nous –, eh bien, je ferais joliment dégringoler les profits, crois-moi!

Florent promit de contacter dès son retour le cuisinier de La Binerie afin de prendre des arrangements avec lui et de se renseigner également sur Egon Ratablavasky dont la bizarrerie n'était pas sans inquiéter le cuisinier.

— C'est probablement un cas de gâtisme ou d'inversion, ou un mélange des deux. Il n'en reste pas moins qu'il faut toujours se méfier de ces vieilles badernes où se cachent parfois des fripouilles de première catégorie.

Ils se quittèrent tard dans la nuit, l'estomac somptueusement arrosé de Prince de Polignac.

— Alors, tu n'oublies pas de me donner de tes nouvelles dans les quarante-huit heures, hein? fit le cuisinier d'un air impérieux. Je veux suivre cette affaire de près. Ce n'est pas la peine de se faire des amis si le destin nous les massacre dès qu'on a le dos tourné.

Florent quittait l'hôtel lorsqu'un garçon de table le rattrapa par le bout de la manche et lui demanda la faveur de quelques minutes d'entretien particulier.

— Monsieur, lui dit-il, vous semblez être la seule personne qui ait quelque influence sur mon patron. Nous l'aimons tous, ici, malgré son caractère un peu... vif, car cet homme est la bonté même, comme vous avez dû vous en rendre compte. Mais je ne vous cacherai pas néanmoins que depuis deux mois nous vivons à cause de lui dans une atmosphère épouvantable.

Il baissa tellement la voix qu'elle se fondit dans la rumeur du hall. Florent dut se pencher vers lui jusqu'à effleurer sa joue, au grand scandale d'une vieille Américaine qui, assise dans un fauteuil, faisait reposer ses jambes enflées.

— Monsieur, chuchota le garçon, excusez-moi de vous mêler à cette histoire pénible, mais j'ai l'impression que monsieur Picquot doit faire face depuis quelque temps à de graves ennuis personnels qui affectent son humeur et nuisent à son travail. Un exemple vous fera comprendre. Aujourd'hui, entre autres plats, nous avions au menu le filet de bœuf Richelieu et la chartreuse de perdreaux. Il nous arrive ce matin, la mine défaite, prend le menu, l'examine un moment, puis déclare : « Non, décidément, je n'ai pas la tête au filet ce matin. Ni à la chartreuse. Surtout pas à la chartreuse. Biffez ces deux plats et remplacez-les par une omelette. » Or la même chose arrive presque chaque jour. Parfois, c'est le caneton aux navets, parfois les fricadelles de veau Smitane, parfois la tarte Bourdaloue, etc. Ne lui parlez pas alors de mets de remplacement ! Il pique une colère terrible et serait capable de vous lancer un chaudron en plein visage. « Ma réputation repose sur ce menu, vous dira-t-il. Personne n'ira me le tripoter. » Je vous fais ces confidences, monsieur, afin que vous puissiez l'aider, car je ne vous cacherai pas que la direction, tout en reconnaissant ses mérites – qui sont immenses –, manifeste de plus en plus d'impatience depuis quelque temps devant ses coups de tête.

Le garçon se confondit en excuses d'avoir retenu Florent si longtemps, salua et partit. Florent eut un moment l'idée d'aller retrouver son vieil ami pour tirer cette histoire au clair, mais jugea le moment peu propice. Il monta dans son auto et arriva à son logement de la rue Marquette à Montréal au milieu de la nuit. Élise dormait depuis longtemps. Une lettre décachetée l'attendait sur la table de la cuisine. Elle contenait un faire-part bordé de noir accompagné de quelques mots de remerciement de madame veuve Médéric Duchêne.

2

En se levant le lendemain matin, Florent eut une vive discussion avec sa femme. Élise s'opposait farouchement à ce qu'il entreprenne des démarches en vue de l'achat de La Binerie avant d'avoir sondé les mobiles qui avaient poussé Ratablavasky à le faire profiter d'une aubaine aussi extraordinaire.

— Mais puisque je te dis que c'est un vieux cinglé qui vient de tomber dans la religion. Il doit y avoir un prêtre là-dessous qui le terrifie avec ses vieux péchés. Ce n'est pas la première fois qu'une histoire pareille arrive, Esprit! Et puis, de toute façon, je garde l'œil ouvert. Je ne suis quand même plus à l'âge des couches!

Élise réussit quand même à lui arracher la promesse de ne prendre aucune décision avant qu'elle n'ait rencontré elle-même Ratablavasky. Son seul nom l'effrayait. Il lui faisait penser à une boule hérissée de dents pointues. Florent se disposait à partir pour La Binerie afin de rencontrer le cuisinier lorsqu'on sonna à la porte.

— B'jour, tout le monde, lança une voix connue.

Des pas traînants se firent entendre dans le corridor et un jeune homme en jean, chemise à carreaux et veste de cuir apparut, l'allure nonchalante.

— Eh bien! d'où sors-tu, toi? s'écria Florent. On ne t'a pas vu depuis des mois.

Ange-Albert sourit, se laissa tomber sur une chaise et allongea les jambes. C'était un ancien camarade de collège. On l'avait surnommé Matelas à cause de son fort penchant pour le sommeil et les plaisirs du lit. Florent allait répéter sa question lorsque le téléphone sonna. Il sortit de la pièce.

— On ne sait pas grand-chose sur ton monsieur Rataba-j'sais-pas-quoi, lança monsieur Boissonneault au bout du fil. L'un me dit qu'il vient d'arriver au pays.

L'autre qu'il demeure ici depuis vingt ans. En tout cas, il est riche et personne ne m'en a dit du mal, du moins jusqu'ici. As-tu décidé d'acheter le restaurant? Oui? Excellent! Et ton emprunt? Ah bon, tu as de la visite, excuse-moi. C'est ça, j'attendrai ton appel, bonjour.

Il raccrocha.

— Maudite tête de linotte, murmura-t-il devant sa secrétaire étonnée, j'ai oublié de lui demander s'il venait souper dimanche!

Ange-Albert avait toujours fait preuve d'une droiture exceptionnelle à l'égard de ses amis. La droiture, une bonne humeur à toute épreuve ainsi qu'une prodigieuse adresse dans le maniement des dés constituaient à peu près l'essentiel de ses qualités. S'il en avait déjà eu d'autres, elles s'étaient dissoutes dans la paresse. Cependant, chose curieuse, personne n'était porté à lui en tenir rigueur. Au contraire, il attirait les bonnes paroles et les bons procédés comme le chat attire les caresses et cela lui semblait d'ailleurs tout naturel. Il travaillait six mois sur douze et changeait continuellement d'emploi. Ses patrons, ahuris par sa force d'inertie, mais conquis par son bon caractère, lui réglaient généralement ses quinze jours au bout de cinq jours et, dans une grande ville comme Montréal, cela lui permettait de vivre sans trop de soucis financiers. Il était bien trop intelligent pour être tapeur. Jamais on ne le voyait emprunter. Il ménageait ainsi ses amis qui, par reconnaissance, lui rendaient la vie la plus douce possible.

Ange-Albert venait justement de quitter son emploi de pompiste après deux semaines d'essai.

— Trop d'heures de travail, soupira-t-il. Et la femme du patron n'arrêtait pas de m'embrasser dans les coins. Son mari a failli nous surprendre cent fois. J'ai vu venir la chicane et je leur ai tiré ma révérence. Maintenant, je la vois quand je veux et le mari se trouve toujours loin.

Florent consulta sa montre, fit une légère grimace et se leva :

— Écoute, ça me fait plaisir en diable de te revoir, mais il faut que je me sauve, j'ai un rendez-vous. Reste à dîner. Il m'arrive une chose extraordinaire. Élise va te raconter.

Quinze minutes plus tard, il entrait à La Binerie. Monsieur St-Onge était absent, mais il put rencontrer le cuisinier. C'était un petit homme maigre et taciturne avec un teint de pomme de terre, qui lui dit sans ambages qu'on l'avait mis au courant de tout. Il accepterait de travailler pour Florent si on augmentait son salaire.

— De combien ?

— Ah ça, j'y ai pas encore pensé, fit-il. Je vous donnerai ma réponse demain, et il lui tourna le dos pour terminer un énorme pâté chinois. Florent haussa les épaules et sortit.

— Il ne reste plus que l'emprunt, maintenant.

Il décida de téléphoner à Ratablavasky pour lui demander conseil. Il se rappelait son offre de l'avant-veille.

— Mon cher monsieur Florent, bonjour, fit celui-ci de sa voix sourde et chantante. Justement j'étais assis *avant* une de mes superbes fougères et je pensais à vous avec intérêt. Laissez-moi deviner la cause de votre appel... Il s'agit de l'argent, n'est-ce pas ? Ah ! si je n'avais pas tout engagé mes dollars, je vous les donnerais du meilleur cœur, oui. Mais il faudra aller à un banquier, hélas. Je vous suggère la Banque Royale du Canada. *Il est sans nul doute* que les gérants d'une banque d'un nom si respectable seront des hommes cultivés... et *compréhensifs à vos problèmes.*

Il poursuivit sur ce ton pendant quelques minutes, puis s'excusa et raccrocha. Florent n'avait pas placé trois mots.

— *Est-ce qu'il se paye ma gueule? Est-ce qu'il est fou? Je ne sais plus quoi penser à la fin... J'ai comme l'impression que mon projet n'ira pas loin...*

Le marchand de tabac où il avait fait son appel l'observait d'un air intrigué. Florent quitta la boutique et s'éloigna sur la rue Mont-Royal en se mordillant les lèvres. Soudain, il aperçut en face de lui la façade néogrecque d'une succursale de la Banque Royale au coin de la rue Papineau.

— Bah! qu'est-ce que j'ai à perdre? murmura-t-il.

Et, au risque de se faire écraser par une filée de camions qui charroyaient les débris d'un immeuble en démolition, il traversa la rue à toute vitesse et entra dans la banque. On le fit attendre une vingtaine de minutes.

— *C'est Spufferbug qui va gueuler,* pensait-il. *Mais si par hasard mon affaire marche, hum! la tête va lui bouillir quand j'aurai fini de vider mon sac.*

— Monsieur Boissonneault? roucoula une petite secrétaire toute bouclée (on aurait dit que sa voix aussi portait des frisettes).

Florent fit son entrée dans le bureau d'Albert-N. Paquette, gérant de la succursale depuis vingt-huit ans et trois mois, commandeur des Chevaliers de Colomb, marguillier de la paroisse Saint-Pierre-Claver et abonné à *The Gazette* depuis août 1942.

L'affaire débuta fort mal. Florent n'avait pas en main de promesse d'achat dûment contresignée. Son portefeuille, qui contenait ses pièces d'identité, était resté dans son auto. De plus, à la mine d'Albert-N. Paquette, il apparaissait que ce client ne possédait aucune des caractéristiques faciales du bon emprunteur, dont la principale était que la vue dudit emprunteur devait faire naître dans l'esprit d'Albert-N. Paquette des pensées agréables et optimistes.

— Où habitez-vous? demanda-t-il d'une voix grognonne.

— Au 4830, rue Marquette.

— Depuis longtemps?

— Quatorze mois.

— Hum... c'est peu. Locataire?

Florent fit signe que oui. Albert-N. Paquette ne put réprimer une petite moue de découragement. Sa plume continuait de gratter le papier à la même vitesse, mais on aurait dit que, déjà, elle y mettait moins de vigueur. Florent tordait ses orteils dans ses chaussettes trempées de sueur.

— Marié?

— Hum, hum.

— Dans quelle paroisse?

— Civilement.

Albert-N. Paquette retint avec peine une pointe d'ironie, soupira et fit porter le poids de sa mauvaise humeur sur le bout de sa plume, qui se courba d'une façon inquiétante. Le grattement de celle-ci, à présent, couvrait presque le babillage des secrétaires assises à leur bureau de l'autre côté de la cloison.

— Avez-vous des enfants? demanda le gérant avec la même intonation que s'il avait demandé : « Avez-vous payé vos dettes? »

Florent secoua négativement la tête. Albert-N. Paquette prit un air olympien, écarta les doigts, joignit les mains et s'inclina lentement sur son fauteuil à bascule :

— Mon cher ami, fit-il d'une voix pesante et comme mortuaire, vous avez sans doute lu dans les journaux – si vous les lisez – que notre société traverse actuellement une période de grand malaise économique.

— *Ça y est, je suis foutu*, pensa Florent. *Allons, accélère tes condoléances, vieux gramophone!*

— L'inflation fait des ravages. Le dollar ne vaut plus que cinquante-neuf cents américains et au train où vont les choses on va bientôt se servir du papier-monnaie comme isolant dans les murs. Et pourquoi toute cette inflation? Parce que les gens dépensent trop. Ils ne pensent qu'à s'amuser. Nos parents, *vos* parents, sans doute, restaient à la maison, eux, car il fallait bien quelqu'un pour élever les enfants, n'est-ce pas? Maintenant, pfuit! plus d'enfants! on les évite par des pilules. Résultat: la demande est plus forte que l'offre, le dollar dégringole *et la santé économique du pays également!* martela-t-il en dressant l'index.

Florent se leva, l'air complètement dégoûté. Albert-N. Paquette s'arrêta, un peu piqué de voir son discours interrompu juste au moment d'une belle envolée.

— Je vois que vous êtes pressé, fit-il, je ne vous retiendrai pas plus longtemps.

Un éclair malicieux traversa tout à coup ses yeux, qui se plissèrent méchamment:

— Mais, à propos, simple renseignement pour compléter mon dossier: avez-vous des références, au moins?

— Bien sûr que j'en ai, répliqua Florent en se libérant avec délices d'une partie de sa mauvaise humeur.

— Ah bon. Un ami, je suppose?

— Un très grand ami. Et un homme pas mal plus riche que vous et moi: monsieur Egon Ratablavasky, si ce nom vous dit quelque chose.

La plume d'Albert-N. Paquette s'immobilisa au-dessus du papier et une puissante vague d'étonnement traversa ses traits flétris, emportant les sourires en coin, les clignements d'yeux moqueurs et les petites moues dédaigneuses qui, depuis le début de l'entrevue, en avaient été le principal ornement.

— Ah bon. Monsieur Ratablavasky compte parmi vos amis. Et combien m'aviez-vous dit que vous désiriez emprunter? demanda-t-il d'une voix faible et soumise.

Deux heures plus tard, monsieur Spufferbug frôlait une attaque.

— *For God's sake!* s'écria-t-il en voyant arriver Florent, *are you going crazy, Bwassanoo? Do you know what time it*

*is? We've been waiting for you for hours! What kind of place
do you think this is? A convalescence home* ?*

Florent l'arrêta d'un geste :

— Je m'en vais, dit-il.

— *What** ?*

— Je sacre mon camp. Trouve-toi un autre nègre.

— *Do you mean you're*** …*

— Je *mine* que dans dix minutes mon bureau sera aussi
vide que l'intérieur de ton gros crâne verni. Je pars à mon
compte. C'est à mon tour d'avoir des employés. T'aimes
ça, l'argent ? Moi aussi.

— Taisez-vous et sortez ! s'écria mademoiselle Relique
en se précipitant vers son patron, un verre d'eau à la
main.

Florent haussa les épaules et se retira dans son bureau.
Slipskin le retrouva en train de vider ses tiroirs.

— *What's going on***** ? fit-il en souriant. T'es tombé sur
le tête, ou quoi ?

— Moi ? J'ai éliminé un petit surplus de bile, c'est
tout.

— *I never saw anything like that for years***** .* Dépêche-
toi *à* t'en aller, il serait capable de retenir ton pourcentage
de vacances… Comme ça, le restaurant… ça marche ?

— Ça marche tellement, mon ami, qu'on signe l'acte
de vente après-demain.

Slipskin eut une légère grimace de dépit :

— Et l'argent ?

— Je suis un peu serré, mais je me débrouillerai. La
banque me prête 25 000 $ et j'ai des économies.

---

*   Pour l'amour du ciel ! […] avez-vous perdu la tête, Boissonneault ? Savez-vous quelle heure il est ? On vous attend depuis des
heures. Où pensez-vous que vous êtes ? Dans une maison de convalescence ?

**   Quoi ?

***   Es-tu en train de me dire que…

****   Qu'est-ce qui se passe ?

***** Je n'ai pas vu une scène pareille depuis des années.

38

Il passa devant le bureau de son ancien patron sans même lui jeter un regard. Il avait le goût de chanter à tue-tête. Le jaune citron de sa Pinto lui fit l'effet d'un feu d'artifice. Il allait démarrer lorsque Slipskin se précipita dehors, une boîte à la main, en lui faisant signe d'attendre.

— La boîte est vide, lança-t-il tout essoufflé, *it's only an excuse. I wanted to tell you that if you need a partner**... J'ai de l'argent *dans* la banque, moi aussi... Plus il y a de monde dans un *business,* moins il y a *des* risques, hein?

Florent le remercia et lui promit de l'appeler le soir même, mais ce n'était que pure politesse.

Élise lui ouvrit la porte, un doigt sur les lèvres:

— Ne fais pas de bruit, il dort dans le salon. J'ai cru qu'il se défoncerait l'estomac au dîner: il s'est envoyé une tourtière et demie!

— Eh bien, tu n'as pas fini d'en voir manger, des tourtières, ma belle: dans deux jours, le restaurant nous appartient.

Ils s'enfermèrent dans la cuisine et Florent lui raconta sa journée. Élise l'écoutait, sceptique.

— Comme tu vas vite, soupira-t-elle. Où est-ce que tout cela va nous mener?

Elle s'assit, prit un petit pot de verre et se mit à le remplir machinalement de graines de pamplemousse séchées. Dans une armoire, on voyait toute une série de pots semblables étiquetés « orange », « pomme », « melon d'eau », « citron », etc. Florent lui rapporta les propos de son père. Elle se rassura un peu.

— Tu as sans doute raison, soupira-t-elle. C'est moi qui ai peur de voir grand.

Il fut tellement ravi de cet aveu qu'il accepta sa proposition de prendre Slipskin comme associé afin de partager

---

* [...] c'est juste pour la frime. Je voulais te dire que si jamais tu avais besoin d'un associé...

les risques. L'arrivée d'Ange-Albert coupa court à la discussion.

— Hum! fit-il après que Florent lui eut décrit l'heureuse tournure que prenaient ses affaires, j'ai presque envie de te demander si tu n'aurais pas une jobine pour moi.

— Pour toi? Je verrai... Il faut d'abord que je me sorte moi-même du chômage, répondit l'autre en souriant.

Et pour couronner la journée, il invita sa femme et Ange-Albert à fêter leur bonne fortune dans le Vieux-Montréal, chose qu'ils firent de fort bon cœur, au point de revenir aux petites heures du matin pompettes comme des commis voyageurs en congrès.

Vers trois heures, Florent, les yeux fermés, le sourire aux lèvres, flottait doucement dans les vapeurs roses du Vouvray lorsqu'une sonnerie se mit à retentir au loin, puis, se rapprochant peu à peu, s'attaqua à ses tympans. Il se retrouva soudain au sommet d'un clocher, étendu sous un bourdon qui se balançait avec un tintamarre épouvantable. Il poussa un grognement et ouvrit les yeux. Le téléphone s'égosillait dans la salle à manger. Il saisit le combiné, l'échappa à deux reprises, puis réussit à localiser son oreille droite. Slipskin lui parlait au bout du fil, dans un état d'excitation qui transformait son zézaiement naturel en un gazouillis incompréhensible. Florent réussit enfin à saisir que ce dernier avait attendu son appel toute la soirée.

— C'est que... c'est que j'ai dû sortir, bafouilla Florent. Demain... viens me rencontrer demain à La Binerie... vers onze heures... c'est ça. Qu'est-ce qu'il lui prend? grogna-t-il après avoir raccroché. Comme si le feu était dans ses culottes...

Il se traîna vers son lit en bâillant et se laissa bientôt emporter dans les festivités majestueuses qui se déployaient en son honneur dans un endroit bizarre qui tenait à la fois du château de Versailles et d'un McDonald's.

3

Ratablavasky sourit, s'avança vers Florent et le serra longuement dans ses bras, tandis que ce dernier, sous l'effet de l'exhalaison fétide qui semblait émaner des pieds de son bienfaiteur, se pinçait les narines, écœuré.

— Cette bouteille, chantonna le vieillard, prouve que votre cœur ne contient pas seulement du sang, mais aussi d'excellents sentiments.

— Ce n'est rien, murmura Florent, embarrassé. Vous avez montré tellement de générosité à mon égard que... *Pfiou! je vais suffoquer.*

— Non, non, non! protesta l'autre, ne *raccourcissez* pas votre geste, qui vient de la noblesse d'âme et de nul autre lieu.

Il relâcha son étreinte, recula d'un pas et prit la bouteille :

— Sachez : le cognac pour un vieillard seul est comme la flamme dans un foyer refroidi.

— L'entendez-vous avec sa solitude! ricana le capitaine Galarneau en lui enlevant prestement la bouteille. Il parle comme si j'étais un vieux matelas ou un cendrier de motel. Jériboire! du Baron Otard fine champagne! On ne vous a pas élevé à la pisse de truie, mon ami! Je peinturerais le pont Jacques-Cartier gratis, moi, si on me promettait de me faire boire de ce petit jus-là jusqu'à la fin de mes jours! Est-ce qu'on y goûte? demanda-t-il en tirant le bouchon.

Ratablavasky le regarda avec un sourire plein d'indulgence, sortit de la pièce et revint avec trois ballons.

— Eh bien, moi, reprit le capitaine Galarneau qui se trémoussait de contentement, je le prends avec de la glace, au risque de passer pour un fameux épais. C'est ma loi!

Il décrocha le combiné et demanda qu'on fasse monter des glaçons et des cigarettes. Ils s'assirent à table et Galarneau se mit à servir.

— Hé! hé! mon ami, protesta Ratablavasky, vous pensez que nous nous préparons *de* traverser le pôle Nord *sur pieds,* ou quoi?

Florent regardait son verre, stupéfait. Il était plein à ras bord. Des lambeaux de vapeurs vineuses recommencèrent à s'agiter dans son estomac barbouillé par les excès de la veille et il eut l'impression que ses yeux s'enfonçaient dans leur orbite.

— Cessez de vous lamenter, répondit Galarneau en levant son verre pour l'examiner. Ça va vous glisser dans la gorge comme un petit Jésus en culottes de velours. Hum! fit-il en le faisant lentement tourner, quelle couleur! La première fois que j'ai goûté à ce petit jus, c'était à Marseille dans le fond d'un vieux garage. J'ai chanté à tue-tête pendant une heure, tandis que les Allemands nous tapochaient de partout. Allons, arrive, la glace!

Quelqu'un frappa à la porte.

— Entrez, modula Ratablavasky. Ah! quel bonheur de vous voir, mademoiselle Rachel, s'écria-t-il en se levant dans un mouvement de galanterie un peu ridicule. Venez prendre une coupe avec nous, *comme des amis.*

Une femme de chambre, jeune et très plantureuse, s'avança dans la pièce avec un plat de glaçons. Florent fut frappé par la grâce coquette qu'elle mettait à mouvoir ses chairs roses et dodues, comme s'il s'était agi d'une petite ombrelle.

— Oh! je ne crois pas avoir le temps, monsieur Ratablavasky, roucoula-t-elle en souriant, j'ai encore huit chambres à mettre en ordre.

— Bah! l'ordre viendra comme tout le reste, *dans les temps opportuns,* fit Ratablavasky en glissant la main derrière son dos et en la faisant asseoir, ce qu'elle fit de bonne grâce. Mademoiselle, je vous présente *un très exquis ami à moi,* monsieur Florent.

Elle lui tendit la main:

— Enchantée de vous connaître, monsieur, fit-elle gaiement. Une goutte, capitaine, une seule petite goutte.

— À la bonne vôtre! lança Galarneau, les yeux fixés sur son verre, qu'il contemplait depuis un moment avec une avidité proche du désespoir.

Il ouvrit la bouche, ferma les yeux, claqua les lèvres. Tous les muscles de son visage se détendirent et un profond soupir s'échappa de sa poitrine pendant que le cognac faisait un tracé brûlant dans sa gorge.

— Vous ne m'aviez pas dit que vous aviez un protégé, monsieur Ratablavasky, reprit Rachel en jetant une œillade à Florent.

— J'en cherchais un depuis *des* nombreux mois, mademoiselle, et enfin je l'ai trouvé.

— Monsieur Ratablavasky est devenu comme mon père, ajouta Florent pour dire quelque chose.

À la vérité, il n'arrivait pas à détacher son regard de la femme de chambre. Elle avait des yeux immenses et brillants, une bouche large et bien ourlée, d'un dessin net, constamment souriante, des dents un peu fortes et très blanches, parfaitement placées, des joues replètes, mais sans lourdeur. Tout en elle respirait la frivolité la plus totale, la nonchalance, le goût du plaisir, une sorte d'abandon animal. On la devinait à l'aise partout, avec tout le monde, dans n'importe quelle situation. C'était une fille à épouvanter le malheur.

— Monsieur Ratablavasky, fit-elle en jetant un regard admiratif sur le vieillard, est le meilleur homme au monde.

— Complètement vrai! glapit le capitaine Galarneau qui venait de remplir son verre une deuxième fois. Je frapperais en pleine face celui qui dirait le contraire.

— Je ne possède pas le moindre mérite, répondit doucement Ratablavasky en posant sa main sur l'épaule de Florent. C'est ce jeune homme qui les possède entièrement. Ou plutôt, si vous permettez, je n'ai que le mérite de l'avoir découvert. Vous verrez, mademoiselle, combien un bon petit restaurateur il fera.

— Vous venez d'acheter un restaurant? demanda la femme de chambre, ravie.

Le capitaine Galarneau partit d'un éclat de rire satanique, qu'il interrompit brusquement sur un signe de Ratablavasky.

Florent cherchait ses mots: la vue de la femme de chambre et la puissance redoutable du Baron Otard lui faisaient perdre ses moyens.

— Comment t'appelles-tu? lui demanda-t-il d'une voix altérée.

— Rachel Gourdin. Drôle de nom, hein? Capitaine, fit-elle en allongeant le bras, vous buvez trop, je pense.

Et elle lui retira son verre, qu'il venait de remplir pour la troisième fois.

— Voyons, laissez-moi, balbutia-t-il en faisant de grands gestes désordonnés.

Une rougeur intense avait envahi son visage et ses yeux avaient pris une expression un peu égarée. Ratablavasky se leva et l'empoigna par les épaules.

— Allons, mon alcoolique ami, un homme de votre âge ne devrait pas se laisser tomber dans de si laids excès, fit-il avec une compassion énergique. Vous allez venir en ma compagnie respirer un peu l'air extérieur.

Ils sortirent. Florent tournait son verre entre ses doigts, les yeux fixés sur la table. Il sentait comme de petites décharges électriques lui traverser l'estomac et le bas-ventre. Son sexe était devenu d'une sensibilité insupportable. Assise près de lui, Rachel sirotait son cognac en souriant. Il leva le regard et réalisa avec angoisse qu'il se trouvait dans l'impossibilité absolue de soutenir la moindre conversation. Une rumeur confuse lui remplissait la tête et le pénétrait d'une ivresse barbare, pleine d'élans imprévisibles.

— Tu me plais, dit-il tout à coup en laissant glisser le dos de sa main sur la cuisse de sa compagne et, au même moment, sa phrase et son geste firent naître en lui un étonnement sans bornes.

Elle éclata de rire comme s'il s'agissait d'une plaisanterie.

— Je ne viens pas ici souvent, dit-elle très simplement, mais je crois que la chambre à coucher se trouve dans cette pièce, à droite.

Florent réagit avec le naturel et l'espèce d'indifférence dont on fait preuve en rêve devant les événements les plus saugrenus. Il se leva, l'enlaça tendrement, lui souffla quelques mots à l'oreille qui les firent s'esclaffer tous les deux, puis se mit à l'embrasser fougueusement.

Ratablavasky et le capitaine Galarneau n'étaient pas encore de retour quand ils quittèrent l'appartement, une heure plus tard.

— Midi moins vingt! s'écria Rachel avec un effroi comique, et mes chambres qui ne sont toujours pas faites!

Elle se mit à rire:

— Le patron va encore grogner après moi. Allons, tu es un gentil garçon, à la prochaine!

Elle l'embrassa, puis s'enfuit dans le corridor.

— Ce vieux schnoque m'a déjà rendu trop de services, se disait Florent, pensif, dans l'escalier. Je n'aurais pas dû lui emprunter son lit. D'ailleurs, je suis un salaud. Élise devrait me sacrer là.

Et, luttant contre le cafard qui l'assaillait à chacune de ses (rares) infidélités, il se hâta vers La Binerie où Slipskin devait se morfondre à l'attendre.

— *Holy Mackerel!* fit celui-ci en le voyant entrer dans le restaurant, tu vas me faire mourir, toi, Boissonneault!

Il se leva, les doigts crispés d'impatience, et l'entraîna dans la rue. Ils se heurtèrent contre des badauds attirés par le spectacle d'une grue en train de fracasser un vieil édifice à bureaux qui s'écroulait peu à peu parmi des nuages de poussière qu'un ouvrier, armé d'un boyau, arrosait d'un jet puissant.

— *Your wife told me that you'd like me to join you in your business**?

Florent fit signe que oui. Slipskin consulta sa montre:

— *A quarter past noon***... monsieur St-Onge va être icitte dans une heure: on a le temps de discuter...

Tout fut réglé en vingt minutes. Ils décidèrent de se constituer en société pour acheter les actifs du restaurant. Slipskin investissait 5000 $, Florent 15 000 $. On partagerait en proportion les profits d'exercice, de même que ceux provenant d'une vente éventuelle du restaurant. Florent, qui désirait conserver le contrôle de l'entreprise, exigea d'assumer seul l'emprunt. Slipskin se chargerait de la comptabilité tout en continuant de travailler chez Musipop. Les décisions administratives se prendraient d'un commun accord. Florent fit part à son associé de ses inquiétudes au sujet de monsieur Berval, le cuisinier de La Binerie.

— Hum! fit Slipskin, prends mon mot qu'il va falloir se chercher un autre *cook. He's trying to take advantage of the situation to get a raise****.

Ils retournèrent à La Binerie et ses craintes se révélèrent justes.

— Que voulez-vous que j'y fasse, moi? s'écria monsieur St-Onge (pour l'occasion, il s'était lustré les cheveux et avait laissé tomber deux ou trois gouttes d'eau de Cologne dans les poches de son veston). Mon cuisinier ne fait pas partie de l'équipement du restaurant, c'est un être

*   Ta femme m'a dit que tu m'acceptais comme associé?
** Midi et quart...
*** Il essaie de profiter de la situation pour obtenir une augmentation.

humain! Je ne peux pas le régler comme mes fourneaux. À partir du moment où je ne serai plus son patron, c'est à vous de vous engueuler avec lui.

— Il faut que je pense à mes vieux jours, se défendit monsieur Berval. Je ne suis plus une jeunesse, vous savez, et la reine d'Angleterre n'est pas ma cousine... C'est 1500$ par mois, mes trois repas fournis, ou alors je retourne faire la cuisine dans les chantiers. La paye ne sera peut-être pas meilleure, mais j'aurai au moins le plaisir d'aller à la chasse.

La scène se déroulait dans la cave, parmi les poches de fèves et de patates. Monsieur St-Onge, pour la discussion d'un sujet aussi délicat, avait eu la finesse de choisir un endroit discret, afin de ne pas corrompre le reste de ses employés, ce qui aurait pu nuire à la vente de La Binerie. Sur un signe de Slipskin, Florent décida d'accepter les conditions du cuisinier.

— *Vieux crosseur*, lança-t-il mentalement à monsieur Berval, *dépêche-toi de profiter de ta chance, ton règne achève.*

Ils se quittèrent bientôt après s'être donné rendez-vous chez le notaire pour l'après-midi du surlendemain.

— Ouais, fit Slipskin quand ils furent dans la rue, il va falloir se trouver un autre *cook,* et vite vite vite!

— T'inquiète pas, répondit Florent, je m'en occupe. J'ai un ami qui pourra me suggérer des tas de remplaçants.

Il fit signe à Slipskin de l'attendre et pénétra dans une cabine téléphonique. Une standardiste au Château Frontenac lui apprit qu'Aurélien Picquot venait de quitter son emploi.

— Hein? que me dites-vous là? Depuis quand?

— Depuis hier, monsieur. Il est en repos.

— En repos? Il est tombé malade?

— Je ne sais pas, monsieur. Voulez-vous parler au directeur du personnel?

Le directeur, qui donnait l'impression de s'être tout juste coincé le doigt dans un tiroir, lui rétorqua que le dossier des employés demeurait confidentiel, même après leur départ. Florent l'envoya paître et composa le numéro personnel d'Aurélien Picquot. Le service téléphonique avait été suspendu le jour même.

— Je monte à Québec, annonça Florent à Slipskin en sortant la tête de la cabine. Il m'arrive un pépin.

Il téléphona à sa femme.

— Décidément, fit-elle, on ne se voit pas beaucoup ces jours-ci.

Elle baissa la voix :

— Et puis, je commence à le trouver un peu encombrant, ton Ange-Albert. Tu ne pourrais pas l'emmener avec toi ?

Ange-Albert accepta aussitôt et suspendit sa séance quotidienne de jeu de dés :

— J'avais une amie là-bas, dans le temps, qui travaillait chez un fabricant de calendriers. On a passé un bel hiver ensemble en 1969. Elle ne serait peut-être pas fâchée de me revoir... même si je l'ai quittée un peu vite.

La route était large et facile, le paysage vaste, gris et monotone, parsemé de relais-restaurants renommés pour leur nourriture infecte. Ils se mirent à philosopher, selon leurs moyens.

— Où t'en vas-tu comme ça ? demanda Florent à son ami. Tu arrives à vingt-six ans et tu n'as rien devant toi. Ne sens-tu pas une sorte de vide ?

Ange-Albert l'écoutait en souriant, affalé sur son siège, la tête rejetée en arrière :

— Je mène une vie variée, ça me plaît. Je n'en demande pas plus. Au contraire, je plains ceux qui se lancent comme toi dans les soucis.

En six ans, le brave garçon avait traîné sa bosse dans bien des coins. Il avait travaillé comme aide-vétérinaire dans une petite clinique de Rosemont. Il avait vendu des produits de beauté de porte en porte. Avec son bon sourire, ses traits agréables, ses manières douces et un flair infaillible pour les occasions galantes, il savait charmer ses clientes; certaines le retenaient parfois de longues heures. Puis il était parti pour la Côte-Nord et y était demeuré plus de trois ans à vivre d'expédients, tantôt bûcheron, commis de magasin ou camionneur, mais le plus souvent «invité spécial» dans des hôtels ou des maisons de pension, où il consolait des veuves brûlantes, des vieilles filles insomniaques, des épouses déçues, quand il ne jouait pas tout simplement le rôle d'homme de confiance du patron de la boîte. La vie des petites villes avait fini par le lasser. Il était revenu à Montréal et la kyrielle des emplois baroques et des liaisons fugitives avait continué, tandis que les semaines et les mois filaient sans bruit.

— Je n'arrive pas à comprendre pourquoi tu te démènes autant, dit-il à Florent. Après tout, on finit presque tous de la même façon: assis dans une petite chambre, à moitié sourds et aveugles, un tube de pilules à la main et une chaufferette aux pieds. Alors, pourquoi tant s'essouffler? Enfin, t'es fait comme ça, je suppose.

Une longue discussion s'ensuivit. Au moment de franchir le pont de Québec, ils faisaient de tels progrès dans la mise au point de la recette du bonheur parfait que Florent faillit s'écrabouiller contre un camion-remorque.

— Où veux-tu que je te laisse? demanda-t-il à son compagnon, la voix pleine de battements de cœur.

— Comment? on ne dîne pas ensemble?

— Non, j'ai rendez-vous.

Ange-Albert se fit déposer au Café Buade. Cinq minutes plus tard, Florent entrait dans les cuisines du Château Frontenac.

— Ah! monsieur! s'écria d'une voix larmoyante le garçon de table qui lui avait parlé dans le hall deux jours auparavant.

Abandonnant son service, il amena Florent à l'écart et posa sur lui un regard navré :

— Il est trop tard maintenant, monsieur. Le mal est fait. Hier matin, monsieur Picquot nous est arrivé dans un état pire que jamais. Il ne voulait plus faire que du bœuf bourguignon et des omelettes. Entendez-vous ? Des omelettes et du bœuf bourguignon ! Le directeur s'est amené, ils se sont engueulés... et soudain monsieur Picquot a perdu la tête à un point tel... à un tel point que...

Le garçon de table détourna la tête et ses yeux s'emplirent de larmes :

— ... qu'il lui a lancé une louchée de beurre fondu en plein visage. Voilà.

— Mais il est devenu fou, barre de cuivre ! Où se trouve-t-il, à présent ?

— Chez lui, monsieur. Il retourne en France.

Le garçon voulut ajouter quelque chose, mais sa voix cassa comme un glaçon. Il souleva sa manche immaculée pour éponger ses yeux où se déployait un petit déluge, puis réussit enfin à murmurer :

— Ah ! monsieur... quel homme... quel homme nous perdons ! Il avait une façon pour les bécassines en gelée...

Florent se fâcha :

— Eh bien ! on va voir ce qu'on va voir !

Dix minutes plus tard, il stationnait son auto devant l'appartement de Picquot, rue Sainte-Ursule, et posait un pouce martial sur la sonnette. Quelques instants passèrent. Personne ne venait. Il sonna de nouveau, puis se mit à regarder la vieille porte vert olive ornée de moulures et de petites appliques en forme de fleurs. Soudain, une idée sinistre lui traversa l'esprit :

— Ah ! non ! Pourvu qu'il ne se soit pas...

Il prit son élan, donna un coup d'épaule et la porte s'ouvrit. Un long corridor à boiseries foncées apparut devant lui. Il s'y engagea en courant et arriva dans la cuisine.

Aurélien Picquot était assis au milieu de la pièce, accoudé à une table où trônaient deux caisses de bière, dont l'une presque vide.

— Bonjour, fiston, dit-il avec tristesse, sans être autrement surpris par l'apparition de Florent.

Dans la lumière grise qui coulait de la fenêtre aux carreaux salis, il ressemblait à un vieux général vaincu en train de regarder brûler ses drapeaux.

— Pour l'amour du saint ciel! s'écria Florent, qu'est-ce qui vous a pris?

— Un coup de tête, un sale coup de tête, murmura Picquot, abattu. D'ailleurs, je ne regrette rien. Ce pignouf méritait une leçon.

— Oh! pour ça, il l'a eue, vous pouvez dormir en paix. Mais je ne suis pas venu ici pour vous accabler. Je...

— Si, si. Tu es venu pour m'accabler. La terre entière m'accable. Moi-même, je m'accable jour et nuit. C'est comme si mes épaules supportaient les Trois Pyramides.

Florent s'approcha et lui mit la main sur l'épaule:

— Qu'est-ce qui se passe, monsieur Picquot? Je ne veux pas mettre mon nez dans votre vie intime, mais après tout je suis votre ami. Est-ce que ça ne vous soulagerait pas de me...

— Non, non. Plus tard, plus tard. Je ne peux rien dire. Des bagatelles, sans plus.

— Des bagatelles? Si vous lancez aux gens des louchées de beurre fondu pour de simples bagatelles, je vais commencer à surveiller mes expressions lorsque je vous parle... Ne seriez-vous pas un petit peu trop impulsif?

— Ha! pauvre enfant! tu ne m'as pas connu dans mon jeune âge! Les années m'ont épaissi le sang. Je suis bien moins vif qu'avant. En 41, ma femme me quittait. Sais-tu dans quelles circonstances? Je te le dis tout cru: deux jours avant Noël, je me suis jeté sur elle pour lui faire l'amour alors qu'elle souffrait d'une rage de dents. Quand tout fut terminé, elle s'est dressée sur son lit, elle a enfilé une robe de chambre, un taxi est venu la chercher et je ne l'ai plus jamais revue.

Florent plissa l'œil, l'air matois :

— Dites donc, est-ce que ça ne serait pas une peine d'amour qui vous travaille les tripes depuis deux mois ?

— OUI ! hurla Picquot en assenant un formidable coup de poing sur la table, ET JE TE DÉFENDS DE M'EN PARLER ! Excuse-moi, fit-il d'une voix radoucie, l'amour est en train de me rendre complètement dingo. D'ailleurs, j'en suis fort aise. Cela m'a permis de me faire foutre dehors. J'en avais par-dessus la tête, vois-tu. Quel sens y a-t-il à s'échiner sur un faisan Souvaroff qu'une brute du Connecticut va mâchouiller en enfilant des rasades de Seven-Up ? C'est jeter des perles aux pourceaux. Voilà pourquoi je me suis dégoûté de la haute cuisine. Je n'y retoucherai plus jamais. Des amateurs de potages ins-tantanés, voilà tout ce que l'on voit, à présent. Dans vingt ans, il n'y aura plus que des Amerloques, d'ignobles Amerloques sur toute la planète.

— Et vous allez nous quitter ? Vous allez retourner en France, après trente ans ? Je n'en crois pas un mot. Votre pays, c'est maintenant le Québec.

Aurélien Picquot garda le silence. Du bout de son pied, il écrasait un vieux mégot. Des douzaines d'autres par-semaient le plancher.

— Écoutez, reprit Florent, j'ai une proposition à vous faire. Non, écoutez-moi d'abord. Et promettez-moi sur-tout de vous contrôler un peu, barre de cuivre ! Que diriez-vous... que diriez-vous de venir travailler à mon restaurant ?

Picquot laissa échapper un long soupir et se passa la main dans le visage. Ses yeux éteints faisaient penser à de petites billes de gélatine, tandis que ses joues, sous l'effet de la Molson, ressemblaient à deux tomates flétries.

— Hélas, c'est vrai, je me suis un peu trop habitué au Québec, soupira-t-il en montrant les deux caisses de bière. Et pour couronner le tout, ajouta-t-il d'une voix brisée, je ne me sens pas la force de le quitter.

Il releva brusquement la tête. Les billes de gélatine se mirent à lancer du feu :

— Écoute, fous-moi le camp, la tête va m'éclater. J'ai besoin de repos, comprends-tu ? Je te donnerai ma réponse dans deux ou trois semaines, si tu as toujours besoin de quelqu'un à ce moment-là.

Florent fut sur le point de lui demander s'il connaissait quelque autre personne susceptible de le remplacer, mais le courage lui manqua. Il se leva, lui serra la main en bredouillant quelque chose qui se situait entre «Mes condoléances» et «Bonne santé», puis quitta l'appartement.

Ange-Albert lui avait donné rendez-vous à deux heures au restaurant Les Anciens Canadiens, rue Saint-Louis. À trois heures et quart, après avoir absorbé patiemment deux bières, une salade de concombres et un plat de ragoût de boulettes, Florent le vit apparaître en compagnie d'une jeune femme plantureuse et assez jolie. À la voir, on l'imaginait dans une pâtisserie en train de pétrir du pain ou de manipuler des tôles à biscuits.

— Et alors ? fit-elle en se tournant vers Ange-Albert sur un ton d'ultimatum.

Ce dernier rougit légèrement et s'avança vers Florent.

— Heu... c'est au sujet du 100 $. Est-ce que tu pourrais me l'avancer... tout de suite.

— Quel 100 $? Je n'ai pas cet argent-là sur moi, mon vieux.

— Ah bon, fit la jeune femme. J'ai marché douze coins de rue uniquement pour entendre dire ça ?

Elle se planta devant son compagnon, leva la main et lui décocha une gifle qui suspendit toutes les conversations du restaurant.

— Salut, fit-elle. Paye tes dettes si tu veux monter dans mon lit.

Ange-Albert se massa la joue, puis vint s'asseoir devant Florent :

— La seule fois en dix ans où j'ai fait un emprunt, et voilà le résultat...

Il eut un sourire piteux :

— J'étais content de la revoir. Dommage, ça n'a pas cliqué. On retourne à Montréal ?

Quand Florent arriva à la maison, après avoir déposé son ami à la Gare centrale (que diable allait-il faire là ?), Élise se planta devant lui, les bras croisés :

— Alors, c'est réglé, vous signez le contrat demain ? lui demanda-t-elle abruptement.

— Oui, demain après-midi. Pourquoi ?

— Eh bien, je viens de décider une chose, figure-toi donc : tu ne le signeras pas tant que je ne l'aurai pas vu, ton fameux *Ratamski* ou *Batalanski* ou ce que tu voudras. Si tu voulais à tout prix collectionner les précipices, tu n'avais qu'à rester garçon, mon vieux. Quand on a femme et enfant...

— Quel enfant ?

— Quel enfant ! celui qu'on essaye de faire, tête de linotte !

— Bon, ça va, ça va, bougonna-t-il, ne mets pas le feu à la maison, tu le verras demain matin, ton vieux. Non, mais qu'est-ce qu'elles ont toutes aujourd'hui, murmura-t-il en quittant la cuisine. Au train où ça va, il va bientôt falloir leur demander la permission avant d'aller pisser.

4

Après une heure devant la glace, Élise n'était pas encore satisfaite de son maquillage.

— Je veux être à mon avantage, expliqua-t-elle à Florent. Il y a beaucoup de vieux malins qui perdent la tête en apercevant une jeune poulette bien arrangée. Je n'ai pas travaillé deux ans comme serveuse sans rien apprendre...

Assis dans la cuisine, Florent l'attendait en avalant café sur café. Quinze autres minutes passèrent. La cafetière avait le ventre à sec. Une force noire et frémissante circulait dans le corps de Florent, le traversant de légers spasmes et submergeant son esprit d'un déluge d'idées menues qu'il n'arrivait pas à agencer.

— Enfin, soupira-t-il en voyant sa femme apparaître, satisfaite, après une dernière retouche.

— Tu conduis mal ce matin, remarqua-t-elle doucement après quelques minutes de trajet. Tu as encore trop bu de café.

L'auto déboucha sur la place Jacques-Cartier. Élise se mit à examiner la façade du vieil hôtel :

— *Il a de la gueule, le Nelson*, pensa-t-elle. As-tu déjà couché ici, toi ? demanda-t-elle innocemment au moment d'entrer dans le hall.

Florent se retourna brusquement :

— Moi ? Non. Pourquoi ?

Ils pénétrèrent dans l'hôtel et s'avancèrent vers le comptoir :

— Est-ce que monsieur Ratablavasky est ici ? demanda Florent, la mine maussade.

— Monsieur Ratablavasky ? bégaya le gros commis.

Il se mit à rouler des yeux effarés, comme si quelqu'un s'était glissé dans son dos et vidait une bouteille d'huile de ricin dans le col de sa chemise :

— Monsieur Ratablavasky? C'est que... Monsieur Rata-blavasky... Êtes-vous... son garçon?

— Hein? Non.

— Ni un parent?

— Je suis Québécois pure laine, mon vieux. Ça ne paraît pas?

— Pfiou! fit l'autre, j'aime autant ça. On l'enterre ce matin, annonça-t-il tout de go. Il est mort il y a deux jours. La femme de chambre l'a trouvé noyé dans sa baignoire. Une attaque.

Florent le dévisageait, figé.

— Voulez-vous vous asseoir? fit l'employé, alarmé. Moi aussi, les décès me font le même effet.

Élise entraîna son mari vers un fauteuil. Le gros commis vint les rejoindre. Dans son énervement, il avait sorti son peigne et se lissait les cheveux à grands coups saccadés:

— Le service a lieu en ce moment, fit-il. À l'église Notre-Dame, tout près d'ici. Le patron ne sait plus où donner de la tête depuis deux jours. C'est compliqué, l'enterrement d'un étranger! La police, l'ambassade, toutes sortes de papiers à signer... et l'hôtel doit continuer à marcher... C'était un homme extraordinaire. La semaine dernière, il m'avait donné 12,25 $ en pourboires.

— À l'église, murmura Florent avec effort, il faut aller à l'église.

Il se dépêcha de sortir, car ses larmes lui faisaient honte. Ils traversèrent la place Jacques-Cartier.

— Voyons, fit Élise, calme-toi un peu. Un pur inconnu!

— C'est grâce à lui... si je suis riche, larmoya Florent.

— Hum! fit Élise, sceptique. Attendons un peu avant de crier aux millions. Toute cette histoire est incroyable.

Ils enfilèrent la rue Saint-Paul, puis la rue Saint-Sulpice, qui longeait l'église, et entrèrent par une porte latérale.

— Dis donc, lui souffla Élise, n'as-tu pas un cousin qui est vicaire ici, toi?

Florent ne l'entendit pas. Son attention venait d'être happée par un catafalque dressé au milieu de l'allée centrale. En face, un prêtre agitait lentement les bras devant l'autel tandis qu'un servant de messe montait les marches avec une précipitation qui tenait plus de la cour d'école que de l'église. Le chœur était faiblement illuminé et toute la nef plongée dans une pénombre triste et solennelle, pleine de senteurs d'encens et de relents de poussière. Florent fit signe à Élise de le suivre et se laissa tomber sur un agenouilloir tout près du cercueil. Il se mit à le contempler avec un étonnement navré. Élise haussait les épaules et promenait son regard partout. À part le prêtre, un organiste et le servant de messe, ils se trouvaient seuls.

— Je n'arrive pas à comprendre, murmura Florent. Son ami Galarneau n'a même pas pris la peine de venir...

Le célébrant descendit les marches de l'autel et s'avança dans l'allée, un goupillon à la main, suivi de l'enfant de chœur. Les orgues éclatèrent tout à coup. L'église parut d'une ampleur colossale, presque effrayante.

— Incroyable, murmura Élise en observant son mari dont les épaules sautaient par saccades, tandis que, malgré ses efforts, elle sentait les larmes lui monter aux yeux.

Des porteurs apparurent, surgis d'entre les confessionnaux. C'étaient sans doute des employés de l'agence de pompes funèbres. Le prêtre murmura encore quelques formules, l'air absent, puis le cercueil fut soulevé et on l'emporta dans le transept vers une sortie latérale.

Élise et Florent le suivaient, incertains de ce qu'ils devaient faire. Un corbillard était stationné dans la rue au pied de l'escalier, les battants déjà ouverts. Sur le trottoir opposé, on voyait une serveuse de chez Stash en train de nettoyer la vitrine du restaurant. Élise resta sur le palier. Florent descendit les marches et s'approcha du fourgon au moment où, d'un vigoureux élan, avec des postures de joueurs de quilles, les porteurs venaient d'y faire glisser le cercueil. Personne ne s'occupait de lui. Le chauffeur s'installa au volant et fit démarrer le véhicule. Florent se pencha vers lui :

— Est-ce que l'enterrement... Est-ce que vous allez...

— Crémation, mon jeune homme, crémation. Cérémonie strictement privée.

Avec un ensemble parfait, les quatre passagers allumèrent une cigarette et monsieur Ratablavasky entreprit son dernier voyage terrestre.

Élise attendait toujours en haut des marches.

— Eh bien, ils ne perdent pas leur temps en bavardages, ceux-là, dit-elle, tandis que Florent montait la rejoindre. Où vas-tu ? Il n'y a plus rien à faire ici, mon pauvre vieux.

Florent pénétra dans l'église sans répondre. On avait allumé les lumières de la nef et l'endroit avait pris tout à coup des allures de gare. Dans un coin, deux ouvriers échangeaient des plaisanteries en manipulant des fils électriques. Une vieille dame toute frisottée trottinait devant l'autel, un plumeau à la main. Élise suivait son mari, vaguement inquiète.

Florent, perdu dans ses pensées, s'avançait, tête basse, dans une allée latérale. Il s'arrêta devant une chapelle funéraire somptueuse, fermée par une grille ouvragée. Un évêque de marbre blanc dormait devant eux avec une obstination paisible.

— Monseigneur Ignace Bourget, lut Élise à voix basse. Ah bon, le fameux inquisiteur.

Elle examinait le visage spartiate du vieil évêque autoritaire et buté qui avait tenu autrefois dans sa main les destinées de tout un peuple. Florent, lui, flottait à mille pieds au-dessus de ces considérations historiques et se tripotait le nez, songeur. Un glissement de pas se fit entendre derrière eux. Il tourna la tête :

— Mon cousin, murmura-t-il, ennuyé. Je n'ai justement pas envie de le voir, celui-là.

L'abbé Octavien Jeunehomme s'avançait dans l'allée, bréviaire à la main et l'esprit ailleurs, comme d'habitude. Insouciant des nouveaux usages, il continuait de porter la soutane. Son visage glabre, sa peau lisse et pâle, presque jaunâtre, ses grands yeux rêveurs et pleins de faiblesse lui donnaient l'air d'un adolescent tuberculeux. Parvenu à trois mètres de Florent, il l'aperçut tout à coup, s'arrêta et un sourire souffreteux s'étira sur ses lèvres :

— Bonjour, mon cousin. Est-ce que je suis le témoin d'une conversion soudaine ?

Il lui tendit une main molle, que Florent serra rapidement, et pointa le doigt vers la chapelle sans paraître avoir remarqué la présence d'Élise :

— Je viens justement de terminer la lecture d'une biographie de notre cher évêque. Ce n'était pas un homme commode, tu peux me croire. Il avait, paraît-il, le palais fort délicat et ne tolérait pas le moindre manquement aux règles de la bonne cuisine. On raconte qu'entre 1866 et 1874 il a changé douze fois de cuisinière.

— Tu reconnais ma femme ? l'interrompit Florent d'un ton ironique.

L'abbé Jeunehomme se retourna vers Élise et un remue-ménage considérable parut se faire dans son esprit. Il fit un pas vers elle, tout rougissant, et lui serra gauchement la main :

— Mais c'est vrai, bredouilla-t-il, j'avais oublié que tu étais marié... je croyais que madame était une simple visiteuse... c'est idiot... veuillez m'excuser... enchanté de vous rencontrer... vous vous êtes mariés il n'y a pas longtemps, je crois...

— Il y a trois ans, répondit Florent, imperturbable. Tu étais venu à la noce.

L'abbé Jeunehomme, de plus en plus décontenancé, devint écarlate :

— C'est vrai, c'est vrai, je me souviens maintenant. Où est-ce que j'avais la tête ? Comme le temps passe vite !

Il eut soudain une inspiration:

— Venez chez moi. Je vous invite à prendre le thé. Nous pourrons causer un peu avant le dîner.

Florent consulta Élise du regard; elle inclina légèrement la tête.

— *Je veux voir cette chambre*, se disait-elle. *Depuis le temps qu'on m'en parle!*

Ils traversèrent la nef tout en conversant à voix basse et sortirent par une porte basse qui donnait sur une enfilade de couloirs mal éclairés. L'odeur du vieux bois mêlée à celle de la cire, le silence solennel qui régnait partout, les reflets des boiseries sombres, soigneusement astiquées, s'unissaient pour décaper l'esprit de toutes ses préoccupations quotidiennes et le plonger dans une rêverie nostalgique.

— On se croirait dans un roman de Paul Féval, fit Élise en adressant un sourire à l'abbé.

— C'est vrai, fit-il, les yeux brillant de plaisir, ou dans un roman de notre cher vieil Eugène Achard ou de la baronne Orczy. Connaissez-vous la baronne Orczy? L'auteur des aventures du Mouron Rouge? J'en faisais mes délices quand j'étais jeune et il m'arrive encore parfois de m'y replonger.

Ils arrivaient maintenant dans le corps principal de l'édifice. L'abbé Jeunehomme releva un peu sa soutane et se mit à gravir un escalier de chêne monumental.

— Ma chambre se trouve au troisième, au fin fond du corridor, fit-il, déjà tout essoufflé.

Élise observait du coin de l'œil son mari, qui faisait visiblement de grands efforts pour s'arracher aux impressions pénibles de l'avant-midi.

— Ça fait déjà un bon petit bout de temps que tu es affecté à cette paroisse, n'est-ce pas? demanda-t-il, pour meubler la conversation.

— Deux ans... non, trois... je ne sais plus. C'est ici. Veuillez entrer.

Élise ne fut pas déçue. Elle n'avait jamais rien vu de semblable.

— Excusez l'encombrement, fit l'abbé, embarrassé (il venait d'apercevoir sur une table une paire de chaussettes qui répandait un peu trop ses odeurs intimes). Je vais vous trouver des chaises et nous pourrons causer quelques moments.

De chambre, il n'y avait pas. Les murs disparaissaient totalement sous des rayonnages de livres qui bloquaient partiellement l'unique fenêtre de la pièce. Le plancher, lui, n'avait été épargné que pour permettre les déplacements essentiels. À tous moments, il fallait serrer les coudes pour éviter de créer des avalanches de bouquins. Même le plafond avait été utilisé : l'abbé l'avait couvert de photographies et de gravures représentant des écrivains célèbres. Un sentier serpentait à travers la pièce jusqu'à un fauteuil de cuir noir au-dessus duquel se recourbait une magnifique lampe à pied. Entre le fauteuil et un pan de rayonnage se dressaient une table, un minuscule frigidaire et une volette à gâteaux. La table supportait un énorme samovar de cuivre d'où partait un fil électrique qui allait se perdre entre deux tomes de la *Correspondance* de Flaubert. L'appareil ronronnait doucement ; son robinet laissait échapper de temps à autre des gouttes d'eau bouillante sur une édition reliée en maroquin du *Quatuor d'Alexandrie,* qui semblait fort bien supporter l'épreuve. La volette à gâteaux était un curieux petit meuble à trois étages monté sur des pieds de biche. L'abbé y avait disposé une série d'assiettes chargées d'un amoncellement incroyable de pâtisseries recouvertes d'une feuille de cellophane. Des madeleines, des langues de chat, des doigts de dame, des millefeuilles voisinaient avec des clafoutis, des barquettes, des petits fours, des babas, des polonaises.

Près de la porte, à la forme d'un amoncellement, on devinait un lit. Chaque soir, le déblayage que devait effectuer l'abbé afin de pouvoir se coucher devait lui fournir assez d'exercice pour le maintenir dans une forme satisfaisante.

— Essayez d'oublier la poussière, fit-il en dégageant péniblement une chaise écrasée sous les œuvres complètes de George Sand. Ma femme de chambre m'a abandonné la semaine dernière. Elle se dit trop vieille à présent. Mais je connais la cause véritable de sa défection. La cause véritable se promène en ceinturon violet et dirige le presbytère.

Ce disant, il fit un faux pas et mit le talon sur *Les Canadiens français et la Confédération,* abîmant quelque peu la trogne pseudo-amérindienne de monsieur Pierre Elliott Trudeau qui, en bon politicien, continua de sourire au lecteur.

— Merci, fit Élise en s'assoyant. Si vous le voulez, je peux servir le thé. Où sont les tasses?

L'abbé se troubla:

— Ah oui, les tasses... j'oubliais... C'est que... je n'en ai qu'une seule. Je vais aller en chercher à la cuisine, lança-t-il de sa voix de jeune homme en mue.

— Dis donc, fit Élise quand la porte se fut refermée, c'est vrai qu'il passe toutes ses journées à lire, sans rien faire d'autre?

— Eh oui. Mes parents n'en parlent pas trop. C'est un peu la honte de la famille, tu comprends, un prêtre qui ne confesse pas et qui oublie de dire sa messe.

— Son curé ne semble pas trop l'aimer.

— Que veux-tu? L'archevêque l'a placé ici en retraite déguisée. Depuis son ordination, on se le refilait d'une paroisse à l'autre tous les six mois. Tout le monde chiale contre lui, le pauvre.

— Chut, fit Élise, le voilà qui revient.

À voir la nervosité de l'abbé, on devinait qu'il recevait rarement et que leur visite constituait pour lui tout un événement.

— Voici les deux tasses, il ne reste plus qu'à verser, fit-il, les joues roses d'émotion.

Il trempa ses lèvres dans l'infusion, parut satisfait et tendit une tasse à chacun. Florent ne savait trop de quoi parler. Ses pensées se divisaient entre la mort de Ratablavasky et la signature de l'acte de vente. L'abbé Jeunehomme croisa les jambes, toussota dans le creux de sa main et répondit au sourire d'Élise par une petite grimace gênée.

— Vous lisez depuis que vous êtes tout jeune, je crois? fit-elle en essayant de donner à sa voix une intonation naturelle et dégagée.

— Ma gouvernante a commencé à me faire la lecture à partir de l'âge de cinq ans. Je pouvais l'écouter pendant des heures.

— Vous aviez une gouvernante?

— Mes parents n'avaient guère le temps de s'occuper de moi.

— À propos, coupa Florent, comment va ma tante? Est-ce qu'elle aime toujours la Floride?

— Elle va bien, répondit laconiquement l'abbé. Ma famille possédait une grosse librairie à Québec, poursuivit-il en se tournant vers Élise. C'est un commerce exigeant.

Florent se mit à rire:

— Et très lucratif, quand on est futé comme ma tante.

— Il y eut un temps, fit l'abbé, où je pouvais me vanter de connaître presque toute la section de littérature de notre librairie (car il n'y a que la littérature qui m'intéresse). Je lisais plus de quatre cents livres par année. Maintenant, il faut que je me modère. Ma vue commence à baisser. Et les gens jasent, ajouta-t-il avec un sourire narquois.

Il tendit soudain la main vers la volette à gâteaux:

— J'oubliais de vous offrir mes pâtisseries! Goûtez, goûtez, fit-il en saisissant une assiette qu'il débarrassa de son enveloppe de cellophane. C'est le Duc de Lorraine qui vient me les livrer tous les deux jours. Vous m'en direz des nouvelles.

Et sur ces mots il enfonça ses dents dans un baba, les yeux troublés de plaisir. Puis, se tournant vers eux, alternativement :

— Est-ce que vous saviez qu'un grand bonheur m'arrive ? Dans un mois, je m'envole pour la France.

— Ah bon, fit Élise. S'agit-il d'un voyage d'agrément ?

— *Eh ben,* pensa Florent, *voilà ma femme qui parle comme une sœur, maintenant. J'aurai tout vu.*

— Il s'agit d'un voyage d'études, répondit l'abbé d'un air grave. J'y vais pour effectuer certaines recherches. Connaissez-vous l'écrivain Gogol ?

Élise et Florent firent un signe de tête affirmatif, malgré que le nom leur fût inconnu.

— Bien sûr, reprit l'abbé, qui ne le connaît pas ? Le plus grand écrivain russe du XIXe siècle... Eh bien...

Il se pencha en avant sur sa chaise, pris d'un mouvement d'exaltation qui venait de faire fondre toute sa timidité :

— ... je m'en vais en France pour essayer de retracer une de ses œuvres disparue. Ou du moins, certains fragments. Vous savez, cette fameuse deuxième partie des *Âmes mortes* que Gogol a brûlée durant la nuit du 11 février 1852, torturé par ses angoisses religieuses, quelques jours avant sa mort.

— Qu'il a brûlée ? s'étonna Élise (elle donna un coup de coude à Florent, qui bâillait). Comment pouvez-vous la retrouver, alors ?

L'abbé Jeunehomme dressa en l'air un index cadavérique :

— Voilà le hic. Tout se trouve encore dans le poêle où il a jeté son manuscrit.

— Hein ? sursauta Florent, brusquement intéressé.

— Oui, oui, puisque je vous le dis, poursuivit l'abbé qui ne se possédait plus. Gogol est mort chez le comte Alexis

Tolstoï, où il avait ses appartements, le 22 février 1852. Or l'écrivain Pogodine, qui tient ces renseignements de témoins oculaires, affirme que le poêle – au Québec, on l'appellerait sans doute une *truie* – dont Gogol s'était servi pour cette horrible hécatombe littéraire, n'a jamais été réutilisé par la suite. Vous connaissez les Russes, vous savez comme ils peuvent se montrer superstitieux. Ce poêle a pris un caractère terrible et sacré dans la famille Tolstoï. Il était devenu le tombeau d'un chef-d'œuvre, un instrument maléfique qui, après avoir consumé l'œuvre, avait causé la perte de l'homme. En effet, Gogol ne s'est jamais remis de son coup de tête. Après avoir vu jaunir les derniers feuillets, il s'est allongé sur un canapé pour ne plus jamais se relever. Par la suite, on n'osa plus entrer dans la pièce du drame et le poêle ne servit jamais. En 1854, le comte le fit sceller et transporter dans un grenier. En 1921, on le retrouve à Paris chez des émigrés russes, des parents éloignés du comte Tolstoï chassés par la Révolution. Il est toujours scellé. Nouvelle apparition quarante ans plus tard à Fontenay-les-Tours chez un certain Félix Farbe, qui l'a acheté d'on ne sait trop qui. On songe alors à faire sauter les scellés pour un examen du contenu, mais Farbe meurt subitement et ses biens tombent en succession. Depuis, plus rien. Je vais me rendre à Fontenay-les-Tours et je finirai bien par trouver ma truie, lança l'abbé triomphalement.

Florent s'esclaffa :

— Vous allez traverser l'océan Atlantique pour une poignée de cendre ?

— Attention, mon ami, rétorqua l'autre d'un air grave. La paléographie a fait d'immenses progrès depuis vingt ans. Les savants peuvent maintenant faire resurgir le texte gratté d'un palimpseste. Ou alors, ils rassemblent quelques fragments poussiéreux et en tirent un poème, un récit, un précieux renseignement historique. Rappelle-toi l'histoire des manuscrits de la mer Morte. On utilise les rayons X, maintenant, et la fluoroscopie, et que sais-je?

Le silence régna pendant quelques instants. L'abbé Jeunehomme épongeait avec un mouchoir le thé qu'il avait renversé sur sa soutane durant son exposé passionné.

— Mais dites-moi, fit Élise, remuée par cette histoire étrange, pourquoi a-t-il brûlé son manuscrit, s'il en est mort de chagrin dix jours plus tard?

L'abbé soupira et laissa retomber les mains sur ses genoux:

— Ce serait trop long à vous expliquer, murmura-t-il.

Son visage avait pris une expression accablée.

— Il était un peu fou, je crois, ajouta-t-il au bout d'un moment.

— Pfiou! je suis content d'être sorti d'ici! s'écria Florent en mettant le pied dans le jardinet du presbytère. Avec toutes ces folies, il est une heure trente et j'ai rendez-vous chez le notaire à deux heures.

— «J'ai»? reprit Élise avec une pointe d'ironie. Tu permets que je t'accompagne?

— Bien sûr, voyons. Tu as vu cette montagne de pâtisseries? Je me demande comment il réussit à survivre. Il paraît qu'il ne mange que ça. Moi, elles m'ont laissé l'estomac creux.

Il entra dans un restaurant et en ressortit avec un gros sac d'arachides rôties. Il déchira le sac d'un coup de dents et, tout en marchant d'un pas rapide, le tendit à Élise.

Une longue caravane de camions chargés de débris déboucha soudain devant eux dans un bruit assourdissant, répandant partout une fine poussière de plâtre. Élise et Florent se réfugièrent dans l'auto et terminèrent leur collation en deux bouchées.

— Merde, j'ai de la poussière entre les dents, fit-il, dégoûté, en mettant le moteur en marche.

Le bureau du notaire Philippe Pimparé, où devait s'effectuer la transaction, était situé rue Fleury, dans le nord de la ville, à deux pas de La Barrique, un assez bon restaurant français où le notaire dînait chaque jour, à midi tapant. En mettant le pied dans l'établissement, il exigeait de voir son repas servi : jus de tomate, filet de sole meunière, compote de pommes et café, alternant avec jus de tomate, steak minute, salade de fruits et café.

Florent filait sur Papineau, doublant, coupant, attrapant les feux jaunes de justesse.

— Eh bien, malgré monsieur Gogol et sa truie, nous allons quand même être à l'heure, conclut-il après avoir consulté sa montre.

En arrivant au coin de la rue Jarry, ils aperçurent un convoi de mariage immobilisé par un accident. La mariée était debout au milieu de la rue en robe et voilette blanches près d'une décapotable dont le flanc gauche venait d'être enfoncé par une camionnette. Elle pleurait à chaudes larmes tandis qu'un filet de sang lui traversait le visage et alimentait une grande tache rouge sur sa robe. Son nouveau mari la regardait, pantois, les bras ballants, déjà dépassé par les impératifs de la vie en commun. La parenté s'agitait autour d'eux, donnait des ordres contradictoires, cherchait des mouchoirs, et la tache continuait de grandir. Un hurlement de sirènes s'éleva soudain et deux voitures de police surgirent. Des exclamations de soulagement éclatèrent de partout.

— Eh bien, fit Élise, si j'étais superstitieuse, je n'irais pas signer de contrat aujourd'hui !

— Moi, je le ferai, et je deviendrai riche.

Mais ils avaient perdu cinq bonnes minutes à observer cet étrange accident.

— Monsieur Boissonneault, je présume ? fit le notaire à leur entrée dans le bureau. Il était temps. Messieurs Slipskin et St-Onge niaisent ici depuis six minutes tandis que ma secrétaire n'arrête pas d'empiler les dossiers sur mon bureau. Madame, mes salutations. Veuillez vous asseoir, que je vous fasse la lecture du contrat.

Quinze minutes plus tard, il relevait la tête :

— Voilà. Y a-t-il des questions ?

— Quant à moi, ça va, marmonna monsieur St-Onge.

L'air grave, il sortit son stylo, signa, puis le tendit à Florent, qui le présenta à Slipskin. On échangea silencieusement des poignées de main et maître Pimparé se retrouva bientôt seul avec sa secrétaire et ses paperasses.

— Où est-ce que vous nous avez déniché ce notaire-là, monsieur St-Onge ? s'exclama Florent d'un air mécontent.

— Il s'occupe de mes affaires depuis vingt ans. La compétence vaut mieux que la gentillesse. Je vous invite à venir prendre un petit verre de gin chez moi – du porto pour vous, madame – et puis je vous quitte pour prendre l'avion. Fini pour moi, le brassage de bines. Vive la Floride !

Vers trois heures, Élise, Slipskin et Florent arrivaient devant La Binerie. On était au creux de l'après-midi, entre les coups d'affluence de midi et de cinq heures trente. Il n'y avait que deux clients au comptoir. Gustave Bleau causait avec l'un d'eux, tandis que l'autre – un petit vieillard à la figure toute chiffonnée – contemplait sa tasse de café d'un air si désabusé qu'il donnait l'impression de vouloir se jeter dedans pour en finir avec la vie.

Monsieur Berval venait de partir. Dans la cuisine, le petit José Biondi, seize ans, cigarette au bec, lavait la vaisselle tout en effectuant mentalement une réparation délicate au carburateur de sa motocyclette. Appuyé contre un mur, Bertrand (qu'on surnommait en cachette Bertrande), le combiné coincé entre l'oreille et l'épaule, susurrait des douceurs au téléphone, tout en épluchant des carottes.

L'arrivée des nouveaux propriétaires jeta le silence dans l'établissement. Florent s'avança au milieu de la place en balançant les bras, l'air un peu fat.

— Salut, *boss*, fit Gustave Bleau, un tantinet narquois.

Florent lui répondit par un large sourire et se tourna vers Élise et Slipskin :

— Voulez-vous un café ?

Ils firent signe que oui, un peu mal à l'aise sous le regard des employés. Bleau voulut les servir, mais Florent passa derrière le comptoir et l'intercepta :

— Moi aussi, je travaille, fit-il avec un petit sourire condescendant.

— Ah bon. Comme vous voulez, marmonna l'autre, et il s'en alla dans la cuisine.

Florent allait et venait derrière le comptoir, essayant de cacher l'ivresse que lui procurait sa nouvelle position.

— *God damn it*, jura Slipskin intérieurement, *it's like if I hadn't put a cent in the business. He's acting like my boss*[*].

Il avala sa tasse en deux gorgées, passa lui aussi derrière le comptoir et alla jeter un coup d'œil à la cuisine, mais une mitraillade de regards glacés le força de battre en retraite. Il retourna s'asseoir près d'Élise, qui promenait ses yeux partout, enchantée par la propreté qui régnait dans l'établissement. Gustave Bleau apparut avec une bassine de fèves au lard, toutes luisantes de graisse, et la déposa dans l'armoire-réchaud.

— Et puis, Gustave, demanda Florent en s'efforçant de donner à sa voix une intonation de familiarité joviale, beaucoup de clients ce midi ?

— Comme d'habitude, *boss*. Le problème ici, ce n'est pas d'attirer la clientèle, c'est de la mettre à la porte le soir à onze heures.

La réponse du serveur l'enchanta. Il écarta les bras, posa ses mains sur le comptoir comme sur la rambarde

---

[*] Nom de Dieu, [...] c'est comme si je n'avais pas mis un sou dans l'affaire. Il se prend pour mon patron.

d'un navire et huma avec délices l'odeur de friture, de café et d'eau de Javel qui flottait dans le local.

— Enfin, murmura-t-il, je l'ai, mon restaurant.

José Biondi et Bertrand s'étaient approchés sans bruit et l'observaient, le regard neutre. Slipskin, lui, s'était penché sur sa tasse – que Bleau venait de remplir avec empressement – et un fin sourire retroussait impercep- tiblement ses lèvres tandis que ses paupières cillaient à toute vitesse.

— Regarde-moi donc cette face de rat, murmura mon- sieur Boissonneault à l'oreille de sa femme en apercevant Slipskin par la vitrine vers dix heures.

Élise les aperçut et courut leur ouvrir la porte.

— Allô, ma petite chouette! s'écria-t-il. Viens dans les bras de ton beau-père pendant que t'es encore parlable, future millionnaire!

Et il l'embrassa avec une effusion qui amena une petite grimace d'étonnement sur les lèvres de Slipskin.

Monsieur Boissonneault représentait à son plus haut degré de perfection le type du joyeux infirme. À l'âge de quinze ans, une attaque de poliomyélite lui avait fait perdre en grande partie l'usage de la jambe gauche («Mais pas celui de la jambe du milieu», lançait-il avec un gros rire, pendant que sa femme baissait les yeux et soupirait discrètement). Malgré son infirmité (ou à cause d'elle, sait-on jamais?), une bonne humeur infatigable l'habitait. Son entregent et plusieurs années de travail acharné lui avaient permis de se tailler une place enviable dans les assurances et il jouissait maintenant d'une solide aisance.

Florent, radieux, sortit de la cuisine, un torchon à la main. Après avoir présenté les employés à ses parents, il leur fit visiter les lieux. Monsieur et madame Boissonneault, tout endimanchés pour l'occasion, le suivaient pas à pas, gonflés de fierté, mais l'œil cri- tique.

— C'est un peu petit comme local, remarqua l'agent d'assurances, mais tu viens quand même d'attraper une poule aux œufs d'or, mon garçon.

Il se tourna vers sa femme :

— Figure-toi, Rosalie, que je venais m'asseoir à ce comptoir *avant notre mariage !* J'ai très bien connu monsieur Lussier, l'ancien propriétaire : c'était un homme capable en s'il vous plaît ! Je ne pense pas qu'un seul client lui ait jamais retourné son assiette en douze ans.

Il donna une puissante claque dans le dos à son fils, au risque de perdre l'équilibre :

— Montre-toi un vrai Boissonneault, mon garçon, et tu vas le surpasser autant qu'une pissette d'éléphant surpasse une pissette de matou.

Tout le monde éclata de rire, sauf le petit José Biondi qui plissa l'œil d'un air blasé tout en tirant une touche. La visite se termina dans la cave. Slipskin ouvrait les portes, s'effaçait, puis, les mains derrière le dos, écoutait la conversation avec un sourire courtois.

— Je te le dis, ma femme, une vraie face de rat, répéta monsieur Boissonneault deux heures plus tard, assis sur le bord de son lit.

Il retira péniblement son pantalon et sa jambe gauche apparut, cadavérique.

— Ma foi, je ne lui prêterais même pas ma poubelle, ajouta-t-il, méprisant.

— Allons, couche-toi, soupira son épouse. Florent n'est plus un enfant, tout de même. En trois ans, il a dû le sonder.

— Une vraie face de rat, murmura une dernière fois monsieur Boissonneault, et il s'endormit.

5

Après un moment de méfiance, la clientèle de La Binerie avait décidé de rester fidèle à son restaurant, car on y mangeait aussi bien qu'avant. Florent se levait à cinq heures et se couchait tard dans la nuit. Pâli de fatigue, il apprenait lentement son métier et maigrissait. On le voyait partout à la fois : à la caisse, au comptoir, à la cuisine, au téléphone avec les fournisseurs, chez les grossistes en viandes, où il essayait tant bien que mal de percer le secret qui permet de faire la différence entre une pièce de bœuf d'où l'on ne pouvait sortir que de la tirasse et celle qui attirait une longue filée de clients satisfaits. Son entrain et sa capacité de travail lui gagnaient peu à peu l'estime de ses employés qui l'avaient vu entrer en fonction avec des sourires goguenards.

Élise comptait parmi ses principaux atouts. Elle travaillait au comptoir de sept heures à seize heures. Toute simple, mais efficace, enjouée et pleine de décision, il ne lui avait fallu que deux jours pour transformer l'ancien camionneur Gustave Bleau en un véritable chevalier servant, brûlant du même zèle désintéressé que Perceval et Cie lancés à la conquête du Saint Graal. Quant à la clientèle, un peu surprise au début par cette présence féminine qui rompait avec une longue tradition, elle s'était vite ralliée devant tant de gentillesse et de rapidité souriante. Les pourboires avaient même enregistré une légère augmentation. Il n'y avait que monsieur Berval de mécontent, car le bonhomme avait l'impression – fondée – que Florent essayait de lui voler par-dessus l'épaule les secrets du métier. Il avait bien essayé de monter José Biondi et le doux Bertrand contre leur nouveau patron, mais Florent l'avait brusquement placé sur une île déserte au milieu d'une mer de jalousie en révélant aux employés, mine de rien, l'augmentation de salaire qu'il avait dû consentir au cuisinier et comment celui-ci lui avait forcé la main.

Slipskin, par contre, n'arrivait pas à plaire. D'un commun accord, les employés avaient décidé de lui faire la gueule. Mais ce dernier s'en fichait pas mal, car il ne faisait que de courtes apparitions au restaurant vers la fin de la soirée ainsi que le samedi dans la journée. L'essentiel de ses énergies se déployait dans les discothèques. C'était en effet un dragueur virtuose qui passait le plus clair de ses soirées à convaincre des inconnues de faire l'essai de sa virilité. L'alcool devait parfois venir à la rescousse de ses charmes plutôt limités. Il en offrait de grandes quantités, sans vergogne, portefeuille ouvert, braguette frémissante, ne buvant presque pas lui-même, car ses principes naturistes le lui interdisaient. Il adorait les Québécoises.

— *Those French Canadian girls**, disait-il souvent en riant, *are really good fuckers when you know how to handle them.*

Le 2 juin 1974, soit un mois après la prise en charge de La Binerie, Florent et Slipskin avaient amassé 5682,74 $ de bénéfices bruts, dont la plus grande partie, il est vrai, allait au remboursement de la dette. Florent pouvait se prélever un salaire de 250 $ par semaine, Slipskin un salaire de 75 $ et la baisse du chiffre d'affaires que tous deux avaient crainte durant les premiers mois ne s'était pas produite. Au contraire! La Binerie servait une moyenne de 300 repas par jour. En un mois, les clients avaient engouffré 2000 litres de soupe, 122 pains, 80 douzaines d'œufs, 150 kilos de bœuf aux légumes, 77 cœurs de veau, 125 kilos de pâté chinois, autant de ragoût de boulettes, 897 kilos de fèves au lard, 168 tourtières, 150 tartes au sucre, 2200 litres de café et 28 bassines de pouding chômeur. La force du restaurant résidait dans la qualité de sa nourriture, la rapidité

---

* Ces Canadiennes françaises [...] sont de vraies bonnes baiseuses quand on sait comment les prendre.

du service et la modicité relative des prix, rendue possible par l'économie d'entretien d'un local tellement exigu qu'on se demandait comment il pouvait servir de passage à une telle avalanche de nourriture. À moins d'un malheur, le restaurant pourrait donc se payer plus vite que prévu.

Florent n'avait qu'un chagrin : celui de ne pouvoir serrer dans ses bras ce bon monsieur Ratablavasky. Aussitôt sa bonne action accomplie, le bonhomme était sans doute allé la faire comptabiliser au ciel, d'où il suivait la carrière de son jeune protégé avec un sourire attendri. Florent parlait de son bienfaiteur à tout propos et avec tant de feu qu'Élise un jour s'impatienta :

— Cesse de le canoniser, voyons ! C'est peut-être sa mort qui en a fait un bon samaritain. Est-ce qu'on sait ce qu'il avait derrière la tête, ton... Russe ?

— Pense ce qu'il te plaira. Moi, je juge les gens sur leurs actions. Le mois dernier, je vendais des disques pour un salaud qui me tombait dessus si je prenais plus de trois minutes pour pisser. Aujourd'hui, je dirige un restaurant et dans cinq ou six ans nous aurons une belle maison de pierre avec tout plein d'arbres autour, comme tu as toujours rêvé. Je le dois à qui ? À monsieur Egon Ratablavasky. Alors je lui dis : bonne éternité, monsieur Ratablavasky, en attendant d'aller vous serrer la main.

C'est dans cet agréable état d'esprit que Florent reçut quelques jours plus tard une visite imprévue. Il venait de convaincre un client éméché d'aller dormir chez lui plutôt que dans son assiette lorsque la porte s'ouvrit avec une telle vigueur que le mur en reçut une marque indélébile.

— Bonjour ! me voici ! s'écria Aurélien Picquot.

Il marcha droit sur Florent, sous le regard ébahi d'Élise, et le serra dans ses bras :

— Mon jeune ami, que je suis content de te revoir ! Voilà, c'est fait, lui souffla-t-il à l'oreille, mais avec une impétuosité qui rendait ses paroles dangereusement audibles, ma décision est prise : qu'on me mène aux cuisines. La bonne réputation de ce restaurant va se transformer en renommée !

Florent fit signe à Élise de le remplacer à la caisse et se hâta d'amener le cuisinier dehors.

— Qu'est-ce qui se passe ? s'étonna le Français. Tu reçois les gens dans la rue, à présent ?

— Mais non, répondit son compagnon en l'entraînant vers un *délicatessen* situé tout près. C'est que je préférerais que mon cuisinier prenne connaissance de vos projets d'une façon un peu plus... graduelle.

— Pfa ! broutilles et dents de lait ! je n'ai jamais tenu compte des gâte-sauces. La plupart devraient passer en correctionnelle pour empoisonnement public.

Florent lui ouvrit la porte, s'effaça devant lui et ils s'installèrent dans un compartiment à banquettes.

— Eh bien ! le mien vaut mieux que ça, je vous assure, monsieur Picquot. Mes affaires marchent bien et c'est en grande partie grâce à lui.

— Qu'est-ce à dire ? rétorqua Picquot, arrondissant son œil d'aigle. Tu rejettes mes services ?

— Mais non ! Qu'avez-vous donc ce matin ? Il faut être juste, c'est tout.

Une serveuse à perruque platine s'approcha d'eux en *hot pants* dans un brassement de cellulite qui annonçait la mûre quarantaine.

— Qu'est-ce que je vous sers ? fit-elle, la lippe mauvaise.

Picquot la toisa dédaigneusement :

— Rien, laissa-t-il tomber au bout d'un moment.

— Un café, s'il vous plaît, répondit Florent, un peu mal à l'aise.

Elle leur tourna le dos :

— Je connais des Français qui gagneraient beaucoup à faire un peu de bateau, marmonna-t-elle en s'éloignant.

Sur un geste d'apaisement de son compagnon, Picquot se ravisa et demeura assis. Il se lissa trois fois la moustache, puis un sourire éclatant occupa la moitié de son visage :

— Mon cher ami, j'ai le plaisir de t'annoncer que depuis deux jours je maîtrise totalement la cuisine québécoise.

— Eh bien, félicitations ! vous aurez donc deux spécialités.

— Non, répliqua sèchement le Français. En quittant le Château Frontenac, j'ai répudié à tout jamais la haute cuisine. Notre époque n'en est plus digne. Les gens salivent, mais ne goûtent plus. J'ai perdu mon temps à tenter de plaire à ces automates.

Florent sourit :

— Ne voyez-vous pas les choses un peu trop en noir ?

— Absolument pas. Et la preuve, c'est que j'ai pris la peine d'aller me percher sur une autre branche, un peu plus basse, il est vrai, mais solide. Où penses-tu que j'étais ces derniers temps ?

— Sûrement pas dans votre assiette, en tout cas, répondit la serveuse en arrivant près d'eux tout à coup.

Elle déposa une tasse de café devant Florent, qui reçut une goutte dans l'œil. Picquot la regarda s'éloigner :

— Eh bien, fit-il d'une voix radoucie, en voilà une qui a la réplique vive. Ça me plaît. Il faudra que je revienne causer avec elle. Allons, je te répète ma question : où penses-tu que j'étais ?

Florent haussa les épaules en signe d'ignorance.

— À Saint-Sauveur, jeune homme ! Je viens de passer deux semaines dans un chalet à Saint-Sauveur afin d'acquérir ma nouvelle science. J'ai rassemblé tous les manuels de cuisine traditionnelle québécoise qui se trouvent sous nos cieux et je m'en suis nourri, en quelque sorte. Soit dit en passant, je te conseille la méditation d'un recueil de recettes publié en 1879 par la révérende mère Caron, des Sœurs de la Charité de la Providence. Tu verras que l'odeur de la sainteté et les arômes de la bonne cuisine forment un mariage délicieux. Et si tu es curieux de connaître les résultats que j'ai obtenus, monte à Saint-Sauveur et parle-leur un peu de mes dégustations gratuites. Au bout d'une semaine, on voulait que je me présente comme échevin.

— Hé bien! s'écria Florent ébahi, si les gens de Montréal sont comme ceux de Saint-Sauveur, nous allons tous être millionnaires dans un an!

— Maintenant, je te quitte, décida Picquot en se levant. Je dois aller chercher mes bagages à la gare. Quand désires-tu que j'entre en fonction?

Ce fut le jour même. Monsieur Berval, qui avait l'oreille fine, avait tiré ses conclusions et du même coup sa révérence. À son retour du *délicatessen*, Florent avait retrouvé le cuisinier assis devant ses fourneaux, en train de déguster une bouteille de gros gin à une vitesse qui lui avait fait monter deux tomates aux joues. Son tablier pendait dans un chaudron de soupe aux légumes.

— Tu vas me donner mes deux semaines de salaire, mon 'tit gars: je viens de faire un téléphone et il faut que je prépare un souper pour quatre cents personnes demain soir à Chibougamau.

Une longue discussion commença. Florent se plaignit au cuisinier de ne pas avoir reçu de préavis, mais finit par s'incliner et se rendit à la banque avec lui, car son ex-employé voulait être payé en espèces sonnantes.

— Voyez-moi ce malotru! bougonna Picquot que monsieur Berval venait de bousculer en sortant du restaurant.

Il se pencha de nouveau et se remit à tirer une énorme malle capitonnée de cuir noir. Des clients s'étaient retournés et l'observaient, l'œil moqueur. Élise s'avança. Il leva la tête et l'aperçut.

— Madame... Boissonneault? fit-il en se troublant. *Quelle femme!* pensa-t-il. *Comment ne l'ai-je pas remarquée tout à l'heure? Ma vue baisse.*

— Vous êtes Aurélien Picquot? répondit Élise en souriant. Mon mari me chante vos louanges depuis longtemps. Je suis contente de vous connaître. Laissez-moi vous aider.

Elle s'approcha pour retenir la porte.

— Laissez, laissez, madame (on avait l'impression qu'il parlait en se tenant sur la pointe des pieds). Ce n'est pas le premier seuil que je franchis.

Il fit un effort violent pour soulever la malle. Sa colonne vertébrale émit un craquement de vieille poutre, ses lunettes, un peigne et deux boîtes de pastilles tombèrent sur le trottoir, mais la malle ne broncha pas.

— Je vais vous donner un coup de main, fit Gustave Bleau en sortant de la cuisine où les employés s'étaient retirés pour se tordre à leur aise.

Ses mains s'abattirent sur les poignées de cuir, un frisson parcourut ses bras énormes et il souleva la malle d'un seul mouvement du torse.

— Où est-ce que je la mets? demanda-t-il, le souffle coupé.

Picquot indiqua la cuisine.

— *Quel joli nez!* pensait-il en lorgnant Élise. *À peine un tantinet trop long. Le soupçon d'imperfection qui fait éviter la beauté froide. Et des yeux si doux, si bien ombrés! Elle me rappelle Agnès, mais en plus frais.*

Il passa devant Gustave Bleau et poussa la porte de la cuisine:

— Mais qu'est-ce que vous voulez que je fasse dans cette armoire à chaudrons? s'écria-t-il.

José Biondi le regarda d'un air souverainement offensé, mais l'autre ne parut même pas le remarquer.

— Il faudra agrandir, si on veut que mon art prenne un peu d'envolée.

— Est-ce que vous voulez que je descende votre malle à la cave? demanda le serveur en déposant son fardeau au pied du cuisinier.

Picquot se mit à rire et lui tendit une clé:

— Ouvrez-la!

Des clients s'approchèrent, curieux. La serrure joua, le couvercle fut soulevé. Pendant quelques secondes, le visage du petit José Biondi marqua quelque chose comme de l'étonnement. Gustave et Bertrand laissèrent échapper une exclamation et reculèrent, éblouis par l'éclat des chaudrons, marmites, poêles et lèchefrites, imbriqués les uns dans les autres comme les pièces d'un casse-tête.

— Ma foi, on dirait de l'or, murmura Élise.

Picquot partit d'un éclat de rire qui fit s'arrêter trois passants.

— Allons! je ne suis pas Cléopâtre pour faire frire mes œufs dans du vingt carats. Il s'agit de cuivre, rien de plus. Frottez le cuivre, il vous sourit! Vous allez me débarrasser de toute cette ferraille, ordonna-t-il en levant le bras vers une armoire. On ne fait pas de bonne nourriture dans de mauvais chaudrons.

Après quelques jours d'inquiétude et de stupéfaction, les employés de La Binerie en vinrent à la conclusion qu'Aurélien Picquot n'était pas aussi calamiteux que ses manières l'avaient d'abord laissé croire. Il suffisait de travailler comme un nègre sans trop poser de questions et les journées filaient. Son habileté extraordinaire et sa puissance de travail compensaient pour l'énorme consommation de patience que ses sautes d'humeur demandaient.

Aussitôt arrivé, il visita le restaurant de fond en comble. À seconde vue, la cuisine lui parut toujours aussi minuscule, il est vrai, mais bien aménagée. Il fut satisfait du garde-manger qu'on avait installé dans la cave, mais beaucoup moins de l'état de propreté de l'énorme moulin à viande qui se dressait devant les toilettes.

— Qu'est-ce que c'est que toutes ces horreurs ? fit-il en apercevant sur une tablette des boîtes de purée de pommes de terre instantanée. Jetez-moi ces ordures américaines dans la rue : elles déshonorent la profession.

Le même sort échut aux boîtes de sauce en poudre à saveur de bœuf et à une caisse de Jell-O. Il les fit mettre dans des sacs à ordures qu'il attacha soigneusement, comme s'il s'était agi de substances dangereuses (« C'en sont ! Ces produits-là ont fait plus de ravages que l'arsenic ») et les jeta lui-même à la poubelle. Len Slipskin apprit la chose quelques heures plus tard, sortit discrètement dans la cour et alla les porter dans son automobile pour en faire cadeau à sa mère.

Mais les changements n'en restèrent pas là. Le jour même, Florent dut faire l'acquisition d'un mélangeur électrique. Durant la semaine qui suivit, Picquot fit acheter trois grosses cocottes-minute.

— Voilà la seule façon d'éviter les légumes gorgés d'eau quand on les cuit en grande quantité. C'est Alexis Soyer, mon maître spirituel, qui a inventé ce procédé au XIXᵉ siècle. Je ne peux supporter l'idée de ces pommes de terre bouillies qui s'écrabouillent dans votre bouche comme du melon d'eau.

Il fit démolir un placard à balais. L'espace ainsi gagné fut occupé par une table chauffante à température réglable.

— C'est encore Soyer qui l'a inventée, mes amis. Retenez bien ce nom : Soyer, un grand cuisinier, doublé d'un inventeur génial. C'est grâce à lui qu'une tourtière ou un bouilli peut conserver quelque temps sa fraîcheur après avoir quitté le feu.

Il améliora l'éclairage, demanda qu'on installe un ventilateur dans l'imposte qui s'ouvrait au-dessus de la porte arrière et fit repeindre la cuisine en blanc. Les fissures, trous et recoins inutiles disparurent. Un linoléum gris perle, d'un entretien facile, recouvrit les horribles tuiles d'asphalte à motif de pois cassés.

— Une cuisine doit ressembler à une salle d'opération, disait Picquot. Il faut qu'une heure après son arrivée le plus coriace des microbes y meure de mélancolie.

Le tableau-menu installé au-dessus du comptoir, où chaque plat était inscrit sur une languette mobile, lui plut beaucoup par son ingéniosité.

— Plus tard, quand je me serai fait la main, dit-il après l'avoir longuement observé, j'y ajouterai peut-être du cipâte au lièvre. Mais ne bousculons pas la tradition.

D'excellente qu'elle était, la cuisine de La Binerie devint imbattable. La clientèle ne mit pas de temps à réagir. Les pourboires se gonflèrent. Au bout de deux semaines, on vit, ô merveille, des files d'attente à l'heure des repas, comme chez Da Giovanni! Les gens faisaient le pied de grue, sourire aux lèvres, pour obtenir le privilège de goûter à une portion de pâté chinois ou de cœur de veau braisé. La bonne nourriture les mettait de si belle humeur qu'ils supportaient philosophiquement les ouragans verbaux qui se déchaînaient parfois dans la cuisine et jusque derrière le comptoir.

Enchanté de la tournure que prenaient les affaires, Len Slipskin se mit à venir plus souvent et, ma foi, personne ne s'en plaignait, car on manquait de bras. Élise et Florent dormaient six heures par nuit et se démenaient comme des damnés le reste de la journée. De temps à autre, ils essayaient courageusement de renouer avec leur vie amoureuse d'avant La Binerie, mais les efforts de la volonté ne valaient pas les effets du désir.

— Si jamais on réussit à fabriquer un enfant de cette façon-là, soupirait Élise, il va être ennuyant comme une chaise.

Florent voulut engager un nouvel employé, mais Picquot l'en dissuada:

— C'est avec ces petites capitulations devant la paresse qu'on mène doucement une affaire à la faillite. Trop d'immobilisations, trop de salaires, survient un coup dur et hop! l'huissier frappe à la porte. Tenez bon encore un peu, vos nerfs finiront par s'y faire. On ne s'enrichit pas en se prélassant sur la plage, que diable!

— Si je savais où se trouve Ange-Albert, se disait Florent, je lui demanderais de venir me donner un coup de main.

Un télégramme le lui apprit deux jours plus tard:

TRAVAILLE AU CANADIEN NATIONAL. SUIS À CAL-GARY. VOYAGE PARTOUT. QUE D'ANGLAIS! DE RETOUR À MONTRÉAL BIENTÔT. GROS BECS À ÉLISE.

— On devrait agrandir, proposa un soir Slipskin après avoir contemplé, l'œil brillant, le contenu du tiroir-caisse.

— Erreur! rétorqua Picquot. Voilà bien la manie américaine de vouloir transformer les bons restaurants en usine. Comment voulez-vous contrôler la qualité de la nourriture quand vous avez à peine le temps de soulever le couvercle de tous vos chaudrons?

Florent l'approuvait de la tête:

— J'aime bien l'argent, mais j'aime aussi la vie de famille, dit-il en jetant à Élise un regard qui amena un sourire équivoque aux lèvres de Gustave Bleau.

— Saviez-vous que Camillien Houde venait souvent manger ici à l'époque? leur dit un jour un vieux chauffeur de taxi. Si vous continuez à faire à manger de même, ma foi du bon Dieu, la gourmandise va le faire ressusciter!

Picquot sortit de la cuisine, les joues enflammées, les yeux pleins de larmes, et serra les mains du chauffeur tout intimidé:

— Pour un cuisinier comme moi, les plus grandes satisfactions viennent du peuple.

6

Ce qui devait arriver arriva. Harcelé de tous côtés par les nouvelles du succès de La Binerie, qui connaissait une seconde jeunesse et faisait courir tout le Plateau-Mont-Royal, Joseph Latour décida qu'une partie de l'aimable prospérité du restaurant devait se rendre jusqu'à l'intérieur de son portefeuille. Monsieur Latour était propriétaire, rédacteur en chef et correcteur d'épreuves du journal *Le Clairon du Plateau,* modeste publication de format tabloïd qui paraissait tous les mardis, sauf lorsque l'imprimeur était parti sur une brosse; auquel cas, d'un commun accord, la publication était remise au lendemain.

Ce matin-là, monsieur Latour, en pensant à La Binerie, se sentit traversé par une bouffée d'optimisme qui, à chacune de ses manifestations, provoquait chez lui la bizarre sensation qu'on lui léchait les jointures (il avait parlé à son médecin de ce phénomène; cela lui avait attiré des taquineries d'un goût douteux). Pourtant, jusqu'ici, ses nombreuses tentatives auprès de La Binerie pour obtenir un contrat de publicité lui avaient laissé dans la bouche un fort goût d'huile de ricin. À sa quatrième visite, monsieur St-Onge, l'ex-propriétaire, posant ses deux mains sur le comptoir, lui avait répondu, devant quatorze clients:

— Écoute, Jos. Latour, je vais te parler en majuscules étant donné que tu sembles dur d'oreille. Si mes affaires marchaient mal, j'essayerais de les renmieuter et je te donnerais peut-être alors un vieux dix piastres de temps à autre pour que tu glisses ma photo dans ta feuille de chou. Mais mon restaurant est plus connu que ton *Clairon,* que veux-tu que j'y fasse? En faisant paraître des annonces, c'est moi qui t'aide à te faire connaître. Alors c'est plutôt toi qui devrais me payer, non?

Jos. Latour était reparti avec un nouveau record de tension artérielle et en jurant tout haut de ne plus jamais remettre les pieds à La Binerie. Des petits commentaires perfides avaient paru pendant quelques semaines dans son journal, mais comme ils empiétaient sur l'espace réservé aux annonces, il s'était résigné à les supprimer, d'autant plus que leur effet semblait des plus limités.

Sur ces entrefaites, La Binerie avait changé de propriétaire. Monsieur Latour avait songé un moment à reprendre ses démarches. Mais l'honneur de la profession avait ses exigences! Alors, il avait délégué à sa place Rosario Gladu, son principal (et d'ailleurs unique) publicitaire et journaliste.

Vers onze heures, un avant-midi, Florent était en train de servir un petit garçon qui demandait «une-pinte-de-fèves-au-lard-pour-apporter, ma-mère-va-vous-payer-demain» lorsqu'il se trouva devant un homme d'une trentaine d'années, lippu, les cheveux blonds et crépus, la peau couperosée, les joues déjà blettes, et qui lui souriait avec une énergie extraordinaire.

— Monsieur Boissonneault? fit-il en lui tendant la main.

— Lui-même.

— Félicitations pour votre beau restaurant. Définitivement, l'atmosphère me paraît bien sympathique. Si je vous disais que mon oncle Onésiphore Ledoux, qui est pourtant pris d'un cancer à la vessie, se traîne deux fois par semaine jusqu'ici pour goûter à votre fameuse tourtière? Je me présente: Rosario Gladu, du *Clairon*. Vous connaissez sûrement notre journal.

— Oui, oui, répondit Florent, légèrement embarrassé.

Il se rappelait vaguement avoir aperçu ce nom parmi des épluchures de patates.

— Je vais prendre un café, si vous permettez.

Le journaliste s'assit près du petit garçon, qui le fixait avec le regard concentré d'un chat, les deux mains dans les poches, s'amusant à faire craquer les coutures de sa culotte mal rapiécée. L'enfant sauta bientôt de son tabouret et alla s'asseoir au bout du comptoir, tout près de la porte :

— Est-ce que ta femme te renfonce toujours ton chapeau sur la tête quand tu reviens trop tard, le soir ? lança-t-il tout à coup avec un sourire impitoyable.

— Hein ? fit Gladu en se retournant. Que c'est tu dis ? T'es un p'tit qui, toi ?

— Tu me connais. Je reste près de chez toi. Tu m'envoies des fois te chercher de la bière chez le dépanneur.

Florent, la main devant la bouche, faisait mine de se gratter la joue tandis qu'à la cuisine un profond silence venait de s'établir.

— Ah bien oui ! je te replace, là, s'écria Gladu, mi-rieur, mi-fâché. C'est toi, mon petit vlimeux, qui vides les fonds de bouteille en cours de route ? *Enwoye*, prends tes bines et sacre-moi ton camp !

Il se leva et voulut lui donner une taloche. Mais le gamin était déjà sur le trottoir en train de lui faire des grimaces.

— P'tit trou-de-cul, marmonna Gladu en venant se rasseoir. Je me demande ce qui se passe depuis une couple d'années, fit-il en se retournant vers Florent. C'est peut-être l'effet des radiations atomiques ou de la télévision. Des enfants : y en a plus ! La couche encore aux fesses, ça fume, ça boit, ça se promène avec des boîtes de capotes, si vous me permettez l'expression. Est-ce qu'il vient souvent ici, celui-là ?

— Depuis une semaine, presque chaque jour, répondit Élise, qui montait de la cave avec une botte de persil.

— Je vous présente ma femme, dit Florent.

— Enchanté, madame, et au nom du *Clairon du Plateau*, permettez-moi de vous présenter le bonjour de tous les employés et de mon patron, monsieur Joseph Latour.

Monsieur Picquot s'amena en vitesse, une louche à la main :

— Ce monsieur Latour ne serait-il pas originaire de Nantes, mon cher monsieur?

— Nantes? Nantes en France? Oh non! sa famille vient de Saint-Casimir-de-Portneuf. Justement, il me disait hier que presque tous ses frères – il en a dix-sept – vivent encore là-bas, sa mère aussi d'ailleurs, mais elle a cassé maison il y a deux ans, rapport à ses yeux. Un jour, en faisant sa lessive...

— Aucun intérêt pour moi, alors, coupa Picquot qui lui tourna le dos et retourna à la cuisine.

Depuis quelques instants, la porte battait sans arrêt et le comptoir se garnissait de dîneurs. Élise était débordée. Florent s'approcha du journaliste:

— Vous allez m'excuser, monsieur Gladu, mais je suis un peu pressé par l'ouvrage, comme vous voyez. Est-ce que vous veniez me voir pour une raison particulière?

— Voilà, voilà, j'y arrive, répondit Gladu, la gorge un peu serrée. *Vas-y mon vieux,* se dit-il, *mets-y du chien et fonce.* J'ai quelque chose d'ex-trê-me-ment intéressant à vous proposer.

Il s'accouda au comptoir, plongea son regard dans celui de Florent et laissa passer quelques secondes.

— Que diriez-vous de devenir le restaurateur le plus connu du Plateau-Mont-Royal?

Florent se mit à rire:

— C'est presque fait, je pense.

— Vous croyez? Voyons, vous savez bien ce que font la plupart des gens, une fois revenus de leur travail? Ils passent la soirée à traîner dans la maison. Ne leur demandez pas de sortir pour prendre une bière, manger du chinois ou un bon plat de bines comme vous savez si bien les préparer. Ils ne bougeront pas plus que le pont Jacques-Cartier. Vous ne pouvez tout de même pas vous mettre à faire du porte-à-porte pour essayer de les convaincre, hein? C'est à ce moment-là que *Le Clairon du Plateau* entre en jeu. Nous avons des gens dans notre salle de rédaction, mon cher monsieur, qui sont capables de faire bouger les piliers de ponts exactement comme si c'était des petites boîtes de poudre à fesses.

— *Ma foi du bon Dieu,* se dit Florent, *j'en ai pour l'après-midi si je n'achète pas d'annonces à ce casse-pieds.* Est-ce que vos tarifs sont raisonnables? demanda-t-il au journaliste. S'ils le sont, je ferai paraître de temps à autre une petite annonce dans vos pages.

Rosario Gladu, à demi suffoqué de joie, émit un chiffre ridicule qui aurait mis *Le Clairon* en faillite si on l'avait appliqué à toutes les annonces. Florent lui demanda de revenir au milieu de la soirée, alors qu'il aurait plus de temps à lui consacrer.

— Aimez-vous le baseball? demanda le journaliste, qui devait faire des efforts surhumains pour ne pas se jeter sur Florent et lui embrasser les mains. J'ai des billets pour la partie de demain soir entre les Expos et les Pirates de Pittsburgh. Mais comme c'est le *party* de première communion de ma petite fille...

— Je vous remercie beaucoup, mais je suis pris tous les soirs.

Gladu lorgna du côté de la cuisine pour signifier à Florent qu'il lui laissait le privilège d'octroyer l'insigne faveur d'une partie au stade à l'employé de son choix. Mais il eut à peine le temps de ramener son regard qu'Aurélien Picquot se plantait devant lui, radieux :

— Donnez-m'en un. Je vous remercie. Il y a une éternité que je n'ai pas vu évoluer Rusty Staub au bâton.

— Eh ben, toton de puce! murmura Gladu en s'éloignant sur le trottoir d'un pas sautillant, le *boss* va me payer la bière à soir! Finalement, on dira ce qu'on voudra : ça paye de suivre des cours de personnalité.

Vers neuf heures, il revenait à La Binerie avec un verre dans le nez et une valise pleine de coupures de journaux, ses articles. Florent lui présenta son associé. En entendant le nom de Slipskin, Gladu se mit à émailler son discours d'expressions anglaises, glissant de temps à autre des phrases entières avec un air affecté et un accent rocailleux qui amenait un sourire condescendant aux lèvres de l'Anglais.

— J'ai pensé à vous tout l'après-midi, disait le journaliste. Quand je me lance dans le *brainstorming,* ça donne des résultats, vous allez voir! D'abord, je veux vous montrer ce que j'ai fait dans le passé... *what I have in the ass**, comme dirait l'autre. Voici un article qui a paru en première page du *Clairon* le mois dernier et qui a fait pas mal de bruit.

Exhibant un numéro du journal, il posa le doigt sur une manchette:

ON FÊTE BURNY AU MANOIR SAINTE-ROSE

— Savez-vous qu'on a parlé de mon article jusque dans *Le Progrès de Valleyfield*? J'en profite d'ailleurs pour vous apprendre que j'ai été parmi les cinq premières personnes dans la province à utiliser l'expression «Venise-en-Québec». *That's something, eh***? Je m'étais servi de cette expression dans une de mes chroniques, «L'actualité maintenant».

Il saisit une coupure et la fourra sous le nez de Florent.

Le sort m'a fait le grand bonheur cette semaine dernière de m'amener dans la prospère ville de Valleyfield. Soit dit en passant, depuis que le système d'aqueduc de cette ville s'est trouvé amélioré grâce à l'initiative administrative du maire P. O. Gingras (un de ces hommes que, en son absence, personne ne pourrait remplacer), la population pullule de joie, car l'eau s'en trouve grandement purifiée. D'ailleurs toute la ville stimule l'admira-

---

* [...] ce que j'ai dans l'cul.
** Ce n'est pas rien, ça, hein?

tion du moindre visiteur à cause de ses nombreux progrès urbains. Certains commence *(sic)* même à l'appeler la *Venise du Québec.*

Florent poursuivit sa lecture pendant que Gladu traduisait un autre de ses textes à l'intention de Slipskin.

— Vous voyez? disait-il. Avec moi vous allez faire *bull's eye* de deux manières. D'abord, je vais rédiger vos annonces – et vous allez voir que, pour ces choses-là, j'ai un petit tour de poignet à moi tout seul. Mais, en plus, qui est-ce qui m'empêche de parler gratuitement de votre restaurant dans ma chronique? Je n'agirais pas de même avec le meurtrier de ma 'tite sœur, *but for nice guys like you, I could done* (sic) *anything*[*].

Slipskin consulta Florent du regard et le marché fut conclu. On convint d'une série de douze annonces de vingt centimètres carrés en page 3, avec photographie de l'intérieur du restaurant agrémentée d'une devise commerciale que Gladu devait pondre d'ici deux jours et soumettre à leur approbation. Chaque annonce serait facturée 25 $, avec possibilité d'un escompte de 20 % sur une base annuelle.

À partir de ce moment, la conversation devint extrêmement cordiale. Gladu cessa de parler affaires pour se lancer dans le récit de ses conquêtes amoureuses dans les discothèques, bars et clubs du Plateau-Mont-Royal.

Slipskin et lui se découvrirent des goûts communs. Le journaliste en fut tellement enchanté qu'il l'invita sur-le-champ à prendre une bière au Gogo-Bar (Lucien Moffette, prop.), un établissement à la clientèle très bariolée situé à deux coins de rue de La Binerie. En moins d'une heure et avec un peu de chance, on pouvait y lever une divorcée, une secrétaire défraîchie ou une fille de la

* [...] mais pour des gens chics comme vous, je pourrais faire n'importe quoi.

campagne prise du mal du pays qui venaient au Gogo-Bar avec l'espoir (parfois non avoué) de terminer la soirée dans un motel. Slipskin accepta. Ils se retrouvèrent bientôt attablés avec un couple de jumelles qui voguaient depuis belle lurette dans la quarantaine. Les farces de Gladu et l'anglais de Slipskin produisirent un tel effet que la soirée se termina par une orgie vigoureuse et sans prétention qui noua des liens indestructibles entre le journaliste et l'associé de Florent.

7

Le lendemain fut marqué par un événement extraordinaire.

— Qu'est-ce que tu veux encore, toi? demanda Florent en voyant revenir pour la troisième fois, les poches gonflées de billets de banque, le gamin qui, la veille, avait quelque peu terni la réputation de Rosario Gladu.

— Ma mère, là, elle demande si vous auriez pas...

— Ta mère va finir par défoncer le plancher, mon vieux, si elle continue de manger à cette vitesse, répliqua Florent qui essayait en vain de prendre une mine sévère.

Le petit garçon serra les lèvres, pencha la tête et se mit à fixer le plancher.

— Qu'est-ce qu'elle veut manger, cette fois, ta mère? demanda Élise avec douceur.

— Deux boîtes de sardines. Des grosses.

Florent se mit à rire :

— C'est l'épicier qui en vend, pas moi. Es-tu bien sûr que c'est ta mère qui t'envoie? lui demanda-t-il avec un sourire malicieux.

Le petit garçon prit un air suprêmement offensé, fit quelques pas vers la porte, puis, se ravisant, revint se planter devant le comptoir :

— Non, c'est mon chat, fit-il en le toisant.

— Ton chat? s'écria Florent. Et le boudin de tout à l'heure, c'était pour ton chat aussi?

Le petit garçon fit un signe de tête affirmatif en fixant Élise et Florent avec le même regard frondeur.

— Je foutrais ce moutard à la porte, moi, marmonna Picquot du fond de la cuisine.

José Biondi allongea le cou et, voyant le gamin, cacha sa figure derrière un nuage de fumée méprisant.

— Et les saucisses? poursuivit Élise.

— C'était pour lui aussi. Allez-vous le dire à ma mère?

Florent consulta sa femme, désarmé:

— Elle va s'en apercevoir toute seule, mon pauvre 'tit gars. Tu as fouillé dans son sac à main, je m'en doutais. Va lui remettre ce qui reste, au moins.

— Elle est partie. Elle revient seulement quand il fait noir. Elle travaille dans un club.

— Et ton père, lui?

— Mon père? Y'est parti travailler dans des autres pays.

À son air, on voyait que ce n'était pas la première fois qu'il répondait à cette question et qu'il la trouvait d'ailleurs particulièrement assommante.

— Quel monde! quel monde! soupira Picquot.

Il se tourna vers Bertrand qui épluchait des pommes de terre en lisant un photoroman:

— De la graine de bandit, voilà ce que nous semons! Gare à la récolte!

— Qui te garde, alors? fit Élise en se penchant au-dessus du comptoir.

— Je me garde tout seul. Je suis bien assez vieux.

— Et qui te fait à manger?

— Personne. Je fouille dans le frigidaire, puis je mange des Mae West, des beurrées de beurre de pinotte, toutes sortes d'affaires, répondit l'autre, étonné par la question. Voulez-vous voir mon chat? demanda-t-il tout à coup.

Il partit en courant et revint cinq minutes plus tard avec un gros matou tigré couché à la renverse dans ses bras. La panse gonflée, les yeux mi-clos, l'animal semblait gavé. Mais dès qu'il fut dans le restaurant, l'odeur de la cuisson le réveilla. Il se mit à jeter de petits coups d'œil inquisiteurs en se pourléchant les babines, puis s'échappa des bras de son maître et alla se réfugier sous une table, endroit idéal pour planifier une expédition en toute quiétude.

— C'est Déjeuner, fit le petit garçon encore tout essoufflé par sa course. C'est mon chat depuis longtemps longtemps longtemps. Quand je faisais pipi dans mes culottes, c'était mon chat.

— Et toi, comment t'appelles-tu? demanda Élise en riant.

— Émile, Émile Chouinard.

C'est à ce moment que se produisit l'événement extraordinaire.

— Eh bien, *monsieur Émile,* lança Picquot en s'avançant derrière le comptoir, vous aurez la bonté de tenir votre griffard loin de moi. Sinon, je le transforme en civet, menaça-t-il en faisant des yeux terribles.

Élise fit signe au cuisinier de baisser le ton, puis se tourna vers l'enfant. Ce dernier contemplait Picquot d'un air ravi. Quelque chose dans les paroles du cuisinier avait touché en lui une corde céleste. Il s'approcha de la table juste au moment où son chat, après un long et savant calcul, allait s'élancer vers la cuisine, l'attrapa par la queue et le souleva. Déjeuner se transforma en un paquet de docilité gélatineuse.

— Tiens, dit-il en tendant l'animal au cuisinier, je te le prête pour un 'tit bout de temps. Mais fais-y bien attention, ajouta-t-il en levant le doigt en l'air.

Puis, sous le regard médusé des assistants, il se dirigea vers la sortie en souriant et partit en courant sur le trottoir.

— Mais il a la tête fêlée, votre pickpocket, s'écria le Français, un peu embarrassé par les rires qui s'élevaient autour de lui. Qu'est-ce que vous voulez que je fasse de cette sale bête? Si un inspecteur arrivait, quelle scène, mes amis! Allons, à la cave, galeux. Quant à toi, ajouta-t-il en se retournant vers Bertrand qui maîtrisait mal son hilarité, ferme-la juste et aux légumes!

Une demi-heure plus tard, le petit garçon faisait sa réapparition.

— Salut, Émile, lança Florent, blagueur. Ton chat n'est plus ici. Un inspecteur vient de l'emporter.

Le petit garçon s'était arrêté net au milieu de la place et avait mis les mains sur les hanches.

— Je m'appelle pas Émile, dit-il froidement.

— C'est pourtant bien le nom que tu nous as donné tout à l'heure.

Une expression de hauteur dédaigneuse se répandit sur son visage. Il s'approcha lentement, grimpa sur un tabouret et se pencha au-dessus du comptoir de façon à se trouver nez à nez avec Florent. Tout le monde l'observait.

— Je m'appelle *monsieur* Émile, laissa-t-il tomber d'une voix égale. Je suis pus un bébé, tu sais. Je me garde tout seul. Les ceuses qui m'appelleront pas monsieur Émile, je vas leur crisser un coup de pied sur la jambe, O.K.?

Il se retourna vers Picquot et, avec son plus charmant sourire:

— Donne-moi mon chat, maintenant. Tu l'as eu assez longtemps.

❖ ◆ ❖

Sans le vouloir, Aurélien Picquot avait mis en branle chez monsieur Émile un processus d'autovalorisation qui le transforma bientôt en habitué du restaurant. Mais, contrairement à ce qu'on aurait pu redouter, son assiduité se révéla étonnamment supportable. Le « monsieur » de «monsieur Émile» le forçait, c'était visible, à se comporter comme une grande personne, du moins dans les limites du possible. Il cessa de se décrotter le nez en mangeant. La tempête permanente qui tordait ses cheveux diminua d'intensité et ses chaussettes acquirent une forte tendance à être de la même couleur. Seule, hélas, une pénétrante odeur d'urine indiquait que monsieur Émile, malgré sa prodigieuse maturité, éprouvait quelque difficulté à se passer totalement des soins de sa mère. Picquot, qui n'avait jamais eu d'enfants et qui les connaissait mal, se trouvait placé devant un problème de taille. Il ne pouvait supporter la présence du gamin dans la cuisine et la trouvait déplacée dans le restaurant. Mais la robuste camaraderie que monsieur Émile avait lancée entre lui-même et le cuisinier, comme un ingénieur militaire lance un pont au-dessus d'un précipice, réussit à toucher des fibres vierges chez ce vieil éclopé du mariage et le mit bientôt dans un état de dépendance bougonneuse vis-à-vis de son jeune ami. La présence d'Élise, heureusement, atténuait les tensions de cet étrange conflit. Ses trésors de maternité inemployés se déversaient avec une abondance qui faisait sourire Florent et plongeait monsieur Émile dans un contentement béat. La mère de monsieur Émile continua de s'acquitter jusque fort tard dans la nuit de ses obligations de barmaid, dont elle se faisait une conception particulièrement exigeante qui l'obligeait souvent à recevoir des inconnus dans sa chambre, et pendant ce temps son fils s'habituait peu à peu à manger trois bons repas par jour. Ses vêtements prirent une apparence un peu plus respectable. De nombreuses taches continuèrent de mettre en relief leurs couleurs délavées, mais la nourriture (jaune d'œuf, beurre d'arachide, etc.) qui en constituait la substance principale céda la place à des composés plus nobles : encre, peinture à l'eau, mercurochrome. Conscient de la fragilité de ses privilèges, monsieur Émile ne chercha pas à en abuser. Il dosa ses visites, qu'il faisait nombreuses mais courtes, et s'efforça, autant que son humeur le lui permettait, de se montrer paisible et obéissant, ses seuls véritables travers étant une propension exagérée à demander du Coke et à traiter les clients avec une familiarité un peu méprisante. Son statut privilégié faisait mourir d'envie les gamins du quartier. Quelques-uns voulurent l'imiter et se tailler une petite place à côté de la sienne. Monsieur Émile les attira l'un après l'autre dans un fond de cour et une série de bons coups de pied dans le ventre le débarrassa à tout jamais de cette concurrence déloyale.

Élise soupirait d'amour en le voyant. Chaque menstruation la laissait déprimée pour une semaine.

— Moi qui voudrais six enfants, soupira-t-elle un jour, et je vais mourir sans jamais avoir été mère.

— *Six*, maintenant! s'écria Florent. Tu en ajoutes un à chaque mois, ma foi du bon Dieu! Comment faire vivre *six* enfants? Il va falloir que je découvre un truc pour me passer de sommeil!

— Eh bien non, mon ami, lança Picquot en s'approchant, car je vais faire ta fortune. Figure-toi que j'ai eu une illumination hier en me couchant. Notre restaurant va devenir célèbre dans tout Montréal. Nous allons lancer une vieille recette savoyarde qui fera fureur: les *crics*!

— Qu'est-ce que c'est que ça?

— Un plat merveilleux à base de rien du tout. Pomme de terre râpée, œuf, sel, poivre et lait, mélangez le tout et faites poêler sous forme de petites crêpes. Je vous en prépare tout de suite: vous m'en direz des nouvelles.

Il les amena à la cuisine. Cinq minutes plus tard, il déposait dans l'assiette de chacun une petite crêpe grésillante, d'une pâte onctueuse, que tout le monde trouva succulente.

— Les *crics*, ce sera notre marque de commerce, la signature de La Binerie. On les sert avec n'importe quoi:

ragoût, tourtière, viandes froides ou rôti, ou même toutes seules, à la place d'une omelette.

— *Crics*, ça fait... étranger, remarqua Slipskin. *We need another word*.

Un long moment de réflexion suspendit la conversation.

— Des *grands-mères*, suggéra Florent, hésitant. Picquot tendit le bras vers lui, galvanisé:

— Un trait de génie, décréta-t-il. Le nom est trouvé. Il ne reste plus qu'à manier la poêle.

Deux jours plus tard, Rosario Gladu pondait un article dithyrambique au sujet d'une ancienne recette québécoise que La Binerie venait de tirer d'un oubli immérité. Slipskin eut l'idée de les servir gratuitement pendant une semaine comme garniture. Les grands-mères reçurent un accueil d'abord surpris, puis affectueux; finalement une certaine vogue commença à s'emparer de la trouvaille d'Aurélien Picquot. La gloire leur vint peu après grâce à un long commentaire de Maurice Côté, le célèbre potineur du *Journal de Montréal*, qui s'amena lui-même à La Binerie pour en déguster une demi-douzaine sous les éclairs de la caméra.

Le soir même, monsieur Émile célébrait la réussite des grands-mères par une spectaculaire indigestion. L'instinct maternel de sa mère en fut réveillé. Madame Chouinard arriva au restaurant en *hot pants* vert pomme, la jambe gainée de bas à mailles qui essayaient en vain de lui amincir la cuisse, les cheveux crêpés, le visage porté à incandescence par trois procédés de maquillage simultanés.

— Voulez-vous me dire pour l'amour que c'est que vous avez donné à manger à mon petit gars à soir? s'exclama-t-elle en faisant claquer la porte contre le mur.

— Est-ce que vous venez régler la note? demanda Gustave Bleau sans se démonter. Je viens de calculer

---

* Il faut utiliser un autre mot.

trente-six repas pour le mois qui vient de finir, sans compter les deux premières semaines où il venait manger au moins deux fois par jour.

Ce petit rapport comptable calma la barmaid instantanément. Elle s'approcha du comptoir en ajustant ses bas.

— Je disais pas ça pour vous choquer, fit-elle, la bouche en cœur. Mais comprenez-moi : je suis *tellement* inquiète ! Il a restitué du jaune pendant une heure, le pauvre p'tit chou. Ça lui était pas arrivé depuis mes vacances à Cape Cod, quand on avait mangé des fruits de mer pourris. C'est vous, Élise ? s'écria-t-elle en se détournant de Gustave qui l'écoutait avec une moue ironique. Mon petit gars m'a *tellement* parlé de vous ! Il vous aime *tel-le-ment* !

— C'est vrai ? fit Élise, émue.

— Puisque je vous dis ! Il n'arrête pas de me chanter vos louanges. Mon Dieu ! fit-elle en consultant sa montre. Déjà huit heures et demie ! Je devrais être au club depuis une demi-heure. Il faut que je me sauve. Je vous remercie *beaucoup* pour tout ce que vous faites pour lui, mais, *s'il vous plaît,* ne lui donnez pas à manger chaque fois qu'il vous le demande, c'est comme essayer de remplir le tunnel du métro.

— Qui le garde, ce soir ? risqua Élise.

— Ma voisine, madame Duquette. Un cœur d'or ! Elle a promis de jeter un coup d'œil sur lui de temps à autre. Il a bien fallu que je le couche : il tenait plus sur ses jambes, le pauvre 'tit boutte.

— Est-ce que je peux... est-ce que je peux aller jeter un coup d'œil, moi aussi ? demanda Élise, rougissante.

— Mais bien sûr, madame, ça me fait *énormément* plaisir. Je demeure au 756 Gilford, au coin de Resther. La porte est débarrée. Prenez-vous une liqueur ou une bière si vous avez soif, le frigidaire en est plein.

Elle leur envoya un petit salut de la main et s'éloigna en trottinant aussi vite que le lui permettaient ses gigantesques souliers-cothurnes.

Gustave Bleau promena son torchon pendant un moment sur le comptoir, puis se tournant vers Élise avec un sourire apitoyé :

— Eh bien, madame Boissonneault, il est temps que vous partiez pour la famille...

Élise détourna le regard avec un sourire gêné.

* ◆ *

À neuf heures, elle arrivait à l'appartement de madame Chouinard et gravissait les marches branlantes d'un perron sans rampe couvert de débris de journaux. Elle poussa la porte d'un vestibule obscur où flottait une forte odeur de saucisses grillées. À quelques mètres devant elle, deux portes se faisaient face ; on devinait un escalier au fond. Elle s'approcha de la porte de gauche et, après avoir collé son nez sur un petit carton encadré de cuivre, réussit à déchiffrer :

Floretta Chouinard
Artiste de variétés

Elle hésita un moment, intimidée, puis frappa douce-ment. Un petit toussotement se fit entendre dans son dos et ce fut l'autre porte qui s'ouvrit.

— Elle est partie, annonça une vieille femme extraordi-nairement ridée en posant sur elle de grands yeux per-çants.

Elle porta à ses lèvres une cigarette à bout doré d'une longueur étonnante.

— Je... je venais voir son petit garçon, fit Élise, inter-dite.

La vieille eut une mimique de surprise joyeuse qui découvrit ses gencives couleur saumon :

— Je ga-a-ge que vous êtes la femme du nouveau pro-priétaire de La Binerie sur la rue Mont-Royal !

— Oui, c'est ça.

— Ah! je suis donc contente de vous connaître! s'écria-t-elle en s'avançant vers Élise comme pour l'embrasser. Je m'appelle madame Duquette. Je garde le petit de temps à autre pour rendre service à Floretta.

Elle eut un petit ricanement:

— De temps à autre... C'est quasiment moi qui l'élève, pauvre 'tite crotte. Vous êtes venue le voir? C'est donc gentil de votre part! Il vous aime, vous savez, il vous ada-o-o-re!

Elle changea brusquement d'expression et lança d'un ton maussade:

— Y'a encore été malade aujourd'hui.

— Oui, je sais. Sa mère vient de me l'apprendre.

— Sa mère, sa mère, bougonna la vieille comme pour elle-même. Bon, bien, allons-y, puisque vous êtes venue pour ça.

Elle tourna le bouton de la porte et s'avança dans un corridor étroit. Ses longues jambes osseuses faisaient voleter sa jupe outrageusement fleurie. Déjeuner apparut dans la porte de la cuisine et s'avança résolument vers elle, les oreilles aplaties.

— Ah! ôte-toi de devant moi, maudit chat! s'écria-t-elle en fauchant l'air de son pied. Je lui tordrais le cou à celui-là, marmonna-t-elle en fermant la porte de la cuisine où le chat venait de battre en retraite.

Élise examinait les lieux, atterrée par le désordre et la saleté qui régnaient partout. Une paire de bas de nylon pendait à l'abat-jour d'une monstrueuse lampe-potiche écarlate. Trois trognons de pomme finissaient de sécher sur un calorifère. Elle avait eu le temps d'apercevoir dans la cuisine une boîte de Corn Flakes qui flottait dans l'évier rempli d'eau grasse.

La vieille femme s'arrêta, porta un doigt à ses lèvres et fit signe à Élise d'approcher. Étendu sous un amoncellement de couvertures, monsieur Émile dormait, la bouche entrouverte. L'odeur de l'urine prenait au nez. Les lèvres plissées de dégoût et de pitié, Élise observa l'enfant et fit un mouvement vers lui.

— Laissez-le dormir, chuchota madame Duquette en la tirant par le bras, sinon je vais être prise avec lui jusqu'aux petites heures du matin.

Elle l'entraîna dans la cuisine, expulsa le chat et se laissa tomber sur une chaise après avoir balayé de la main une pile de *TV-Hebdo.*

— Assoyez-vous, ma belle enfant. Vous auriez voulu lui parler, hein? Il est probablement pas réveillable, fit-elle en la fixant d'un air entendu.

— Que voulez-vous dire?

L'autre écarquilla les yeux de surprise:

— Voyons! allez pas me dire que vous savez pas...

Elle fixa Élise un long moment sans parler.

— Il boit, dit-elle enfin.

— Pardon?

— Il boit, répéta la vieille.

Et, pour rendre sa phrase plus explicite, elle dressa le pouce en l'air et le porta à sa bouche comme s'il s'était agi du goulot d'une bouteille:

— Eh oui. C'est la pure vérité, soupira-t-elle. Le bon Dieu n'a pas de cœur de laisser vivre un enfant amanché de même: à peine sorti des couches et déjà pogné par la bouteille... Ah! misère du monde!

Elle se leva, sous le regard incrédule d'Élise, ouvrit le frigidaire:

— Voulez-vous une liqueur?

Élise fit signe que non.

— Eh oui, quand on y pense, ma chère madame, c'est presquement un crime d'avoir fait un enfant avec un vice pareil.

Elle décapsula une bouteille, se laissa tomber sur la chaise et enfila une longue gorgée, les genoux légèrement écartés.

— J'ai tout essayé. Y'a rien à faire, fit-elle en reprenant haleine. Il boit. Qui a bu boira, comme dit l'autre. On ne peut pas lutter contre une mère.

— Contre une mère ? répéta Élise, abasourdie.

— Qu'est-ce que vous voulez ? éclata la vieille. C'est une sans-cœur, cette femme-là. Je pourrais vous en raconter, des choses, si la discrétion ne me retenait pas ! A-t-on idée ! Le soir, elle mettait de la bière dans son biberon pour l'endormir, avant de partir travailler. Il dormait, ah, ça, oui ! je vous en passe un papier ! Mais ensuite, les gaz, les coliques, le braillage, c'est moi qui récoltais tout ! On avait beau lui dire que c'était pas de santé pour un enfant, autant parler à une poignée de porte !

Elle se pencha en avant, l'œil dilaté, la lèvre méchante :

— C'est qu'elle est *pas mal* portée elle-même sur la boisson... Si vous la voyiez certains soirs... Mais pire que tout (vous me croirez pas) : le petit a droit à ses deux bouteilles de bière par jour ! Avez-vous déjà vu ça ? Et depuis queq' mois, j'ai l'impression qu'il triche, le vli-meux ! L'autre jour, madame Poupart – ma voisine – me l'a apporté dans un drôle d'état, hé ! hé !

Elle se rejeta en arrière, les bras ballants, mimant un profond accablement :

— Que voulez-vous, ma chère madame ? Y'a des gens qui sont nés pour avoir la misère après eux comme la chair après les os.

❖ ❖ ❖

Grâce aux grands-mères, la clientèle déjà nombreuse de La Binerie grossit encore. Slipskin se cassait la tête pour trouver moyen d'accommoder plus de clients. On décida de porter la fermeture à deux heures du matin. Il fallut engager du personnel supplémentaire. Gustave Bleau proposa son amie Gisèle. Sous l'œil torve d'un ex-débar-deur échoué dans la restauration, elle travaillait depuis quatre ans dans une gargote du sud-est de la ville, le Bus

Stop Coffee Shop, essayant courageusement de faire passer de l'eau de vaisselle pour de la soupe aux légumes. Florent la vit ; ses manières simples lui plurent.

Quant à Slipskin, il n'avait jamais pu résister à une femme le moindrement pourvue d'attraits. Les cuisses musclées de Gisèle et sa poitrine abondante et bien accrochée envoyèrent son sens de l'économie dans la stratosphère. Le lendemain, elle travaillait au comptoir.

C'était une petite femme nerveuse, à la repartie facile, qui avait réussi à conserver sa bonhomie gaspésienne malgré six ans de séjour à Montréal. Elle plut d'emblée aux clients. Son corsage entrouvert était un baume pour les yeux fatigués. Elle réussissait même à tirer des sourires du taciturne José Biondi qui, faveur insigne, lui permettait de temps à autre de piger dans son paquet de cigarettes. Souvent, après avoir longuement lorgné ses cuisses ou son entre-seins, il descendait aux toilettes pour de courtes méditations solitaires, d'où il ressortait haletant et tout ragaillardi.

Mais, pour l'instant, c'était Gustave Bleau qui jouissait des faveurs de la brave fille. La fréquence avec laquelle ils se retrouvaient ensemble à la cave dès que Picquot réclamait des pommes de terre ou de la viande hachée laissait croire qu'il en jouissait même durant son travail.

La présence de Gisèle, s'ajoutant à celle d'Élise, plaisait médiocrement à Bertrand.

— Doux Jésus, soupirait-il tout bas, encore un peu plus et je vais me retrouver dans un couvent.

L'arrivée d'Ange-Albert, quelques jours plus tard, le mit dans tous ses états. Florent se trouvait chez un fournisseur. Il avait à peine eu le temps de mettre le pied dans le restaurant que Bertrand se précipitait vers lui, tout émoustillé :

— Patron, un de vos amis est venu vous rendre visite. Un joli garçon, et gentil à part ça. Il avait l'air tellement fatigué, le pauvre, que je l'ai envoyé faire un petit bout de somme dans la cave en attendant votre retour. Je me suis permis de lui descendre un bol de soupe et une pointe de tarte aux pommes.

— Ça y est, murmura Florent, il s'est encore fait congédier...

Ange-Albert dormait sur le plancher, la tête posée sur son manteau roulé en boule. La barbe longue, le teint brouillé, le tour des yeux flétri, c'était l'image même d'un lendemain de brosse. À l'approche de Florent, il ouvrit lentement les yeux, se souleva sur un coude et lui tendit la main.

— Salut. Beau, ton restaurant. Les affaires vont bien, à ce qu'on m'a dit?

Florent eut un petit sourire satisfait:

— Pas mal du tout. Et les tiennes?

— Les miennes aussi.

— Travailles-tu toujours au Canadien National?

L'autre fit signe que oui:

— J'arrive de Vancouver. On a fêté cette nuit dans le train. Mon patron nous a payé la traite au gin tout le long du voyage. Je l'ai dans ma poche, celui-là. Il me fait voyager à travers tout le Canada. Je visite des gares vides, je griffonne des petits rapports, je couche à l'hôtel, c'est la belle vie.

— Des gares vides? s'étonna Florent. Pourquoi des gares vides?

— Oh, c'est à cause d'une loi, la fameuse *Loi d'urgence nationale sur les moyens de transport*. Les compagnies de chemin de fer sont obligées d'entretenir leurs gares et autres bâtiments même après les avoir désaffectés. Alors, ils tentent de les louer, pour diminuer les coûts d'entretien. Moi, je fais la tournée des gares non louées et j'envoie des rapports. Je suis encore en période d'entraînement, mais dans un mois je voyagerai seul. J'ai hâte en s'il vous plaît!

La poussée d'enthousiasme qui venait de le saisir s'avéra au-dessus de ses forces. Ses traits se crispèrent et il porta la main à son front:

— Oh... oooh! Le gros gin me donne des coups de pied.

Florent sourit:

— Je vais te chercher de l'aspirine, soûlon.

Il remonta.

— Voulez-vous que j'aille à la pharmacie lui acheter un peu de Fermentol? proposa Bertrand, plein de compassion.

Après deux bonnes heures de sommeil, Ange-Albert s'attablait au comptoir, souriant, les traits reposés. Quelques tasses de thé brûlant achevèrent de le remettre sur le piton. Pendant que Florent s'affairait au comptoir, il continua de parler de sa nouvelle carrière. Ce curieux service de location de gares désaffectées semblait aussi rentable qu'une manufacture de chars d'assaut en porcelaine, mais il permettait à une douzaine de fonctionnaires de collectionner les paysages canadiens dans des conditions agréables.

— J'ai vu une gare qui te ferait rêver, fit Ange-Albert en attaquant une assiettée de ragoût. Une toute petite gare à la sortie du village de Sainte-Romanie, dans les Cantons-de-l'Est. Elle est à louer pour 50 $ par mois avec un beau petit logement au premier qui servait au chef de gare et à sa famille. Si jamais l'envie me prenait d'aller faire une cure de repos à la campagne, c'est à Sainte-Romanie que j'irais, crois-moi.

Il repoussa son assiette et demanda à Florent si ce dernier pouvait l'héberger quelques jours, le temps qu'il se trouve un logement.

— Il me faut quelque chose de bien, fit-il en souriant, maintenant que je suis devenu valet de la Reine.

Florent n'osa pas lui refuser ce service, et pourtant il lui en coûtait. C'est que son travail le dévorait. Le soir, il arrivait chez lui vidé comme bouteille d'ivrogne. Élise ne travaillait que vingt heures par semaine, mais ne s'en tirait guère mieux que lui, car les soins du ménage reposaient entièrement sur elle. Ils se retrouvaient à la fin de la journée les traits tirés, la tête lourde et la réplique parfois piquante. Depuis quelque temps, leur lit n'était plus qu'une pièce de mobilier destinée à faciliter le sommeil. Élise voyait avec tristesse sa maternité repoussée peu à peu vers un avenir vague et incertain.

Slipskin, par contre, se portait comme un charme. Et pourtant, depuis qu'il avait rencontré Rosario Gladu, ses nuits s'étaient raccourcies de moitié au profit des Vénus à gogo de la rue Mont-Royal. Chaque soir vers six heures, on le voyait debout devant la caisse, l'œil un peu cerné, mais le teint frais, la parole aimable, surveillant le va-et-vient des clients pendant que les billets de banque lui glissaient sur le bout des doigts en lui donnant des frissons de bien-être. Il supportait même assez bien la présence de monsieur Émile et de son chat, malgré qu'il fût évident à son air qu'un enfant valait un chat et que l'un et l'autre ne valaient pas grand-chose. Florent ne le vit en colère qu'une fois, et c'était contre Gladu.

La veille, Slipskin et le journaliste s'étaient quittés au petit matin. Gladu était retourné bredouille rejoindre sa vitupérante épouse, tandis que Slipskin allait terminer sa nuit entre les bras de la fille d'un entrepreneur de démolition, une charmante personne de 75 kilos qui avait suivi des cours de guitare électrique entre l'âge de sept et dix ans. Slipskin avait réussi à conquérir ses grâces après force gin gimlets, le tout suivi d'un plantureux repas chinois qu'il avait dû avaler avec elle à l'infect Palais des mandarins, tordant le cou à ses principes naturistes. Quand vint le moment suprême de goûter le fruit de tous ses efforts, l'Anglais pâlit, rougit, perdit le souffle et dut quitter le lit à toute vitesse sous le regard stupéfait de sa petite amie d'occasion. Il se réfugia dans la salle de bains, plié en deux par un accès de douleur qui venait de pulvériser sa puissance virile. Des applications de compresses d'eau froide le soulagèrent un peu, mais l'accès dura presque toute la nuit. La petite amie dura beaucoup moins, elle, et le quitta au bout d'une heure avec un sourire méprisant.

Mort d'inquiétude, Slipskin se rendit à l'hôpital. Après trois mortelles heures d'attente, un urologue l'examina et lui apprit qu'il se portait aussi bien qu'un jeune chat après un repas de poisson.

Le lendemain soir, Gladu vint le retrouver comme d'habitude à La Binerie. Slipskin n'était pas un faiseur de confidences. Mais sa mésaventure l'obsédait tellement qu'il la raconta dans les moindres détails, en présence de Florent, de Gustave Bleau et du petit José Biondi. À mesure qu'il avançait dans son récit, le journaliste donnait les signes d'une agitation de plus en plus grande : il penchait la tête, se mordait les lèvres, clignait des yeux, prenait de grandes inspirations. Soudain, une crise de fou rire à décrocher les épaules d'un dinosaure le terrassa. Ses membres semblaient sur le point de se disperser aux quatre coins du restaurant. On dut le faire asseoir, lui taper dans le dos, déboutonner son col de chemise. Une cliente crut qu'il venait de s'étouffer avec une arête, se sentit mal et réclama un verre d'eau, qu'on ne lui apporta jamais.

Finalement, les mains tremblantes, le corps secoué de glougloutements hystériques, le journaliste fit signe à Slipskin et à ses compagnons de se placer autour de lui de manière à bloquer les regards indiscrets. Puis il sortit de sa poche une petite bouteille de sauce aux piments rouges et en versa trois gouttes dans un préservatif. Slipskin l'observa pendant quelques secondes, statufié, puis un rugissement de colère s'échappa de sa bouche tandis que le journaliste, repris par son fou rire, se renversait sur sa chaise.

— *You, bloody son of a bitch! I'll make you pay for that*[*], articula Slipskin, convulsé.

Il lui arracha la bouteille, la lança contre le mur et sortit.

Pendant deux semaines, il bouda son compagnon de débauche. Gladu venait au restaurant tous les jours et se plaignait à Florent de la susceptibilité de son ami.

— Y'a le caractère pointu en joualvert! On m'a joué ce tour-là deux fois, moi, pendant mon entraînement militaire à Valcartier et j'ai fini par en rire, une fois l'échauffement passé. S'il pense me donner des remords en me faisant la baboune, il risque de la faire longtemps!

Les clients continuaient d'affluer à La Binerie. Les chaudrons de soupe, de fèves et de ragoût se vidaient aussitôt remplis, les pointes de tourtière grésillantes, fleurant la sarriette et le laurier, s'envolaient dans les assiettes et Florent s'affairait, pâle, amaigri, content de sa réussite, presque inquiet de son ampleur. Ses parents se plaignaient de ne plus le voir. Le souper familial du dimanche soir, autrefois chose sacrée, était tombé en désuétude.

Sa mère l'appela un samedi matin pour lui faire jurer de se présenter sans faute, lui et sa femme, le lendemain soir.

— Ton père essaye de me le cacher, mais je le vois qui se morfond, lui confia-t-elle. Il est en train de nous ruiner en journaux à potins à force de vouloir attraper le moindre petit bout de nouvelle sur ton restaurant.

Florent l'écoutait avec un sourire contrit. Il s'engagea formellement à venir le lendemain et allait même pousser sa promesse plus loin lorsque la porte du restaurant s'ouvrit toute grande et qu'il pensa tout à coup mourir de peur.

---

[*] Toi, mon enfant de chienne! Tu vas me le payer!

— Bonjour, mon cher jeune ami, lança Egon Ratablavasky avec un sourire protecteur. Il paraît que les
affaires *se tiennent* à merveille ?

Il s'avança et posa sa main décharnée sur l'avant-bras
de Florent. C'était une main fort laide. Sous une abondance
de poils roux qui s'avançaient jusqu'à la base des doigts
comme une mousse maladive, on distinguait les tendons
trop saillants, les veines bleuâtres et gonflées qui s'entre-
croisaient sournoisement sous la peau flasque et terne
parsemée de petites taches brunes.

8

— On vous a dit que j'étais mort ? Des folies de garçons
d'hôtel ! Je n'ai jamais eu la santé aussi *agréable* de toute
ma vie. Il est vrai, hélas, que je ne puis dire la même
chose de mon cher bien-aimé frère dont je viens tout juste
de déposer la personne en terre. J'arrive de Tchécoslo-
vaquie, mon ami, où il est décédé dans sa villa, près de
Brno, d'une terrible fièvre abdominale.

Florent, encore tout commotionné, eut un sourire
sceptique :

— Et les funérailles à l'église Notre-Dame ? C'était pour
votre frère aussi ?

— Mais oui, mais oui ! c'était pour lui, très réellement
pour lui. Hé ! hé ! vous auriez intérêt à vous déplacer parfois dans les pays, mon jeune monsieur. Vous verriez
alors beaucoup de coutumes intéressantes. Eh oui ! cela
se passe ainsi dans mon pays. Quand on n'a pu fermer
soi-même les yeux à un parent, l'on fait célébrer pour lui
des funérailles... symboliques, afin de réconforter son
âme qui s'est envolée sans notre aide.

— Et le cercueil, vous le faites brûler d'une façon sym-
bolique aussi ?

— Non. Le cercueil, je l'avais loué – vide, bien sûr – à un marchand de pompes funèbres qui l'a conservé *à son usage* après la cérémonie.

— Et pourtant, quand j'ai questionné le chauffeur du corbillard, il m'a répondu qu'il s'en allait au crématorium.

— Pouvait-il s'exprimer autrement? répondit finement Ratablavasky. Mais quittons ce triste sujet, si vous permettez. J'étais venu vous voir afin de mesurer, comment dire? la santé de votre entreprise. En arrivant devant chez moi, j'ai failli marcher sur une lettre de la Banque Royale qu'on avait glissée sous ma porte à votre sujet, car je supporte – avec plaisir, avec beaucoup de plaisir – la garantie... morale, en quelque sorte, de votre dette. Alors, me voilà.

Midi allait sonner. Les clients avaient commencé à envahir le restaurant. Gustave Bleau, débordé, suait comme un phoque sur une fournaise et jetait des coups d'œil furieux à son patron. Florent dut s'excuser pour aller lui prêter main-forte:

— Pouvez-vous m'attendre une petite demi-heure?

— Je prendrais volontiers une tasse de thé, répondit l'autre en souriant.

Et il se mit à cligner de l'œil, sans raison apparente, comme saisi d'un tic.

— *Ma foi*, pensait Florent tout en empilant des assiettes sales, *on dirait qu'il se paye ma gueule. Cette lettre de la banque, que disait-elle? Ils veulent sans doute des renseignements sur l'état de mes affaires. Pourquoi passer par lui?*

Il aurait bien aimé que Slipskin fût là pour l'aider à jauger le bonhomme.

— Qu'est-ce que c'est que ce vieux ramassis de simagrées? chuchota Picquot dès que Florent alla le rejoindre dans la cuisine.

Celui-ci mit un doigt sur ses lèvres, s'éclipsa par la porte arrière et courut à une boîte téléphonique. Slipskin était introuvable. Quand il revint au restaurant, il aperçut Aurélien Picquot derrière le comptoir qui faisait mine de passer le torchon tout en jetant sur Ratablavasky des coups d'œil aussi discrets qu'une décharge de mitraillette. Gustave Bleau s'approcha de Florent :

— Si vous avez des choses à discuter, *boss,* je peux m'arranger tout seul, vous savez. Gisèle est à la veille d'arriver.

Florent alla trouver son bienfaiteur et lui proposa d'aller prendre une bouchée au restaurant du coin.

— C'est que je viens de dîner, mon très cher jeune ami. Et puis vous avez beaucoup de travail... Non, non, non. Deux mots sur le trottoir me suffiront complètement.

Ils se rendirent au coin de la rue et s'arrêtèrent. De l'autre côté, des ouvriers armés de scies mécaniques abattaient un érable. Ratablavasky se mit la main sur l'oreille, ferma les yeux à demi et Florent lui fit son rapport.

— Eh bien ! voilà de très jolies nouvelles ! s'écria-t-il en lui pinçant le menton. Mon vieux nez ne m'avait pas trompé. Je vous prédis d'être bientôt très riche, mon ami ! Quel plaisir !

Il se jeta dans ses bras, à la grande surprise d'un camionneur qui brûla un feu rouge, frôla un landau où dormaient des jumeaux et s'immobilisa pour recevoir une contravention.

Florent et son bienfaiteur jasèrent encore quelques minutes, puis Ratablavasky lui pinça de nouveau le menton et le quitta. Florent le regardait aller, vêtu d'une pèlerine noire qui lui donnait des allures fin de siècle, un feutre gris coquettement posé sur sa longue chevelure blanche ramenée en arrière *à l'artiste.*

— Il faudra que je me renseigne sur ces fameuses funérailles symboliques, se dit-il.

Soudain, monsieur Émile se jeta contre ses jambes en hurlant. Florent poussa un juron et faillit perdre l'équilibre, au grand amusement de son jeune ami, tandis que

Déjeuner observait la scène avec des clignements d'yeux ironiques.

— Je veux du pâté chinois ! lança l'enfant. Mon chat a mangé toutes mes céréales à matin.

Florent se mit à l'examiner :

— T'as donc les yeux brillants, toi ? Et tu sens la bière à plein nez, espèce de petit vaurien !

Monsieur Émile lui tourna le dos, se précipita dans le restaurant, suivi de son chat, et ressortit bientôt dans la cour arrière avec une portion de pâté chinois suffisante pour faire la traversée du Tibet à pied.

Tout le long du comptoir, on ne voyait que des têtes penchées, des fourchettes en mouvement, des bouches en train de mastiquer, des tasses obliques en train de se vider. Les clients parlaient peu, malgré que plusieurs se connaissaient. La bonne chère les absorbait. Près de la caisse, un vieux chauffeur de taxi, sa casquette rejetée en arrière, venait d'attaquer une assiette de bœuf aux légumes pleine de gros morceaux de viande juteux tout en discutant avec Gisèle des avantages respectifs de la vie de célibataire et d'homme marié. Gustave Bleau passa près de Florent avec un plateau chargé de tasses et se pencha à son oreille :

— Il paye bien, votre vieux monsieur, une piastre de pourboire ! Et avez-vous remarqué sa cravate à fleurs ? Elle vaut plus cher que mon habit.

Dix minutes plus tard, Élise arrivait.

— Tu ne seras pas de trop, ma fille, lui dit Florent, pendant qu'Aurélien Picquot, les lèvres serrées, le front perlé de sueurs, manœuvrait trois poêles à frire en même temps. Je n'ai jamais vu un dîner pareil. C'est comme si la moitié de la ville avait décidé de venir chez nous.

Elle lui posa un baiser furtif sur la joue, puis le retint par le bras :

— Est-ce que c'est toi qui as permis à monsieur Émile de s'asseoir à terre dans le restaurant ?

Florent jeta un coup d'œil par-dessus le comptoir et aperçut l'enfant accroupi dans un coin.

— Ma foi du bon Dieu! il s'est endormi! Il sentait la tonne à plein nez, glissa-t-il à l'oreille d'Élise, qui pâlit.

Des clients observaient le gamin en se poussant du coude. Florent le prit dans ses bras et le descendit à la cave. Monsieur Émile se réveilla:

— Tu sais, je vous ai entendus tout à l'heure, murmura-t-il d'une voix légèrement pâteuse. J'étais caché derrière un poteau. Y'est laid comme un cul, ton vieux. S'il revient ici, je vas lui crisser un coup de pied dans les cannes.

— Ah oui? Pourquoi?

Monsieur Émile ne répondit rien, mais balança sa jambe d'une façon menaçante. Florent le déposa sur un vieux manteau qu'Élise venait d'étendre sur le plancher et l'enfant se rendormit aussitôt.

— Pauvre petit, murmura Élise dans l'escalier, il faudrait le retirer de chez lui.

— Que veux-tu? C'est sa mère qui l'a fait, c'est à elle de l'élever.

Et il se hâta vers la cuisine, car l'émotion lui picotait les yeux. En poussant la porte battante, il laissa échapper une exclamation. Ange-Albert, vêtu de son uniforme d'inspecteur, aidait Bertrand, tout émoustillé, à laver la vaisselle. Florent s'avança:

— Déjà revenu de l'Ontario? Tu devais être parti une semaine, non?

— Mon patron s'est donné un tour de reins en jouant au golf. Je repars dans trois jours pour l'Île-du-Prince-Édouard.

— *Hé! hé!* mon ami, grommela Florent intérieurement, *il ne faudrait pas prendre mon appartement pour un hôtel...*

Ange-Albert se pencha à son oreille:

— Monsieur Picquot m'a parlé de votre petit... protégé.

Il fit le geste de boire au goulot:

— C'est vrai?

Florent hocha la tête tristement.

— Est-ce que je peux aller le voir?

Cet après-midi-là, Ange-Albert descendit plusieurs fois à la cave.

— La bière ne fait pas dormir comme ça, disait-il en remontant, le visage soucieux. Il a dû boire autre chose.

Slipskin s'amena vers dix heures. Il faillit perdre le souffle quand Florent lui annonça l'apparition d'Egon Ratablavasky:

— *A real spook story**, fit-il en se grattant le bout du menton. Qu'est-ce qu'il voulait?

Florent lui raconta leur entretien. Les lèvres de son associé devinrent minces et blanches comme un bout de ficelle et son regard se durcit:

— *You're crazy***! lança-t-il d'une voix de fausset, c'est pas de ses *maudits* affaires! Où avais... tu *ta* tête?

L'arrivée de Gladu coupa court à sa colère. Les deux compères s'étaient réconciliés quelques jours auparavant, Slipskin ayant rapidement regretté les talents de débusqueur du journaliste et sa connaissance encyclopédique du Plateau-Mont-Royal. Gladu s'approcha d'eux et leur mit une main sur l'épaule:

— Arrêtez de vous chamailler, les *boys,* je viens d'avoir une idée... *esstraordinaire.*

Il les dévisagea en silence quelques instants:

— Mes amis... vous allez m'avancer un peu d'argent et on va se lancer dans le commerce... des capotes! Oui! C'est payant à mort! J'ai des chiffres. J'ai même trouvé le nom de la marque à midi: les capotes Septième Ciel. Qu'est-ce que vous dites de ça?

* Une vraie histoire de fantôme.
** Tu es fou!

Vers deux heures du matin, Florent était sur le point de s'endormir lorsqu'on se mit à frapper à sa porte avec une violence inouïe ; les verres en tintaient dans le vaisselier. Ange-Albert, qui dormait dans le salon, écarta le rideau et aperçut Aurélien Picquot en pyjama bleu ciel sous un paletot de gabardine. Florent courut ouvrir :

— Pour l'amour du saint ciel ! qu'est-ce qui se passe, monsieur Picquot ?

— Versez-moi un cognac, je vous répondrai après.

Il le lampa d'un coup tandis que ses amis, assis autour de la table de la cuisine, l'observaient d'un œil inquiet.

— *Il m'annonce sa démission, le vieux Christ,* pensait Florent, les orteils raidis dans ses pantoufles.

— Voilà, fit le cuisinier avec un soupir qui fit courir des frissons dans le poil de son avant-bras, je me sens un peu mieux à présent. Je n'arrivais pas à dormir. Je pensais à l'incident de ce matin, à cette apparition de faux fantôme. J'y pensais, et je me retournais dans mon lit, et j'y repensais, et je me retournais encore. Alors, tout à coup, j'ai décidé de venir vous parler, sans réflé-chir. Demain, je n'en aurais pas eu le courage. Je DÉ-TES-TE, lança-t-il en couvrant la nappe de postillons, fourrer mon nez dans les affaires d'autrui. Mais cette fois-ci, c'est plus fort que moi.

— Allez, allez, coupa Florent, videz-vous le cœur. On s'est tous levés pour vous entendre.

— Ce vieillard, prononça lentement Picquot en posant sa main sur le bras de Florent, m'inspire de l'horreur. J'ai fait la guerre durant trois ans, j'ai traversé l'Atlantique six fois alors qu'on pouvait rencontrer un sous-marin allemand sous chaque vague, j'ai vu beaucoup de choses, en somme, et de terribles ! Aussi faut-il en mettre quand on veut me faire trembler la carcasse. Eh bien ! fit-il après une longue pause, l'air accablé, ce matin cet homme m'a fait frissonner comme une vieille femme.

114

— Et c'est pour nous dire ça que vous avez réveillé toute la maison ? demanda Florent d'un ton acide.

Picquot le regarda, étonné, puis posa son index sur sa tempe droite :

— Mais vous ne vous rendez pas compte, ma foi, vous ne vous rendez pas compte du tout. Il est beaucoup trop ambitieux pour un homme de son âge. C'est un intrigant de haute volée. Cela se voit à son air, à son parler, à ses cravates ! Au lieu de se préparer gravement à mourir, comme tous les vieillards du monde – et j'en serai bientôt un –, il fouine partout, fait de l'esprit et manigance des tas de combines. Il faut fuir ce genre d'individus, Florent, ils sont capables de tout.

— C'est que... c'est qu'il m'a tout de même rendu un fier service, le bonhomme, répliqua Florent, qui ne laissait pas d'être impressionné par l'inquiétude de son ami. Je ne peux tout de même pas le câlisser dehors à coups de pied dans le cul.

— *Moi*, si j'étais à votre place, répondit Picquot d'un air inspiré, je prendrais ma gratitude, je la glisserais dans sa poche et je les *câlisserais* (comme vous dites) tous deux dehors, avec coups de pied au cul ou pas, c'est selon. En somme, je couperais tout lien avec lui. Et même, s'il le fallait, j'irais jusqu'à vendre mon commerce pour m'établir ailleurs sur des bases tout à fait claires et solides. Mon ami, cet homme porte avec lui la peste *bubonique* (« Attention aux voisins », lui glissa Florent), alors que vous, fit-il en se tournant vers Élise et en posant sur elle un regard plein de tendresse et de pitié, vous êtes née pour une vie douce et tranquille avec trois beaux enfants.

Florent se leva, quelque peu excédé :

— Je vous remercie de vos conseils, monsieur Picquot, et je vous promets d'y réfléchir.

Aurélien Picquot donna une vigoureuse poignée de main à tout le monde et s'en retourna chez lui, où il se jeta dans son lit et tomba dans un sommeil de mélasse, l'âme en paix, son devoir accompli.

Élise tira ses couvertures jusqu'au menton et se pelotonna contre son mari, toute frémissante :

— Pourvu qu'il ne nous arrive rien, murmura-t-elle d'une voix oppressée. Tu aurais dû suivre mes conseils et envoyer promener ce vieux fou. J'écoutais monsieur Picquot tout à l'heure et j'en avais des frissons dans le dos.

— Mais non, mais non, dors bien, répondit Florent. Connais-tu un Français qui ne se prend pas pour un personnage de roman policier au moins une heure par jour ?

9

Egon Ratablavasky ne se montra pas pendant quelque temps. Sa réapparition imprévue et, plus encore, la réaction de Picquot avaient troublé Florent. Sans trop se l'avouer, il espérait que le vieillard finirait par l'oublier. Mais, un midi, il aperçut le feutre gris perle au-dessus des rideaux de la vitrine. La porte s'ouvrit, poussée par une main grisâtre, et le Tchécoslovaque (l'était-il vraiment ?) salua Florent avec un sourire plein de mansuétude et lui fit signe de continuer à travailler sans s'occuper de lui. Il s'avança lentement au fond du restaurant et prit place sur une banquette. Florent, débordé de commandes, sentait son œil noir posé sur lui et qui le dévorait. À la fin, n'y tenant plus, il alla trouver le vieillard :

— Vous désirez quelque chose, monsieur Ratablavasky ?

— Une simple tasse de thé, mon ami, fit l'autre à mi-voix.

La porte n'arrêtait pas de claquer. Les clients arrivaient à la queue leu leu. Gisèle se coupa le bout du pouce en tranchant du pain et poussa un cri perçant. Egon Ratablavasky, les deux mains jointes sur la table, observait le va-et-vient avec un sourire charmé. Florent lui apporta son thé :

— Vous allez bien ? s'enquit-il en s'efforçant de prendre un ton aimable.

— Extrêmement. Je vous remercie beaucoup.

Florent demeura quelques instants à ses côtés tandis que le vieillard, théière en main, emplissait sa tasse, les lèvres figées dans une expression béate qui le faisait ressembler à un personnage du Musée de cire. Une odeur fétide, que Florent connaissait bien, montait de sous la table et formait un mélange immonde avec les fumets qui s'échappaient de la cuisine.

— Est-ce que vous désiriez me parler ? demanda Florent à contrecœur.

Ratablavasky leva la tête, étonné :

— Aucunement. J'avais pensé *à* reposer mes vieilles jambes dans une atmosphère amicale... si vous le permettez, bien entendu !

— Vous êtes ici chez vous, répondit l'autre, soulagé. Faites-moi signe si vous avez besoin de quoi que ce soit.

Il pivota sur ses talons et s'éloigna, mais un claquement de lèvres l'arrêta. Ratablavasky le fixait avec un sourire malicieux et, de son index grisâtre et noueux, lui faisait signe de revenir. Florent s'assit en face de lui.

— Je vous ai parlé avec inexactitude l'autre jour, fit le vieillard de sa curieuse voix chantante. Mon frère se porte à merveille, et qu'il en soit ainsi de longues années. J'ai payé le gérant de l'hôtel pour qu'il annonce ma mort. J'ai payé aussi mes funérailles. Hé oui ! hé oui ! fit-il en s'esclaffant devant l'expression stupéfaite de son interlocuteur.

Le visage de Ratablavasky devint soudain grave, presque farouche :

— Et pourquoi ? parce que je voulais savoir par mes propres yeux si vous aviez un peu de reconnaissance pour un chétif vieillard... et votre réaction a rempli mon cœur de grandes délices, ajouta-t-il en prenant sa main.

Florent balbutia quelques mots, puis se leva et se remit à servir les clients. Egon Ratablavasky vida lentement sa théière, puis s'en fit apporter une autre. Gisèle ne le quittait pas des yeux, intriguée par ses manières étranges. De temps à autre, Picquot sortait la tête de la cuisine et s'informait par signes si le vieillard était toujours là.

Monsieur Émile entra soudain en coup de vent, suivi de son chat et d'une bonne quantité de boue huileuse qu'il distribuait sur le plancher avec une générosité alarmante:

— Floren-en-ent... est-ce que je pourrais avoir quinze cennes pour m'acheter un sac de ch...

Il s'arrêta pile au milieu de la place en voyant Ratablavasky, et Déjeuner fit de même, l'oreille aplatie, la moustache dans le cou. Florent avait le dos tourné et beurrait des rôties, perdu dans ses réflexions. Monsieur Émile eut un sourire étrange et se dirigea à petits pas vers le vieillard, qui lui fit une sorte de grimace bienveillante. Déjeuner demeurait immobile, la prunelle dilatée.

— Tu veux de l'argent, mon petit garçon? Et pour quelles choses acheter?

— Je veux m'acheter de la bière, répondit monsieur Émile d'un air insolent, pour me paqueter la fraise.

Son regard se promena longuement sur Ratablavasky et s'arrêta sur son pantalon, fait d'un tissu moucheté, souple et soyeux.

— Mais je veux pas de ton argent, ajouta monsieur Émile en levant la tête.

Le bruit des conversations baissa tout à coup. Gisèle et Florent observaient la scène, interdits. Egon Ratablavasky se mit à rire de bon cœur et sortit son portefeuille, qu'il déposa devant lui:

— Et pourquoi ne veux-tu pas mon argent, *petit* frimousse?

Les joues de monsieur Émile se contractèrent fortement. Il avala sa salive et s'avança encore un peu.

— Parce que tu fais dur! lança l'enfant.

Il lui décocha un formidable coup de pied, puis s'enfuit à toutes jambes pendant que Ratablavasky, plié en
deux, se massait le tibia en marmonnant des impréca-
tions.

— Et puis tu pues! hurla monsieur Émile de toute la
force de ses poumons et il claqua la porte.

Déjeuner, pris par surprise, s'était réfugié au pied du
comptoir entre les jambes d'un client.

— Eh bien, fit un livreur, l'œil rond, la bouche pleine
de grands-mères, si c'est le genre d'enfants qu'on fabrique
maintenant, je vais aller me faire faire une *varicectomie*
tout de suite!

Florent s'était précipité vers le vieillard, un chiffon à la
main, et s'occupait à essuyer la tache de boue qui macu-
lait son pantalon.

— Qui est cet enfant désagréable? bafouilla Ratablavasky.

Il essayait de tourner la chose en plaisanterie, mais ses
efforts ne trompaient personne. Son visage livide,
sillonné de veines gonflées, présentait une expression de
rage contenue assez effrayante. Il vida sa tasse, se rendit
à la caisse en boitillant, salua Florent et mit la main sur
le bouton de la porte.

— Bon débarras, et que la terre t'avale, marmonna
Picquot entre ses dents.

— Oh! mais j'oubliais de régler la note, s'écria Ratablavasky avec un sourire crispé. Tenez, fit-il en posant un
billet de banque sur le comptoir, et donnez quelque
monnaie à cet enfant... – comment dire – *délurant.* Il en
a bien besoin. Au revoir et, si vous permettez, je reviendrai bientôt.

Monsieur Émile guettait son départ, car le vieillard
n'était pas sitôt parti qu'il venait plaquer son visage

triomphant dans la porte vitrée. Aurélien Picquot lui fit signe d'entrer et l'amena dans la cuisine pendant que Florent le sermonnait devant tout le monde.

— Tiens, moutard, fit-il en lui présentant une pointe de tarte au sucre encore toute tiède, tu le mérites bien, tu es le plus courageux de nous tous.

— Je veux une goutte de fort dessus, réclama l'enfant.

— Une goutte de fort? fit le cuisinier étonné. Qu'est-ce que c'est que ça?

— C'est de la boisson, voyons.

— L'entendez-vous! je n'ai pas de boisson ici, espèce de petit sac à vin!

— Menteur! tu la caches dans le tiroir, là, près du fri-gidaire. Je l'ai vue.

Et d'un geste vif, il exhiba triomphalement une bou-teille de cognac.

— Dans le feu de l'ouvrage, j'ai parfois besoin d'un peu de remontant, expliqua Picquot à Florent, qui se mordait les lèvres pour ne pas rire. Allons, espèce de galopin de malheur, une goutte, mais pas plus : l'alcool est mauvais pour les enfants, il leur ramollit le cer-veau.

Assis sur le comptoir, monsieur Émile riait de plaisir en balançant les jambes.

— Eh bien, toi, mon petit gars, murmura Florent après l'avoir longuement regardé, j'ai comme l'impression que tu n'as pas fini de nous surprendre...

Lorsque Slipskin apprit l'incident, vers six heures, il fronça tellement le nez que ses narines prirent une posi-tion verticale, vaguement porcine (c'était chez lui un signe de grande colère). D'un geste impérieux, il fit signe à Florent de le suivre à la cave et là, à l'abri des oreilles indiscrètes, il se laissa aller à des propos qui stupéfièrent son ami, le traitant d'écervelé, de ramasseur de voyous, et menaçant de le planter là avec son restaurant si jamais une pareille scène se reproduisait.

— *And get that little brat out of here, or I'll break all his bones*[*] *!*

— Dis donc, Chose, à t'entendre parler, c'est comme si j'avais passé sur ton vieux père en tracteur. Garde tes gros mots pour ton chien !

Slipskin tenta de s'expliquer, mais Florent l'interrompit d'un geste :

— Va travailler un peu au comptoir, ça va te refroidir. De toute façon, il faut que je parte. J'ai promis d'aller souper chez mes parents et je suis déjà en retard. On reparlera de tout ça.

Sur ces entrefaites arriva Élise :

— Qu'est-ce qui s'est passé ? fit-elle après l'avoir observé un instant. Tu as l'air fâché.

— Je te raconterai.

Rosario Gladu était assis au comptoir, plongé dans la lecture du *Journal de Montréal,* mais l'oreille aux aguets. Florent enfila son veston et passa derrière lui.

— Tu t'en vas, *boss* ?

Le journaliste l'attrapa par la manche et l'amena dans un coin à l'écart :

— Je veux te montrer ma dernière trouvaille... Entre amis, il faut se rendre service, hein ?

Il exhiba un gros beigne de caoutchouc et regarda Florent avec un sourire gaillard :

— Je suis resté bandé deux heures hier soir après m'être enfilé ça. C'est *esstraordinaire,* ce *gadget-là.* Ça te ramène à l'âge de vingt ans, au temps de tes meilleures bottes. Par contre, il faut y aller mollo : je ne sais pas pourquoi, mais ça te met le foie en compote. J'ai eu mal au côté toute la nuit.

Florent fronça les sourcils et lui tourna le dos.

---

[*] Et débarrasse-nous de ce petit bout de cul, ou je lui casse tous les os !

— Torbinouche, murmura Gladu en le regardant s'éloigner avec Élise, on dirait qu'il vient d'avaler une pelote d'épingles, celui-là. Il va falloir le surveiller : l'argent est en train de lui faire pousser une tête de cochon.

◆ ◆ ◆

— Ça ne grossit pas encore, ce bedon-là ? lança monsieur Boissonneault sur le seuil de la porte en tapotant le ventre d'Élise avec un sourire taquin.

— Eh non, soupira-t-elle, pas encore.

— Hé ! hé ! mon garçon, il va falloir que je te donne des leçons particulières, les bonnes traditions sont en train de se perdre.

— Laisse-les donc tranquilles, protesta madame Boissonneault en rougissant. Comme si on pouvait enseigner ces choses-là...

Monsieur Boissonneault éclata de rire, puis fit signe à son fils et à sa bru de le suivre au sous-sol. Après leur avoir fait admirer les derniers progrès d'un énorme yacht qu'il avait commencé de construire il y a quatre ans, il leur donna une petite conférence navale, se plaignit de l'augmentation du prix des matériaux, puis gravit péniblement l'escalier et se rendit en clopinant chercher de la bière.

— Installez-vous au salon, leur dit-il, on va prendre un coup pendant que ma femme prépare le souper.

— Philippe, chuchota madame Boissonneault, as-tu oublié les avertissements du médecin ?

Deux semaines auparavant, une calamité s'était abattue sur lui : son médecin lui avait annoncé qu'il était gravement atteint de diabète et l'avait condamné, lui, grand mangeur et solide buveur, à un régime spartiate.

Il arriva au salon avec un plateau chargé de verres et de bouteilles agités par une danse inquiétante :

— Normalement, je ne devrais pas prendre de bière, le médecin me l'interdit. Mais on a de la grande visite ce soir : au diable les précautions !

Élise lui prit le plateau des mains et il se laissa choir dans un fauteuil avec un soupir de soulagement :

— Eh bien, comment vont les affaires, mon garçon ?

Depuis l'achat de La Binerie, monsieur Boissonneault, malgré ses petits airs détachés, étouffait littéralement de fierté paternelle. Lui qui avait consacré sa vie à mettre la patte sur le plus grand nombre possible de billets verts considérait le succès de son fils comme une sorte de consécration personnelle. Cela ne l'empêchait pas de prodiguer ses conseils à Florent comme Howard Johnson l'aurait fait à un garçon de dix ans. Il avait une opinion arrêtée sur le menu, la bourrure des tabourets, les relations avec les fournisseurs, la publicité et les meilleurs désinfectants à utiliser pour les toilettes.

Madame Boissonneault apparut sans bruit à la porte du salon :

— Le souper est servi, fit-elle d'une voix blanche et unie comme une nappe d'autel.

Élise s'exclama en apercevant la table où trônait une magnifique jardinière en gelée sertie dans une couronne de champignons farcis à la chair de crabe.

— Vous venez si peu souvent, répondit madame Boissonneault avec un sourire taquin, il faut bien que j'essaye de vous attirer avec les moyens qui me restent.

— N'écoutez pas ma femme, lança monsieur Boissonneault en lui donnant une claque sur les fesses. Quand je me retrouve seul avec elle dans notre chambre à coucher, je m'aperçois qu'elle en a bien d'autres !

— L'entendez-vous ! fit madame Boissonneault en haussant les épaules.

Et elle s'occupa aussitôt d'assigner à chacun sa place autour de la table.

Le repas se déroula avec beaucoup d'entrain. Une verve intarissable possédait monsieur Boissonneault, quelque peu alimentée par le petit verre de gros gin qu'il avait enfilé avant sa soupe. Le fumet suave et crémeux d'un poulet à la mode de l'île d'Orléans emplissait la salle à manger d'une atmosphère de bien-être et d'optimisme. Sous l'effet du vin, des plaisanteries et de la bonne chère, les couleurs avaient pris des teintes douces et invitantes et, à mesure que leur estomac se remplissait, un sentiment d'amour universel imprégnait les convives, englobant jusqu'aux mouches de la maison.

— Ton cousin Octavien est venu nous voir la semaine passée, annonça madame Boissonneault en se tournant vers Florent.

— Ah oui, l'homme aux banquets, murmura son mari et il étouffa son rire dans une serviette.

— Son cousin vicaire? fit Élise.

Madame Boissonneault fit signe que oui:

— Vous l'avez rencontré il n'y a pas longtemps, je crois?

Florent se tourna vers son père:

— Pourquoi l'appelles-tu « l'homme aux banquets »?

— Ah ça, je n'en dis pas plus long, fit l'autre d'un air malin. C'est sa nouvelle marotte. Je vous souhaite d'être invités.

— Je le trouve bien charmant, ce garçon, poursuivit madame Boissonneault avec un soupir attendri. Il est peut-être un peu rêveur, mais quelle délicatesse et aussi quel jugement quand il veut bien parler! Il venait prendre des nouvelles de sa mère.

Élise lui jeta un regard étonné.

— On t'a sûrement dit que madame Jeunehomme s'est établie en Floride il y a une dizaine d'années, poursuivit l'autre. Nous nous écrivons chaque mois, elle et moi, depuis... mon Dieu... depuis le début de mon mariage.

— Elle n'écrit donc jamais à son fils? demanda Élise étourdiment.

Madame Boissonneault esquiva cette question par un petit geste de la main droite qui pouvait aussi bien dire:

«Je ne sais pas» que : «Voulez-vous une deuxième tasse de café?».

— Voyons, petite vlimeuse, s'écria monsieur Boissonneault, la bouche pleine, tu ne me feras pas croire que Florent ne t'a jamais parlé de la tante Bernadette? On a tellement placoté sur son compte dans la famille qu'il doit y en avoir qui n'ont plus de langue dans la bouche.

— C'est une originale, expliqua madame Boissonneault en lançant un coup d'œil d'avertissement à son mari.

— Originale? C'est le moins qu'on puisse dire! À la mort de son mari, elle a vendu ses trois librairies de Québec et elle a sacré le camp à Key West, imaginez-vous donc, une espèce de trou au fin bout de la Floride. Je lui ai dit : «Bernadette, est-ce qu'on a la peste, que tu coures te cacher si loin?» «Je suis trop riche, qu'elle m'a répondu. Je ne veux pas voir à ma porte des filées de nièces et de cousins venus s'informer de ma santé et me raconter leurs petits ennuis financiers. Dieu m'en préserve! Quand je voudrai les voir, je les appellerai.» Un jour, elle a cessé d'écrire à son fils : le pauvre garçon l'ennuyait avec sa littérature et ses mots longs comme le bras. Plutôt, elle s'est mise à lui envoyer de temps à autre un billet d'avion aller-retour pour qu'il aille passer avec elle quarante-huit heures, pas une minute de plus, car c'est une femme très occupée. Elle a toujours dit : «À trop se voir, on finit par ne plus s'apprécier.» Et elle a raison!

Madame Boissonneault eut une mimique scandalisée :

— Est-ce que c'est là ta façon de les encourager à venir nous voir? s'écria-t-elle en désignant son fils et sa bru.

— Je parlais en général. Le particulier, c'est autre chose. Remarque que dans son cas c'est une maxime qui lui a rapporté bien du bonheur.

Il se retourna vers Élise :

— Elle et son mari ont vécu pendant vingt-sept ans chacun dans son appartement, face à face, sur le même palier, et ils s'entendaient comme Roméo et Juliette. On aurait peut-être dû les imiter, hein, Rosalie? Avec ma grand-langue et ma tête de cochon, je t'en ai fait dépenser de la vertu depuis notre voyage de noces!

Il éclata de rire et donna une claque sur la table qui fit tinter les ustensiles.

— Dans sa dernière lettre, reprit madame Boissonneault qui se mit à pagayer doucement pour ramener la conversation dans des eaux plus respectables, elle vous invite à venir la voir à son hôtel de Key West.

— Elle dirige un hôtel à son âge? s'étonna Florent.

— Et bientôt un casino! répondit son père.

— Tu la remercieras de ma part, reprit l'autre, mais je ne vois pas comment je pourrais trouver le temps d'aller en Floride. Qu'est-ce qui lui a donné l'idée de nous inviter? Je la connais à peine.

— Je lui ai parlé de ton restaurant, fit madame Boissonneault. Je crois que ça lui fait plaisir de te voir en affaires.

Son mari lui pinça légèrement l'avant-bras:

— Nos jeunes auraient peut-être envie de se sucrer le bec. Leur as-tu préparé un petit dessert?

Elle se leva et revint avec un pâté aux framboises, encore fumant, et une pêche pour son mari.

— Ce soir, je laisse tomber le cilice, fit-il en repoussant la pêche. Donne-moi du pâté, s'il te plaît.

Madame Boissonneault tendit une portion à Élise:

— Vous emporterez le reste en partant. Il n'y a pas moyen de le raisonner.

La conversation tomba, comme il arrive chaque fois que les plaisirs de la bouche prennent de l'intensité. On alla prendre le café au salon. Malgré le plaisir que lui procurait la présence de son fils et de sa bru, monsieur Boissonneault n'arrivait pas à comprimer ses bâillements. Vers neuf heures trente, Florent consulta sa femme du regard et se leva :

— Une autre dure journée demain... vaut mieux aller se coucher si on veut se rendre jusqu'au bout.

— Patience, mon garçon, fit monsieur Boissonneault d'un air protecteur. Encore quatre ou cinq ans de trimage et c'est ton capital qui travaillera à ta place...

◆ ◆ ◆

En ouvrant la porte de leur appartement, Élise trouva une enveloppe à ses pieds.

Je suis arrivé à Montréal cet après-midi, disait Ange-Albert. *Je viens tout juste de louer un superbe sept pièces, tout près de l'ancien manoir Dorion de la rue Saint-Denis. Mon patron m'a invité hier à me trouver un autre emploi, parce que mes factures d'hôtel ne lui plaisaient pas. Venez me voir demain soir,* 345 *rue Émery.*

— Je suis contente qu'il se soit enfin trouvé un appartement, fit Élise en souriant. Les coussins de notre divan vont pouvoir se reposer un peu.

Dix minutes plus tard, ils étaient couchés. La chaleur du lit leur fit bientôt retrouver des forces, qu'ils dépensèrent de façon fort avisée.

— Et si c'était ce soir ? murmura Élise tout alanguie. Elle glissa son bras sous la nuque de son compagnon et s'endormit rapidement. Ce dernier suivait par la fenêtre les déambulations d'un matou sur un toit de garage.

— *J'ai l'impression que c'est Déjeuner,* se dit-il. *Même grosseur, même pelage.*

Son ventre se contracta douloureusement, comme si on venait de lui apprendre une mauvaise nouvelle. La colère de Slipskin lui revenait à l'esprit.

— Je donnerais mon œil droit, murmura-t-il, pour savoir ce qui a pu le mettre dans un pareil état...

Il continuait d'observer le chat qui se promenait de long en large, inlassablement, sur le rebord de la toiture. Soudain une transformation étrange se produisit chez l'animal : deux pattes lui poussèrent au milieu du ventre, puis deux autres. Alors Florent s'envola par la fenêtre pour examiner de plus près ce curieux phénomène.

10

Le lendemain matin, Rosario Gladu publiait dans sa chronique « L'actualité maintenant » l'entrefilet suivant :

> Parmi les restaurants chez qui j'ai l'habitude d'aller réparer mes forces, il en est un sans pareil à tous les autres. Je désire parler de La Binerie, rue Mont-Royal. Florent Boissonneault, son sympathique propriétaire, est un gars vraiment bien correct, pour employer une expression du territoire. Depuis quelques semaines, il s'est fait un jeune ami du nom de monsieur Émile, cinq ans, qui mange à cet endroit sans avoir à débourser la moindre dépense.
>
> « Ça n'est pas donné à tout le monde d'avoir des parents riches, m'a dit le chic propriétaire Boissonneault. Je fais ma part pour une société juste. »
>
> Tout ceci pour vous dire que les mets de La Binerie constituent une véritable aventure gastrique pour le gourmet, le tout terminé par une facture des plus raisonnables.

Vers dix heures, chaque foyer avait reçu son *Clairon*, roulé sur lui-même et maintenu par un solide élastique, gracieuseté, parmi bien d'autres, de la Fédération libérale du Québec. À dix heures trente, madame Chouinard, la tête couverte de bigoudis, faisait irruption dans le restaurant, un exemplaire du *Clairon* à la main. Dix-sept têtes se retournèrent et quelques yeux se plissèrent malicieusement sous l'effet de souvenirs piquants. Florent, qui venait de lire l'entrefilet, sortait de la cuisine avec une bassine de fèves au lard. Craignant un esclandre, il déposa le plat et s'avança vivement vers la barmaid qu'il entraîna dans un coin.

— Je vous jure que ce n'est pas de ma faute, dit-il à voix basse, c'est cet imbécile de journaliste qui a tout fait.

— Oh, mais je ne suis pas *du tout* choquée, roucoula-t-elle en battant des cils comme pour chasser une mouche. Au contraire! j'ai trouvé ça *cute* à mort! La vie d'une veuve, ça n'a jamais été facile, vous le savez bien. Mes voisins et ma parenté savent que j'en arrache. Mais ces écœurants-là laisseraient un bébé crever de faim sur leur tapis de porte plutôt que de bouger leur gros cul...

Élise se tenait derrière le comptoir et l'observait avec de grands yeux.

— Je dirais même plus, poursuivit l'autre (sa voix faisait penser au glouglou d'une bouteille d'eau gazeuse). Si je n'avais pas lu ce petit article, je ne me serais jamais senti le front de venir vous demander un *grand* service.

Elle s'arrêta, prit une courte inspiration et pencha la tête de côté en le fixant dans les yeux :

— J'ai une occasion *sensationnelle* d'aller passer deux semaines à Palm Beach avec un de mes oncles qui vient de se faire opérer dans les poumons, fit-elle à voix basse. Il part ce soir sur les ordres du médecin refaire ses forces en Floride, mais le pauvre vieux, il est bien trop faible pour voir à ses propres besoins. Ce qui fait, figurez-vous donc, qu'il m'a demandé de l'accompagner, toutes dépenses payées!

Elle joignit les mains :

— Auriez-vous la bonté, mon cher petit monsieur, de garder mon gars pendant ce temps-là? Je n'ai confiance en *personne* d'autre qu'en *vous*. Impossible de se fier aux voisins. Madame a vu l'autre jour, fit-elle en se tournant vers Élise, dans quel quartier je demeure : ça se chicane sur les perrons, les meubles volent par les fenêtres, les ruelles sont pleines de maniaques qui se promènent les fesses à l'air. Si j'en avais les moyens, ça ferait un maudit bout de temps que je serais partie de là...

Florent la regarda quelques instants, décontenancé, puis se tourna vers sa femme. Élise, radieuse, faisait de grands signes d'assentiment :

— À Palm Beach, dites-vous ? fit-elle.

— Oui, madame. Mon oncle a réservé deux chambres à l'hôtel Skyline, à deux cents mètres de la plage, quelque chose de *sensationnel,* tapis mur à mur, un petit nègre à chaque étage, tout le gros confort, quoi. Évidemment, je vous paye pour la pension.

— Bah, on s'arrangera, fit Élise. Quand partez-vous ?

— À sept heures ce soir. Vous êtes un ange, fit-elle en se penchant au-dessus du comptoir pour l'embrasser. Je vous remercie *in-fi-ni-ment !*

Elle s'approcha de Florent, l'embrassa sur la bouche, puis sortit un petit calepin de sa poche :

— Vous allez me donner votre adresse pour que je vous envoie des cartes postales.

Les clients continuaient de manger, comme si de rien n'était, mais un sourire ambigu flottait sur bien des lèvres.

— Je vous envoie mon gars tout de suite avec une petite valise de linge. Merci encore !

Élise et Florent la regardèrent partir, sidérés par tant d'aplomb. Mais ils le furent un peu moins par sa finesse, car, aussitôt sortie, un Noir immense surgit devant la porte, l'enserra par la taille et s'éloigna avec elle en riant à gorge déployée. Gisèle haussa les épaules et poussa un petit soupir excédé.

— Bah ! c'est rien qu'une plotte, trancha José Biondi d'un air dégoûté. Mon frère a couché avec cent fois.

Dix minutes plus tard, monsieur Émile arrivait en traînant sa valise, son chat sur les talons. Il avait le sourire un peu ébahi des petits garçons qui viennent de recevoir leur première bicyclette. Élise lui replaça une mèche de cheveux :

— J'espère que tu vas te montrer aussi gentil que d'habitude, hein ? Ce soir, tu vas dormir dans le salon et demain matin je vais te préparer du pain doré pour déjeuner. Est-ce que tu aimes le pain doré ?

Monsieur Émile fit un grand signe de tête, puis se mit à jeter des coups d'œil inquiets autour de lui et découvrit Déjeuner tapi sous une banquette :

— Ah ! t'es là, toi !

Il se pencha, le saisit par le milieu du corps et le serra fortement contre lui. Le chat en profita pour renifler le dos d'un client, d'où s'échappait une très intéressante émanation de sueur rance.

— Vas-tu installer une boîte de sable pour que mon chat puisse chier ? demanda-t-il tout à coup d'un air préoccupé.

Des rires fusèrent dans le restaurant.

— Viens ici, fiston, ordonna Picquot, je vais te montrer comment on prépare un cipâte au lièvre.

— Ah non, soupira José Biondi, dites-moi pas qu'on va avoir ce petit bout de cul dans les jambes pendant quinze jours...

Monsieur Émile se rendit en courant à la cuisine et s'assit bien sagement sur un bout de comptoir, les yeux braqués sur Picquot. Pendant une demi-heure, à force d'héroïsme, il ne fit pas plus de bruit que son chat, ce qui plongea celui-ci dans une sorte d'ébahissement inquiet. De temps à autre, mine de rien, le gamin lorgnait la porte d'une armoire qui bâillait ; la veille, se croyant à l'abri des regards, Picquot y avait caché son flacon de cognac.

Vers onze heures trente, il se produisit une telle affluence qu'Aurélien Picquot jugea bon de faire cuire un supplément de pommes de terre. Gisèle, Élise et Florent suaient comme des casseurs de pierre derrière le comptoir.

— Je payerais cher pour aller m'étendre une petite demi-heure dans mon lit, soupira Florent en s'épongeant avec un coin de tablier.

Il n'avait pas fini sa phrase que la porte s'ouvrit, livrant passage à Slipskin. À cette heure-là, c'était une apparition inhabituelle.

— Eh bien! tu tombes à pic, toi! lança Florent. On ne fournit plus.

Slipskin enleva son veston et passa derrière le comptoir. Il avait l'air maussade et comme troublé.

— Qu'est-ce qui ne va pas? lui demanda Florent.

— Moi? euh... rien, rien. J'ai passé toute la nuit blanche hier. Ma mère m'avait fait manger *de la* salami pour le souper. *Pfa! all that chemical shit they put in these meats will kill me some day**!

Il s'installa derrière la caisse et ne desserra pas les lèvres de tout le dîner. Vers une heure, une accalmie se produisit. Florent put s'asseoir et prendre une bouchée.

— Allez, monsieur Picquot, s'écria Slipskin d'une voix subitement pleine d'entrain, sortez dehors de la cuisine et venez manger, *I'll do the service***. Et toi aussi, fit-il en donnant une tape amicale à José Biondi.

— Eh bien! je ne me ferai pas prier, s'écria Picquot en déposant monsieur Émile par terre. J'ai les jambes aussi molles que mon pantalon.

— Que c'est que je vous sers? demanda Slipskin d'un air mielleux.

Il arriva bientôt avec un plateau chargé de bols de soupe fumants, fit un faux mouvement et renversa un bol sur le comptoir.

— Je vous trouve nerveux aujourd'hui, monsieur l'Anglais, remarqua Picquot d'un ton aigre, car son pantalon venait d'être éclaboussé.

---

* Pfa! toute cette merde chimique qu'on met dans la viande va finir par me tuer un jour!

** [...] je vais faire le service.

Slipskin, écarlate, se confondit en excuses. Gisèle s'était levée pour lui prêter main-forte, mais il tint à éponger lui-même le dégât et refusa obstinément par la suite que ses « clients » s'occupent du service.

— *Il est bizarre aujourd'hui,* pensait Florent en le regardant s'agiter, l'air inquiet, multipliant les sourires. *Allez donc comprendre ce qui se passe dans ces têtes carrées...*

Monsieur Émile s'était éclipsé à l'insu de tout le monde. Vingt minutes plus tard, on le vit apparaître dans la porte de la cuisine, les pommettes écarlates, le regard sirupeux. Il se mit à exécuter une série d'entrechats bizarres, s'accrocha dans ses pieds et tomba sur le nez.

— Qu'est-ce qui se passe, 'tit gars ? s'écria Gisèle en le relevant. Bon sang de sainte vache ! il est mou comme du mastic !

Monsieur Émile la fixait avec un sourire séraphique, mais ne semblait pas comprendre ses paroles. Florent laissa échapper un juron, prit l'enfant dans ses bras et se précipita dans la cuisine, car trois clients venaient d'arriver.

— Appelle un taxi et transporte-le à la maison, dit-il à Élise qui l'avait suivi, bouleversée.

Picquot contemplait la scène en se dandinant d'un air embarrassé. Florent se retourna vers lui :

— Non, non, ne me dis rien, s'écria le cuisinier, j'ai compris ! Désormais, je vais garder mon cognac chez moi (*c'est-à-dire ici même, dans le réservoir des toilettes,* ajouta-t-il intérieurement).

— Le taxi est arrivé, annonça José Biondi et il posa sur monsieur Émile un regard où l'étonnement le disputait à l'admiration.

Élise se composa tant bien que mal une contenance, prit l'enfant dans ses bras et traversa le restaurant à toute vitesse. Une petite vieille ratatinée, en manteau et chapeau noirs, trempait des morceaux de rôties dans une tasse de thé. Elle avait tout vu :

— Avoir mis au monde un enfant pareil, moi, nasilla-t-elle, je me serais jetée en bas du pont Jacques-Cartier...

Florent était descendu à la cave et s'était laissé tomber sur une chaise :

— Mais qu'est-ce que j'ai tout à coup ? murmura-t-il. Je ne me suis jamais senti aussi fatigué de toute ma vie.

Il avait l'impression que le cœur lui était tombé dans le fond de la poitrine et s'agitait faiblement quelque part près de son nombril. Il porta les mains à son visage et se massa longuement :

— C'est comme si j'avais des bajoues de plomb...

Il se leva en chancelant et remonta.

— Sacrament, *boss,* vous avez dû en varloper un coup la nuit dernière ! s'exclama Gustave Bleau. On dirait que quelqu'un vous a roulé le visage dans du sucre en poudre.

— C'est vrai, renchérit Slipskin, *you really look worn out. What's the matter** ?

— Je ne sais pas ce qui me prend, murmura Florent.

Il s'appuya au comptoir :

— Allons ! il faut que je me secoue, je ne me rendrai pas au bout de ma journée.

Il se redressa, enfila trois cafés et se passa le visage à l'eau glacée. Mais à huit heures Gisèle dut venir le remplacer.

Monsieur Émile l'aperçut par la fenêtre et vint lui ouvrir. Élise, au bout du corridor, lui fit signe d'éviter toute allusion à l'incident de l'après-midi. Florent laissa échapper un long sifflement d'admiration :

— Barre de cuivre ! t'es beau comme un cœur, mon garçon !

— C'est Élise qui me l'a acheté, répondit l'autre en rougissant de plaisir.

---

* [...] t'as l'air vraiment crevé. Qu'est-ce qui se passe ?

134

Et il écarta les épaules pour faire admirer un gilet de coton rouge orné d'une superbe locomotive à vapeur.

— Qu'est-ce qui se passe? fit Élise en s'approchant. Tu ne te sens pas bien?

— Je suis complètement crevé, ma vieille. Je prends ma douche et je saute dans le lit.

— Et Ange-Albert? On devait lui rendre visite en fin de soirée.

Il se dirigea vers la salle de bains sans répondre. Monsieur Émile l'observait, intrigué.

— Florent, fit Élise en allant le trouver au moment où il se glissait dans son lit, qu'est-ce que nous allons faire de cet enfant? On ne peut pas le laisser ainsi.

— Ah, demain, demain, Élise, soupira-t-il en agitant faiblement la main. Je n'arrive pas à mettre deux idées ensemble.

Deux minutes plus tard, il dormait.

❖ ◈ ❖

Le lendemain matin il se réveilla assez dispos. Aurélien Picquot le retrouva comme d'habitude derrière le comptoir en train d'actionner le grille-pain et de servir des cafés. Vers huit heures, Slipskin parut.

— Qu'est-ce que tu fais ici, toi? s'étonna Florent.

— Je viens travailler.

— Travailler? Ça ne vaut pas la peine: il faut que tu sois chez Musipop à huit heures trente, répondit l'autre en se hâtant vers la cuisine.

Slipskin se noua un tablier à la taille, saisit un plateau et se mit à le charger de vaisselle sale. Florent passa près de lui, deux assiettes dans chaque main. Slipskin se pencha à son oreille:

— *I quitted,* lui annonça-t-il, radieux. *No more Musipop for me*[*].

L'autre le regardait, figé.

[*] J'ai donné ma démission [...] Plus de Musipop pour moi.

— C'est le temps que je *faisse mon* part, non, continua l'Anglais, avant que tu tombes malade de fatigue ?

Vers onze heures, Picquot saisit Florent par les épaules et plongea son regard dans le sien :

— Fais-moi plaisir, mon ami, et disparais de ma vue. Je te regarde aller depuis un moment : on dirait qu'en quittant la maison ce matin tu as oublié ton sang chez toi.

— C'est vrai, *boss,* renchérit Bertrand, vous êtes tellement pâle ! J'ai des frissons partout quand je vous regarde...

Florent résista à leurs conseils jusqu'à deux heures, mais finalement la fatigue l'écrasa. Il téléphona à Élise pour lui demander de le remplacer et se fit conduire chez lui en taxi.

— Mais qu'est-ce que j'ai ? qu'est-ce que j'ai donc ? murmurait-il avec angoisse en montant l'escalier qui menait à leur appartement, les jambes flageolantes, la tête ballante, l'esprit embrumé, obsédé par un seul désir : dormir, dormir jusqu'à la fin des temps.

Élise ne l'avait pas attendu ; l'appartement désert lui parut lugubre. Il se glissa en frissonnant sous les couvertures et allait s'assoupir lorsque la sonnerie du téléphone lui figea le cœur. Il bondit de son lit, décrocha le combiné, l'échappa, le reprit et dut s'asseoir. C'était Élise :

— Je veux que tu restes couché jusqu'à demain, compris ? Et pas de popote ! Slipskin va t'apporter tes repas. Et la semaine prochaine, avant d'être obligée de m'inscrire au Club des veuves, j'ai décidé qu'on prendrait des vacances. Tu trouves bien le temps d'être malade, tu trouveras celui de te soigner.

Il raccrocha et tourna son regard vers la salle à manger. La table de chêne lui parut effroyablement lourde, comme prête à s'enfoncer dans le plancher. Il imagina le fracas et se mit à frissonner.

— Un bain chaud, murmura-t-il, un bon bain chaud va me remettre sur le piton.

La salle de bains se remplit de vapeur. Debout devant la fenêtre, une serviette enroulée autour du torse, il regardait la maison voisine s'estomper peu à peu dans une brume rosée. Le bruissement de l'eau l'apaisa peu à peu. Il se glissa dans le bain avec des grimaces de plaisir. Ses jambes prirent la couleur de la brique. Il respira profondément deux ou trois fois, s'adossa contre l'émail glacé de la baignoire et s'amusa à regarder l'eau gagner peu à peu son ventre. Soudain, l'atmosphère spongieuse et tiède l'écrasa. Une tristesse gélatineuse, écœurante, l'envahit et le peu de courage qu'il venait d'amasser se désagrégea. Il se mit à contempler son sexe recroquevillé dans l'eau chaude. Pauvre sexe! il avait un petit air affolé, ridicule. On aurait dit qu'il cherchait à se réfugier dans son ventre pour échapper à quelque menace.

— Ouais, tu peux bien te cacher, soupira Florent. Même pas capable de faire un bébé...

En sortant de la salle de bains, il poussa un cri et les jambes faillirent lui manquer. Ange-Albert lui souriait, assis à la table de la cuisine.

— Qu'est... qu'est-ce que tu fais ici?

— Élise vient de m'apprendre que tu es malade. J'ai sonné trois fois, personne ne venait ouvrir. Qu'est-ce qui ne va pas? Fatigué?

Florent se laissa tomber sur une chaise et ses yeux s'emplirent de larmes:

— Je ne me reconnais plus, tabarnac... Je me sens comme un sac vide... J'ai peur de tout... Je travaille trois minutes et la tête me tourne, mes idées se mêlent... Ce maudit restaurant m'a volé ma santé... Il faut que je dorme... Je suis sûr qu'avec du repos tout va s'arranger.

Il se leva, réconforté tout à coup par la présence de son ami.

— Eh bien! va te coucher, mon vieux, ne t'occupe pas de moi. J'étais venu pour regarder la télévision.

Dix minutes plus tard, Florent ronflait. Ses traits tirés, légèrement amaigris, lui faisaient un menton pointu, d'un aspect désagréable.

◆ ◆ ◆

Ange-Albert traversa patiemment un long film sur la guerre de Sécession, où le fils d'un planteur ruiné parvenait, à force de ténacité, à rebâtir la fortune familiale, soutenu par son amour pour une jeune infirmière nordiste qui l'avait guéri d'une blessure de boulet de canon. À l'annonce de la naissance de leur premier garçon, Ange-Albert alla se préparer un monumental sandwich au fromage. Florent dormait toujours. Son ami le regarda d'un air pensif, tout en dévorant sa collation, puis sortit silencieusement de la maison.

À six heures, Slipskin sonna à la porte. Il apportait un repas qu'Aurélien Picquot avait préparé à l'intention de son ami. Florent bâilla longuement et, les yeux gonflés de sommeil, posa sur son compagnon un regard maussade :

— Je n'ai pas faim et je n'ai envie de voir personne.

Slipskin sourit :

— Je te comprends. *Le* même affaire est arrivée à mon père quand il a ouvert son magasin d'*antiques. My mother kept him in bed for ten days and he never stopped working since*[*].

— Quoi de neuf au restaurant ?

— Tout va O.K. Le chat de monsieur Émile *a* tombé dans un chaudron de soupe aux pois, *but we'll save him, I think.* Monsieur Émile l'a frotté tout l'après-midi avec *une* cube de glace et maintenant il va mieux. Oh ! *I forgot !* Ratablavasky est venu à deux heures : *he wanted to see you*[**].

---

[*] Ma mère l'a forcé à garder le lit pendant dix jours, et il n'a jamais cessé de travailler depuis.
[**] [...] mais nous le sauverons, je crois [...] J'ai oublié ! [...] il voulait te voir.

— Eh bien! dis-lui d'aller se faire foutre. Je l'ai assez vu. Excuse-moi, je tombe de sommeil. Je vais me coucher.

— *Try to eat a bit**, fit Slipskin avant de refermer la porte.

— Oui, oui, oui, fit l'autre, impatienté.

Il retourna à la cuisine, se mit à table et mangea avec un appétit surprenant.

— Je dois remonter la côte, pensa-t-il en s'essuyant les lèvres.

Quand Élise revint à l'appartement, il dormait. Il ne se réveilla que tard dans la matinée du lendemain, sous les coups de langue de Déjeuner, qu'on avait cru bon de laisser à l'appartement, et qui essayait d'attirer l'attention de Florent sur sa faim.

◆ ◆ ◆

Quelques jours s'écoulèrent ainsi. Les vacances de madame Chouinard semblaient vouloir se transformer en congé sabbatique. Un bon matin, une carte postale aromatisée à l'essence de rose leur parvint de Palm Beach :

> *Bonjour, mes amours! Je suis retenue pour une semaine ou deux à l'hôtel à cause qu'une entorse du pied m'empêche de bouger même d'un pouce. Est-ce que ce serait trop vous demander de continuer à vous occuper de mon petit gars? J'espère qu'il va bien, lui, et qu'il ne vous étrive pas trop, le petit vlimeux. Ici le temps se tient au beau. Les palmiers sont magnifiques et j'ai la peau noire comme une négresse.*
>
> *Votre Floretta*

Quant à Florent, il engraissait, mais ne semblait pas reprendre de forces. Sa lassitude augmentait, plutôt. À

---

* Essaie de prendre une bouchée, au moins.

deux reprises, il s'obligea d'aller au restaurant, mais dut revenir au bout d'une heure, tout étourdi, les tympans défoncés par le bruit de la vaisselle.

— Le commerce m'a détruit, soupirait-il.

Un matin, monsieur Émile, sérieux comme un notaire, vint le trouver dans sa chambre.

— J'ai quelque chose à te dire, fit-il d'un ton qui arracha un sourire à son ami.

Il fit quelques pas et posa ses mains sur la couverture :

— C'est à cause de moi que t'es malade, hein ? lança l'enfant avec un air de défi.

Florent fronça le sourcil, étonné.

— C'est parce que j'ai monté l'autre soir sur la table de la cuisine ? débita l'autre à toute vitesse. Et parce que je cours dans le restaurant et parce que je fais jouer la tévé trop fort et que je fais trop de bruit avec mes pieds quand je vas faire pipi la nuit, hein ?

Sa voix s'était mise à trembler. Encore un peu et les larmes allaient jaillir. Florent le saisit par le bras :

— Veux-tu bien me dire qui t'a fourré ces folies-là dans la tête ? s'exclama-t-il en riant. Je suis malade parce que j'ai trop travaillé, c'est tout. Et je suis content que tu restes avec nous, même si j'aurais envie des fois de te chauffer les fesses.

Le visage du petit garçon se rasséréna un peu, mais son regard restait méfiant :

— Ma mère... ma mère dit qu'il y a des gens qui peuvent pas endurer les enfants... parce que ça les tue...

Florent se remit à rire et lui ébouriffa les cheveux :

— C'est vrai, il y en a. En tout cas, nous autres, on t'aime bien et on n'a pas du tout envie de te renvoyer. Et puis, je vais déjà mieux, ça ne paraît pas ? Dans deux jours, je vais aller te retrouver au restaurant.

Monsieur Émile ne put en supporter davantage. Il sortit à la course et déversa le trop-plein de son émotion dans la cour en frappant contre une poubelle avec un vieux chariot de machine à écrire.

◆ ◆ ◆

Malgré toutes ses bonnes résolutions, Florent passait ses journées au lit, en proie à une somnolence morose, incapable de fixer son attention sur quoi que ce soit. Au bout de quelques minutes, la télévision le jetait dans un état de confusion insupportable. Le rock, qu'il consommait en si grandes quantités et qui agissait sur lui dans les moments de fatigue comme une bonne tasse de café noir, lui râpait maintenant les nerfs. Un jour qu'il s'était forcé à écouter jusqu'au bout un disque de Pink Floyd, des tremblements le saisirent, son corps se couvrit de sueurs et il eut l'impression, horreur! que les murs de la pièce se rapprochaient lentement. Il se précipita dans la salle de bains et se glissa sous la douche.

La douche avait toujours fait des merveilles pour lui. Toute cette chaleur bienveillante qui l'enveloppait comme un utérus finissait par transformer ses colères en philosophie et ses tracas en petites boules multicolores.

Mais aujourd'hui, rien ne va plus. Les volutes de vapeur ressemblent à des suaires menaçants qui cherchent à l'étouffer; le bruissement de l'eau s'étire comme un corridor infini, se gonfle d'échos, se démultiplie en résonances lugubres. Florent distingue vaguement les murs de ce corridor qui s'allonge à perte de vue, le plancher souillé, plein de crevasses, les ampoules blafardes. Vers quelle sinistre salle le pousse-t-on? Il voit déjà son corps rigide enfermé dans un tiroir couvert de frimas, sa prunelle glacée qui lance des appels désespérés.

Affolé, il s'élance en dehors du bain. Son pied glisse sur le tapis. Il s'accroche au lavabo et se retrouve assis par terre, les fesses meurtries, tout dégoulinant.

— Allons. Allons. Reprends tes sens. Tout ça, c'est de la fumée. Ton imagination se paye ta tête.

Une bouffée de calme lui desserre un peu les côtes. Mais les murs de la salle de bains lui paraissent comme des limites de plâtre et de briques menaçantes, inflexibles. Elles représentent son destin. Le malheur a fait de lui sa chose. Il n'est plus qu'un accessoire de salle de bains entre quatre murs indestructibles. Adieu, les belles ambitions! Adieu, Élise, qui va bientôt l'abandonner pour offrir son joli ventre à un homme qui saura l'engrosser. Si le tuyau de la douche pouvait supporter son poids, il s'y pendrait, pour mettre un terme au plus vite à sa vie misérable.

En arrivant à la maison ce soir-là, Élise le regarda un instant, puis se dirigea vers le téléphone:

— J'appelle un médecin, fit-elle d'une voix tranchante. Assez niaisé. Tu ressembles à une vieille salade.

La veille, elle avait informé monsieur et madame Boissonneault de l'état de santé de leur fils. Monsieur Boissonneault voulut le conduire lui-même à la clinique.

— Je t'amène chez le médecin, fit-il en se tournant vers Florent, et je me demande pourquoi, car je sais déjà tout ce qu'il va te dire. Il va te dire de te reposer tant que tu peux et de modérer tes ambitions. Eh bien! repose-toi, mon garçon, transforme-toi en chat de maison pour un mois ou deux. Tu modéreras tes ambitions plus tard, s'il le faut. Et puis, un petit conseil: quand on se sent le moral dans les talons, une bonne ponce au gros gin avec beaucoup de miel et de clous de girofle, ça fait fondre des *tonnes* d'idées noires, au lieu de simplement les éloigner, comme font les pilules. J'en sais quelque chose, ajouta-t-il d'un air important, je connais la maladie depuis l'âge de quinze ans.

Et il montra fièrement sa jambe impotente, tandis qu'Élise retenait un sourire.

La consultation se déroula comme prévu. Après avoir ausculté Florent, le médecin se mit à le questionner sur son travail, sa famille, son ménage...

— Non, répondait Florent, je n'ai pas d'ennuis, enfin pas de gros. Tout va bien.

Le médecin se frotta le menton avec l'air d'un amateur de mots croisés en train de chercher le nom d'une reine de France morte du diabète, puis haussa les épaules et griffonna une ordonnance de Valium en l'accompagnant de trois semaines de repos bien comptées et d'une mise en garde contre le surmenage, «qui abîme autant les jeunes poulains que les vieux chevaux», dit-il avec un sourire paternel.

— Me voilà bien avancé, murmura Florent sur le chemin du retour.

— Jette ta prescription par la fenêtre, lui ordonna son père, je vais te préparer une de ces ponces qui va te faire friser le poil des jambes.

Le lendemain midi, quelques minutes à peine après le départ de Slipskin, qui venait de lui apporter son dîner comme d'habitude, Florent eut la surprise de voir apparaître par la fenêtre de la cuisine la grosse tête charnue de Rosario Gladu. Le journaliste, tout excité, lui fit signe d'approcher. Florent entrebâilla la porte.

— Est-ce qu'il est parti? demanda Gladu en passant la tête.

— Qui?

— Slipskin, saint-simonac!

— Il vient tout juste.

— As-tu cinq minutes de *spare*? Je suis venu faire un petit tour en sauvette pour voir comment va la santé, fit-il en se forçant aimablement un chemin.

Il s'arrêta au milieu de la pièce, jeta un regard circulaire.

— Saint-simonac! une belle cuisine! Tout équipée en moderne! et avec un lave-vaisselle Maytag par-dessus le marché!

Il se laissa tomber sur une chaise:

— Tabarouette! t'as donc l'air endormi! T'aurais besoin d'une infusion de réveille-matin. Commences-tu à remonter la côte?

— Pas vite, soupira Florent, et les larmes lui vinrent aux yeux à la pensée qu'il devrait faire au moins dix minutes de conversation avec ce casse-pieds.

— Prends ton temps, mon vieux, prends ton temps, répondit Gladu d'un air doctoral. Qu'est-ce que ça te donne de revenir au travail tout de suite si tu nous pètes au frette trois jours plus tard? Ma grand-mère me le disait: sans la santé, un gars ne vaut même pas une crotte de moineau. Il ne lui reste plus qu'à s'asseoir sur la galerie et regarder passer les bateaux en tricotant des foulards. Mon frère Antoine, lui, se moquait de la santé. Il avait dix-huit ans, il fendait le vent comme une balle de fusil. Et pourtant...

Il agita frénétiquement son index, les yeux dilatés, les lèvres étirées dans une grimace amère:

— Et pourtant, *il avait l'estomac fragile...* eh oui! comme du papier de soie, mon ami! Il tenait ça de môman. On avait beau l'avertir, il s'en crissait: mangeait n'importe quoi, le jour comme la nuit, et fallait voir les quantités: huit œufs, le matin, c'était pas la moitié de sa force...

Il s'arrêta de nouveau, soupira. Ses joues devinrent flasques comme des crêpes, ses yeux se ternirent:

— Un soir, reprit-il, la voix toute changée, aux alentours de minuit, l'idée lui prend de se faire livrer un rigatoni jumbo spécial à la peperoni mambo, ou quelque chose comme ça. Je lui dis: «Attention, mon p'tit frère! les tripes vont te chanter!» «Mêle-toi de ce qui te regarde, qu'il me répond.»

Le rigatoni arrive. Joualvert! le livreur descendait encore les marches qu'il arrivait au fond de l'assiette. Et par-dessus tout ça, je te le vois caler un gros Coke glacé en trois gorgées, et oups! dans le lit.

Le journaliste s'arrêta. Sa voix était devenue un filet:

— Pauvre p'tit cave... Il venait de se glisser dans ses derniers draps... Vers trois heures du matin, la bedaine s'est mise à lui grossir comme un ballon, les yeux lui sont tombés dans le fond de la tête et, quand l'ambulance est arrivée, il ne reconnaissait plus personne... Deux heures après, il crevait.

Gladu se passa la main sur les lèvres, sourit :

— Mais je ne suis pas venu pour te parler de mon p'tit frère Antoine, fit-il en changeant brusquement de ton.

Il sourit de nouveau, de toutes ses dents cette fois-ci, et sa physionomie prit un air d'amabilité commerciale légèrement répugnant :

— Slipskin parle de toi au restaurant. Je dirais même qu'il n'arrête pas une seconde... quand ta femme n'y est pas, bien entendu, et que le vieux fricote dans ses chaudrons.

— Et qu'est-ce qu'il dit ?

— Il dit, il dit... il dit, mon ami, que t'es pas fait pour le commerce, voilà ce qu'il dit.

— Ah bon. *Et il a peut-être raison*, pensa Florent, morose. *Quand est-ce que ce gros comique-là va sacrer le camp, que j'aille me coucher ?*

— Veux-tu que je te dise la vérité ? fit Gladu au bout d'un moment.

— Essaye toujours, articula Florent, qui consacrait le plus gros de son énergie à tenir ses paupières ouvertes.

— Il a menti. C'est aussi simple que ça. *T'es fait* pour le commerce... mais pas pour les restaurants.

Il se leva et se mit à parler très vite en lorgnant la porte de temps à autre, comme si mille affaires pressantes l'appelaient tout à coup.

— J'ai une idée à te proposer. Ou plutôt deux. Penses-y bien avant de refuser... Vends tes parts. Le restaurant, c'est trop dur. Pour réussir là-dedans, faut être né dans une galère. Tu vas t'y casser les reins, mon *chum* : debout du matin au soir et du soir au matin, fais plaisir à celui-ci, engueule celui-là, toujours le beau sourire devant les clients même pendant une rage de dents, additionne, soustrais, passe la guenille, brasse les chaudrons : le fleuve Saint-Laurent s'arrête plus souvent que toi. Vends tes parts, mon vieux, vends-les. Je connais un bien meilleur moyen de faire profiter ton argent. Ou plutôt deux. Écoute-moi avant de parler. Tu m'enverras promener ensuite si t'es capable. Mercredi soir, en regardant la tévé, j'ai découvert une méthode *psy-chi-a-tri-que* pour faire de l'argent... en vendant des tissus ! C'est simple comme bonjour, mais fallait y penser. On vendrait sous la marque Dabidum. Comprends-tu ? D'habit d'homme. Chaque fois que les clients entendraient le mot « Dabidum », sans trop le savoir, ils penseraient « d'habit d'homme ». Il suffirait de le répéter assez longtemps et nos tissus deviendraient les *seuls* tissus, les vrais tissus d'habit d'homme, Dabidum, la seule marque sérieuse sur le marché. Mon projet est scientifique en Christ, c'est exactement comme si le docteur *Feud* t'en parlait lui-même, assis là devant toi, avec ses lunettes et son divan. D'ailleurs, je ne suis pas le seul à me servir de la psychiatrie, mon ami. Pourquoi penses-tu que les fabricants de Cherry Blossom fourrent une belle grosse cerise juteuse au milieu de leur chocolat ? Parce qu'ils ont lu *Feud*. Ils savent que sans dire la chose, on peut faire penser à l'affaire et qu'en chatouillant le fond de culotte d'un client, mais discrètement, on a des saudites bonnes chances de lui faire ouvrir son portefeuille.

Gladu, triomphant, regarda son interlocuteur quelques instants. La stupéfaction de Florent dépassait toutes ses espérances ; il vit en elle la reconnaissance de son génie.

— Donc, reprit-il en dressant l'index d'un air inspiré, aucun risque et beaucoup de profits. Et puis, c'est du travail de tout repos. Deux ou trois coups de téléphone par jour, une poignée de main par-ci par-là, et le reste du temps tu peux le passer à fourrer ou à te griller au soleil.

Tout ce qu'il nous faut, c'est un peu de bidous. Je connais au moins trois Juifs sur la rue Saint-Laurent qui n'arrêtent pas d'éternuer derrière leurs piles de vieux tissus et qui feraient n'importe quoi pour avoir du stock un peu plus frais. Il suffirait d'aller...

Florent secoua la tête :

— Et ton deuxième projet ? fit-il avec effort.

Gladu serra les lèvres, plissa l'œil et se mit à scruter le plafond comme si le projet en question venait d'y apparaître :

— Plus payant, mais plus risqué. Mon beau-frère m'a présenté hier à un bonhomme qui veut partir une compagnie de démolition. C'est un genre de *business* qui rapporte beaucoup de ce temps-ci à Montréal, rapport qu'on manque de place sur l'île pour les nouvelles bâtisses. Je me suis même laissé dire que les Arabes veulent raser Rosemont pour bâtir une cinquantaine d'édifices de trente étages, un projet qui nous débarrasserait de nos vieilles cabanes et qui nous placerait dans le sillon du progrès, comme dirait l'autre. Le type a des pelletées de contacts à l'hôtel de ville. Il aurait même déjà prêté son char durant deux mois au maire du temps que le maire était étudiant.

Le journaliste s'arrêta, l'œil fixe, la narine distendue :

— Seulement... seulement, ça prend pas mal d'argent, ce genre d'affaire. Et on ne sera pas les seuls dans la patente. Plus il y a de gens, moins il y a d'entente...

Il se leva, s'approcha de Florent et lui tapota l'épaule :

— Prends le temps de mâcher ça, mon bonhomme, je reviendrai te voir dans deux ou trois jours. Mais pas un mot à Slipskin, ou je t'étripe. Je t'ai parlé en ami, traite-moi en ami.

La porte se referma. Ses pas résonnèrent dans la ruelle. Florent s'approcha de son lit et s'y laissa tomber, épuisé :

— Vendre mes parts, murmurait-il comme dans un rêve. Le commerce me tue... Vendre mes parts...

Il avait l'impression que les draps s'agglutinaient à lui et allaient l'étouffer.

11

Florent s'efforça encore quelques fois d'aller à La Binerie. Mais l'odeur des fèves au lard lui donnait la nausée. Dès qu'il touchait à la caisse, il fallait rectifier des erreurs. La moindre plainte l'affolait, les assiettes lui glissaient des mains, le café coulait sur le comptoir, un plat de veau arrivait devant le client qui venait de commander du bœuf aux légumes, tandis que le plat de bœuf refroidissait dans un coin. Après deux heures de travail, il s'écrasait sur une chaise, hébété, le mollet en eau, les yeux brûlants, la peau du visage sèche et douloureuse. La sollicitude de chacun lui portait sur les nerfs. Il avait l'impression de se faire promener en fauteuil roulant. Monsieur Émile, dans les circonstances, se surpassait. Il ne quittait pas Florent des yeux, essayant de prévenir ses bévues, supportant avec héroïsme ses sautes d'humeur et ses rebuffades.

Depuis quelques jours, il faisait de grands efforts pour surmonter l'espèce de pudeur pleine de rudesse que lui avait inculquée sa vie de ruelles et de fonds de cour et il se risquait à de petites manifestations de tendresse quand il se trouvait seul avec le grand patron ou que personne ne les regardait.

— Je veux plus retourner chez ma mère, souffla-t-il à l'oreille de Florent un après-midi en se frottant contre lui. Je veux rester chez vous, avec mon chat.

Il réfléchit un moment, puis ajouta gravement:

— Je vendrai mon chat si tu le trouves trop achalant, mais je veux plus retourner chez ma mère. Elle fait rien que chialer après moi.

Il fit mine de ramasser une miette sur le plancher, de façon à ce que Florent ne voie pas son visage, et ajouta précipitamment:

— C'est vous autres que j'aime, pas ma mère.

Florent sourit et voulut le prendre dans ses bras, mais monsieur Émile courait déjà vers la cuisine, où il fit une irruption d'autant plus remarquée que Gustave Bleau s'apprêtait à sortir avec un plateau chargé de bols de soupe. Quand le plancher fut épongé et que Gustave eut changé de vêtements, Élise s'approcha de son mari et lui mit la main sur l'épaule:

— Va donc te coucher, lui dit-elle doucement, tu dors debout, mon pauvre. Tu reviendras ce soir.

Il leva brusquement la tête et lui jeta un regard furibond:

— Aussi bien me faire enterrer tout de suite tant qu'à y être: je vis comme un mort.

— Tssutt, fit-elle en lui montrant du coin de l'œil des clients assis au comptoir qui venaient de se retourner.

— Je m'en câlisse des clients, continua-t-il en élevant le ton, emporté par une colère incontrôlable. Ils sont en train de nous dévorer tout rond et il faudrait en plus que je leur fasse des sourires grands comme le pont Jacques-Cartier? Mais regarde-toi donc toi-même, tabarnac! Tu es pâle à faire peur. En deux mois, tu as vieilli de dix ans. Je n'ai plus de santé et, au train où vont les choses, je n'aurai bientôt plus de femme, et tout ça à cause de ce maudit commerce de brassage de chaudrons qui nous tient debout vingt-quatre heures par jour en train de remplir la panse de cette bande de cochons! J'en ai plein le cul, comprends-tu? Plein le cul!

Il arpentait le restaurant à pas saccadés suivi de sa femme affolée qui essayait de l'entraîner à la cave. Monsieur Émile le fixait, stupéfié. Bertrand, l'œil exorbité, mâchouillait un bout de tablier.

Aurélien Picquot sortit de la cuisine, fit signe à Gustave Bleau de lui prêter main-forte, puis empoignant Florent par un bras lui fit descendre l'escalier au pas de course et le maintint solidement contre un pilier. Florent courba la tête et son visage se couvrit de larmes.

— Ça suffit comme ça, ordonna le cuisinier, nullement ému. Tu n'es tout de même pas pour saccager ce commerce parce que la cervelle te chauffe. Il faut l'amener voir un médecin... qualifié, ajouta-t-il en se tournant vers Élise. Je ne veux plus de scènes pareilles ici. Le métier ne sera bientôt plus praticable et nous allons tous nous retrouver le cul sur la paille.

— Il faut vendre, Florent, lui souffla Élise en lui caressant le visage. Ce n'est pas un métier pour toi. On partira en vacances et dans un mois tout sera différent, tu verras.

— Le restaurant vient de se vider, annonça Gisèle, et sans autre préambule elle éclata en sanglots.

— Allons, ma fille, conserve tes larmes pour ton mariage, lança Picquot, et va me chercher le cognac. Ton patron a besoin d'une goutte.

Slipskin, retenu chez un fournisseur, n'avait pas assisté à la scène. Gisèle lui en fit le récit à la fin de la soirée, en y ajoutant plusieurs amplifications, car ses règles la rendaient imaginative.

Le lendemain, vers dix heures, il sonnait à la porte de Florent. Ce dernier, assis dans la cuisine, était perdu depuis dix minutes dans la contemplation d'une boîte de soupe aux asperges, hésitant s'il devait l'ouvrir tout de suite ou plus tard. Il se traîna les pieds jusqu'à la porte et ne put réprimer une grimace en apercevant son associé :

— Quelle heure est-il ? Où est mon dîner ?

— Je reviens tout à l'heure pour ton dîner, répondit l'autre en souriant. Je viens maintenant pour *prendre* tes nouvelles.

D'un geste las, Florent lui fit signe de le suivre. Slipskin observait sa démarche légèrement chancelante et se mordillait les lèvres en respirant à petits coups précipités.

Ils entrèrent dans la cuisine. Florent se laissa tomber sur une chaise :

— Veux-tu un café ? Moi, je n'en prends plus, ça me rend trop nerveux.

Slipskin déclina une invitation aussi pressante, attrapa Déjeuner par le bout de la queue et se mit à le flatter, tout en bavardant de choses et d'autres. Florent n'avait d'attention que pour les miaulements furieux du chat, qui lui jetait des regards suppliants. Slipskin fit alors dériver la conversation vers les ennuis de la vie de commerçant, qu'il se mit à détailler avec minutie. Son associé hochait mollement la tête, approuvait du bout des lèvres, heureux d'avoir de la compagnie, impatient de la voir partir, l'esprit flottant dans une soupe insipide, chacune de ses idées accolée à une idée contraire et de force égale. Alors Slipskin se détendit quelque peu, laissa aller le matou et, sautant les étapes, entra dans le vif du sujet : le restaurant. Il lui proposa d'acheter sa part.

— *But I couldn't give you much more than fifty percent of its value,* se hâta-t-il d'ajouter, confus. Tu comprends, c'est surtout pour te rendre service. Je n'ai pas beaucoup d'argent et – *don't take it too hard* – les clients ne *vient* plus comme avant. *Ask Picquot.* L'autre jour, il a dû *disposer* un tas de *hamburger steak* dans la poubelle. *But I hope, with a lot of hard work, to patch up things a bit**.

— Ce qui veut dire que tu me donnerais... 6000 $? demanda Florent.

L'autre fit signe que oui.

— Mais ça n'a pas de bon sens ! Tu me voles tout rond ! Les affaires ont peut-être un peu baissé, mais dans un

* Mais je ne pourrais t'offrir guère plus que cinquante pour cent de sa valeur [...] ne le prends pas trop mal [...] Demande à Picquot [...] Mais j'espère, en travaillant très fort, remettre un peu le commerce en état.

mois tout sera comme avant! Ce restaurant-là est une mine d'or, tu le sais bien. Je ne vends pas en bas de 10 000 $.

Slipskin se montra inflexible. Florent baissa à 9500 $, puis à 9000 $. Alors son compagnon se leva, souriant d'un petit air pincé, et lui tendit la main :

— 6250 $: *it's my last offer. Think about it and give me an answer tomorrow*[*].

Florent le fixa quelques secondes, puis brusquement :

— Eh bien, ça va, prends-le, ton maudit restaurant, et qu'on n'en parle plus ! Seulement que d'entendre mâcher cette bande de défoncés, le cœur me lève. Élise va être aux petits oiseaux... et on partira en vacances pour la Floride, larmoya-t-il tout à coup. Excuse-moi, fit-il au bout d'un moment. Tu as raison, il était temps que je vende. Le commerce m'a rendu comme une vieille femme.

Slipskin se leva, tout pâle, et appuya ses mains sur le dossier de la chaise pour dissimuler leur tremblement :

— À midi, je t'apporte le chèque certifié avec ton dîner et tu signes un petit papier. Maintenant, il faut que j'aille *travaille... No... For God's sake, stop crying, please*[**]...

Florent s'épongea les yeux avec sa manche et le reconduisit à la porte :

— Enfin, enfin, murmurait-il, la voix brisée, je vais pouvoir respirer jusqu'au fond de mes poumons, pour une fois.

Il s'arrêta tout à coup et retint son compagnon par le bras :

— On n'a pas parlé de l'emprunt.

— L'emprunt ?

— Mais voyons... l'emprunt de 25 000 $ que j'ai contracté à la Banque Royale.

---

[*]   6250 $: c'est ma dernière offre. Penses-y et donne-moi ta réponse demain.
[**]   Non... Pour l'amour de Dieu, cesse de pleurer, je t'en prie.

— Oh! I'll take care of that, don't worry... Wh(
want for dinner**?*

Quand la porte se fut refermée derrière lui, Slipskin, debout sur le palier, poussa un grand soupir et s'épongea le front. Son regard tomba sur son pantalon couvert de poils de chat; il se mit à l'épousseter d'un air dégoûté. Un léger grattement lui fit tourner la tête. À l'intérieur, Déjeuner venait de sauter sur le rebord de la fenêtre et, les deux pattes appuyées contre la vitre, il lui crachait son mépris d'un air féroce.

◆ ◆ ◆

Lorsqu'elle apprit la transaction, Élise ne se montra pas plus forte que son mari et pleura de soulagement. Puis elle se rendit en toute hâte à la maison pour l'embrasser. Florent venait de boucler les valises et s'apprêtait à réserver des billets d'avion pour Miami. Élise réussit à le convaincre de remettre le voyage à plus tard:

— Pourquoi ne pas aller dans les Laurentides, à la place? Tu te reposerais autant et c'est moins cher. Après tout, tu es en chômage, maintenant. Notre compte en banque ne sera peut-être plus très bien garni quand tu vas te remettre à travailler.

Aurélien Picquot leur offrit son camp à Saint-Sauveur. Quand Florent parla de le dédommager, le cuisinier piqua une colère noire:

— Écoutez-moi ce nigaud! Il y a deux jours, c'était quasi un mourant et à présent ça se mêle de vouloir rétribuer les services d'un ami! Garde ton argent, il pue. D'ailleurs, souffla-t-il à l'oreille de Florent, j'irai peut-être vous rejoindre dans quelques semaines, je ne me sens pas le cœur de continuer à travailler avec ce fripouillard. Mon petit doigt me dit qu'aussitôt que tu auras le dos

---

* Oh! je m'occupe de ça, ne t'inquiète pas. Qu'est-ce que tu as le goût de manger pour dîner?

tourné, il va tout chambarder dans le restaurant. M'est avis qu'il est plus porté sur le portefeuille que sur la bonne chère.

✦ ◆ ✦

Le lendemain, Florent se décida d'aller visiter Ange-Albert à son nouvel appartement de la rue Émery. C'était un immense sept pièces qui occupait le premier étage d'un vieil immeuble. L'édifice contigu, dont on venait d'aveugler les ouvertures avec des feuilles de contreplaqué, semblait voué à la démolition. L'appartement était meublé avec l'abondance d'un monastère et se trouvait dans un état pitoyable. Les vitres flacotaient dans les croisées, les planchers chantaient des litanies sous chaque pas, les murs étaient sillonnés de fissures où l'on aurait pu glisser le pouce. Dans le corridor d'entrée s'élevait une antique fournaise à gaz. Le jour de son arrivée, Ange-Albert l'avait allumée pour vérifier son fonctionnement. Le remue-ménage qui s'était élevé dans ses entrailles rouillées l'avait convaincu de suspendre l'opération.

Élise se promenait de pièce en pièce, toute pensive devant l'accumulation de poussière et de crasse laissée par des générations de locataires.

— Et tout ça pour 60 $ par mois, fit Ange-Albert avec un geste large. Évidemment, il y a quelques petites réparations à faire, mais avec des amis, c'est l'histoire d'une journée ou deux.

Florent le regardait, peu convaincu. Ils se rendirent à la cuisine, où les robinets de l'évier pleuraient une peine éternelle. Ange-Albert ouvrit la porte du frigidaire. Il avait été si ingénieusement farci de bouteilles de bière qu'on n'aurait pas pu y glisser une feuille de salade.

— Tu ne manges donc jamais ici? s'étonna Élise.

— Oui, mais j'achète à mesure. Et puis je mange souvent au restaurant d'en face. Le patron me fait crédit et sa fille est à la veille de me faire mieux encore.

Les capsules roulèrent sur la table et, bouteille en main, on commença à pendre la crémaillère. Trois heures plus tard, Élise se tournait vers son mari :

— Tu es sûr de pouvoir retrouver ton chemin jusque chez nous ?

— C'est le chemin du bonheur que je suis en train de retrouver, ma vieille, s'écria-t-il en déposant sa bouteille avec fracas. Ah ! mes amis, vous n'avez pas idée de ce que j'ai vécu depuis un mois ! Ce soir, je bois avec vous, tranquillement, et à chaque gorgée, c'est comme si on m'enlevait une roche de l'estomac. Je peux vous l'avouer, maintenant que mes malheurs semblent terminés : il y a deux jours, j'étais sûr de finir à l'asile et je t'imaginais en train de bécoter Slipskin, fit-il en glissant sa main dans les cheveux d'Élise. Ah ! c'était le désespoir, le vrai ! J'avais l'impression qu'on me poussait la tête la première dans un fourneau.

Vers une heure du matin, il était complètement soûl. Élise fouilla dans les poches de son mari et tendit les clés de l'automobile à Ange-Albert. Affalé sur la banquette tantôt contre son ami, tantôt contre sa femme, il rabâchait une histoire incompréhensible où il était question de vacances, d'orangeade et d'un homme qui lui devait dix dollars. Malgré la monotonie de son discours, tout le monde riait. On le sentait : l'ombre qui planait sur lui depuis tant de semaines avait commencé à se déplacer.

Le lendemain, après quelques heures consacrées au mal de bloc, Florent décida de partir pour Saint-Sauveur. Slipskin venait de lui téléphoner qu'il avait déniché une nouvelle serveuse – la sœur de Gisèle – et qu'Élise était libre de prendre congé quand elle le voulait. Qu'allait-on faire de monsieur Émile ? Madame Chouinard ne s'était toujours pas montrée, sans doute retenue sous le soleil de la Floride par une deuxième entorse.

— Je vais le garder chez moi, proposa Picquot, poussant son amitié pour Élise et Florent jusqu'à l'héroïsme, car il n'avait jamais élevé d'enfants. J'ai une voisine de palier qui gaspille ses vieux jours devant la télévision. Pour quelques dollars, je suis sûr qu'elle accepterait de surveiller notre jeune ami en mon absence.

Ce dernier, assis sur le bord du comptoir, balançait frénétiquement les jambes, l'œil plein d'eau, les lèvres serrées, sentant que le silence était son meilleur allié. Élise se tourna vers son mari, n'osant parler, torturée à l'idée de laisser l'enfant derrière elle, craignant par contre que sa présence ne gâche la convalescence de Florent.

— Bah! on peut bien l'amener, décida celui-ci. J'ai besoin de personnes gaies autour de moi.

Monsieur Émile fut sur le point de se jeter dans les bras de Florent, mais sa pudeur le retint. Il se contenta de crier:

— Yééé! c'est l'fun! et courut s'acheter un sac de croustilles dans lequel chacun eut le droit de piger une fois.

◆ ◆ ◆

Ils arrivèrent à Saint-Sauveur à la fin de l'après-midi. Picquot n'avait pas lésiné en choisissant le cadre de son recyclage culinaire. Le chalet, construit en billots écorcés et vernis, comptait six pièces et présentait tout le confort d'une maison de ville. Il se dressait à l'écart sur une pointe, face au lac Duhamel, à demi caché par le feuillage jaunissant d'un bouquet d'arbres. Une énorme cheminée de pierre des champs s'élevait dans le salon. Une vieille remise, à l'arrière, abritait la carcasse vénérable d'une Cadillac des années 1920. Monsieur Émile ne l'abandonna que pour le souper, après s'être fait servir une demi-douzaine d'ultimatums. Aussitôt le repas fini, on partit pour une promenade dans les environs. Le mois d'octobre s'achevait. La place, désertée depuis deux mois par les vacanciers, n'était plus que chemins solitaires et chalets fermés.

— *Plutôt triste comme décor*, pensa Élise. *Pourvu que ça ne lui ramène pas ses idées noires.*

Elle regarda son mari ; il humait l'air frisquet avec une expression béate.

Le lendemain matin, elle le retrouva dans la cour à sept heures en train de fendre du bois. Quelques jours passèrent. Ses forces revenaient rapidement. Il se levait avec le soleil, prenait un solide déjeuner et passait la journée à bricoler ou à se balader dans les environs, entraînant Élise et monsieur Émile dans des promenades qui les ramenaient au chalet à la tombée de la nuit. Vers neuf heures, on le retrouvait endormi devant le foyer, l'estomac chargé d'un souper de bûcheron.

◆ ◆ ◆

Au début de novembre, un changement inattendu se produisit chez lui : il commença à s'intéresser de nouveau à La Binerie. Cela l'effraya, et il lutta de toutes ses forces contre cet envahissement qu'il jugeait dangereux, mais son obsession se montrait plus futée que lui et prenait toutes sortes de déguisements. Le plus efficace s'appelait souci d'argent.

— Nos réserves baissent, l'hiver approche, le travail va se faire rare, disait Florent. Il va bientôt falloir que je retourne à Montréal pour me chercher un emploi. Je pourrais travailler au restaurant à demi-journées, tout en plaçant des demandes ici et là. Slipskin me doit bien ce service-là.

Élise essayait de le dissuader, car elle craignait une rechute. Mais, pour dire vrai, le cœur n'y était pas. Elle voyait bien que Florent avait été profondément humilié par sa maladie. Cette dernière avait sapé sa confiance et lui bouchait l'horizon. Le projet le moindrement audacieux devenait aléatoire, dangereux. Il se voyait condamné à une vie de petit salarié ; cette seule pensée lui soulevait le cœur. Il lui fallait une revanche. Et la plus éclatante, ne serait-ce pas celle qu'il remporterait sur les lieux mêmes de son échec?

Bientôt la vie à la campagne commença à lui peser.

— Je me sens comme un patient de sanatorium, ronchonnait-il à tout propos. Je n'ai pas envie de passer ma vie à regarder filer les nuages dans le ciel.

Fendre du bois pour alimenter la cheminée devint tout à coup une corvée insupportable. L'épicier du village manquait de tout. Le boucher se mit à leur fournir de la semelle de botte. L'isolement du chalet, qu'il bénissait jusqu'ici, lui apparut comme une calamité.

— Encore un peu de ce régime-là et je vais devenir un ours; je ne vaudrai plus rien pour le commerce.

— Je te trouvais plus *smatte* quand t'étais malade, lui dit un jour monsieur Émile pendant le dîner.

Florent le regarda, interdit, puis se tourna vers Élise:

— Prépare-toi, on part demain. Je sens que si je reste ici plus longtemps, vous allez me jeter par la fenêtre.

Le lendemain, dès son arrivée à Montréal, il alla trouver Slipskin.

— As-tu engagé quelqu'un à ma place? lui demanda-t-il.

— *Not yet**, fit l'autre.

— J'ai un service à te demander. Je suis tout à fait remis. Laisse-moi travailler ici à demi-journées, le temps de me trouver un autre emploi. On négocie mieux avec un futur patron le portefeuille rempli.

Le visage de Slipskin se chiffonna comme une feuille de salade. Il bafouilla quelque chose avec un sourire forcé, donna un coup de tête d'assentiment et, prétextant avoir besoin de serviettes de papier alors qu'il y en avait sur le comptoir, descendit précipitamment à la cave.

— Qu'est-ce qui lui prend, à cet animal? À croire que j'ai la peste! J'ai des amis qui ont la mémoire courte!

* Pas encore.

Picquot sortit de la cuisine et le prit à part :

— Je suis content de te revoir. Tu es notre Messie. Depuis ton départ, le restaurant n'est plus le même. Il lésine sur tout, l'Angliche. Avec lui, la margarine a remplacé le beurre et l'eau du robinet vaut mieux que le lait. Je triche tant que je peux, mais les clients commencent à faire la différence et moi je commence à en avoir marre.

— C'est vrai en mautadine, ajouta Bertrand qui s'était approché sans bruit. Les affaires s'en viennent pourrites...

— Qui vous a demandé votre avis, vous ? coupa Picquot en le foudroyant du regard. Pendant que vous débitez des sottises, la sauce du ragoût est en train de coller. Allez, disparaissez de ma vue ! Veux-tu que je te dise ? reprit-il à voix basse, prenant Florent par le bras. Tant que la dette de la Banque Royale n'est pas éteinte, tu dois en répondre, n'est-ce pas ? Vous n'avez pas encore échangé de papiers à ce sujet ?

Florent fit signe que non.

— Eh bien alors... c'est comme si tu possédais encore des intérêts dans l'entreprise, non ? Pense à cela, mon ami. Si Dieu t'a redonné ta santé d'antan, tu serais bien sot de ne pas en profiter.

Et, sur ces mots, il retourna à ses chaudrons.

12

Trois jours après son retour à La Binerie, Florent était retombé dans une morne indolence qui rappelait sa maladie d'une façon inquiétante. Élise, aux abois, le supplia de se trouver un emploi au plus vite et offrit même de subvenir seule aux besoins du ménage. Slipskin, que la présence de Florent semblait mettre au supplice, lui proposa même un prêt sans intérêt pour le libérer de son travail et l'aider à se «recycler», comme il disait. Florent refusa avec indignation. L'attitude de son ex-associé l'intriguait au plus haut point.

— Est-ce qu'il a peur de moi? Est-ce qu'il pense que j'ai vraiment perdu la boule? Ou alors, il a pris en abomination tout ce qui lui rappelle le temps où on était associés.

Monsieur Boissonneault, que Florent n'avait pas encore mis au courant de sa transaction avec Slipskin, lui prodiguait une douche permanente de conseils judicieux:

— Au début, vas-y mollo, mon garçon... Ta mère a pris neuf mois à te faire une santé, et on a ajouté bien des cuillerées de soupane pour la consolider. Ne va pas t'imaginer que tu vas la retrouver toute fraîche un bon matin comme une cravate qui t'arriverait de chez le nettoyeur.

— *Je pense que si je recevais une cravate de chez le nettoyeur, je me pendrais avec,* se disait Florent.

C'est en brassant ces tristes pensées, et bien d'autres, qu'il entreprit, un soir, sa demi-journée au restaurant. Accoudé au comptoir, il attendait avec résignation l'arrivée inéluctable du prochain client qui l'obligerait à mouvoir ses membres engourdis et à se livrer à un simulacre de conversation. Slipskin avait dû s'absenter pour un rendez-vous, ce qui lui arrivait avec une fréquence remarquable depuis le retour de Florent.

— Ah! ces satanés étourdissements qui me reprennent! soupira-t-il. C'est à croire que l'air de Montréal est empoisonné.

— Qu'est-ce que tu fais là, monsieur Émile? lança Picquot en ouvrant la porte qui donnait sur la cour arrière. Laisse cette bagnole tranquille. Si notre ami Slipskin te surprend, les fesses vont te chauffer.

La réponse de monsieur Émile ne se distingua sans doute pas par une politesse extrême, car le cuisinier claqua la porte et retourna à ses chaudrons d'un air furieux.

— Marmot de malheur, grommela-t-il. C'est la cravache qu'il te faudrait.

Monsieur Émile, comme si de rien n'était, continua de jouer dans l'auto de Len Slipskin, dont les pneus arrière s'étaient mystérieusement dégonflés au début de la journée. Armé d'un petit canif, il essayait d'ouvrir le couvercle de la boîte à gants avec une application qui lui amenait une pointe de langue sur le bord des lèvres.

Trois clients venaient de prendre place au comptoir. Les deux premiers commandèrent une tasse de café. Le troisième mit les mains sur les hanches et regarda Florent droit dans les yeux :

— Vous avez du ragoût de pattes ?

— Oui.

— En avez-vous ce qu'on appelle... en avoir ?

Florent hocha la tête.

— C'est que je reçois six pères blancs chez moi ce soir, qui arrivent du Kenya. Ils veulent se replonger dans le pays. Préparez-m'en cinq kilos. Mon taxi m'attend devant la porte et le compteur fait tic tac, si vous comprenez ce que je veux dire.

Florent fit signe à Gisèle de le remplacer au comptoir et se précipita à la cuisine.

— A-t-on idée ? bougonna Picquot. Quelle bande de goinfres que ces machines à baptêmes ! Je ne me rendrai pas au milieu du souper après une pareille razzia.

Florent s'affairait à remplir les contenants lorsque la porte arrière claqua contre le mur et que la voix de monsieur Émile lui perça les tympans :

— *Hey !* Florent ! regarde ce que je viens de trouver !

L'autre se retourna et poussa un cri de surprise. Fier comme un coq, le gamin s'avançait en faisant tournoyer un revolver au bout de son doigt. Le cuisinier bondit sur lui et le lui arracha :

— Tonnerre et destruction ! L'alcool, et maintenant les armes à feu ! Et il est chargé, ce revolver ! Mais on t'a semé avec de la graine de vice, ma parole !

Florent s'avança vers lui, le visage convulsé de colère:

— Où as-tu pris ça?

— Dans l'auto de Slipskin, pleurnicha monsieur Émile.

— Ça vient, le ragoût? lança le client au comptoir. Attendez-vous que mon taxi prenne racine dans la rue?

Florent donna un coup de pied dans la porte de la cuisine, disparut un instant, puis revint déposer trois gros contenants sur le comptoir:

— C'est 15 $, fit-il en lançant au client un regard à ras de sourcils. Et n'hésitez pas à changer de restaurant si vous trouvez mieux ailleurs.

Le client paya, sortit et referma la porte si violemment que la peinture d'un panneau s'écailla et le dessin approximatif d'un Sacré-Cœur apparut, au grand étonnement de tout le monde.

Monsieur Émile pleurait à chaudes larmes sous les apostrophes de Picquot. Florent le saisit par l'épaule:

— Tu vas venir avec moi reporter ce revolver où tu l'as pris, espèce de malfaisant.

— Qu'est-ce qui se passe? fit Gisèle en avançant la tête par l'entrebâillement de la porte.

— Va, va, ma fille, répondit le cuisinier avec son sourire le plus aimable, je t'appellerai dès que j'aurai besoin de toi.

Florent et monsieur Émile sortirent dans la cour et se dirigèrent vers l'auto.

— *Un revolver... pourquoi traîne-t-il un revolver dans son auto?* se demandait Florent.

Monsieur Émile tendit le doigt vers la boîte à gants encore ouverte:

— C'est icitte que je l'ai trouvé, fit-il d'une voix larmoyante.

— La boîte était débarrée?

— Oui, elle l'était, répondit-il avec un naturel admirable.

— Tu es sûr? *Il est donc imprudent, cet imbécile*, pensa Florent. Eh bien, reprit-il en lançant au gamin un regard chargé de reproches, tu n'avais qu'à laisser ce revolver où il était. Sais-tu que tu aurais pu tuer quelqu'un avec tes folies? D'ailleurs, qui t'a permis de monter dans cette auto, hein?

Il glissa la main dans la boîte à gants pour y déposer le revolver. En la retirant, un objet tomba à ses pieds. Monsieur Émile plongea la tête en avant et lui tendit un tube de plastique rempli de capsules. Florent le prit, parcourut machinalement l'inscription qui l'encerclait et, sous l'effet de la surprise, sa digestion s'arrêta net.

— Il y en a deux, fit monsieur Émile.

Il fouilla dans l'amas d'objets hétéroclites qui encombrait la boîte à gants et lui tendit un deuxième tube, presque vide, celui-là. Florent sortit de l'auto sans mot dire et se dirigea vers la cuisine, suivi du gamin.

— Eh bien! quelle tête tu fais! s'écria Picquot en le voyant entrer. Tu viens de découvrir un cadavre, ou quoi?

Florent lui tendit un tube.

— Qu'est-ce que c'est que ce charabia? fit le cuisinier. «Un comp. mat. et au couch. M. Egon Ratab...» Ratablavasky!

Il regarda Florent, sidéré.

— Par la colonne Saint-Georges, murmura-t-il, voilà une chose étrange.

— En effet. Il y a longtemps, demanda-t-il à monsieur Émile, que tu savais que ces capsules se trouvaient dans la boîte à gants?

— Non. Je les ai trouvées tout à l'heure, avec le fusil.

Monsieur Émile mentait. Mais il aurait fallu de l'héroïsme pour ne pas mentir à sa place.

La veille, en fouinant dans la cour durant la matinée, il avait aperçu tout à coup, à demi caché sous une boîte de conserve éventrée, un magnifique billet de 2 $ détrempé par la pluie.

Monsieur Émile se pencha, le glissa dans sa poche et se réfugia derrière un garage pour admirer sa découverte loin des regards indiscrets. Un sourire triomphant s'épanouit sur ses lèvres et ses yeux s'emplirent d'une lueur trouble. Il se rendit en courant chez un dépanneur de la rue Mont-Royal, où il était sûr de n'être connu de personne, et revint quelques minutes plus tard avec un sac contenant six jolies bouteilles de bière et un sachet de Sen-Sen, ces pastilles si efficaces pour maquiller les haleines trop chargées.

Restait à choisir l'endroit de la dégustation. Il ne fallait pas quitter les alentours du restaurant, où son absence aurait été vite remarquée. Il retourna dans la cour, cacha son sac sous le perron, fit une petite apparition diplomatique dans la cuisine pour bien faire remarquer sa présence, puis sortit de nouveau. Le gosier lui brûlait.

L'auto de Slipskin était stationnée près d'une méchante palissade, loin de la cuisine. Les portières étaient verrouillées, mais une glace laissait voir un interstice de quelques centimètres. Il n'en fallait pas plus à monsieur Émile. Deux minutes plus tard, après avoir crocheté la serrure de l'auto avec un bout de broche, il s'installait commodément sur la banquette arrière, une bouteille entre les cuisses. Pour parer à toute surprise, il avait reverrouillé la portière et glissé son sac sous la banquette avant. Après la deuxième bouteille, une forte envie de pisser le saisit. Il alla se soulager près de la palissade et revint dans l'auto. À présent, il avait sommeil. Il se glissa par précaution une pincée de Sen-Sen dans la bouche et s'étendit sur la banquette, puis, se ravisant, se coucha plutôt sur le plancher. L'endroit manquait de confort, mais on y était à l'abri des écornifleurs.

Quand il se réveilla, l'auto roulait sur la rue Saint-Denis. Il aperçut au-dessus de lui la chevelure carotte de

Slipskin. Une agréable odeur de ragoût flottait dans l'air. Son estomac se mit à gargouiller avec frénésie et sa bouche s'emplit d'une saveur âcre. Il fut sur le point de signaler sa présence par le célèbre hurlement de Frankenstein (quel plaisir de faire suer ce grand niaiseux), mais il eut peur que, malgré les Sen-Sen, son haleine ne le trahisse et que Slipskin ne procède à une fouille en règle de toute l'auto.

Il devait être près de midi. Slipskin allait sans doute porter son dîner à Florent, qui ne travaillait plus que le soir maintenant, ce qui lui permettait de consacrer ses journées à se chercher un emploi. Mieux valait rester caché bien sagement derrière la banquette. Le grand carotte retournerait bientôt à La Binerie. Rien de plus facile alors que de se couler en dehors de l'auto ni vu ni connu. Il ne resterait plus ensuite qu'à inventer une petite histoire pour expliquer son absence.

L'auto quitta la rue Saint-Denis et s'engagea dans une ruelle défoncée. Monsieur Émile s'étonnait d'un pareil trajet, que Florent n'avait jamais suivi pour se rendre à la maison, lorsqu'il faillit s'écrabouiller le nez contre un des montants de la banquette : Slipskin venait d'appliquer les freins. Il se produisit alors un incident des plus étranges. Monsieur Émile entendit d'abord une série de petits froissements, comme si on fouillait dans un sac de papier, qu'on soulevait un couvercle, etc., et effectivement l'odeur du ragoût se fit si pénétrante que les lèvres du gamin devinrent luisantes de salive. Puis un déclic résonna dans l'auto et le gamin entendit farfouiller dans la boîte à gants. Sa curiosité en fut piquée. Il leva lentement la tête, puis la rabaissa aussitôt, estomaqué ! Slipskin venait de sortir un revolver – un vrai ! – pour le déposer près de lui sur la banquette. Il voulait donc tuer quelqu'un. Florent peut-être ? Monsieur Émile se mit à frissonner et se blottit dans un coin. À vrai dire, un pareil projet ne le surprenait pas. Il avait toujours considéré

Slipskin comme un écœurant de la pire espèce. Un écœurant poli, bien sûr. Il y en a toujours un ou deux dans les films de bandits à la télévision. Ce sont les pires, ceux qu'on doit abattre en premier, sinon ils nous frappent dans le dos avec un grand sourire.

D'autres petits bruits étranges se firent entendre, puis l'auto s'ébranla de nouveau. Monsieur Émile, les yeux fermés, essayait de trouver un moyen pour déjouer les plans du grand carotte. Mais la peur l'empêchait de se concentrer.

Quand Slipskin fut monté chez Florent, il sauta sur le trottoir et courut se réfugier chez un marchand de variétés, d'où l'on apercevait l'appartement de Florent. Slipskin n'y resta que trois minutes, descendit l'escalier à la hâte et démarra. Il avait à peine tourné le coin que l'enfant sonnait à la porte.

— Qu'est-ce que tu fais ici, toi? s'exclama Florent, la bouche pleine. C'est Slipskin qui t'a amené?

— Non, j'ai marché, répondit monsieur Émile avec un immense soulagement de voir son ami encore en vie.

Il décida sur-le-champ de taire son aventure et de mener lui-même sa propre enquête. D'autant plus qu'il fallait tout de même récupérer quatre bouteilles de bière...

◆ ◆ ◆

Florent tendit la main au cuisinier:

— Donnez-moi les comprimés, monsieur Picquot. Je vais aller aux renseignements.

— Excellente idée. Où?

— À la pharmacie Charleroi. C'est là qu'on a fait remplir la prescription, lança Florent qui se trouvait déjà dans la cour.

Picquot s'avança sur le perron:

— Veux-tu que je t'accompagne, mon ami? demanda-t-il d'un air soumis, presque craintif.

Florent démarra et s'éloigna sans paraître l'avoir entendu.

— Quelle mouche l'a piqué? s'écria Gisèle en faisant irruption dans la cuisine. Il a failli écraser madame Dubuc en sortant de la ruelle!

Picquot haussa les épaules, puis:

— Tu ne parles à personne de toute cette histoire, hein, mon petit homme? enjoignit-il à monsieur Émile dès que Gisèle fut partie. Sinon, un grand malheur pourrait nous arriver.

— Ben non, ben non, grogna le gamin, piqué qu'on ne lui accorde pas plus de jugement.

Sur ces entrefaites, Slipskin arriva au restaurant.

— Où est Florent? demanda-t-il aussitôt.

— Chez lui, malade, comme d'habitude, répondit Picquot sur un ton d'oraison funèbre.

— *Poor chap... I wonder how much longer I'll be able to keep him**...

Deux heures plus tard, Élise tombait des nues:

— Du phénobarbital? s'écria-t-elle en prenant la capsule que Florent lui tendait (il avait pris soin de remettre les deux tubes dans la boîte à gants). Qu'est-ce que c'est?

Déjeuner, assis sur la table, avança la tête pour renifler la capsule et recula précipitamment, dégoûté.

— Le pharmacien ne voulait pas trop parler, répondit Florent, aussi je me suis rendu à la Bibliothèque nationale et j'ai fouillé dans l'*Encyclopédie médicale*. J'en avais des sueurs plein le dos. Le phénobarbital, c'est un calmant, ma vieille, et un puissant de calmant. On ne l'emploie que pour des cas graves. Les médecins soviétiques l'utilisent comme dépressif dans les prisons psychiatriques pour ramener les têtes dures au pas. Saisis-tu, maintenant? À Montréal, je ne pense qu'à mourir, j'ai de la

---

* Pauvre diable... Je me demande pendant combien de temps encore je vais pouvoir le garder...

misère à tenir une fourchette, l'odeur du restaurant me fait lever le cœur. On va à Saint-Sauveur: je fais des marches de cinq kilomètres, je bricole, je mange comme un dinosaure. On retourne à Montréal: le carrousel se remet à tourner.

Élise, les yeux pleins de larmes, lui saisit les mains:

— Est-ce que c'est possible? Est-ce que c'est Dieu possible? Tu n'étais donc pas malade?

Déjeuner la regarda un moment sangloter dans les bras de Florent, puis sauta de la table et alla se chercher un endroit tranquille pour réfléchir à son aise.

— Mais pourquoi? pourquoi a-t-il fait ça? ne cessait-elle de répéter en s'épongeant les yeux.

— Parle au pluriel. Ils étaient deux. Le Vieux l'aidait. Le Vieux fournissait la drogue, l'autre la fourrait dans ma soupe. Pourquoi? Pour me forcer à vendre à bon compte, c't'affaire! J'ai vendu ma part pour une crotte de chien. Ah! ce sont de jolis crosseurs, je le vois bien, maintenant. Quand Slipskin m'a vu revenir de Saint-Sauveur, la peur l'a pris que je colle au restaurant: il m'a remis au traitement.

— Tu es absolument sûr que...

— En tout cas, j'ai une petite idée pour faire sauter nos derniers doutes. Demain, tu l'éloigneras du restaurant une heure ou deux. J'en profiterai pour remplir les capsules avec ceci.

Il sortit de sa poche un flacon étiqueté:

Véritable poudre purgative
du docteur Dorion
– Formule brevetée –

Élise sourit:

— Es-tu sérieux?

Il vida un peu de poudre sur la table, puis ouvrit la capsule et compara les deux substances.

168

— Parfait, fit-il avec un sourire satisfait. Aucune différence à l'œil.

Il se mouilla le bout de l'index, le plongea dans la poudre purgative et le porta à sa bouche :

— Encore mieux ! le goût est épouvantable ! Je saurai tout de suite s'il me drogue, sans être obligé d'attendre les effets.

Élise le regardait en frissonnant, éperdue, terrifiée, transportée de joie :

— Mon Dieu !... et moi qui croyais... j'allais consulter un psychiatre...

Déjeuner revint dans la cuisine et les observa avec de grands yeux étonnés, essayant péniblement de faire le lien entre cette affreuse capsule et les baisers passionnés qui s'échangeaient devant lui. Mais bientôt l'affaire perdit tout intérêt à ses yeux et il se dirigea lentement vers le salon où l'appelait la chaleur d'un calorifère.

◆ ◆ ◆

Les derniers doutes de Florent se dissipèrent très vite. Slipskin, rongé sans doute par le remords, forçait les doses pour se débarrasser au plus vite de son ex-associé dont les soupirs, la mine défaite, la démarche chancelante (Florent avait bien mérité de s'amuser un peu) lui remplissaient l'estomac de langues de feu. Florent, riant sous cape, continuait de se faire apporter son dîner chez lui. Tantôt c'était sa soupe qui était purgative, tantôt son café, tantôt sa purée de pommes de terre, et quelquefois les trois. Son moral avait grimpé de plusieurs crans. Sa rancœur aussi. Il avait été floué et magistralement floué. Comment ravoir La Binerie ? En dénonçant Slipskin à la police, bien sûr. C'est du moins ce qu'Élise le suppliait de faire depuis deux jours. Picquot, lui, était d'un avis contraire. Florent l'invita chez lui un soir pour discuter de l'affaire. Le cuisinier se présenta vers dix heures, dans un état d'agitation incroyable, et resta cinq bonnes minutes à la fenêtre pour s'assurer que son taxi n'avait pas été filé. Quand il se fut un peu calmé, Élise le fit passer à la cuisine et se mit aussitôt à lui démontrer que le bon sens même les obligeait de se rendre dès le lendemain matin à la police pour porter plainte contre Slipskin et Ratablavasky.

— Permettez, permettez, coupa le cuisinier. Nous sommes à un tournant décisif. De cette discussion dépend tout votre avenir. Il est important que je rassemble mes idées d'une façon cohérente et pour cela j'ai besoin d'un peu de solitude et de silence.

Florent ne put s'empêcher de sourire :

— À votre aise, monsieur Picquot. Vous pouvez vous retirer dans le salon. Nous essayerons de ne pas faire de bruit.

Une demi-heure plus tard, le cuisinier réapparaissait, tenant à la main un gros calepin noir où il avait soigneusement disposé ses arguments.

Il s'inclina devant Élise :

— À vous d'abord, mon enfant.

— J'ai tout dit ce que j'avais à dire, fit-elle simplement.

— Eh bien voici, fit-il en tiraillant sa moustache à plusieurs reprises. Je vous prierais de m'écouter avec la plus grande attention. Non pas qu'en cette affaire je puisse me targuer d'être objectif. Personne n'est plus partial que moi quand il s'agit de la police. Je hais cette maudite engeance. On lui doit les trois quarts des crimes sur la terre. Comme disait un humoriste que j'estime beaucoup, un inspecteur de police gagne 25 000 $ par année, plus le salaire. Et quand ils ne sont pas retors, leur incompétence, leur stupidité, leur paresse...

Il soupira :

— ... c'est à se jeter en bas d'un toit. Songez que le taux de résolution des crimes l'an passé à Montréal s'élevait... à un éclatant 13 % ! Mais je ne veux pas que vous reteniez ces arguments. Peut-être la haine m'aveugle-t-elle. Après tout, il se peut que vous tombiez sur un inspecteur avisé, laborieux, secourable. On dit qu'il en a déjà existé. Songez plutôt à ceci : l'expertise des aliments que Slipskin vous faisait bouffer pourra peut-être démontrer qu'il vous empoisonnait à votre insu, je vous l'accorde, mais... mais comment établir un lien clair, irréfutable, entre cette nourriture empoisonnée et le fait que cinq semaines auparavant vous ayez vendu vos parts à vil prix ? En d'autres mots, comment fournir la preuve qu'à telle date précise vous étiez sous l'effet de la drogue et que cette drogue vous a amené à conclure une mauvaise affaire ? Il y a présomption, je vous l'accorde. Mais cela suffira-t-il à convaincre un juge ?

Florent leva la main :

— Je...

— Je n'ai pas fini. Posez-vous maintenant la question suivante : qu'est-ce qui compte le plus ? Envoyer Slipskin en prison (en supposant que vous puissiez le faire) ou ravoir votre restaurant ? Si vous avertissez la police, l'affaire vous échappe pour toujours et tombe entre les mains de la justice (et quelles mains !). Vous perdez votre liberté de marchandage au profit d'une bande de nigauds. Mais vous perdez également une arme puissante : la menace ! Eh oui ! Supposons que vous agissiez par vous-mêmes. Vous coincez le coquin. Vous lui mettez sous le nez les preuves de son ignominie. Vous exigez qu'il vous restitue sur-le-champ votre restaurant, sinon... sinon c'est la police, oui, cette terrible police, terrible par son image, risible par sa réalité. Je connais le misérable. Lâche comme il est, il aura peine à tenir sur ses jambes. Il signera tout ce qu'on voudra. Quant à l'argent qu'il vous a déjà versé pour le rachat de votre mise de fonds, jamais il n'osera le réclamer, prenez-en ma parole. À voleur, voleur et demi. Vous aurez eu double vengeance !

Picquot s'épongea le front et s'assit. Son calepin n'était plus qu'une masse informe dans le creux de sa main.

— Et puis, ajouta-t-il pour terminer, si vous échouez, rien ne vous empêche de vous adresser à cette fameuse police !

Élise et Florent, impressionnés par son discours, le regardaient en silence.

— Vous avez raison, murmura Florent.

* ◆ *

On décida de faire un grand coup d'éclat qui frapperait Slipskin de stupeur, pour le forcer à signer tout de suite un papier de rétrocession avant qu'il ait l'idée d'aller retrouver son vieux complice. Ratablavasky en avait sans doute vu bien d'autres et ne perdrait pas la tête aussi facilement. Florent pourrait utiliser Picquot, dont les colères volcaniques produisaient toujours beaucoup d'effet.

Trois jours s'étaient déjà écoulés. On était vendredi. Il résolut d'attendre jusqu'à la fermeture du restaurant et d'attirer son ennemi dans la cuisine, où on pourrait le tabasser à l'aise. Toute la journée, il s'efforça de paraître au plus mal. Pendant le souper, il feignit un début d'évanouissement, les bras chargés d'une bassine de fèves au lard, et renversa la moitié du contenu sur Slipskin qui dut descendre à la cave pour changer de vêtements. Slipskin demanda à Florent d'aller se reposer chez lui jusqu'au lendemain, mais celui-ci refusa avec obstination, se disant tout à fait remis et même en meilleure forme que jamais, ce que démentaient sa mine affaissée, sa démarche chancelante, ses oublis innombrables. Le manège commençait à porter fruit. Slipskin, qui était un aigrefin mais non un sadique, ne pouvait plus supporter la vue de son compagnon. Ses mains tremblaient, il échappait les assiettes et engueulait tout le monde. Il alla trouver

Florent à la cuisine et s'offrit à lui payer deux mois de congé pour l'aider à se trouver un emploi. Celui-ci secouait la tête d'un air obstiné :

— Non, je veux gagner mon pain comme tout le monde. Tu m'as déjà trop aidé.

Une grimace maladive tordit le visage de Slipskin. Il soupira et quitta la cuisine, les épaules basses.

— Hé ! hé ! mon beau salaud, marmonnait Picquot sous le regard étonné de José Biondi qui sentait vaguement quelque chose de louche, on jurerait que tu en bouffes toi aussi, des capsules, hé ! hé !

Neuf heures sonnèrent. Florent aurait dû normalement retourner chez lui. Slipskin attendait ce moment avec l'avidité de Tantale.

— Je reste, dit Florent. Élise est allée chez des amies pour la soirée et je n'aime pas me retrouver seul à la maison.

Et pour éviter que son compagnon ne parte à sa place, il accumula tellement de gaffes que ce dernier dut travailler pour deux. Vers onze heures, les nerfs de l'escroc étaient dans le même état que ceux du capitaine du *Titanic* au moment où l'Atlantique se mit à lui lécher le menton. Les clients se faisaient de plus en plus rares. La porte s'ouvrit et deux robineux entrèrent en titubant. Slipskin les mit dehors.

— *Holy Mackerel!* soupira-t-il. *I feel like a dead body. Closing time*[*], fit-il en se tournant vers Florent.

Celui-ci se rendit à la porte, le cœur battant, et donna un tour de clé. Puis il se dirigea vers la caisse où Slipskin tripotait la moisson de la journée, un petit bout de langue vorace au coin de la bouche :

— J'ai à te parler, lui dit-il d'une voix dure. Amène-toi dans la cuisine.

* Je me sens le cul en dessous des bras. On ferme.

L'autre leva la tête, surpris, et l'expression qu'il lut dans le regard de Florent acheva de lui faire perdre contenance.

— *What's the matter? Something wrong*[*]?

Il suivit son compagnon qui poussa la porte et lui fit signe de passer. En apercevant Slipskin, Aurélien Picquot dénoua son tablier avec un petit gloussement de joie haineuse. Le ronronnement du frigidaire prit tout à coup un relief surprenant.

— *Well, what's the matter*[**]? répéta Slipskin en haussant le ton, l'œil mauvais. Que c'est que vous avez à soir *toutes* les deux, vous autres?

— J'ai fait une petite découverte il y a trois jours, répondit Florent en lui mettant sous le nez le tube de capsules. Intéressant, n'est-ce pas?

Le cuisinier, tout en sifflotant, avait ouvert un tiroir et sorti un énorme couteau de boucherie qu'il déposa près de lui sur le buffet.

— *What's that?* balbutia Slipskin dont les lèvres blanchissaient et s'amincissaient à vue d'œil. *Medicine*[***]?

— Ne fais pas l'innocent, tu le sais fort bien ce que c'est, mon beau chien sale, murmura Florent qu'une colère sauvage gagnait peu à peu. Je les ai trouvées dans la boîte à gants de ton auto.

— Crapule! hurla Picquot, cramoisi. Ordure pestilentielle! Tu mérites l'empalement, rien de moins! Si je ne me retenais pas, je t'égorgerais comme un porc.

Il saisit un couteau et fit quelques pas vers Slipskin, dont les épaules se tassèrent. Florent fit signe au cuisinier de se placer devant la porte de la cuisine, alla verrouiller celle qui donnait sur la cour et revint près de son ennemi:

---

[*]   Qu'est-ce qui se passe? Quelque chose ne va pas?
[**]   Eh bien, qu'est-ce qui se passe?
[***] Qu'est-ce que c'est ça? [...] Des pilules?

— Sais-tu ce que j'ai fait il y a trois jours, vieille branche? J'ai vidé tes capsules et je les ai remplies d'une poudre de mon choix. Et, chose curieuse, depuis ce temps-là, je ne vois plus la vie de la même façon. Ma fatigue a disparu, mes idées noires se sont envolées et si j'avais à revendre ma part, le prix grimperait en sacrament!

— Je ne comprends rien de ce que vous *disez,* souffla Slipskin d'une voix défaillante. Laissez-moi partir ou j'appelle *le* police.

Picquot poussa un rugissement, brandit son couteau («*Don't**!», glapit le malheureux) et bondit dans la pièce d'à côté. On entendit un claquement sec et le cuisinier réapparut avec le combiné du téléphone:

— Voilà, je crois, qui va clarifier la situation, fit-il en lançant l'appareil dans l'évier.

Florent s'avança vers Slipskin. Leurs visages se touchaient presque. Les muscles de sa mâchoire étaient tellement contractés par la colère qu'il avait peine à parler.

— Écoute-moi bien, bel Anglais de mon cul. Je ne me montrerai pas salaud comme tu l'as été avec moi depuis deux mois. J'aurais envie de te faire sauter un œil avec la pointe d'un couteau, juste pour te donner une leçon. Tu es seul. On serait deux pour décrire l'accident. Cesse de sourire! hurla-t-il en le giflant à toute volée.

— Voilà! Enfin! Bravo! lança le cuisinier.

Slipskin s'élança vers la porte qui donnait sur la salle à manger, mais Picquot avait prévu son geste. Un chaudron de cuivre vola dans ses jambes. Il perdit l'équilibre et s'allongea sur le plancher. Florent l'empoigna brutalement et le remit debout:

— Tu vas prendre une feuille de papier, mon ami, et tu vas me rédiger une belle petite donation du restaurant pour la somme de... un dollar.

---

*   Ne fais pas ça!

— *One dollar?* gémit Slipskin, *I'm ruined*[*]!

— Peut-être, mais comme prix de consolation, je te laisse ton œil. Tu n'auras qu'à l'ouvrir un peu plus grand la prochaine fois, avant de faire tes saloperies.

— *Please,* gémit Slipskin, *let me explain myself. I didn't have the choice*[**]. C'est pas ma faute, Florent.

— Monsieur Picquot, voulez-vous le surveiller, le temps que j'aille appeler la police?

— O.K., O.K., fit précipitamment Slipskin. *What do you want me to write down*[***]?

Picquot s'avança avec une feuille et une plume. Slipskin se pencha au-dessus du buffet et se mit à griffonner sous la dictée de Florent.

Soudain des coups saccadés résonnèrent à la porte. On frappait avec une telle énergie que les épines du Sacré-Cœur se multipliaient à une vitesse inquiétante.

— Ciboire! la mère de monsieur Émile, s'exclama Florent en jetant un coup d'œil dans la salle. Ça ne pouvait plus mal tomber.

— Mais ventredieu! elle est soûle comme un régiment de Polonais! s'exclama Picquot, tandis que les coups redoublaient. Est-ce qu'on lui ouvre? Écoutez-moi ce boucan! Je vais lui dire deux mots, moi, à cette garce mal fardée.

— Non, monsieur Picquot. Soyez poli et faites-la entrer. Et toi, fit-il en se retournant vers Slipskin qui enfilait son veston, reste bien tranquille dans ton coin: tu ne sortiras pas d'ici tant qu'on n'aura pas réglé notre petite affaire.

— Où es-tu, mon petit pitou? glapit madame Chouinard en faisant irruption dans le restaurant. Moman est venue te chercher pour t'amener à la maison voir tes beaux cadeaux!

[**]   Un dollar? [...] je suis ruiné!
[**]   Je t'en prie [...] laisse-moi t'expliquer. Je n'avais pas le choix.
[***] Qu'est-ce que tu veux que j'écrive?

— Calmez-vous, madame, votre enfant n'est pas ici, rétorqua Picquot en lorgnant malgré lui deux énormes seins bronzés qui s'épanouissaient triomphalement dans un corsage à paillettes bleu nuit.

Florent apparut dans la porte de la cuisine :

— Bonsoir, madame Chouinard, s'écria-t-il avec une cordialité quelque peu forcée. À cette heure-ci, vous vous en doutez bien, votre garçon est couché depuis long-temps. Mais vous pouvez aller le chercher tout de suite, si le cœur vous en dit ; j'avertirai ma femme. Comment va l'entorse ?

— Un peu mieux, merci, répondit madame Chouinard qui faisait des efforts inouïs pour donner à ses lèvres leur élasticité normale. Je boite encore un peu, mais seule-ment dans les escaliers.

Elle s'élança tout à coup vers lui et lui plaqua un long baiser humide sur la bouche :

— Merci *beaucoup beaucoup* pour ce que vous avez fait pour mon petit gars, s'écria-t-elle pendant que Florent s'essuyait discrètement les lèvres. Vous êtes un amour, vous et votre dame !

Elle voulut reculer. Ses pieds s'accrochèrent l'un dans l'autre et elle dut se retenir au comptoir :

— J'ai un peu trop bu dans l'avion, faut m'excuser, fit-elle en souriant. Le mal du pays était en train de me revirer sens dessus dessous et dans ces moments-là faut que je m'arrose, sinon je pourrais me mettre à mordre. Il ne vous a pas donné trop de misère, au moins, mon p'tit trognon pourri ?

Et sans attendre la réponse, elle déboutonna son manteau et s'apprêta à l'enlever. Picquot saisit son collet et le remonta vivement :

— Est-ce que je vous appelle un taxi ou préférez-vous vous rendre par vos propres moyens ?

Madame Chouinard darda sur lui des yeux furi-bonds :

— Qu'est-ce qui te prend, toé, le *França* ? Tu m'as assez vu la face ? Endure ! Je suis dans un endroit public, icitte, j'ai le droit de me faire servir.

Elle se tourna vers Florent :

— Vous n'auriez pas un vieux fond de tasse de café qui traîne quelque part ? fit-elle en minaudant. Ça me remettrait un peu de force dans les jambes. Je ne voudrais surtout pas que madame Boissonneault s'imagine des choses sur moi.

De café, il n'y avait pas. Et d'enthousiasme pour continuer la conversation avec elle, encore moins. Malgré son ébriété, elle le sentit. Cela lui fit comme une piqûre au niveau du diaphragme. Elle se composa tant bien que mal un air offensé, puis se dirigea vers la porte.

— Vous connaissez mon adresse ? lui demanda Florent.

— Je vous ai envoyé des cartes postales, je dois la connaître.

— *Can I go now** ? demanda Slipskin quand la porte se fut refermée.

Florent parcourut le texte que son compagnon venait de griffonner, le tendit à Picquot et, sur son signe d'assentiment, ouvrit la porte de la cour :

— Pour plus de précaution, on va passer devant le notaire demain matin. J'irai te prendre chez toi à huit heures. Et n'essaye pas de faire le malin : avec les preuves que j'ai amassées contre toi, je peux te faire moisir en prison un maudit bout de temps...

Slipskin fit une grimace cynique, haussa les épaules et disparut dans la nuit. Cinq minutes plus tard, Florent avait raccordé les tronçons du fil téléphonique. La sonnerie avait à peine eu le temps de se faire entendre qu'Élise décrochait :

---

* Est-ce que je peux partir à présent ?

— Seigneur ! que tu en as mis du temps ! s'écria-t-elle d'une voix blanche. J'essaye de t'atteindre depuis une demi-heure.

— Ma vieille, le restaurant nous appartient de nouveau. On passe devant le notaire demain matin et l'histoire est finie. Es-tu contente ?

— Allons, bougonna le cuisinier derrière lui, le voilà qui entonne les trompettes de la victoire et nous venons de gagner à peine une escarmouche.

Il continua de récriminer sur ce ton, mais Florent, fou de joie, ne l'entendait pas. Il raccrocha, se tourna vers Picquot et, lui tendant le trousseau de clés qu'il avait enlevé à Slipskin :

— Soyez gentil, voulez-vous ? et fermez le restaurant à ma place. Je m'en vais rejoindre ma femme.

Il la trouva fort contente, malgré l'appel qu'elle venait de recevoir de madame Chouinard qui lui annonçait son intention de reprendre son fils dès le lendemain.

— Il faut fêter ma victoire ! décréta Florent. J'ouvre une bouteille.

Élise, superstitieuse, s'y opposait, car tout n'était pas réglé, disait-elle, et c'était provoquer le malheur que de le narguer avant d'être tout à fait sûr de lui avoir échappé. Le bouchon sauta quand même. Vers minuit, Élise croyait fermement que les beaux jours étaient revenus.

Leur bonheur se termina sur un coup de sonnette à sept heures. Florent alla ouvrir et recula, livide, pour laisser passer Slipskin et monsieur Egon Ratablavasky, solennel comme une cathédrale. Le vieillard sourit, enleva son feutre et secoua légèrement sa longue chevelure blanche :

— Vous permettez, mon cher jeune homme, que nous tenions une petite conversation à trois ? Je *possède* une nouvelle agréable pour vous et votre charmante épouse.

Et sans attendre qu'on l'invite, il s'assit à la table de la salle à manger. L'air de distinction et de respectabilité épandu sur ses traits donnait à son intrusion l'allure d'une visite amicale, comme s'il s'était agi d'un vieux parent riche et débonnaire. Slipskin, très froid, s'était planté debout dans un coin, l'œil fixé sur le plancher. Ratablavasky sortit une liasse de papiers de son veston et se mit à les disposer lentement sur la table.

— Commençons d'abord, fit-il avec un soupir navré, par un préambule... désagréable.

Florent, figé, l'observait en silence, fasciné par l'éclat de ses dents qui semblaient émettre par moments comme un halo lumineux autour de sa bouche.

— *Ce qu'il doit les frotter pour les faire luire comme ça*, pensa-t-il machinalement.

Une odeur bien connue se répandait peu à peu dans la pièce, mêlée à un parfum de violettes qu'elle corrompait d'une façon écœurante.

— Voilà, reprit Ratablavasky, le regard baissé, se souriant à lui-même. J'assemble tous ces papiers devant ma vue, et qu'est-ce que je découvre? Mes hommages, madame, fit-il en se levant à l'entrée d'Élise, frissonnante, le visage défait. Veuillez, je vous prie, excuser cette visite trop matinale.

Il se rassit:

— J'assemble ces papiers, donc, et qu'est-ce que je découvre? Que je suis depuis longtemps propriétaire de ce charmant restaurant au nom de Binerie.

— Quoi? s'exclama Florent.

Il s'empara d'un document.

— Ho! ho! Hé! hé! Mon cher jeune homme, que d'émotion, que d'émotion! Deux gouttes de sang froid, je vous prie! Enfin, voici l'histoire. Vous vendez vos parts à monsieur Slipskin, ici présent. Ce même répète la chose à mon égard et le voici mon agent, en quelque sorte. *Is diss nott de true, mizter Zlipskin** ? fit-il en se retournant.

---

* N'est-ce pas vrai, monsieur Slipskin?

Celui-ci fit un léger signe de tête.

— Vérifiez, vérifiez, reprit Ratablavasky en poussant les papiers devant Florent, le notaire nous a guidés, la loi a été entièrement respectée.

Il attendit quelques instants, puis reprit :

— Or, quelles sont les malheureuses conséquen...

— C'est pas la peine de me faire un discours, coupa Florent, j'ai tout compris. Bravo. Maintenant, crissez le camp.

Élise porta les mains à son visage et laissa échapper un sanglot.

— Allons, un peu de courage, fit Ratablavasky en tendant une main que Florent repoussa, dégoûté. Nous avons avalé les mauvaises nouvelles. *Délectons* maintenant les bonnes. Vous avez des obligations, n'est-ce pas, vis-à-vis la Banque Royale...

— Comment, des obligations ? s'écria Florent.

Il tendit le doigt vers Slipskin qui s'était assis, les jambes croisées, et suivait la scène avec des yeux rapetissés de plaisir :

— C'est ce chien sale-là qui a pris ma dette en charge quand je lui ai vendu ma part !

Il s'arrêta tout à coup et un sourire accablé se dessina sur ses lèvres :

— Ah bon, c'est vrai... une entente verbale... nous n'avions pris qu'une entente verbale... Vous êtes malins, vous... on voit que vous n'en êtes pas à votre première cochonnerie... Allons, dépêchez-vous de me débiter votre baratin que je fasse aérer la pièce...

Le vieillard eut un sursaut et son visage s'empourpra, mais il ne fit aucune remarque.

— Alors ? demanda Florent.

— Eh bien ! voici mes propositions, mon cher jeune ami : si vous montrez de la sagesse et n'essayez pas de causer des ennuis à ceux que protège le pouvoir de la Loi, oui, bien sûr, nous nous ferons plaisir de vous signer un engagement *sur le papier* de payer nous-mêmes votre dette à la banque. Après tout, n'est-ce pas, vous devez encore 12 780 $ et quelques sous?

Il s'arrêta un moment, puis:

— Par contre, si vous vous obstinez...

Il leva la main, tendit l'index, et son doigt décrivit une chute vertigineuse. Florent garda le silence quelques instants, puis, les traits affaissés, d'une voix assez calme:

— Allez-vous-en, vous me faites vomir. Je vais prendre le temps de penser à votre offre si généreuse... Quant à toi, fit-il en se tournant vers Slipskin, je suis content que tu me remplaces. Ça m'évite de me venger: dans peu de temps, ta peau ne vaudra pas plus cher que la mienne.

*   ◆   *

Au même moment, Picquot faisait une entrée majestueuse à La Binerie, le verbe haut, le teint fleuri, l'âme magnanime. Il était occupé à donner ses ordres lorsque Slipskin et Ratablavasky firent leur apparition, tout souriants. Le cuisinier resta bouche bée, tandis qu'une chape de plomb tombait sur ses épaules, lui coupant le souffle.

— Que... que faites-vous ici? bredouilla-t-il enfin. Ah bon, je vois, murmura-t-il après que Ratablavasky, avec une bonne grâce charmante, l'eut instruit des derniers développements.

Il prit une grande inspiration, se passa la main sur le front, secoua une jambe. Ses forces semblèrent revenir.

— Loin de moi l'idée de mettre en doute votre honnêteté proverbiale, dit-il enfin, mais je vous serais reconnaissant de me permettre une confirmation de vos dires.

— Allez, allez, fit Ratablavasky avec un sourire suave en lui montrant le téléphone.

Le cuisinier raccrocha presque aussitôt, accablé.

— Je comprends vos sentiments, reprit doucement le vieillard, mais il y a *de* certaines situations, voyez-vous...

Picquot le regardait, sans paraître l'entendre :

— Me permettez-vous, dit-il au bout d'un moment, d'aller récupérer mes chaudrons ?

Slipskin fit un signe d'assentiment.

Il s'éclipsa. On entendit un peu de remue-ménage, puis la voix de Picquot s'éleva, retentissante comme les trompettes du jugement dernier :

— Menu pour aujourd'hui, 16 novembre 1974. *Primo*, soupe au chou à la va-comme-je-te-pousse !

Un fracas assourdissant emplit la cuisine et quinze litres de soupe se déversèrent sur le plancher avec un bruit de mer en furie.

— *Secundo*, poursuivit Picquot, tandis que Slipskin, accouru à la cuisine, était accueilli par un direct qui l'envoyait rouler sur le plancher.

— *Secundo*, ragoût de boulettes à l'Anglaise !

Soulevant un énorme chaudron, il en déversa le contenu sur Slipskin qui retomba de nouveau sur le dos, étouffé par la sauce froide, roulant et glissant parmi les boulettes de viande.

— *Tertio*, continua le cuisinier, dont la voix montait sans cesse (deux curieux poussèrent la porte du restaurant et s'arrêtèrent sur le seuil, sidérés), nous avons l'honneur de présenter à notre aimable clientèle le pâté de bleuets à la volée.

Il n'avait pas terminé sa phrase qu'un plat à rôtir filait de la cuisine jusqu'à la caisse enregistreuse, contre laquelle il s'écrasait dans un nuage bleuâtre. Les deux curieux décampèrent.

— Quant à vous, espèce de ramassis de vieilles artères, lança le cuisinier en s'approchant de Ratablavasky qui suivait la scène avec un sourire condescendant, je vous conseille de filer doux, ainsi que votre ignoble acolyte, car j'en ai encore pour une petite demi-heure, le temps de reprendre mes chaudrons et de quitter à tout jamais ce repaire de brigands.

Slipskin, fou de rage, voulut le frapper, mais Ratablavasky l'arrêta d'un geste :

— Laissez, mon ami... Que notre cuisinier *termine* son joli départ...

◆ ◆ ◆

Aussitôt que Slipskin et Ratablavasky l'eurent quitté, Florent téléphona à la police pour porter une plainte contre eux. Un policier se présenta chez lui au début de l'après-midi et prit note de ses déclarations.

— Un enquêteur communiquera bientôt avec vous, fit-il en se levant.

Il salua et partit. Deux jours passèrent. L'enquêteur ne donnait aucun signe de vie. Florent téléphona au Quartier général de la rue Bonsecours. On le référa au département des fraudes commerciales. Personne n'avait entendu parler de son cas. Le rapport s'était sans doute égaré. Mais on lui assura qu'un inspecteur se présenterait chez lui dans l'heure. Florent attendit tout l'avant-midi. L'inspecteur tardait toujours. Furieux, il téléphona au Quartier général et demanda le nom de la personne en charge de son dossier.

— Monsieur Drouin, Oscar Drouin, répondit une secrétaire.

— Je voudrais lui parler.

— Je regrette, monsieur Drouin se trouve en réunion. Voulez-vous parler à son adjoint ?

L'adjoint lui fit raconter son histoire, puis déclara qu'il ne pouvait rien pour lui, ce genre d'affaires n'étant pas de son ressort.

— À qui dois-je m'adresser ? demanda Florent.

— À l'inspecteur Blouin. Il sera ici dans une heure. Laissez-moi votre numéro et...

— Ce n'est pas la peine, j'arrive.

Vingt minutes plus tard, il se présentait au Quartier général. La préposée à la réception, étonnée, lui dit qu'elle ne connaissait pas d'inspecteur Blouin.

— Allez vous renseigner au premier, lui dit-elle. Je ne travaille ici que depuis six mois. Il en existe peut-être un.

Florent monta au premier et demanda l'inspecteur. On le fit attendre une vingtaine de minutes, puis un gros homme à la mine endormie apparut dans l'embrasure d'une porte et lui fit signe d'approcher.

— Je voudrais parler à l'inspecteur Blouin, dit Florent.

Une expression de contrariété passa dans la figure du policier :

— Qui vous a donné ce nom ?

— L'adjoint de l'inspecteur Drouin.

— L'inspecteur Drouin a pris sa retraite il y a deux ans, et c'est la première fois que j'entends parler qu'il ait eu un adjoint. De plus, il n'y a pas d'inspecteur Blouin ici et il n'y en a jamais eu. Voyez-vous, mon cher ami, quelqu'un a décidé de nous faire damner avec ce maudit inspecteur. Depuis deux mois, il ne se passe pas une journée sans qu'on reçoive un appel pour lui. Que voulez-vous au juste ?

— Je veux porter plainte contre deux individus qui m'ont volé mon restaurant.

Le policier le regarda attentivement pendant quelques secondes, pénétra dans son bureau, décrocha le téléphone et parla à quelqu'un pendant plusieurs minutes.

— Montez au deuxième, dit-il en réapparaissant dans l'embrasure, et demandez le sergent Gouin.

Florent prit un air ahuri :

— Le sergent qui ?

— Gouin, Gouin, Oscar Gouin, répéta l'autre, impatienté, et il referma la porte.

Florent gravissait l'escalier qui menait au deuxième lorsqu'il entendit des pas précipités derrière lui.

— Monsieur! monsieur! lança un grand jeune homme blond, tout essoufflé, en s'approchant de lui.

Florent s'arrêta.

— Excusez-moi. J'ai entendu votre conversation tout à l'heure sans faire exprès. Je connais l'inspecteur Blouin.

— Ah oui?

— C'est-à-dire qu'il s'appelait Thouin, Gérard Thouin, mais tout le monde l'appelait Blouin, je ne sais pas pourquoi. Une plaisanterie sans doute.

Florent dévisagea l'inconnu. Un vague étourdissement commençait à s'emparer de lui. Son compagnon lui souriait d'un air naïf, une grande mèche blonde lui masquant l'œil gauche.

— Avez-vous dit Thouin... ou Drouin? demanda Florent d'une voix tremblante.

— Thouin, Thouin, répéta l'autre avec assurance. Mais on l'appelait Blouin.

— Et où est-il?

— Il s'est noyé à Miami en 1970. Mais on a toujours cru que c'était un suicide.

Florent s'appuya à la rampe. L'autre lui mit la main sur le bras:

— Écoutez, ne dites à personne que je vous ai parlé de lui, voulez-vous? Ça pourrait me causer du tort. Bonne chance!

Il lui fit un clin d'œil et redescendit l'escalier.

Au bout d'un moment, Florent reprit sa montée. Parvenu au deuxième, il entra dans une grande salle et aperçut au fond une secrétaire qui tapait à la machine.

— Je voudrais parler au sergent... Gouin, fit-il après une hésitation.

— Vous voulez parler de l'inspecteur?

— Oui, c'est ça, c'est ça.

— Je regrette, il est absent.

— Je veux parler à son adjoint.

— L'inspecteur n'a pas d'adjoint. Revenez en fin d'après-midi.

Florent lui tourna le dos et enfila l'escalier.

— Mais vous pouvez vous adresser au sergent Drouin, lui cria la secrétaire.

Il descendit au rez-de-chaussée et se dirigea vers la sortie. Il traversait le vestibule lorsqu'une main se posa sur son épaule.

— Le directeur désirerait vous parler, lui dit un policier.

L'homme semblait faire des efforts inouïs pour réprimer son rire et regardait fixement l'épaule de Florent où sa main restait posée. Florent le suivit, traversa le hall, suivit un couloir et se retrouva devant une grande porte vitrée derrière laquelle s'agitait une ombre. Le policier frappa à la porte.

— Entrez, fit une voix sonore, au timbre désagréable.

Le policier ouvrit la porte, s'effaça, puis disparut.

— Bonjour, fit le directeur, debout au milieu de la pièce, avec un entrain affecté qui rendait sa voix particulièrement désagréable. Approchez, approchez, venez vous asseoir.

Il passa derrière son bureau, se cala dans son fauteuil et regarda Florent avec un sourire bizarre. C'était un homme trapu, large d'épaules, aux traits lourds et un peu affaissés, avec un regard vif et intelligent qui se posait partout d'une façon imprévisible.

— Vous êtes Florent Boissonneault, n'est-ce pas ?

Florent, que plus rien n'étonnait, fit signe que oui.

— J'ai bien connu votre père à l'époque. Est-ce qu'il vit toujours ? Vous le saluerez de ma part. C'était un fameux gaillard.

Et il se mit à lui raconter des anecdotes de jeunesse sur lui-même et son père ; certaines étaient passablement piquantes.

Florent l'écoutait avec un sourire poli, attendant qu'il en vienne au fait. Mais le fait se laissait attendre. Le directeur regarda subitement sa montre, sursauta, puis se levant, lui tendit la main :

— Hum ! j'allais oublier ma réunion. Il faut que je vous quitte. N'oubliez pas de dire à votre père de venir me voir un de ces jours. J'ai du bon cognac pour lui.

Il reconduisit Florent jusqu'à la porte. Ce dernier marchait comme un automate, l'esprit de plus en plus embrouillé. Il se retourna vers le directeur, le fixa une seconde et voulut lui dire qu'on venait de le dépouiller de son restaurant et qu'il ne s'était jamais senti aussi désemparé de toute sa vie. Le directeur devina aussitôt sa pensée et, ne lui laissant pas le temps d'ouvrir la bouche, lui dit en souriant de son air faussement paternel :

— Écoutez, mon ami, on m'a raconté votre histoire. Je connais monsieur Ratablavasky depuis très longtemps et je vous assure qu'on ne pourrait pas trouver de plus honnête homme sur toute la terre. Réfléchissez bien à ce que vous allez faire. On vous a sûrement induit en erreur. Vous savez, les apparences sont une chose, la réalité une autre. Du reste, j'ai parlé de votre cas à l'inspecteur Thouin, pour qu'il vous aide à voir un peu plus clair dans toute cette histoire. Il m'a promis de vous appeler demain.

Il lui donna une petite tape sur l'épaule et lui ouvrit la porte :

— N'oubliez pas de parler de moi à votre père, hein ?

＊ ◈ ＊

Le lendemain, Florent recevait une lettre de la Banque Royale où on l'avisait qu'après une étude de rentabilité effectuée récemment sur son commerce, la banque désirait rentrer en possession de tout son capital, comme le lui permettait la loi sur les prêts à demande. On lui donnait un délai de trois jours pour s'acquitter de ses obligations.

Florent tergiversa pendant une demi-journée. Il croyait (à tort) qu'en remboursant sa dette il conserverait des droits sur le restaurant. Il pourrait alors réclamer une mise en tutelle jusqu'à ce que la justice ait débrouillé l'affaire et, une fois la culpabilité de ses ennemis prouvée, obliger ces derniers à lui revendre leurs parts. Mais où trouver l'argent? Il ne se décidait pas à demander l'aide de ses parents. Élise lui suggéra d'aller trouver l'abbé Jeunehomme. Après beaucoup d'hésitations, il se présenta au séminaire Saint-Sulpice.

Une vieille religieuse à moustache blanche, avec des yeux rieurs tout fripés, lui ouvrit:

— L'abbé Jeunehomme ne peut vous recevoir, mon cher monsieur, il est en repos.

— Je suis son cousin.

— Ah oui? Quel dommage qu'il soit absent! Lui qui se plaint de n'avoir jamais de visite... Il est parti pour Saint-Gabriel hier après-midi. Il se trouve au chalet de sa mère.

Florent lui téléphona aussitôt. L'abbé Jeunehomme manifesta un vif plaisir au son de sa voix et l'invita sur-le-champ. L'autre en profita pour lui faire part de ses problèmes:

— Si vous pouviez me prêter un peu d'argent, je suis sûr que je saurais faire patienter la banque. Cela me donnerait le temps d'engager un avocat qui jetterait un peu de lumière dans toutes leurs manigances.

L'abbé accepta, mais en ajoutant des commentaires tellement décousus qu'il était évident qu'il n'avait rien compris à l'affaire. Florent raccrocha et, se tournant vers Élise:

— Enfile ta bougrine, ma fille, on part pour la campagne!

Élise s'était ressaisie depuis la visite de Slipskin et de Ratablavasky. Elle s'efforça tout au long du voyage de se montrer joyeuse et optimiste, soulagée de voir l'attitude énergique de son mari face aux derniers événements, au lieu de cette mélancolie paralysante qui l'avait empoisonné durant deux mois. Ils arrivèrent à Saint-Gabriel au milieu de l'après-midi.

L'abbé Jeunehomme, pâle, le front barré d'un pli profond, les reçut en robe de chambre et en pantoufles.

— Excusez ma tenue, fit-il, je me sens un peu souffrant.

Il débarrassa Élise de son manteau, mais avec mille maladresses, lui marchant sur les pieds, échappant le cintre, le manteau, son sac à main.

— Je vous ai préparé un petit goûter, fit-il en les menant à la salle à manger (le chalet de madame Jeunehomme était une maison de campagne cossue).

Sur une table étaient disposés quelques boîtes de biscuits secs, des gâteaux, un camembert, du pain, une bouteille de vin.

— En repensant à votre histoire, dit-il, je me suis tellement énervé que j'en ai attrapé la migraine, ce qui m'arrive au moindre souci. Me permettriez-vous de me retirer dans ma chambre une petite demi-heure?

— Avez-vous pris un médicament? lui demanda Élise.

L'abbé eut un sourire souffreteux:

— On voit que vous n'avez jamais souffert de la migraine, soupira-t-il. Je ne connais pas de remède contre cette calamité. Prenez vos aises, ajouta-t-il, mangez, lisez, reposez-vous. Je serai bientôt à vous et nous pourrons causer tout à loisir de vos problèmes.

Et il se coucha dans l'obscurité, un sac d'eau bouillante sur la tête. Deux heures passèrent.

— Décidément, c'est un sensible, remarqua Florent.

Tard dans la soirée, il n'avait pas encore reparu. Élise et Florent soupèrent comme ils purent, firent une promenade et allèrent se coucher. À neuf heures le lendemain matin, la porte de l'abbé était toujours fermée.

— Je me suis levée cette nuit, fit Élise à voix basse, et j'ai vu de la lumière dans sa chambre. Il devait lire. Va donc frapper.

Florent se colla l'oreille contre la porte et entendit un léger froissement de feuilles.

— Ça va mieux, mon cousin?

— Euh... non... un peu, oui...

— Vous ne venez pas déjeuner?

— Euh... tout à l'heure... en fait, je ne me sens pas très bien... Déjeunez sans moi. Je vous rejoindrai.

Une heure plus tard, Florent entra dans sa chambre et l'obligea à se lever.

— Je suis impardonnable, bafouilla l'abbé en rougissant. Hier soir, vers onze heures, je n'arrivais pas à m'endormir et j'ai eu le malheur de mettre le nez dans *Les locataires de Silver House,* un roman de Dickens. Comme il m'arrive chaque fois que je tombe sur un bon livre, je ne peux m'en détacher avant d'avoir atteint la dernière page. Sinon, l'histoire me trotte dans la tête sans arrêt et neuf fois sur dix cela déclenche une affreuse migraine.

Il poussa un soupir:

— C'est une véritable infirmité, fit-il avec un sourire coupable.

Vers le milieu de l'après-midi, Élise et Florent repartaient avec un chèque de 9000 $, remboursables quand bon leur semblerait, à 4 % d'intérêt.

— Je serai de retour à Montréal dans une semaine ou deux, dit l'abbé en leur tendant sa longue main diaphane. J'ai l'intention d'organiser un banquet Zola au début du mois. Vous me feriez un grand plaisir d'y assister.

— Un banquet Zola? firent-ils, étonnés.

— Oh, l'expression est quelque peu prétentieuse: il s'agit en fait de petits soupers intimes, groupant une dizaine de personnes, que je donne dans un restaurant pour célébrer la mémoire d'un grand écrivain, le tout suivi d'une discussion familière sur une de ses œuvres, que chaque invité a préalablement lue. Le mois prochain, nous fêtons Zola et mon choix s'est porté sur *Pot-Bouille.* Je vous enverrai ma carte.

— Dieu sait si j'ai la tête aux banquets, bougonna Florent en faisant démarrer l'auto.

Il se présenta à la banque le soir même. L'abbé Jeune-homme, lui apprit-on, n'avait plus de compte à cette succursale depuis plusieurs années. Atterré, Florent lui téléphona. L'abbé s'excusa, tout confus, et promit de lui envoyer un second chèque le jour même par courrier spécial. Une semaine s'écoula et le facteur n'apportait rien. Florent téléphona plusieurs fois à Saint-Gabriel, mais personne ne répondait. Au séminaire Saint-Sulpice, on ignorait où il se trouvait. Comme la Banque Royale se faisait de plus en plus menaçante, Florent perdit soudain courage et téléphona à Rata-blavasky.

— Chargez-vous de ma dette, lui dit-il, j'abandonne tout.

— À la bonne heure! répondit l'autre. Je me transporte chez vous dès cet instant. Nous signerons un petit papier et la colombe de la paix nichera dans votre esprit.

Vingt minutes plus tard, il arrivait chez Florent avec Slipskin. Il lui tendit une quittance de la banque et lui demanda en échange un reçu de 12 780 $.

— Eh bien! voilà, fit le vieillard, que le silence glacial de Florent semblait émoustiller, tout est réglé, le ciel sourit, les oiseaux peuvent se remettre *de* voler, comme on dit dans mon pays.

— Voler est bien le mot, ricana Florent. Me voilà ruiné. Tu viens de m'arracher mon gagne-pain et toutes mes économies. Pourquoi? Le sais-tu toi-même? Vas-y, vide les poches de tout le monde, ça ne t'empêchera pas d'aller bientôt pourrir en terre, vieux croche.

Ratablavasky cligna des yeux et une grimace moqueuse tordit ses lèvres :

— La jeunesse possède une langue agile, fit-il en sortant une liasse de la poche intérieure de son veston, mais son jugement dort encore au berceau. Voilà, mon cher jeune homme, les documents prouvant ma propriété du restaurant.

Il déchira la liasse d'un mouvement sec.

— Voilà maintenant le *nouvel* propriétaire, ajouta-t-il en désignant Slipskin, qui rougit légèrement.

Florent, éberlué, ne disait mot. Sa réaction amusait le vieillard au plus haut point :

— J'obéis aux ordres de la vie, cher jeune ami. La vie demandait un propriétaire plus... adéquat. Je suis son serviteur, avec humilité.

Il profita de la stupéfaction où était plongé son interlocuteur pour lui serrer la main.

— Présentez mes salutations à monsieur Picquot, fit-il en se dirigeant vers la porte. Dites-lui que j'ai oublié toute cette soupe et le reste.

Florent les regarda descendre l'escalier, puis s'éloigner dans la rue en riant. Il se laissa tomber sur une chaise et se mit à pleurer. Un glissement de pieds lui fit relever la tête. Monsieur Émile le regardait, tout étonné. Il se mit à questionner Florent, qui lui raconta en deux mots les événements des derniers jours. L'enfant l'écouta avec beaucoup d'attention, réfléchit quelques instants, puis s'esquiva.

Une heure plus tard, un début d'incendie amenait en vitesse les pompiers à La Binerie. On maîtrisa le feu rapidement et les dégâts furent minimes. Mais quand Slipskin ouvrit sa caisse pour la vider, il s'aperçut qu'on l'avait soulagé des recettes de la journée.

◆ ◈ ◆

En revenant de son travail vers minuit, madame Chouinard trouva son garçon en train de ronfler tout habillé au milieu de sa chambre. Une forte odeur de rhum flottait dans la pièce et malgré ses recherches, elle ne put mettre la main sur la moindre bouteille. Monsieur Émile n'aurait pu la renseigner, même si elle l'avait battu à coups de planche.

— Où est-ce qu'il a bien pu prendre l'argent pour s'acheter c'te maudite boisson? ronchonna-t-elle.

La bouteille de rhum lui trotta dans la tête toute la nuit. Elle la voyait tantôt pleine, tantôt vide. Son fils la lui arrachait des mains au moment où elle approchait ses lèvres du goulot et s'enfuyait avec en riant, les yeux tout chavirés.

À huit heures, elle frappait à la porte de madame Duquette.

— Qu'est-ce que tu veux que je te dise, ma chère? fit celle-ci, les yeux bouffis de sommeil, vêtue d'un *baby doll* citrouille qui permettait d'admirer ses jambes torses. Je ne le sais pas, moi, où il l'a prise, sa bouteille. Entre, sort, entre, sort, court ici, court là, faudrait lui clouer un pied dans le plancher pour le garder en place. J'ai mon train de maison à faire, moi. Au prix que tu me payes, je suis toujours bien pas pour engager un agent Phillips pour le surveiller.

Une engueulade colossale éclata. Monsieur Émile en profita pour sortir à la sauvette et courut chez Florent. Il le trouva affalé devant la télévision, une bouteille de bière à la main.

— Tiens, fit-il en sortant de sa poche un sachet de soupe Lipton tout fripé, je veux te faire un cadeau.

— Où as-tu pris ça? s'écria l'autre en extirpant du sachet une grosse liasse de billets de banque. Dix, vingt, quarante... deux cent quatre-vingt-dix dollars! Monsieur Émile, dis-moi où tu as pris ça, fit-il en attirant l'enfant dans ses bras, et puis va le rapporter au plus sacrant. Tu as fouillé dans le sac à main de ta mère, hein?

Monsieur Émile fondit en larmes :

— Non! je l'ai volé au restaurant et j'irai pas le reporter! jamais! jamais! Les câlisses d'hosties!

Florent lui caressait les cheveux, tout ému. Élise prit bientôt la relève, car le chagrin de monsieur Émile devenait de plus en plus bruyant. Florent tripota les billets un moment, puis :

— Si j'avais du cœur au ventre, murmura-t-il avec une moue cynique, je me rendrais chez un armurier et j'irais faire un peu de nettoyage sur la rue Mont-Royal.

✦ ◆ ✦

L'inspecteur Thouin ne communiqua jamais avec Florent, ni aucun de ses collègues. Florent, presque soulagé, se garda bien de se rappeler à leur mémoire.

13

Le 30 novembre 1974, à dix heures, les cloches de l'église Saint-Pierre-Claver sur le boulevard Saint-Joseph se mettent à sonner comme à leur habitude, mais plus d'un passant se retourne, intrigué par leur sonorité, qui a quelque chose de changé. Les notes, sèches, oppressées, tombent comme des billes de plomb, sans le moindre écho. Cela réveille dans la tête de chacun de vieux souvenirs confus, vaguement désagréables. On cherche un instant à les préciser, puis le flux des pensées quotidiennes reprend son cours.

Le ciel, aujourd'hui, se bombe lourdement au-dessus de la ville et on y cherche en vain le soleil, qu'il a comme avalé. La lumière qui en coule est grise et poudreuse. Elle durcit les arêtes de chaque objet et s'écrase platement sur les surfaces. L'air pique les yeux, engourdit le bout des doigts et force les jambes à se mouvoir rapidement. Une attente inquiète règne partout. Des inconnus se dévisagent tout à coup sur le trottoir, surpris, ne sachant quoi se dire. Et soudain, voici que se produit un événement minuscule. Un flocon de neige, venu du néant, se met à tournoyer dans l'air et commence une descente précautionneuse, coupée d'hésitations, comme s'il craignait de fracasser sa forme fragile et compliquée, puis se dépose enfin sur le sol et disparaît.

L'hiver vient d'arriver. Le métal des boutons de porte se glace. D'autres flocons apparaissent, discrets, un peu ridicules dans tout cet espace, mais leur nombre ne cesse de s'accroître et bientôt la couleur des rues s'atténue peu à peu.

Ce soir, les retardataires que la douceur traîtresse de l'automne avait endormis devront enfin se résigner à l'inévitable. Ils installeront leurs contrechâssis en maugréant, poseront des bandes de calfeutrage autour de chaque ouverture, exhumeront les foulards, les gants doublés, les manteaux lourds comme des armures qu'ils avaient laissés tomber dans un oubli méprisant. Une frontière brutale s'établira entre l'extérieur et l'intérieur des maisons. À l'intérieur régneront la chaleur et la vie, les musiquettes de la radio, l'odeur des rôties et du café. L'extérieur deviendra la zone ennemie, remplie de ténèbres dès quatre heures de l'après-midi, qu'on franchit à toute vitesse, en comptant ses pas, le souffle coupé, les joues mangées par le froid, pour se précipiter vers une autre oasis de chaleur. De l'extérieur, pendant des mois, ne nous parviendra plus, à travers les fenêtres soigneusement scellées, qu'une image froide et figée, que la nuit emplira d'une tristesse lunaire.

Élise et Florent demeuraient chez Ange-Albert depuis une quinzaine de jours. Ce dernier, en chômage, les hébergeait d'autant plus volontiers que cela lui permettait de vivre à même les 2800 $ que Florent venait de retirer de la vente de ses meubles et de sa collection de disques. Quant à son auto, elle était tombée en panne deux jours après son arrivée sur la rue Émery et rouillait tranquillement près de la maison.

Depuis la mésaventure de La Binerie, Florent n'avait guère fait d'efforts pour se trouver un emploi. Il consacrait son temps au sommeil, à l'amour (qu'Élise pratiquait maintenant avec certaines précautions, vu leur situation précaire) et aux longs métrages de la télévision. Le soir, ils allaient parfois prendre une bière au Saint-Malo ou au Faubourg Saint-Denis, qui se trouvaient à deux pas. De temps à autre, ils s'achetaient un peu de mari et terminaient leur soirée sur un long point d'orgue de fraternité cosmique. Malgré les appréhensions d'Élise, Florent gardait bon moral. Mais toute ambition l'avait quitté.

— Pourquoi se massacrer les artères pour de l'argent? disait-il. Regarde Ange-Albert: il a toujours pris la vie comme elle vient. Est-ce qu'il est plus mal en point que moi?

Élise devinait bien toute l'amertume qui se cachait derrière ce détachement soi-disant philosophique et faisait mine d'approuver son mari, dans l'espoir que le temps fasse son œuvre et que le goût de réussir le reprenne.

Mais, ce 30 novembre, un personnage imprévu fit son apparition à l'appartement et se mit à tracasser tout le monde. Le froid. Ange-Albert, après un examen minutieux de l'antique fournaise à gaz, se décida à l'allumer. Pendant la première demi-heure, tout se passa bien et un commencement de tiédeur permit aux occupants de détacher leur manteau. Tout à coup, un violent tremblement s'empara de la carcasse de tôle et se mit à faire tinter ses carreaux de faïence ébréchés. Elle émit une sorte de hurlement qui rappelait celui d'une cantatrice en train de se faire défoncer le thorax et le feu s'éteignit avec un claquement sec; une forte odeur de chou pourri se superposa au relent de moisi qui flottait dans l'appartement. Florent bondit vers la fournaise et tourna la clé:

— Barre de cuivre! il faut la faire réparer au plus sacrant, elle va nous envoyer promener en plein ciel!

Ange-Albert leva la main et frotta lentement son pouce contre l'index et le majeur, signe de détresse classique chez les gens dont le portefeuille souffre d'anémie chronique.

— Je le sais, reprit Florent avec humeur, mais on n'est tout de même pas pour se laisser réduire en cendres par esprit d'économie, non?

— Et si on téléphonait au service d'incendie pour demander un inspecteur? proposa Élise. Il nous dirait si la fournaise est réparable ou non, sans que ça nous coûte un sou.

— Bonne idée, dit Florent. Et peut-être qu'en lui refilant un vieux cinq piastres le bonhomme accepterait même de se salir un peu les mains et de lui rafistoler les entrailles.

Il prit l'annuaire téléphonique. Deux heures plus tard, après avoir passé par trois services, deux divisions et six départements, une petite voix ronde et dure comme une boule de billard lui apprit qu'un inspecteur se présenterait chez eux le lendemain avant-midi, à dix heures précises.

— Soyez présent, ajouta la voix. Sinon au troisième coup de sonnette, on va ailleurs, et ne courez plus après nous. Trop de maisons à voir. L'hiver est court.

— On y sera, promit Florent. Quel drôle de pistolet, murmura-t-il en raccrochant.

Ils se rendirent à la cuisine et avalèrent un café bien chaud, se frottant les mains et battant des pieds, tandis que trois filets de vapeur s'élevaient de leur bouche vers le plafond tout écaillé.

Le lendemain, Florent, étendu sur son lit, fixait d'un œil ensommeillé le vieux réveille-matin qui hoquetait sur la commode lorsqu'il prit conscience tout à coup de deux faits:

1. l'aiguille marquait deux heures de l'après-midi ;
2. aucun inspecteur ne s'était présenté.

Il sauta dans son pantalon et se dirigea, tout grelottant, vers le salon (appellation pompeuse pour une pièce d'un vert pisseux meublée d'un divan-lit à demi éventré).

— Rosarien Roy, j'écoute, fit la voix de la veille.

Florent se nomma et demanda pourquoi personne n'était encore venu chez lui.

— Qu'en pensez-vous ? demanda Rosarien Roy. Florent, interloqué, hésita un moment, puis avoua son ignorance.

— Eh bien, si on n'est pas venu, c'est qu'on n'a pas pu. Toc toc toc, c'est tout. Vous n'êtes pas la tête à Papineau, entre vous et moi. Téléphonez dans deux jours. Je verrai ce que je peux faire.

Un léger bourdonnement indiqua que la conversation était terminée. Florent sortit du salon comme un somnambule, n'en croyant pas ses oreilles. Il se rendit à la cuisine et se prépara une omelette au fromage. Ce n'est qu'après l'avoir avalée que sa colère se réveilla vraiment.

Quelques secondes plus tard, Rosarien Roy, assis à son bureau, surveillait d'un œil soupçonneux les déambulations d'un chien dans la rue lorsqu'il reçut un appel téléphonique où l'on faisait une description de sa personnalité qui trempa de sueurs ses chaussettes de laine et tout le haut de sa chemise. Il essaya plusieurs fois d'endiguer la description, mais la description le vainquit et lorsque Florent raccrocha, une rage énorme, beaucoup trop grande pour les modestes dimensions de son âme, habitait le fonctionnaire municipal et le faisait étouffer. Il la cuva pendant tout le reste de la journée, tempêtant après les secrétaires, assenant des coups de poing sur son bureau pour un oui ou pour un non. Vers la fin de l'après-midi, son supérieur le fit appeler.

— Je reçois des plaintes à votre sujet, lui dit-il. Un nommé Boissonneault, de la rue Émery. Il prétend que vous refusez d'envoyer un inspecteur chez lui. Qu'est-ce qui se passe? Ce n'est pas la première fois qu'on chiale à votre sujet.

— Je vais m'occuper moi-même de ce petit jeune homme, promit Rosarien Roy d'une voix frémissante.

Le lendemain matin à sept heures, il sonnait à la porte. Florent ouvrit, en proie à une quinte de toux, le visage cireux et de fort méchante humeur, car Élise venait de lui apprendre que les tuyaux avaient gelé durant la nuit.

— Rosarien Roy, service des incendies, fit Rosarien Roy, et il mit le pied dans le vestibule comme si la maison venait subitement de tomber en sa possession.

C'était un petit homme maigrichon, dans la quarantaine avancée, avec un menton large et plat, une bouche mauvaise, un nez busqué, des yeux fureteurs, indignés d'une façon permanente, et un visage tellement flétri qu'on aurait cru qu'il dormait toutes ses nuits la tête dans un fourneau.

— Voyons cette fournaise, fit-il avec un sourire menaçant.

Il s'arrêta au milieu du corridor et l'examina un instant, mais son attention se porta presque aussitôt sur le plancher, dont il se mit à tirer de longs gémissements avec la pointe de son pied.

— Hum, hum! fit-il, enchanté.

Il se mit à visiter les pièces, promenant sa main sur les murs, explorant les fissures, secouant les fenêtres à demi pourries, faisant jaillir des flammèches des prises de courant, méditant devant les taches d'humidité verdâtres qui s'étendaient sur les murs et les plafonds.

— Hum, hum, hum!

Il sifflotait en se balançant sur les talons tandis qu'on l'observait en silence.

— Vous n'examinez pas beaucoup la fournaise, remarqua Florent d'un ton acide.

— Voyez-vous, mon cher grand parleur, fit Rosarien Roy en pivotant vers lui, le problème du chauffage comporte deux facteurs : l'unité chauffante et l'unité chauffée. Supposons que vous achetiez une maison... splendide. Solide comme un continent. Plus légale que la loi. Et que vous installiez dedans un appareil bourré de suie. Plein de fissures. Mangé de rouille. Eh bien, un beau jour, boum ! tout saute. Adieu le plaisir, vous dormez sous le gazon. PAR CONTRE ! lança-t-il en levant la main pour empêcher Florent de parler, supposons que vous achetiez un appareil splendide ! Solide comme un continent. Plus sûr que la Sûreté du Québec. Et que vous l'installiez dans un taudis ouvert aux quatre vents (vous êtes ici dans un taudis). Eh bien, qu'arrive-t-il ? L'appareil surchauffe, se dégrade, et un beau jour, boum ! il saute et on retrouve vos os à Cartierville. Je ne veux même pas examiner votre fournaise. Elle ne m'intéresse pas. Car vous ne vous en servirez pas. Je vous le défends. Le seul mode de chauffage que je vous permets : l'électricité. Mais attention : je parle de courant 220. Pas de chaufferettes portatives, hein ? Il me faut une installation faite par des électriciens dûment accrédités. Le fil courra sur les plinthes. Les rats dans les murs. Compris ? C'est tout.

Il boutonna lentement son manteau et se dirigea vers la sortie.

— Et puis... n'essayez pas de jouer au finfin avec moi, ajouta-t-il en se retournant brusquement. Je vous ai à l'œil. Je vais venir tous les jours... monsieur le grand parleur !

La porte claqua. Florent leva au plafond des yeux navrés :

— Barre de cuivre de calvinouche ! savez-vous ce que ça coûte, vous autres, de faire installer un système de chauffage au 220 ? Il ne me resterait plus un sou en banque !

Une heure plus tard, un employé de Gaz métropolitain se présentait pour enlever le compteur.

— Mais notre fournaise ne fonctionnera plus! protesta Élise.

L'employé haussa les épaules en marmonnant quelque chose où les mots «ordre» et «directive» revenaient chacun trois fois et se mit à l'œuvre.

— Eh bien, il ne reste plus qu'à déménager, conclut Florent, les traits affaissés. Adieu le loyer de 60 $ par mois. On n'en trouvera plus jamais d'autre.

Ange-Albert lui fit un signe d'apaisement:

— On voit bien, dit-il après le départ de l'employé, que tu ne connais rien aux fonctionnaires. Patiente un peu. Ils menacent, menacent... et finissent toujours par s'endormir sur leur chaise. Dans deux jours, tout sera réglé. Je connais un bonhomme qui a travaillé quinze ans pour Gaz métropolitain. Il est un peu chèrant... mais avec un petit billet de vingt et une bonne bouteille de scotch, je finirai bien par le convaincre de venir rétablir le gaz... et de réparer notre fournaise.

Élise sortit sur la galerie arrière et pénétra dans une remise contiguë à la cuisine. On l'entendit fouiller un moment, puis elle revint avec un réchaud électrique:

— Voilà. On pourra se faire un peu de popote... et ça nous servira en même temps de chaufferette.

— Eh bien! dites donc, s'écria Picquot en arrivant à l'appartement quelques heures plus tard, vous vous entraînez pour la Sibérie, ou quoi? Encore un peu, et votre haleine va vous retomber sur la tête. Qu'est-ce qui se passe?

Florent lui raconta leur mésaventure.

— Venez chez moi! proposa le cuisinier. Je ne sais quoi faire de mes sept pièces. Je passe mes soirées à m'y promener en bâillant. Vous y mettrez un peu de vie.

Florent, l'air buté, secouait la tête:

— Je veux me débrouiller seul. Même au risque de me faire rouler encore une fois. Il faut que j'apprenne, après tout.

— Oh! toi, mon cher, s'écria Picquot avec humeur en déposant une boîte de victuailles sur la table, depuis cette fameuse histoire de restaurant je te trouve la fierté un peu ombrageuse. Tu m'as bien tendu la main quand on m'a chassé de cet infect Château Frontenac? Eh bien! je fais de même.

Il se promenait dans la cuisine, le sourcil froncé, claquant des mains pour se réchauffer, éberlué de retrouver ses amis dans un pareil taudis.

— Tenez, ma petite, fit-il en se retournant vers Élise, prenez cette marmite et mettez-la sur le feu. Mon intuition m'avait bien guidé: je vous ai préparé hier soir une soupe Soyer, cette fameuse soupe qu'Alexis Soyer a inventée pendant la famine d'Irlande de 1840. Gras de lard, ail, oignon, navet, anchois, poivre et tomate. Simple, succulent, réconfortant: ce qu'il vous faut.

Bientôt, chacun s'attabla devant un bol fumant. Picquot continuait de vouloir convaincre Florent:

— Il n'y a rien de honteux, dans les coups durs, à s'appuyer sur ses amis! Tenez, il y a trois jours, je me promenais rue Sainte-Catherine, sans emploi, sans projet, le moral comme un trou de cheminée. Au coin de la rue Saint-Laurent, je bute sur un vieux monsieur: «Sébastien Laulerque!» que je m'écrie. C'était bien lui. Un type plutôt couci-couça qui m'avait fait des vacheries à l'époque mais qui ensuite, Dieu sait pourquoi, s'était pris d'amitié pour moi. On se met à bavarder. Il s'informe de mon travail et je lui raconte la traîtrise de ce déchet de Slipskin et de son infâme vieillard. Eh bien! depuis hier, grâce à lui, j'ai un emploi.

Élise eut une exclamation de joie.

— Attendez, ne vous réjouissez pas trop vite. C'est une drôle de salade, allez. Je travaille pour une agence de publicité, section photographie alimentaire. On m'a chargé de faire des présentations ragoûtantes pour ces ignobles préparations industrielles que l'Amérique bouffe depuis trente ans avec l'impression de fréquenter les sommets de la haute cuisine. Je ne ménage pas les colorants, le vernis, les bouts de fil de fer, la gélatine et la fécule de maïs, et, ma foi, les résultats ne sont pas trop mauvais. Et ils me payent un salaire fou, ces idiots.

Il continua sur ce ton pendant quelque temps, soulevant les rires autour de lui, mais le froid glacial qui régnait dans l'appartement finit par l'indisposer et il invita tout le monde à venir prendre un café au restaurant.

Ange-Albert insista pour qu'on aille Chez Bob Snack Bar, un petit restaurant plutôt minable juste en face de leur appartement. Picquot, après beaucoup de réticence, finit par accepter. Monsieur Clouette, le bedonnant patron, fit un léger salut à Ange-Albert, qui était devenu un habitué.

— Votre fille ne travaille pas, aujourd'hui? demanda celui-ci en se glissant sur une banquette.

— Hé non!

Monsieur Clouette s'approcha d'eux, promena son torchon sur la table et distribua les menus. Picquot sortit une paire de lunettes, fronça les sourcils et se mit à parcourir les colonnes, impitoyable.

— Est-ce qu'elle sera ici ce soir? reprit Ange-Albert.

— Pas sûr, répondit le restaurateur, évasif, en s'éloignant brusquement vers la caisse, où rien ne semblait l'appeler.

Son peu d'enthousiasme à parler de sa fille amusait fort Élise et Florent qui souriaient derrière leur menu.

— Quatre cafés, ordonna Picquot d'une voix martiale, et de votre meilleur.

À la première gorgée, il se leva:

— Impossible d'avaler ce jus de chaussette, fit-il, à demi étouffé.

Florent réussit à le faire rasseoir :

— Je vous en prie, soyez gentil pour Ange-Albert, restez avec nous. Dans un quart d'heure, on part, je vous le promets.

— Gentil pour Ange-Albert, gentil pour Ange-Albert, marmonna le cuisinier, qu'est-ce que c'est que cette histoire ?

Florent se pencha à son oreille, tandis qu'Ange-Albert rougissait et que monsieur Clouette, debout derrière le comptoir, enveloppait tout ce beau monde d'un regard soupçonneux. Aurélien Picquot patienta quelques minutes, jetant sur sa tasse des regards qui l'auraient fait éclater de honte si elle avait possédé le moindre degré de conscience, puis tout le monde se leva et sortit.

— Brrr ! quel froid ! fit le cuisinier en se recroquevillant dans son manteau de fourrure. Il faut absolument faire quelque chose pour vous tirer de votre glacière. Un ours polaire y attraperait une pneumonie.

— En attendant, que diriez-vous d'aller au Saint-Malo ? proposa Florent. On y sert des filtres.

— À la bonne heure, s'exclama Picquot. Nous autres, Français, quand nous sommes à l'étranger, il nous faut toujours un petit morceau de pays à suçoter pour être dans notre assiette.

Florent ouvrit la porte, puis recula brusquement.

— Bonjour, cher grand parleur, fit Rosarien Roy, attablé à la terrasse vitrée du restaurant. Comme tu vois, j'ai pris goût au quartier. Et pour longtemps, crois-moi ! Je vois ta porte d'ici. C'est la belle vie !

Florent lui jeta un regard furieux, fit volte-face et s'éloigna dans la rue.

◆ ◆ ◆

Dans les jours qui suivirent, une lutte sans merci s'engagea entre l'inspecteur et les malheureux locataires. Florent s'acheta à grands frais des chaufferettes électriques fonctionnant aux 110 volts et les transporta de nuit à son logis en prenant soin de passer par la ruelle. On les lui confisquait le lendemain matin. Il s'adressa au contentieux municipal. On lui promit une enquête, mais il fallait compter un délai minimum de six mois. Ange-Albert dénicha alors dans la remise une fournaise portative communément appelée boule-de-feu. Il passa tout un après-midi à la rafistoler, les doigts bleuis par le contact du métal, et réussit à la remettre en marche. Mais une voisine, que l'inspecteur avait sans doute soudoyée, aperçut la boule-de-feu par une fenêtre et l'appareil alla rejoindre les chaufferettes.

Florent s'entêta et déclara qu'il ne quitterait l'appartement pour rien au monde. Il fallut prendre des mesures d'urgence. Chacun se mit à poivrer l'intérieur de ses chaussettes. Ange-Albert, qui tenait cette recette d'un vieux clochard, assurait que le poivre stimulait la circulation. À tour de rôle, on prit des bains chauds additionnés de sauce piquante. Une certaine impression de bien-être persistait pendant quelque temps, suivie parfois de cruelles inflammations. Ange-Albert se rendit dans un magasin de surplus militaires et chipa, Dieu sait comment, trois sacs de couchage. Avant de s'y glisser, on y déposait une brique chaude enveloppée d'un chiffon de laine et la nuit s'écoulait tant bien que mal, au bruit des robinets qu'on devait laisser tout grands ouverts pour éviter que l'eau ne gèle dans les tuyaux.

Le temps passait et le zèle démoniaque de Rosarien Roy ne donnait aucun signe d'épuisement; ce n'était pas le cas pour le compte en banque de Florent. Les séjours quotidiens que l'on faisait Chez Bob Snack Bar pour se réchauffer s'allongèrent de plus en plus, mais devinrent de moins en moins rentables pour le propriétaire, d'autant plus que Florent avait pris l'habitude de remplir ses poches de sachets de sucre. Une tasse de café durait maintenant une heure. Un sandwich au jambon faisait facilement la moitié d'un après-midi. Quant aux omelettes, elles étaient interminables et désespéraient monsieur Clouette. Son bon cœur et sa fille l'empêchaient seuls de jeter dehors tout ce monde transi.

Depuis quelques jours, Ange-Albert avait réussi à se gagner de chastes rendez-vous avec la jeune mademoiselle Clouette, à l'insu de son père. On se rencontrait au coin de la rue, devant une boutique, au milieu d'un parc dénudé par l'hiver. Ange-Albert revenait à l'appartement tout grelottant et plus désespéré que jamais de ne retrouver le soir dans son lit qu'une vieille brique chaude enveloppée dans un restant de jupon. Florent se moquait de la lenteur de ses progrès amoureux. Ange-Albert avait toujours fait l'envie de ses amis par la quantité de ses bonnes fortunes, qui s'empilaient discrètement dans sa vie comme les crêpes de maïs dans l'assiette d'un fermier du Mid-West.

— Serais-tu tombé amoureux? plaisantait Élise. Regardez-le donc! Rosine le rend tout rose!

C'était là le seul malheur qu'avait connu jusqu'à présent mademoiselle Clouette: son prénom. En revanche, ses parents lui avaient transmis une joliesse de traits et une délicatesse de conformation qui tenaient Ange-Albert sur le qui-vive, d'autant plus qu'il n'était pas insensible aux avantages pratiques en période de vaches maigres d'avoir une maîtresse de dix-huit ans fille de restaurateur. Avec une patience étonnante, Ange-Albert avait pris d'assaut la virginité de mademoiselle Rosine qui, toute rougissante et naïve qu'elle était, n'en perdait pas pour autant le sentiment du réel et montrait certaines réticences à se lier avec un garçon qui n'avait pas assez d'argent pour se permettre de fermer les robinets de son appartement l'hiver. Quand il était vraiment à bout de patience, Ange-Albert consultait son carnet galant et découchait pour une nuit – jamais plus, car un sentiment de solidarité fraternelle l'obligeait à partager le sort de ses deux amis tant qu'ils resteraient sous son toit.

Élise, qui voyait déjà la fin de leurs économies et n'arrivait pas à supporter le compagnonnage de la misère avec le détachement blasé de son mari, se mit à la recherche d'un emploi.

— *Cela va peut-être le stimuler mieux que tous mes discours*, se disait-elle.

Un incident se chargea de cette tâche un peu plus tard, mais avec des résultats inattendus.

◆ ◆ ◆

Comme on était sans nouvelles de monsieur Émile depuis plusieurs jours, Élise et Florent décidèrent d'aller lui rendre visite. C'était en même temps une bonne occasion de se dégeler un peu les membres près d'un calorifère et – avec un peu de chance – de prendre peut-être une bouchée. Ils enfilèrent leur manteau et se lancèrent dans le froid. Le vent se mit à couler sur eux comme une eau glacée et les pénétra jusqu'aux os. Ils avançaient dans la rue Saint-Denis, les yeux pleins de larmes, les joues brûlantes et raides comme du carton. En passant devant Le Jardin Saint-Denis, Florent jeta machinalement un coup d'œil à l'intérieur et saisit le bras d'Élise. Elle se tourna vers lui, surprise. D'un coup de menton, il lui fit signe de regarder par la vitrine. Penché au-dessus d'une table, Rosarien Roy discourait, l'œil écarquillé, les bras en girouette, essayant manifestement de convaincre un interlocuteur difficile. Ce dernier l'écoutait d'un air grave, ses deux mains gantées de gris posées sur la table.

— Ratablavasky, murmura Élise, défaillante.

Ils s'éloignèrent à toutes jambes ; on ne les avait pas remarqués.

— Je ne peux plus supporter cette vie-là ! sanglotait Élise. Il faut partir, il faut quitter Montréal, Florent, m'entends-tu ?

Personne ne répondit chez monsieur Émile. Ils revinrent à l'appartement, plus transis que jamais. Ange-Albert les reçut, tout réjoui :

— Je viens de trouver un vieil aspirateur dans une poubelle, et il marche !

— Qu'est-ce que tu veux que ça nous fasse ? grogna Florent.

— Tu n'as pas saisi mon idée.

Il brancha l'aspirateur. On entendit d'abord comme le barrissement d'un troupeau d'éléphants, puis un violent déclic secoua l'appareil. Le son perdit un peu d'intensité, grimpa de registre, puis se mit à osciller lentement, et l'on se retrouva sur un champ de bataille, enveloppé par le sifflement d'une bombe bizarre et sadique qui filait vers le sol, suspendait sa course quelques secondes avant d'exploser et remontait lentement vers le ciel pour recommencer son manège, inlassablement. Florent regarda son ami avec l'air de se demander si ce dernier ne se payait pas leur gueule.

— Donne-moi ta main, cria Ange-Albert.

Il la plaça devant la bouche d'évacuation.

— Tiens, tiens ! murmura Florent avec un sourire narquois, de la chaleur !

— Pas beaucoup pour l'instant, admit Ange-Albert, mais dans cinq ou six minutes, ce sera brûlant.

— Et tu penses qu'on va pouvoir endurer ce tapage de fin du monde longtemps ?

Élise secoua la tête d'un air accablé, quitta la pièce et alla se coucher. Ange-Albert se mit alors à matelasser l'aspirateur avec des oreillers et réussit à diminuer le bruit. Au bout d'une heure, un semblant de tiédeur régnait dans la pièce, accompagné d'une forte odeur de roussi.

Pendant ce temps, Florent avait rapporté à son ami l'entretien qu'il venait de surprendre au Jardin Saint-Denis. Ange-Albert s'étira longuement, puis posant tout à coup sur Florent un regard décidé :

— Eh bien, mon vieux, le temps d'agir est arrivé. Ils se préparent à nous couper en petits morceaux. Mais ne t'inquiète pas. Je m'occupe de tout.

Il enfila son manteau et se retira dans la remise. On entendit le bruit d'une scie pendant quelques minutes, puis il réapparut avec une demi-douzaine de petits cubes de bois.

— Qu'est-ce que c'est que ça? demanda Florent.

Son compagnon sourit, s'assit à table, sabla les cubes minutieusement et, avec un peu d'encre, les transforma en dés à jouer. Florent eut un ricanement:

— Tu penses nous sauver par le poker?

— Tu ne connais pas toute ma vie, répondit Ange-Albert avec un sourire tranquille. Je me suis parfois très bien tiré d'affaire avec ces petits bouts de bois.

Il se mit à les brasser doucement et à les jeter sur la table, examinant les séries qui se formaient. Trois heures passèrent ainsi. Florent était allé s'acheter *La Presse* et parcourait les offres d'emploi. Ange-Albert brassait toujours, infatigablement. Un sourire satisfait éclairait maintenant son visage. Il consulta sa montre, enfila son manteau et alla rejoindre Rosine qui l'attendait dans un café de la rue Saint-Denis.

14

Le lendemain commença par une frustration de belle taille. Vers neuf heures, le facteur leur remit une enveloppe qui contenait une carte d'invitation imprimée sur japon impérial, signée de l'abbé Jeunehomme. La lettre avait été expédiée à l'ancienne adresse de Florent, était retournée au bureau de poste et lui parvenait, hélas, avec trois jours de retard. En voici le contenu:

J'ai le plaisir de vous inviter à une fête intime le
30 novembre 1974 pour célébrer la mémoire de notre
grand écrivain Émile Zola, décédé le 28 septembre
1902, mais toujours vivant dans le cœur des amis de
la littérature. La rencontre se tiendra au restaurant
Chez Pierre, sis au 1263 de la rue Labelle à Montréal,
et débutera à dix-neuf heures précises.

Il serait indiqué, en guise de préparation à cette
réunion amicale et familière, de relire Pot-Bouille, *un*
de ses plus fameux chefs-d'œuvre, où le souper au Café
anglais, décrit au chapitre X, a servi de guide pour
l'élaboration d'un menu que je me permets de vous
soumettre ci-bas.

MENU

Potage crème d'asperges
Timbales à la Pompadour
Truite à la genevoise
Filet de bœuf à la Chateaubriand
Ortolans à la Lucullus
Salade d'écrevisses
Cimier de chevreuil
Fonds d'artichaut à la jardinière
Soufflé au chocolat
Sicilienne de fruits

VINS

Madère
Château-Filhot 58
Johannisberg
Pichon-Longueville
Château-Lafite 48
Sparling-Moselle
Roederer

Votre hôte,
Octavien Jeunehomme, ptre
amans litterarum
R.S.V.P.

Ils contemplaient la carte, l'estomac plein de gargouillis. Soudain, Florent la saisit, la déchira en mille miettes et s'en alla à la cuisine se gaver de pain rassis.

À midi, sans s'être concertées, trois personnes se présentèrent l'une après l'autre à l'appartement et beaucoup de vacarme en résulta. Ce fut d'abord monsieur Émile, transi, sans manteau ni mitaines, perdu dans un chandail de hockey aminci par l'usure, cartonné par la crasse et troué aux coudes. Il était accompagné de son chat qui venait de laisser un bout d'oreille dans une bagarre de fond de cour.

— D'où sors-tu, toi? s'écria Élise.

— Je m'en viens rester chez vous, répondit monsieur Émile, que la cohérence d'un dialogue laissait souverainement indifférent.

À force de patience, Élise finit par apprendre qu'il arrivait d'un séjour de deux semaines chez un autre oncle de sa mère – Arabe, celui-là – où on l'avait nourri exclusivement de pouding aux ananas et de lait de poule en conserve, sa mère et son oncle ne laissant le lit que pour faire la tournée des grands-ducs.

— Je m'en viens rester chez vous, répéta monsieur Émile, péremptoire et souriant.

Florent essaya de lui expliquer que, pour ce faire, il devait auparavant obtenir l'autorisation écrite de sa mère. Monsieur Émile l'écoutait à peine, la chose étant déjà réglée pour lui.

— J'ai rencontré le Vieux tout à l'heure, annonça-t-il brusquement.

— Monsieur... Ratablavasky?

— Oui. Et je lui ai tout dit.

Florent eut l'impression que l'air de l'appartement lui pénétrait d'un coup dans l'estomac.

— Que... quoi? bégaya-t-il d'une voix étranglée. Qu'est-ce que tu lui as dit?

Monsieur Émile se pencha, saisit son chat et se mit à le caresser, parfaitement insouciant :

— Je lui ai tout dit. Je lui ai dit pour les pilules, je lui ai dit pour le feu, je lui ai dit pour l'argent du *cash*. Et puis je lui ai dit que je le haïssais et que j'avais hâte qu'il meure.

— Ah ! Seigneur ! il ne manquait plus que ça ! s'écria Élise. Qu'est-ce qu'il va nous arriver, maintenant ?

— T'aurais dû te fermer la gueule, mon petit garçon, lança Florent avec humeur. Est-ce qu'il t'a répondu quelque chose ?

Monsieur Émile secoua la tête :

— Non, il m'a souri. Comme ça, fit-il en grimaçant. Alors j'ai eu peur et j'ai couru jusqu'ici. *Hey !* y' fait pas chaud chez vous, s'écria-t-il tout à coup en frissonnant. Vous chauffez pas ?

Florent se contenta de soupirer en frottant ses mains l'une contre l'autre. Ange-Albert sortit ses dés et les fit danser dans sa main :

— Courage, mes amis... dans deux ou trois jours, ces petits morceaux de bois vont nous réchauffer comme si...

Il n'eut pas le temps de finir sa phrase. La porte d'entrée claqua et des pas se mirent à résonner lourdement dans l'escalier.

— Ratablavasky, chuchota Florent.

— Viens te cacher, toi, fit Élise en empoignant monsieur Émile.

Elle le poussa dans une garde-robe, où il faillit se rompre les os sur un vieux cheval de bois abandonné par l'ancien locataire. Quand elle revint dans le salon, Florent venait de faire entrer Rosario Gladu, emmitouflé dans un énorme manteau de fourrure synthétique. Le journaliste se tenait sur le seuil, tout intimidé par la commotion que son arrivée venait de causer.

— Salut, fit-il à Florent. Ça fait un torbinouche de bout de temps qu'on s'est vus, hein ?

Florent le toisa sans dire un mot.

Le journaliste eut un sourire piteux et promena son regard dans la pièce.

— Je gage, lança Florent, que c'est le Vieux qui t'envoie pour vérifier s'il ne resterait pas encore un petit quelque chose à me voler.

— Oui, c'est bien lui, admit bravement Gladu, mais pour un bon motif.

— Ah oui? ricana l'autre. La mort approche et il voudrait me léguer la Place Ville-Marie?

— Est-ce que je pourrais m'asseoir? bafouilla Gladu, qui semblait au supplice. J'ai une petite crampe dans le gras de la jambe.

— Je te conseille plutôt l'escalier, répondit Florent en ouvrant la porte, c'est divin pour les crampes. À propos, j'ai lu ton article l'autre jour sur le nouveau propriétaire de La Binerie... Vraiment très bien... très élogieux pour moi...

— Ah bon... tu l'as lu, soupira l'autre. Faut me comprendre, Florent... c'est à cause de mon *boss*... le métier professionnel, tu sais...

Florent le poussa doucement sur le palier:

— Allons, fit-il, déballe-moi ton baratin et va jouer un peu dans la neige, ça va te donner des couleurs.

— Mon... monsieur Rata... Ratablavasky m'a demandé de venir faire un tour à ton appartement pour vérifier... pour vérifier si vous étiez vraiment dans... la misère, fit-il en levant involontairement le bras pour se protéger.

Florent le regardait sans broncher, un sourire méprisant aux lèvres. Le journaliste reprit courage et poursuivit:

— Il a appris l'autre jour qu'une espèce de tarlet qui travaille comme inspecteur pour la ville s'amusait à vous achaler. Ça lui a donné comme un coup au cœur. Oui! c'est vrai! Il est allé le trouver... pour essayer de le convaincre de... Et puis, il voudrait te rencontrer, termina Gladu avec une toute petite voix de fausset.

Déjeuner, qui observait la scène assis dans la pièce, poussa un sifflement sauvage et fit quelques pas vers le journaliste, monté sur ses griffes comme sur des cothurnes. Florent fit signe à Gladu de décamper.

— Penses-y, mon Florent, avant de l'envoyer chier, ajouta l'autre précipitamment. C'est un drôle de pistolet, tu sais... Tu ne connais pas toute l'histoire au sujet de La Binerie... L'autre jour, il m'a fait comme une allusion... Je n'ai pas tout saisi, mais c'était comme si...

— Fous le camp! hurla Florent. Tu me fais vomir, espèce de savate!

Gladu pinça les lèvres, boutonna son manteau et commença à descendre, mais la porte d'entrée claqua de nouveau.

— C'est bien ici que demeure Florent Boissonneault? demanda la voix impérieuse d'Aurélien Picquot, qui ne semblait pas avoir reconnu le journaliste.

Il monta quelques marches, puis le silence se fit. Les deux hommes se regardaient.

— Toi ici? fit Picquot, sidéré.

— Eh oui, eh oui... une commission pour le Vieux... Ça va, chef? Faites-vous toujours de la popote?

— Non, mais l'entendez-vous? Et ça se mêle de vouloir faire la conversation... Chevalier de tripot! croûton moisi! attends que je t'y fasse goûter, à ma popote!

Il s'élança vers le journaliste.

— Laissez-le aller, monsieur Picquot, ordonna Florent.

— Qu'est-ce qu'il lui prend, torbinouche? glapit Gladu d'une voix plaintive. Je n'ai rien fait, moi!

— Rien fait? rien fait? Eh bien, tu auras au moins encaissé une gifle.

Et, levant le bras, il laissa l'empreinte de sa main dans le visage du journaliste:

— Allons, décampe, tu fais pourrir l'escalier, ordure!

Gladu obéit avec une promptitude extrême, mais en passant près du cuisinier il lui décocha un coup de poing dans le creux de l'estomac. Un son de tuba s'échappa de la bouche de Picquot. Il empoigna le journaliste par une épaule et une bousculade furieuse éclata dans l'ombre. Les murs craquaient, les marches gémissaient, on entendait des halètements de phoque. Florent s'était précipité vers eux, mais n'arrivait pas à les séparer. Soudain, Gladu enfonça violemment ses doigts dans les yeux du cuisinier, se dégagea d'un coup de genou et descendit les marches quatre à quatre. Son adversaire, perdant l'équilibre, dévala lourdement l'escalier pour s'arrêter la tête la première contre la porte, que le journaliste venait de claquer en hurlant:

— Trou de cul de Français! Retourne dans ton pays!

Picquot poussa un long gémissement et essaya de se relever, mais n'y parvint pas.

— Je me sens comme à l'opéra, murmura-t-il en fermant brusquement l'œil gauche. D'où viennent toutes ces voix?

Florent l'observait, horrifié. Un léger tremblement agitait tout le côté gauche de son vieil ami. Il ferma lentement l'autre œil et tourna sa tête vers le mur.

— Ne me bougez pas, souffla-t-il, et appelez une ambulance… Je me détériore… détériore…

Florent remonta l'escalier à la course tandis qu'Élise descendait avec une couverture de laine, dont elle couvrit Picquot jusqu'au menton. Monsieur Émile, pétrifié, observait la scène, la bouche entrouverte.

Dix minutes plus tard, on sanglait le cuisinier sur une civière. Il semblait dormir paisiblement, mais le tremblement persistait. Le hurlement de la sirène le réveilla.

— Ah, tu es là, toi, fit-il en saisissant la main de Florent penché au-dessus de lui.

Quelques minutes s'écoulèrent. Il ouvrit de nouveau l'œil droit et fit signe à Florent de s'approcher:

— J'ai reçu un appel... de ton père, articula-t-il avec beaucoup de difficulté. Il te cherche... partout... le pauvre homme...

Sa tête s'enfonça dans l'oreiller.

— Vendetta... vendetta, murmurait-il de temps à autre avec un sourire satisfait pendant que l'ambulance brûlait les feux rouges et que le chauffeur échangeait des plaisanteries salées avec son compagnon de cabine.

Ce soir-là, malgré les émotions qui l'avaient secoué, Ange-Albert glissa les dés dans sa poche, reconduisit monsieur Émile chez sa mère, puis se rendit au Faubourg Saint-Denis. La chance lui sourit. Rosarien Roy s'y trouvait, en train de siroter un café.

15

Monsieur Boissonneault se mourait d'inquiétude depuis plus de deux semaines. Florent, qui voulait cacher à ses parents sa déchéance financière, ne les avait pas contactés depuis que La Binerie lui avait filé entre les doigts.

— Ils me verront en bonne posture, ou ils ne me verront plus, avait-il décrété.

Élise avait reçu l'ordre formel de ne pas leur téléphoner.

Dans la matinée du 19 novembre, c'est-à-dire quelques jours à peine après la déconfiture de son fils, monsieur Boissonneault, qui s'amusait parfois à flâner chez les antiquaires, dénicha un magnifique crachoir en cuivre, orné – Dieu sait pourquoi – d'un portrait en pied de la reine Victoria, martelé en ronde bosse, à l'époque où l'embonpoint de la souveraine soumettait déjà à rude épreuve les fauteuils du palais Buckingham.

— Hé! hé! voilà un saudit beau cadeau pour mon garçon! s'exclama-t-il en saisissant le crachoir rutilant où son visage déformé prit tout à coup les traits de l'auguste reine. Parfait pour son restaurant! Ça va mettre de l'atmosphère.

Il l'acheta et décida de le porter tout de suite à La Binerie.

— J'en profiterai pour manger une pointe de tourtière avant de retourner au bureau.

En l'apercevant, Slipskin eut un petit sourire fielleux et le mit au courant des derniers événements avec un tel doigté que monsieur Boissonneault quitta La Binerie sans son crachoir et faillit se faire happer par un autobus en traversant la rue. Il se rua dans une cabine et téléphona chez son fils. On avait suspendu le service. Affolé, il se rendit sur place. Le propriétaire lui annonça qu'Élise et son mari étaient partis sans laisser d'adresse. Il se rendit au bureau de poste. Là non plus on ne put rien lui apprendre.

— Eh bien! à La Binerie, alors! lança-t-il d'une voix menaçante. Et s'il faut que je casse de la vaisselle, j'en casserai, ciboire!

Slipskin, qui n'avait pas digéré les humiliations que Florent lui avait fait subir, se comporta avec lui comme un goujat et, n'eût été de Gustave Bleau, il aurait même refusé de lui rendre le crachoir.

— Eh bien, mes aïeux! vociférait l'agent d'assurances en couvrant le comptoir de postillons, t'es un bel enfant de chienne sale, toi, et je reste poli en le disant! Je ne sais pas ce qui s'est passé entre toi et mon garçon, mais juste à te voir la trogne, on voit bien que ce n'est pas du propre. C'est ça! ris! ris tout ton soûl! Quand je t'aurai mis le pied sur la gorge, on verra si tu peux en faire autant, maudit Anglais de verrat de brasseur de marde!

Il saisit le crachoir et claqua la porte avec tant de violence que le Sacré-Cœur qui ornait un des panneaux en gagna huit nouvelles épines et s'entoura d'un joli nimbe.

Pendant quatre jours, monsieur Boissonneault mena une enquête furieuse, mais ses efforts ne produisirent que sueurs, courbatures et maux de tête. Il avait le bout des doigts noircis à force de fouiller dans l'annuaire téléphonique. Jamais il n'avait si bien compris comme la vie de son fils lui échappait. Mais ce qui le tuait plus que tout, c'était de simuler la bonne humeur devant sa femme. En effet, craignant de la faire mourir d'inquiétude, il lui avait annoncé que leur fils était parti à l'improviste aux Bermudes, histoire de raffermir sa santé. La preuve ? Une carte postale qu'il venait de recevoir au bureau et que sa secrétaire avait fourrée par mégarde dans Dieu sait quel dossier.

Il faisait le tour des amis de son fils, recueillant beaucoup de sympathie mais pas de renseignements. Finalement, l'idée lui vint de s'adresser à Aurélien Picquot. Mais le nom de ce monsieur ne figurait pas dans l'annuaire téléphonique, son numéro étant confidentiel. Après s'être engueulé sans succès avec une préposée aux renseignements, il se rendit en personne aux bureaux de la compagnie Bell et un marathon oratoire digne de Mirabeau ou de Réal Caouette lui permit d'obtenir ce qu'il cherchait. Il se jeta dans un taxi et se fit conduire chez le cuisinier. Mais ce dernier, prévenu par Florent, refusa de lui dire où se trouvait son fils. Il promit cependant de l'avertir. Ce qu'il venait de faire dans l'ambulance.

Élise et Florent entamaient leur deuxième heure d'attente à l'urgence de l'hôpital Notre-Dame. À leurs pieds, alignés en rang d'oignons, une demi-douzaine de verres à café ouvraient des gueules béantes comme pour clamer leur désespoir d'avoir eu à contenir un jus aussi infect. Élise posa la main sur l'épaule de son mari :

— Téléphone donc à tes parents. Tu es en train de les faire mourir. Ne leur donne pas notre adresse, si tu le préfères ainsi, mais rassure-les un peu, pour l'amour de Dieu.

Florent se leva et se dirigea vers le téléphone. Mais une garde les appela au fond de la salle et les fit pénétrer dans une pièce minuscule.

Assis derrière un bureau submergé de dossiers, un gros homme au visage marbré de taches rouges signait des papiers. Ses cheveux gris coupés en brosse donnaient l'impression d'être en nylon. La garde sortit sans dire un mot. Le médecin ne semblait pas s'être aperçu de leur présence et paraphait avec une régularité mécanique. Deux seringues pleines d'un liquide jaune et armées de leur aiguille roulaient un peu sur elles-mêmes, poussées par son coude. On avait fixé sur le mur du fond un calendrier orné d'une photo. On y voyait une énorme capsule verte et noire qui flottait dans une sorte d'espace intersidéral rosé. *« Besradine »*, lisait-on sous la photo. *« Quand la tranquillité s'impose. »*

Le médecin leva brusquement la tête et regarda Florent droit dans les yeux :

— Vous êtes parent avec monsieur... Aurélien Picquot ? fit-il après avoir consulté un dossier.

Son visage présentait la même inexpressivité confuse qu'un dossier ouvert, vu de loin. Il ajusta ses lunettes et ajouta :

— Il est décédé, je regrette.

Élise fondit en larmes.

— Qu'est-ce que vous dites ? s'écria Florent.

Le médecin tourna lentement une feuille :

— Excusez-moi, poursuivit-il de la même voix neutre, il s'agit d'un autre patient. On a mêlé les feuilles. Nous le gardons sous observation. Légère hémorragie cérébrale mettant en cause le lobe frontal. Une opération sera peut-être nécessaire dans quelques semaines.

— Est-ce qu'il est toujours conscient ? balbutia Florent qui sentait une volée de papillons lui tournoyer dans la gorge.

— Monsieur... (il consulta de nouveau le dossier) ... Picquot possède d'excellentes chances de guérison. Nous lui avons administré un sédatif. Repos absolu jusqu'à nouvel ordre.

— Est-ce que...

Le téléphone sonna. Le médecin saisit le combiné et l'appuya contre son oreille. Il hochait la tête en émettant de légers grognements approbateurs, tandis que sa main, armée d'un stylo, traçait des cercles. Puis il raccrocha doucement, pencha la tête et se remit à parapher. Les deux seringues reprirent leur va-et-vient monotone.

— Je ne puis rien vous dire de plus pour l'instant, murmura-t-il d'une voix un peu lasse. Appelez-moi dans deux ou trois jours. Docteur Givrane. 876-2232.

◆ ◆ ◆

— Torrieu de baptême! s'écria monsieur Boissonneault, la voix chevrotante d'émotion, où es-tu, mon garçon? Ça fait deux semaines que je te cherche! J'allais mettre la police après toi, saint-simonac!

Il s'arrêta et sa voix fut remplacée par une sorte de pépiement hystérique: madame Boissonneault venait d'apprendre que les vacances de son fils n'étaient que de la frime destinée à ménager ses nerfs trop fragiles.

— Où es-tu? reprit monsieur Boissonneault. Dans le centre-ville? Je saute dans mon char et je vais te chercher. Comment va la santé?

— Très bien, répondit Florent. Élise aussi.

— Bon. Voilà un point d'éclairci. Vous vivez toujours ensemble?

— Laisse-le donc, chuchota madame Boissonneault.

Florent se mit à rire:

— Bien sûr. Pourquoi?

— Je demandais ça à tout hasard, tu comprends, on ne sait jamais ce qui peut arriver: la vie est devenue tellement compliquée...

— Mais veux-tu donc le laisser! lança madame Bois-sonneault. Tu le fatigues avec tes questions.

— Tu as raison. Je me ferme la gueule. Dis donc, pendant que j'y pense, c'est tout un gnochon, ton Slipskin, et mal engueulé à part ça! Il m'a manqué de respect, le chien sale! Il a osé insinuer que j'étais un voleur, moi, un homme de mon âge qui travaille dans les assurances depuis trente-cinq ans! Enfin. N'en parlons plus. Ce soir, vous soupez chez nous. Je veux vous montrer ce qu'il me reste de cheveux noirs. Au train où vont les choses, je n'en aurai plus dans une semaine.

Florent accepta à contrecœur et donna rendez-vous à son père au restaurant Select, coin Sainte-Catherine et Saint-Denis. Vingt minutes plus tard, monsieur Boisson-neault faisait son apparition, une contravention chiffonnée dans le creux de la main.

Assis sur un tabouret, le dos appuyé au comptoir, Élise et Florent observaient d'un air pensif les mouvements d'une grue gigantesque en train de démolir l'église Saint-Jacques. Son fils et sa bru lui parurent tellement maigris et accablés que son entrain tomba d'un coup. Il s'avança vers eux en clopinant, le bras tendu.

— Salut, p'pa, murmura Florent avec un sourire las.

Monsieur Boissonneault serra Élise dans ses bras:

— T'as eu pas mal d'ennuis ces derniers temps, hein, ma 'tite fille? lui glissa-t-il à l'oreille, l'œil picoté par l'émotion.

La nouvelle de l'accident de Picquot, qu'il avait pourtant envoyé à tous les diables, acheva de l'attrister. Il sentit un vent de malheur tournoyer autour d'eux. Grâce à Slipskin, il avait pu mesurer l'ampleur du revers que son fils venait de subir. Il lui en glissa un mot pendant le trajet vers la maison. Florent répondit d'un ton sec que le passé ne l'intéressait pas.

Madame Boissonneault s'était amassé une petite provision de courage à force d'exercices respiratoires, couronnant le tout par un verre de cognac cinq minutes avant l'arrivée d'Élise et de Florent. Elle s'accorda mieux que son mari aux circonstances et vit du premier coup d'œil que son fils relevait d'une cruelle épreuve et que rien ne l'irriterait davantage qu'un excès de sollicitude.

— À table, tout le monde! fit-elle avec une gaieté de commande.

Durant le repas, Florent essaya à quelques reprises d'atteindre le médecin de Picquot, mais sans succès. De manger à sa faim une nourriture familière dans une maison confortable l'avait tout amolli. Au grand étonnement d'Élise, il décida de passer la nuit chez ses parents et finit par raconter sa mésaventure avec Slipskin et Ratablavasky. Sa mère l'écoutait, horrifiée. Monsieur Boissonneault s'empara du téléphone:

— J'appelle mon avocat, fit-il, les joues écarlates, comme si on l'avait giflé à toute volée. Il va nous crisser toute cette volaille dans une belle cage à Bordeaux.

Son fils l'arrêta:

— Il n'y a rien à faire, papa. Ils ont la loi de leur côté. Tous leurs papiers sont valides.

— Laisse, laisse, j'ai plus d'un tour dans mon sac. Si leurs papiers sont valides, on ne pourra pas en dire autant d'eux, crois-moi.

Florent s'avança vers lui, le regard farouche:

— Touches-en un mot à ton avocat et je ne remettrai plus jamais les pieds ici.

Monsieur Boissonneault lâcha le combiné et se laissa tomber sur une chaise, désemparé:

— Mais qu'est-ce que t'as dans la caboche, saint-simonac? Ma foi du bon Dieu, t'aimes la misère? J'essaye de t'aider, comme n'importe quel père ferait pour son garçon, et tu montres les dents!

— C'est que j'en ai par-dessus la tête, de cette histoire-là, comprends-tu? Ils ont gagné, tant pis! Je préfère penser à autre chose maintenant. Ton avocat ne changera pas l'eau en vin. Ce n'est pas en touchant à un contrat qu'il va l'annuler. Est-ce que tu penses vraiment qu'un juge va croire sans preuve à toute cette histoire de capsules et de complots? Or, la preuve, où est-elle ce soir? Elle n'est plus que là, fit-il en posant l'index sur sa tempe.

Le visage de monsieur Boissonneault prit une expression boudeuse:

— Eh bien, mon garçon, je pensais que tu avais plus de chien que ça... J'ai déjà frappé des nœuds, moi aussi, dans ma carrière. Je m'en suis toujours tiré. Mon secret? J'ai une tête de cochon. Descends à la cave: tu vas y trouver un yacht de trente-deux pieds, terminé aux deux tiers. Je travaille dessus depuis quatre ans. Au début, quand je parlais de mon projet, les gens tournaient la tête pour ne pas me rire en pleine face. Aujourd'hui, on me demande la date du lancement. Voilà comment il faut agir. Ceux qui ne font pas comme moi se retrouvent un jour au coin d'une rue en train de vendre des crayons.

Madame Boissonneault prit son fils par le bras:

— Pourquoi n'écouterais-tu pas ton père, une fois? Maître Tardif a l'œil vif en diable. Il verra peut-être des choses que le commun des mortels...

— Eh bien! téléphonez-lui donc, à votre avocat, si ça peut vous soulager! éclata Florent.

Il croisa les bras et alla s'asseoir au bout de la table. Élise lui adressa un sourire reconnaissant. Excédé, il se releva aussitôt:

— Bon, eh bien, moi, je m'en vais me coucher. Bonsoir.

Monsieur Boissonneault prit rendez-vous avec son avocat pour le lendemain à neuf heures. L'entrevue dura longtemps. Le seul résultat positif qui en découla fut qu'en se tenant raisonnablement éloigné de maître Tardif on arrivait à supporter sa mauvaise haleine pendant une période assez prolongée. Le père et le fils se retrouvèrent sur le trottoir, la mine plutôt dépitée.

— Tu vois? Je te l'avais bien dit, lança Florent d'une voix aigre.

— Veux-tu de l'argent, au moins? Ce n'est pas grand-chose, mais je te l'offre de bon cœur.

Florent refusa d'un signe de tête. Son père ne voulut pas insister.

— Où veux-tu que je te laisse?

Florent sourit devant cette ruse innocente:

— Ne t'occupe pas de moi, je te remercie. J'ai des courses à faire.

Monsieur Boissonneault posa sur lui un regard d'épagneul qu'on vient de chicaner:

— Tu ne veux vraiment pas me donner ton adresse, hein?

Florent lui mit la main sur l'épaule:

— Essaye un peu de me comprendre, papa. Je te la donnerai quand mes affaires seront mieux en point et que je pourrai vous recevoir comme il faut, toi et maman. Après tout, chacun sa fierté, pas vrai?

◆ ◆ ◆

En arrivant à l'appartement, il eut la surprise de trouver dans la cuisine une ravissante jeune fille de dix-huit ans qui préparait une omelette au jambon. Ange-Albert, armé d'un torchon et d'une boîte de poudre à récurer, frottait le dessus du comptoir avec un zèle étonnant. Rosine se tourna vers Florent et ses jolies lèvres de poupée esquissèrent un timide sourire:

— Bonjour, fit-elle en rougissant.

Ange-Albert s'avança, l'air un tantinet avantageux, et présenta son amie. Florent se mit à bavarder avec elle tout en l'examinant d'un œil averti. Sa voix s'était subtilement modifiée et rappelait vaguement celle d'un *crooner*.

Au bout d'un moment, il quitta la cuisine et, mine de rien, jeta un coup d'œil dans la chambre d'Ange-Albert.

Son matelas simple, posé à même le plancher, avait mystérieusement doublé de largeur. Des bas-culottes suspendus dans la garde-robe témoignaient clairement que sa patience commençait à porter des fruits succulents. Ange-Albert vint le retrouver, tout émoustillé :

— Jolie, hein ? dit-il à voix basse. Un peu de carême parfois rapporte beaucoup.

Son visage se rembrunit brusquement :

— Comment va monsieur Picquot ?

— Mal. Hémorragie cérébrale. Il a des chances de s'en tirer, mais il faudra du temps.

Les pas d'Élise résonnèrent tout à coup dans l'escalier et la porte s'ouvrit :

— Ah bon, tu es là, toi, dit-elle à Florent. Pourrais-tu me monter une boîte ? Le taxi m'attend devant la porte. Ta mère n'a pas voulu que je parte sans provisions. Elle a quasiment vidé sa dépense.

La présence d'Élise intimida tellement Rosine qu'elle partit presque aussitôt, prétextant que son père la réclamait au restaurant. En vérité, le froid la chassait autant qu'Élise.

— Je reviendrai, promit-elle. J'essayerai d'apporter un autre aspirateur.

— Un autre aspirateur ! grogna Florent quand elle fut partie. On n'est tout de même pas pour se chauffer aux aspirateurs. Il ne nous restera plus de tympans dans une semaine.

Ange-Albert eut un sourire entendu :

— Cesse de t'inquiéter, je te répète. Je m'en occupe, du chauffage. Hier, j'ai rencontré notre inspecteur au Faubourg Saint-Denis.

— Bonne chance, si tu essays de le faire raisonner. J'aimerais mieux enseigner la natation à une brique.

Ange-Albert mit la main dans sa poche et on entendit un léger cliquetis :

— Pour l'instant, il me nargue encore, mais je continue de brasser mes dés devant lui et je sens que ma petite méthode est en train de produire son effet.

— Quelle méthode? demanda Élise. Tes dés sont pipés?

— Jamais de la vie, répondit Ange-Albert en riant, ce sont mes doigts.

◆ ◈ ◆

Mais l'opération prenait du temps. Et le temps beaucoup d'argent. Les économies de Florent touchaient à leur fin. Le dernier terme du mois avait réduit celles d'Ange-Albert à l'inquiétante somme de 2,19 $. Les provisions de madame Boissonneault n'avaient guère eu le temps de s'empoussiérer sur les tablettes. Monsieur Émile, dont les visites se faisaient de plus en plus fréquentes, en avait dévoré une bonne partie. Il arrivait invariablement affamé, mal débarbouillé, vêtu de son éternel gilet à locomotive qu'Élise avait toutes les peines du monde à lui faire enlever pour le laver de temps à autre.

Il fallait maintenant songer aux nécessités de la vie. Ange-Albert et Florent se mirent sérieusement à la recherche d'un emploi. Florent dut bientôt vendre son auto, mais elle ne lui rapporta pas grand-chose.

Vers le milieu du mois de décembre, Élise réussit à se trouver un emploi comme vendeuse dans une boutique de lingerie, mais les ardeurs du patron, qui voulait lui enfiler lui-même sa marchandise pour juger de l'effet des différents modèles, la forcèrent à revenir grelotter à l'appartement. Ange-Albert, qui en avait vu bien d'autres, se décida alors à déployer ses petites «ingéniosités d'urgence», comme il les appelait.

La saison littéraire battait son plein. Il se mit à surveiller les lancements. Au début, il s'y rendit seul. Une serviette fatiguée sous le bras, il ressemblait à un jeune écrivain en quête de subventions. Grâce à son effronterie souriante, il se glissait facilement parmi la petite faune qui courait ce genre de cérémonies. On le retrouvait bientôt devant le buffet froid où, coupe à la main, hors-d'œuvre de l'autre, il soulageait le plus discrètement possible ses tourments gastriques au milieu des conversations culturelles et des embrassades de circonstance. Il réussit à convaincre Élise et Florent de l'accompagner. Mais cela ne faisait tout au plus qu'un ou deux repas par semaine. Il fallait autre chose.

Le lundi, certaines boulangeries laissaient aller à rabais leurs pâtisseries et leur pain défraîchis. On en dressa une liste, on zona les quartiers avoisinants et chacun se monta un petit réseau qu'il parcourait au début de la matinée. Mais toute cette masse de féculent finissait par assassiner l'estomac. Il fallait encore autre chose.

Ange-Albert pensa aux brasseries. Elles possédaient toutes une salle de réception où l'on invitait régulièrement des tas de groupements et d'associations à venir s'empiffrer et se soûler la gueule gratuitement. Mais les brasseurs surveillaient davantage leurs intérêts que les éditeurs. Leur table était mieux garnie, mais les tentatives pour s'en approcher demandaient une rare virtuosité. Finalement, messieurs Dow, Molson et Cie fournissaient en moyenne un repas par semaine aux malheureux locataires de la rue Émery. Leur estomac continuait de crier. Florent dut se familiariser encore plus intimement avec l'humiliation.

Un après-midi qu'Élise, affaiblie par dix heures de jeûne et secouée par une toux qui ne voulait pas l'abandonner depuis deux jours, avait sombré dans une crise de larmes hystérique et songeait à retourner chez sa tante en Gaspésie, Florent, sans mot dire, enfila son manteau et se rendit à un bureau du Bien-Être Social (le Besse, comme l'appelait Ange-Albert avec une familiarité affectueuse). Il en revint avec deux billets de repas de trois dollars chacun et amena sa femme manger du pâté chinois chez le père de Rosine.

— *Beaucoup moins bon que celui qu'on servait à La Binerie,* pensa-t-il avec amertume.

Cette réflexion lui fit voir tout à coup la profondeur de sa chute. Il en fut comme étourdi. Ce soir-là, il emprunta de l'argent à Rosine et prit une brosse monumentale. Élise dut l'aider à se coucher.

— Retourne chez ta tante, bébé, chantonnait-il en souriant, mes bonnes années sont passées.

Deux minutes plus tard, il ronflait. Assise sur le bord du lit, elle le contempla un long moment:

— *Est-ce que cette histoire de La Binerie lui aurait brisé les reins?* se demandait-elle, le cœur oppressé.

Les séances quotidiennes que l'on faisait Chez Bob Snack Bar prenaient peu à peu l'allure d'un séjour permanent. Mais la patience du propriétaire suivait une progression inverse. Malgré les efforts discrets de Rosine – qui s'était bien gardée de mettre son père au courant de ses amours –, monsieur Clouette refusait désormais de leur faire crédit. Sa politesse faisait peau de chagrin et Florent voyait approcher le jour où seules de subtiles nuances la différencieraient de la grossièreté pure et simple.

Un matin qu'Élise, Ange-Albert et Florent, après une nuit particulièrement cruelle, réchauffaient leurs membres transis en sirotant une tasse de café, monsieur Clouette s'avança vers eux et leur demanda abruptement ce qu'ils faisaient dans son restaurant.

— Ce qu'on fait? répondit Florent d'un ton acide. Ça ne se voit donc pas?

— Mais on jase en prenant un café, monsieur Clouette, fit Ange-Albert conciliant.

— Bout de broche à foin! explosa le restaurateur congestionné, vous ne le prenez pas: il s'évapore!

Il s'élança vers la caisse:

— Tenez, fit-il en revenant vers eux, un billet de 10 $ chiffonné dans la main, sacrez-moi votre camp et allez vous établir ailleurs quelque temps ! Il faut que je repose mes nerfs !

◆ ◆ ◆

Heureusement, la vache enragée, comme toutes les autres vaches, finit un jour par crever. Peu de temps après, Ange-Albert, un peu malgré lui, se trouva un emploi chez un fabricant de statues de plâtre religieuses du nom d'Angelo Corni. Comme la religion se portait plutôt mal depuis quelques années, le bonhomme avait dû réajuster son tir et coulait maintenant des statues érotico-religieuses, destinées à des clubs privés aux États-Unis. La demande dépassait ses capacités de production. Aussi se fournissait-il depuis peu chez les curés et les communautés, qui lui cédaient leurs vieilles statues pour des sommes dérisoires. Dès le premier jour, Ange-Albert avait dû s'initier aux greffes de seins, de langues et de pénis, aux déchirures de tuniques révélatrices, aux boursouflures de lèvres, à l'épanouissement systématique des cuisses et des fesses, qu'un vieux peintre rhumatisant et bougonneux coloriait ensuite avec un art consommé. Monsieur Corni, un petit homme rabougri au visage planté d'un énorme nez cireux, suivait les opérations d'un air funèbre, la lèvre pendante, marmottant des phrases incompréhensibles, comme s'il était en train de réciter son chapelet.

◆ ◆ ◆

Le 16 décembre, Florent réussit à obtenir la permission de visiter Aurélien Picquot. Il s'y rendit au début de la soirée avec Élise, laissant Ange-Albert au Faubourg Saint-Denis avec ses dés, sa patience souriante et Rosarien Roy – qui, incidemment, était venu le jour même faire une petite visite d'inspection.

— Ah! mes amis, murmura Picquot en les apercevant, quelle aventure! J'ai pris un coup de vieux, c'est le moins qu'on puisse dire!

Sa voix s'échappait en un filet presque inaudible, fragile comme un brin de mousse. Florent s'avança dans la chambre, bouleversé par sa maigreur et la pâleur crayeuse de son teint, que la pénombre de la chambre n'arrivait pas à masquer, et le serra dans ses bras, sans pouvoir parler. Élise, qui maîtrisait mieux ses nerfs, l'embrassa sur la joue et arrangea son oreiller:

— Vous avez l'air très reposé. Comment vous sentez-vous?

— Comme un débris, ma fille, fit le cuisinier, que des tressaillements continuels agitaient. On me drogue comme un psychopathe, on m'empêche de me lever. Je dois me soulager dans des vases ridicules. Mais c'est leur nourriture surtout qui me tue. Aujourd'hui, on m'a permis une demi-tasse de café... Eh bien, j'ai été incapable d'en boire une goutte. Cela sentait la tôle rouillée.

Il s'arrêta, allongea les jambes, sourit, et son visage rajeunit soudain de dix ans:

— Cependant, votre visite me fait un plaisir énorme, fit-il en prenant la main d'Élise entre ses doigts glacés. Vous m'apportez la santé. Le médecin m'a promis que je serais sur pied dans un mois. Je le serai dans deux semaines. Mais il va falloir que je mène une vie de vase de porcelaine pendant un an ou deux. Et vous, mes enfants, comment allez-vous? Ne me cachez rien, de grâce.

Florent se mit à lui raconter de pieux mensonges. Il avait trouvé de l'emploi chez un disquaire. Le travail lui plaisait. Ratablavasky avait quitté le pays. À mesure qu'il parlait, Picquot se rassérénait. Ses tressaillements diminuèrent. Sa voix retrouva un peu de ses anciennes intonations. Élise et Florent découvraient, tout émus, combien le cuisinier s'était fait de mauvais sang à leur sujet:

— Je ne vous le cacherai pas, leur dit-il au bout d'un moment, mes nerfs se déglinguaient quand je pensais à vous. Et défense absolue de téléphoner! Enfin, j'avais soudoyé une garde qui m'avait promis de me transmettre de vos nouvelles s'il y avait urgence. Je vais mieux dormir maintenant. Que voulez-vous? Vous êtes tout ce qui me reste. Oh! j'ai pourtant eu une jeunesse bien garnie, allez. La vie était pour moi comme un immense château dont je ne finissais plus d'ouvrir les portes. J'avais des amis à ne plus savoir où les mettre, je consommais les femmes par cargaisons. Mais la bonne nourriture m'a avachi. Les sauces trop riches finissent par tuer l'amour. Et le métier impossible que j'ai toujours exercé m'a coupé peu à peu de tous mes amis, sans parler de mon caractère, que je connais bien, allez...

Ses paupières s'appesantirent.

— Laissez-moi, murmura-t-il tout à coup, je tombe de sommeil. Mais revenez me voir souvent, si je ne vous embête pas trop.

Ils n'avaient pas fait trois pas dans la rue qu'un homme trapu et bedonnant se planta devant eux. Florent eut un haut-le-corps.

— Bonsoir, jeune homme! fit le capitaine Galarneau en se jetant sur sa main qu'il secoua énergiquement. On se promène avec sa petite dame?

Et sur ces mots il s'inclina profondément devant Élise qui, effrayée, voulut entraîner son mari. Il leur bloqua le chemin:

— Un peu de nerfs, voyons! Je n'ai jamais mangé personne!

Et il éclata d'un gros rire guttural.

Une bouffée chaude et fétide leur enveloppa le visage, puant le cognac et les dents gâtées. Élise contempla avec répulsion son gros nez bourgeonné par l'alcool, aux narines caverneuses et poilues.

— Allons, dis-moi ce que tu me veux, qu'on en finisse, lança Florent d'un air méprisant.

— Personnellement, rien! répliqua Galarneau avec la plus grande énergie. Je n'aime pas les fafouins de ton espèce. Ils m'usent le cul, comprends-tu? Mais tout le monde ne pense pas comme moi. C'est mon vieil ami Rataplan-plan-plan qui m'a demandé de te remettre cette lettre.

Il plongea la main dans sa poche et en retira une enveloppe avec une telle violence qu'il faillit la déchirer en deux:

— Oups! pardonnez-moi! j'ai le bras trop raide. Lis-la devant moi, veux-tu, pour que j'aille claironner ta réponse tout de suite.

Florent le regarda un instant, prit la lettre et la décacheta. Galarneau croisa les bras derrière le dos et rejeta les épaules en arrière. Son regard vacillant se promenait sur Élise tandis qu'un sourire effronté soulevait ses lèvres épaisses, bordées d'un filet d'écume séchée. Il se mit à chantonner en clignant de l'œil, le visage parcouru de tressaillements qui faisaient penser parfois à des grimaces.

Florent glissa la lettre dans sa poche:

— C'est non. Et dis-lui une fois pour toutes qu'il me fiche la sainte paix, veux-tu?

— Entendu, général!

— Quant à monsieur Picquot, je n'ai pas à répondre à sa place. Mais je vais sûrement lui conseiller de vous envoyer promener. Est-ce que ça te surprend?

— Rien ne me surprend, général, quand il s'agit de petites têtes dures comme la tienne qui veulent refaire le monde sans tenir compte des leçons de leurs aînés. Car c'est une leçon qu'on t'a servie, et une fichue de bonne! Tant pis si tu n'as rien appris! Je suis Canadien, moi, poursuivit-il dans un enchaînement d'idées plutôt étrange et en se frappant la poitrine avec tellement de force qu'il vacilla sur ses jambes, et j'ai traîné ma peau jusqu'à Dieppe pour défendre mon pays. Voilà pourquoi j'admire les gens comme mon vieux Rataplan-plan-plan. Ils ont le tour de casser les petites têtes dures de ton espèce qui lèvent le nez sur tout et refusent de se soumettre à leurs supérieurs. IL FAUT TOUS VOUS ÉCRASER COMME DES MORPIONS, s'écria-t-il d'une voix joyeuse, et il lança les bras en l'air comme un chef d'orchestre dans un fortissimo. Oups! excusez-moi, fit-il en se retournant, et il se pencha pour ramasser le bonnet de fourrure d'une jeune femme qu'il venait de décoiffer.

Florent se mit à ricaner.

— Vieux sac à vin, marmonna la passante en s'éloignant, la main dans les cheveux.

— Toutes mes excuses vous appartiennent au grand complet, belle dame, continua-t-il avec force courbettes, et cela pour une période de deux ans deux mois!

Il se retourna vers Élise et Florent:

— Mes beaux oiseaux, je dois vous quitter. Mais retenez bien ceci: le Vieux a la caboche bien plus dure que vous. Hé! hé! Vous allez vous mordre le front avec les dents d'en haut avant qu'il se décide à vous oublier.

Il leur fit le salut militaire et s'éloigna aussi vite que le lui permettaient ses nombreuses libations.

— Qu'est-ce qu'il t'écrit dans cette lettre? demanda Élise.

Florent la lui tendit.

Mon cher ami,

Je me suis permis de requérir les services français de ce bon capitaine Galarneau afin que l'esprit de ma pensée parvienne jusqu'à vous entièrement intact. Monsieur Gladu, notre distingué journaliste, m'a raconté sa visite à votre domicile. Je sais que vous me craignez et même que vous me... méprisez. Et vous avez peut-être, selon votre point de vue, une grande quan-

tité de bonnes raisons pour le faire. Mais je vous sup-
plie de croire mes paroles lorsque je vous dis que votre
situation présente torture mon cœur de père. Aussi,
soyez aimable et veuillez accepter l'aide honnête que
je vous offre. Pendant ces derniers mots, je vois le
sourire sceptique qui contracte votre jeune visage.
Venez me voir, vous et votre femme. Nous causerons.
J'expliquerai ma conduite passée de façon, je crois, très
satisfaisante pour vos esprits. En un mot, je vous
convaincrai et nous écraserons les obstacles venimeux
sur notre route. Cela pourrait-il servir à votre sécurité
de savoir que je quitte à tout jamais le Québec dans
quelques semaines pour aller rendre mon dernier
soupir à la terre de mes ancêtres?

Comme gage de ma sincérité, voici les dispositions
que j'ai déployées à l'égard de votre malheureux ami
monsieur Picquot: malgré la maladie, il conservera
son emploi. Une longue convalescence à l'abri des
devoirs du gagne-pain lui est assurée par mon
influence. Est-il une meilleure preuve?

J'attends votre présence.

Egon Ratablavasky

— Il est complètement détraqué, ton bienfaiteur, murmura Élise, grelottante. Jette cette lettre et rentrons à la
maison. Je ne me sens plus les orteils.

Malgré la distance, ils retournèrent à pied à l'appartement, afin d'économiser leurs billets d'autobus. Le froid
coupait le souffle. Ils avançaient à grandes enjambées,
la pensée comme engourdie.

— Enfin! s'écria Élise en refermant la porte derrière
elle.

Mais la température du logis présentait une cruelle
ressemblance avec celle de la rue. Élise se recroquevilla
dans son manteau et fondit en larmes:

— Je n'en peux plus, Florent... Il faut faire quelque
chose... On vit comme des robineux... L'idée me vient des
fois de retourner chez ma tante Emma...

Florent, tout ému, la tenait serrée contre lui, essayant de la calmer.

— Dans une semaine au plus tard, promit-il, je me serai trouvé de l'ouvrage, n'importe quoi, quitte à torcher les vieux dans un hospice, et on habitera un appartement chauffé, avec des armoires pleines de provisions. Je te le jure. Je te le jure, m'entends-tu?

Elle releva la tête et essaya de sourire:

— C'est fini... oublie ce que je viens de dire... c'est ce vieil ivrogne... mes nerfs ont lâché.

Elle se pressa contre lui avec une fougue presque désespérée, comme pour écraser en elle d'obscures pulsions:

— Jamais je ne te quitterai... Je t'ai pris comme mari et je te garde, même si je dois geler un peu des pieds...

Florent eut un sourire pensif.

Ils se dirigèrent vers leur chambre et firent de la lumière. Affalé sur leur matelas, monsieur Émile dormait, la bouche grande ouverte, ses bottes crottées sur les couvertures. Un petit vitrail représentant une vasque débordante de roses reposait près de lui, enserré dans son cadre de bois à demi disloqué. Florent, médusé, le ramassa et regarda l'enfant:

— Qu'est-ce qu'il fait ici, celui-là?

Élise se mit à le secouer, mais en vain. Monsieur Émile grognait, mais ne se réveillait pas. Florent se pencha et huma son haleine.

— Il s'est encore soûlé, le petit calvaire!

Il sortit de la chambre en bougonnant et se dirigea vers celle d'Ange-Albert. Les soupirs passionnés qui filtraient par la porte fermée lui firent rebrousser chemin.

— Je n'ai pas le cœur d'aller le porter chez lui par un froid pareil. On va l'installer près de notre lit.

— Sa mère va le chercher partout, observa Élise.

— Eh bien! qu'elle le cherche, calvaire! Elle aura au moins fait ça dans sa vie pour lui!

Ils glissèrent monsieur Émile dans un sac de couchage, se déshabillèrent à toute vitesse et leur première nuit à cinq commença, tandis que le froid faisait éclater sa rage dans la ville.

*　◆　*

À sept heures, le lendemain matin, un Espagnol mal réveillé s'accrocha les pieds dans un rouleau de fil électrique et piqua du nez dans l'escalier. Une volée de jurons ibériques creva les murs de l'immeuble. Florent bondit de son lit.

— Qui est là ? fit-il en ouvrant la porte, sa main gauche faisant office de feuille de vigne.

— *Est-ze que c'est bienne ici troize cientos cuarenta et zinque Émery ?* demanda l'Espagnol en se frottant la joue.

— Oui, c'est ici, mais personne n'a demandé de...

Un deuxième Espagnol apparut au bas de l'escalier, portant une brassée de radiateurs électriques usagés. Ange-Albert sortit de sa chambre :

— J'ai réussi à faire jouer notre inspecteur hier soir, annonça-t-il avec un sourire modeste. À neuf heures, il devait 1900 $, devant témoins. Je me suis contenté de lui demander de s'occuper du chauffage de l'appartement.

Quelques heures plus tard, une douce chaleur commençait à envahir les pièces, réveillant plusieurs familles de coquerelles engourdies par le froid qui reprirent possession des lieux avec une joie frénétique. Le tapage des marteaux et des perceuses n'avait aucunement dérangé monsieur Émile, qui dormait comme un baril de clous. Ange-Albert, occupé la veille à fêter sa victoire avec Rosine, ne l'avait pas entendu arriver. Il le regarda longuement d'un air attristé, puis revint dans la cuisine où les Espagnols s'occupaient à ramasser leurs outils, tandis qu'Élise préparait le déjeuner.

— Comment as-tu fait ton compte ? lui demanda Florent dès qu'ils furent partis.

— Oh, c'est bien simple : je le cuisinais déjà depuis quelque temps. Il avait fini par me trouver sympathique. Hier soir, j'ai sorti mes dés, ça l'a intéressé, il m'a lancé un défi... et j'ai joué. Il ne pouvait pas se défiler, c'était une question d'honneur : la partie se faisait devant une trentaine de personnes.

— Plus que ça, corrigea Rosine en s'approchant, pudiquement serrée dans une robe de chambre.

Elle fit un timide salut à Élise et Florent et s'assit près de son ami. Florent coula un regard sur ses jambes menues et délicieusement galbées.

— Vraiment, je n'arrive pas à comprendre comment tu fais, Ange-Albert, fit Élise, intriguée. Joue devant nous.

Ange-Albert fouilla dans sa poche et s'assit devant la table. Il se mit à brasser, les mains légèrement entrouvertes, ses doigts exécutant une sorte de rotation lente, le regard fixé sur les dés.

— Je fais... huit, murmura-t-il.

Ses doigts s'immobilisèrent instantanément. Les dés tombèrent sur la table, sans rouler, comme aimantés. Florent compta les points. Le total s'élevait à huit, ni plus ni moins. Ange-Albert reprit les dés, qui se remirent à rouler avec un léger cliquetis. Il les observait avec une concentration aiguë qui lui mettait des plis douloureux autour de la bouche.

— Dix, murmura-t-il dans un souffle.

Sa main se paralysa. Les dés tombèrent. Élise compta dix points. Il recommença l'opération une dizaine de fois. Les dés lui obéissaient presque à tout coup.

— Ange-Albert, tes dés sont truqués, fit-elle sur un ton de gronderie affectueuse.

— Du tout.

— Je n'arrive pas à comprendre ! s'exclama Florent.

— Moi, je comprends, fit une voix d'enfant. Il fait des tours de magie. L'autre jour, j'ai vu un gars faire pareil à la tévé.

Tout le monde s'était retourné. Debout dans l'embrasure, un bas ravalé sur son soulier, monsieur Émile suivait la scène d'un air entendu, tout en se grattant la tête. Florent se planta devant lui, furibond :

— Eh bien, tu es enfin réveillé, espèce de petit soûlon ? Tu vas me faire le plaisir de sacrer le camp chez ta mère au plus vite avant qu'elle mette la police à nos trousses !

Élise s'était accroupie devant lui et le tenait par les épaules :

— Pourquoi fais-tu ça ? lui demanda-t-elle d'une voix toute changée. Tu vas te rendre malade, à la fin, tu vas gâcher ta vie...

Monsieur Émile la regardait sans répondre, le visage fermé.

— Tu veux devenir un robineux ? reprit-elle. Vivre sale, malade, sans argent, sans maison, tout seul, comme un chien perdu ?

Rosine observait la scène avec de grands yeux, sans comprendre.

— Il suit sans doute les traces de son père, ricana Florent.

Sa remarque déplut à monsieur Émile qui fit la lippe et se retira dans la chambre en frappant du talon.

— Mais qu'est-ce qu'il a donc fait ? murmura Rosine en se penchant vers son ami.

— Il se soûle.

Élise et Florent étaient allés rejoindre leur protégé qui boudait, couché à plat ventre sur le matelas.

— Mais où prends-tu tout cet alcool ? lui demandait Florent pour la troisième fois. C'est ta mère qui t'en donne ?

— Non ! jappa monsieur Émile.

— Tu le voles ? Tu le fabriques ? Réponds-moi !

Monsieur Émile se retourna brusquement, le visage ruisselant de larmes, les poings serrés :

— Laisse-moi tranquille! C'est pas de tes affaires!

— Eh ben... je te remercie de tes amabilités... C'est vraiment très gentil... Et puis, tiens, pendant qu'on y est... Pourrais-tu nous dire où tu as pris ceci? fit-il en lui montrant le vitrail.

— Je l'ai pas pris! c'est des hommes qui me l'ont donné! C'était dans une vieille maison à côté de chez nous! Ils l'ont toute brisée avec un tracteur! Et si tu me crois pas, va chier!

Sur ces paroles énergiques, il se rejeta sur le matelas et se remit à sangloter de plus belle. Élise et Florent se regardèrent, désemparés.

— Où est-ce qu'il a bien pu dénicher cette boisson? murmura Élise.

Elle regardait tristement monsieur Émile qui, pris de rage, mordait furieusement l'oreiller.

— Bah! sans doute chez lui... Entre deux parties de fesses payantes, sa mère doit prendre un coup et laisser traîner les bouteilles.

Il haussa les épaules et sortit de la chambre.

16

Malgré les pressions de Florent, Ange-Albert se refusait obstinément à utiliser ses dés comme gagne-pain. Son nouvel emploi lui rapportait 110 $ par semaine, qu'il partageait avec ses amis, et cela lui suffisait.

— Le jeu, c'est trop risqué, disait-il. Je finirais par me retrouver dans la petite pègre et je ne tiens pas plus que ça à finir mes jours dans le fond du fleuve, une pierre aux pieds.

Florent dut donc se remettre à la quête d'un emploi. Depuis que la température de l'appartement s'était fixée à un niveau confortable, son zèle avait bien refroidi. Mais il faut dire que la chance ne lui souriait pas souvent.

Le 18 décembre, il réussissait à se décrocher un emploi de placier au Cinéma Lumière à Longueuil. Il arriva au cinéma à sept heures, revêtit son uniforme et remit le pied dans la rue cinq heures plus tard avec dix dollars en poche et un souvenir inoubliable des frères Marx et de leur impudence géniale.

Il faisait un froid à figer le vent. À chaque respiration, un léger coup de poignard dans la pointe des poumons rappelait que le Québec, malgré ses étés torrides, était petit cousin du pôle Nord. Florent, que son nouvel emploi et le triomphe d'Ange-Albert portaient à l'optimisme, considéra la situation de haut et décida de retourner chez lui en taxi. À son arrivée à l'appartement, le compteur indiquait 6,10 $.

— Gardez la monnaie, fit-il en payant le chauffeur.

Il le salua avec un petit sourire condescendant et monta chez lui, ravi de sa soirée.

Le lendemain matin, son patron lui annonçait en s'excusant qu'il n'avait plus besoin de ses services.

Ce jour-là, Élise et Florent durent emprunter de l'argent à Rosine pour acheter une paire de pantoufles à Picquot. En arrivant devant l'hôpital, Florent pressa vivement le bras de sa femme et pointa le doigt vers un taxi qui passait devant eux. Assis sur la banquette arrière, l'abbé Jeune-homme, en soutane et col romain, feuilletait un livre.

— Pauvre lui, fit Élise. Il n'aura connu la vie que sur papier.

Ils trouvèrent le cuisinier assis près d'une fenêtre, un jeu d'échecs sur les genoux, revêtu d'une robe de chambre à fond vert où se pourchassaient des dragons écarlates.

— À la bonne heure ! s'écria-t-il en les voyant. Vous n'oubliez pas votre vieux Français !

Il se leva, attendit qu'Élise s'approche et lui donna un grand baiser maladroit. Il avait l'air reposé, détendu.

— Savez-vous que votre père commence à m'em-merder, dit-il à Florent. Je ne sais comment ce bougre-là s'y est pris, mais il a réussi à me rejoindre jusque dans mon lit. C'est qu'il a caquet bon bec, le cher homme. J'ai dû lui faire la causette pendant une demi-heure. Il cherchait à me tirer les vers du nez, mais avec moi, vous savez... Enfin, je vous transmets son message, puisqu'il m'a supplié de le faire : soyez chez lui le 24 décembre dans la soirée, il vous attend pour le réveillon.

— Pauvre homme, murmura Élise en jetant un regard de reproche à son mari. Comment va-t-il ?

— Hé ! s'il va comme sa langue, il mourra centenaire. C'est incroyable ce que j'ai pu apprendre en une petite demi-heure : j'en sais plus sur vous que vous-mêmes.

— Quand sortez-vous de l'hôpital ? demanda Florent pour changer de sujet.

— Dans trois longues semaines, mon ami, répondit le cuisinier avec une moue dépitée. Hélas, je vais célébrer Noël parmi l'odeur de la teinture d'iode. Mais suffit ! Prenez cette chaise, ma belle enfant, et vous, jeune homme, assoyez-vous au pied de mon lit. Eh oui ! dans trois semaines, je pourrai respirer l'air de Saint-Sauveur et causer tranquillement avec mes amis du Petit coin de France. D'ailleurs, les médecins n'en reviennent pas. Je récupère comme un poupon. Remarquez que je n'en suis pas surpris. Tout est dans le tempérament. Mes parents m'ont fait coriace ! Tenez, en novembre 1944, j'avais pris le bateau pour le Canada. La mer était affreuse, à faire vomir une baleine. Les passagers étaient verts comme des salades. Eh bien ! moi, au lieu d'agoniser dans ma cabine, je digérais tranquillement mes trois repas par jour et je me promenais sur l'entrepont du matin au soir, afin de jouir de l'air marin. On m'en a d'ailleurs dû une fière chandelle ! En cinq jours, j'ai repéré quatre sous-marins, que le radar n'avait pu détecter. Marche arrière, accélération, courses en zigzag, on en a été quittes pour la peur, sauf une fois où une torpille a légèrement amoché le bout de la coque : à la fin, les gens venaient me consulter à propos de tout et de rien. Je me dis parfois dans mes moments de rêverie que si j'avais un peu patrouillé les mers à l'époque au lieu de débarquer à Québec, Hitler aurait peut-être baissé pavillon quelques mois plus tôt et bien des vies humaines auraient été sauvées.

Il continua de discourir ainsi pendant une heure, puis demanda à une infirmière de servir des jus de fruits à tout le monde.

— Quand je l'entends mentir avec cet entrain, dit Florent à la sortie de l'hôpital, j'ai l'impression que la maladie qui l'emportera n'est pas encore née.

Élise riait, toute ragaillardie par sa visite :

— Il est adorable, un vrai petit garçon en culottes courtes. Mais j'avoue que j'étais contente de le quitter. Il m'essouffle !

— J'aimerais bien posséder son énergie, soupira Florent.

Ils arrivaient au coin de Saint-Denis et Sherbrooke.

— J'ai le goût d'aller jeter un coup d'œil à La Binerie, dit-il brusquement.

— Hein ? sursauta Élise. Qu'est-ce que tu veux y faire ?

— Rien, rien du tout. Seulement jeter un coup d'œil.

Il siffla un taxi.

— Et en taxi par-dessus le marché ! reprit Élise avec humeur. Qu'est-ce que tu mijotes ? fit-elle en prenant place sur la banquette. Je sens que tu vas faire une gaffe.

— Puisque je te dis…

Il fit arrêter le taxi au coin de Saint-Denis et Mont-Royal. On apercevait au loin un coin d'enseigne de La Binerie. Élise descendit de l'auto, fit quelques pas sur le trottoir, puis s'arrêta et frappa du talon :

— Eh bien ! moi, je n'y vais pas ! lança-t-elle, courroucée. Si tu es assez bête pour courir après le malheur quand il est sur le point de t'oublier, cours tout seul !

Un homme en manteau noir, les épaules couvertes de pellicules, se retourna et les observa une seconde :

— Hi! hi! ricana-t-il en s'éloignant à petits pas pressés, les moineaux se donnent des coups de bec.

— Mais je ne veux pas entrer! se défendait Florent.

— La belle affaire! qu'est-ce que ça te donne? J'attends ici, fit-elle en s'appuyant contre un mur.

Il poursuivit son chemin seul, traversa la rue Saint-Denis en prenant le trottoir opposé au restaurant et ralentit le pas. L'hiver avait embué la vitrine, mais on distinguait la chevelure rousse de Slipskin, debout devant la caisse. La porte s'ouvrit brusquement et Rosarien Roy apparut, jaune et sec comme un vieux citron. Il vociférait, gesticulait, les poings tendus, le chapeau de travers :

— Vous allez entendre parler de moi! Je vais vous traîner en justice! Oui, en justice, tabarnac!

Il claqua la porte et s'éloigna, sans avoir remarqué Florent. La chevelure rousse demeurait immobile. En écarquillant les yeux, Florent parvint à distinguer le long nez pointu de son ex-associé.

— *C'est curieux*, pensa-t-il, *je devrais le détester à mort, mais c'est comme si je n'en avais plus la force...*

Il fit demi-tour et alla rejoindre sa femme.

— Satisfait, maintenant? fit-elle.

Sa colère brûlait toujours. Il haussa les épaules, soupira, et poursuivit sa marche en silence. Des flocons de neige apparurent tout à coup dans l'air. Quand ils arrivèrent à l'appartement, le ciel, d'un gris blanchâtre, venait de s'écraser sur la ville. Les bruits s'assourdissaient peu à peu, avalés par la neige, et la circulation commençait à ralentir.

Ange-Albert leur ouvrit la porte, son manteau encore sur les épaules.

— On annonce une grosse tempête à la radio, fit-il en souriant. Ça va bien dormir cette nuit.

Élise se rendit à la cuisine pour préparer le souper. Une odeur d'oignons frits se répandit dans l'appartement.

— Arrête tout, lui dit Florent en faisant irruption dans la cuisine, Rosine vient de nous apporter le souper.

Rosine s'avança, toute rouge de froid, les cils couverts de neige, portant un sac de papier.

— Est-ce que vous aimez les hot-dogs? fit-elle avec un sourire timide.

— Et comment! s'exclama Florent.

Il la débarrassa de son manteau et en profita pour frôler sa nuque, qu'elle avait douce comme la fleur d'un pissenlit.

— Quel vent! fit-elle en frissonnant, j'ai cru que je ne me rendrais jamais.

Ils s'attablèrent. Le silence se fit. On n'entendait que des bruits de mâchoire. Soudain Élise poussa un cri et porta la main à sa bouche. Tous les regards se tournèrent vers elle.

La douleur l'empêchait de parler. Au bout d'un moment, elle cracha un bout de saucisse qui contenait un fragment d'os de la grosseur d'un dix cents, puis, plongeant les doigts dans sa bouche, elle sortit un morceau de molaire creusé par la carie. Rosine s'empressait à ses côtés, impuissante, désolée:

— Mon Dieu... c'est de ma faute... si j'avais su...

— Ce n'est rien, fit l'autre avec un sourire forcé, ça va passer.

Elle voulut continuer à manger, mais son appétit avait disparu. Au bout de quelques minutes, la douleur la força à se coucher. Florent se rendit à la salle de bains et ouvrit la pharmacie: il n'y trouva qu'une vieille brosse à dents parsemée de taches vertes et un bout de papier graisseux sur lequel on avait griffonné: «Donner du poulet à Mathilde».

— Je vais aller chercher des aspirines au restaurant, s'offrit Rosine.

Elle revint dix minutes plus tard, suffoquée, le nez bleu :

— J'ai failli me faire frapper par un volet. Le vent arrache tout. La rue est pleine de branches.

Comme pour appuyer ses paroles, un carreau se descella brusquement dans la fenêtre du salon. Pendant que Florent tentait de boucher l'ouverture avec un morceau de carton, Rosine se rendit auprès d'Élise.

— Mon Dieu ! comme ta joue est enflée, s'écria-t-elle, effrayée.

Elle se pencha au-dessus d'Élise avec un verre d'eau et deux cachets d'aspirine, mais sa main tremblait tellement qu'elle renversa un peu d'eau sur les couvertures.

— Ah ! mon Dieu ! mon Dieu ! fit-elle désolée, je n'arrête pas de gaffer.

◆ ◆ ◆

Élise endurait stoïquement son mal, sans pouvoir fermer l'œil, se tournant et se retournant dans son lit. Ange-Albert lui prépara une compresse d'eau glacée, qui la soulagea un peu. Rosine dut bientôt partir. Ange-Albert s'offrit d'aller la reconduire, tandis que Florent allait rejoindre sa femme au lit.

Vers trois heures, il se réveilla et fit de la lumière. Élise le fixait en gémissant doucement. L'enflure avait presque fermé son œil gauche.

— Tu t'en viens à l'hôpital, décida-t-il en enfilant son pantalon.

— Mais comment se rendre par un temps pareil ? fit-elle d'une voix plaintive, légèrement pâteuse.

Il l'aida à s'habiller.

— J'ai mal à la tête, fit-elle tout à coup.

Il la regarda, saisi.

— Mal à la tête ? *Méningite infectieuse,* se dit-il intérieurement. *Mort dans les douze heures. Comme monsieur Pinard quand il avait été à la pêche au lac Mistassini avec papa*. C'est de la tension nerveuse, dit-il tout haut. Ça va passer.

Il lui offrit le bras dans l'escalier. Ange-Albert n'avait rien entendu et dormait paisiblement.

En ouvrant la porte, ils reculèrent, suffoqués. On ne voyait pas la rue.

— Attends-moi une minute, dit Florent en remontant quatre à quatre.

Il revint avec un foulard de laine, dont il entoura la tête d'Élise, ne laissant qu'une mince fente pour les yeux.

— Tiens-moi bien par la main, fit-il en ouvrant la porte de nouveau.

La tempête secouait la ville comme si elle avait voulu la rayer de la carte. La nuit avait disparu. Il n'y avait plus qu'une immense confusion blanchâtre, ponctuée ici et là de taches grises où l'on devinait un immeuble. Parfois, l'espace d'une seconde, des détails ressortaient avec une précision étonnante : un balcon de fer forgé surgissait au milieu d'une façade, un coin de ruelle désert montrait tout à coup des amas de poubelles renversées, une tête ébouriffée apparaissait entre deux pans de rideau, inquiète, les yeux bouffis, puis disparaissait dans la tourmente.

— On va se rendre à l'hôpital Saint-Luc, cria Florent, c'est le plus proche.

Ils avançaient lentement dans la rue, les yeux mitraillés de flocons, trébuchant dans la neige qui s'amassait à une vitesse hallucinante, tandis que les autos abandonnées se transformaient en monticules informes. Malgré l'immense rumeur qui emplissait le ciel, on entendait parfois au loin le grondement obstiné d'une souffleuse, seul signe que l'homme n'avait pas complètement abdiqué devant la fureur de l'hiver.

Arrivés au coin de la rue Saint-Denis, ils durent s'arrêter pour reprendre haleine. On voyait comme d'étranges trains fantômes filer dans la rue en hurlant, puis s'émietter tout à coup en collisions gigantesques d'où surgissaient bientôt de nouveaux trains. À droite, le feu de circulation de la rue Sainte-Catherine, bloqué au rouge et grossi par un halo sinistre, ressemblait à l'œil d'un cyclope en train de contempler la désintégration de la ville.

Élise laissa échapper un gémissement. Florent se pencha vers elle :

— Qu'est-ce que tu as ?

— Mal à la tête, fit un filet de voix tremblante.

Elle sembla chanceler.

— Un petit coup de cœur ! cria-t-il en la tirant de toutes ses forces, on n'est pas loin.

Il crut voir apparaître de nouveau le visage de monsieur Pinard et il entendit la voix de son père, morne, sans relief, raconter le sinistre incident.

— Je n'en peux plus, fit Élise en se réfugiant dans le renfoncement d'une vitrine.

Elle se laissa glisser contre la porte :

— J'ai l'impression que ma tête est en train de geler.

Florent contemplait son visage tiraillé par la douleur qu'une bajoue énorme avait rendu triangulaire.

— Hé ! ma belle, viens-t'en, dit-il sur un ton de plaisanterie forcée, les magasins n'ouvrent qu'à neuf heures.

— Si je fais un pas de plus, je tombe.

Elle mit une main contre sa joue et ferma les yeux.

— Allons, fit-elle soudain, un petit coup de cœur.

Il dut l'aider à se relever. Dix minutes plus tard, ils franchissaient leur troisième coin de rue. Florent comprit que sa femme avait atteint la limite de ses forces. Il n'en ressentait pas de chagrin ni de crainte, mais de la rage.

— Maudit pays de câlisse ! hurla-t-il dans la tourmente. Tu veux nous enterrer vivants, ou quoi ?

La rue, à partir de cet endroit, venait d'être déblayée, mais le vent saccageait rapidement le travail des souffleuses. Florent prit sa femme sous les épaules et quitta le trottoir. Il avait l'impression que son front allait éclater de froid.

De l'autre côté du boulevard Dorchester, tout boursouflé de bancs de neige, on distinguait confusément une grande lueur mouvante : c'était la façade de l'hôpital Saint-Luc. Élise fournit un effort suprême et, deux minutes plus tard, ils butaient contre une porte de verre toute givrée. Une chaleur moite les enveloppa brusquement et le hurlement de la tempête diminua de moitié. Le hall, violemment éclairé, était presque désert.

Ils se rendirent au fond, descendirent quelques marches et se retrouvèrent dans un corridor bordé de chaises qui donnait sur une salle assez vaste où régnait un grand encombrement de civières. Plusieurs personnes s'y trouvaient, figées dans une attente mélancolique et soumise.

— Viens, il faut d'abord s'enregistrer, fit-il en se tournant vers Élise.

Il ne put réprimer un léger tressautement. Un cerne grisâtre entourait maintenant l'œil gauche, presque fermé.

— Je ne suis pas belle à voir, hein ? articula-t-elle péniblement.

Des infirmières allaient et venaient, affairées, la voix haute, le geste nerveux. On fit signe à Florent de se rendre à un guichet où les attendait une grosse blonde devant une machine à écrire. Elle regarda Élise d'un air inexpressif et ses doigts se mirent à courir sur les touches de la machine. Élise s'appuyait sur le rebord du guichet et répondait aux questions, le souffle saccadé.

— Vous pouvez aller vous asseoir, fit la préposée, quelqu'un va vous appeler.

Ils retournèrent dans le corridor. Florent repéra deux chaises dans un coin. Élise se laissa tomber contre lui et pencha la tête.

— Je me sens tellement étourdie, fit-elle au bout d'un moment, on dirait que ma tête va s'ouvrir.

Elle prit une grande inspiration :

— Dis-leur de se dépêcher, Florent.

Une vieille femme en turban mauve, dont le visage jaune et boursouflé semblait constitué d'écales d'arachides, se tourna brusquement vers eux :

— Ma pauvre 'tite fille, fit-elle d'une voix toute cassée, demande-leur plutôt de marcher sur les murs comme des mouches !

Florent l'observait depuis un moment. Vêtue d'un manteau de rat musqué qui semblait avoir servi de pension à plusieurs générations de mites, une pile de *Sélection* sur les genoux, elle passait interminablement de l'un à l'autre en marmonnant, sans pouvoir se fixer.

— Vous êtes arrivée ici il y a longtemps ? demanda-t-il, à tout hasard.

La vieille femme se pencha vers lui, ses yeux veineux tout écarquillés :

— J'étais jeune fille, monsieur, souffla-t-elle d'une voix pleine de mystère.

Au bout d'une heure, on appela Élise. Ils se retrouvèrent devant un jeune interne à l'expression surmenée. Il écouta Florent quelques instants, le regard fixé sur un gros homme couché sur une civière et qui laissait échapper à tous moments des rots énormes, puis fit signe à Élise de le suivre. Elle revint trois minutes plus tard avec une petite enveloppe.

— Des 222 ? s'écria Florent.

— Il n'y a aucun dentiste de garde, expliqua-t-elle d'une voix épuisée. Je dois revenir demain avant-midi.

Florent sentit comme une brûlure sur tout le visage et se retrouva dans une cabine de consultation en train de hurler. L'interne le regardait d'un air mélancolique, répétant inlassablement :

— Je ne puis rien faire d'autre, monsieur. Comment faire venir un dentiste par un temps pareil ?

— Et des antibiotiques? Vous ne connaissez pas ça, des antibiotiques?

— Pourquoi des antibiotiques, monsieur? L'analgésique suffira jusqu'à demain, répondit l'interne avec douceur.

Il le reconduisit la main sur l'épaule jusqu'à la sortie de la salle:

— Allez à l'hôpital Notre-Dame, si vous voulez, dit-il avec un sourire amical. Mais je doute fort que vous y trouviez un dentiste cette nuit...

Élise avala ses cachets et ils enfilèrent de nouveau le corridor où régnait une odeur de désinfectant.

— Impossible de se rendre là-bas, murmura Florent en s'approchant de la façade vitrée du hall.

Il se promenait de long en large, les mains dans les poches. Élise s'était laissée tomber sur une chaise et somnolait. Soudain, il tourna la tête en direction de la rue Saint-Denis et un miracle se produisit. Le vent venait de dégager une grande plaque de glace dans la rue. Un taxi apparut, se dirigeant péniblement vers le sud. Il essaya d'éviter la plaque, mais une violente bourrasque le poussa de côté. L'auto glissa, tourna sur elle-même et piqua du nez dans un banc de neige. Florent se précipita dehors. Un coin de son foulard lui claqua dans l'œil. Il porta la main à son visage, perdit l'équilibre et s'allongea dans la neige.

— Voulez-vous un coup de main? cria-t-il au chauffeur qui venait de sortir de son auto et essayait d'ouvrir son coffre à bagages.

L'autre ne l'entendit pas. Florent s'approcha et le toucha à l'épaule.

— Merci, fit-il avec un sourire.

Il lui tendit une pelle et retourna s'asseoir au volant.

Florent pelletait avec l'énergie d'un chercheur de trésors. Dix minutes plus tard, l'auto était dégagée.

— Merci encore une fois, fit le chauffeur en tendant un billet de 2 $ à Florent.

Celui-ci refusa d'un geste :

— Conduisez-nous plutôt à l'hôpital Notre-Dame, fit-il. Ma femme est malade et on refuse de la soigner ici.

Un tourbillon de neige s'engouffra dans son manteau entrouvert et lui coupa le souffle. Le chauffeur secouait la tête d'un air peiné :

— Impossible, criait-il. Je ne sais même pas si je pourrais me rendre sur la Catherine. Je vais m'arrêter ici et passer la nuit à la cafétéria de l'hôpital.

Florent lui saisit le bras :

— S'il vous plaît ! Elle est très malade.

Il claquait des dents, son nez bleu élançait comme si on l'avait pincé dans un étau, ses idées s'embrouillaient sous l'effet de la fatigue. Le chauffeur remonta frileusement le col de son paletot et parut hésiter. Florent pointa le doigt vers la porte vitrée, derrière laquelle se tenait Élise. Elle crut qu'il l'appelait, sortit et se dirigea vers eux. Le chauffeur la regarda un instant, puis ouvrit sa portière et s'installa au volant :

— Allez, asseyez-vous ! On va essayer de se rendre... mais je garantis rien !

L'auto démarra lentement. Élise s'était affalée sur la banquette et semblait dormir. Florent frémit devant son teint plombé. Le chauffeur, l'œil plissé, un bout de langue entre les dents, tentait de percer les profondeurs changeantes des masses de neige qui tourbillonnaient devant lui et faisait pivoter son volant comme s'il jouait à la roulette.

— Qu'est-ce que vous avez, ma pauvre madame ? fit-il au bout d'un moment. On dirait qu'on vient de vous fesser dans le visage à coups de bâton...

— Elle a un abcès, répondit Florent d'un ton sec.

— Mal aux dents ? Y a pas de pire mal.

Il appuya brusquement sur l'accélérateur. L'auto fit une embardée. Le fût d'un lampadaire se détacha tout à coup à leur gauche, menaçant, puis disparut. Pendant quelques secondes, les passagers eurent l'impression de traverser un nuage de grêle. Le chauffeur siffla joyeusement et appliqua les freins par saccades : il venait de franchir un banc de neige profond d'au moins un mètre.

— Mal aux dents ? répéta-t-il. Et à l'hôpital Saint-Luc, ils n'ont rien contre le mal de dents ?

— Semble que non, répondit Florent. Ils m'ont conseillé de m'adresser à Notre-Dame.

— Hum ! les gens d'hôpitaux ! grommela le chauffeur. Y risent du monde ! Y jousent aux cartes pendant que les malades crachent leurs tripes...

Florent se pencha vers sa compagne :

— Est-ce que les pilules commencent à agir ?

Elle fit signe que non. Le moteur grondait, gémissait, voulait rendre l'âme.

— Ils ont déblayé la Catherine ! s'écria le chauffeur. On va pouvoir filer vers l'est.

Une trouée se fit pendant quelques secondes dans la tourmente et la flèche de l'église Saint-Jacques se dressa dans la tempête, émouvante et grandiose parmi les décombres de l'église démolie. Eusèbe Gratton suait à grosses gouttes, sa casquette de travers découvrant un crâne humide où seules quelques frisettes noires empêchaient de déclarer l'état de calvitie totale. Il évita de justesse une auto, frôla une boîte aux lettres et parvint à se rétablir au milieu de la rue.

— Bon, fit-il, le pire du chemin est fait. Un petit quart d'heure encore, et on va pouvoir dételer.

Le compteur indiquait 4 $.

— *Comment vais-je payer ?* se demanda Florent. *Je n'ai même pas 50 cents.*

La glace d'une des portes arrière s'était coincée et laissait pénétrer la neige par une mince fente. Florent, hébété, observait les flocons qui s'amassaient peu à peu dans un coin en un petit triangle d'un blanc glacial et dur. Le taxi frôla tout à coup un grand chien jaune qui traversait la rue à l'épouvante et, sans trop le vouloir, Eusèbe Gratton se retrouva sur la rue Saint-Christophe. Tout alla tant bien que mal jusqu'à la côte de la rue Sherbrooke. Le vent avait dégagé partiellement le côté droit de la rue et le taxi, à demi embarqué sur le trottoir, avait réussi à franchir cent cinquante ou deux cents mètres. Mais, au pied de la côte, un amoncellement infranchissable les attendait.

— Eh bien, mes enfants, le voyage de noces finit ici, décréta le chauffeur. Impossible d'aller plus loin.

Il tourna la clé de contact.

— Écoutez, fit-il subitement, j'ai une idée. Venez à la maison, c'est à deux pas d'ici, près d'Ontario. J'en ai, moi, des remèdes contre le mal de dents si les hôpitaux n'en ont pas. Vous m'en direz des nouvelles! Et puis ça nous permettra d'attendre au chaud que la tempête se fatigue un peu et qu'on déblaye les grandes rues...

Florent se tourna vers Élise. Elle secoua la tête:

— Je ne veux plus aller au froid, je suis trop fatiguée, murmura-t-elle d'une voix éteinte. Laissez-moi dormir ici un peu... Ma dent me fait moins mal à présent.

Eusèbe Gratton regarda Florent dans les yeux et lui fit un petit signe de tête énergique. Ils se glissèrent dehors, saisirent Élise et se mirent en marche.

Au bout de trois pas, ils étaient suffoqués. Un immense tourbillon bleuâtre les enveloppait et s'acharnait particulièrement contre leurs yeux, qu'ils avaient toutes les peines du monde à garder ouverts. Ils tournèrent un coin de rue. Eusèbe Gratton avait peine à s'y reconnaître.

— Se perdre sur la rue Saint-Christophe! grommela-t-il. On aura tout vu.

Il buta contre une poubelle que le vent avait roulée dans la rue et faillit tomber. Il la saisit à deux mains et allait la jeter au fin fond de la tempête lorsqu'il s'aperçut qu'elle lui appartenait. Une trouée se fit alors à sa gauche dans la poudrerie et il aperçut un bout de perron.

— Bon! cria-t-il, prenez la peine d'entrer, pendant qu'on voit la porte.

Ils pénétrèrent dans une cuisine minuscule. Un grand portrait de Jean XXIII les accueillit. Le pape souriait d'un air bonhomme et gourmand, comme s'il venait tout juste de déguster un excellent morceau de tarte aux pommes.

— Assieds-toi, ma fille, ne reste pas sur tes jambes, fit le chauffeur en tirant une vieille chaise à pattes chromées.

Une légère odeur de mazout flottait dans la pièce. On entendit un bruissement d'ailes dans une cage suspendue au-dessus de l'évier et recouverte d'un morceau de coton fleuri.

— C'est toi, Eusèbe? fit une voix inquiète.

— Une seconde, souffla le chauffeur en se retournant vers ses clients, je vais aller voir la bonne femme.

Les deux coudes appuyés sur la table, Élise pleurait sans bruit. L'enflure avait tellement déformé ses lèvres qu'elle avait peine à retenir sa salive. Florent l'observait, la poitrine secouée de grands battements. Il s'approcha et lui mit la main sur l'épaule:

— Pauvre petite choune... Si je pouvais prendre ta place un bout de temps... Courage: on sera bientôt chez le médecin.

— Quoi? s'écria tout à coup madame Gratton dans la chambre à coucher.

Le sommier laissa échapper un gémissement réprobateur et une petite femme maigriotte au visage prématurément ridé fit irruption dans la cuisine, ses cheveux clairsemés à demi cachés sous un régiment de bigoudis roses.

— Mais perds-tu la tête, Eusèbe! s'écria-t-elle en apercevant Élise. Vite! chez le docteur, chez le docteur! je ne veux pas être mêlée à des histoires!

— Pas avant qu'elle ait pris mon sirop de sarriette, répondit Eusèbe en quittant la pièce.

— Psss... pauvre enfant! murmura madame Gratton en s'approchant d'Élise à petits pas craintifs, tu dois souffrir le martyre. Qui t'a mise dans cet état? Psss...

— Elle souffre d'une rage de dents, madame, répondit Florent.

— Oui, bien sûr, une rage de dents, c'est ce que mon mari m'a dit... il dit tellement de choses... Hum! quelle histoire! et à cause de quoi? Allez donc le savoir...

Elle s'approcha d'une fenêtre, écarta légèrement les rideaux:

— Quelle tempête! C'est à faire s'envoler des églises.

Elle releva tout à coup la tête, les narines frémissantes, l'œil méfiant:

— Ça sent drôle, ici, tout à coup.

— Calme-toi donc, la mère, répondit monsieur Gratton en s'avançant dans la cuisine, un flacon à la main. C'est moi qui viens de renverser un peu de sirop sur le plancher. Apporte-lui une cuillère à soupe, veux-tu?

Une curieuse odeur de sarriette, de clou de girofle et d'oignon cru avait envahi la pièce.

— Tiens, ma petite fille, fit-il en déposant le flacon sur la table devant Élise. Prends-en une bonne cuillère et roule-la dans ta bouche en poussant le sirop contre ta gencive malade. Mais prends garde d'en avaler, le gargoton va te brûler!

Élise remplit la cuillère et la porta à sa bouche. Son œil droit se dilata brusquement.

— Tiens bon, tiens bon, ma fille, exhorta le chauffeur. C'est ton abcès qui se débat. La fin de ton mal approche!

Madame Gratton les observait, bras croisés, toute frissonnante dans sa robe de chambre de flanelle vieux rose:

— Pauvre petite... elle n'a quasiment plus face humaine... Emmène-la, Eusèbe, je ne veux plus l'avoir sous les yeux.

Son mari se retourna, courroucé :

— Va te recoucher, alors.

Le visage d'Élise était devenu écarlate. Elle poussa un grognement furieux. Florent la saisit par la main et l'entraîna vers la salle de bains, qu'on apercevait par une porte entrouverte. Elle se mit à cracher bruyamment dans le lavabo, hors d'haleine, la bouche comme remplie de tisons.

— De l'eau, de l'eau, supplia-t-elle.

Florent lui tendit un verre. Les vapeurs du médicament lui picotaient les yeux. Monsieur Gratton s'était avancé et les observait avec un sourire satisfait :

— Patience, ma fille, le feu va quitter ta bouche et le mal avec...

— Parle, parle, jase, jase, et pendant ce temps les microbes font leur chemin, ronchonnait madame Gratton en retournant dans son lit.

Vingt minutes plus tard, Élise dormait, étendue sur un canapé. Le chauffeur s'approcha de Florent :

— Écoute, mon ami, je ne voudrais pas me mêler de ce qui ne me regarde pas, mais si vous n'avez pas plus confiance que ça aux hôpitaux, je connais un médecin sur la rue Stanley qu'on peut consulter n'importe quand, le jour comme la nuit. Le docteur Brosseau. Henri Brosseau. Dès que la tempête se sera un peu calmée, je pourrais vous y conduire.

Florent eut un sourire piteux :

— C'est que, justement... Je voulais vous dire... je n'ai pas un sou pour vous payer.

— Eh bien, tu me payeras demain, j'en mourrai pas. Mais tu vas me donner ton adresse, cependant, mon vlimeux. Je tiens à mon argent, tout de même. Je ne remplis pas mon frigidaire avec des bonnes pensées.

Il s'approcha d'une fenêtre et souleva le rideau :

— Ma parole, le vent est en train de tomber. Encore une demi-heure et on pourra partir.

Il semblait avoir adopté une fois pour toutes dans sa vie le ton des promeneurs qu'on voit au printemps dans les parcs en train de s'émerveiller devant les progrès de la végétation.

Élise poussa un soupir et se redressa sur le canapé. Florent alla s'asseoir auprès d'elle :

— On t'a trouvé un médecin, ma vieille. Ton mal tire à sa fin.

— Et puis ? comment va la petite madame ? fit le chauffeur en lui prenant la main.

Florent, étonné, vit apparaître un pâle sourire sur les lèvres boursouflées de sa compagne.

— Un peu mieux, murmura-t-elle.

— Qu'est-ce que je vous avais dit ? Hein ! Il est extraordinaire, ce sirop-là. C'est mon cousin Pamphile Sabourin qui m'en a donné la recette. Il la tenait du frère Marie-Victorin lui-même.

En montant dans le taxi, Florent jeta un coup d'œil sur le compteur :

— Huit dollars cinquante, murmura-t-il, tout saisi.

— Bah ! t'en fais pas, fit Eusèbe Gratton, c'est rien qu'une machine. On ne peut pas lui demander de tenir compte des circonstances.

Il fit une pause, puis :

— Disons que pour toute la course, la rue Stanley y compris... un bon vieux cinq, ça fera. Est-ce que c'est trop ?

Au bout d'une demi-heure, monsieur Gratton dut abandonner ses clients à la station de métro Berri-de-Montigny, son auto ne pouvant aller plus loin. Il était cinq heures trente. Le métro venait d'ouvrir. Florent tendit au chauffeur un bout de papier où il avait griffonné son adresse et le remercia avec effusion.

— Pauvre petite, la nuit l'a maganée, murmura le chauffeur, accablé de fatigue tout à coup, en regardant Élise disparaître dans l'escalier, à demi affaissée sur son mari.

Le docteur Brosseau possédait un solide sens des affaires que Florent apprécia beaucoup ce matin-là, car son bureau se trouvait en plein centre-ville, à deux pas de la station Peel. Au deuxième coup de sonnette, la serrure électrique bourdonna et une grosse voix cordiale se fit entendre à l'interphone :

— Entrez, je suis à vous dans un instant.

Ils entrèrent dans une grande salle d'attente garnie de chaises sculptées à long dossier. Au milieu de la pièce, un Cupidon pissait cérémonieusement dans une petite fontaine de marbre rose soutenue par deux naïades.

Le docteur Brosseau fit son apparition, portant veston, gilet et cravate, les traits fatigués mais le sourire aux lèvres. Il avait le teint rougeaud, des cheveux gris coupés en brosse, le visage carré et une bouche largement fendue.

— Bonjour, mes enfants. Ha ! ha ! Un petit abcès, à ce que je vois. C'est moins que rien : je t'arrange ça tout de suite, ma fifille... Ouvre la bouche bien grand...

Il l'examina un instant, fit un claquement de langue satisfait, puis :

— As-tu ta carte d'assurance-maladie ?

Élise fouilla dans son sac et la lui tendit.

— Toute une tempête, hein ? Les ours doivent avoir de la neige plein les oreilles. Viens, on va passer dans la salle d'examen.

— Est-ce que je peux l'accompagner ? demanda Florent.

— C'est une phrase de mari jaloux, ça, répondit le docteur en faisant signe à Élise de s'asseoir sur un divan d'auscultation. Bah ! amène-toi, mon garçon, si t'aimes ça voir couler du pus. Non, non, ma fifille, il ne faut pas avoir peur, je n'ai jamais torturé personne. J'aime bien trop mes honoraires pour ça.

Il l'ausculta, la palpa, prit sa pression, puis saisit une petite lampe :

— Ouvre encore grand la bouche.

Il sortit un abaisse-langue de sa poche et se mit à lui étirer la bouche dans tous les sens. Élise poussa un gémissement.

— Prends patience, mon chou, j'en ai pour une seconde et quart. Je te mets un petit topique au sirop d'érable sur la gencive et tu vas tout de suite oublier ton mal, parole de Brosseau.

Ouvrant un tiroir, il saisit prestement un instrument de nickel et le plongea dans la bouche d'Élise. Elle s'arc-bouta sur la table en poussant un cri rauque et retomba aussitôt, molle comme une chiffe.

— Voilà, c'est fini. Presse doucement sur ta joue, main-tenant, et crache dans cette compresse. Tu vas sentir ton mal filer comme une chansonnette. Tiens-la, ordonna-t-il à Florent, pendant que je fouille dans ma pharmacie.

Il revint avec deux tubes de comprimés.

— Antibiotiques, fit-il en posant l'index sur un des tubes. Deux comprimés à l'heure jusque chez le den-tiste.

Son doigt se posa sur le second tube :

— Percoden, si le mal revient. Un comprimé à l'heure, pas plus.

Élise tenta de sourire :

— Ma douleur est presque disparue.

— Ce n'est qu'un début, ce n'est qu'un début ! fit joyeu-sement le médecin en se dirigeant vers son bureau. Le meilleur du mieux est encore à venir !

Il inséra la carte d'assurance-maladie d'Élise dans l'imprimante et un cliquetis bien connu se fit entendre. Florent aida sa femme à se mettre debout. Ils se dirigè-rent vers la salle d'attente.

— Ho ! ho ! pas si vite, s'écria le docteur en revenant sur ses pas, je n'ai pas fini.

Ils le regardèrent, surpris.

— Eh bien oui! eh bien oui! tu ne le sais peut-être pas, ma petite fille, mais tu as failli passer de l'Autre Bord, je peux te le dire, maintenant que tout est sous contrôle. Il ne faut pas seulement arroser le feu, il faut l'éteindre. Primo, tes antibiotiques, et tout de suite.

Il lui tendit un verre d'eau.

— Maintenant, tu vas te coucher sur le ventre et me montrer tes jolies fesses pour que je te donne une piqûre de pénicilline.

Élise s'approcha docilement de la table et voulut monter, mais les forces lui manquèrent. Florent dut l'aider. Le docteur retroussa sa jupe d'une main alerte, tira les culottes, puis, fermant à demi les paupières, il coula son regard entre les fesses jusqu'à la toison du sexe.

— Un grand respir, maintenant, fit-il en enfonçant l'aiguille dans la chair rose.

Il se retourna vers Florent:

— Tu peux lui remonter ses culottes, le Collège des médecins le permet.

Élise n'était pas sitôt assise qu'il lui tendit deux flacons:

— Il faut que j'analyse tes urines, maintenant, pour voir jusqu'où le mal s'est propagé.

Il passa de nouveau dans son bureau et le cliquetis se fit entendre encore une fois.

— Une prise de sang, maintenant, fit-il quand Élise lui remit les flacons. Relève ta manche, veux-tu?

— Vous êtes sûr que tous ces examens sont nécessaires? demanda Florent.

Une expression de dureté moqueuse se répandit sur le visage du docteur:

— Tout dépend de toi, mon ami. Songes-tu à te remarier?

Et une seconde aiguille s'enfonça dans la chair d'Élise.

— Est-ce que je pourrais m'asseoir? murmura-t-elle, défaillante.

— Cert'n'ment! cert'n'ment! Là, te sens-tu un peu mieux? Non? Tes belles couleurs sont en train de passer dans ma seringue, hein? Donne-lui un autre verre d'eau, dit-il à Florent.

Il prit le pouls d'Élise et demeura immobile quelques instants.

— Bon! le cœur a repris du pic. Ça va mieux?

Élise fit un vague signe de tête. Il se dirigea vers le fond de la salle et ouvrit une porte :

— Installez-vous à l'aise pendant que je procède à mes tests. J'en ai pour vingt minutes.

La porte se referma avec un bruit mat. Ils entendirent de nouveau le bruit de l'imprimante. Florent ricana :

— Ma chère, ton mal de dents a l'air d'être une vraie mine d'or!

Élise s'affala sur une chaise et se mit à somnoler. De temps à autre, elle poussait un soupir et souriait faiblement. La douleur l'avait enfin quittée. Florent allait et venait dans la salle d'attente, l'air maussade. Il s'assit à son tour et s'endormit presque aussitôt. Un vigoureux raclement de gorge le fit sursauter. Le docteur Brosseau se tenait debout devant eux, revêtu d'une chienne tachée de sang qui lui donnait des allures de boucher :

— Ta formule sanguine est pas mal pantoute, ma fille, et ton urine meilleure encore : pas de staphylocoques, aucune trace de sucre ou d'albumine, tout est pour le mieux, le soleil luit dans la prairie. Mais tu es enceinte. Est-ce que c'est moi qui te l'apprends?

Élise le regarda pendant quelques secondes, hébétée. Sa stupéfaction, ajoutée à l'enflure de son visage, lui donnait un air idiot. Florent se grattait la joue, ayant peine à réaliser ce qui se passait. Soudain, ses yeux devinrent très secs et légèrement douloureux. Il se leva avec une vague rumeur d'orgue dans les oreilles, saisit Élise dans ses bras et la serra violemment.

— Je suis... enceinte ? répétait celle-ci en pleurant.

* ◆ *

Vers dix heures, ce même jour, Élise se fit extraire une molaire à l'hôpital Notre-Dame. Une demi-heure plus tard, elle se glissait voluptueusement dans son lit.

— Je dors pour toi, mon amour, fit-elle avec un doux sourire en se caressant le ventre.

17

Ange-Albert n'avait pas encore mis les pieds dans l'appartement qu'on lui apprenait que le Québec allait s'enrichir d'un nouveau citoyen. La joie d'Élise et de Florent l'éberlua. Comment pouvaient-ils se réjouir d'un événement qui allait empirer leur situation financière, si c'était possible ? Mais sa bonne humeur reprit vite le dessus :

— Il faut fêter ça. Je vais aller chercher du champagne.

Il descendit l'escalier en trombe pour se rendre à un magasin de la Société des alcools, puis se rappela tout à coup que sa fortune se réduisait à la modique somme de 2,25 $ (la sainte touche n'arrivait que le surlendemain).

— Ouais, fit-il en s'arrêtant, tout désappointé, ça casse la fête.

On venait de transformer le magasin du 1246 Saint-Denis en libre-service. Il erra quelque temps parmi les allées couvertes de bran de scie, un peu désemparé, cherchant un succédané à son champagne. Le magasin venait tout juste de rouvrir, les tablettes n'étaient pas toutes garnies, des douzaines de boîtes encore pleines de bouteilles s'empilaient dans le fond. Un sourire malicieux lui plissa les lèvres. Il s'approcha des boîtes, les passa en revue, puis frappa à la porte du gérant. Un long visage anguleux, à l'expression soucieuse et un peu bébête, apparut dans l'entrebâillement:

— Oui, *mossieur*! qu'est-ce que je peux faire pour vous?

— J'ai besoin de boîtes vides, lança-t-il à tue-tête de façon à être entendu de la caisse. Je suis en train de déménager.

— C'est dix cennes la boîte, fit l'autre, un peu surpris par les façons de son interlocuteur. Combien en veux-tu?

— Oh, une seule pour l'instant.

Le gérant avança la main, attendit qu'Ange-Albert y dépose son dix cents et fit signe à un commis:

— Va chercher une boîte pour monsieur dans la cave.

Puis il referma la porte. Ange-Albert attendit d'être seul, s'approcha nonchalamment d'une boîte de Veuve Cliquot, la mit sur son épaule et se dirigea rapidement vers la caisse.

— Dommage qu'elle ne soit pas pleine, hein? fit le caissier en souriant.

— Oh, elle l'est, elle l'est, répondit Ange-Albert avec un clin d'œil.

Un commis se mit à rire et lui ouvrit la porte. Ange-Albert fila par les ruelles avec son précieux fardeau.

Tard dans la soirée, tandis que le gérant et ses subordonnés se grattaient encore la tête en essayant de découvrir où avaient filé les douze petites filles de la Veuve Cliquot, on célébrait joyeusement la grossesse d'Élise qui trônait sur le divan défoncé du salon, béate, mais buvant peu, à cause de son état.

◆ ◆ ◆

Le lendemain, à son réveil, elle constata qu'un profond changement venait de s'opérer chez son mari.

— Si j'ai raté ma carrière, dit-il en lui prenant les mains, il faut au moins que je réussisse mon enfant. Je ne veux plus que tu connaisses la misère. Je me cherche un emploi à partir de tout de suite et je n'arrêterai pas avant d'en avoir trouvé un, même si je dois promener des caniches pour vivre.

Élise se mit à rire :

— Ton père aurait peut-être de meilleures propositions à te faire.

Florent plissa le front :

— Tu me rappelles qu'on doit aller réveillonner chez lui dans trois jours. Juste à penser qu'on va passer la nuit à parler de carrières, j'ai déjà le mal de bloc.

Les trois jours passèrent. Au troisième, Rosine réussit un tour de force : Ange-Albert passerait la nuit de Noël chez les Clouette. Mais elle l'avait obligé auparavant à s'acheter un habit et des souliers neufs, ce qu'il avait fait dans le plus grand secret.

◆ ◆ ◆

Le froid avait un peu diminué depuis la veille. De temps à autre il tombait sur la ville une petite neige sèche et clairsemée qui remplissait tout le monde d'une humeur joyeuse et poétique, au plus grand profit des marchands de cadeaux.

— Enfin, vous v'là ! s'écria monsieur Boissonneault en ouvrant la porte. Entrez ! entrez ! laissez le froid dehors et venez vous réchauffer. Ma femme est en haut en train de se faire une beauté. Donnez-moi votre bougrine.

Il se dirigea en claudiquant vers un placard et y accrocha les manteaux.

— *On dirait qu'il boite un peu plus chaque fois*, remarqua Florent avec tristesse.

— Bière ? Gin ? Scotch ? proposa monsieur Boissonneault. Pour toi, ma belle, j'ai un de ces petits vins sucrés qui va te tapisser la bouche de velours.

Il s'approcha de sa bru, lui donna une tape amicale sur une fesse, puis se mit à la fixer tout à coup :

— Est-ce que je me trompe ou tu as engraissé, toi ?

Un éclair malicieux brilla dans les yeux d'Élise et deux petites fossettes se creusèrent dans ses joues encore roses de froid :

— Ce n'est peut-être pas de la graisse, fit-elle doucement.

Florent lui lança un regard furieux. Il lui avait fait promettre de retarder l'annonce de sa grossesse jusqu'à ce que leur situation se rétablisse.

— Est-ce que j'ai bien compris ? murmura monsieur Boissonneault en pâlissant.

Il se déhancha péniblement vers une chaise qui l'accueillit avec un craquement sec.

— Répète-moi ça en canayen, que je sois sûr d'avoir bien entendu.

Élise, toute décontenancée, gardait les yeux fixés au plancher, partagée entre le plaisir d'annoncer la bonne nouvelle et la crainte d'indisposer Florent.

— Eh bien oui, fit ce dernier à contrecœur, tu as bien compris. Élise est enceinte d'un mois. On voulait vous garder la surprise pour plus tard.

— Maman ! glapit l'agent d'assurances en bondissant vers l'escalier avec une agilité de jeune homme, descends vite, tu es grand-mère !

— Qu'est-ce que tu dis ? s'écria-t-elle, les traits altérés, en apparaissant en haut de l'escalier, un poudrier à la main.

— Élise est enceinte, que je te dis ! Allons, ne reste pas plantée là comme un codinde, viens l'embrasser !

— Oh ! mon Dieu ! mon Dieu ! est-ce que c'est possible !

Elle descendit à toute vitesse, blanchissant à mesure les marches de l'escalier. Monsieur Boissonneault, les joues ruisselantes, avait posé deux becs sonores sur les joues d'Élise et, saisissant la main de son fils, s'occupait à lui démettre l'épaule.

— Voyons, cesse de pleurer, sa vieille, fit-il d'une voix larmoyante en se retournant vers sa femme. On vient d'apprendre une bonne nouvelle, saint-simonac, le braillage n'est pas de mise! C'est le plus beau cadeau de Noël qu'on pouvait jamais recevoir.

Florent essaya de se libérer :

— Allons, calmez-vous tous les deux! Il y a trois bébés qui viennent au monde à chaque seconde. Le nôtre fera partie du groupe, c'est tout. *Ah non!* s'exclama-t-il intérieurement, *je ne vais tout de même pas me mettre à pleurer moi aussi! Quel mélo!*

Au risque de se rompre tous les os du corps, monsieur Boissonneault s'était précipité à la cave.

— Voilà, fit-il en remontant, hors d'haleine, j'ai mes petits secrets, moi aussi. Un bon chien retrouve toujours son os.

Il se dirigea vers la salle à manger en brandissant une bouteille de champagne toute poussiéreuse :

— Je l'ai achetée le jour de ta naissance, mon garçon! Et j'en garde une autre... pour le jour du baptême! Hé! hé! j'ai mes délicatesses, moi aussi, malgré mes manières un peu rudes.

Madame Boissonneault apporta des coupes et le bouchon sauta au plafond en y laissant une marque que son mari refusera toujours d'enlever.

— À la santé du p'tit! clama-t-il d'une voix lyrique qu'on ne lui avait jamais entendue.

Les coupes tintèrent, des gouttes de champagne tombèrent sur la nappe.

— À la santé de la mère! Bonne grossesse et bien du ventre, qu'il ait de la place pour s'amuser!

Les coupes s'entrechoquèrent de nouveau, un rebord s'ébrécha.

— Et toi, mon garçon, à ta bonne santé. Ta chance commence aujourd'hui, j'en suis sûr, et...

Il ne put continuer. La main tremblante, il noya son début de sanglot dans le champagne.

Les esprits se calmèrent peu à peu et la conversation dériva bientôt vers d'autres sujets. Le dry gin avait remplacé le champagne. Au troisième verre, le sort du Québec, celui de sa famille et en général l'avenir de l'univers apparurent à monsieur Boissonneault sous des couleurs tellement riantes qu'il sentit le besoin d'exprimer son allégresse par un petit refrain grivois, une vieille habitude qui désespérait sa femme :

— Rosalie, fit-il après avoir lancé un sourire complice à Élise, connais-tu celle-là ?

> Trou du cul de la pochette !
> Ça, c'est un vilain défaut
> D'avoir une si jolie pissette
> Sans pouvoir avoir de peau !

Puis, sans plus de transition, il amena Florent voir les progrès de son yacht à la cave :

— Oh ! je le sais, je n'avance pas vite vite, mais ce n'est pas à cause de ma jambe, déclara-t-il, gravement.

Il posa l'index sur sa tempe :

— C'est à cause de ma tête. Je réfléchis avant d'agir. Ça m'a sauvé de bien des misères. Vois-tu, mon garçon, j'ai une *phisolophie* bien simple : la perfection, ou rien du tout. Voilà comment j'ai pu me faire une place au soleil.

Il tapota la coque de l'embarcation :

— Quand ton fils sera grand, je lui montrerai comment piloter ce beau bétail...

Florent, soucieux, allait et venait autour du yacht :

— Tu es sûr de pouvoir le sortir de la cave ?

— Aucun problème. Une fois le chambranle ôté, il va glisser par la porte comme une sardine dans la gueule d'un matou.

Au rez-de-chaussée, madame Boissonneault et sa bru s'affairaient aux derniers préparatifs du réveillon en échangeant à voix basse ce qu'on a coutume d'appeler des confidences de femmes.

— Allons, dépêchez-vous, mes poulettes, s'écria monsieur Boissonneault, un peu chaudasse, en faisant irruption dans la cuisine. Je n'ai pas envie d'entendre ma messe de minuit à Pâques! Déjà onze heures et demie! Vite, vos chapeaux et vos galoches, je m'en vais faire réchauffer l'auto.

Il s'accrocha dans le seuil de la porte et un long jet de gin alla mourir dans son veston.

— Tu n'en fais jamais d'autres, gronda sa femme en accourant avec un chiffon. Du gros gin! L'église va empester! Et puis regarde-toi donc l'air! Le visage te va dans tous les sens! Tu sais comme le curé remarque tout. C'est assez pour qu'il fasse une allusion dans son sermon.

Le curé en question, malgré sa voix chuintante et une tendance prononcée à répéter cinq fois la même chose, fit un sermon fort passable, dépourvu de toutes pointes anti-alcooliques, mais les vapeurs du gin ne permirent pas à monsieur Boissonneault d'en avoir une idée très claire. Malgré les bourrades répétées de sa femme, il somnola durant toute la cérémonie, ce qui ne l'empêcha pas, sur le chemin du retour, de s'étendre longuement sur les mérites du ténor paniqué qui avait beuglé le «Minuit, chrétiens» en couvrant les fausses notes de l'organiste. Tout le monde se retrouva bientôt dans le salon devant l'arbre de Noël.

— Cette année, fit madame Boissonneault en rougissant de son mensonge, l'imagination nous a manqué, à ton père et à moi. On ne savait trop quoi vous acheter, alors...

Elle tendit une petite boîte à Élise, puis une autre à Florent. Chacune contenait deux cents dollars en coupures de vingt.

— Mais c'est une folie, balbutia Élise. Et nous qui sommes arrivés les mains vides!

— Justement: vous êtes arrivés. Voilà votre plus beau cadeau! s'exclama monsieur Boissonneault, jubilant.

Florent, les lèvres serrées, embrassa sa mère, donna une poignée de main à son père et alla se rasseoir, un peu dépité de recevoir la charité sous une forme si évidente. Mais sa bonne humeur reprit vite le dessus. Monsieur Boissonneault servit une tournée, obligeant sa femme à goûter à un gin martini de sa confection qui lui couvrit le visage de plaques roses. On se mit à table, l'œil pétillant, la langue alerte, sautillant d'un sujet à l'autre et riant de tout.

— La tante Jeunehomme vient de nous écrire, annonça monsieur Boissonneault. Ma foi, je pense qu'elle se renmieute en vieillissant. Ou c'est peut-être le soleil de la Floride qui lui ramollit l'écorce? Elle nous parle de toi, fit-il en se tournant vers Florent. Montre-lui la lettre, Rosalie.

Madame Boissonneault ouvrit un tiroir du vaisselier et tendit une enveloppe à son fils. La lettre débutait par les bons souhaits habituels, décrivait brièvement l'état de santé de la correspondante, qui s'était remarquablement amélioré, Dieu merci, grâce à un régime très strict à base de poisson et de fruits tropicaux. Puis, de but en blanc, la tante Jeunehomme annonça qu'après avoir connu récemment certains revers financiers préoccupants, elle voyait la nouvelle année d'un œil beaucoup plus optimiste. L'ouverture prochaine de son casino à Key West s'annonçait comme une affaire en or. « Malgré mon grand âge, continuait-elle, je ne suis pas devenue sotte au point de vouloir profiter de mon argent toute seule, quand je sais fort bien que ma vie touche presque à sa fin. Aussi, je relance une invitation à mon neveu Florent et à sa jeune femme, que je n'ai pas encore eu le plaisir de rencontrer. Ma maison de Key West leur est ouverte, tout le temps que cela nous sera mutuellement agréable. Après les malheurs qu'ils ont connus, le soleil leur fera du bien, et peut-être aussi mon régime à base de fruits, s'ils veulent bien le suivre. »

Florent leva la tête et regarda sa femme, qui l'observait avec un sourire plein d'expectative (madame Boissonneault l'avait sûrement mise au courant) :

— Que dirais-tu d'aller faire la bonne vie à Key West?

Élise laissa échapper un cri de joie.

— Ça marche? s'exclama monsieur Boissonneault, tout heureux de voir aboutir ses longues manœuvres (il prétendait que son fils n'avait jamais guéri tout à fait et que seules de longues vacances le remettraient d'aplomb).

— Ah! vous faites bien, fit madame Boissonneault, jubilante. Le soleil va vous changer les idées, vous pourrez flâner, dormir, manger à votre goût... et nous revenir en pleine forme!

— *Et aussi paresseux,* poursuivit Élise mentalement et elle jeta un regard attristé sur son mari.

Florent eut une moue ironique :

— *Ah! bon,* se dit-il, *c'était un coup monté! Les parents veulent que je suive une petite convalescence de luxe, histoire de me remettre en selle et de continuer à galoper après les gros sous.*

Le réveillon se termina au petit matin.

— Je sens qu'à partir d'aujourd'hui tout va aller pour le mieux, déclara monsieur Boissonneault.

Il exprimait le sentiment de chacun. À la surprise de tous, Florent accepta que son père les reconduise chez eux, lui révélant du coup son adresse.

Quand ils arrivèrent rue Émery, le soleil essayait péniblement de se soulever dans l'air humide et glacé, diffusant une lumière grisâtre qui accentuait l'aspect maladif des immeubles et achevait de ternir la neige salie. La gorge de monsieur Boissonneault se serra quand Élise lui montra l'endroit où ils logeaient.

— Réussissez-vous à vous chauffer, au moins?

— Aucun problème, papa, répondit Florent avec un sourire condescendant.

Élise se mit à fixer la porte qui donnait sur l'escalier intérieur (la serrure avait été arrachée dix ans auparavant):

— Il me semble que je vois quelqu'un derrière la vitre, fit-elle.

— C'est sans doute Ange-Albert qui est arrivé de son réveillon. Il a peut-être oublié sa clé.

Elle embrassa son beau-père et quitta l'auto tandis que monsieur Boissonneault, la main sur l'épaule de son fils, se lançait dans une dernière anecdote sur l'étrange caractère de la tante Jeunehomme.

— Monsieur Émile! s'écria Élise en ouvrant la porte. Qu'est-ce que tu fais ici?

Florent sursauta et, coupant court au monologue de son père, lui serra la main et le quitta:

— Qui ça peut bien être, ce monsieur Émile? marmonna l'agent d'assurances en démarrant (il avait oublié le nom de l'enfant). Un gars de la pègre, peut-être? Elle le tutoie...

Il brûla un feu rouge, appliqua les freins, puis voyant la rue déserte, repartit en trombe, repris par ses soucis, la gaieté du réveillon envolée dans la stratosphère.

Pendant ce temps, les bras croisés, Florent observait monsieur Émile assis dans l'escalier. Le gamin claquait des dents, son chat serré contre lui:

— Et pourquoi t'es-tu enfui de chez ta mère?

— Parce que, répondit l'autre d'un air buté.

— Parce que quoi? mais réponds, bon sang! Si tu penses que j'ai envie de jouer au détective le jour de Noël...

Effrayé par sa voix, Déjeuner essaya de s'échapper et lâcha un miaulement plaintif. C'en fut trop. Monsieur Émile fondit en larmes:

— C'est parce que ma mère voulait faire tuer mon minou parce qu'il s'est pris la patte dans le tordeur pendant qu'elle faisait son lavage.

— La patte dans le tordeur? fit Élise en se penchant pour prendre le chat, qui se mit à feuler.

— Il peut plus marcher, reprit monsieur Émile en sanglotant de plus belle. Ma mère a voulu le faire tuer et son *chum* l'a mis dans une boîte pendant que je dormais et il a fait un trou dans la boîte pour toute la remplir avec la fumée de son char.

Monsieur Émile s'arrêta, renifla bruyamment et continua:

— Mais je me suis réveillé et j'ai mis mon linge et j'ai attendu qu'ils soyent dans le salon et je suis parti avec mon chat et je veux plus jamais jamais revenir! JAMAIS! cria-t-il.

Florent saisit le chat par la peau du cou pendant qu'Élise prenait l'enfant dans ses bras.

— Eh! petite vie! grommelait-il en montant l'escalier. Rafistoler des matous de ruelles le 25 décembre!

Il pénétra dans l'appartement, fit de la lumière et se mit à examiner l'animal, sous l'œil angoissé de monsieur Émile. Déjeuner se montrait docile, mais n'en menait pas large! L'œil terne, le poil hérissé, les moustaches raidies, il respirait par saccades, léchant sa patte antérieure droite tout enflée, qui pendait lamentablement.

— Ouais... il m'a l'air foutu, ton chat...

Élise lui fit signe de choisir ses mots.

— Est-ce qu'il va mourir? demanda l'enfant d'une voix éteinte.

— Hum! je ne suis pas vétérinaire, mais je pense qu'il a tous les os de la patte écrabouillés.

— Et si on le faisait soigner? proposa Élise.

— Oui? et avec quel argent?

Son regard croisa celui de monsieur Émile:

— Bon, bon, grommela-t-il, je vais m'en occuper.

Il déposa Déjeuner à terre. Le chat s'avança péniblement sur trois pattes, puis se laissa tomber dans un coin. Il leva la tête et posa sur Florent un regard calme et naïf, comme s'il sentait obscurément que son sort venait de prendre meilleure tournure.

— Mais toi, fit Élise, en caressant les cheveux de l'enfant, toujours grimpé sur ses genoux, il faut que tu retournes au plus vite chez toi, sinon ta mère ne te permettra plus jamais de venir nous voir.

— Je veux plus aller chez ma mère, murmura-t-il d'un air craintif, je veux rester avec vous autres. Je l'aime plus, ma mère... elle s'occupe jamais de moi... elle est toujours en train de se faire pogner le cul par ses *chums*...

— Monsieur Émile! s'écria Élise, scandalisée. Qui t'a montré à parler comme ça?

Florent se contorsionnait le visage pour ne pas éclater de rire.

— C'est elle qui l'a dit, l'autre jour, qu'elle aimait se faire pogner le cul! protesta monsieur Émile avec véhémence. Elle a dit que même si on lui donnait pas une cenne, elle se le ferait pogner pareil.

Élise se tourna vers son mari.

— Ah non! s'écria-t-il, passe pour le chat, mais pas l'enfant!

— Elle accepterait peut-être qu'on l'emmène avec nous en...

— Élise, Élise! ton cœur te mène par le bout du nez: on n'a même pas assez d'argent pour payer nos billets, je dois faire soigner un chat fini et tu voudrais qu'on se charge en plus d'un enfant!

Les marches de l'escalier se mirent à gémir et on entendit une voix chantonner «*Adeste fideles*». Florent se rendit à la porte:

— Salut, Ange-Albert! Joyeux Noël. Wow! quel chic! arrives-tu de tes noces?

— Joyeux Noël, répondit l'autre en lui serrant la main.

Il aperçut monsieur Émile, toujours assis sur Élise:

— Tiens, tu es ici, toi? Joyeux Noël, fit-il en se penchant pour les embrasser.

Élise se mit à rire:

— Un nouvel habit! une cravate neuve! des souliers vernis! qu'est-ce qui se passe?

— Brrr! quel froid dehors! s'écria Ange-Albert, le regard débordant d'allégresse. Il doit faire moins vingt.

Il enleva son manteau et se remit à chantonner. Florent l'observait, les lèvres pincées par un sourire moqueur:

— Et alors? quelle nouvelle?

— Aucune, aucune, répondit l'autre d'une voix légère. J'ai passé une soirée très agréable, c'est tout. La mère de Rosine est très gentille. Il n'y a plus qu'à travailler le bonhomme un peu et tout va aller sur des roulettes. À propos, fit-il en époussetant le col de son veston, l'air insouciant, j'en ai une bonne à vous raconter. Figurez-vous que juste au moment où j'allais partir chez Rosine, quelqu'un frappe à la porte. J'ouvre. Et qui est-ce que j'aperçois? Notre inspecteur maboul, Rosarien Roy, complètement soûl, et sentimental comme une vieille fille. Si je ne l'avais pas mis dehors, il serait encore ici à me raconter sa vie. Savez-vous ce qu'il m'a dit? Qu'il n'avait jamais eu l'intention de jouer aux dés avec moi, mais que c'est le vieux Ratablavasky qui l'avait convaincu de le faire, en lui promettant de le rembourser de ses pertes. C'était une façon pour lui de nous aider sans qu'on le sache, toujours d'après l'inspecteur. Seulement, voilà: quand est venu le moment du remboursement, Ratablavasky ne se souvenait plus de rien! Notre ami Rosarien crache du feu de partout! Il parle de lui intenter un procès, de le traîner dans la boue, de le faire exiler, et tout et tout.

Élise et Florent l'écoutaient, atterrés. Ange-Albert ne semblait pas avoir mesuré la gravité de sa nouvelle et souriait comme s'il s'était agi d'une blague.

— Il faut absolument que je parle à cet inspecteur, murmura Florent au bout d'un moment.

Élise lui toucha le bras : monsieur Émile cognait des clous, affalé entre ses cuisses. Florent poussa un soupir et décrocha le combiné.

— Je le savais qu'il était chez vous, cher, répondit madame Chouinard au milieu d'une quinte de fou rire. Le garder un 'tit bout de temps ? Cert'n'ment ! si ça vous fait plaisir, je demande pas mieux. Mais je veux le voir ce soir à la maison pour mon repas de dinde : c'est le seul de l'année... et je le prépare pour lui !

18

Déjeuner, à son grand désespoir, se fit mettre la patte dans le plâtre et fut astreint à une semaine de séjour en cage chez le vétérinaire Journet. Dès son arrivée, on vaporisa sur lui une solution désinfectante dont l'odeur lui rappela le détersif que madame Chouinard utilisait chez elle quand le plancher de sa cuisine ressemblait au fond de sa poubelle. Il se tenait alors à l'extérieur de la maison pendant des journées entières.

Voyant cette catastrophe olfactive étendre ses ravages jusque dans les profondeurs les plus intimes de son poil, il décida de faire la grève de la faim et miaula dix-huit heures par jour, ce qui, hélas, n'apporta aucune amélioration à son sort.

Chaque jour, au début de l'après-midi, une jeune fille descendait le voir à la cave. Elle aurait pu être d'une bien agréable compagnie si elle avait voulu compatir à ses malheurs. Mais au contraire, voyant sa pâtée intacte, elle le chapitrait à n'en plus finir, lui tenant toutes sortes de propos qui n'avaient aucun rapport avec ses problèmes réels. Puis, ouvrant la porte de la cage, elle lui saisissait le museau et lui fourrait dans la gueule une énorme pilule qu'elle poussait au fond de son gosier à coups d'abaisse-langue. Il en avait la nausée pour le reste de l'après-midi.

Cette semaine-là, il ne connut qu'une seule joie. Vers la fin du cinquième jour, au moment où il se disposait à faire une courte sieste pour reposer ses cordes vocales, un galop assourdissant résonna dans l'escalier.

— Déjeuner! Déjeuner! où c'est que t'es? hurlait monsieur Émile en dégringolant les marches, poursuivi par la jeune fille.

Il se mit à zigzaguer à travers la cave en jetant des coups d'œil de tous côtés, puis s'arrêta net et la jeune fille vint buter contre lui.

— Ah! t'es là, mon beau minou, murmura-t-il, les yeux pleins de larmes.

Déjeuner l'écoutait, surpris. Monsieur Émile lui parlait à voix basse en utilisant toutes sortes de mots étranges et doux que le chat entendait pour la première fois. Il croyait sans doute se faire pardonner ainsi ce fameux emprisonnement. Malgré le curieux plaisir que lui causaient ces mots, Déjeuner continua de se sentir mortellement offensé par la conduite de son maître; il se roula en boule dans la cage, tête au fond, et ferma les yeux.

— Tu l'as vu, là, ton matou? siffla la jeune fille, courroucée. Fous le camp, maintenant. J'ai de l'ouvrage en haut, moi.

Le gamin, désespéré, sortit de la clinique et, pour la dixième fois, se rendit chez Florent demander qu'on lui remette son chat. Florent, assis dans la salle à manger, le combiné coincé entre l'oreille et l'épaule, le regarda à peine :

— Vous me dites qu'en plus de son congé de Noël il vient de prendre ses vacances annuelles? Pas avant le 17 janvier? Pourriez-vous me donner son numéro de téléphone à domicile? Ah oui... le règlement... c'est vrai, j'oubliais… C'est commode un règlement quand on n'a pas envie d'enlever les mains de ses poches. Merci.

Il raccrocha.

— Et puis ? fit Élise en sortant de la cuisine. Monsieur Émile, enlève tes bottes, je te l'ai répété cent fois.

— Mille fois, rectifia l'enfant.

— Impossible de le joindre avant la mi-janvier, notre maudit inspecteur, grommela Florent.

Il se mordillait l'intérieur de la joue, maussade :

— J'ai envie de tout laisser tomber et de partir pour la Floride. Le Vieux finira peut-être par nous oublier… ou par crever.

— Je veux y aller moi aussi, en Floride, pleurnicha monsieur Émile.

— Mon pauvre enfant, soupira Élise, ce n'est pas l'envie qui nous manque de t'amener, c'est l'argent.

— *Ce soir*, murmura Florent in petto, *on aura peut-être réglé ce petit problème.*

Élise attira l'enfant près d'elle et lui enleva son man-teau.

— Tu vas me donner ton gilet à locomotive, que je le lave. Il est sale sans bon sens.

Monsieur Émile s'exécuta docilement :

— Fais attention de le briser, lui recommanda-t-il. Bob Forget l'a déchiré ici, en dessous de la fumée, quand on s'est battu l'autre jour.

Élise sourit :

— C'est un de tes amis, Bob Forget ?

— C'est un *bum*, décréta sévèrement monsieur Émile.

Ange-Albert et Rosine avaient promis d'arriver à l'ap-partement à six heures pile et tinrent promesse. On soupa rapidement, presque sans parler.

— Qu'est-ce qui se passe ? demanda Élise, étonnée par l'air grave et tendu de ses compagnons. On croirait que vous préparez un attentat.

Florent lui mit la main sur le bras :

— Ma très chère femme, j'ai le plaisir de t'annoncer qu'Ange-Albert a promis de nous enrichir ce soir, pour qu'on fasse bonne figure en Floride.

— À propos, combien vous faut-il? demanda celui-ci en se levant de table.

— Heu... deux billets d'avion aller-retour, plus les imprévus... disons sept ou huit cents dollars...

— Avec un peu de chance, fit-il, vous en aurez bien plus.

Ils enfilèrent leurs manteaux.

— Tiens, s'étonna Rosine en mettant le pied dans la rue, on travaille dans l'édifice d'à côté...

La feuille de contreplaqué qui bloquait l'entrée de l'édifice contigu au leur avait été arrachée. Des ouvriers entraient et sortaient, transportant des boiseries, des portes vitrées, une rampe d'escalier, des lustres électriques.

— Hum! fit Ange-Albert, je sens que notre maison est sur le point de perdre sa petite sœur...

Ils arrivèrent bientôt en face du Saint-Malo, le restaurant-café de la rue Saint-Denis.

— Il n'y a presque personne, fit Rosine en s'approchant de la minuscule terrasse vitrée où se tassaient une douzaine de tables en contrebas de la salle à manger.

— Laissons venir le gibier, fit Ange-Albert en poussant la porte.

Ils s'attablèrent à la terrasse et commandèrent de la bière et du café.

Près de la porte, un homme dans la quarantaine, qui donnait l'impression d'être lutteur ou videur de club, était échoué sur une chaise et contemplait sa bouteille de bière d'un œil attendri. Ange-Albert, les jambes étendues, les deux mains dans les poches, sifflotait, l'air absent.

Le café se remplit peu à peu. Des éclats de voix commencèrent à fuser, l'air se remplit de fumée, des tintements de verres retentissaient partout. La serveuse, son plateau d'une main, fouillait de l'autre dans la poche de son tablier pour remettre la monnaie et répondait aux sempiternelles plaisanteries des clients avec un sourire gentil et résigné. Ange-Albert avait sorti ses dés et les faisait rouler doucement sur la table en marmonnant des chiffres.

Soudain, la porte du restaurant s'ouvrit toute grande. Un homme apparut, revêtu d'une pelisse, coiffé d'un bonnet de fourrure, portant barbiche, l'œil fiévreux, la lèvre délicate, laissant voir sur toute sa figure les ravages d'un noble ennui. Ange-Albert cligna de l'œil :

— Voilà mon homme, murmura-t-il.

Il lui fit un grand sourire. L'autre demeurait immobile. Il faisait penser à un empereur romain au sortir d'une orgie, essayant de rassembler ses idées avant de haranguer la populace.

Il s'avança d'un pas hésitant, puis s'arrêta, de plus en plus perplexe. Ange-Albert se leva et, se frayant un chemin entre les tables, l'aborda, la main tendue. L'autre parut surpris ; après l'avoir écouté un moment, il inclina gracieusement la tête et le suivit jusqu'à la table, où on le fit asseoir entre Rosine et Florent.

— Armand de la Durantaye, fit-il en présentant sa main aux deux femmes, puis à Florent, un peu intimidés.

— Serait-il indiscret de savoir la raison qui vous a poussés à m'inviter si gentiment à votre table ? fit-il en se tournant vers Ange-Albert avec un sourire anémique.

— Bah ! c'est qu'on aime la bonne compagnie et que t'avais l'air de connaître personne ici.

— Je vois, répondit l'autre doucement et ses lèvres esquissèrent de nouveau un sourire.

Malgré la fumée des cigarettes, un parfum suave émanait de sa personne et se répandait peu à peu autour de la table. Fragrance de savons rares, effluves des grands parcs familiaux traversés de brises pures, odeur profonde des boiseries frottées à la cire vierge, fraîcheur capiteuse d'une chair saine nourrie avec soin depuis des générations...

— Je devais rejoindre mon père ici à sept heures, reprit Armand de la Durantaye, pour discuter de l'achat de cet établissement, mais j'ai eu un contretemps.

— *Saint Joseph!* s'écria Ange-Albert intérieurement, *soyez gentil et je vous paye un cierge de six pieds!*

— Vraiment, je suis très en retard, fit l'autre en consultant sa montre. Il est sûrement reparti. Veuillez m'excuser un instant.

Il se leva, gravit lentement les marches qui menaient à la salle à manger et se dirigea vers le fond.

— C'est bien ce que je pensais: il n'a pas voulu m'attendre, annonça-t-il en revenant quelques instants plus tard. La vente est faite, les lieux m'appartiennent... officieusement, bien sûr, car le contrat n'est pas encore signé.

Le gérant se précipita derrière lui, plateau à la main, tout en courbettes, étonnant de servilité, et réclama avec frénésie l'honneur de lui payer une consommation, ainsi d'ailleurs qu'à ses jeunes amis.

— Bon, si vous insistez, un Perrier avec citron, fit l'autre, sans paraître remarquer l'émotion de son nouvel employé.

Dans les circonstances, Florent et ses amis firent preuve d'une modération de grands seigneurs et se contentèrent chacun d'une bouteille de bière. Armand de la Durantaye les couvrit d'un regard mélancolique et protecteur:

— Vous me paraissez bien sympathiques, murmura-t-il. Vous venez souvent ici?

Ange-Albert décida que le moment était venu d'engager la partie. Florent se mit à l'observer, abasourdi par le changement qui venait de se produire chez son ami. Sa nonchalance souriante et un peu mollasse avait fait place à une vivacité, à une pétillance d'esprit singulières. Il réussit à capter l'intérêt de leur noble invité et le fit même rire deux ou trois fois, chose qui ne semblait pas particulièrement facile.

Armand de la Durantaye exerçait la profession quelque peu ennuyeuse de fils de famille. Il étudiait l'architecture par désœuvrement, voyageait à travers le monde, s'adonnait nonchalamment à la luxure, mais la plus grande partie de ses énergies était consacrée à se familiariser avec l'administration de la fortune paternelle pour le jour redoutable où l'héritage familial s'abattrait sur ses épaules fatiguées.

— Vous êtes amateur de dés ? fit-il, arrêtant son regard sur la main gauche d'Ange-Albert qui, tout en causant, faisait pirouetter négligemment ses pièces.

Rosine laissa échapper un toussotement nerveux. Les yeux d'Ange-Albert cillèrent lentement et un sourire ingénu découvrit ses dents, qu'il avait menues, parfaitement rangées et blanches comme du lait :

— Aimerais-tu faire une partie de yum avec moi ?

— Yum ? qu'est-ce que c'est ?

Ange-Albert sortit un calepin et un crayon et lui expliqua les règles du jeu.

— Ça me paraît simple, fit l'autre, mais il faut de la jugeote.

Une étincelle de curiosité enfantine brilla dans son regard blasé. Ils engagèrent une partie. Très vite, le fils de famille atteignit un degré d'excitation sans rapport avec ce qui se déroulait. Élise et Rosine, un peu effrayées, l'observaient avec un sourire crispé. Ange-Albert s'efforça de perdre et y réussit. Sa victoire plongea Armand de la Durantaye dans un état d'euphorie étrange. Il glissa lentement ses doigts dans sa chevelure soyeuse, qui le faisait ressembler au jeune Alfred de Musset :

— Mes amis, je sens que le destin va me parler ce soir. Rejouons.

— *Ma foi!* pensa l'autre, *il est plus facile à enjôler qu'un robineux avec une caisse de bière. Corsons le jeu.*

Une seconde partie s'engagea, que le fils de famille gagna plus difficilement.

— Si on montait à la salle à manger? fit-il, de plus en plus fébrile. On y serait plus tranquilles, non? Vous êtes ici chez vous: buvez, mangez, je me charge de la note. Allons, quoi, je vous intimide? fit-il en voyant que personne n'osait commander.

Il tourna la tête et voulut lever la main pour appeler quelqu'un, mais un garçon se trouvait déjà près de lui, plié en deux par le désir de plaire. La table se garnit de deux bouteilles de Rosinet-Chambelles 1961 et une troisième partie commença.

Vingt minutes plus tard, il gagnait de nouveau. Ses narines se pincèrent, son cœur fut saisi par un transport juvénile et il eut la sensation tout à coup d'être devenu un demi-dieu. Rosine l'observait, les lèvres dans sa coupe, la gorge rigide comme un tuyau de fonte.

— Maintenant, à toi, fit-il en se tournant vers Florent avec un sourire plein de défi.

Florent gagna. Armand de la Durantaye ressentit sa victoire comme un affront personnel. Il se fit apporter deux autres bouteilles, vida sa coupe d'un trait et exigea une revanche. L'autre se défila:

— Jamais plus d'une partie par soir, sinon je me couche aux petites heures du matin. C'est une maladie.

Armand de la Durantaye insista. Rien n'y fit. Il était ennuyé au plus haut point.

— Allons, continuons ensemble alors, fit-il en se tournant vers Ange-Albert, puisque la peur le paralyse.

— Comme tu veux, fit celui-ci.

Considérant sa victime suffisamment cuite, il avait décidé que le moment était venu de s'en délecter:

— Mais cette fois-ci, ajouta-t-il, mettons une mise. Dix dollars par point.

Armand de la Durantaye trouva l'idée excellente et vida une seconde coupe. Ses yeux se mirent à pétiller de lueurs tendres, la courbe de ses lèvres prit une mollesse sensuelle et, du coup, il devint une copie parfaite d'Alfred de Musset en goguette. Florent offrit de noter les enjeux.

— Allons, fouettons la vie, mes amis ! s'écria le fils de famille en déposant sa coupe avec force.

Ange-Albert s'arrangea d'abord pour perdre encore une fois, histoire de mettre son adversaire bien à l'aise. Rosine gardait les yeux fixés sur ses mains. Le geste lent, les doigts légèrement écartés, il brassait les dés, sourire aux lèvres, la paupière mi-close, scrutant la danse diabolique qu'il animait de toute sa science. Vingt minutes plus tard, Armand de la Durantaye avait perdu 880 $. Il demanda sa revanche. Son débit grimpa à 2440 $. Il continuait de jouer, les lèvres serrées, le visage agité d'un tremblement imperceptible. De temps à autre, il fouillait dans sa poche, soulevait le couvercle d'une petite boîte dorée et avalait un comprimé. Élise défaillait :

— Pourquoi... tous ces comprimés ?

Armand de la Durantaye posa sur elle un regard singulier. Pendant une seconde, elle eut l'impression qu'il s'éloignait d'elle lentement, comme un passager debout sur le quai d'un navire quittant le port.

— Surmontil. Pour stimuler le moral. Rien de mieux.

À dix heures, il devait 8800 $, mais s'obstinait toujours à jouer.

— Ce soir, le destin me parle, murmurait-il avec un air de satisfaction morbide, le front couvert de fines gouttelettes.

Malgré les violents coups de pied que ne cessait de lui décocher Florent, Ange-Albert s'amusait à écrabouiller lentement son adversaire.

À onze heures dix, deux maisons de rapport situées sur la rue Saint-Denis tombèrent dans son gousset.

Armand de la Durantaye se leva, tout tremblant, sa chemise plaquée de sueurs, et sortit son portefeuille. Huit billets de cent dollars, lisses et luisants, glissèrent un à un sur la table et s'arrêtèrent devant Ange-Albert, qui souriait d'un air embarrassé, tout étourdi par son exploit.

— Merci, fit l'autre d'une voix étranglée tandis qu'il griffonnait un billet à ordre pour la somme de 67 680 $, merci mille fois. J'ai passé grâce à vous une soirée très instructive qui m'a permis de mieux connaître ma voie.

Il joignit sa carte au billet et les tendit à Ange-Albert:

— Présentez-vous chez moi demain. On vous réglera.

Il boutonna son manteau jusqu'au menton, fit un léger signe de tête, sortit du restaurant et fut aussitôt fauché par une automobile qui descendait en trombe la rue Saint-Denis. Le restaurant se vida.

— Je l'ai vu! piaillait une petite femme hystérique. Il s'est jeté sous l'auto! Je l'ai vu!

Silencieux, les bras ballants, des tas de curieux contemplaient Armand de la Durantaye qui rendait laborieusement son âme. On faiblissait de la jambe, les estomacs commençaient à se barbouiller. Un vieux dramaturge en longues bottes de cuir tourna les talons et réintégra le restaurant à toute vitesse, où il se commanda un café noir qu'il but à petites gorgées avec des soupirs navrés. Une ambulance s'arrêta dans un grand vacarme et repartit aussitôt, mais depuis un moment l'âme d'Armand de la Durantaye voyageait par ses propres moyens.

Après un bref interrogatoire, la police laissa aller Ange-Albert et ses amis. Élise, le visage défait, l'accusait d'avoir poussé son partenaire au suicide.

— Voyons, ne dis pas de sottises, coupa Florent. Il était soûl comme une botte en quittant le restaurant. Il n'a pas vu l'auto, c'est tout. Elle aurait pu me frapper à sa place.

Ange-Albert leur tendit cinq cents dollars:

— Tenez, allez oublier votre peine en Floride. J'aurais voulu vous en donner plus, mais je me réserve le reste pour me payer le luxe de changer d'emploi.

Florent ne se fit pas prier. Une heure plus tard, leurs bagages étaient prêts et il avait retenu deux places pour le lendemain sur le vol Montréal-Miami. À dix heures, le lendemain matin, Élise et son mari se présentaient à la chambre d'Aurélien Picquot pour lui faire leurs adieux.

Le cuisinier accueillit la nouvelle de leur départ avec philosophie :

— La jeunesse ne passe qu'une fois, dit-il d'une voix émue. Je ne suis pas assez mesquin pour vous demander de gâcher la vôtre en tenant compagnie à une vieille épave. Allez, amusez-vous et vive le soleil !

19

Une chaleur humide les enveloppa brusquement. Ils descendaient une passerelle couverte, bousculés par la foule joyeuse des passagers. La chaleur s'insinuait dans le moindre repli de leurs vêtements, pénétrait leurs cheveux jusqu'à la racine, se glissait au fond de leur gorge. On la sentait aussi puissante et invincible que le soleil lui-même.

Ils s'engagèrent dans un long corridor vitré et arrivèrent devant deux carrousels sur lesquels tournaient des amas de bagages. Une grosse boîte ficelée, douée de la faculté de japper, créait une certaine sensation.

Florent avisa un employé qui s'avançait en poussant un diable et lui demanda de transporter ses valises à la sortie. Ils débouchèrent bientôt sur un quai. Un autobus ronronnait devant eux en répandant une fumée suffocante.

Élise se laissa tomber sur un siège et ferma les yeux, accablée, tandis que Florent hissait les valises dans un filet. Ils attendirent un moment.

De l'autre côté de l'allée, un Chinois dans la quarantaine avait sorti un gros paquet de cartes postales de son veston et examinait avec un étrange sourire une photographie de l'hôtel Nelson.

Le chauffeur renversa tout à coup la tête en arrière et une phénoménale quantité de Coke dévala dans son estomac. Puis il s'épongea le front, embraya, et l'autobus se mit en mouvement.

◆ ◆ ◆

Ils filent sur une voie rapide bordée de broussailles poussiéreuses. Des entrepôts démesurés, des garages crasseux, des casse-croûte qui donnent l'impression d'avoir été construits en une demi-heure s'élèvent ici et là au milieu d'une verdure anémique cernée de toutes parts par l'asphalte et le ciment. Élise et Florent sourient à la vue des bouquets de palmiers qui se dressent parmi les empilades de barils, les tas de vieilles planches et les plaques d'herbe torréfiées. Cent millions de cartes postales ont affligé ces pauvres arbres d'un air doucement ridicule, cruellement accentué par le décor industriel.

Le système de climatisation est en panne. Élise ne cesse de mouvoir ses jambes, qui cherchent à coller au cuir de la banquette. Florent soupire, lève les bras; de temps à autre ses aisselles lui envoient de petites bouffées acides.

Ils aperçoivent au loin une grande masse bleuâtre hérissée de tours: c'est Miami City qui s'étale le long de la mer devant Miami Beach, sa petite sœur mondaine établie sur une bande sablonneuse. L'autobus file de plus en plus vite, zigzaguant parmi les automobiles qui ressemblent à de gros insectes colorés pris de panique, puis s'engage sur une longue chaussée qui traverse la baie de Biscayne et arrive dans la zone des grands hôtels. Légèrement défraîchis, construits dans le style aseptique des années 1950, ils portent des noms mirifiques: Four

Freedoms House, Golden Gate, Rainbow Inn, Eden Roc, etc. Les rues sont pleines de vieillards en chapeaux de paille et de vieilles femmes en robes extravagantes, coiffées de bonnets de tulle pastel, qui déambulent à petits pas sous le ciel éclatant, sourire aux lèvres, essayant avec un beau courage d'oublier leurs problèmes de cœur, de pancréas et d'articulations. L'autobus s'arrête à chaque instant pour laisser descendre une poignée de voyageurs, puis s'immobilise enfin devant un minuscule terminus.

— *The next bus for Key West?* fait l'employé de la consigne. *Nine thirty, sir. Better be here before, though, if you want a seat**.

Élise et Florent flânent dans les rues, alourdis de jus d'orange et de crème glacée, les nerfs relâchés, la peau couverte d'une fine sueur, et courbent la tête en souriant sous la dictature aimable de la chaleur, qui règne sur Miami comme une déesse de cinéma sur un studio. À son contact, les couleurs s'animent d'un chatoiement sensuel. La laideur des choses s'atténue, se dissout dans la vibration de l'air. Une vraie colère sèche devient un exploit. Seuls les plus cruels soucis arrivent à persister dans ce bain de nonchalance amollissante.

— Si on allait se baigner? fait Élise.

*   ❖   *

Une vieille femme en bikini, la peau des cuisses ravalée jusqu'aux genoux, se tenait debout près d'un rocher, enduisant de crème son visage brunâtre et sec. Elle les observa tandis qu'ils s'avançaient au milieu des vagues géantes, main dans la main. Un début de pensée mélancolique essaya de se former dans son cerveau, ses lèvres palpitèrent une seconde à la recherche d'un mot, mais

---

* Le prochain bus pour Key West? [...] Neuf heures trente, monsieur. Mais arrivez tôt si vous voulez un siège.

l'impulsion cessa brusquement. Sa main s'avança vers le rocher, saisit une cigarette et un épais nuage de fumée se répandit dans ses poumons tandis que ses paupières séchées se plissaient de plaisir.

Ils s'amusèrent un moment à se laisser emporter par les avalanches d'eau tiède qui s'écrasaient inlassablement sur le sable. Florent essayait de piquer du nez vers le fond, mais les puissantes pulsations de l'eau le projetaient à la surface malgré lui. Il releva la tête et aperçut la vieille fumeuse qui continuait de les observer, immobile, n'éprouvant aucune gêne, semblait-il, de l'extraordinaire délabrement de son corps. Il fit signe à Élise et ouvrit la bouche. Un long jet d'eau salée descendit au fond de sa gorge, y faisant lever des sonneries de trompes qui mirent l'Américaine en joie. Ses épaules dansaient, faisant tressauter les deux globes flétris de sa poitrine où s'était réfugiée une phénoménale quantité de graisse.

Florent s'avançait vers la plage en trébuchant, soutenu par sa femme qui lui donnait de grandes claques dans le dos.

— *God Almighty!* s'écria l'Américaine en lui saisissant le bras, *you almost drowned, sonny! Wanna cigarette? It'll do you some good*.*

◆ ◆ ◆

Un grondement sourd s'éleva des entrailles de l'autobus. Élise, debout, sur le trouttoir, une valise dans chaque main, jeta un coup d'œil anxieux par la vitrine du restaurant où son mari enfournait un *hot chicken sandwich* à coups de pouce. Ils traversèrent la rue en courant et se laissèrent tomber dans leur siège. L'autobus s'ébranla d'un coup sec.

* Seigneur du saint ciel! [...] t'as failli te noyer, mon jeune. Veux-tu une cigarette? Ça va te faire du bien.

La nuit venait de descendre. Les enseignes-néons inondaient la ville de leurs lumières frémissantes qui noircissaient le ciel comme d'une couche de goudron et semblaient en faire un monde inaccessible. Florent se rencogna du mieux qu'il put dans son siège et soupira. Le *hot chicken* qu'il venait d'engloutir semblait avoir retrouvé griffes et bec et faisait de cruelles promenades dans son estomac.

L'autobus traversait maintenant la banlieue. Des murs de stuc blancs, des toitures en terrasse, des grilles ornementales qui retenaient une abondance extravagante de végétation se succédaient à toute vitesse. Puis les panneaux-réclames, les terrains vagues et les entrepôts apparurent de plus en plus souvent entre les maisons, qui se misérabilisaient à vue d'œil. Florent aperçut un camion chargé d'oranges arrêté sur le bord de la route ; la lueur d'une cigarette s'alluma à la hauteur du marchepied. Des bouffées de gaz libératrices lui montèrent aux lèvres. Le bec de son poulet commençait à s'émousser. Il appuya sa tête contre l'épaule d'Élise, qui dormait déjà, et tomba dans un profond sommeil.

Un roulement sourd le réveilla. L'autobus venait d'enfiler un pont qui rejoignait, semblait-il, un îlot boisé. Florent distingua de chaque côté des bancs de sable qui s'enfonçaient dans le noir opaque de la mer. Des filets de brume ondulaient ici et là, dissolvant les bouquets d'arbres. Un motel minuscule apparut tout à coup dans un tournant. Un Noir se tenait devant, sous une enseigne-néon, tout inondé de lueurs roses. Un deuxième pont apparut. Élise s'étira, ouvrit les yeux.

— Où est-ce qu'on est ? murmura-t-elle.

— Dors, fit-il tout bas, il reste encore beaucoup de chemin.

Les ponts se succédaient à une cadence de plus en plus rapide. Le chauffeur filait à un train d'enfer, comme s'il avait juré d'atteindre au plus vite le dernier îlot pour précipiter l'autobus au fond de la mer. La brume s'épaississait, faisant suinter les vitres. Des bouffées humides envahissaient l'autobus. La peau devenait moite et collante, l'air se chargeait de relents marins. Florent rêvassait, les yeux grands ouverts, le cerveau rempli d'avertissements énigmatiques. Soudain, du fond de sa mémoire, la voix doucereuse et chantante d'Egon Ratablavasky s'éveilla avec une précision étonnante:

— Eh bien, mon cher jeune homme, disait-elle avec un petit nasillement ironique, *on prend la fuite de ses amis?*

Il en fut tellement saisi qu'il réveilla Élise, avide tout à coup de conversation.

20

Le terminus venait de recevoir ses derniers voyageurs. Le guichetier poussa un énorme bâillement, éteignit les lumières et verrouilla les portes, tandis que les passagers se dispersaient tranquillement. Deux minutes plus tard, l'endroit était aussi désert qu'un banc de récifs. Élise et Florent demeuraient immobiles au milieu de la cour mal éclairée, fixant d'un œil perplexe une rangée de taxis vides alignés le long d'un mur.

— Ouais... J'ai oublié de m'acheter une carte de la ville, murmura Florent. Tout ce que je sais, c'est qu'elle demeure sur la rue Jordan, près de la mer.

— Eh bien, marchons, fit Élise. On finira bien par rencontrer quelqu'un.

C'était peu de dire que la ville était calme. Le calme semblait être la matière même qui la constituait. Baignée dans une chaleur humide et pesante, la végétation fusait de partout, assourdissant tous les bruits. Une odeur de piment, grasse et pénétrante, flottait dans les rues, mêlée à des effluves sucrés. Les maisons, de style colonial ou vaguement espagnol, semblaient dormir depuis toujours, portes closes, fenêtres obscures, à demi ensevelies sous la végétation.

Florent s'arrêta. Un flacotement caoutchouteux s'approchait. Ils se retournèrent, écarquillèrent les yeux, sans rien voir. Un moment s'écoula. Soudain un gros homme trapu, la tête fortement courbée, déboucha au coin de la rue, appuyé sur une canne. On aurait dit, à la façon qu'il avait de se dandiner, que ses jambes s'articulaient chacune sur deux genoux. Il s'approcha, l'œil fixe, le souffle bruyant, puis s'arrêta. Un sourire bienveillant étira ses traits fripés.

— *Good evening, folks. Looking for something*[*] ?

Il leur fournit avec beaucoup de détails les renseignements demandés.

— *Take your time,* fit-il en repartant, *don't wear yourselves out. It's a long way*[**].

Une heure plus tard, Élise et Florent, les épaules à demi disjointes par le poids des valises, s'arrêtaient devant une grille monumentale. On distinguait vaguement à travers les barreaux une grande masse blanche au fond d'un parc. De la mer toute proche montait un vaste bruissement. Élise actionna une sonnette. Ils attendirent en silence, un peu inquiets. Soudain, un violent bourdonnement partit de la serrure. Florent poussa la grille et ils s'avancèrent dans une allée bordée de flamboyants. Des effluves de lilas et d'herbe mouillée montaient dans la chaude moiteur de la nuit. À mesure qu'ils avançaient, la masse blanchâtre se précisait, prenait du volume, allongeait des ailes, découvrait ses pignons, ses arcades, ses rangées de lucarnes, ses réseaux de dentelles victoriennes.

— Barre de cuivre, murmura Florent, qu'est-ce que c'est que ce château biscornu ?

---

[*] Bonsoir, mes amis. Vous cherchez quelque chose ?
[**] Prenez votre temps. Ne vous fatiguez pas trop, vous avez un long chemin à faire.

Un carré de lumière éclata soudain en haut de l'escalier qui menait à un porche garni de hautes colonnes. Une ombre mince s'y découpait, immobile.

— Qui est-ce? demanda une voix inquiète.

— Élise et Florent Boissonneault, madame.

Ils entendirent une exclamation étouffée, et l'ombre glissa rapidement le long des marches.

— Ah bon! c'est vous? fit la voix, toute joyeuse.

Une femme fluette aux cheveux grisonnants montés en chignon s'arrêta devant eux et saisit les deux mallettes d'Élise.

— Venez, suivez-moi. Madame vous attendait depuis plusieurs jours. Bien sûr, elle ne pourra vous accueillir elle-même cette nuit, fit-elle en gravissant les marches à petits pas sautillants. Elle est couchée depuis dix heures, comme à son habitude. Vous avez peut-être faim? Voulez-vous que je vous fasse préparer...

— Non, ce n'est pas la peine, fit Élise en clignant de l'œil sous la lumière aveuglante du hall. On a mangé en cours de route.

— Très bien, répondit l'autre en tournant vers eux son visage mince et pâle, aux traits d'une finesse extrême et comme vieillotte, déparé par une petite verrue à la commissure des lèvres. Veuillez me suivre. Je m'appelle Lydie. Mademoiselle Lydie. Je suis au service de votre tante depuis quelques années.

— *Ma foi*, se demanda Florent, *d'où vient-elle? C'est une Française? Quel drôle d'accent!*

— Je suis née dans la région parisienne, mais je vis aux États-Unis depuis longtemps, reprit-elle comme si elle avait deviné sa pensée. Cela laisse des traces.

Ils traversèrent le hall, puis une autre pièce plongée dans la pénombre, montèrent un étage et s'engagèrent dans un long corridor recouvert d'une moquette sombre, où flottait une odeur de poussière et d'huile de citron. Mademoiselle Lydie s'arrêta devant une porte et

sortit un trousseau de clés. Sa voix devint un chuchotement :

— Voici votre chambre.

Elle montra du doigt la porte voisine, légèrement
entrouverte :

— Votre tante se trouve à côté. Je suis sûre qu'elle
regrettera beaucoup de n'avoir pu vous accueillir elle-
même, mais à son âge il est si important de bien dormir...
Je n'ai pas osé la réveiller.

Une voix énergique, légèrement éraillée, s'éleva derrière la porte :

— C'est fait, ma chère, et grâce à ce matou de malheur
que le cuisinier a ramené hier soir. Bonsoir, mon neveu.

— Bonsoir, balbutia Florent.

— Ta femme est bien avec toi, n'est-ce pas ?

— Oui, madame. Bonsoir. Excusez-nous d'arriver à une
heure pareille.

— Ce n'est rien, ce n'est rien. Allez dormir, vous en avez
besoin. J'irais bien vous embrasser, mais, vraiment, je
ne suis pas montrable. Les vieilles femmes ont leurs
coquetteries, elles aussi. Allez, bonne nuit. Mademoiselle
Lydie, soyez gentille et allez dire au cuisinier d'attraper
son chat et de le fourrer à la cave.

* ❖ *

— Eh bien, s'écria madame Jeunehomme le lendemain
matin en voyant Élise et Florent dans la cuisine, voilà
mon petit couple d'amoureux !

Elle se leva de table, où fumait une tasse de café noir,
et alla les embrasser :

— Je ne vous attendais pas un premier janvier !

Ils échangèrent des souhaits, puis restèrent un moment
à se regarder, sans rien dire.

— Je ne t'aurais pas reconnu, toi, fit la tante Jeunehomme en serrant le bras de son neveu. Mais je vois que

294

tu suis l'exemple de ton père et de ton grand-père, qui ont toujours aimé les belles brunes. Ta mère a été superbe jusqu'à trente-cinq ans, et c'est d'ailleurs encore une très belle femme, si j'en juge d'après les photos.

Élise souriait, un peu confuse.

— Vous demeurez dans une maison immense, observa Florent pour meubler le silence.

— Et je mange dans la cuisine, alors que je possède une salle à manger où on pourrait faire circuler des trains. Oui, c'est un ancien hôtel qui a fait faillite et que j'ai racheté pour une bouchée de pain. Je suis en train de le transformer en casino. Joli passe-temps pour une vieille rhumatisante, n'est-ce pas?

Madame Jeunehomme actionna un timbre; un gros homme joufflu, d'apparence vaguement espagnole, la lèvre supérieure surmontée d'une explosion pilaire, fit son apparition en traînant les pieds et dévisagea les nouveaux arrivants avec un sourire naïf.

— Ces jeunes personnes veulent déjeuner, fit la tante.

Elle leur fit signe de s'attabler:

— Tu as eu des déboires ces derniers temps, à ce qu'on m'a dit?

Florent rougit et fit signe que oui.

— C'est malheureux. Mais, que veux-tu? tout le monde doit passer par là. Mieux vaut que cela t'arrive jeune, au moment où tu as toutes tes forces, qu'à la fin de ta vie, quand la carcasse se met à lâcher.

Elle le questionna longuement sur ses parents, sur Québec, qu'elle n'habitait plus depuis neuf ans, sur les changements qui s'étaient produits au pays. Puis ce fut au tour d'Élise. Un air de satisfaction se répandit sur son visage osseux quand elle apprit que cette dernière était née en Gaspésie:

— J'aime les Gaspésiens. Il n'y a pas de meilleure pâte au Québec. Ce sont des gens très fiables, quand on ne les a pas assommés de misère.

Elle se leva brusquement, avec un déhanchement qui montrait que le mouvement ne lui était pas toujours facile, et avala une dernière gorgée de café :

— Il faut que je vous quitte. J'ai un contremaître qui m'attend. Mais je tenais à déjeuner avec vous. Nous nous reverrons au dîner. Mademoiselle Lydie va vous montrer votre habitation. C'est une sorte de petit chalet, au bout de la propriété, qui n'a pas mauvaise allure, vous verrez.

Élise ne put retenir un mouvement de surprise.

— Eh oui, fit la tante Jeunehomme avec un sourire narquois, je crois que c'est mieux ainsi. Les jeunes couples ont besoin d'intimité. Et puis cela vous permettra d'éviter les sautes d'humeur d'une vieille femme qui n'a pas toujours la langue dans sa poche. Du reste, nous pourrons nous voir mille fois par jour si ça nous chante. À tout à l'heure.

Elle s'éloigna en balançant curieusement les bras, cherchant, semblait-il, à dissimuler son déhanchement, et on entendit pendant un moment sa voix rauque dans le corridor, où le contremaître était sans doute venu à sa rencontre. Élise et Florent se regardèrent en silence. L'accueil de la tante Jeunehomme les avait comme aplatis. Un sourire acide passa sur les lèvres d'Élise. Elle se mit à brasser lentement son café :

— As-tu le goût, mon cher, de rester longtemps ici ?

L'arrivée de mademoiselle Lydie coupa court à leur conversation.

— Vous avez terminé votre petit déjeuner ? fit-elle. Parfait, tout s'enchaîne bien. Nous allons nous rendre à votre chalet pour voir s'il ne vous manque rien.

Ils sortirent par la porte principale et traversèrent la cour. Mademoiselle Lydie souriait devant leurs exclamations d'étonnement. Il y avait de quoi. L'hôtel de madame Jeunehomme était une énorme construction de bois bâtie dans un style victorien complètement hystérique. On aurait dit l'œuvre d'une espèce de Louis de

Bavière américain parvenu au sommet de la mégalomanie.

— Madame Jeunehomme m'a défendu de vous montrer quoi que ce soit, fit la Française en prévenant leur demande, car elle désire vous faire visiter les lieux elle-même.

Le corps principal, fort imposant, comptait cinq étages et se prolongeait sur trois de ses faces en un foisonnement d'ailes du plus curieux effet, le tout hérissé de flèches ouvragées, percé de fenêtres en ogives, bordé de corniches aux décorations extravagantes et surmonté de coupoles à bulbes et de tours ajourées, dont certaines atteignaient trente mètres. À l'extrême gauche, un petit pavillon en rotonde, relié au reste du bâtiment par une longue arcade, étonnait par son austérité monacale. Une cheminée d'une longueur et d'une minceur maladives s'en échappait, couronnée par un larmier massif et compliqué. C'était par une de ces cheminées étranges qu'avait dû s'envoler vers l'Autre Monde l'âme torturée d'Edgar Allan Poe.

— C'est un assez bel édifice, et bien construit, convint mademoiselle Lydie avec une fierté non dissimulée, mais on l'a laissé à l'abandon pendant dix ans. Le toit coule de partout... Grâce à Dieu, tout sera réparé d'ici quelques semaines.

Et comme pour appuyer ses dires, deux ouvriers apparurent sur le toit de la coupole principale. Ils s'approchèrent lentement d'une cheminée et se mirent à l'examiner en faisant de grands gestes.

— Jusqu'à la fin des années 1940, reprit mademoiselle Lydie, c'était un établissement fort chic, connu dans tout le sud des États-Unis...

— Qui l'a fait construire ? demanda Élise.

— Il comptait 187 chambres, poursuivit l'autre, sans paraître avoir entendu la question. Après le réaménagement, il n'y en aura plus que 160. Mais magnifiques ! On ne verra plus de ces mansardes à servantes, bonnes tout au plus à donner du travail aux pompiers. John Ruse, fit-elle tout à coup en se retournant vers Élise. Entre 1882 et 1887. Imaginez ce que cela a dû être. Il fallait tout amener par bateau : pierres, briques, bois et outillage. Le réseau de ponts qui relient les îles à la terre ferme n'a été construit que bien plus tard, en 1937.

Ils franchirent un large escalier bordé de lampadaires qui enjambait une aile en rez-de-chaussée comme un pont jeté au-dessus d'une rivière. Un parc à l'abandon, tourné presque en forêt, s'étendait sur plusieurs arpents derrière l'hôtel. Le bruit de la mer se faisait de plus en plus précis, mais les arbres la cachaient complètement. La façade arrière du corps principal était couverte d'échafaudages. Un chargement de madriers se balançait lentement dans les airs, tandis que par une fenêtre du quatrième étage un déversoir de bois crachait du plâtras. Élise souleva ses cheveux pour faire respirer sa nuque couverte de sueur.

— Je ne vous conseille pas de vous aventurer dans la ville avant quatre heures, fit leur guide. Le soleil va vous incommoder.

Une butte assez raide se dressait devant eux.

— Un dernier petit effort, fit mademoiselle Lydie en s'épongeant le front avec un mouchoir de batiste.

Ils s'élancèrent sur la pente et soudain la mer apparut, bordée par une plage aveuglante, devant laquelle achevait de s'écrouler un kiosque à la chinoise.

— Dans une semaine on vous libérera la vue de cette horreur. C'est à gauche, suivez-moi.

Ils pénétrèrent dans un sous-bois, prirent un sentier couvert de coquillages broyés et marchèrent pendant quelques minutes. Soudain Élise laissa échapper une exclamation joyeuse.

— C'est à votre goût ? demanda la demoiselle avec un sourire pincé.

— Et comment ! s'écria Florent, ravi.

Une petite clairière venait de s'ouvrir devant eux, qui donnait directement sur la plage. Tout autour, des lisières de tourbe fraîchement posées brillaient d'un vert sombre sous le jet de trois arroseurs automatiques. Ombragée par un groupe de poincianas, une jolie maisonnette à pignons se dressait au bout d'un chemin de gravier, entourée d'un large portique à colonnes tournées, dont les chapiteaux se trouvaient reliés par une dentelle compliquée d'ornementations de bois. Le rez-de-chaussée comptait quatre pièces et le premier étage deux chambres mansardées, toutes spacieuses et bien meublées. Mademoiselle Lydie ouvrit la porte du réfrigérateur, qui débordait de provisions :

— Quand vous aurez le ventre creux, téléphonez au cuisinier. Il fait le marché chaque jour. Et puis de toute façon nous allons prendre la plupart de nos repas ensemble, à moins que votre tante ne change d'idée.

Elle fit une dernière inspection des lieux, balayant une poussière de temps à autre du bout de son index.

— Je vous laisse vous installer, fit-elle enfin. Vos bagages vont arriver d'une minute à l'autre.

Élise et Florent la regardèrent s'éloigner lentement à travers le sous-bois, la tête haute, la démarche précieuse et nonchalante.

— Eh bien, ma vieille, s'écria Florent, serrant Élise dans ses bras, je sens que nos mauvais jours viennent de se terminer. Si on allait se baigner ? proposa-t-il quand tous leurs effets furent rangés.

Ils s'avancèrent sur le sable, respirant avec un enthousiasme naïf la robuste senteur du varech.

— Sais-tu quoi ? J'ai le goût de faire l'amour, fit Élise.

L'ouvrier Waldos Sjinkovic, envoyé par mademoiselle Lydie pour remplacer la bande de caoutchouc de la porte du réfrigérateur, n'a pas été mis au courant de ce développement capital de la situation. Il frappe machinalement et pousse la porte-moustiquaire de la cuisine. Le spectacle qu'il aperçoit sur le plancher lui fait exécuter un curieux mélange de garde-à-vous et de volte-face. Puis il retourne lentement à l'hôtel, rempli tout à coup d'une ardeur fiévreuse, que l'absence de sa femme (elle demeure à Valparaiso) l'oblige à déverser dans la succion d'un vieux mégot.

* ❖ *

Ils se baignaient depuis un bon moment déjà lorsque Florent consulta sa montre :

— Ho ! ho ! il faut s'habiller : il est presque midi. Je ne veux pas faire attendre ma tante.

Le téléphone sonnait quand ils arrivèrent au chalet.

— Est-ce que Lydie a pensé de vous faire apporter des provisions ? demanda madame Jeunehomme.

— Le frigidaire déborde, répondit Élise, je vous remer...

— Ce n'est rien. Vous allez dîner chez vous ce midi ; je n'ai pas une seconde à moi. Mais je vous attends ce soir à sept heures précises à la salle à manger. Habillez-vous selon votre fantaisie, vous êtes en vacances, je me fiche de ce que vous porterez.

Ils dînèrent d'une omelette au fromage et d'un morceau de melon, puis partirent en promenade à travers le parc. Les sentiers, envahis de fougères et d'herbes hautes, abondaient en petites branches pourries, traîtres pour les chevilles. L'endroit n'avait pas vu de jardinier depuis une vingtaine d'années. Il jeta Élise dans une extase qu'elle n'avait pas connue depuis ses dix-sept ans, alors qu'elle lisait *Le grand Meaulnes* et *Paul et Virginie* dans son couvent de Rimouski. Mais la chaleur du jour finit bientôt par les accabler. Ils retournèrent au chalet pour une sieste. Le téléphone les réveilla.

— Alors, quoi ? fit la tante Jeunehomme. Vous avez dîné pour trois jours ? Je vous attends, moi.

Madame Jeunehomme avait quelque peu exagéré en disant qu'un train aurait pu circuler dans la salle à manger. Par contre, une automobile y aurait fait quelques manœuvres sans mettre aucun meuble en péril. L'avalanche figée des draperies de velours grenat, la hauteur du plafond, les boiseries foncées, sculptées de lourds festons, donnaient l'impression, lorsqu'on poussait la porte, d'entrer dans un film d'Orson Welles. Six énormes tables de chêne occupaient le centre de la pièce. Elles étaient pourvues chacune de trois douzaines de chaises massives, à dossier élevé, où l'on aurait très bien vu un cardinal ou un président de république. L'une des tables avait été débarrassée de sa housse. Madame Jeunehomme trônait au bout, le sourire aux lèvres, mademoiselle Lydie à sa droite :

— Ridicule, hein ? Je ne viens pas souvent manger ici : ces grandes salles vides me donnent le cafard. Mais je voulais marquer votre arrivée. Assieds-toi à la droite de Lydie, ma belle, et toi, en face de ta femme.

Le cuisinier apparut, portant une soupière fumante. Mademoiselle Lydie lui jeta un regard méprisant.

— De la soupe aux gourganes, mes enfants, annonça la tante, que je gardais pour vous. Donnez-moi vos assiettes.

Mademoiselle Lydie promena lentement sa cuillère dans son assiette, y faisant naître de jolis tintements, puis, les lèvres pincées, le regard vague, se tourna vers Florent :

— Est-ce que vous vous plaisez dans votre petit chalet ?

— *Cette femme ne nous aime pas,* se dit aussitôt Élise.

— Voyons, ma chère, répliqua la tante Jeunehomme, donne-leur le temps d'arriver. Ils ont encore la tête pleine de neige.

— Il est très joli et très confortable, se hâta de répondre Florent. Vous vous donnez beaucoup de mal pour nous, ma tante.

— Bah! ce n'est rien… Restez-y tant que vous voulez. C'est l'ancienne maison du jardinier. Elle s'empoussiérait depuis vingt ans. Aussi bien l'habiter: ça éloignera les souris. Et si tu veux accoucher ici, ma fille, fit-elle en saisissant la main d'Élise, accouche tout ton soûl, les bons médecins ne manquent pas dans la région.

Le cuisinier apparut de nouveau. Mademoiselle Lydie, l'œil courroucé, lui fit signe d'aller vitement changer son tablier taché de sauce. Il obéit, penaud, et revint avec un plateau où grésillait une belle tourtière.

— C'est ma façon à moi de soigner le mal du pays, fit madame Jeunehomme. Pose-la devant moi, dit-elle au cuisinier, je vais la découper.

— Si votre médecin vous voyait! s'exclama mademoiselle Lydie, scandalisée.

— Eh bien, pour l'instant, il ne me voit pas et quand je suis devant lui, il voit plutôt mon portefeuille, comme tous les autres.

Florent sourit:

— Est-ce qu'un voyage au Québec de temps à autre ne vaudrait pas mieux qu'une tourtière, ma tante?

Elle posa brusquement ses coudes sur la table:

— Ça ne vaudrait pas une crotte de moineau, mon garçon. Parce que j'ai trop d'argent. Voilà pourquoi je suis partie! Toute cette parenté qui minaudait autour de moi en attendant mon infarctus me donnait des haut-le-cœur. Maintenant, j'ai la paix. Mademoiselle Lydie – que je paye grassement – sait fort bien qu'elle n'obtiendra pas un sou de moi à part son salaire. Quant aux autres, si je veux les voir, je les appelle. Et quand on m'aime un peu, eh bien, on vient. Et puis, du reste, je vais faire mon tour au pays de temps à autre. Mais je ne claironne pas mes visites, ce qui me permet de voir qui je veux ou personne, selon mon humeur. J'ai fait un saut à Montréal il y a trois ans. Pouah! quelle ville! Tout était sens dessus dessous. Ça dure toujours, cette manie de démolition? On ne reconnaîtra bientôt plus rien. J'aime autant vivre ici. Au moins, mes souvenirs restent intacts.

Elle frappa de sa fourchette contre le rebord d'une assiette :

— Qu'est-ce qu'il attend, l'animal, pour apporter les autres plats? grommela-t-elle.

À ces mots, mademoiselle Lydie se leva et sortit.

— Mangez tout de suite, pendant que c'est chaud. Tu t'es fait drôlement rouler, toi, fit-elle tout à coup en dévisageant Florent. Je connais un peu ton histoire.

Élise sursauta et posa sa main sur le bras de son mari, qui rougissait à vue d'œil.

— Rassurez-vous, dit-il sèchement, ça ne m'arrivera plus.

— Que veux-tu dire?

— Qu'on ne me reprendra plus à jouer le jeu.

— Ah ça, qu'est-ce que j'entends? Ma foi, tu parles comme un pensionnaire d'hospice! Je pourrais t'aider, tu sais.

Florent secoua la tête :

— Je n'ai besoin de personne. Élise et moi, on se débrouille très bien.

Madame Jeunehomme éclata de rire au milieu d'une bouchée :

— Ça ne me déplaît pas comme réponse, ça ne me déplaît pas du tout! Je ne pense pas grand bien de ceux qui acceptent tout de suite l'aide d'autrui. De toute façon, je parlais comme ça, un peu au hasard. Après tout, je te connais à peine.

Les paroles de madame Jeunehomme avaient froissé Élise.

— Tout ce que nous souhaitons, madame, fit-elle avec un sourire un peu froid, c'est quelques jours de repos, et puis de nous remettre ensuite à travailler comme tout le monde.

Une expression de chagrin adoucit le visage de la vieille femme :

— Je vois que je vous ai blessés. Mes enfants, il ne faut pas tenir compte de mon ton ni de mes manières, autrement vous ne m'aimerez pas. Que voulez-vous ? J'ai la langue comme une pierre à couteaux. Les mots s'y aiguisent avant de sortir de ma bouche.

Mademoiselle Lydie s'approcha sans bruit, un petit pot de marinade à la main, suivie du cuisinier qui s'avançait avec un plat chargé d'un monticule de purée de pommes de terre entouré de carottes au beurre. Une odeur de poivre frais, de ciboulette et de beurre fondu se répandit dans la pièce. Madame Jeunehomme leva sa fourchette :

— Enfin ! il était temps ! la tourtière est presque finie. Déposez le plat devant moi, je vais servir, ça ira plus vite.

— *Escouzez-moi, madame,* balbutia le cuisinier, *la poivrière était tombée danne les légoumes.*

— Poussée par le chat, ajouta mademoiselle Lydie.

Sa phrase glissa dans l'air comme une mince feuille de glace. Madame Jeunehomme darda son regard sur le pauvre homme, qui essayait de s'enfoncer dans le plancher.

— Je croyais ce problème réglé, murmura-t-elle. Nous reparlerons de cela plus tard, mon ami.

Et sans plus, l'air gourmand, elle se mit à distribuer les portions de légumes :

— Eh bien, mon neveu, reprit-elle, tu voulais devenir riche et maintenant la pauvreté t'attire ?

— Je veux mener une vie modeste.

— Pour quelque temps, rectifia Élise.

— Pour cent ans.

Mademoiselle Lydie pencha la tête au-dessus de son assiette et se suça fortement l'intérieur des joues afin de contenir son hilarité.

— C'est qu'il n'y a pas mille façons de s'enrichir, déclara la tante en plongeant voluptueusement sa fourchette dans la masse crémeuse de pommes de terre qui occupait le tiers de son assiette. Il faut tromper les gens.

Tous les regards se fixèrent sur elle.

— Eh oui, je ne m'en cache pas. Je n'ai pas amassé des sous avec une sébile. Allons, ne joue pas à la prude, Lydie, tu sais tout ça aussi bien que moi. Mon mari disait que pour avoir pignon sur rue, il fallait commettre au moins deux vols par jour. Mais ne vole pas qui veut. Cela prend de l'habileté... et de la persévérance. Comme vous savez, je possédais la plus grosse librairie de Québec. Pensez-vous que c'est *Athalie* qui m'a rendue riche, ou *Le Neveu de Rameau*? Pfuitt! du vent! S'il fallait compter sur les gens cultivés pour vivre! Je serais comme une vache qui ne voudrait brouter que des roses... Mais j'avais d'autres moyens. Par exemple, je vendais des Larousse aux commissions scolaires et l'année suivante, chose curieuse, les souris les avaient rongés et il fallait recommencer. Je ne sais ce que le bon Dieu me dira quand j'irai me promener devant lui. Je m'en remets à sa miséricorde et je continue de travailler. Après tout, c'est lui qui m'a donné le goût de l'argent, qu'il s'arrange avec les conséquences.

La porte grinça et le cuisinier s'avança, triomphant, les mains gantées, portant un pouding aux framboises qui laissait fuser de petits jets de vapeur. Mademoiselle Lydie allongea ses grands doigts maigres et tira un sous-plat au centre de la table.

— Eh bien! tu te rachètes, s'écria madame Jeunehomme en admirant la croûte dorée, pleine de fissures, qui laissait apparaître sur tout son pourtour des bouillonnements de sirop vermeil.

Élise, Florent et madame Jeunehomme vidèrent leur assiette une première fois, puis une deuxième, tandis que mademoiselle Lydie picochait dans la sienne avec une expression de dédain poli. Laissant tomber sa fourchette, madame Jeunehomme se leva d'un mouvement vif:

— Allons prendre le café sur la terrasse. Avec toute la nourriture qu'on vient de s'enfourner, il nous faut de l'oxygène.

Elle poussa une porte-fenêtre et sortit. Une table-parasol, entourée de fauteuils d'osier, rouillait paisiblement au milieu d'une terrasse dallée envahie par l'herbe. La vue était coupée par une rangée d'arbustes en pots. Madame Jeunehomme but son café en deux gorgées:

— Voilà, je ne vous retiens plus. Allez faire un tour en ville, vous en mourez d'envie. Quant à toi, Lydie, je t'amène à mon bureau pour classer de la paperasse. Mon comptable vient demain.

◆ ◆ ◆

Le ciel commençait à foncer. Une brise humide se mit à souffler, légèrement sucrée, gorgée de sucs végétaux. Élise et Florent déambulaient le long de la rue Duval, bordée de vieilles maisons distinguées. De temps à autre, l'explosion rougeoyante d'un flamboyant réveillait l'attention, légèrement engourdie par tout ce luxe paisible. Bientôt, le décor changea. Les rues commencèrent à s'animer. Les maisons se délabrèrent un peu, prirent une allure espagnole, les murs se couvrirent de crépi pastel. Ils s'arrêtèrent, étonnés. Un cactus se dressait devant une façade, dépassant la crête du toit, ses branches emmanchées les unes dans les autres donnant une impression d'équilibre instable.

Un peu plus loin commençait le quartier des affaires. Une foule dense ondulait paresseusement devant de grandes maisons de planches grises. Aux rez-de-chaussée se succédaient des boutiques minuscules, des épiceries obscures, des restaurants aux murs graisseux encore ouverts malgré l'heure tardive, qui déversaient dans la rue des torrents de musique latino-américaine. À demi couchés sur les comptoirs, des enfants lisaient des bandes dessinées parmi la criaillerie familiale. Des badauds toisaient les piétons d'un air expert et plein d'ironie. Dans une salle de billard déserte, un Noir dormait sur une table, les deux jambes écartées. Une rumeur satisfaite s'échappait de toute cette masse humaine baignée par la douce chaleur de la nuit. Et pourtant, chaque fois qu'ils croisaient un Noir, Élise et Florent sentaient couler sur eux un regard impénétrable, lourd comme du plomb. Une pénombre bleuâtre, un peu sinistre, pleine de va-et-vient, d'odeurs de friture et de gaz d'échappement flottait partout comme une poudre.

Ils firent ainsi une dizaine de coins de rue, puis le décor recommença à se respectabiliser. Les murailles guérirent de leurs maladies de peau. Des néons apparurent sur les façades. Le trottoir s'élargit et se nettoya. Il y eut plus de Blancs tout à coup. Un bar laissa entrevoir son intérieur plein de scintillements. Un somptueux manoir sudiste transformé en restaurant dressa ses colonnes blanches. Des garçons en jaquettes noires allaient et venaient sur la terrasse parmi le tintement discret des couverts.

Ils rebroussèrent chemin et s'engagèrent dans une rue transversale, toute couronnée de frondaisons. Une minuscule boutique de livres d'occasion se dressait sur un coin. Par la vitrine encombrée de bouquins poussiéreux, on apercevait un Noir corpulent assis derrière un comptoir en train de lire un journal. Ils entrèrent. Une forte odeur de rhum leur indiqua que la lecture n'était pas le seul passe-temps de leur libraire.

— *Yes sir!* lança-t-il avec transport.

Florent lui adressa un vague sourire et se mit à fureter parmi les étalages.

— Presque rien que des livres de cul, murmura Élise au bout d'un moment.

Le libraire abaissa vivement son journal et ses yeux s'illuminèrent comme si on venait de les brancher sur une ligne à haute tension:

— *French Canadians?*
Élise fit signe que oui.
— *Wonderful! I've got a couple of books for you, in French*!*
Il tira de sous le comptoir une grosse boîte de carton et la traîna au milieu de la place.
— *Have a look***, fit-il en titubant légèrement. Élise et Florent s'accroupirent.
— *I... I had an uncle,* balbutia le Noir en s'appuyant sur une pile de livres. *I had an uncle who lived in Montreal a few years ago****...
Élise laissa retomber une biographie de Robert Bourassa qui semblait avoir fait un long séjour dans le jus de tomate.
— *Used cars... he sold used cars*****...
Il prit une grande inspiration et fit un effort visible pour contrôler le fou rire qui cherchait à s'emparer de lui depuis un moment.
— *He was a goddam tricky fellow... I wouldn't have bought a screw from him... Used to say: «When I have an old rat-tletrap with only two or three more miles to go in the stomach, I keep away from smart guys like hell and always deal with French Canadians... They're sweet like corn syrup******... »
Florent lui lança un regard glacial et haussa les épaules.

---

* Merveilleux! J'ai quelques livres pour vous, en français!
** Jetez un coup d'œil.
*** J'avais un oncle [...] J'avais un oncle qui vivait à Montréal il y a quelques années...
**** Des autos d'occasion... il vendait des autos d'occasion...
***** C'était un type sacrément rusé... Je ne lui aurais même pas acheté une vis. Il avait l'habitude de dire : «Quand j'ai un vieux bazou qui n'a plus que deux ou trois milles dans le ventre, j'évite comme la peste les petits malins et je fais plutôt affaire avec des Canadiens français. Ils sont doux et gentils comme des petits poussins... »

— *Now, don't get angry for that*, protesta le Noir, *I was only kidding**!

Il s'élança de son comptoir et plongea la main dans la caisse :

— *Here... take it, take it... it's a gift***!

Il lui fourra un gros bouquin entre les mains et lui tapota l'épaule avec un sourire bon enfant.

— *Come again****! lança-t-il en agitant la main tandis qu'Élise et Florent sortaient.

— *La Chimie des produits de beauté*? murmura ce dernier en époussetant la couverture d'un air dégoûté. Qu'est-ce que tu veux que je foute avec ça ?

Une poubelle se dressait au coin de la rue. Il jeta le livre dedans.

— Mais ça m'intéresse peut-être, moi, fit Élise en plongeant la main dans un amas de chiffons huileux.

Florent sourit et poursuivit sa marche. Elle essuya le livre avec un mouchoir et le glissa dans son sac à main.

Il n'y avait pas de lumière aux fenêtres de l'hôtel et le parc baignait dans une obscurité profonde.

— On dirait un cimetière abandonné, murmura Élise en frissonnant.

Ils franchirent la grille, quittèrent bientôt l'allée et se mirent à contourner la terrasse. On n'entendait que le bruit de la mer. Élise poussa un cri et glissa dans l'herbe.

— J'ai mis le pied sur une branche, souffla-t-elle à Florent qui l'aidait à se relever.

Le tintement d'une cuillère contre une tasse résonna tout à coup avec une acuité extraordinaire.

---

*   Bah! n'allez pas vous fâcher pour ça [...] je ne faisais que plaisanter!

**   Tenez... prenez-le, prenez-le... c'est un cadeau!

*** J'espère que vous reviendrez!

— Vous auriez dû suivre l'allée jusqu'au bout au lieu de vous rompre les os dans ce jardin abandonné, fit une voix rauque de l'autre côté de la rangée d'arbustes.

— C'est... c'est vous, ma tante?

— Eh oui, c'est moi. Qui veux-tu que ce soit? Lydie se couche à l'heure des poules. Passez de l'autre côté qu'on jase un peu avant d'aller dormir. Eh bien, qu'est-ce qui t'arrive, ma fille? Te voilà toute décoiffée! Tu te faisais lutiner? Je croyais que le mariage tuait le romantisme.

— Je... suis tombée.

— Florent, va chercher deux verres sur la table, là-bas. Il me reste un peu de limonade. Par une chaleur pareille, vous êtes sûrement assoiffés. Voilà, fit-elle en inclinant le pichet, buvez, buvez.

Ils burent, comme on le leur ordonnait, puis regardèrent le ciel encombré de nuages que la lune venait tout juste de percer. Un oiseau de nuit tournait inlassablement au-dessus de l'hôtel en poussant des cris plaintifs. Le silence dura une minute ou deux.

— J'ai reçu un appel téléphonique ce soir, dit enfin madame Jeunehomme d'une voix toute changée. Mon fils vient nous visiter dans un mois.

Élise et Florent la regardaient, n'osant souffler mot. La vieille dame soupira et se mit à frapper machinalement le bord de la table avec sa cuillère.

— Tu le vois de temps à autre, toi, n'est-ce pas? fit-elle en posant sur son neveu un regard un peu las.

— Ça m'arrive. Il nous a invités l'automne dernier à son chalet de Saint-Gabriel.

Madame Jeunehomme fit une petite grimace et le battement de sa cuillère s'accéléra.

— Que voulez-vous? dit-elle enfin d'une voix pleine d'agacement. Dieu m'a punie. Je n'écoutais pas les avertissements de mon mari et je m'occupais davantage de mon commerce que de mon enfant. Le livre a fait ma fortune, mais il a empoisonné ma vie. Je n'ai plus de fils.

Je n'ai qu'un liseur. En dix ans, j'ai versé une fortune à ce fainéant, et pour quels résultats? Il garde la chambre comme un paralytique et dévore ses bouquins par camions, au lieu de s'occuper de son ministère ou de vaquer à des occupations utiles. Si d'aventure il se risque à faire un voyage, c'est qu'il y a un livre au bout du chemin. Vous êtes sûrement au courant de ses recherches pour retrouver le manuscrit de je ne sais plus quel Russe...

Florent cacha un bâillement derrière sa main:

— Vous voulez parler de Gogol, je crois?

— C'est ça. Il placote avec ce fantôme depuis des années. C'est à se demander si... Vous savez, tout peut devenir une drogue, croyez-moi, même la lecture. C'est peut-être la pire, d'ailleurs: si longue à prendre que la vie entière y passe. L'alcool est préférable, à bien des points de vue. Eh bien, en voilà assez, fit-elle en se levant. Allons nous coucher. J'ai une deuxième équipe d'ouvriers qui arrive demain.

Ils la regardèrent s'éloigner avec son balancement de bras si particulier. Elle ouvrit la porte-fenêtre et se tourna vers eux:

— Si vous le désirez, je vous ferai visiter l'hôtel demain. Et toi, fit-elle en pointant un doigt impérieux vers Élise, n'oublie pas de dormir tout ton soûl. Plus tu te dorloteras, plus beau sera ton enfant.

21

Le lendemain matin vers six heures, un écureuil fit une dégringolade retentissante à travers les branches d'un bougainvillier qui bruissait devant la fenêtre de la chambre à coucher. Florent se réveilla, frais et dispos comme s'il dormait depuis la fermeture du Paradis terrestre.

— Dors tout ton soûl, murmura-t-il tendrement à sa femme assoupie.

Il se leva sans bruit et alla se préparer une tasse de café à la cuisine. *La Chimie des produits de beauté* reposait sur la table. Il tapota le livre distraitement, puis l'ouvrit :

— Hum... 852 pages... tout doit y être, ma foi... Les illustrations sont bien dessinées.

Deux heures plus tard, sa tante le retrouvait plongé dans la lecture :

— Dieu m'en garde : tu deviens comme mon fils ! Êtes-vous prêts à visiter l'hôtel ?

Sa voix rauque éveilla Élise. Elle s'habilla, déjeuna en deux bouchées et les suivit, la tête encore pleine de rêves. Le contremaître les attendait dans le hall. C'était un colosse à cheveux roux, à l'œil cave et brillant, qui puait la sueur à dix mètres et que les ouvriers semblaient craindre comme un verdict d'emprisonnement à vie. Ils se lancèrent dans une visite d'inspection qui dura tout l'avant-midi. Le contremaître écoutait madame Jeune-homme avec beaucoup d'attention et de respect, prenant note des nombreuses instructions qu'elle lui donnait dans un anglais effroyable.

On voyait partout des toiles couvertes de débris, des poches de plâtre éventrées, des ouvriers sifflotant dont le zèle s'activait à leur approche. Le rez-de-chaussée du corps principal avait retrouvé sa splendeur d'antan. Aux derniers étages, l'air sentait le moisi, la boule-à-mites, la poussière fraîchement remuée. Madame Jeunehomme allait d'une pièce à l'autre, mettant son nez partout. Rien ne lui échappait. Elle glissait son doigt sur les boiseries pour en vérifier le vernis, pourchassait les fissures, scrutait les moulures de plâtre, sondait les murs et les planchers et faisait reprendre tout ce qui n'était pas à son goût. Au besoin, quand son œil ou sa main ne pouvaient la servir, elle faisait grimper Florent dans un escabeau ou l'envoyait ramper dans des recoins pleins de toiles d'araignées. Elle réprimanda le contremaître plusieurs fois. Il penchait la tête et avalait ses reproches sans mot dire.

Élise et Florent ouvraient de grands yeux en traversant des suites immenses, aux splendeurs fanées, dont les plafonds se perdaient dans l'ombre. Les pièces succédaient aux pièces, pleines de craquements et d'odeurs éteintes, éclairées par des lustres poussiéreux et des lampes-potiches dont les abat-jour avaient servi de nourriture aux mites. Des statues néoclassiques d'un style mièvre, placées dans des niches, jalonnaient d'interminables corridors recouverts d'une moquette élimée. À chaque bout de l'aile, un ascenseur à cabine ouverte, orné de guirlandes et de couronnes de bronze, glissait en silence au milieu de la spirale d'un escalier de marbre.

Le gros des effectifs travaillait dans l'aile dite de la salle de bal, où on avait abattu des murs pour y aménager un casino, un bar et un restaurant. Le restaurant donnait sur une terrasse que des bulldozers s'occupaient à élever. Madame Jeunehomme se tourna vers ses jeunes invités :

— Toutes les réfections se font dans le style de l'époque, même s'il me pue au nez. Je serais bien folle d'agir autrement : le victorien est redevenu à la mode !

Ils s'attardèrent au dernier étage. C'était celui qui avait le plus souffert, à cause de la défaillance du toit. Mais comme c'était celui des chambres bon marché et des réduits à domestiques, les meubles n'y avaient pas grand-valeur et on les avait presque tous jetés par la fenêtre.

Ils achevaient leur inspection lorsque madame Jeunehomme porta brusquement la main à sa poitrine en marmonnant quelque chose d'un air furieux. Élise et Florent la regardèrent, étonnés. Le contremaître, pour qui cet incident semblait familier, faisait mine d'examiner un plafond tout en s'efforçant de réprimer un sourire. Madame Jeunehomme s'avança vers lui, toute pâle :

— *Bathroom** ?

* Où est la salle de bains ?

313

Il pointa le doigt vers une porte en face de lui. Elle s'y enferma. Cinq minutes passèrent. Personne n'osait parler. Le contremaître se promenait dans la pièce en sifflotant, l'air trop insouciant pour qu'il le fût vraiment. Élise allait frapper à la porte lorsque madame Jeune-homme sortit :

— C'est toujours la même histoire, grommela-t-elle. Il suffit que je prenne un peu trop de café, et voilà que mes palpitations reprennent ! Ah ! mes enfants, si on pouvait s'empêcher de vieillir !

— Est-ce que vous avez vu un médecin ? s'enquit Florent.

— Un médecin ? Quel médecin ? Je laisse les médecins aux malades. Un petit verre d'eau tiède, et tout redevient normal. Dieu merci, mon garçon, j'ai la couenne encore dure.

Ils descendirent à la salle à manger. La tante Jeune-homme, satisfaite de la marche des travaux, se montra particulièrement enjouée. Elle s'amusa un moment à taquiner Élise sur son ventre qui s'était – disait-elle – déjà mis à rondir, puis, se tournant vers Florent, offrit de lui prêter sa vieille limousine :

— C'est une Cadillac que mon mari conservait sous des couvertures de laine. Elle n'a pas deux égratignures. C'était sa mascotte. Elle lui rappelait le début de notre fortune. Je ne m'en sers jamais, Lydie conduit trop mal. Je préfère me déplacer dans ma vieille Ford.

À deux heures, elle se leva, les embrassa et se retira dans son bureau. Ils se regardèrent en silence, abasourdis devant tant de bonne humeur. Mais durant la semaine qui suivit, ils ne purent la voir une seule fois. Mademoiselle Lydie les rassurait :

— Madame se porte à merveille et me parle de vous tous les jours. Pour dire la vérité, nous sommes écrasés de travail. Pensez-y : l'hôtel ouvre ses portes dans deux mois !

— Je pourrais l'aider, suggéra Florent.

— Surtout n'allez jamais lui faire une pareille proposition, vous l'insulteriez! Son invitation aurait l'air intéressée. Vous êtes ici pour vous reposer. *Have a good time and leave the rest to us*[*].

— Je me demande, fit Élise un après-midi, qui peut bien être ce vieux monsieur en limousine bleue qui vient tous les soirs depuis quelque temps?

Florent haussa les épaules:

— Une relation d'affaires, je suppose, ou son amant: je la sens bien capable d'en avoir un.

Ils se mirent à suivre fidèlement les instructions de mademoiselle Lydie. Pour Élise, c'était chose facile. Sa grossesse la faisait dormir dix heures par jour. Les promenades l'épuisaient, lui laissant le dos plein de courbatures. Florent devait s'occuper de l'entretien du chalet et faisait toutes les courses. Ils se baignaient, dormaient, mangeaient et perfectionnaient doucement les délices légales du mariage. La lecture de *La Chimie des produits de beauté* avançait avec une régularité qui intriguait Élise:

— Je n'arrive pas à comprendre quel plaisir tu trouves à déchiffrer tout ce charabia... Avec un temps pareil, même les romans policiers me tombent des mains.

— Ça me rappelle mes années d'école. J'étais fou de la chimie. Il n'y avait rien que j'aimais comme un après-midi de laboratoire.

Et il poursuivait sa lecture avec une attention souriante.

Élise l'observait en hochant la tête:

— *Ma foi du bon Dieu*, pensait-elle, *est-ce qu'il s'est mis à régresser?*

Madame Jeunehomme reparut enfin, plus impétueuse que jamais et les soupers reprirent dans l'immense salle à manger, dont on venait de revernir les boiseries.

---

[*] Payez-vous du bon temps, on s'occupe du reste.

Ils étaient attablés un soir sur la terrasse, en train de siroter une liqueur fine. Madame Jeunehomme, que deux tasses de café noir avaient mise en verve, s'amusait à décrire les techniques qu'elle utilisait à l'époque pour vendre des romans illisibles aux communautés religieuses. Florent souriait en se balançant sur sa chaise et frottait machinalement ses doigts contre les feuilles luisantes d'un arbuste en pot placé près de la table.

— Mes... mes doigts sentent le pamplemousse ! s'exclama-t-il tout à coup d'un air étonné.

— Ce n'est pas un grand mystère ! rétorqua sa tante. Voilà une demi-heure que je te vois torturer mon pamplemoussier.

Florent ramena ses mains sur la table et continua d'écouter. Mais à tous moments il humait ses doigts, l'esprit visiblement ailleurs.

— Est-ce qu'on cultive beaucoup cet arbre en Floride ? demanda-t-il au bout d'un moment.

— Oranges et pamplemousses font vivre ici bien des gens, répondit madame Jeunehomme, qui avait un goût marqué pour les phrases sentencieuses. Moi-même, il y a dix jours, je me suis fait le plaisir d'acheter un verger qui contient cinq cents orangers et mille trois cent cinquante-deux pamplemoussiers.

— Ma vieille, je viens d'avoir une idée, annonça Florent à sa femme en retournant au chalet à la fin de la soirée. Et grâce à toi.

Elle le regarda, surprise.

— Je songe à me lancer dans la fabrication de produits de beauté. Ne prends pas cet air-là, j'ai bien réfléchi. Ça ne demande pas beaucoup de capital, pas beaucoup de science non plus, et quand l'affaire réussit on empile l'argent jusqu'au plafond.

Ils entrèrent dans le chalet. Florent saisit *La Chimie des produits de beauté* et se mit à le feuilleter fiévreusement :

— Toutes les crèmes, lotions et laits à ci ou ça que tu t'achètes depuis des années, sais-tu avec quoi c'est fait, principalement? Avec de l'eau! Tiens, regarde ce tableau. Tes fameuses crèmes «hydratantes», ce sont des émulsions d'huile dans de l'eau: 5 % d'huile dans 95 % d'eau! Quant aux autres composants, ils ne coûtent pas grand-chose: c'est du talc, du borate, du glycérol, du silicone, avec un peu de parfum.

— Oui, mais les bons parfums, c'est cher, fit Élise avec un sourire sceptique.

— C'est ma tante qui va nous les fournir, répondit Florent, doctoral. Tu n'as pas deviné? Je vais fabriquer mes cosmétiques à partir... de feuilles de pamplemousse, tout simplement. La mode est aux produits «naturels», il faut en profiter! Un peu de feuilles de pamplemousse broyées, un peu d'huile, de l'acide gras, beaucoup d'eau, et voilà ta crème de beauté. Toutes les petites bonnes femmes du Québec vont se mettre à palpiter du nez et s'enduire le visage de ma crème antirides, mais c'est surtout le cuir de mon portefeuille qui va devenir lisse et luisant. Bien sûr, il faudra veiller à ne pas se casser le cou: on lance d'abord un seul produit et puis, lentement, on crée une jolie gamme, en soignant beaucoup la publicité. Le nom de la marque est déjà trouvé. C'est Gladu qui me l'a fourni un jour: «Septième Ciel», les produits Septième Ciel. Tu ne te sens pas toute drôle à l'intérieur du ventre à entendre ce nom?

Il saisit les mains d'Élise:

— Tu comprends, il faut que j'enterre une fois pour toutes mon histoire de La Binerie, je l'avais comme oubliée, mais elle s'est remise à me tracasser depuis une semaine. Aussitôt que je reprends un peu de forme, elle se réveille et se remet à me gruger les tripes. Mais qu'est-ce que tu as? Où vas-tu?

— Ce n'est rien, haleta Élise, je reviens tout de suite.

Et toute tremblante de joie, elle se réfugia dans la salle de bains pour pleurer à son aise.

— Mais qu'est-ce que tu as ? répétait Florent de l'autre côté de la porte.

— Des coliques... des coliques... ça va... passer... ne t'inquiète pas... *Ah! Seigneur de Seigneur! pensait-elle. Est-ce que c'est Dieu possible? Est-ce que la Floride l'aurait déjà guéri?*

— On lui parle d'un projet, grommela Florent, et elle attrape des coliques. Drôle de femme...

— *Voyons!* fit-elle en s'humectant les yeux d'eau froide, *cesse de faire l'idiote, espèce de betterave. Va plutôt le retrouver, il a grand besoin de toi malgré ses airs fanfarons. Il faut d'abord le calmer.*

Florent se promenait sur la galerie, les deux mains derrière le dos, et son humeur aurait pu être meilleure. En apercevant Élise, il comprit les sentiments qui l'agitaient, mais se garda d'en rien dire. La prenant par la main, il l'entraîna dans une promenade qui dura une partie de la nuit. Élise, l'œil brûlant de fatigue, le talonnait de questions, reprenait ses calculs, s'opposait, s'extasiait. À trois heures du matin, ils se retrouvèrent devant un hamburger sous les néons éblouissants d'un casse-croûte. Il fut convenu de ne pas dire un mot du projet aussi longtemps qu'on n'aurait pas sondé la tante Jeunehomme.

— Elle aime bien ses petits neveux, disait Florent, mais elle aime encore bien plus l'argent. Si mon idée lui plaît, elle va peut-être me refuser ses feuilles de pamplemoussiers et les utiliser à ma place.

Ils décidèrent d'aller visiter la plantation le lendemain en prétextant une excursion.

— Couchons-nous. On partira tôt, proposa Florent.

Elle ne lui avait pas vu cet air depuis longtemps. Il l'attira à lui et l'embrassa sur la joue :

— Je suis content que mon idée t'ait plu, tu sais. Elle n'aboutira peut-être pas, mais ça fait du bien d'avoir un plan à mijoter.

◆ ◆ ◆

Il rêva toute la nuit, tiraillé tantôt par les soucis d'une immense fortune à gérer, tantôt par ceux d'une faillite qui dévorait jusqu'à sa brosse à dents. Il se leva au petit matin et secoua Élise. En sortant du chalet ils virent mademoiselle Lydie qui s'éloignait parmi les arbres. Florent eut une moue soupçonneuse :

— Qu'est-ce qu'elle est venue faire ici, celle-là ?

Élise se pencha et ramassa une lettre sur le seuil de la porte :

— Monsieur Picquot ! s'exclama-t-elle.

Mes chers petits,

Gardez vos larmes pour d'autres, je vais mieux que jamais. Mon médecin m'a assuré qu'avec un régime adéquat, beaucoup de repos et une bonne laisse pour empêcher les émotions de me mener trop loin, je pourrais vivre aussi vieux qu'une corneille. Aujourd'hui, le sort m'a réservé une grande joie : après dix ans de recherches, j'ai réussi à mettre la main sur un livre rarissime : la biographie illustrée de mon maître spirituel, le grand cuisinier Alexis Soyer, éditée à Londres en 1859 chez Field & Keaton.

J'ai repris du travail à mon infâme agence, où on m'a accueilli à bras ouverts, je ne sais pourquoi. Il y a deux semaines, j'ai pensé venir me rôtir au soleil en votre compagnie, mais les voyages en avion me sont défendus pour un an. Quant à l'automobile, je ne l'endure que sur de courtes distances. L'insipidité des autoroutes et les séquelles que trente ans de cuisine ont laissées à ma colonne vertébrale (je n'en parle jamais, n'aimant pas embêter les gens) transforment le moindre voyage en supplice.

Si je vous écris, moi qui ai toujours boudé la plume, c'est que la nouvelle est d'importance. Il semble que notre affreux vieillard se soit brouillé avec master Slipskin. En effet, un soir que je repensais à votre pitoyable histoire, l'envie me prit de retourner à La Binerie pour dire un mot ou deux à cette ordure d'Anglais. J'entre. Je regarde. Il n'était pas là. Bertrand m'aperçoit du fond de la cuisine. Il me fait signe d'approcher.

«Descendez aux toilettes, qu'il me dit, j'ai à vous parler.» Je me méfiais un peu, à cause de ses penchants spéciaux, vous comprenez. Enfin, je descends.

Quelle saleté que cette cave, c'en est une pitié! L'hygiène a quitté ce restaurant avec nous. Cinq minutes plus tard, Bertrand vient me rejoindre. Serrements de mains, accolades, exclamations, c'était comme si j'apportais du saumon frais à une chatte affamée.

«Ça ne va plus entre monsieur Ratablavasky et mon patron, qu'il me dit. Ils se sont chicanés. Le Vieux n'a pas mis les pieds ici depuis trois semaines.

— Et les affaires?

— Oh, elles marchent, elles marchent, mais mon patron n'a pas l'air de filer.

— Qu'est-ce qui s'est passé?

— Allez donc le savoir... Si j'ai le malheur de faire une allusion grosse comme la moitié de l'ongle, il m'envoie promener, le grand zarzais. Ça n'a pas la moindre délicatesse, ça traite le monde comme du bétail. Il y a deux jours, j'ai failli pleurer devant les clients. Est-ce que vous vous êtes trouvé un emploi?»

Je lui fais signe que oui.

«Eh bien, pensez à moi si vous avez besoin d'un assistant. Ici, j'ai les nerfs en boule huit heures par jour. Encore un peu, et j'aurai le visage tout plein de boutons.»

Conclusion: quand nos ennemis vont mal, c'est que nos affaires sont sur le point de mieux aller. Si ma lettre vous rappelle trop de mauvais souvenirs, jetez-la et oubliez tout. Sauf qu'à Montréal se trouve un vieux

cuistot qui ne détesterait pas vous serrer la pince un
de ces jours.

Picquot

P.-S. : J'ai reçu l'autre jour un appel téléphonique de
notre cher monsieur Émile. Il était complètement
paqueté (comme vous dites). Le petit chenapan! il
voulait me taper de cinq dollars et me donnait rendez-
vous dans une cabine téléphonique au coin de je ne sais
plus quelles rues. Je m'y suis rendu en vitesse et je l'ai
ramené tambour battant chez Rosine, qui l'a aussitôt
couché. Depuis, pas de nouvelles.

Florent replia la lettre, la glissa dans sa poche et resta
songeur un moment.

— Que le diable emporte ce maudit restaurant, dit-il
soudain. Je ne suis tout de même pas pour me frotter le
ventre au papier d'émeri jusqu'à la fin de mes jours, bon
sang!

Ils se mirent en marche vers l'hôtel. À cette heure,
madame Jeunehomme prenait sans doute son déjeuner
à la cuisine. En pénétrant dans le hall, ils aperçurent
mademoiselle Lydie qui donnait ses instructions à des
femmes de ménage.

— Impossible de voir madame avant dix heures, dit-
elle à Élise un peu sèchement, elle est en discussion avec
son architecte.

Ils s'en retournaient au chalet lorsque Florent s'arrêta :

— Un bon livre d'horticulture nous ferait peut-être
beaucoup de bien avant d'aller visiter la plantation. Si on
essayait de s'en dénicher un en ville ?

— Décidément, fit Élise avec un sourire moqueur, tout
passe par les livres de ce temps-ci.

Ils se rendirent sur la rue Petronia chez le libraire qui
leur avait si obligeamment fait cadeau de *La Chimie des
produits de beauté.* La boutique était fermée. D'une façon
toute relative, il est vrai : deux jours auparavant un

cambrioleur avait mis la serrure hors d'état et le libraire avait bloqué la porte avec les œuvres complètes de Sinclair Lewis, sur lesquelles venaient s'appuyer trois poches de patates. Un passant leur indiqua une autre librairie au coin des rues Truman et Duval. Ils n'y trouvèrent rien qui vaille, mais en quittant la boutique ils tombèrent sur un curieux spectacle.

Un embouteillage venait de se produire sur la rue Duval. Au milieu de la chaussée une petite chienne bâtarde à poil ras, trapue, de couleur rousse, plutôt mal bâtie, venait de se faire monter par une espèce de bouledogue poussiéreux, tout frétillant, que fixaient une bonne douzaine de chiens de toutes races et de tous calibres, l'œil brillant, la langue pendante, haletants de désir. Les automobilistes prenaient la chose du bon côté, attendant avec patience que la Nature fasse son œuvre, et riaient de l'air stoïque et résigné de la pauvre chienne, dont l'arrière-train juteux avait provoqué une révolution canine dans Key West. Florent contempla ses yeux saillants tout éplorés, ses flancs couverts de cicatrices, et quelque chose se déclencha tout à coup en lui. Il s'avança dans la rue et siffla la chienne. Élise lui plaqua la main sur la bouche :

— Tu es fou ! On va tous les avoir sur les talons !

La chienne avait dressé la tête, l'air joyeux. Elle bondit vers lui, entraînant avec elle son grisâtre amant, qui réussit à se libérer et se réfugia derrière un lampadaire, tout étourdi par sa malchance.

— Tu es fou ! répétait Élise, tandis que des klaxonnements de reconnaissance s'élevaient dans la rue. Cesse de la flatter. Nous vois-tu traverser la ville avec cette procession de chiens bandés ?

Florent s'était accroupi devant l'animal :

— Pauvre fille, l'amour te fatigue, hein ? Mais pourquoi traînes-tu les rues ? On ne peut pas dire que tu sois un grand modèle de vertu !

La chienne, délivrée de sa horde de Don Juan, le fixait avec des yeux humides de reconnaissance. Élise lui secoua l'épaule :

— Je commence à deviner l'idée que tu as derrière la tête, mon vieux. Voyons, tu n'y penses pas ! Elle est laide comme un pichou, elle sent le fond de poubelle, je ne veux pas la voir chez moi.

Ils se mirent en marche, suivis de leur cortège. Élise continuait ses récriminations tandis que Florent, la chienne sur les talons, dispersait peu à peu ses amoureux à l'aide de cailloux et de bouts de branches. À mesure que leurs rangs s'éclaircissaient, le mécontentement d'Élise diminuait. Quand ils ne furent plus que trois, elle convint même que Vertu – c'est le nom que Florent s'obstinait à lui donner – avait une « face intelligente ». Ils arrivèrent devant l'hôtel. La chienne, les oreilles aplaties, le ventre au sol, franchit la grille avec un empressement craintif et alla se coucher discrètement sous un buisson. Élise fit la grimace, mais garda le silence. Quand ils arrivèrent au chalet, elle se risqua même, les lèvres pincées de dégoût, à lui faire deux ou trois caresses.

— De grâce, supplia-t-elle, donne-lui un bain avant de la faire entrer, le chalet va s'infester de puces.

Vertu se laissa savonner sans trop de résistance. De temps à autre, elle jetait un regard apeuré à son maître, levait une patte, mais la replongeait lentement dans l'eau.

— Voilà, s'écria Florent, ton supplice est terminé.

La chienne sauta en dehors du baquet, se secoua vigoureusement et termina sa toilette par une longue roulade dans l'herbe. Puis, debout sur ses quatre pattes, elle poussa un aboiement joyeux : son pelage rafraîchi par le bain lui faisait présager toutes sortes de bonnes choses.

— Allons, entre, maintenant, fit Élise.

Elle fila dans la cuisine et se réfugia sous un banc dans un coin d'ombre. Roulée en boule, le museau entre les pattes, l'œil aux aguets, elle se faisait le plus petite possible pour qu'on l'oublie, sentant confusément que c'était là, pour le moment, la meilleure façon de se gagner des faveurs. Florent eut beau lui présenter une boulette de steak haché, son estomac contracté par l'appréhension la refusait. Elle accepta finalement de laper un peu d'eau par politesse, puis alla se recoucher et essaya de dormir, l'oreille frémissante, ouvrant l'œil à chaque instant pour vérifier si tout allait bien. Florent l'appela et ils sortirent dans le parc. Des impulsions contradictoires la tiraillaient. Elle se mettait tout à coup à gambader comme une folle en décrivant des cercles autour de ses maîtres, puis soudain, prise d'inquiétude, revenait trotter sagement à leurs côtés, se retenant d'aller renifler des touffes d'herbes suspectes ou des affleurements de racines aux contorsions étranges.

❖ ◆ ❖

— Les tétons lui traînent presque sur le plancher, fit madame Jeunehomme avec une moue dédaigneuse. C'est déjà une vieille mère de famille. Elle a dû produire ses quatre douzaines de chiots, la pauvre.

Florent trouva sa tante pâlie, les traits tirés, le souffle court.

— *Nous cacherait-elle une maladie ?* se demanda-t-il.

La vieille femme referma son livre de comptes et le laissa retomber sur le bureau :

— Je n'aime pas les chiens. Et encore moins les chiennes. Elles nous ressemblent trop, pauvres petits Canadiens français habitués à manger bien sagement dans leur coin. Elles sont trop naïves. Et elles aiment trop servir. Je préfère les chats. Ils sont moins mous.

Elle ouvrit un tiroir, sortit un trousseau de clés et le tendit à Florent avec un grand sourire :

— Bien sûr, je n'ai aucune objection : prenez la limousine et allez la visiter, ma plantation. Cela vous aidera à parfaire vos connaissances de la Floride. Elles sont minces jusqu'ici, vous vivez comme des marmottes. Quand vous arriverez à Sunland Gardens, près de Fort Pierce, demandez qu'on vous indique où se trouve la maison de Keith Spider. C'est mon gérant. S'il est absent, insistez pour que sa femme vous conduise. Ça lui dégourdira un peu les jambes. Elle passe ses journées en chaise longue à sécher au soleil comme une morue.

Elle leur expliqua le trajet, ouvrit son livre de comptes et se replongea dans le travail.

— Douce comme de l'eau de Javel, ta tante, fit Élise en riant, tandis qu'ils descendaient l'escalier de l'entrée principale. Et puis, lui as-tu vu cet air de cadavre ?

Ils longèrent l'hôtel par la gauche, contournèrent le pavillon en rotonde et arrivèrent aux communs, précédés par Vertu qui zigzaguait le nez dans l'herbe. En les voyant apparaître, un groupe d'ouvriers en train de vacher sur le gazon se releva précipitamment et se dispersa dans les échafaudages. Florent s'approcha du garage, fit jouer la serrure et la porte se souleva lentement. Une limousine des années 1930 luisait dans la pénombre. Ils la contemplèrent, impressionnés. D'une seconde à l'autre, il semblait que Greta Garbo allait en surgir dans toute la splendeur de sa jeunesse.

Élise s'avança et ouvrit une portière. Elle n'avait pas achevé son geste que Vertu était déjà couchée au pied de la banquette, aplatie sur le tapis, muette, immobile, s'efforçant d'être invisible. Florent s'assit et fit démarrer l'auto. Un ronronnement huilé s'éleva et pénétra la carrosserie de vibrations discrètes et apaisantes. L'auto s'avança avec une lenteur solennelle dans l'allée. Sur les échafaudages, les ouvriers s'étaient immobilisés et des têtes apparaissaient l'une après l'autre aux fenêtres. Élise se tourna vers son mari et sourit :

— Mon Dieu, que la mine t'a changé! On dirait le fils de Rockefeller! Où t'en vas-tu?

— À notre chalet, chercher *La Chimie des produits de beauté.* Tu serais gentille de me lire le chapitre consacré aux agrumes.

Il se mit à rire, d'un rire un peu gras, presque vulgaire:

— Je me *sens* le fils de Rockefeller... C'est délicieux... du velours dans les veines!

◆ ◆ ◆

Vers deux heures, la faim les prit. Ils s'arrêtèrent à un casse-croûte et commandèrent un café et une pointe de *Key-lime pie,* dont la croûte possédait un curieux arrière-goût de jambon fumé. Vertu les attendait toute haletante dans la limousine fermée, les deux pattes posées sur *La Chimie,* l'œil fixé sur la vitrine du restaurant où elle apercevait ses deux maîtres qui mangeaient en faisant de petites grimaces.

Ils arrivèrent à Sunland Gardens au milieu de l'après-midi. Monsieur Spider, un petit homme cordial à l'air pressé, leur offrit un grand verre de limonade et les conduisit aux vergers de madame Jeunehomme, qui s'étendaient sur les bords de l'Indian River. Il les quitta presque aussitôt, les priant de transmettre ses salutations à la patronne. Élise et Florent se promenèrent parmi les rangées d'arbres trapus, tordus, un peu rabougris, chargés de petits fruits verts et luisants.

— Je m'attendais à plus d'exotisme, murmura Élise.

Florent voulait rapporter des feuilles de pamplemoussier afin de procéder à des expériences. Ils emplirent un grand sac de toile, puis, vaincus par la chaleur, se laissèrent tomber dans l'herbe. Une délicate odeur citronnée flottait parmi les arbres dans un bruissement de feuilles qui roulait doucement sur lui-même et semblait figer le cours des heures.

Florent bâilla, puis son regard se perdit dans le ciel un moment. La chaleur l'avait terni, vidé de nuages et d'oiseaux, lui donnant l'aspect d'une feuille de papier. Il se tourna vers Élise et se mit à l'embrasser doucement sur la nuque.

— Je me demande où a bien pu passer la chienne ? fit celle-ci en promenant un regard inquiet autour d'elle.

— Quel romantisme ! se moqua-t-il. De quoi réveiller le sexe d'un curé de cent ans !

Un jappement bref résonna tout près.

— Tu entends ? Cesse de t'inquiéter, elle connaît trop son bien pour risquer de le perdre.

Élise poussa un soupir d'aise et se blottit contre son mari. Un engourdissement vaporeux, qui ne portait pas au sommeil mais se contentait d'émousser doucement la conscience des choses, gonflait peu à peu les impulsions secrètes qui voyageaient dans leurs corps. Ils se regardèrent avec un sourire entendu. Les arbres s'étaient comme rapprochés et courbés au-dessus de leur tête, formant ce charmant abri que les amoureux peuvent dresser un peu partout pour se couper du monde. Perdus dans le bruissement des feuilles, ils s'abandonnaient calmement l'un à l'autre et une impression de conformité harmonieuse et familière grandissait en eux, sans à-coup, comme une lente poussée végétale. Élise poussa un gémissement.

— Tout de suite, je t'en prie, fit-elle d'une voix étouffée.

Florent ouvrit le coin de l'œil. Son regard tomba sur Vertu, assise à quelques pas. La chienne tremblait de tous ses membres, l'œil fixé sur la butte qui se dressait à leur droite. Il se retourna brusquement. Élise laissa échapper un cri et rabattit ses vêtements sur son corps. Un coin de visage luisait dans un buisson à mi-chemin de la pente. Des branches craquèrent.

— Mille excuses, mes amis, fit le capitaine Galarneau en se dressant lentement, la trogne plus rouge que jamais. J'ai toussé trois fois pour vous faire signe de reprendre vos esprits, mais les élans de la passion couvrent le bruit du klaxon, comme disait le lieutenant-géné...

Il suspendit sa phrase et toussa, l'air gêné. Sans dire un mot, Florent prit la chienne dans ses bras, fit signe à Élise d'emporter le sac de toile et ils s'éloignèrent à grands pas.

Egon Ratablavasky les attendait sur le bord du chemin près de l'auto.

— Veuillez m'excuser, fit-il, très aimable. Je tenais tellement à vous parler, croyez-moi...

Coupant court à travers le verger, le capitaine Galarneau avait déployé des prodiges de vitesse, que sa corpulence rendait à peine croyables, et venait de s'engouffrer dans la limousine :

— Ha! ha! intéressant en sacrament! s'écria-t-il tout à coup.

Il ressortit tout en sueurs avec *La Chimie des produits de beauté.*

Florent s'avança et lui arracha le livre :

— Câlisse-moi le camp d'ici, grosse éponge! fit-il en le bousculant.

— Hop là! Quoi? Quoi? Un homme de mon âge, et qui s'est battu pour le Canada! s'écria Galarneau, les traits convulsés.

Il leva le bras.

— Mes amis, mes amis, fit Egon Ratablavasky en s'interposant, respectez les coutumes de la civilisation, je vous prie! Pourquoi ces manières? Pourquoi?

Élise s'était verrouillée dans l'auto et martelait la glace à coups de poing, faisant signe à Florent de monter. Ce dernier, appuyé contre une portière, les bras croisés, fixait Egon Ratablavasky, l'œil dilaté par une peur haineuse.

— As-tu juré de me rendre malheureux jusqu'à la fin de mes jours? murmura-t-il sourdement.

Le capitaine Galarneau laissa échapper un ricanement et se mit à chantonner une sorte de gigue en faisant des clins d'œil cocasses à Élise.

Un relent de chaussettes sales se répandit peu à peu dans l'air. Florent grimaça de dégoût :

— Vieux matou puant, reprit-il d'une voix étranglée. Au lieu de se préparer à la mort, ça gaspille ses derniers jours à empoisonner la vie des gens ! Qu'est-ce que je t'ai fait ? Pourquoi me tourmentes-tu ? Ça ne te suffisait pas de m'arracher mon restaurant ? Qu'est-ce qu'il te faut de plus ?

Ratablavasky secoua la tête d'un air peiné :

— Justement, justement, fit-il d'une voix douce et posée. J'étais venu pour expliquer... On m'a trompé... insidieusement trompé... C'est un grand malheur...

Il se mit à enlever des fragments d'herbe qui s'étaient accrochés à son pantalon :

— J'étais venu, non pour votre tourment, mon ami, mais pour un marché avantageux à discuter avec vous, oui, oui. Un marché très...

— Qui t'a appris que nous étions ici ? coupa Florent, indifférent aux martèlements qu'il sentait dans son dos à travers la glace.

Le vieillard grimaça un petit sourire et se tourna vers le capitaine Galarneau.

— J'ai fait enquête, tonna celui-ci, et vlan ! drette dans le but ! nous v'là comme un seul homme !

La portière s'ouvrit brusquement :

— De grâce, viens-t'en, supplia Élise.

Un bout de museau sortit de sous la carrosserie et Vertu apparut, vacillant de peur sur ses grosses pattes. Ratablavasky la fixa avec répulsion. Florent la saisit par la peau du cou et la jeta dans l'auto :

— Eh bien, votre marché avantageux, lança-t-il en s'installant au volant, vous pouvez vous le glisser entre les fesses. Et n'attendez pas que je vous traite comme vous le méritez pour vous tenir tranquille.

Ratablavasky s'inclina sans mot dire tandis que Florent démarrait avec fracas. Élise, tremblante, l'abdomen traversé de crampes insupportables, se retournait à tous moments pour voir si on les suivait. Une fade odeur d'urine flottait dans l'auto. En se voyant saine et sauve, Vertu avait pissé de soulagement.

◆ ◆ ◆

À leur arrivée, ils trouvèrent l'hôtel en émoi. L'abbé Jeunehomme, qui avait avancé son voyage, descendait de taxi. Dans ce décor semi-tropical, sa soutane fripée paraissait plus étrange que jamais et faisait l'effet d'un catafalque au milieu d'une noce. Madame Jeunehomme, les traits tendus par une émotion qu'elle s'efforçait de cacher sous un air bourru, l'embrassa rapidement puis, se tournant vers un ouvrier qui traversait la cour, elle lui ordonna de transporter les bagages dans le hall.

— Ah! vous voilà, fit-elle en apercevant Élise et Florent qui s'avançaient. Je n'ai pas à vous présenter mon fils, bien sûr.

En voyant son cousin, l'abbé Jeunehomme se troubla et fourra nerveusement ses mains dans les poches de sa soutane.

— Je crois, bafouilla-t-il en rougissant, que je ne me suis pas très bien comporté avec vous l'autre jour.

— Oh! ce n'est rien, répondit Florent un peu narquois. Dans le fond, vous avez bien fait. De fil en aiguille, ça nous a menés chez votre mère, qui nous gâte comme ses enfants.

Vertu observa l'abbé Jeunehomme et, lui trouvant l'air inoffensif, s'approcha de lui et se mit à flairer le bout de ses souliers.

— Si, si, reprit vivement ce dernier, je me suis très mal comporté. Je vous ai fait du tort, du tort par omission. J'espère que ma mère saura réparer un peu les effets de ma négligence.

Madame Jeunehomme, qui s'éventait avec un journal tout en écoutant Élise, se tourna vers lui, l'œil méfiant.

— Si on entrait? proposa mademoiselle Lydie que le soleil incommodait.

— Je vous ai déjà parlé de ce fameux poêle, n'est-ce pas, poursuivit l'abbé en gravissant lentement les marches, où Gogol avait jeté son manuscrit aux flammes?

— Oui, vous m'en avez parlé, répondit Florent avec une froideur polie.

— Eh bien, le jour où vous êtes venus me visiter, votre épouse et vous-même, j'ai reçu un télégramme où l'on m'apprenait qu'on venait de la retrouver. Elle est en France, dans un petit village du Midi. Les sceaux qui la protègent semblent intacts. Je suis en pourparlers avec son propriétaire pour l'acheter.

Son nez en lame de couteau, aux narines presque transparentes, fut pris d'un léger tremblement.

— Octavien, tu devrais remettre cette conversation à plus tard, coupa madame Jeunehomme, agacée. Vous avez fait une belle excursion? demanda-t-elle tout haut à Florent.

— Oui, mais une mauvaise rencontre.

— Ah bon!

Ils étaient parvenus dans le hall. Madame Jeunehomme se laissa choir sur un canapé et glissa sa main sous son aisselle gauche. Elle s'efforçait de prendre un air dégagé, mais y arrivait mal. Tout le monde comprit qu'elle ferait ravaler sa question à l'imprudent qui oserait s'informer de son état.

— Et qui donc avez-vous rencontré, mes enfants?

— Notre plus grand ennemi, répondit gravement Élise, celui qui nous a ruinés: Egon Ratablavasky. Il est venu nous relancer jusqu'ici. J'ai pensé mourir de peur.

L'abbé sursauta légèrement, voulut parler, puis se ravisa, tout songeur. Madame Jeunehomme pointa son menton osseux en l'air, comme si elle éprouvait une certaine gêne à respirer:

— N'est-ce pas un homme d'un certain âge, très cérémonieux, et qui parle comme s'il avait une bille dans la bouche?

Florent, surpris, fit un signe affirmatif.

— Eh bien, il m'a téléphoné cet après-midi. Il voulait s'assurer que vous demeuriez bien ici. Je crois qu'il a parlé à Lydie également. N'est-ce pas?

Mademoiselle Lydie hocha la tête.

— Et... c'est vous qui lui avez dit que nous allions visiter la plantation? reprit Élise en se tournant vers la dame de compagnie.

— Il... il se disait votre ami, bafouilla celle-ci. Je ne croyais pas...

— Au téléphone, il faisait très distingué, déclara la tante. Mais je le ferai jeter à la porte s'il vient jamais vous ennuyer.

Élise, tout effarée, était sur le point de fondre en larmes. Madame Jeunehomme lui tapota la main:

— Allons, allons, garde ton sang-froid, ma belle enfant. J'ai déjà rencontré bien des bêtes venimeuses dans ma vie. Je sais comment agir.

Elle se leva:

— Maintenant, soupons. Les tripes me chantent.

On se remit en marche. L'abbé Jeunehomme s'approcha de Florent:

— Rappelez-moi le nom de ce monsieur?

— Egon Ratablavasky. Vous le connaissez?

L'abbé fit un geste vague. Pendant tout le repas, il sembla perdu dans ses pensées. Cela ne semblait étonner ni sa mère ni mademoiselle Lydie. Le dessert achevait.

— Allons, mon garçon, fit madame Jeunehomme en claquant des doigts, sors un peu de la lune et regarde le cadeau que je t'ai acheté pour marquer ta visite.

Le cuisinier fit son entrée dans la salle à manger, portant sur un plateau une superbe cafetière de porce-

laine blanche montée sur un réchaud ornée du mono-
gramme HB qui s'étalait en fioritures échevelées.

— La cafetière de Balzac, murmura l'abbé en pâlissant.

— Une copie, bien sûr, une simple copie, corrigea sa
mère. Penses-tu que je me suis mise à dévaliser les
musées?

L'abbé se leva, tout émotionné, et alla embrasser sa
mère avec une fougue qui surprit tout le monde.

— Voyons, voyons, qu'est-ce qui te prend? Tu veux me
faire monter les larmes aux yeux, ma foi! Allons au salon
prendre le café, fit-elle en se dégageant.

Une lumière tamisée dispensée par des *tiffanys* et des
abat-jour de soie peinte créait dans l'immense pièce une
atmosphère chaude et agréable. Pendant un moment,
l'abbé Jeunehomme, encore tout excité par son cadeau,
s'efforça de participer à la conversation, racontant des
anecdotes de son enfance qui faisaient naître des sourires
émus sur les lèvres de sa mère. Mais la conversation se mit
bientôt à rouler sur le Québec et l'on discuta de politique.
Après deux ou trois questions confuses et hors de sujet,
auxquelles on s'efforçait de répondre charitablement, il
retomba dans son mutisme rêveur. Madame Jeunehomme,
en vieille nationaliste sentimentale et un peu paranoïaque,
défendait avec fougue la cause canadienne, accusant les
indépendantistes d'être à la solde de l'Union soviétique qui
cherchait à briser un des plus beaux pays du monde afin
de s'en emparer, puis de conquérir le reste de l'Amérique.
L'abbé se leva doucement et s'approcha de Florent:

— Est-ce que je peux vous parler seul à seul? fit-il à
voix basse.

— Bien sûr.

— Tout de suite?

Florent se leva:

— Avec votre permission, fit-il en s'adressant à sa tante,
nous allons faire une petite promenade dans le parc.

— Allez, allez. Vous viendrez nous rejoindre sur la terrasse.

— Je crois, fit l'abbé Jeunehomme lorsqu'ils furent seuls, que je connais votre monsieur Ratabla... vasky.

— Ah oui?

L'abbé sourit:

— Oh, pas personnellement. Je ne fréquente guère le monde. Mais je crois avoir lu quelque chose sur lui. C'est un souvenir vague, mais il me serait facile de le préciser. Quel âge peut-il avoir, à votre avis?

— Sûrement plus de soixante-dix ans, malgré qu'il soit encore bien alerte, le vieux calvaire. Excusez-moi.

— Je ne m'arrête pas à ces vétilles, fit l'autre avec un geste insouciant. Donnez-moi une heure ou deux. Je vais monter à ma chambre. Je traîne toujours avec moi mes résumés de lecture. Je pourrai peut-être vous renseigner dès ce soir.

Sur ces mots, il le quitta. Florent, troublé, retourna à l'hôtel. On s'installa bientôt sur la terrasse.

— Doux ventre de Jésus! s'écria madame Jeunehomme deux heures plus tard, voulez-vous me dire ce que fait mon fils? À peine arrivé, et le voilà disparu, comme d'habitude.

— Il est en train de faire des recherches, je crois, répondit Florent.

Elle haussa les épaules et ordonna qu'on apporte d'autre café. Élise se pencha à l'oreille de son mari:

— Des recherches sur... Ratablavasky?

Florent fit un vague signe de tête.

À dix heures, madame Jeunehomme poussa un bâillement caverneux et, se tournant vers sa dame de compagnie:

— Soyez gentille, chère, et allez me faire couler un bain chaud. Il est temps que je remise ma vieille carcasse pour la nuit.

Élise souffrait de brûlures d'estomac depuis le milieu de la soirée et exprima le désir d'aller se coucher elle aussi. La terrasse fut bientôt déserte.

— Tu avais bien deviné, fit Florent sur le chemin du retour, il fait des recherches sur notre vieux matou.

Ils entrèrent dans le chalet. Élise se mit à inspecter chaque pièce pour s'assurer qu'ils étaient bien seuls.

— Allons-nous-en, Florent, fit-elle tout à coup en lui saisissant la main. Depuis que je le sais dans les parages, je me meurs.

— Pauvre toi, soupira-t-il, où veux-tu qu'on aille ? S'il a pu nous relancer jusqu'ici, il le fera n'importe où. Il faudra bien que je lui règle son compte un jour ou l'autre.

Ils allaient se mettre au lit lorsqu'on frappa à la porte.

— J'ai trouvé, annonça l'abbé Jeunehomme tout essoufflé, la soutane à demi déboutonnée. Ou, du moins, je *crois* avoir trouvé ! J'ai pu mettre la main sur un bouquin rarissime dans la bibliothèque de maman.

Il fouilla dans sa poche et brandit un petit livre tout écorné relié en maroquin bleu :

— Voici. Cela s'intitule *Histoires piquantes de l'Église de France,* Hatier, 1939, par un nommé Tristan de la Boissière – en réalité, Paul Chantaine –, archiviste à la Bibliothèque nationale, un esprit corrosif mais ordonné, bourré de préjugés à notre égard, mais chercheur méticuleux et, la plupart du temps, très fiable.

— Venez dans la cuisine, dit Florent. Je vous sers un café ?

L'abbé, de plus en plus excité, acquiesça de la tête et, passant devant son hôte, entra par mégarde dans la chambre à coucher. Élise, toute nue, enfilait une robe de chambre. Il referma la porte comme si de rien n'était et alla s'asseoir à la table de la cuisine, feuilletant d'une main fébrile les *Histoires piquantes* :

— Voilà, voilà, c'est ici, page 72.

Florent s'était assis en face de lui et attendait, le cœur battant. L'abbé se mit à lire, la voix fluette et haut perchée. Il s'arrêta à peine pour saluer Élise qui venait les rejoindre, la figure couverte d'une charmante rougeur. La lecture dura quinze bonnes minutes et révéla des choses surprenantes.

Le 6 avril 1931, un quinquagénaire du nom d'Egon Radablavasky – notez la légère différence de graphie – se présenta à l'abbaye cistercienne de Gasquart-les-Moulineaux et manifesta le désir d'entrer dans les ordres. Il se disait d'ascendance polonaise et arrivait d'Allemagne, où il avait travaillé quelques années chez un relieur spécialisé dans les missels. La vague nazie, qui prenait alors son ampleur, l'avait effrayé, comme bien d'autres. Il y avait vu la main de Dieu et s'était réfugié en France, désireux de consacrer sa vie à la prière et à la pénitence pour conjurer le malheur qui menaçait de fondre sur la civilisation. On ne le prit pas d'abord au sérieux. Mais il s'obstina. Au bout d'une semaine, il réussit à obtenir une entrevue du père prieur qui fut impressionné par ses connaissances théologiques autant que par sa ferveur. Egon Radablavasky devint novice. Quatre ans plus tard, il coupait définitivement ses liens avec le monde temporel. Sa piété, son bon sens, sa modestie et son érudition prodigieuse lui avaient gagné le respect de ses compagnons. Il devint économe en 1937. Sous son influence, l'abbaye, qui fabriquait un fromage et des confiseries renommés dans toute la région, connut une prospérité extraordinaire, mais fort courte, car un soir d'août 1939, il disparut sans un mot, emportant avec lui une somme que Paul Chantaine qualifia de « colossale », sans pouvoir toutefois l'évaluer avec plus de précision. La tourmente de la guerre et le souci de la communauté d'éviter tout scandale lui assurèrent l'impunité. Les bons pères s'aperçurent après son départ qu'il avait non seulement fraudé la communauté, mais aussi plusieurs de ses fournisseurs, et cela avec une habileté de grand maître.

Vers la fin de la guerre, le bruit courut dans certains milieux qu'Egon Radablavasky, après avoir accompli plusieurs missions importantes pour le compte des Allemands, s'était établi en Amérique sous un nom d'emprunt.

«*Détail piquant,* de conclure Paul Chantaine en utilisant un de ses qualificatifs favoris, *une curieuse anomalie fonctionnelle diminuait quelque peu le charme indéniable de notre ingénieux malfaiteur. Je veux parler d'un étrange phénomène de sudation affectant principalement l'extrémité des membres inférieurs et qui dégageait, paraît-il, une odeur particulièrement incommodante. Cette affection dermique semblait grandement humilier notre fripon en soutane, qui la subissait comme un martyre.*»

— Ça lui ressemble fort, murmura Florent, impressionné. Mais je remarque tout de même un détail étonnant: votre monsieur Chantaine le décrit comme un quinquagénaire en 1931. Ça lui ferait aujourd'hui presque cent ans!

— Oh, vous savez... il pouvait présenter l'apparence d'un quinquagénaire sans en être un réellement. Et puis l'on connaît plusieurs cas de longévité extraordinaires... Pensez à Verdi, qui nous donnait *Falstaff* à 80 ans... à Claudel, toujours actif à 86 ans... et au vieux Fontenelle, mort centenaire en faisant des mots d'esprit...

— Il y a également autre chose qui m'étonne, coupa Florent. Pourquoi a-t-il repris son vrai nom... ou presque?

— La certitude de l'impunité, murmura l'abbé d'un air sentencieux.

— Mon Dieu! s'écria Élise. Qu'allons-nous devenir?

Elle se mit à pleurer. L'abbé Jeunehomme la regardait, désolé. Florent essaya de la rassurer, sans grande conviction. L'abbé se leva et se dirigea vers la porte.

— Je vais vous reconduire un bout de chemin, lui dit Florent.

— Eh bien, je vous accompagne, fit Élise, je ne reste pas seule ici.

Ils s'avancèrent sous la masse sombre des arbres. Dans le calme de la nuit, le bruit de la mer montait comme la respiration d'un monstre gigantesque. L'abbé s'arrêta pour l'écouter.

— Yseult, murmura-t-il tout bas, j'entends l'appel de ton amour éternellement insatisfait.

Élise et Florent gardaient un silence poli.

— J'ai beaucoup regretté, dit-il tout à coup, que vous n'ayez pu assister à mon banquet Zola. Ce fut une soirée inoubliable, autant pour le palais que pour l'esprit. Monsieur Cloutier, notre ancien ambassadeur en France, a eu la gentillesse de venir nous faire lecture d'une communication fort intéressante sur un séjour que fit Zola en 1881 (l'année de *Pot-Bouille*) à Chambêsle-la-Gassière, un château qu'il vient tout juste d'acheter.

— Ce n'est pas l'envie qui nous manquait, répondit Florent, mais votre invitation nous est parvenue en retard.

— Quel dommage ! Mais qu'à cela ne tienne. Dans quelques mois, j'organise un banquet Gogol. Je vous le ferai savoir. Vous rappelez-vous ce fameux passage au début des *Âmes mortes*, lorsque Tchitchikov fait son apparition en calèche (je l'ai appris par cœur) ?

> *«La calèche était occupée par un monsieur ni beau ni laid, ni gras ni maigre, ni jeune ni vieux. Son arrivée en ville passa inaperçue; seuls deux hommes du peuple, qui se tenaient à la porte d'un cabaret en face de l'hôtellerie, échangèrent quelques remarques concernant plutôt l'équipage que le voyageur.*
>
> *— Regarde-moi cette roue, dit l'un ; en cas de besoin, irait-elle jusqu'à Moscou ?*
>
> *— Que oui, répondit l'autre.*

*— Mais jusqu'à Kazan, elle ne tiendrait sans doute
pas?*

— Pour ça, non, fut la réponse. »

Il s'interrompit, comme saisi d'une pensée subite, et
porta la main à son front, qu'il se mit à frotter avec des
mouvements circulaires, tandis que son regard hésitant
se promenait d'Élise à Florent. Un moment passa ainsi.
Florent voulut reprendre la marche.

— Comment trouvez-vous ma mère? demanda subitement l'abbé.

Ils le regardèrent, surpris:

— Très... bien... très gentille, fit Élise.

— Ce n'est pas ce que je veux dire. Comment trouvez-
vous... sa santé?

— C'est une femme extraordinairement vigoureuse
pour son âge, répondit Florent, mais je dois dire que
depuis quelque temps elle me semble un peu fatiguée.

— Elle a été très malade dernièrement, coupa l'abbé.

Il resta silencieux un moment, hésitant s'il devait
poursuivre ou pas, puis:

— Il y a trois semaines... elle a subi une crise d'angine,
annonça-t-il, accablé. J'ai tout appris par une lettre de
mademoiselle Lydie, qui m'a demandé le secret. Ma mère
refuse de parler de sa maladie. Elle pense qu'en l'ébruit-
tant, ce sera la fin. On commence à mourir dans la tête
des autres, dit-elle souvent.

Florent saisit le bras d'Élise:

— Je comprends tout maintenant... cette fameuse
limousine qu'on voyait chaque soir...

— C'était son médecin, fit l'abbé d'une voix morne.

— Et que dit-il, son médecin?

— Il dit que la médecine est faite pour soigner les gens
raisonnables, mais qu'il faudrait inventer une autre
science pour soigner ma mère. En somme, on ne peut pas
grand-chose pour elle. Il faut la laisser agir à son gré, en

l'aidant discrètement à se ménager... ce qui est parfaitement impossible. Bonne nuit.

Il les quitta et s'enfonça dans l'ombre. Florent et sa femme causèrent à voix basse pendant quelques minutes, puis s'en retournèrent lentement vers le chalet. Soudain, au milieu d'un tournant, ils s'arrêtèrent, sidérés.

Assis sur une petite chaise pliante, Egon Ratablavasky les attendait tranquillement, le poing sous le menton, les jambes croisées. Il semblait seul.

— Bonsoir, mes amis, fit-il d'une voix pleine d'entrain. Je faisais une petite promenade sur la plage. C'est un endroit très agréable durant la nuit et, pour plus de calme, j'ai laissé dans *une* bar mon ami Galarneau... afin de causer un peu avec vous.

Il dévisagea Élise, prête à défaillir :

— Je sais, je vous importune, mais si votre oreille m'est bienveillante, ce sera pour la dernière fois.

Florent prit Élise par la main :

— Vous partez tout de suite, ou bien j'appelle la police, répondit-il en s'avançant pour le contourner.

Ratablavasky allongea le bras pour l'intercepter, mais Florent, d'un violent coup de hanche, le jeta à la renverse. Le vieillard se releva d'un bond, glissa la main droite dans sa poche et un déclic se fit entendre.

— Je regrette, dit-il un peu essoufflé, d'appeler la force à mon secours, mais le devoir m'oblige. *Il est d'une extrême nécessité que vous me prêtiez oreille.*

Élise le fixait, les lèvres tremblantes, comme frappée d'hébétement.

— Espèce de salaud, lança Florent, hors de lui, tu dois bien savoir que ma femme est enceinte, puisque tu sais tout, et tu t'amuses à la tourmenter ?

Sous l'effet de la lune, les pommettes du vieillard devinrent tout à coup jaune citron. Sa main droite eut un geste gracieux.

— Qu'elle parte, fit-il doucement.

— Je reste, murmura Élise dans un souffle.

Florent croisa les bras :

— Allons, déballe ton histoire, qu'on en finisse.

— *De tout cœur,* merci, fit Ratablavasky en inclinant la tête. Mes paroles seront brèves. Permettez ?

Il se pencha, ramassa la chaise pliante et s'y assit en poussant un petit gémissement. Puis, gardant toujours la main droite dans la poche de son veston, il allongea un peu les jambes et sourit. Avec un ensemble parfait, ses deux interlocuteurs froncèrent le nez et reculèrent de quelques pas, cherchant un peu d'air pur.

— Revenons vers le passé, si vous le voulez bien ? fit le vieillard d'une voix feutrée. Vous vous rappelez, mon cher jeune ami, je vous ai aperçu sur la rue il y a bientôt un an, *dans le moment* de cet accident du pauvre monsieur Duchêne, et tout de suite les joyaux de votre âme m'ont ébloui.

Florent poussa un ricanement.

— Oui, oui, reprit le vieillard en s'animant, je connais le prix des hommes et votre prix est grand, très grand, veuillez me croire, car j'ai beaucoup vu de choses et d'événements dans ma vie, j'ai voyagé partout, j'ai parlé à des gens, beaucoup ! Alors, je me suis dit : « Egon, les jours de ta jeunesse ont fondu comme la neige au printemps. Tu n'as pas de fils, par malheur, alors il faut *continuer la route par une autre personne.* »

Ratablavasky se pencha en avant et pointa vers Florent un long doigt noueux :

— Eh bien, mon cher jeune ami, je vous ai *choisi.* Et je ne choisirai jamais *aucune autre personne.*

Florent sentit comme un frémissement courir sur son crâne :

— Quelle faveur ! ricana-t-il. Grâce à tes bons soins, j'ai perdu mon restaurant et je me suis retrouvé dans la rue. Et te voilà en train de courir le continent pour nous tourmenter avec tes sornettes. Espèce de vieux matou puant! Va déverser ton amour sur un autre cave : moi, j'ai fait ma part.

Ratablavasky s'emporta brusquement :

— Le restaurant : voilà *au sujet duquel* je suis venu pour vous parler et vous ne voulez pas m'écouter ! *J'ai été trompé!* lança-t-il en détachant chaque syllabe. *Odieusement trompé* par ce Slipskin... Son âme est constituée de terre et d'ordures, voilà la vérité !

Il cracha sur le sol d'un air dégoûté :

— Je le regrette pour toujours. Le seul désir de l'argent est actif en lui. Ah ! quel tort il vous a fait et quel chagrin il m'a causé !

Ratablavasky demeura silencieux un moment, plongé dans ses pensées.

— Cependant, reprit-il, rasséréné, grâce à lui, vous avez traversé les épreuves, et bien traversé. Voilà ce qui est magnifique. Sans le vouloir, il vous a fait le plus beau cadeau qui soit.

— *C'est un mégalomane,* pensa Florent. *Voilà, je viens de comprendre : un mégalomane et un sadique.* Allons, dit-il, arrive au fait, qu'on aille se coucher. Qu'est-ce que tu me veux, à la fin des fins ?

— Je veux... votre entier bonheur... Je veux, mon cher jeune ami, que vous possédiez de nouveau le restaurant et pour toujours... Je veux, à la fin de mes modestes jours, que vous ayez beaucoup d'argent.

— Pas intéressé... Trouve-toi un autre niaiseux.

Ratablavasky s'agita sur son siège :

— Non, je vous en prie... veuillez réfléchir... Que reste-t-il d'autre à un malheureux vieillard s'il ne peut léguer... Et, d'ailleurs, ce projet que vous préparez...

Florent sursauta :

— Quel projet ?

Un sourire narquois s'étira lentement sur les lèvres du vieillard, dont le visage prit un aspect presque hideux :

— Oui, oui, j'ai vu... cet après-midi à Sunland Gardens (quel délicieux nom, n'est-ce pas?)... d'une part, les feuilles de pamplemousse... hé! hé!... et puis ce livre *volumeux*, n'est-ce pas, sur les produits... comment dites-vous?... pour la beauté... Alors, n'est-ce pas, il est très facile de deviner...

Florent le fixa un instant, ahuri, puis un flot d'injures grossières lui monta à la bouche tandis que ses yeux se remplissaient de larmes.

— Tut tut tut, fit Ratablavasky, pâmé d'aise, ne laissez pas entrer la tempête dans votre esprit, sinon c'est le naufrage des idées justes...

Élise s'était mise à sangloter.

— Allez-vous-en! supplia-t-elle, pour l'amour de Dieu, allez-vous-en!

Pendant un moment, Florent perdit la faculté de penser. Il avait l'impression de s'enfoncer lentement dans la terre. Un goût de vase avait envahi sa bouche, des cascades de vase noire s'abattaient avec fracas tout autour de lui et seule la pression désespérée de la main d'Élise sur son bras l'empêchait de s'abandonner tout à fait à une terreur insensée. Egon Ratablavasky, les mains croisées sur les genoux, les observait avec une contenance modeste et souriante. Florent émergea peu à peu de son étrange hallucination; il avait l'impression que son cœur essayait de s'enfoncer dans ses poumons. Un tout petit mot se présenta soudain à son esprit et il essaya désespérément d'y agglomérer quelques idées. Il passa son bras autour de l'épaule d'Élise, dont le corps glacé était parcouru de spasmes:

— Eh bien, mon père *(voilà, c'est pas mal,* pensa-t-il, *ma voix ne tremble presque pas)*, votre méchanceté me scandalise!

— Hein! fit Ratablavasky en sursautant. Qu'avez-vous dit?

— J'ai dit «mon père», répéta Florent avec un sourire fielleux. Pendant que vous menez vos petites enquêtes à mon sujet, j'en mène aussi sur vous. Rien de plus normal, n'est-ce pas? *(Merci, mon cousin, tu me sauves de l'enfer)*. Et j'ai d'ailleurs appris pas mal de choses... que j'ai répétées à certaines personnes, sous le sceau du secret. Bien entendu, s'il m'arrivait un malheur (comme de mourir, par exemple), elles auraient peut-être envie de parler... et d'aller faire un tour à Gasquart-les-Moulineaux, pourquoi pas?

Ratablavasky, immobile, l'écoutait d'un air intrigué – ou inquiet, la pénombre empêchant de distinguer clairement ses traits.

— ... pour s'informer de votre piété, poursuivit Florent. Et d'aller ailleurs également *(allons, c'est le temps de bluffer)*, histoire de vérifier le bien-fondé de certaines rumeurs... politiques. Vous me comprenez, n'est-ce pas?

Le vieillard éclata d'un rire nerveux:

— Qu'est-ce que ces folies?

— Tant mieux pour vous s'il s'agit de folies. Il vous suffira alors de le prouver.

Florent, tout en parlant, avait allumé sa lampe de poche. Il la braqua soudain sur Ratablavasky. Celui-ci, le torse rejeté en arrière, le regardait avec un sourire gouailleur. Mais Florent crut déceler dans le relâchement un peu exagéré de toute son attitude, que semblait contredire la pression de ses mains croisées l'une dans l'autre, une méfiance sourde qui cherchait à donner le change. Une bouffée de joie féroce lui gonfla la poitrine:

— Et ainsi, reprit-il d'une voix frémissante, si on faisait enquête sur vous, comme me l'ont suggéré quelques-uns de mes amis, vous ne subiriez aucun préjudice. Au contraire, vous n'en sortiriez que plus vénérable.

Ratablavasky se leva lentement:

— Laissons la conversation à cet endroit, dit-il d'un ton calme et posé. Je vois madame qui souffre *d'une plus en*

plus grande incommodité. Cependant, réfléchissez fortement, je vous prie, à mes propositions. Aujourd'hui, votre
haine bouillonne contre moi. Mais demain... demain cela
pourrait devenir votre amour, hé oui. Pourquoi pas? Il
ne faut plus me craindre. La douceur toujours chez moi
n'a été que le seul guide de la vie, oui, tout à fait, je le
jure! Je regrette d'ailleurs beaucoup d'avoir *forcé votre
présence* devant moi...

Il sortit la main de sa poche:

— ... avec ce simple pauvre briquet venu d'un ami.
Veuillez me pardonner!

Un claquement sec résonna sous les arbres. Ratablavasky porta la main à sa joue.

— Vieux schnoque! lança Florent en rejoignant Élise
qui s'éloignait à grands pas, ça t'apprendra à niaiser le
monde!

— Hé! hé! dans ma jeunesse, répondit le vieillard
d'une voix enjouée, j'agissais de pareille façon... mais les
années m'ont corrigé! Bonne nuit! Je vous donnerai tous
les jours nécessaires *à* réfléchir... et je reviendrai.

En arrivant au chalet, Florent téléphona à sa tante et
lui demanda d'alerter la police.

— Diable! murmura-t-il en raccrochant, elle est accueil-
lante comme une tempête de neige, ce soir... Qu'est-ce
qu'il lui prend? Est-ce que le Vieux l'aurait rencontrée?

22

Après une nuit de réflexion, Florent décida de s'ouvrir à
madame Jeunehomme de son intention de se lancer dans
la fabrication de produits de beauté. La vieille dame jura
ses grands dieux qu'elle n'avait jamais rencontré Ratablavasky et engagea deux agents de sécurité qui reçurent
l'ordre de patrouiller sa propriété jour et nuit. Mais le
projet de son neveu ne semblait guère l'intéresser. Dans

les jours qui suivirent, Élise et Florent crurent déceler d'imperceptibles changements chez leur hôte. Elle continuait de leur témoigner la même cordialité bourrue, mais une sorte de détachement ironique marquait parfois ses manières quand on abordait certains sujets et en particulier les sujets d'argent. Florent essaya bien quelques fois de remettre sur le tapis son projet de crème de pamplemousse. Madame Jeunehomme prenait un petit air pincé, lançait une plaisanterie énigmatique et la conversation tournait court.

— Le Vieux a dû lui mettre en tête qu'on lorgne sa fortune, grommelait Florent. Si au moins elle m'engueulait, je pourrais me défendre !

Mais madame Jeunehomme, en femme d'affaires avisée, évitait les sujets de conversation jugés par elle oiseux, ce qui lui permettait de consacrer tout son temps à sa fortune. Florent conclut que leur présence devenait encombrante et parla de quitter la Floride. Cela courrouça la vieille femme, qui vit peut-être ses doutes confirmés :

— Qu'est-ce qui te prend ? Vous n'êtes pas bien, ici ? Et la santé de ta femme, y as-tu pensé ? Tu veux qu'elle accouche dans un fond de cour ?

À la vérité, madame Jeunehomme était tiraillée par sa méfiance maladive et ses instincts maternels, ravivés par la grossesse d'Élise. Elle arracha à Florent la promesse de poursuivre son séjour chez elle jusqu'à l'accouchement de sa femme. Refoulant ses soupirs, il serra *La Chimie des produits de beauté* dans une valise et se mit à cultiver la flânerie d'un air désabusé. Sa dernière défaite venait d'aigrir toutes ses vieilles blessures. Il se mit à rêver à La Binerie presque chaque nuit, réveillant Élise par ses cris confus. Étaient-ce les fatigues de la grossesse ou la hantise de sa rencontre avec Ratablavasky ? Élise se mit à perdre de l'appétit, devint nerveuse, irritable, et son visage pâlot prit un air souffreteux.

— Ma chère enfant, lui dit un jour madame Jeune-homme, sans vouloir te blesser, tu te fanes à vue d'œil. À ta place, j'irais voir un médecin.

— C'est ce que je lui dis depuis trois jours, lança Florent, mais je parle à une bûche.

Madame Jeunehomme se tourna vers sa dame de compagnie :

— Ma chère, soyez gentille et obtenez-moi pour cet après-midi un rendez-vous avec le meilleur gynécologue de Miami. Débrouillez-vous comme vous pourrez, je veux savoir aujourd'hui même ce qui mijote dans le corps de cette petite bonne femme. Vois-tu, ma fille, fit-elle en pinçant la joue d'Élise, je n'aime pas laisser les portes de ma maison ouvertes au malheur. Il possède déjà assez de clés pour se faufiler partout sans notre aide.

Le docteur Fingerton plut tout de suite à Élise. C'était un grand vieillard aux allures paternelles, avec la gueule de Samuel de Champlain, mais un Champlain dont les mâchoires auraient été tenues en mouvement par une énorme chique de gomme à la chlorophylle. Il examina longuement Élise, mais ne put rien découvrir. Sa nervo-sité l'étonna. Il la questionna adroitement. Elle lui raconta les harcèlements dont ils étaient l'objet depuis quelque temps. Il la rassura de son mieux, lui conseilla beaucoup de sommeil et lui prescrivit un léger calmant. Sur les instances de madame Jeunehomme, Élise promit d'aller le voir toutes les semaines.

◆ ◆ ◆

Le mois de février arriva. Un soir, peu après le souper, Élise se plaignit tout à coup de nausées et d'élancements dans le bas-ventre.

— Je t'avais pourtant bien avertie au dîner, grommela madame Jeunehomme, de ne pas toucher à la salade de fruits. J'ai mis six mois à m'habituer aux fruits tropi-caux.

— J'aurais dû suivre vos conseils moi aussi, avoua Florent.

Il reconduisit sa femme au chalet, l'aida à se coucher, puis revint prendre le café à l'hôtel.

— À votre place, je téléphonerais à son médecin, lui glissa mademoiselle Lydie.

— Bah! ce n'est qu'une diarrhée. Je lui ai donné des médicaments. Demain tout sera fini.

Puis, à la demande de l'abbé Jeunehomme, il passa deux mortelles heures à classer des fiches de lecture. Quand il revint au chalet, le lit était vide. Il jeta un coup d'œil dans le salon, puis dans la cuisine. Une sorte de halètement lui parvint de la salle de bains. Il poussa la porte et recula, épouvanté. À demi affaissée contre le mur, une serviette-éponge entre les cuisses, Élise se tenait debout dans une mare de sang parsemée de caillots noirâtres et de fragments de chair rose ; elle ne semblait ni le voir ni l'entendre.

— *I can't understand it, I really can't*[*], ne cessait de répéter le docteur Fingerton, appelé d'urgence à l'hôpital de Key West. Et tandis qu'Élise, un tube de sérum fixé au bras, s'était laissée tomber dans un sommeil sans fond, il questionnait son mari en faisant les cent pas, secouant la tête à tout moment d'un air insatisfait.

Florent lui parla de Ratablavasky. Le docteur, perplexe, écoutait cette histoire confuse débitée dans un anglais approximatif. Le lendemain, à la demande de madame Jeunehomme, Élise fut transportée à Miami au Dade Hospital Centre où, pendant trois jours, on la mitrailla d'examens. L'analyse sanguine révéla quelques traces de plomb. Mais on ne put tirer aucune conclusion certaine. Madame Jeunehomme s'adressa alors au service médicolégal de la police de Miami. Après s'être fait

---

[*] Je n'arrive pas à comprendre, vraiment, je n'y arrive pas.

harceler pendant trois jours, le service dépêcha deux experts qui passèrent un avant-midi à l'hôtel et s'en retournèrent bredouilles. Florent n'osait communiquer ses pressentiments à personne. Élise en aurait été terrifiée. Elle vint bientôt terminer sa convalescence à l'hôtel. Une infirmière l'attendait, qui avait reçu l'ordre de veiller sur elle nuit et jour. Une semaine plus tard, sa santé s'était passablement rétablie. Les esprits s'apaisèrent peu à peu.

— Il ne nous reste qu'à mettre un deuxième bébé en marche, fit Élise en souriant courageusement.

Florent lui mit la main sur l'épaule :

— Si je puis me permettre une suggestion, ma vieille, attendons le signal du médecin.

❖ ◆ ❖

Le stoïcisme d'Élise cachait une peine immense. Elle ne fit jamais le deuil de l'enfant qu'elle avait porté si amoureusement pendant toutes ces semaines et défendit farouchement qu'on lui en parle. À sa demande, Florent écrivit à ses parents, à Picquot et à Ange-Albert pour leur annoncer le malheur, en leur enjoignant de ne jamais y faire allusion devant sa femme. À défaut d'avoir une tombe, le petit être qui n'avait pas réussi à voir le jour fut enseveli dans le silence.

❖ ◆ ❖

Le calme ne régna pas longtemps à l'hôtel. L'ouverture du casino, qui avait été retardée par la maladie de madame Jeunehomme, faillit bien ne jamais avoir lieu. Un soir, vers le milieu de février, Élise et Florent se promenaient sous l'arcade qui s'allongeait entre le petit pavillon et le corps principal lorsqu'ils virent arriver en trombe une limousine bien connue. Madame Jeunehomme venait de subir une autre attaque, et celle-là d'une particulière gravité. Le médecin resta auprès d'elle jusqu'au petit matin et essaya vainement de la convaincre de se faire hospitaliser. Tout ce qu'il réussit à gagner, ce fut l'engagement d'une infirmière.

— Qu'elle se tienne loin de moi, exigea la vieille dame dans un souffle. Moins je la verrai, mieux ce sera.

Deux jours plus tard, comme son état s'améliorait, elle fit appeler Florent.

— Évitez-lui toute émotion, lui glissa mademoiselle Lydie en le faisant entrer dans la chambre. Déjà, votre seule présence dans la maison est une cause de tension pour elle.

— *Vieille vache*, marmonna-t-il en tournant le bouton de la porte, *tu m'as toujours détesté, toi.*

Madame Jeunehomme l'attendait, assise dans un fauteuil roulant, maquillée, endimanchée, mais l'œil battu, les joues affaissées, donnant tous les signes d'un extrême épuisement.

— Bonjour. Assieds-toi. J'ai à te parler.

Sa voix haletante, de plus en plus rauque, faisait peine à entendre. Devant elle, un appareil de télévision montrait une équipe médicale en train de procéder à une opération. Elle pointa l'écran du doigt :

— Je m'instruis, fit-elle avec un petit sourire prétentieux, et, crois-moi, je n'ai pas le choix.

Sa main se posa sur une manette de commande à distance et l'écran s'éteignit. Florent avait l'impression d'avoir avalé un corps étranger qui se serait arrêté à mi-chemin dans sa gorge. Toute sa rancœur contre la vieille dame avait fondu. Madame Jeunehomme, très droite, le fixait avec des yeux pleins de défi :

— Eh bien, mon neveu, tu as dû te dire : la vieille dame a commencé à lorgner saint Pierre, le départ approche... Pourvu que son testament ne contienne pas trop de déceptions.

— Non, répondit Florent, la voix toute changée. J'aime bien l'argent, mais je ne suis pas un chasseur d'héritages.

Je laisse ça aux plus malins que moi, ajouta-t-il avec un sourire amer.

— Bon. N'en parlons plus. Je plaisantais. On t'a dit, bien sûr, de quelle maladie je souffrais ?

Il mentit à demi :

— Pas exactement. J'ai supposé que c'était le cœur, ou les artères, ou quelque chose comme ça.

— Je souffre d'angine de poitrine, mon garçon. Ça ne date pas d'hier. Mais si je n'agis pas...

Elle s'arrêta et prit une courte inspiration :

— ... tout de suite, eh bien, j'en serai bientôt, comme disent les savants... à la phase terminale.

Elle pointa le doigt derrière Florent : il tourna la tête et aperçut des rayonnages de livres où tranchaient les énormes tomes de l'*Encyclopédie médicale.*

— J'ai dû me donner beaucoup de mal pour comprendre ce qui m'arrivait au juste. Ces médecins sont cachottiers comme des vieilles filles.

Elle fit une pause, ferma les yeux et continua :

— J'ai même dû faire venir un interne en cardiologie pour me faire expliquer certains passages. Enfin, je comprends tout maintenant. Je peux leur parler d'égal à égal et ils le savent.

Un sourire plein d'une satisfaction enfantine se dessina sur ses lèvres exsangues :

— Sais-tu ce que c'est que l'angine de poitrine, mon garçon ?

Florent fit signe qu'il l'ignorait tout à fait.

— Eh bien, répondit-elle en s'efforçant de cacher l'essoufflement qui la gagnait de plus en plus, c'est l'expression douloureuse directe d'une anoxie myocardique paroxystique par insuffisance de débit coronarien. En d'autres mots, pour quitter ce jargon ridicule, une des artères qui irrigue mon cœur est bloquée et dès que je fais un effort ou que je m'agite un tant soit peu, la douleur me poignarde.

Florent luttait depuis un moment contre les effets d'une bouffée d'émotion qui remplissait de suintements sa gorge et ses fosses nasales et tenait ses glandes lacrymales dans un état d'excitation inquiétant.

— Et pour empirer les choses, poursuivit madame Jeunehomme, j'ai été soignée par des apprentis vétérinaires. On m'a d'abord prescrit de la trinitrine, ces fameuses petites pilules qu'on se glisse sous la langue dès qu'on se sent mal. La douleur disparaissait. Mais le mal restait !

Elle s'arrêta tout à coup, pencha la tête en arrière et grimaça légèrement.

— Voulez-vous que je m'en aille ? demanda Florent.

— Mais non, reste, reste, fit-elle d'une voix impatiente. Où en étais-je ?... Il y a deux ans, les petites pilules n'ont plus suffi. On m'a prescrit du repos. Mon mal a empiré. Pour une femme de mon tempérament, la chaise longue mène au cercueil. Alors, la ronde des médicaments a commencé : Vialibran, Persantine, Vastarel, Glyo 5, Sursum, Marsilid, et dernièrement, Cordoxène...

Florent l'écoutait, ahuri par cette nomenclature qu'elle débitait avec l'air un peu blasé d'une parfumeuse en train de montrer sa marchandise.

— Comme mon état, hélas, continuait de se dégrader lentement et que j'étais en train de devenir une pharmacie vivante, j'ai décidé de prendre les choses en main.

Elle se tut et respira à quelques reprises, épuisée par son monologue.

— Je suis... retournée sur les bancs de l'école, continua-t-elle d'une voix brisée... pour comprendre un peu ce qui se passait dans ma vieille carcasse. Entre autres choses, j'ai appris que la durée de survie moyenne des angineux était de 9,7 années. Or, je souffre d'angine depuis onze ans. Tu devines les conclusions.

Elle le fixa en souriant, de plus en plus oppressée, mais tout heureuse de l'effet produit par ses paroles. Florent soutint son regard quelques instants, puis détourna les yeux.

— Est-ce qu'on ne pourrait pas... vous opérer ? balbutia-t-il.

— Voilà. On peut. C'est d'ailleurs ma seule chance. Revascularisation myocardique par implantation ventriculaire gauche des artères mammaires internes. Joli, n'est-ce pas ? Je te dispense de la traduction. Arrange mon coussin, veux-tu ?

Florent cala le coussin dans son dos et se rassit.

— J'ai décidé hier soir de me faire opérer coûte que coûte, même si on me trouve trop vieille. C'est à ce sujet que je t'ai fait venir.

Elle s'arrêta à nouveau. Son épuisement grandissait de minute en minute. Florent se trémoussait sur sa chaise, tout en sueur.

— Aussitôt que je me sentirai mieux, je pars pour Cleveland, reprit-elle au bout d'un moment. Il y a une équipe là-bas, sous la direction du professeur Favaloro, qui fait des merveilles, paraît-il. Je serai absente quelques semaines.

Elle ferma les yeux et resta un long moment sans parler. Florent prit peur :

— Avez-vous besoin de quelque chose, ma tante ?

Elle sourit, les yeux toujours fermés :

— Tu as la frousse un peu trop facile, mon garçon. Reste tranquille... et laisse-moi penser.

Il se mit à l'observer, plein d'une admiration craintive.

— Voilà, fit-elle en posant sur lui un regard émoussé par la douleur. Si j'avais eu le bonheur d'avoir un fils au lieu d'un appendice de bibliothèque, je ne t'importunerais pas avec mes demandes. Mais enfin... je voudrais que tu aides Lydie pendant mon absence. Il faut que les travaux continuent. Tu n'auras pas la tâche facile, car elle ne t'aime pas trop – comme tu as pu le constater – et je me demande si elle sait par quel bout tenir un marteau. Par contre, elle apprend vite et son dévouement m'est acquis depuis des années. Si elle voit que tu prends mes intérêts à cœur, tu n'auras pas à te repentir d'avoir travaillé avec elle.

Florent se leva et posa la main sur le bras de sa tante :

— Comptez sur moi. Je n'ai rien d'un entrepreneur, moi non plus, mais je ferai l'impossible. Vous vous êtes montrée si gentille avec...

Elle lui posa la main sur la bouche et un sourire désabusé apparut sur ses lèvres :

— Ce n'est pas de la gentillesse... C'est comme ça, voilà tout... Une sorte de caprice... Je suis contente que tu acceptes... Je te revaudrai ça un jour...

— Avec des pamplemousses ? lança Florent sur un ton plaisant.

Elle leva aussitôt l'index en l'air :

— Je n'ai rien promis, entends-moi bien, je n'ai rien promis du tout... Assieds-toi, *s'il te plaît,* tu m'énerves, planté devant moi comme un codinde.

Ils causèrent encore quelques instants.

— Veux-tu un verre de limonade ? fit-elle soudain d'une voix adoucie.

Florent, surpris, n'osa refuser. Elle actionna une sonnette et la garde-malade apparut. Quand il eut vidé son verre, sa tante lui fit signe que leur entretien était terminé. Il se pencha pour l'embrasser.

— Mon père, fit-elle en lui tendant la joue, nous répétait souvent un vieux proverbe espagnol : « La Mort est une dame polie qui frappe toujours avant d'entrer. » Voilà quatre fois que je l'entends frapper... Eh bien, s'écria-t-elle en se redressant, je me suis mis dans la tête, mon cher, de la faire poiroter à la porte jusqu'à lui donner mal aux jambes, m'entends-tu ?

Madame Jeunehomme se rétablit assez rapidement.

Une semaine plus tard, elle pouvait, en se ménageant beaucoup, commencer à vaquer à ses occupations. Mais, volontaire comme elle l'était, ses dispositions d'esprit ne changèrent pas avec le retour de ses forces. Les ouvriers ne furent pas rappelés tout de suite. Elle passa trois jours dans sa chambre avec mademoiselle Lydie à dresser minutieusement le plan des travaux qu'il restait à compléter avant l'ouverture de l'hôtel. Puis elle fit monter Florent :

— Je pars demain. Tu examineras ce cahier avec Lydie tout à l'heure. Tout est clair. Lydie possède la liste de tous mes fournisseurs. Tu les contacteras en temps voulu. Au début, ils essayeront de te voler, c'est normal. C'est à ce moment que l'on verra si tu as un peu de sang de Jeunehomme dans les veines. Travaille de ton mieux. Pendant ce temps, je vais tenter de faire poser une rallonge à mes vieux jours.

Elle appela ensuite Élise, l'embrassa et lui annonça son départ :

— Je te défends de lever le petit doigt pour ton mari, lui ordonna-t-elle avec une emphase comique. Repose-toi, sois gaie et prépare-toi pour un autre enfant, puisque vous en voulez un, ce qui est normal.

Florent passa une partie de la journée avec mademoiselle Lydie à prendre connaissance du plan des travaux. L'œil mi-clos, la lèvre dédaigneuse, la dame de compagnie répondait avec une précision laconique à ses questions, tout en sirotant une tasse de thé au jasmin. Madame Jeunehomme n'avait rien laissé au hasard. Les tâches respectives de son neveu et de son assistante avaient été soigneusement délimitées afin d'éviter toute chicane. Les devis étaient surchargés de notes qui indiquaient l'état actuel des travaux et la direction qu'on devait leur faire prendre. Une longue liste des différents petits trucs utilisés par les ouvriers et les contremaîtres pour voler du temps ou des matériaux figurait en annexe. Les catalogues débordaient d'indications sur l'usage et la durabilité des matériaux. Florent se sentit d'abord écrasé par le poids de sa tâche. Mais peu à peu une sorte d'euphorie fébrile l'envahit et au moment de se mettre à table pour le souper une âme toute neuve de gérant d'hôtel commençait à se déployer en lui.

Madame Jeunehomme partait pour Cleveland le lendemain matin à huit heures en compagnie de son infirmière. Le trajet devait se faire en automobile, l'avion lui ayant été défendu. On avait loué pour l'occasion une limousine climatisée, avec chauffeur. Malgré la défense expresse qui leur avait été faite, Élise et Florent se rendirent à l'hôtel au moment du départ. La vieille femme, debout dans le hall au milieu d'un étang de valises noires, fronça les sourcils en les voyant apparaître :

— Ah ! mes petits sacripants ! vous savez pourtant que je déteste les adieux. Allez ! dépêchez-vous de m'embrasser et allez-vous-en ! Où est mon fils ?

— Je suis allée à sa chambre, répondit mademoiselle Lydie, la voix tout enrouée d'émotion, mais il n'y était pas.

— Hum ! il doit être en train de dire sa messe, grommela la vieille dame, en s'imaginant que je ne pars que demain.

Elle rappela Florent, qui s'éloignait, et se pencha à son oreille :

— Hier soir en m'endormant j'ai eu une idée à ton sujet. J'aurai peut-être une offre à te faire à mon retour. Ne te casse pas la tête à essayer de la deviner ; ça ne concerne pas l'hôtel : je t'aime trop pour vouloir faire de toi mon subalterne.

Elle se dirigea vers la sortie et descendit vaillamment la longue volée de marches pendant que le cuisinier finissait de transporter ses valises.

— Je lui souhaite de retrouver la santé, murmura Élise en regardant l'auto s'éloigner.

Mademoiselle Lydie, debout derrière elle, un mouchoir à la main, s'épongeait les yeux avec de petits mouvements saccadés.

— *De quelle offre peut-il bien s'agir?* se demandait Florent, tripotant le volumineux trousseau de clés que sa tante lui avait confié et dont chaque tintement signalait sa nouvelle autorité.

* ◆ *

Deux heures plus tard arrivait l'entrepreneur, bien décidé à la mettre à l'épreuve. En apprenant qu'un blanc-bec remplaçait la redoutable vieille dame, il avait aussitôt appelé un courtier et s'était acheté un joli terrain dans les Keys, convaincu qu'avec un peu d'habileté la villa qu'il entendait mettre dessus lui coûterait moins cher qu'une carte postale. Florent se mit à discuter avec lui de la poursuite des travaux. Un épouvantable fouillis de madriers, de moules à plâtre, de diagrammes, de barils de clous et de rotations d'horaires se mit à tournoyer dans sa tête. Il coupa court à l'entrevue:

— Revenez me voir dans trois jours, lui dit-il, à la stupéfaction de mademoiselle Lydie. Ma femme est tombée malade, je dois m'en occuper.

L'homme le regarda, ébahi, et prit congé. Mademoiselle Lydie brûlait de rage:

— Qu'est-ce qui vous prend? Pensez-vous avoir cent ans devant vous?

Florent la toisa:

— Vous allez venir avec moi et on va le visiter de fond en comble, ce maudit hôtel. J'aime savoir ce que je dis quand je donne des ordres.

Il se rendit au bureau de sa tante, s'empara des plans et passa le reste de la journée et une partie de la nuit à visiter l'hôtel, prenant des notes et des mesures, faisant l'inventaire des matériaux, grimpant les échafaudages, inspectant les plafonds, vérifiant la plomberie et essayant d'assimiler les rudiments de son métier avec une fureur qui remplit sa collaboratrice de respect. Trois jours passèrent ainsi. Il avait fait venir un vieux menuisier que sa tante lui avait recommandé pour son expérience et sa grande honnêteté. Il l'accabla de questions pendant dix heures, tout en le comblant de cigares et de bière froide.

— Voilà, je pense que je suis prêt, maintenant, annonça-t-il à Élise en revenant au chalet à la fin de la troisième journée.

L'abbé Jeunehomme était venu leur rendre visite. Assis sur la véranda, il sirotait une limonade en caressant Vertu, roulée en boule sur ses genoux :

— J'ai d'autres renseignements à vous fournir au sujet de notre bon ami Ratablavasky. J'ai téléphoné cet après-midi à un de mes anciens professeurs à Louvain. C'est lui qui m'avait fait cadeau du petit livre dont je me suis souvenu l'autre jour. Malheureusement, je n'ai rien de capital à vous apprendre. Dom Périgord se fait vieux et ses souvenirs en ont un peu souffert. Il se rappelle vaguement avoir rencontré Ratablavasky vers 1930. Sans trop savoir pourquoi, il ne l'avait pas trouvé particulièrement sympathique. Mais Ratablavasky l'avait pris en amitié et s'était mis à lui écrire. Dom Périgord possède encore une lettre de lui, qu'il va m'envoyer. Ratablavasky lui demandait son avis sur un recueil de méditations qu'il venait de publier. Le livre portait un titre curieux : *Un père chrétien debout à l'aube.*

— Où peut-on se le procurer ? demanda Florent.

— Introuvable depuis des années, répondit l'abbé.

— Eh bien, attendons la lettre, on verra ce qu'on peut en faire. Vous allez m'excuser, n'est-ce pas ? Je croule de fatigue. Je vais prendre une bouchée et je me jette au lit.

L'abbé Jeunehomme se leva, embarrassé, et lui tendit sa longue main moite :

— Excusez-moi... J'aurais dû savoir... Je... soyez assuré que j'apprécie beaucoup ce que vous faites pour ma mère. Vous me remplacez. Les livres m'ont presque entièrement dévoré et Dieu a pris le reste.

Il les salua et s'éloigna à grandes enjambées à travers le parc. Florent le regarda quelques instants avec un sourire de pitié, puis entra dans le chalet. Élise l'avait précédé et achevait de mettre le couvert.

— Je t'ai fait du bœuf à la mode, dit-elle. Il mijote depuis onze heures ce matin.

Elle déposa une assiettée devant lui et sa voix se mit à trembler :

— De grâce, promets-moi de ne pas trop t'échiner après cet hôtel. J'ai tellement peur que tu retombes malade...

Florent grimaça :

— Tu t'inquiètes en pure perte, ma chère. Je me sens dans une forme splendide. Je n'ai jamais été si bien de ma vie.

Et sur ces mots il vida son assiette en trois bouchées. Le bœuf rendit bientôt le coup de massue qui l'avait envoyé dans le chaudron. Florent se mit à dodeliner de la tête, alla s'étendre sur son lit et sombra dans un sommeil végétal.

❖ ◆ ❖

Le lendemain matin, monsieur Ladronito, l'entrepreneur, trouva devant lui un jeune homme singulièrement aguerri qui lui exposa méthodiquement la façon dont il voyait la poursuite des travaux, en lui laissant entendre avec un sourire en coin qu'il connaissait parfaitement l'inventaire de ses matériaux et qu'il serait sur place pour vérifier leur utilisation. L'entrepreneur cacha son dépit sous un sourire respectueux et jura intérieurement qu'il se tirerait une villa de cette grande bâtisse biscornue, dût-il le faire clou par clou.

À midi, une équipe d'ouvriers arrivait sur place. On les divisa en deux groupes ; l'un fut affecté à la réfection du dernier étage de la tour principale et l'autre au casino, dont l'aménagement était à peine commencé. Deux jours plus tard, les travaux avaient pris une belle cadence et la villa de monsieur Ladronito disparaissait lentement dans les brumes de la déception. Florent se mit à maigrir d'un kilo par semaine, mais sa bonne humeur se maintenait. Il se levait à six heures, se couchait à minuit, dînait sur le pouce, parcourait quinze kilomètres de corridor par jour, vérifiait tout, haranguait, chialait, réparait les bévues et passait la plus grande partie de ses soirées à s'ébattre dans la comptabilité avec Élise et mademoiselle Lydie.

Monsieur Ladronito reçut bientôt l'ordre d'engager une deuxième équipe, car on n'arrivait pas à rattraper le retard causé par la maladie de madame Jeunehomme. L'hôtel se mit à résonner de coups de marteaux, de grincements de scie et de roulements de chariots seize heures par jour. Chaque semaine, la tante Jeunehomme envoyait une carte postale avec trois ou quatre phrases laconiques. Elle y donnait des nouvelles de sa santé, qui était invariablement bonne. Détail étonnant : elle ne posait pas la moindre question sur les travaux. Mademoiselle Lydie en tirait de sombres conclusions.

Cinquante-trois personnes travaillaient maintenant à la réfection de l'hôtel. Il fallut en loger une vingtaine sur place, car Ladronito avait dû recruter ses ouvriers jusqu'à Miami. Florent fit installer un dortoir au cinquième étage du corps principal et engagea un aide-cuisinier et deux gardiens.

Les beuveries fréquentes des ouvriers, leur habitude de considérer l'hôtel comme un immense cendrier et l'efficacité du service d'incendie de Key West, renommé surtout pour ses parties de poker, n'étaient pas sans l'inquiéter. Chaque pièce de l'hôtel reçut un extincteur et le dortoir fut pourvu d'un système d'alarme. Mademoiselle Lydie levait les bras devant tous ces frais.

— Cessez de crier, disait Florent. C'est un hôtel remis à neuf que je veux présenter à ma tante et non pas un tas de décombres.

Un soir, vers la fin du mois de mars, un vieux plâtrier gravissait en titubant l'escalier qui menait au dortoir lorsque son regard fut attiré tout à coup par un énorme *palmero bug* immobile sur un palier. L'insecte le fixait d'un air insolent et se disposait même à l'attaquer lorsqu'il changea tout à coup d'idée et disparut dans une fissure. Le plâtrier fronça les sourcils, réfléchit un moment, puis haussa les épaules et reprit vaillamment son ascension, soutenu par les vapeurs du rhum, dont il faisait sa seule nourriture depuis deux jours. Parvenu au dortoir, il poussa un soupir de soulagement, se dirigea vers son lit et se laissa tomber dedans, mais se releva presque aussitôt. Ses ablutions. Il avait oublié ses ablutions. Sans ablutions, le sommeil ne lui valait rien : le lendemain, il traînait une migraine durant tout l'avant-midi.

Il se rendit à la salle de bains, saisit une débarbouillette, la mouilla, puis s'arrêta, tout décontenancé. Un flot de *palmero bugs* jaillissait du renvoi d'un lavabo à dix pas de lui. En l'espace d'une seconde, les insectes avaient envahi la salle de bains. Les murs se couvrirent d'une masse frétillante d'où s'échappaient, chose étonnante, des milliers de petites chansonnettes diaboliques. Fortement secoué, mais sans perdre son sang-froid (au cours des ans, son expérience entomologique avait pris de vastes proportions), le plâtrier descendit au rez-de-chaussée et revint avec une pinte de kérosène qu'il vida d'un trait dans le lavabo, puis frotta une allumette et la jeta dedans.

Quelques minutes plus tard, Florent accourait, nu-pieds. L'incendie avait gagné l'étage d'en dessous. Mais une dizaine d'ouvriers, réveillés en sursaut par les hurlements du plâtrier, s'occupaient à le circonscrire, armés de haches, d'extincteurs et de couvertures mouillées. On maîtrisa le feu au bout d'une demi-heure. Les dégâts se révélèrent importants, mais de peu d'étendue. Florent obligea l'entrepreneur à payer la moitié des dommages et il fut entendu que la date d'achèvement des travaux demeurait inchangée.

Trois jours plus tard, les murs et le plafond de la grande salle du casino se couvrirent de cloques à cause de la mauvaise qualité de la peinture. Le même jour, mademoiselle Lydie découvrit, tout à fait par hasard, un petit réseau de voleurs qui s'approvisionnait avec une discrète modération dans l'ameublement de l'hôtel. Peu de temps après, l'architecte-décorateur engagé par madame Jeunehomme pour superviser les travaux se commanda un soir une entrée de coquillages au restaurant et mourut empoisonné.

Florent amena son fournisseur en peinture dans le casino pour un petit entretien particulier où le sang des Jeunehomme montra toute sa fougue. Deux jours plus tard, la grande salle avait repris son éclat. Puis on réunit tous les ouvriers. Florent leur décrivit le sort fait aux bibelots d'époque et à certains meubles de petites dimensions et congédia douze personnes sur-le-champ. Cinq d'entre elles étaient innocentes. Leur accablement ébranla fortement les coupables qu'on n'avait pas réussi à découvrir. Ils eurent l'impression que Florent en savait plus long qu'eux-mêmes et décidèrent de se tenir désormais tranquilles. Quant à l'architecte, après s'être apitoyé un moment sur son sort, Florent en dénicha un meilleur, qui accepta de travailler pour un salaire moins élevé.

Madame Jeunehomme avait retenu depuis longtemps les services d'un maître queux et d'un directeur de casino. Le 20 avril au soir, Florent pénétra dans le bureau de Lydie et la trouva toute souriante devant une tasse de thé :

— La campagne de publicité est prête à démarrer, lui annonça-t-elle. Je peux me permettre de souffler un peu.

— Eh bien! il ne manque plus que la grande patronne. Les tapissiers viennent de terminer leur travail et on aura fini de placer nos meubles demain avant-midi.

Il lorgna le téléphone. Mademoiselle Lydie secoua son index:

— Défense de lui téléphoner, vous le savez bien. Elle est en train d'abattre bien plus de travail que nous. Il faut lui ficher la paix.

◆ ◆ ◆

Madame Jeunehomme arriva deux semaines plus tard, au moment du souper, perdue dans sa limousine-paquebot. Elle était pâle, très amaigrie et sa peau avait pris comme une apparence poudreuse, mais un timide sourire de victoire flottait sur ses lèvres.

— Eh bien, murmura-t-elle, tandis qu'Élise et Florent l'aidaient à gravir les marches du perron, comment vous êtes-vous débrouillés?

— Je pense que vous allez être fière de mon mari, répondit Élise. Vous aurez même réussi à le faire maigrir.

— En effet, tu as l'air mangé de fatigue, toi, fit-elle en posant sur lui un regard sévère. Il aurait fallu demander de l'aide. Lydie ne suffisait pas?

— Mais oui, ma tante, elle m'a beaucoup aidé et nous ne nous sommes presque jamais chicanés.

Madame Jeunehomme releva brusquement la tête:

— Eh bien! mon garçon qui s'en vient à ma rencontre! Qui t'a tiré de ton livre?

L'abbé Jeunehomme descendait les marches, tout dégingandé:

— Je t'ai vue arriver par la fenêtre.

Il l'embrassa sur les deux joues et saisit une valise.

363

— Comment vas-tu ? demanda-t-il d'un air craintif.

— Aussi bien qu'on peut aller dans mon état. J'ai rencontré là-bas des médecins attentifs et méticuleux, ce qui m'arrivait pour la première fois de ma vie. On a répondu à toutes mes questions, personne ne m'a raconté d'histoires et j'ai été soignée comme si le sort du monde en dépendait. J'ai une cicatrice de trente centimètres sur la poitrine et suffisamment de tubes derrière les côtes pour arroser toutes mes pelouses. Quant aux résultats...

Elle agita la main d'un air dubitatif :

— Il faut attendre... Pour l'instant, le moteur tourne... Je n'en demande pas plus... Ma chère Lydie, fit-elle en prenant les mains de son assistante, qui rougit de plaisir, faites porter à ma chambre un bol de bouillon maigre et une petite salade au thon avec beaucoup de persil et de tomates. Je préfère manger seule ce soir.

Elle jeta un regard à la ronde :

— Mais j'y pense... vous étiez en train de souper ? Eh bien, qu'attendez-vous ? Retournez vite à la salle à manger, vos plats refroidissent. Je vais me reposer un peu et j'irai vous rejoindre au salon à neuf heures.

À neuf heures pile, elle faisait son apparition, soigneusement recoiffée, vêtue d'une robe vieux rose ornée de dentelles, un peu voyante pour son âge. Mademoiselle Lydie servit le café, qui se prit dans une sorte de recueillement. L'hôtel venait de retrouver son âme et tout le monde souhaitait que ce fût pour longtemps. Madame Jeunehomme, charmée par la déférence affectueuse qu'on lui témoignait, raconta longuement son voyage à Cleveland, mais se montra singulièrement peu loquace sur son séjour à la clinique. Elle avait adopté un ton insouciant, presque frivole, comme pour faire oublier son long coudoiement avec la mort. Chose étonnante, elle ne posa aucune question sur l'aménagement de l'hôtel et refusa même qu'on en parle. À dix heures, visiblement épuisée, elle se leva et prit congé :

— Mon médecin m'a fait promettre de me coucher tôt, à cause du voyage. Je vous verrai demain matin. Venez déjeuner à ma chambre à huit heures.

Et sur ces mots, elle quitta la salle, enveloppée de regards émus.

◆ ◆ ◆

— Ce matin, je suis contente de mon miroir, fit-elle en s'avançant pour les accueillir.

Ils s'étaient arrêtés sur le seuil, surpris par sa bonne mine. La nuit semblait l'avoir rajeunie.

— Allons, reprit-elle avec entrain, cessez de me regarder comme si j'étais une miraculée et venez vous asseoir. L'omelette est servie.

Mademoiselle Lydie achevait de dresser le couvert sur un guéridon près de la fenêtre. Le soleil assiégeait la petite nappe de percale blanche qui recouvrait le meuble et celle-ci ripostait en lançant de tous côtés des aiguilles de lumière éblouissantes.

— J'ai hâte de vous faire visiter l'hôtel, dit Florent quand il eut fini de déjeuner.

— Les comptes d'abord, répliqua madame Jeunehomme. Comment veux-tu que j'apprécie tes services si j'ignore combien ils m'ont coûté?

Ils passèrent au bureau. Deux heures plus tard, l'impeccable tenue des livres et le contrôle rigoureux qu'on semblait avoir maintenu sur la voracité des fournisseurs donnèrent un fruit rare: sur les lèvres de madame Jeunehomme s'épanouit un sourire radieux.

— À présent, visitons cet hôtel, ordonna-t-elle à Florent, mais ne marche pas trop vite. Ma bonne Lydie, sois gentille et demande au cuisinier de retarder un peu le dîner.

Elle saisit Florent par le bras et commença son inspection, les lunettes sur le bout du nez, furetant partout et bombardant son neveu de questions insidieuses, auxquelles il s'efforçait de répondre de son mieux, étonné, presque froissé par tant de méfiance. De temps à autre, l'air impassible, elle lui tapotait légèrement le bras pour marquer son contentement.

— Eh bien, mon garçon, fit-elle tout à coup après avoir arpenté en silence l'immense salle du casino, voilà du travail bien fait, je ne te le cacherai pas. L'effet est encore meilleur que je ne l'avais imaginé. Mon architecte s'est surpassé.

— J'ai dû l'aider un petit peu : il est mort il y a trois semaines avant d'avoir terminé ses plans.

— Ah oui ? Comment est-ce arrivé ?

— Des coquillages empoisonnés. On l'a conduit à l'hôpital, mais il était trop tard.

Madame Jeunehomme leva les yeux au ciel, indignée :

— A-t-on idée ! Des coquillages à ce temps-ci de l'année ! Pauvre imbécile... Il n'avait pas quarante ans ! Aucune espèce d'attachement à la vie... Elle le lui a bien rendu...

Elle poursuivit son inspection et entra dans le restaurant. Une rangée de grandes et hautes fenêtres y déversait une lumière crue qui dévorait l'atmosphère solennelle et compassée distillée par le décor victorien. Un pli de contrariété apparut sur son front :

— Quand fais-tu poser les draperies ? On se croirait dans une gare.

— Demain après-midi. J'ai eu un mal de chien à les trouver.

Elle tapota longuement les tables d'acajou à pattes de lion, hocha la tête d'un air satisfait devant les fauteuils sculptés, capitonnés de velours grenat (*«Avec des meubles pareils, je pourrai leur vendre les cornichons deux dollars l'unité»*, ricana-t-elle intérieurement), puis entra dans la cuisine.

— Hum ! très bien, fit-elle, impressionnée par l'agencement des lieux. Je ne la pensais pas si grande. N'aurais-tu pas triché un peu sur les plans ?

— Absolument pas, ma tante. Mais je me suis permis de renforcer le système de climatisation. Mon ami Picquot m'a tellement répété que la chaleur était le plus grand ennemi de la bonne cuisine... Sans compter que...

— Mon cher, coupa-t-elle, cesse de t'égosiller. Je suis tellement contente de toi que tu pourrais me faire passer une gaffe pour un bon coup. Ç'aura été un de mes meilleurs printemps, fit-elle en lui serrant le bras à plusieurs reprises. J'ai réussi à me faire rafistoler en même temps que mon hôtel et, par-dessus le marché, je me suis découvert un neveu fiable.

— *Bon,* pensa Florent, *l'heure de la récompense approche.*

— Quels sont tes projets? As-tu l'intention de rester encore longtemps chez moi? Mais non, ne prends pas cet air-là, tête de linotte : je ne cherche pas à te renvoyer, tu le sais bien. Je voulais simplement savoir comment tu envisages ton avenir.

Florent haussa les épaules et son visage s'assombrit :

— Je ne sais pas... Je n'y ai pas encore pensé.

— Je te le répète : ne compte pas sur moi pour devenir gérant : ce serait te rendre un bien mauvais service. Jeune comme tu es, tu finirais par t'ennuyer comme une roche dans cette petite ville. La boisson finirait par s'en mêler, comme elle le fait presque toujours en pareil cas, ou alors – ce qui n'est guère mieux – tu te lancerais dans des manigances pour m'enlever mon bien. Mais oui, mais oui! J'ai vécu, moi, mon garçon, et la vie m'a montré que la pire injustice qu'on peut faire aux gens, c'est de les prendre pour des anges...

Son envolée l'avait fatiguée : elle chercha du regard une chaise. N'en trouvant pas, elle passa dans la salle à manger et se cala dans un fauteuil.

— Et puis, reprit-elle au bout d'un moment d'une voix légèrement assourdie, il ne faut pas avoir beaucoup de jugeotte pour mêler famille et finances. C'est multiplier les problèmes les uns par les autres. Enfin, voilà ma façon de voir. Je préfère engager des étrangers. Quand ils ne font pas l'affaire, je leur montre la porte et l'histoire est finie.

Elle se leva et lui pinça le bout du menton :

— Déçu ? fit-elle en souriant.

— Du tout, répondit Florent à demi sincère. Je me suis bien amusé à terminer la réfection de votre hôtel, mais je ne me sens pas de vocation pour engueuler des garçons de table. Et puis, je ne vous cacherai pas que je me vois mal passer le reste de ma vie en Floride. L'hiver finirait par me manquer.

Mademoiselle Lydie apparut par la porte en ogive qui faisait communiquer le restaurant et le casino et fit signe à Florent :

— Notre fournisseur de draperies vient d'arriver. Il veut vous parler.

— Hum, hum, fit madame Jeunehomme en le regardant s'éloigner, j'ai l'impression que je viens de lui faire naître une envie de poignée de valise dans le creux de la main.

Elle le rappela :

— Je ne voudrais pas que notre conversation te laisse une fausse image de moi, mon neveu. Je sais récompenser, quand on l'a mérité. Passez l'été avec moi. L'hôtel n'ouvre qu'en septembre : je serais bien folle, en effet, de sortir tambours et trompettes en pleine saison morte. Vous avez l'esprit vif, toi et ta femme : vous me donnerez des idées pour l'inauguration.

Florent hésita quelques jours, puis se laissa convaincre, un peu par paresse, un peu par espoir d'arriver à séduire sa tante à force de bons soins ; il cherchait toujours à remettre à flot son projet de produits de beauté. Mais il fut vite déçu.

✦ ◆ ✦

Vers la mi-août, il fit vacciner Vertu en prévision du retour, car sa femme ne voulait pas s'en séparer. Ils se mirent à jeter des coups d'œil furtifs sur leurs valises, rangées au fond d'une garde-robe. Élise acheta des cadeaux pour leurs amis et les parents de Florent. Celui-ci brûlait de recevoir sa récompense, mais madame Jeunehomme semblait s'en soucier comme du premier caleçon de sir George-Étienne Cartier. L'abbé, voyant sa mère en assez bonne santé, parla de retourner à Montréal. Sa bibliothèque lui manquait cruellement. Madame Jeunehomme lui offrit d'en faire transporter une partie à Key West. Il secouait la tête d'un air embarrassé, se tripotant les doigts. Tout le monde, sauf sa mère, voyait bien que c'était à la solitude de sa petite chambre qu'il aspirait. La seule chose qui le retenait à Key West était l'arrivée imminente de la lettre de Ratablavasky à dom Périgord. Le mystère qui entourait le vieux fricoteur tenaillait presque autant sa curiosité que les derniers écrits du pauvre Gogol.

Pendant que dom Périgord, tout perclus d'arthrite, remuait en éternuant des piles de liasses poussiéreuses à la recherche de la fameuse lettre, Aurélien Picquot, lui, prenait des décisions. Florent reçut un message de lui vers la fin août. Le cuisinier lui annonçait son arrivée imminente.

Voilà pour la bonne nouvelle. J'en ai jusque-là de vous savoir à trois mille kilomètres. L'amitié, à une pareille distance, ne vaut pas une crotte de chat. J'aurais pu réconforter un peu cette pauvre Élise dans l'affreux malheur qui lui est arrivé. Vous me dites que votre tante possède un hôtel, qui ouvre ses portes bientôt. Je lui louerai une chambre. Qu'elle me traite comme un simple client. Je n'en demande pas plus.

Passons aux choses tristes, maintenant que vous avez (du moins je l'espère) un fond agréable dans l'estomac. Notre ennemi commun prospère. La Binerie a été agrandie. Le menu est devenu bilingue, horreur et décadence! Et, pour couronner le tout: notre Angliche prend femme le 15 septembre. C'est ce que je viens de lire dans Le Clairon du Plateau. *Quant à notre vieux matou, je ne lui ai pas vu le museau depuis des mois, et j'en remercie le ciel. Je vous annoncerai d'ici peu la date précise de mon arrivée.*

— Aucune nouvelle de monsieur Émile? demanda Élise, étonnée.

Florent fit signe que non et resta songeur un moment.

— Tant pis pour la lettre de dom Périgord, dit-il soudain, on fout le camp après-demain. Je vais avertir Picquot de ne pas bouger. Il faut que je rentre au Québec, j'ai des fourmis dans les jambes depuis une semaine.

Élise posa sur lui un regard plein d'interrogations inquiètes.

— Non, détrompe-toi, fit-il. Je n'ai aucune envie d'aller me batailler avec Slipskin. La paix, la sainte paix, voilà tout ce que je cherche. Ah! si ma tante pouvait se décider à nous donner un petit quelque chose pour nos deux mois de travail, je pourrais me chercher tranquillement un emploi sans m'inquiéter pour le garde-manger.

— Bah! ne te plains pas trop, se dit Élise. Grâce à elle, tu t'es sorti de ta léthargie.

Il annonça leur départ durant le souper, espérant ainsi réveiller la générosité de sa tante. Mais le portefeuille ne s'ouvrit pas.

— Dommage que vous partiez si vite, fit madame Jeunehomme. Vous ratez l'inauguration. L'hôtel va se remplir d'artistes et de grosses légumes. J'ai même réussi à mettre la main sur le gouverneur de la Floride. Enfin... contre le mal du pays, on ne peut rien, paraît-il. Je vais demander qu'on fasse construire une boîte pour votre chienne. Quelque chose qui lui rappellera sa cabane, si elle en a jamais eu une.

Elle posa son regard sur l'animal couché près de la table. À force de modestie et de bonne volonté, Vertu avait fini par conquérir la vieille dame, chez qui le séjour à la clinique du professeur Favaloro semblait avoir ouvert des écluses secrètes. Ce n'était pas un mince exploit que de s'être gagné l'accès de la salle à manger durant les repas. Elle le savait et n'en abusait pas, happant ce qu'on voulait bien lui jeter, mais se gardant bien de quémander.

Fortement enthousiasmé par l'idée de sa mère de faire construire une cabane, l'abbé s'imposa comme superviseur des travaux et, la veille du départ, décida d'y ajouter un élément qui, selon lui, contribuerait puissamment au réconfort moral de la pauvre chienne, que le grondement de l'avion affolerait au dernier point: il s'agissait d'une photographie de Marcel Proust, qu'il fixa à l'intérieur près d'une petite fenêtre. On voyait l'écrivain, alors dans la quarantaine, affalé dans un fauteuil d'osier au milieu d'un portique inondé de soleil, les deux mains appuyées sur un stick. Couché à ses pieds, les yeux grands ouverts, le museau entre les pattes, veillait un chien qui semblait la réplique parfaite de Vertu.

— À leur façon, les animaux pensent aussi, dit l'abbé. Je suis sûr qu'au bout d'une heure ou deux, elle saisira la grandeur de cette scène et que cela la fortifiera d'une façon que nous sommes bien incapables d'imaginer, nous autres hommes.

Madame Jeunehomme lui jeta un regard soucieux:

— *Ma foi, est-ce qu'il deviendrait fou?* se demanda-t-elle.

Vers la fin de la soirée, elle appela Élise et Florent à son bureau.

— J'ai une faveur à vous demander, leur dit-elle. Mon fils va bientôt vous rejoindre à Montréal. J'aimerais que vous le fréquentiez un peu. Je sais qu'il n'est pas particulièrement boute-en-train. Mais si vous le voyiez deux ou trois fois par mois, cela le tirerait peut-être un peu de sa rêverie. Je l'observe depuis quelque temps. Il est en train de perdre complètement pied, le pauvre garçon, et je n'y peux rien.

Elle mit sa main sur le bras d'Élise :

— Je sens que ton mari a la tête bourrée de projets. Il n'y pensera peut-être pas souvent. Essaye de t'en occuper, toi. Je suis sûre que tu comprends ces choses-là.

Élise, tout émue, le lui promit.

— Bon. Voilà une chose de réglée. N'en parlons plus.

Elle s'approcha de son bureau, ouvrit un tiroir et saisit une enveloppe.

— Voilà pour vos billets de retour, fit-elle, plus un petit quelque chose comme preuve de ma gratitude.

Une lueur avide s'alluma dans les yeux de Florent, qui saisit l'enveloppe.

— Demain, j'ai une journée de fou, poursuivit madame Jeunehomme, mais j'irai quand même vous reconduire à l'aéroport, si cela vous fait plaisir, bien entendu.

Florent s'éloignait dans le corridor, l'enveloppe ouverte à la main :

— Vieille suce-la-cenne, marmonna-t-il. Sept cents dollars ! Sept cents dollars pour s'être arraché le cœur pendant deux mois ! Avoir su, je ne me serais pas donné tant de mal pour sa baraque.

L'avion décollait à seize heures. L'avant-midi se passa en préparatifs. Vers dix heures trente, l'abbé Jeunehomme s'amena au chalet et s'informa de leur adresse à Montréal :

— Je vais bientôt vous suivre et j'aimerais qu'on étudie ensemble cette fameuse lettre de dom Périgord qui tarde tant à venir.

Vers une heure, la vieille limousine de madame Jeunehomme s'avança devant l'entrée, conduite par le cuisinier, heureux comme un gamin à qui on aurait donné des suçons. Tout le monde prit place. Frétillante, pleine de pressentiments inquiets, Vertu trottinait de long en large sur la banquette arrière. Florent essayait tant bien que mal de cacher la déception qui l'habitait, mais ses efforts de politesse ne trompaient personne. De temps à autre, madame Jeunehomme lui jetait un regard furtif et un sourire narquois plissait finement ses lèvres.

En arrivant à Miami, l'auto fit une crevaison. Madame Jeunehomme se mit à tempêter après le cuisinier et l'affola à tel point que Florent dut l'aider à poser la roue de rechange. L'avion partait dans un quart d'heure quand ils arrivèrent à l'aéroport. Florent se précipita vers le guichet.

— *But your tickets have been paid already**, fit la préposée en repoussant l'argent qu'il lui tendait.

— Payés ? Payés par qui ?

Il se retourna vers sa tante qui suivait la scène, étonnée. L'employée fouillait dans un registre. Florent s'impatienta :

— Voyons ! C'est sûrement une erreur ! Dépêchez-vous. Notre avion part dans la minute.

Elle redressa la tête, fit pivoter le registre et posa son index au milieu de la page.

— Egon Ratablavasky, murmura Florent abasourdi.

Élise porta les mains à sa bouche et poussa un cri étouffé.

— Mais je n'en veux pas de ses hosties de billets ! lança Florent d'une voix furieuse. Qu'il crève avec !

La préposée le regarda, de plus en plus ébahie, et fit un geste d'impuissance.

— Allons, calmez-vous un peu, j'ai à vous parler, fit madame Jeunehomme en attirant Élise et Florent à l'écart. Vous avez été des anges gardiens pour moi, mes enfants, et il y aura toujours une place pour vous dans ma maison, que je sois riche ou pauvre, qu'il fasse beau ou mauvais. Sept cents dollars pour tous les services que

* Mais vos billets sont déjà payés.

373

vous m'avez rendus, c'est bien peu, j'en conviens. Non, non, cesse de te récrier, mon neveu, tu sais comme je déteste l'hypocrisie... Mais ce n'était qu'un premier cadeau. J'en ai un autre pour toi, Florent, et je te le donne avec plaisir, même si je sais qu'il va te faire mal.

Il la regarda, méfiant.

— Je veux parler de ma plantation de pamplemoussiers, poursuivit-elle avec un sourire malicieux. Tu en rêves depuis des mois, je m'en suis bien aperçue. Je te la donne, mais à une condition...

Elle s'arrêta, prenant un plaisir manifeste à le faire languir :

— À la condition *que tu reprennes possession de ton restaurant. Toi seul.* Voilà l'épine. Est-ce clair ? Sinon, oublie tout.

* ◆ *

Vertu, toute tremblante, s'est recroquevillée dans un coin de sa cabane, ahurie par le grondement de l'avion. Dans la pénombre, elle fixe d'un air misérable la photographie que l'abbé Jeunehomme a fixée sur la paroi. Il lui semble parfois que des frémissements parcourent le visage du petit monsieur fragile et maladif assis devant elle sous le soleil écrasant et que, d'un instant à l'autre, il va lancer sa canne en l'air et se mettre à hurler de terreur.

23

Un ciel grognon laissait pisser une pluie monotone sur Montréal. La porte de la soute à bagages s'ouvrit avec fracas et Vertu fut projetée avec sa cabane sur un chariot qui puait la peinture fraîche. Une bouffée d'air humide l'enveloppa brusquement. Elle laissa échapper un jappement plaintif et se mit à frissonner. À force d'essayer de comprendre ce qui lui arrivait, elle en avait attrapé la nausée.

Vingt minutes plus tard, elle montait dans un taxi et sautait sur les genoux d'Élise. Pendant tout le trajet, elle demeura immobile, le museau contre la vitre, contemplant avec stupéfaction cette ville étrange dépourvue de soleil et de palmiers, où les chiens trottaient d'un air pressé, comme s'ils avaient de graves problèmes à régler.

À l'appartement de la rue Émery, Rosine venait de mettre un poulet au feu pour le souper, tandis qu'Ange-Albert, plongé sous la douche, faisait des variations étonnantes sur une chanson de Gilles Vigneault. Le poulet eut bientôt une réaction extrêmement intéressante au contact de la chaleur. Un fumet à plusieurs étages, qui allait du piment doux jusqu'aux fines émanations du basilic épanoui dans le jus de viande, alla caresser l'odorat de Rosine et trouva moyen de se glisser jusque dans la salle de bains. Ange-Albert enfila son pantalon et sortit à toute vitesse, les narines frémissantes.

Pendant ce temps, Élise et Florent, immobiles sur le trottoir, examinaient avec une stupéfaction inquiète les énormes étais de bois qui soutenaient le flanc gauche de l'immeuble où se trouvait leur logement. Un terrain vague remplaçait maintenant l'édifice contigu.

— Humm, fit Ange-Albert en entrouvrant la porte du fourneau, je pense qu'il est cuit.

Rosine se mit à rire :

— Bas les pattes ! Il reste encore une heure.

Ni l'un ni l'autre ne se doutait qu'ils goûteraient à peine, hélas, au précieux volatile, une des premières réussites culinaires de la timide Rosine. Soudain, la porte d'entrée claqua et des voix résonnèrent dans l'escalier.

— C'est Florent ! s'écria Ange-Albert.

Il courut ouvrir. Vertu, hagarde, lui fila entre les jambes et alla se réfugier sous un lit. Le salon se remplit d'exclamations joyeuses. Des becs s'échangeaient avec un petit claquement mouillé. Florent sourit à Rosine :

— Tu es plus jolie que jamais, toi, lui glissa-t-il avec son air de jeune premier de film muet.

Ange-Albert leur fit visiter l'appartement qui, sous l'influence de sa maîtresse, commençait à prendre un air coquet. Rosine se remit au souper, mais l'énervement lui avait mis des pouces à chaque doigt. Élise l'aida à préparer la salade, pela un supplément de pommes de terre, tout le monde s'attabla et le poulet disparut comme par magie, ayant à peine eu le temps de toucher les assiettes.

Ange-Albert avait laissé tomber son fabricant de statues érotico-religieuses, dont les manies étaient devenues insupportables. Le bonhomme, travaillé par d'étranges remords, obligeait maintenant ses employés à entendre la messe chaque matin et à la même église que lui, histoire de vérifier les présences. Après quelques semaines de chômage, Ange-Albert s'était engagé comme vendeur dans un petit magasin de tissus de la Plaza-Saint-Hubert, les Draperies Georgette. Quant à Rosine, à force de prières et de finasseries, elle avait réussi à quitter la maison paternelle avec la demi-bénédiction de ses parents. Elle travaillait trois soirs par semaine chez son père et suivait des cours au Cégep du Vieux-Montréal.

— Et monsieur Émile ? s'écria tout à coup Élise. Avez-vous des nouvelles de monsieur Émile ?

Rosine eut un sourire un peu las :

— Oui, tous les jours, ou presque. On le voit arriver dès que sa mère part pour le club. Je l'attends d'une minute à l'autre.

— Madame Chouinard se paye une gardienne maintenant, fit Ange-Albert. Depuis deux mois. Depuis le fameux soir où on a dû transporter son garçon à l'hôpital.

— À l'hôpital? s'exclama Élise. Qu'est-ce qu'il lui est arrivé?

Ange-Albert allongea lentement les jambes et bâilla:

— Impossible de le savoir.

— Il se fâche quand on insiste, ajouta Rosine.

— Évidemment, fit l'autre, tout le monde se doute de quoi il s'agit. Tiens, le voilà justement.

Un galop d'éléphant se mit à faire trembler les murs, abrégeant encore un peu plus la vie de l'escalier. La porte battit contre le mur et monsieur Émile apparut, sourire aux lèvres, les mains crasseuses, le pantalon plein d'accrocs, mais son gilet à locomotive dans un état de propreté surprenant. Il s'arrêta net sur le seuil, dévisageant Élise et Florent.

— Tabarnac, fit-il au bout d'un moment. C'est vous autres? Vous avez été partis longtemps!

Élise s'était levée, les bras tendus. Il se rua contre elle et s'agrippa à ses cuisses avec une sorte de férocité.

— Vous avez été partis longtemps, répétait-il d'un ton légèrement pleurnichard, mais très contrôlé. Vous m'avez même pas envoyé de cartes postales... Où est mon cadeau? s'écria-t-il en se détachant tout à coup d'Élise.

Florent pouffa de rire:

— Eh bien! tu ne perds pas de temps pour arriver aux choses sérieuses, toi!

Élise prit l'enfant par la main et l'amena dans sa chambre.

— Tiens, fit-elle, accroupie devant une valise, le voilà.

Et elle lui tendit une boîte de carton.

— Un habit pour aller en *dessour* de l'eau? s'exclama l'enfant, extasié.

— Non. Les palmes, les lunettes et le tuyau de plongée seulement. L'habit, c'est pour plus tard, quand tu seras grand.

Monsieur Émile voulut aussitôt faire un essai dans le bain. Florent réussit à le dissuader en lui promettant de l'amener dès le lendemain à la piscine municipale. L'enfant se contenta pour lors de se promener en tenue légère à travers la pièce avec son équipement, ce qui permit à tous de constater que madame Chouinard s'occupait davantage de ses clients que du linge de corps de son garçon. Élise crut l'occasion propice à des éclaircissements sur la vie de leur jeune protégé :

— Ta mère te permet de venir ici chaque soir, monsieur Émile ?

— Ben oui, répondit-il innocemment.

— Ta mère... ou ta gardienne ?

Monsieur Émile s'arrêta de trottiner et la regarda, déconcerté.

— Ma gardienne, dit-il enfin. Ah, et puis, elle s'en crisse ! Elle est bien trop occupée à faire du *necking* !

Il éclata de rire et se lança dans une course folle à travers l'appartement, tandis qu'Élise et son mari échangeaient des regards pleins de sous-entendus.

Une exclamation de surprise éclata soudain dans la chambre à coucher. Vertu venait de se décider à quitter sa cachette et s'avançait en rampant vers monsieur Émile.

— *Hey!* c'est-tu votre chien ? Où c'est que vous l'avez pris ?

Il fit quelques pas en faisant claquer de toutes ses forces ses palmes contre le plancher :

— T'es donc mal faite, ma grosse bizoune...

Vertu s'immobilisa et pencha la tête, le regard suppliant, essayant d'amadouer cet animal étrange. La voix semblait humaine, mais ces énormes pieds luisants, cet œil unique qui prenait tout le haut du visage et surtout cette espèce de corne menaçante dressée au-dessus de la tête... La peur l'emporta sur le désir de plaire et une petite flaque d'urine se répandit sur le parquet. Vertu la regardait, morte de confusion. Monsieur Émile courut à la cuisine et revint avec un torchon et un morceau de bœuf cru. La chienne oublia aussitôt son moment de défaillance. Les palmes, les lunettes et le tuyau prirent tout à coup une apparence inoffensive et elle se permit même un aboiement de dépit lorsque l'enfant, lassé de son jeu, cessa son va-et-vient entre la chambre à coucher et le frigidaire.

— Comment qu'elle s'appelle ? demanda-t-il à Florent. Hein ? C'est un drôle de nom ! C'est pas un nom de chien. J'vas te montrer mon chat, fit-il d'une voix pleine d'entrain en soulevant la chienne par les pattes, et il va te donner des bons coups de griffes sur la gueule !

Ange-Albert venait de téléphoner à Picquot pour lui annoncer l'arrivée de ses deux amis.

— Restez où vous êtes, j'arrive ! avait lancé le cuisinier d'une voix frémissante.

Vingt minutes plus tard, il frappait à la porte.

— Mon ami ! s'écria Picquot en ouvrant les bras et Florent sentit ses poumons se vider comme si on l'avait mis sous une cloche à vide.

Le cuisinier s'arrêta devant Élise, ravi :

— Ma chère enfant... le soleil de Floride a fait de vous une petite merveille !

Et son impétuosité volcanique fondit en un baisemain délicat qui fit renaître pour un instant l'atmosphère du Grand Siècle.

Le charme fut rompu par l'arrivée de Vertu. Picquot fronça les sourcils :

— Qu'est-ce que cette horreur ? demanda-t-il à voix basse.

— Cette horreur, répliqua Élise un peu vexée, c'est notre chienne Vertu.

— Où est le devant ? Où est le derrière ? Voilà un animal incompréhensible. Il n'y a que les États-Unis pour produire des bâtards pareils. On dirait qu'elle a une patte de trop.

379

Florent prit Vertu dans ses bras et se mit à la caresser:

— En tout cas, mon cher monsieur Picquot, c'est une chienne exquise, rusée comme un lutin, et je vous demanderais, pour nous faire plaisir, de l'aimer un tout petit peu.

— Pourquoi pas? pourquoi pas? marmonna le cuisinier en regardant l'animal d'un air dégoûté.

Il se pencha à l'oreille d'Ange-Albert et lui glissa quelques mots. Ce dernier descendit l'escalier quatre à quatre et revint avec une boîte de carton qu'il déposa sur la table de la cuisine. Picquot en retira deux bouteilles de champagne et un énorme paris-brest.

— Hé! hé! hé! ricanait le cuisinier, charmé par les exclamations d'émerveillement qui fusaient de toutes parts, le vieux Picquot a peut-être un sale caractère, mais il ne craint pas d'étaler ses sentiments, au moins. Soyez gentille, ma petite, fit-il en s'approchant de Rosine, et allez me préparer mon horrible tisane habituelle.

Élise lui prit les mains:

— Vous ne pouvez pas...

— Non, ma chatte, répondit Picquot, que le côtoiement de jolies femmes soûlait doucement, le médecin me défend toute espèce d'alcool pour huit mois et dix-sept jours encore. Sinon c'est l'excommunication médicale.

Florent lui tendit un magnum:

— Faites-nous au moins l'honneur de faire sauter le premier bouchon.

Une expression pontificale se répandit aussitôt sur les traits du cuisinier et il approcha lentement ses mains de la bouteille de Veuve Cliquot. Quelques secondes plus tard, le voisin du dessus se précipitait vers sa boîte à fusibles, convaincu que le circuit électrique de son appartement venait de tomber en poussière, tandis que Vertu se réfugiait dans une marmite au fond d'une armoire.

— Voilà, voilà, approchez vos coupes, le champagne stimule la pensée et donne de la noblesse aux idées.

Ange-Albert, mollement allongé dans un vieux fauteuil acheté quelques semaines plus tôt à l'Armée du Salut, se fit servir un troisième morceau de paris-brest. Florent s'approcha de lui :

— Dis donc, il y a longtemps qu'on a démoli le voisin ?

— Le mois dernier.

— J'examinais le flanc gauche de la maison tout à l'heure : il ressemble à une envie de tomber ! Ça ne te donne pas le goût de déménager ?

Ange-Albert s'étira longuement, puis glissa un rot dans son poing fermé :

— À cause d'une ou deux petites fissures ? Bah ! tu t'inquiètes pour rien.

Il saisit sa flûte et la vida d'un trait. À mesure que l'ébriété le gagnait, ses cils donnaient l'impression d'allonger et son visage prenait une allure orientale.

— Bon, disons que ça va pour cette fois-ci, mais une goutte seulement, fit Picquot en acceptant une flûte. Après tout, on ne fête pas tous les jours de pareilles retrouvailles.

Quelques minutes plus tard, il faisait sauter le deuxième bouchon. Le voisin d'au-dessus crut alors à un attentat dans la rue et se posta devant sa fenêtre, l'œil écarquillé, l'aisselle en sueur.

Dans le salon, la conversation s'était mise à rouler sur Slipskin et Ratablavasky. Picquot venait d'apprendre l'étrange incident des billets d'avion et fulminait, le poing en l'air :

— Ah ! si j'avais eu mon browning ou un simple mauser, comme je vous l'aurais descendue, cette ordure à cheveux blancs ! Savez-vous ce que je pense, Florent ?

Il se planta devant son jeune ami, roulant des yeux furieux, la chemise à demi sortie du pantalon :

— Je pense que nous sommes en présence d'un *fou*, et qu'il faut le traiter en *fou* ! Voilà ce que Slipskin a sans doute compris et voilà sa force ! Il a foutu le vieux dehors en se moquant de ses menaces et maintenant regardez-le : il gère le restaurant, empoche les profits, caresse sa douce épouse et nous aurons bientôt six autres petits Slipskin aussi fourbes que leur père, chacun avec un restaurant et les poches bien garnies. Et pourtant, il suffirait d'un peu de courage, et hop ! les Slipskin seraient remplacés par des Boissonneault. N'ai-je pas raison ?

Florent fit une grimace et quitta le salon.

— *J'y suis peut-être allé un peu fort,* pensa le cuisinier, *la plaie est encore vive. Allons, bougre d'idiot, retiens ta langue, ton cerveau tourne en purée.*

Il alla trouver Florent à la cuisine. Celui-ci, planté devant une fenêtre, les bras croisés, semblait perdu dans de tristes réflexions.

— Le champagne m'a trahi, fit Picquot, j'ai dépassé ma pensée.

L'autre se retourna, furibond :

— Ah non ! restez vous-même jusqu'au bout, barre de cuivre ! Vous avez dit la vérité, tenez-vous-y !

— Comment tout cela finira-t-il ? murmurait Picquot, pensif, écrasé dans le fond d'un taxi, tandis qu'Élise et Rosine faisaient du rangement et qu'Ange-Albert vidait le fond de la deuxième bouteille en conversant gravement avec son ami.

❖ ◆ ❖

Pendant toute la nuit, messires Maldebloc et Tournetripe firent des ravages à l'appartement, prenant plaisir à multiplier les rêves sinistres, pleins de vapeurs suffo-cantes. Au 756 de la rue Gilford, monsieur Émile, sourire aux lèvres, ronflait dans son petit lit crasseux sous l'œil attentif de son chat. Le lendemain matin, sur le coup de huit heures, il frappait à la porte de Florent. Rosine vint ouvrir.

— Wa ! t'es donc laide ! As-tu pris une brosse ?

— Chut... tu vas réveiller tout le monde. Qu'est-ce que tu veux?

— Je viens chercher Florent pour aller à la piscine, répondit l'enfant, surpris de la question. Il a promis de m'amener, hier.

Rosine essaya de le convaincre de revenir plus tard. N'y parvenant pas, elle l'amena à la cuisine où un marché fut conclu: une heure de silence total contre la permission de préparer son déjeuner à sa guise, ceci incluant les quantités. Au moment de mordre dans sa huitième rôtie au beurre d'érable (le pain servant de subtil prétexte au beurre), monsieur Émile aperçut Vertu devant lui qui l'observait, l'œil soupçonneux.

— Viens ici, pitou, chuchota l'enfant avec un sourire retors.

Vertu agita la queue, mais attendit qu'on lui présente des garanties. Un morceau de rôtie fit l'affaire. Elle s'approcha et posa une patte sur le genou de son bienfaiteur. Monsieur Émile se mit à la caresser tout en se creusant la tête pour trouver un sale tour qui ne la ferait pas japper. Il sauta de sa chaise, se rendit au frigidaire, puis à la dépense, et revint auprès de la chienne avec un morceau de bœuf cru saupoudré de cayenne. Vertu examina la viande, perplexe. L'odeur du bœuf mélangée à celle du poivre la plongeait dans un dilemme cornélien. Enfin, rassemblant tout son courage, elle ouvrit la gueule et happa le morceau, puis se mit à trotter avec une telle frénésie que trois minutes plus tard tout l'appartement était réveillé. Florent arriva dans la cuisine et trouva monsieur Émile en train de s'amuser paisiblement à découper des automobiles dans un vieux journal.

— Bon, fit-il en bâillant, laisse-moi prendre une tasse de café en paix et on va y aller, à ta piscine.

Florent retrouva dans l'établissement de la rue Ontario une sorte de Floride artificielle en miniature: chaleur, vapeur d'eau, nonchalance. Un énorme palmier en

polythène dressé dans un coin complétait l'enchante-
ment. Les sombres pressentiments qui l'accablaient
depuis son arrivée à Montréal se condensèrent en trois
gouttelettes au milieu de son front. Il secoua la tête et
les écrasa du talon.

Une demi-heure plus tard, monsieur Émile, après force
gorgées d'eau, contemplait d'un œil ravi les battements
d'une douzaine de jambes poilues au-dessus de sa tête.
Aussitôt dans la rue, il supplia Florent de le ramener à la
piscine durant l'après-midi.

— Impossible, mon vieux. Il faut que j'aille dire bonjour à mes parents. Ça fait des mois que je ne les ai pas
vus.

L'image d'une boule de crème glacée accompagnée de
biscuits au chocolat et d'un verre de Seven-Up apparut
dans la tête de monsieur Émile avec une netteté extraordinaire.

— Amène-mouaaaa, Florent. S'il vous plaît!

❖ ◆ ❖

— Philippe! lança madame Boissonneault, comme si
le poêle venait de s'enfoncer dans le plancher. Élise et
Florent s'en viennent dans la rue avec un petit garçon!

Monsieur Boissonneault bondit du lit où il était allé
faire la sieste et faillit renverser une chaise en sortant de
la chambre.

— Une adoption? marmonnait-il, l'esprit en désordre.
Ils auraient pu nous en parler.

Monsieur Émile attendit qu'on se soit embrassé, questionné, taquiné sur ci et sur ça, qu'on l'ait soulevé, pesé,
complimenté sur son gilet à locomotive. Il répondit poliment aux questions ennuyeuses de monsieur Boissonneault, endura stoïquement ses plaisanteries stupides et
accepta même de dire quelques mots sur son chat.
Ensuite – mais ensuite seulement – il laissa entendre
qu'il ressentait un léger creux à l'estomac.

Pendant que madame Boissonneault s'affairait à lui préparer un goûter, son mari prit Florent à part.

— J'ai une proposition à te faire, fit-il d'un air grave.

Il s'arrêta :

— Tu n'as pas de travail, je suppose ?

Florent ne put retenir une moue d'agacement et fit signe que non.

— Eh bien – je te le dis comme ça, à tout hasard –, on vient de m'apprendre qu'un très beau poste va s'ouvrir la semaine prochaine à La Prudentielle, au service des...

— Papa, tu sais pourtant que je n'aime pas le travail de bureau. Pourquoi t'obstiner ?

Monsieur Boissonneault rougit violemment et son visage devint comme bouffi :

— Oui, d'accord, d'accord. Mais je pensais qu'en attendant de te trouver une autre... Tu n'es pas obligé de les prévenir que...

Florent continuait de secouer la tête.

— Bon ! bon ! bon ! fais à ta tête, fit l'agent d'assurances. Après tout, ce n'est pas moi qui suis dans tes culottes, ta vie t'appartient, je ne me mêle plus de rien. *Du calme, Philippe !* se dit-il intérieurement. *Du calme, du calme, du calme.*

Il pivota sur sa jambe gauche, fit claquer ses bretelles et se dirigea vers Élise en grimaçant un sourire :

— Et puis, ma fille ? As-tu pu griller tes belles petites fesses au soleil ?

Élise et Florent durent raconter leurs vacances en détail, prenant soin toutefois d'omettre l'épisode de Ratablavasky et celui de la fausse couche, et répondirent à toutes les questions qu'on leur posait sur la tante Jeunehomme.

— J'irai peut-être la voir, fit monsieur Boissonneault, quand mon yacht sera terminé.

— Où en es-tu ? demanda Florent.

Monsieur Boissonneault, légèrement embarrassé, s'éclaircit la gorge deux ou trois fois et répondit qu'il touchait presque au terme de ses travaux, mais que les dimensions de son embarcation l'obligeaient à certaines modifications mineures.

— Il va peut-être falloir que j'élargisse un peu la porte de la cave pour le sortir, dit-il en faisant mine de ne pas remarquer l'air pincé de sa femme. Mais c'est l'histoire d'un après-midi.

Monsieur Émile se précipita aussitôt dans la cave, suivi de Florent, qui devint songeur en voyant la grosseur du yacht. Il remonta à la cuisine, bavarda encore quelques minutes, puis, regardant sa montre :

— Nous devons partir, fit-il.

— Venez souper dimanche prochain, fit madame Boissonneault en aidant Élise à enfiler son manteau. On s'est à peine parlé.

— Eh bien, ma femme, ronchonna l'agent d'assurances quand ils furent seuls, on peut se vanter d'avoir tout un fils unique ! Je devais avoir les *gosses* malades quand je l'ai fait, celui-là…

— *Celui-là ?* se demanda madame Boissonneault en rinçant la vaisselle. *Est-ce qu'il y en aurait d'autres ?*

◆ ◆ ◆

Florent et monsieur Émile prirent l'habitude d'aller chaque jour à la piscine. Sur le chemin du retour, ils s'arrêtaient parfois devant la vitrine d'un antiquaire remplie d'un bric-à-brac à étourdir un encanteur. C'est ainsi que monsieur Émile aperçut un jour, perdu dans un fouillis de bibelots, de porte-cannes et de vieux téléphones, un véritable et authentique vélocipède. Ses besoins d'éclaircissements sur l'évolution du cycle à travers les âges devinrent tout à coup irrésistibles. Ils entrèrent. La boutique semblait déserte. Une odeur légèrement acide flottait dans l'air ; Florent eut un sourire narquois. L'œil arrondi d'étonnement, monsieur Émile tournait autour du curieux appareil en bousculant les objets et essaya même de le monter, malgré les ordres de Florent.

— Tu peux l'essayer, si ça te tente, fit une voix derrière eux.

Florent se retourna. Un jeune homme le contemplait en souriant, l'œil embrumé. Son teint café au lait et sa longue moustache noire qui s'étirait de chaque côté d'un menton osseux lui donnaient l'air d'un grand-prêtre assyrien. Florent lui rendit son sourire :

— Merci, ce n'est pas la peine. On ne faisait que passer.

— *Envoye, envoye,* reprit l'autre d'une voix extraordinairement molle et douceâtre. T'achètes ou t'achètes pas, je m'en crisse... C'est ton p'tit gars ? ajouta-t-il en pointant son index vers monsieur Émile qui l'observait d'un œil moqueur.

— Mon ami, rectifia Florent.

— C'est bien, ça, c'est bien, murmura le jeune antiquaire comme en se parlant à lui-même. Il faut tous être amis...

Son regard tomba sur une photographie jaunie représentant un cultivateur endimanché, l'œil fixe, le menton tendu en avant, assis sur une chaise cannée, un missel sur les genoux. Une expression d'amour intense contracta les traits de l'antiquaire qui se mit à caresser la photo du bout des doigts.

— *Barre de cuivre !* murmura Florent. *Qu'est-ce qu'il a pu se foutre dans le système, celui-là...*

— Je pourrais te le laisser pour pas cher, susurra l'autre en désignant le vélocipède. Je pense qu'on l'a eu pour moins de cinq piastres...

— Moins de cinq piastres !

— Hum, hum... Le mois passé, mon *chum* Robert a déniché un coin pas mal extraordinaire...

Le mot «extraordinaire» s'étira dans l'air comme une pièce de caoutchouc. L'antiquaire se tut un moment, l'œil mi-clos, un doux sourire aux lèvres, méditant sans doute sur les qualités *extraordinaires* de son *chum* Robert, à moins que ce ne fût sur la beauté de l'adjectif lui-même.

— T'en viens-tu, Florent? demanda monsieur Émile, qui commençait à s'ennuyer.

— Les gens sont pas mal corrects là-bas, poursuivit l'antiquaire... Si t'es correct avec eux, seront corrects avec toi... L'argent?

Sa main droite pivota lentement et envoya promener cette question ridicule aux frontières de l'infini :

— Ça les intéresse pas... Vivent au contact de la nature, eux... Z'ont le sens de l'Essentiel...

— T'en viens-tu, Florent? répéta monsieur Émile, un demi-ton plus haut.

— Dommage que ça soit si loin. Notre camion vient de casser... et pour de bon... la transmission complètement finie.

— Où est-ce que ça se trouve?

— Dans les Cantons-de-l'Est... à Sainte-Romanie et un peu autour...

— Viens-t'aaan, Floraaaan, lyra monsieur Émile en le tirant par la main.

Florent posa deux ou trois autres questions, négligemment, l'œil rivé sur la photographie du cultivateur, qu'il semblait admirer au plus haut point. Il finit même par l'acheter, salua l'antiquaire, puis chercha du regard monsieur Émile qui venait de se prendre d'un intérêt subit pour une collection de blaireaux ayant appartenu à un sénateur américain du xixᵉ siècle.

En arrivant à l'appartement, ils trouvèrent Élise devant un journal, en train de parcourir les offres d'emploi.

— Tu as l'air tout drôle, toi, fit-elle après avoir observé son mari un moment.

— Drôle, moi? Tu trouves?

— C'est parce qu'il a avalé de l'eau en se baignant, déclara monsieur Émile.

— Va me chercher ton matou, toi, j'ai hâte de le voir. Tu m'avais promis de me l'apporter ce matin.

Monsieur Émile bondit vers la porte.

— Seigneur! soupira Élise, cet escalier va finir par rendre l'âme.

Dix minutes plus tard, il arrivait chez madame sa mère qu'il trouva en train de prendre son petit déjeuner de midi.

— Où est-ce que tu t'en vas de même, toé? s'écria-t-elle en fourrant dans son déshabillé le petit flacon de rhum qui servait à fortifier son café.

— Mon cher, fit Élise en regardant son mari droit dans les yeux, je suis sûre que tu me caches quelque chose. Tu as revu Ratablavasky?

— Mais où vas-tu chercher tout ça, calvaire? Puisque je te dis que je n'ai rien!

— Bon, très bien, je n'insiste pas, répondit l'autre d'un ton sec.

Elle lui tourna le dos et quitta la pièce. Florent la retrouva étendue sur son lit en train de pleurer. Il tenta de s'excuser, mais ses excuses eurent dix fois l'effet de son mouvement d'humeur. Les bras ballants, il la contemplait, secouée de sanglots, la tête enfouie dans l'oreiller. Elle se calma peu à peu.

— Excuse-moi, fit-elle au bout d'un moment, je suis en train de devenir folle. Depuis qu'on est revenus à Montréal, je ne vis plus. J'ai toujours l'impression qu'il va réapparaître d'une seconde à l'autre et que...

La porte battit contre le mur et monsieur Émile, hors d'haleine, hurla:

— Élise! où es-tu? Je l'ai! Viens le voir!

— Minute, on arrive, grogna Florent.

Il ferma la porte de la chambre. Monsieur Émile grimaça de dépit et laissa tomber son chat sur le plancher avec un plouk! retentissant. Vertu dressa l'oreille au fond de la cuisine et se leva.

— Voyons, prends courage, Élise, murmurait Florent. Il a bientôt fini de nous écœurer, je te le promets.

Il se mit à lisser doucement les cheveux de sa femme :

— Je mijote quelque chose à son sujet.

Les larmes d'Élise s'arrêtèrent net :

— C'est bien ce que je me disais, aussi, fit-elle avec un sourire victorieux.

Un hurlement de douleur suivi d'un grand éclat de rire les fit bondir hors de la chambre.

— Elle a voulu le lécher, expliqua monsieur Émile, mais mon chat, les lécheux, ça l'écœure. Ben bon pour elle!

Déjeuner, planté sur ses pattes, les moustaches en éventail, dardait un regard méprisant sur la chienne accroupie toute tremblante dans un coin, partagée entre l'envie d'aboyer, de jouer, de fuir et de mordre.

— Voyons, toi, gronda Élise en prenant le chat dans ses bras, qu'est-ce que c'est que ces manières? Tu te comportes comme un vrai gratteur de fonds de poubelles!

La sonnette retentit.

— J'vas répondre, lança monsieur Émile.

Il s'avança sur le palier et tira la corde qui actionnait la serrure de la porte d'entrée.

— Est-ce que ton père est ici? demanda une voix d'homme au pied de l'escalier.

Monsieur Émile se retourna vers Florent avec une expression indéfinissable. Des pas se mirent à monter lentement. Élise pâlit et déposa le chat à ses pieds.

— Télégramme, annonça un petit homme replet.

Il prit une grande inspiration, sourit d'un air candide et ajouta :

— Pour monsieur Florent Boissonneault. Signez ici, s'il vous plaît.

ARRIVERAI DEMAIN À MONTRÉAL, annonçait l'abbé Jeunehomme. RÉVÉLATIONS INTÉRESSANTES À VOUS FAIRE SUR QUI VOUS SAVEZ. AYEZ OBLIGEANCE ME RENDRE PETIT SERVICE SVP : ACHETER CORRES-PONDANCE INÉDITE TOURGUENIEV VIARDOT PARUE RÉCEMMENT CHEZ PLON. TROUVEREZ PRO-BABLEMENT LIBRAIRIE CHAMPIGNY OU LEMÉAC. PAIERAI DÈS MON RETOUR. SALUTATIONS DISTIN-GUÉES À VOTRE ÉPOUSE.

— Eh bien ! s'écria Florent, tout réjoui, voilà une bonne nouvelle ! Je vais finir par lui serrer les ouïes à mon goût, à ce vieux tabarnac.

Il pliait et dépliait le télégramme en faisant les cent pas dans la pièce.

— Monsieur Émile, fit-il enfin, j'aurais un service à te demander.

Monsieur Émile sentit sur tout son corps comme la caresse d'un gant de velours.

— C'est quoi ? fit-il en rougissant de plaisir.

— Est-ce que ta mère reçoit *Le Clairon du Plateau* ?

L'enfant ouvrit des yeux étonnés.

— Tu sais, le journal où travaille monsieur Gladu...

— Celui que sa femme lui tapoche sur la tête parce qu'il court après les autres femmes ?

— Justement, répondit l'autre en riant. Eh bien, demande à ta mère de me prêter le dernier numéro, si elle l'a, et viens me le porter cet après-midi.

— Je peux t'en apporter bien *plusse* qu'un : y en a des piles chez nous.

— Qu'est-ce que tu mijotes, Florent ? fit Élise d'une voix pressante quand ils furent seuls. Dis-le-moi, à la fin. Tu commences à m'énerver avec tes mystères.

— J'ai peut-être un projet, répondit Florent, un peu à contrecœur.

— Quel projet ?

— Si mon petit doigt ne m'a pas trompé, je pourrais gagner de l'argent, beaucoup d'argent. À condition de faire vite, bien sûr.

— *Dieu merci,* se dit-elle, *il ne veut plus chômer.*

Elle lui saisit la main :

— Mais encore ? Cesse de parler en paraboles ! Me prends-tu pour un panier percé ?

— Il n'y a rien de sûr encore. Je voulais te garder la surprise pour demain. Et puis, bah ! je t'en ai trop dit... Je pense...

Il fit une pause et prit un air important :

— ... à me lancer dans le commerce des antiquités...

Un O sombre s'ouvrit dans le visage d'Élise et aucun son n'en sortit.

— Cesse de faire cette tête-là, reprit Florent qui s'échauffait. J'ai peut-être trouvé une mine d'or... dans les Cantons-de-l'Est... un coin perdu dans les environs de Sainte-Romanie, que les antiquaires auraient oublié... Mais il faut que je vérifie... C'est si peu croyable.

— Et... et qu'est-ce que vient faire Rosario Gladu là-dedans ?

Florent se campa devant elle, les bras croisés :

— Ça, c'est le deuxième volet de mon plan. Je ne veux pas qu'il arrive ce qui est arrivé à mon restaurant et à mon projet de produits de beauté, tu comprends ? Alors j'ai décidé d'en finir avec le Vieux. Gladu pourra peut-être me fournir des renseignements sur lui... et sur la chicane qu'il a eue avec Slipskin. Et puis, j'ai comme l'impression que, depuis son mariage, Slipskin ne doit plus beaucoup frayer avec notre journaliste. Ils sont peut-être en brouille eux aussi. Raison de plus pour le faire parler...

— Et *Le Clairon* ?

— *Le Clairon, Le Clairon,* je ne sais pas, moi, rétorqua Florent, agacé. S'ils sont en brouille, ça transpire peut-être dans le journal, pourquoi pas ? Ces feuilles de ragots se ressemblent toutes.

Il se rendit à la cuisine, ouvrit une canette de bière et la vida en deux gorgées.

— Je vais essayer de mettre la main sur le livre que m'a demandé mon cher cousin, décida-t-il tout à coup.

— J'y vais avec toi. Je ne veux pas rester ici toute seule.

Et pendant qu'assis dans l'autobus ils discutaient de vieux bahuts et d'armoires à pointes de diamant, une longue série d'arrangements muets s'établissait entre Déjeuner et sa compagne forcée, qui avait maintenant la permission de se tenir à trois ou quatre mètres, à condition de rester parfaitement immobile.

24

Monsieur Émile inspecta l'appartement et récolta dix-huit numéros du *Clairon*, sept de *La Voix de Rosemont*, une bonne douzaine de circulaires diverses, vingt capsules de Molson, plusieurs Kleenex poussiéreux et, découverte agréable entre toutes, une boîte de trombones et deux boîtes d'élastiques. Il eut alors une illumination, courut chercher une paire de pinces et sectionna plusieurs trombones de façon à obtenir une grande quantité de U aux pointes acérées. Puis, armé d'un élastique, il fit un essai sur un mur du vestibule. Six des quatorze U firent voler des éclats de plâtre et deux d'entre eux s'enfoncèrent dans le mur à une profondeur étonnante. Monsieur Émile se précipita alors dans sa chambre et entrouvrit la fenêtre de quelques centimètres, en prenant soin d'écarter le moins possible les rideaux de cretonne grisâtre qui lui assuraient une intimité à toute épreuve. La fenêtre donnait sur la rue. Quelques minutes passèrent. Monsieur Émile frétillait d'impatience. Soudain, Gugusse Tremblay s'avança sur le trottoir, les deux mains sur les hanches, lançant des remarques acerbes à une petite fille de l'autre côté de la rue, remarques qui concernaient principalement l'état de saleté et la grosseur de son cul.

Or depuis le mercredi de la semaine précédente, monsieur Émile avait classé Gugusse au nombre de ses ennemis mortels. Ce jour-là, en effet, Gugusse, la petite Linda Bibeault et lui-même étaient allés jouer dans un pâté de maisons abandonnées. Vers trois heures, après avoir fracassé une trentaine de vitres et défoncé quelques portes, monsieur Émile sentit s'éveiller en lui un intérêt passionné pour la biologie. Il amena Linda dans une toilette, laissa tomber son pantalon et lui demanda aimablement de baisser elle-même ses culottes. À l'invitation de son compagnon, la petite fille procéda à certains attouchements très simples dont l'effet la remplit d'une stupéfaction émerveillée et quelque peu envieuse. Monsieur Émile s'occupait à lui remettre ses bons procédés lorsque Gugusse poussa la porte.

— Tu peux baisser tes culottes toi aussi, fit monsieur Émile dans un élan de généreuse camaraderie.

Gugusse se mit à ricaner d'un air imbécile et courut aussitôt chez madame Bibeault dénoncer ses amis. Ce soir-là, en arrivant à la maison, madame Chouinard saisit son fils à bras-le-corps et lui administra une raclée étourdissante, la première vraie raclée de sa vie.

Pendant plusieurs jours, monsieur Émile dut éviter le quartier, car en l'apercevant tous les enfants de la rue se mettaient à chanter :

— Cochon! Gros cochon! Baisse tes culottes! Montre ta graine! Cochon! Gros cochon! etc., tandis que les rideaux s'agitaient aux fenêtres, laissant voir des visages courroucés.

Monsieur Émile plissa l'œil. L'élastique s'étira jusqu'à devenir translucide, puis se détendit brusquement. Gugusse Tremblay s'attaquait maintenant au père de la petite fille qui, selon lui, revenait chaque soir à la maison avec des mains souillées d'huile. Gugusse avança une explication bien personnelle sur la cause de ces souillures. La petite fille lui tira la langue, puis s'immobilisa, stupéfaite. Sa grimace avait produit un effet disproportionné, atteignant Gugusse dans une région particulièrement sensible, en l'occurrence le haut de la cuisse gauche. Le gamin, plié en deux, se tordait de douleur. Une petite tache rougeâtre s'étendit sur son pantalon. Il poussa un second cri, plus perçant encore, et porta la main à sa nuque.

Deux secondes plus tard, la rue était déserte. Satisfait, monsieur Émile se dirigea vers la cuisine et, profitant du fait qu'il était seul (sa mère était partie faire des courses Dieu sait où et la gardienne n'arrivait qu'à cinq heures), il se mit à fouiner dans les armoires à la recherche d'une bouteille de bière, mais sans succès. Alors il enfila trois immenses verres de Nestlé Quik, ramassa ses journaux, ses trombones et sa boîte d'élastiques et retourna chez Florent... pour buter contre une porte fermée.

Il s'assit dans l'escalier, de fort méchante humeur.

— J'ai envie de pisser, moi, câlisse, fit-il à mi-voix.

Et pendant que goutte à goutte le Nestlé Quik distendait sa vessie, lui donnant l'impression qu'un briquet venait de s'allumer dedans, Élise somnolait dans l'autobus, affalée contre son mari qui, perplexe, feuilletait la *Correspondance inédite* de Tourgueniev-Viardot où l'on parlait de censure impériale, de l'inconfort des hôtels russes, de mondanités parisiennes et de cette étrange passion de Gogol pour les chaussures.

Perché sur le rebord de la fenêtre qui le séparait de la populacière Vertu, ce fut Déjeuner qui aperçut le premier Élise et Florent au coin de la rue. Il ferma à demi les yeux de plaisir, se roula en boule dans un rond de soleil et tomba endormi.

— Y'était temps, fulminait monsieur Émile dans l'escalier, j'étais à la veille de pisser dans mes culottes!

— Donne, donne vite, s'écria Florent en saisissant les journaux, et il grimpa l'escalier quatre à quatre.

— J'avais deviné juste, lança-t-il d'une voix triomphante. Aucune annonce de La Binerie depuis au moins dix semaines! je suis sûr qu'ils sont en brouille.

— Je viens d'en trouver une dans *La Voix de Rosemont*, fit Élise, et puis, tiens, une deuxième dans ce numéro-ci. Presque une demi-page.

— Aucun doute possible maintenant, marmonna Florent. Slipskin a changé de journal: ils sont en froid. Eh bien, Rosario, tu es mûr pour un bon petit interrogatoire.

Un hurlement effroyable retentit tout à coup et une masse jaunâtre se mit à filer à travers l'appartement, renversant tout sur son passage. Élise et Florent se précipitèrent dans la cuisine. La pièce était vide. Sur la table luisait un petit tas de trombones sectionnés près d'une boîte d'élastiques.

— Monsieur Émile, où es-tu? lança Élise.

Une traînée de gouttes de sang se dirigeait vers la chambre à coucher. Il fallut à Florent dix bonnes minutes pour extirper le morceau de métal enfoncé dans la cuisse de la chienne. Réfugiée sous un lit, elle montrait les crocs dès qu'on l'approchait. Élise avait découvert monsieur Émile dans l'armoire à balais et l'avait foutu à la porte.

— Je n'ai pas fait *exiprès*, pleurnichait l'enfant, je visais ailleurs!

En effet, la porte de l'armoire à balais témoignait éloquemment de sa sincérité.

Ange-Albert n'avait pas encore mis les pieds dans l'appartement que Florent était près de lui, fébrile, l'œil brillant:

— J'ai un service à te demander. À quelle heure commences-tu à travailler demain?

— Euh... demain jeudi... à onze heures.

— Pourrais-tu te rendre vers dix heures au *Clairon du Plateau* placer une annonce?

— Une annonce pour quoi?

— Je ne sais pas. Pour n'importe quoi. Une auto à vendre, disons.

Ange-Albert écarquilla les yeux, puis sourit:

— Si on montait prendre une bière. Je ne comprends rien.

— Eh bien, c'est tout simple, reprit Florent en déposant deux bouteilles sur la table de la cuisine. Je veux que tu ailles rencontrer le gros Gladu, rien de plus. Comme si c'était par affaires. Et, surtout, sans lui parler de moi.

Ange-Albert faisait des yeux de plus en plus étonnés. Alors son ami lui parla du dépouillement de journaux qu'il venait de faire avec Élise.

— Et, si j'ai deviné juste, c'est *lui* qui va te parler de moi, sans que tu aies même à lever le petit doigt. On saura alors à quoi s'en tenir. Je meurs d'envie de le questionner sur la chicane de Slipskin et du vieux Ratablavasky.

— Bon, fit l'autre en bâillant, si ça peut te rendre service. Mais n'oubliez pas de me réveiller à temps!

Florent se tourna vers Élise:

— J'ai un service à te demander à toi aussi. J'aimerais que tu te rendes chez mon antiquaire *peace n'love* et que tu le fasses parler tant que tu pourras de sa mine d'or dans les Cantons-de-l'Est. J'ai peur de lui mettre la puce à l'oreille en le faisant moi-même.

— Ah! fit-il quelques heures plus tard en se glissant dans le lit près de sa femme, je ne me suis pas senti dans une forme pareille depuis dix ans!

— Pourvu que ça dure, soupira-t-elle.

◆ ◆ ◆

Florent ronflait depuis une heure quand elle réussit à s'endormir. Elle le dut peut-être – qui sait? – à une pieuse pensée de l'abbé Jeunehomme qui, trois mille kilomètres plus loin, venait de terminer sa prière avant de se mettre au lit. L'abbé retira ses pantoufles et glissa une jambe sous les couvertures, puis, se ravisant, s'approcha de sa valise, toute prête pour son départ du lendemain, et l'ouvrit. Sa main souleva une boîte de gaufrettes aux framboises et rencontra un petit colis ficelé. Un sourire indécis flotta sur ses lèvres un moment. Il referma la valise et emporta la clé, qu'il glissa sous son oreiller.

Vers la même heure, Rosario Gladu s'attaquait à une pizza peperoni-olives-anchois au restaurant La Feuille d'Érable, rue Mont-Royal, qu'il fréquentait depuis deux semaines dans le but de séduire Rose-Rita, la nouvelle serveuse, dont le mari venait de partir pour la Baie-James. Le journaliste, tête basse, mâchonnait un morceau de croûte coriace en faisant le bilan mélancolique de ses efforts amoureux. Après tant de repas, de consommations, de parlotte et de gros pourboires, il n'était guère plus avancé qu'au premier jour et ne connaissait même pas l'adresse de la serveuse. Rose-Rita, pourtant friande d'histoires cochonnes, veillait sur ses appas avec un soin jaloux, faisant des sauts de carpe dès que la main de Gladu devenait audacieuse, éludant ses invitations et desservant par l'autre bout de la table quand elle jugeait son client trop entreprenant.

Aussitôt le dernier morceau avalé, la pizza se mit à décrire dans son estomac de douloureux mouvements giratoires. Gladu soupira deux ou trois fois, puis se leva et s'approcha de la caisse.

— Partez déjà, monsieur Gladu? fit Rose-Rita derrière le comptoir en interrompant une discussion à voix basse avec Bill, le cuisinier.

— Il faut ben, il faut ben. Tiens, ma belle, fit Rosario avec un entrain forcé en lui glissant un cinquante sous dans la main. Tu t'achèteras un petit cache-cul de nylon. Plus ils sont minces, plus ils sont beaux. *Et plus je perds mon temps, maudite plotte sale,* marmonna-t-il sur le trottoir en jetant un coup d'œil à Rose-Rita qui préparait un *sundae* en se trémoussant tandis que Bill, derrière elle, semblait occupé à préparer leur prochaine nuit.

Gladu se dirigea vers sa demeure en se massant l'estomac, la poitrine pleine de soupirs et les pieds brûlants comme si on avait mis de la braise dans ses souliers.

— Où étais-tu? lui demanda un amas de couvertures informe quand il pénétra dans la chambre conjugale.

— Au *Clairon*.

— J'ai téléphoné à onze heures. C'est le chat qui m'a répondu. On en reparlera demain. Couche-toé.

Rosario se déshabilla en soupirant, puis soudain, n'y tenant plus, avide de compensations, il se rendit sans bruit dans le salon. Là, il ouvrit un secrétaire et sortit une liasse de feuilles couvertes de notations et de dessins qu'il se mit à regarder amoureusement. Sur le haut de la première feuille, écrit en capitales, se lisait le titre suivant:

DESCRIPTION DÉTAILLÉE DU FILTRE NASAL
INVANTION *(sic)* ORIGINAL *(resic)*

— Rosario-o-o! hurla l'amas de couvertures, vas-tu venir te coucher, tête de cochon? Tu vas réveiller la petite!

Rosario obéit sur-le-champ, plus rotant et malheureux que jamais. Tout au long de la nuit, la harpie dont il avait eu le malheur de faire la compagne de ses bons et de ses mauvais jours (ces derniers constituant jusqu'à présent tout son mariage) dormit d'un sommeil agité, lui décochant des coups de genoux capables de mettre hors d'usage un char d'assaut. Une mélancolie boueuse l'emplit alors jusqu'à la nausée, se mêlant à des lambeaux de rêves ratés où il se promenait tout nu devant une foule tordue de rire, la tête couverte de serviettes mouillées. Pendant des heures, il se contempla, horrifié: mari minable d'une mégère ventripotente puant la teinture et les parfums bon marché, journaliste de troisième ordre spécialisé dans les cancans paroissiaux et les inaugurations de casse-croûte, inventeur obscur dont les découvertes étaient vouées à l'incinérateur municipal.

À huit heures, le réveille-matin entra comme à l'accoutumée dans son état de dislocation contrôlée. Gladu dressa la tête, l'œil huileux, la gueule de travers, et lui donna une taloche. Madame Gladu émit deux ou trois grognements, mais ne se réveilla pas. Rosario rapailla ses vêtements sans bruit et alla dans la cuisine se préparer un café-robinet adouci de saccharine (sa femme, en pleine diète, ne tolérait plus de sucre à la maison depuis des mois). Puis il se glissa hors de chez lui, la cravate à peine nouée, heureux d'avoir pu retarder jusqu'au soir l'inévitable querelle de ménage quotidienne.

En mettant le pied dans la rue, il aperçut un vieux numéro de *La Voix de Rosemont* qui palpitait au vent près d'une poubelle. Une feuille s'envola tout à coup et son regard tomba sur l'annonce que Slipskin faisait paraître depuis déjà trois mois. Gladu fit une grimace et la pizza qui s'était assoupie durant la nuit se remit à tourner dans son estomac.

— Ah! la vie, soupira-t-il, quelle beurrée de marde!

Aussi lorsque Ange-Albert apparut au bureau vers dix heures, Rosario sentit comme une digue se rompre en lui. Une envie d'affection irrépressible l'envahit. Il aurait embrassé un chien.

— Salut, salut, salut! lança-t-il avec une cordialité raz-de-maresque.

Ange-Albert s'arrêta sur le seuil, interloqué. Gladu s'était levé et s'avançait vers lui, la main tendue, une rognure d'ongle entre les incisives:

— Viens t'asseoir, viens t'asseoir! Ça fait une mèche qu'on s'est vus!

Le journaliste lui présenta une chaise, puis se laissa retomber dans son méchant fauteuil à bascule.

— Comment ça va? Toton de puce, que t'as bonne mine! Qu'est-ce que je peux faire pour ton service?

— Je suis venu placer une annonce, répondit Ange-Albert.

— Hummm, hummm... parfait, ça... parfait... La secrétaire n'est pas encore arrivée, mais je vais m'en occuper à sa place.

Il ouvrit un tiroir et se mit à fouiller dans un amas de paperasses, de stylos et de bonbons. Ange-Albert promena son regard dans la pièce. Le bureau du journaliste voisinait curieusement avec un vieux frigidaire jauni dont on avait commencé à rafraîchir la peinture sans pouvoir, semblait-il, mener l'opération à terme. À gauche de la porte d'entrée se trouvaient accolés deux autres bureaux, couverts d'éraflures et pour l'instant inoccupés. Sur le mur opposé, au-dessus d'un foyer désaffecté, on avait épinglé un portrait grand format du pape Paul VI que cernait de tous côtés une abondance extraordinaire de factures et de mémos.

Un calendrier à bordure dorée était suspendu juste en face du pape. On y voyait une Mexicaine aux seins débordants qui se préparait à mordre dans une banane avec une avidité quelque peu équivoque. La présence de la Mexicaine semblait donner au regard du pontife une expression malicieuse, presque fourbe.

— Eh bien, qu'est-ce que t'as envie de vendre, mon garçon? fit Gladu en crachant sa rognure d'ongle. Des grelots de carrioles? des chambres à air? des écales de pinottes?

* ❖ *

— Enfin! te voilà, s'écria Florent Boissonneault en voyant arriver son ami une heure plus tard. Qu'est-ce qu'il t'a dit?

Ange-Albert eut un grand sourire, se rendit à la cuisine et s'ouvrit une canette de bière:

— Je n'ai même pas eu besoin de lever le petit doigt : il brûle de te rencontrer. Il aurait des révélations à te faire, paraît-il. Il voulait même te téléphoner devant moi. Je lui ai fait comprendre qu'il valait mieux que je te parle auparavant, que tu ne le tenais pas trop trop en odeur de sainteté depuis... l'Affaire.

— Parfait ! parfait ! s'écria l'autre en se frottant les mains. Il faut l'intimider, pour que je puisse le cuisiner à mon aise.

Il alla chercher une canette. Un petit claquement mouillé retentit pour la deuxième fois à l'oreille de Vertu, couchée sous la table, puis une languette métallique tomba devant son nez. Elle allongea le cou pour la renifler, puis retira vitement son museau, écœurée. Au bout d'un moment, la voix de Florent, qui s'était mis à parler d'une façon criarde et saccadée, lui tomba sur les nerfs. Elle se leva en soupirant, quitta la cuisine et alla s'étendre au milieu de la salle à manger, de façon à pouvoir surveiller les allées et venues. Pendant quelques minutes, elle réussit ainsi à somnoler, l'œil à demi fermé, mais soudain une porte claqua et on entendit une voix hurler :

— Housta ! housta ! vroum ! vroum ! vrrrrrrrouou-oummm.

Monsieur Émile venait d'arriver !

Le corps de la chienne se couvrit de sueur du museau à la queue. Elle bondit sur ses pattes et se glissa sous le lit. L'appartement se remplit d'un tapage effroyable et, pour empirer le tout, le téléphone se mit à sonner à toutes les cinq minutes.

— Pitou ! pitou ! ne cessait de crier monsieur Émile, viens me voir ! Je te ferai plus mal !

Recroquevillée dans la pénombre, Vertu respirait à petits coups, l'œil dilaté d'angoisse. Chose étrange, sa cuisse gauche s'était remise à élancer. Ce qui devait arriver arriva. Le couvre-pieds se souleva et la tête de monsieur Émile apparut.

— Ah ! t'es là ? s'exclama-t-il d'une voix triomphante.

Une main s'avança et lui saisit la patte. Quelques secondes plus tard, elle se débattait dans les bras de son jeune bourreau. Il s'avança vers un canapé, la déposa sur un coussin et se mit à la flatter, bien sagement. Puis l'idée lui vint de lui explorer les oreilles à l'aide d'un bâton de *popsicle*. Florent ne s'apercevait de rien, absorbé dans une conversation au téléphone.

Des pas se firent de nouveau entendre dans l'escalier. Un bruit doux, élastique, légèrement étouffé : les pas d'Élise ! Florent raccrocha, la porte s'ouvrit et sa femme apparut, toute joyeuse, portant un colis. Vertu profita de l'occasion et poussa un cri plaintif (et pourtant monsieur Émile explorait son oreille avec beaucoup de douceur). Élise se retourna :

— Mais dis donc... qu'est-ce que tu fais là, pour l'amour de Dieu ?

Elle s'élança vers le canapé et prit la chienne dans ses bras.

Florent s'approcha :

— Et alors ?

— Il s'est montré très gentil. Il m'a vendu trois excellents livres pour une bouchée de pain.

Elle déposa la chienne à terre et se mit à déballer le colis :

— D'abord, le fameux Palardy, puis l'*Encyclopédie* de Lessard et Marquis, et enfin un bouquin de Stéphane Moisan, *À la découverte des antiquités québécoises*, qui vient de sortir aux Éditions La Presse.

— Eh bien, moi aussi, j'ai de bonnes nouvelles. Je rencontre Gladu cet après-midi. Et l'abbé Jeunehomme vient de me téléphoner qu'il passerait à l'appartement vers cinq heures pour nous faire une révélation extraordinaire.

Monsieur Émile, assis sur le canapé, les genoux serrés l'un contre l'autre, suivait la conversation tout en se curant le nez. Vertu s'était couchée devant lui et le considérait avec attention. Les images calamiteuses qu'il réveillait en elle jusqu'à présent commençaient à s'estomper.

25

La journée, qui avait commencé toute parée de lueurs prometteuses, s'acheva dans la déception. Rosario Gladu, la voix trémolante d'émotion, s'était offert d'aller rencontrer Florent chez lui. Ce dernier refusa et répondit qu'il se rendrait plutôt le voir lui-même au *Clairon*. Il s'y présenta à deux heures.

Une grande femme osseuse aux yeux protubérants lui désigna une chaise près de la porte :

— Veuillez vous asseoir. Monsieur Gladu est aux commodités.

Florent s'assit. La chaise l'intéressa aussitôt. Il se mit à caresser les barreaux, examina les pattes, se retourna pour palper le dossier :

— *Une chaise Windsor*, se dit-il. *Une fois décapée et un peu rafistolée, on pourrait en obtenir un bon prix.*

La visite de Florent avait mis le journaliste dans tous ses états. À deux heures moins cinq, il avait senti le besoin d'aller se donner un coup de peigne aux toilettes, puis l'idée lui vint de se gargariser, car la nervosité rendait son haleine fétide. Elle affectait également le fonctionnement de son épiglotte, qui eut un petit spasme. Une gorgée de rince-bouche franchit le larynx et poussa son action désinfectante jusqu'aux bronches ; le journaliste se mit à émettre des sons étranges qu'on aurait crus tirés d'un discours d'Hitler joué à vitesse accélérée.

Florent se tourna vers la secrétaire. Celle-ci laissa échapper un soupir excédé, pivota sur sa chaise et se mit à dactylographier une lettre, les mains molles, le dos courbé, les épaules basses.

Une porte claqua et Gladu apparut, les yeux encore tout larmoyants :

— Hé ben, bonyenne ! comment ça va, Boissonneault ? As-tu aimé la Floride ? Ma foi du bon Dieu, t'es bronzé comme un lavabo ! Prenais-tu des bains de soleil dans une cave, ou quoi ?

Il se mit à lui secouer frénétiquement la main. Florent ne fut pas dupe de cette familiarité exagérée, sous laquelle se cachait un profond malaise. Ses lèvres s'amincirent en un pli sardonique :

— Je travaillais, lança-t-il d'une voix sifflante. Pour essayer de me sortir du trou.

Gladu se troubla et ses yeux papillotèrent comme si on venait de lui lancer une poignée de sable au visage.

La secrétaire les regardait, étonnée. Mais déjà une expression d'amère désapprobation durcissait son visage. La certitude venait de naître en elle qu'à un premier chenapan, qu'elle endurait, hélas, depuis des années, venait de s'en adjoindre un second, plus jeune, mais tout aussi méprisable, comme d'ailleurs le reste des hommes.

Gladu se laissa tomber dans son fauteuil et un ressort miaula.

— Assieds-toi, fit-il.

Florent lorgna la secrétaire du coin de l'œil, puis murmura :

— Pas ici.

— Madame Bourassa, fit aussitôt Gladu en se relevant d'un mouvement brusque, vous direz à monsieur Latour que je suis au Café Capitol. De toute façon, il fallait que j'y aille pour mon article.

— Comme vous voudrez, soupira-t-elle.

❖ ◆ ❖

Gladu avança les lèvres, les plongea avec précaution dans la mousse et vida son verre, les yeux légèrement arrondis.

— Bon, fit-il après avoir repris son souffle, parlons-nous maintenant comme deux grands garçons.

Il allongea le bras à travers la table et saisit la main de Florent, qui réprima une légère grimace :

— Eh bien, je peux te le dire, maintenant que le malheur m'a déniaisé : c'est toi qui avais raison. Slipskin... c'est un chien sale ! Définitivement !

— Ah oui ? fit l'autre en retirant sa main.

— Oui, mon ami ! Figure-toi donc que je m'étais trouvé une belle petite plotte de dix-neuf ans, un ange de sucre avec des cheveux longs comme ça, des totons à t'user le creux de la main et une voix, une voix, une voix... c'est pas mêlant, quand elle se mettait à parler, j'entendais des violons partout...

Il s'arrêta, tout ému, et une expression tragique essaya sans succès de durcir son visage empâté :

— Eh bien ! le câlisse d'hostie de tête carrée, je lui ai présenté ma petite amie un lundi soir vers sept heures. À minuit, il m'avait complètement paqueté. À deux heures, elle montait dans son lit. À huit heures, le lendemain matin, il m'appelait pour m'annoncer que mon contrat de publicité venait de prendre le bord et qu'il n'aurait plus tellement le temps de me fréquenter, vu son travail. Et quinze jours plus tard, il mariait Josette dans une église protestante. Je ne pouvais même pas lâcher un «wak» : il m'avait bien averti que si je chialais trop fort, la bonne femme à la maison en apprendrait des vertes et des pas mûres.

Florent le regarda un moment, impassible :

— Est-ce que tu m'as amené ici pour me raconter tes peines de cœur ?

— Non, non, répondit Gladu sans se décontenancer. Je sais bien que ça ne te fait pas un pli sur la poche. Je voulais simplement te dire que si jamais tu veux avoir sa peau, compte sur moi. C'est tout.

Un frémissement parcourut le dos de Florent et sema la chair de poule sur tout son corps. Il se pencha au-dessus de la table, le regard avide :

— Dis-moi plutôt tout ce que tu sais sur lui. Ça me sera bien plus utile que tes jérémiades. Est-ce que c'est vrai qu'il ne voit plus le vieux Ratablavasky?

Gladu fit un signe affirmatif.

— Pourquoi?

— Dis-le-moi, je vais te le dire. Un soir – c'était en décembre dernier –, on était tous les trois au restaurant en train de jaser tranquillement. Slipskin faisait sa caisse tandis que je prenais une tasse de thé avec le vieux Rata. Tout à coup, le Vieux s'arrête de parler net et se met à zyeuter Slipskin avec un drôle d'air. Un bout de temps passe. Je faisais mine de rien. Ce n'était pas la première fois, tu penses bien, que je le voyais dérailler. Alors il se met à rire tout haut en pointant Slipskin du doigt et baragouine quelque chose qui voulait à peu près dire – tiens-toi bien – que son âme le décevait! Son âme... tu parles! Slipskin lève la tête et lui demande de répéter (il n'avait pas bien compris).

Gladu fit une pause, l'air tragique :

— Le Vieux s'est levé. Il a pris son chapeau. Et on ne l'a plus jamais revu.

— Slipskin devait jubiler?

— Au début, oui, la tête lui frottait au plafond. Mais deux trois semaines plus tard, il ne chantait plus la même chanson. Le Vieux manigançait des choses dans son dos.

— Quelles choses?

Gladu gonfla les joues, arrondit les yeux et secoua la tête avec un air de profonde ignorance, tandis qu'un long bruit de pet s'échappait de ses lèvres :

— Aucune idée, mon ami. Aucune.

Florent eut beau le harceler de questions, la même réponse revenait toujours.

— Bon! fit-il en se levant, puisque c'est comme ça, tu vas m'excuser, mais j'ai des courses à faire... Donne-moi ton numéro de téléphone : si jamais j'ai besoin de toi, je t'appellerai... Allons, vite, je suis pressé.

— Voilà, voilà, prends pas les *narfs*, bougonna Gladu d'un air vexé.

— Grosse tête de lard, marmonna l'autre en s'éloignant sur le trottoir. On pourrait lui voler son bol de soupe pendant qu'il mange dedans. J'espère que la récolte sera meilleure avec l'abbé.

Elle ne le fut guère.

— J'ai envoyé monsieur Émile chercher des pâtisseries pour ton cousin, fit Élise lorsque son mari arriva à l'appartement.

— Comment ? Il est encore ici, ce petit morveux ? grogna Florent. Envoie-le donc chez sa mère un jour ou deux.

Il se laissa tomber dans un fauteuil et raconta son entretien avec Gladu.

— Cesse de te plaindre et réjouis-toi, fit Élise. Pour une fois qu'ils se nuisent au lieu de travailler ensemble à te perdre.

À ces mots, Déjeuner fit une entrée lente et majestueuse dans la pièce et vint, faveur insigne, se poser en ronronnant sur les genoux de Florent. Ce dernier sourit et se mit à flatter le chat qui se laissa tomber sur le côté, ferma les yeux, puis commença à se contorsionner d'un air voluptueux, enfonçant ses griffes dans son pantalon. Soudain, il se roula en boule, aplatit ses oreilles et s'assoupit. Florent appuya sa tête contre le dossier et ferma les yeux à son tour.

— Est-ce que je peux en manger une ? claironna monsieur Émile en faisant irruption dans l'appartement, une grosse boîte de carton à la main.

— Va voir Élise, marmonna Florent, tout ensommeillé.

Il pointa le doigt vers la cuisine où sa femme s'affairait à préparer le souper.

— Franchement, il aurait pu venir me donner un coup de main, murmura Élise quelques minutes plus tard en voyant son mari se traîner tout somnolent vers la chambre à coucher.

Vautrée sur le lit, Vertu l'attendait, bien décidée à défendre ses privilèges contre son rival à moustaches. Florent se cala contre elle et changea d'univers. Une demi-heure passa. Rosine arriva, bientôt suivie d'Ange-Albert. Monsieur Émile les convainquit de faire une partie de cachette avec lui. Le visage de Florent se crispa ; il se roula dans le lit en soupirant. Mais son sommeil avalait vaillamment le tapage et le transformait en rêves baroques.

Ange-Albert et Rosine se lassèrent bientôt de ramper sous les meubles et rejoignirent Élise à la cuisine. Laissé à lui-même, monsieur Émile erra quelque temps à travers l'appartement, puis, voyant tout le monde occupé, sortit de sa poche un élastique et une poignée de trombones et s'amusa à couvrir une boîte d'Oxydol de petites meurtrissures, essayant d'y dessiner le portrait d'Élise. Vingt-deux morceaux de métal s'enfoncèrent dans le carton avec un claquement mat et la tête d'Élise apparut peu à peu, sous la forme d'une grosse tomate écrasée. Mais le vingt-troisième, qui devait marquer l'emplacement d'un œil, dévia de sa course et, traversant sournoisement la salle à manger, s'arrêta contre la nuque du modèle, dont il fit éclater une veine. En moins de deux minutes, monsieur Émile était soulevé de terre, fessé, puis renvoyé chez sa mère. Ses mugissements, ajoutés aux battements de pieds furieux qu'il assenait contre le mur tandis qu'Ange-Albert le portait dans l'escalier, firent sortir le voisin d'en bas qui le gratifia d'épithètes peu flatteuses, que monsieur Émile retourna avec la plus vigoureuse verdeur. Florent dormait toujours, d'un sommeil obstiné, les poings serrés, un pli au front. Ce fut la voix feutrée de l'abbé Jeunehomme qui le réveilla. Il sauta de son lit et apparut dans l'embrasure en se frottant les yeux.

— Von Strohm... le capitaine von Strohm, murmurait l'abbé comme s'il prononçait un compliment délicat.

Rosine et Ange-Albert, assis l'un contre l'autre sur le canapé, l'écoutaient poliment, morts d'ennui. Florent s'avança, la main tendue.

— Ah! bonjour, mon cher cousin, fit l'abbé en se levant. Je rapportais justement à tes deux amis un petit détail piquant qui saura peut-être t'intéresser.

— De quoi s'agit-il?

— Ta femme a eu la gentillesse de m'inviter à souper, poursuivit l'abbé, comme s'il n'avait pas entendu la question de son cousin, car j'ai pris la liberté d'arriver un peu plus tôt que prévu. J'avoue que je brûlais de mettre la main sur cette fameuse correspondance Tourgueniev-Viardot et j'avais hâte aussi, bien sûr, de vous apporter un exemplaire du livre de notre cher Egon Ratablavasky que dom Périgord a réussi à dénicher à Paris à la Librairie des Deux Mondes.

Florent sortit de la pièce et revint avec la correspondance tant désirée.

— Et maintenant, mon livre, fit-il avec un sourire malicieux.

Élise apparut dans la porte de la cuisine:

— Ah bon, tu es levé, toi? Le souper est servi, annonça-t-elle, approchez, tout le monde.

— Alors, après le souper? fit l'abbé en se penchant à l'oreille de Florent.

— Dites-moi ce que vous avez découvert, au moins.

— Tout est dans le livre, répondit l'abbé, mystérieux. Il déposa la *Correspondance* sur le rebord d'une fenêtre et s'attabla. À tous moments, durant le repas, son regard volait au-dessus des têtes et allait se poser sur sa précieuse acquisition. Tourgueniev lui faisait des clins d'œil aguicheurs, anxieux de faire lire ses lettres, qui avaient traîné dans l'oubli durant près de cent ans.

— Votre mère va bien? s'enquit Élise.

— Hummm... oui, oui, bien, très bien... Les festivités pour l'ouverture de l'hôtel ont connu un grand succès... Elle travaille comme une enragée. Les clients ne manquent pas... l'argent non plus, bien entendu... du moins, je le crois... Il n'y a que le parc qui la chicote... elle veut l'agrandir, aménager une piste d'équitation. Mais le voisin refuse de vendre... Elle fait des colères terribles... En somme, elle est heureuse.

Florent prenait les bouchées doubles, frétillant d'impatience. À la fin, n'y tenant plus, il se leva :

— Mon cousin, vous me faites trop languir. Montrez-moi le livre de Ratablavasky tout de suite, on prendra le dessert après.

— Je vais en profiter pour aller préparer le café, murmura Rosine en s'esquivant.

Les autres passèrent au salon.

— Voilà, fit l'abbé en ouvrant une petite mallette noire marquée de ses initiales en or surmontées d'une croix.

Il tenait dans ses mains un livre jaunâtre et poussiéreux, aux coins fatigués, imprimé sur du mauvais papier.

— *Un père chrétien debout à l'aube ?* murmura Ange-Albert en levant les sourcils. Quel drôle de titre !

L'abbé manipulait le livre avec une dextérité de chirurgien. Élise et Florent se penchèrent au-dessus de son épaule.

— Nous connaissons, fit l'abbé d'une voix légèrement émue, le nom de l'ancien propriétaire de ce livre.

Son index s'introduisit délicatement entre la page de garde et la couverture, qu'il souleva lentement.

— *25 Dezember 1942. Kapitan Kurt von Strohm. Afrikakorps dritte Division*, lut Élise. *Als Andenken von meinen Freund Ernest Robichaud.*

— Qui se traduit ainsi, continua l'abbé : « Le capitaine Kurt von Strohm. Afrikakorps, troisième division. Souvenir de mon ami Ernest Robichaud. » L'Afrikakorps (ou Corps d'Afrique) était le nom de l'armée qu'Hitler envoya en Libye en février 1941. Cette armée comptait quatre divisions placées sous le commandement du général Rommel, surnommé, comme chacun sait, le Renard du désert. Leur base se trouvait à Tripoli. Elles durent capituler le 12 mai 1943.

— Mais qui est ce capitaine? coupa Florent, agacé.

Ce dernier eut un petit geste découragé:

— Hélas, on ne sait pas grand-chose sur lui. Dom Périgord a eu beau remuer ciel et terre, tout ce qu'il a pu apprendre, c'est que Kurt von Strohm, après avoir été condamné à cinq années d'emprisonnement au procès de Nuremberg, a mené ensuite une paisible vie de fonctionnaire jusqu'à sa mort, survenue au début des années 1960.

— Et cet Ernest Robichaud, qui c'est? demanda Rosine, surmontant sa gêne.

L'abbé Jeunehomme soupira:

— On en sait encore moins! Il s'agit apparemment du donateur du livre. À moins qu'il ne s'agisse d'un faux nom... Egon Ratablavasky, Ernest Robichaud: remarquez que les deux noms possèdent les mêmes initiales... Il y a peut-être là un indice...

L'abbé saisit le livre et l'appuya sur son menton:

— En tout cas, ma conviction profonde est que ce recueil révélera, à celui qui saura le lire, des choses extraordinairement intéressantes...

Un profond silence accueillit ces paroles. Vertu, charmée par cette pause imprévue, battit de la queue contre le plancher.

— Prêtez-le-moi, dit Florent. Je saurai bien trouver ce qu'il a dans le ventre.

— Volontiers, fit l'abbé. Mais j'ai promis de le rendre le plus tôt possible. Prenez-en bien soin.

Il s'approcha du guéridon, saisit sa précieuse *Correspondance* et, les yeux pleins de scintillements, la rangea dans sa mallette.

— *On dirait un petit garçon*, pensa Élise, émue.

Elle l'invita à prendre le café, mais il s'excusa, prétextant des affaires importantes. Il tendit sa main pâle et moite à chacun, enfila silencieusement l'escalier, héla un taxi et disparut dans la vie de Tourgueniev.

Florent s'était emparé du recueil et le feuilletait lentement, l'air absorbé. Il s'agissait d'une suite de courtes méditations écrites dans un jargon mystique rébarbatif. Le livre était orné de plusieurs gravures représentant des scènes de la vie de famille au début du siècle. Chose étrange, ces illustrations étaient dépourvues de tout caractère religieux et rappelaient vaguement certains jeux de tarots.

— Il doit y avoir un code là-dedans, murmura Florent. Il faut que je trouve quelqu'un pour m'aider à le déchiffrer.

Ange-Albert le toucha à l'épaule :

— As-tu toujours l'intention de t'établir à Sainte-Romanie ?

— Aussitôt que j'aurai réglé mes comptes avec le Vieux.

— Que dirais-tu d'un sept pièces à soixante dollars par mois ?

Florent se retourna, étonné.

— Hé oui, soixante dollars ! poursuivit l'autre. Je me suis souvenu du temps où je travaillais au Canadien Pacifique. Il y avait une gare désaffectée là-bas, qu'on cherchait à louer depuis une éternité. Elle est toujours vide.

— Tu l'as déjà visitée ?

— Hum, hum. Elle est très habitable. Un tout petit peu à l'écart du village, avec un bois et des champs juste en face.

Élise s'approcha, l'air soucieux.

— As-tu songé, Florent, qu'il nous faudra un camion ?

— Et beaucoup d'argent, ajouta Rosine à voix basse.

413

— J'achèterai un camion usagé. Quant à l'argent... ouais... évidemment, c'est un petit problème... Mais il nous reste tout de même 1200 $...

— 1080 $, corrigea Élise.

— Voilà déjà un fond. Il suffira d'y aller lentement et de revendre notre butin le plus vite possible.

— Je veux bien. Mais tu oublies un détail : tu ne connais rien aux antiquités.

— Et ça, qu'est-ce que c'est ? éclata Florent en donnant un coup de poing sur le Palardy. Une boîte de supposi-toires ? Je sais lire, je lirai. Et en lisant, j'apprendrai. Et puis, rien ne m'empêche de flâner dans les boutiques... le temps qu'il faudra ! À moins d'être complètement idiot, je retiendrai bien quelques trucs.

Le téléphone sonna.

— Eh bien quoi ! on m'oublie ? s'écria Picquot à l'autre bout du fil. Voilà trois soirs que je fais les cent pas dans ma chambre à me demander si je ne devrais pas aller m'échouer dans un hospice.

— C'est que... c'est...

— Suffit. J'ai fait le tour de l'ingratitude humaine il y a longtemps. Vous êtes chez vous pour un moment ?

— Oui, bien sûr.

— J'arrive.

Vingt minutes plus tard, le cuisinier faisait son appa-rition et annonçait à tout le monde son départ imminent de l'agence de publicité qui l'employait.

— C'en est à un point que le cœur me lève quand j'aperçois mon visage dans une glace. Hé oui ! De cuisi-nier, je suis devenu prostitué ! J'aide les Américains à répandre leur nourriture infecte à travers le monde. C'est la fin de tout. Mieux vaut mendier. Hier, je suis tombé sur un échantillon qu'on venait de recevoir des U. S. A. : des amandes, tenez-vous bien... à saveur de Bar-B-Q ! Oui, je dis bien des amandes, ces princesses de la confi-serie, comme les appelait Brillat-Savarin, qui a écrit sur elles des pages sublimes! J'en suis resté gaga tout l'après-midi.

— Y avez-vous goûté? demanda Florent, pince-sans-rire.

Picquot tourna vers lui un visage de pierre:

— Les sottises m'ennuient, dit-il au bout d'un instant. Allons prendre un verre. Je vous l'offre.

Ils se rendirent au Faubourg Saint-Denis. Le cuisinier commença ses libations par une tasse de thé très faible, puis, les exigences de la médecine ayant été satisfaites, il commanda une demi-bouteille de Prince Noir et un sandwich au foie gras. Florent buvait sa bière en silence, l'air soucieux.

— Qu'est-ce qui te turlupine, jeune homme? demanda Picquot tout à coup.

— Rien, rien du tout, répondit l'autre d'un air évasif. J'étais dans la lune, c'est tout.

— Rien? Allons, apprends à mieux mentir, je ne suis pas un demeuré, tout de même. Qu'est-ce qui se passe?

Il se mit à le harceler de questions. Florent s'était bien promis de garder ses tracas pour lui-même afin de ne pas inquiéter inutilement son vieil ami, mais, de guerre lasse, il finit par tout raconter: sa décision d'en finir avec Ratablavasky, la rencontre qu'il avait eue avec Rosario Gladu, ses projets d'établissement à Sainte-Romanie, etc.

— Mais voyons, jeune homme! s'écria le cuisinier, furieux. Où as-tu mis ta jugeotte? Une fois le camion payé, vous n'aurez même pas de quoi vous acheter une vieille chaise. Et les amis? à quoi servent-ils? à meubler les réceptions?

Florent fut bientôt acculé à un dilemme: accepter un prêt de quatre mille dollars à intérêt de 4% remboursable dans un an ou rompre à tout jamais avec Picquot. Il capitula.

— Garçon! une bouteille! ordonna le cuisinier, l'œil plein d'eau. Et buvons à ton succès! Le sort te le doit bien!

◆ ◆ ◆

Le lendemain avant-midi, vers dix heures, une intéressante transaction s'opérait aux Draperies Georgette parmi d'énormes monceaux de ratine et de coton imprimé. Madame veuve Georgette Lamerise, patronne d'Ange-Albert, établie depuis dix-sept ans sur la rue Saint-Hubert, laissait aller pour huit cents dollars une camionnette Ford 1964 de couleur rouge tomate, comme neuve, qui passait tous ses hivers au garage montée sur des blocs. Cette aubaine s'expliquait en grande partie par l'affection maternelle et légèrement fleur bleue que madame Lamerise portait à son commis, au demeurant fort bon vendeur.

Madame Lamerise – une petite boulotte aux cheveux roux et crépus – n'avait connu qu'une passion tout au long de sa vie : le sommeil. Pour une heure de bon sommeil, elle aurait laissé aller des mètres de catalogne. Hélas, durant de longues années, les tracas du commerce et les filouteries de ses vendeurs l'avaient condamnée à l'insomnie. De toute évidence, pour retrouver la paix de l'âme, il lui aurait fallu un deuxième mari, hardi et entendu aux affaires. Mais sa peau picotée, son petit nez rouge au bout arrondi, qu'une allergie faisait couler douze mois par année, ses yeux gris pleins d'une tristesse naïve et comme étonnée l'empêchaient apparemment de trouver preneur, même parmi les veufs du Club de l'Âge d'or. Et voilà qu'un beau jour la présence rassurante et efficace d'Ange-Albert, qui administrait son commerce comme si c'était le sien tout en faisant preuve d'un détachement extraordinaire pour l'argent, lui avait rendu ses nuits de jeune fille. Et, luxe orgiaque, les lundis et mardis, jours de commerce tranquille, elle pouvait

416

même se permettre une courte sieste durant l'après-midi dans sa chambrette à l'arrière du magasin. Le tic qui faisait palpiter sa narine gauche s'atténua peu à peu et ses brûlures d'estomac s'éteignirent.

Tandis qu'elle babillait, vantant les mérites de sa camionnette, Florent jetait des coups d'œil attendris dans sa chambre, séparée du magasin par une mince cloison et que dissimulait une tenture à motifs de violons mauves et de roses vertes. Un petit lit de fer, une table de bois ciré supportant un réchaud électrique et un minuscule frigidaire, deux chaises, une armoire et une machine à coudre constituaient tout son intérieur et racontaient avec une triste éloquence sa vie chaste et morose.

— Ce n'est pas que je m'ennuie, fit tout à coup Florent, l'œil plein de picotements à cause des émanations de teinture, mais j'ai des tas de courses à faire et ma femme m'attend à la maison pour midi.

Il lui tendit un chèque. Madame Lamerise le repoussa:

— Promenez-vous un peu avec la camionnette avant de vous décider. Vous me payerez cet après-midi, si elle vous intéresse. Je n'ai aucune crainte. Vous êtes l'ami de monsieur Doucet, ça me suffit.

Vingt minutes plus tard, Florent, le torse droit, l'œil jubilant, stationnait devant l'appartement de la rue Émery. Élise l'aperçut par la fenêtre et descendit à sa rencontre. Le rouge tomate fit un effet considérable sur Vertu qui se mit à tourner autour du véhicule en aboyant. Élise hochait la tête avec un sourire pensif.

— Qu'est-ce que tu as? fit-il en lui passant le bras autour de la taille.

— J'espère... j'espère qu'il va nous porter bonheur, répondit-elle d'une voix mal assurée.

Florent se mit à rire et lui pinça une joue:

— Allons, un peu de courage... Dans trois semaines, je vais être devenu l'homme le plus ferré en antiquités de toute la région de Montréal. Et ensuite... à la chasse!

Ce mot dut réveiller d'obscurs souvenirs dans la tête de Vertu, car elle dressa l'oreille, renifla deux ou trois fois et se mit à fixer le coin de la rue.

En entrant dans le salon, Florent aperçut le *Père chrétien*, jeté sur un meuble. Sa bonne humeur tomba. Il saisit le livre et se mit à le feuilleter, puis plein de dépit, le lança sur le divan. Le téléphone sonna.

— Ton cousin, fit Élise, et dans un drôle d'état!

— Je viens de recevoir le poêle de Gogol, annonça l'abbé Jeunehomme.

Sa voix, brisée par l'émotion, n'était plus qu'un filet.

— Les scellés semblent intacts, poursuivit-il. J'aurais un service à vous demander. Je n'ose quitter le presbytère, car des ouvriers doivent arriver d'une minute à l'autre pour transporter le poêle dans mon atelier. Auriez-vous l'extrême bonté d'aller m'acheter trois ou quatre pincettes, de diverses grosseurs, et une torche électrique, la plus puissante que vous puissiez trouver?

— Tout de suite.

Il raccrocha.

— Bizarre, tout ça, murmura-t-il avec un haussement d'épaules.

Ils passèrent dans la cuisine et prirent une bouchée, car il était près de midi.

— Je sors avec toi, fit Élise, j'ai des courses à faire moi aussi.

Ils n'avaient pas fait trois pas que monsieur Émile apparaissait au coin de la rue. En les apercevant, il s'arrêta brusquement, glissa quelque chose dans sa poche et se mit à se dandiner:

— Où c'est que vous allez?

— Faire des commissions, répondit Élise.

— Amenez-moaaa!

— Une autre fois, monsieur Émile. On est pressés.

— Est-ce que je peux aller chez vous regarder la tévé d'abord?

Florent se mit à rire :

— Toi, tout seul chez nous ? Tu n'y penses pas ! On ne retrouverait plus un meuble debout dans la maison.

— Maudiiit ! lança monsieur Émile en frappant du pied sur le trottoir.

Il les regarda s'éloigner, les deux mains sur les hanches, la lèvre boudeuse, puis alla s'asseoir dans l'escalier.

— Si on allait prendre un verre ? proposa Florent quand ses achats furent terminés.

— Et ton cousin ?

Il haussa les épaules et l'entraîna dans une brasserie où il cala trois bières coup sur coup. Élise, qui grelottait, prit un grog.

— Est-ce que tu serais en train de suivre monsieur Émile sur le chemin de la boisson ? le taquina-t-elle quand ils furent de nouveau dans la rue.

Il voulut répondre, mais s'arrêta, bouche bée. Élise poussa un cri. Egon Ratablavasky, debout devant eux, leur souriait d'un air bonhomme.

— Bonjour, mes amis, fit-il d'une voix chaude et cordiale. J'espère *de tout cœur* que vous *ayez* fait bon voyage ?

Le premier geste de Florent fut de saisir Élise par le bras et de s'éloigner à toute vitesse. Mais après avoir fait quelques pas, il se retourna :

— Notre bienfaiteur, lança-t-il d'une voix persifleuse, tu te laisses aller à des folies, maintenant ? Nous payer des billets d'avion ! Est-ce qu'on peut savoir ce qui mijotait dans ta caboche ?

— Oh ! c'était un geste *d'amicalité,* purement et simplement ! protesta Ratablavasky.

Et, s'approchant d'eux, il se mit à leur tenir des propos confus où le mot « amicalité » revenait sans cesse. Sa voix les enveloppait comme d'un voile soyeux qui émoussait peu à peu la conscience qu'ils avaient des choses.

— *Barre de cuivre!* pensa Florent, *qu'est-ce que j'ai? La tête me tourne comme si j'avais vidé une bouteille de gin.*

Une auto s'arrêta près d'eux.

— Eh ben! si c'est pas mes deux petits amis en train de faire la jasette avec mon vieux Rata! s'écria le capitaine Galarneau en ouvrant la portière. Jériboire! que le hasard fait bien les choses, des fois!

Il s'avança vers eux, gesticulant, pétulant, la casquette de travers et plus soûl que jamais. Élise, affolée, essayait d'entraîner son mari qui regardait Ratablavasky et son acolyte d'un air hébété tandis que le vieillard continuait de susurrer son étrange monologue.

Il se produisit alors une succession d'événements tellement rapide qu'Élise et Florent en gardèrent un souvenir comme embrouillé. Le capitaine Galarneau ouvrit soudain une portière et poussa violemment Élise sur la banquette arrière de l'auto. Florent lui sauta à la gorge, mais deux mains puissantes le soulevèrent par les épaules et le projetèrent près de sa femme. L'instant d'après, l'auto était en marche, les portières verrouillées, Élise et son mari dans une noirceur opaque, projetés en tous sens par de violentes embardées.

— Ah! les chiens sales! haleta Florent.

Ses doigts se promenaient sur un store métallique qui coupait l'avant de l'arrière. D'autres stores bloquaient les glaces.

Le voyage, tumultueux et désordonné, ne dura pas cinq minutes. Un coup de frein les précipita sur le plancher. Une portière s'ouvrit. Ratablavasky se dressait devant eux dans la lumière.

— Veuillez *de* sortir, fit-il d'une voix gutturale, presque menaçante.

Ils posèrent le pied sur le sol, éblouis. L'auto démarra avec fracas et disparut.

Ils se trouvaient au milieu d'un terrain broussailleux entouré d'une haute palissade de bois derrière laquelle se dressaient des pâtés de maisons aux fenêtres aveuglées, sans doute voués à la démolition. On distinguait au loin la Place Ville-Marie, mais Florent n'arrivait pas à se situer dans la ville. La terre, sèche et caillouteuse, était parsemée de touffes de marguerites flétries par le froid.

— Joli, n'est-ce pas ? reprit le vieillard. Je porte mes pas souvent dans cet endroit pour y *tenir réflexions*. Excusez la façon de vous y amener.

Élise s'était accroupie sur le sol derrière son mari, la tête entre les genoux, et gardait le silence, toute secouée de frémissements. Florent reprit peu à peu ses esprits et se mit à examiner le vieillard, essayant de déceler s'il cachait une arme sous ses vêtements.

— Quelle... méfiance ! s'écria ce dernier, comme s'il devinait sa pensée. Encore une dernière fois, je vous présente une proposition amicale et l'espoir est grand en moi que vous l'acceptiez. Je demande peut-être un peu plus que la précédente fois, mais hé ! hé ! je donne un peu plus aussi... Si vous le voulez, je vous lègue tout de suite ma fortune, qui est immense, très immense... Et en retour ? En retour : rien... ou presque... des poussières... Le plaisir de vivre de rares fois *en intérieur* de votre intimité, mais selon tout respect et tout honneur, bien sûr, les yeux en quelque sorte fermés, si l'on peut dire...

Florent, le regard toujours fixé sur son ennemi, aida Élise à se relever. Elle se laissa aller contre lui, le visage enfoui dans le creux de son épaule.

— J'ai fini d'écouter tes sornettes, m'entends-tu ? fit-il, la voix étranglée de colère. Je ne sais pas quel diable te pousse, mais la prochaine fois que je te rencontre, je serai armé et je te crisserai un pruneau dans la tête. Fiche-nous la paix ! Tu nous as suffisamment rendus malheureux comme ça.

Ratablavasky cligna de l'œil comme à une bonne plaisanterie et sa bouche s'ouvrit, béante, laissant filer un long rire guttural. Alors Florent sentit comme une aiguille brûlante lui monter du bas du ventre vers la tête. De petites lueurs moqueuses s'allumèrent autour de lui. Il repoussa Élise et s'avança vers le vieillard, les poings fermés :

— Ris! Ris tout ton soûl, sale défroqué! vociférait-il. Mais tu vas rire croche tout à l'heure, je t'en passe un papier! Espèce de nazi! Et dire que ça se mêle d'écrire des recueils de méditations! Tu parles!

— Comment se porte ce cher abbé Jeunehomme? fit Ratablavasky, feignant de n'avoir pas compris.

Florent laissa échapper un ricanement haineux et poursuivit :

— *Un père chrétien debout à l'aube*! Quel livre édifiant! Chaque matin, j'en lis une page et je me rapproche de Dieu d'au moins cent pieds chaque fois!

L'expression du vieillard s'empreignit soudain de gravité. Il voulut parler, mais se ravisa.

— C'est qu'il ne s'agit pas de n'importe quoi, continuait Florent avec une joyeuse fureur. Des textes d'une élévation... stratosphérique! et qui ne s'adressent pas à n'importe qui : à l'élite seulement, s'il vous plaît! Au gratin du gratin!

Le regard de Ratablavasky avait pris une fixité étrange, un peu effrayante, comme s'il tentait de pénétrer au plus profond de la pensée de son interlocuteur.

— Un gratin représenté par des gens comme... le capitaine von Strohm, par exemple, un capitaine d'une piété exemplaire!

Le silence régna pendant un moment.

— Donnez-moi ce livre, articula posément le vieillard. C'est un objet... sentimental.

Un calme souverain descendit dans l'âme de Florent.

— Jamais, répondit-il avec force.

Il se retourna et sourit à Élise qui se tenait à quelques pas derrière eux et observait la scène avec un air d'étonnement craintif.

— Et ne prends surtout pas la peine de venir fouiner chez moi. Je l'ai placé en lieu sûr.

Egon Ratablavasky prit une profonde inspiration, glissa ses mains l'une dans l'autre et fit craquer ses jointures. Puis, d'un ton léger, presque moqueur :

— Je serais disposé, dans le but de *revenir à la possession* de ces babioles, à présenter une certaine somme d'argent. Pour vous, ce livre possède une valeur nulle, c'est moins qu'une mouche. Pour moi, il y a des souvenirs très chers, croyez-le... Les jours de ma jeunesse... J'offre 10 000 $.

Florent secoua la tête, tourna le dos et suivit Élise qui se dirigeait vers un monticule de vieilles planches, derrière lequel s'ouvrait une brèche. Ratablavasky, immobile, les regarda s'éloigner.

Quand il fut seul, il se mit à marcher de long en large à travers le terrain, décapitant les touffes de marguerites à grands coups de canne. De temps à autre, il levait la tête pour s'assurer que personne ne l'observait. La nuit tombait peu à peu. Soudain, l'endroit devint désert, sans qu'il fût possible de distinguer par où le vieillard avait filé.

◆ ◆ ◆

Après avoir erré pendant une demi-heure à travers un dédale de ruelles encombrées de rebuts, Élise et Florent se retrouvèrent soudain sur la rue Prince-Arthur près du restaurant Le Bateleur. Florent, déconcerté, promenait son regard partout.

— Je ne comprends pas, murmurait-il, je ne comprends vraiment pas...

Il héla un taxi qui les conduisit au séminaire Saint-Sulpice. Élise, encore frissonnante, refusa de descendre.

— Allons, calme-toi, lui dit Florent. Tu ne vois donc pas que je le tiens à ma merci ? Je ne sais pas pourquoi, mais c'est comme ça.

Il entra dans l'édifice en sifflotant et demanda à voir son cousin.

— Monsieur l'abbé vient de monter à sa chambre, lui répondit la portière.

Florent le trouva dans un état d'agitation extrême, tout en sueur, la soutane à demi déboutonnée.

— Voilà votre torche et vos pincettes, fit Florent en lui présentant un paquet.

— Merci, merci. Dieu sait comme vous m'êtes utile. Je saurai vous le revaloir, soyez-en sûr.

Florent sourit :

— Vous pouvez le faire bientôt, si ça vous tente. J'ai lu d'un bout à l'autre ce fameux *Père chrétien debout à l'aube*, mais je n'y comprends rien. Vous savez, moi, la mystique et la théologie... J'aimerais que vous y jetiez un coup d'œil. Je suis sûr que vous pourrez y dénicher des tas d'indices.

— Volontiers. Mais pas aujourd'hui, si vous le permettez. Je vis des moments d'une telle intensité... Téléphonez-moi dans trois jours.

Florent allait lui raconter sa dernière rencontre avec Ratablavasky, mais il se ravisa et alla rejoindre Élise.

Dix minutes plus tard, ils arrivaient à leur appartement. Élise tenait à peine sur ses jambes.

— Ben, dis donc ! s'écria-t-il en l'aidant à monter l'escalier, on dirait que tu es sur le point d'accoucher, ma foi !

Elle darda sur lui un œil furieux :

— Oh ! toi ! toi ! balbutia-t-elle, si tu savais seulement ce que je viens de...

Les sanglots l'empêchèrent de poursuivre. Elle ouvrit la porte et courut se jeter sur son lit. Vertu vint la rejoindre et se mit à promener sur sa maîtresse une langue compatissante. Florent essayait de la consoler lorsqu'il entendit un claquement de porte, suivi d'un bruit de pas dans le salon. Il sortit de la chambre.

Une exclamation furieuse lui échappa. Egon Ratabla-vasky, debout près de l'entrée, les mains derrière le dos, le sourire aux lèvres, attendait placidement qu'on vienne lui répondre :

— Bonjour, mon cher ami. Je suis venu *pour deux intentions différentes*. Premièrement : vous dire d'abord que beaucoup de temps s'écoulera dans l'avenir avant notre suivante rencontre, car, ayant réfléchi tout à l'heure, je veux vous laisser le temps de vous élever vers le succès par votre propre force afin que la confiance renaisse en votre âme. Ainsi, peut-être votre oreille deviendra-t-elle plus bienveillante à mes modestes propositions. N'est-ce pas selon votre vœu ?

Élise apparut dans l'embrasure, les lèvres tordues de rage :

— Va-t'en, salaud ! va-t'en ! va-t-en !

Elle s'avançait vers lui, les mains tendues, le regard égaré. Florent la saisit par la taille et la ramena rudement en arrière. Ratablavasky sourit, puis s'avança vers le sofa et s'assit, croisant élégamment les jambes. Son visage avait pris une expression précieuse. Collée contre son maître, Vertu fixait le vieillard d'un air apeuré, le nez frémissant. L'odeur habituelle de pieds mal lavés, acide et pénétrante, venait d'envahir la pièce.

— Ma seconde intention, poursuivit Ratablavasky de sa voix chantante, consiste *de* vous offrir un peu plus pour le petit bouquin que vous détenez *en possession*. Comme il s'agit d'un souvenir auquel je suis très chère-ment lié, je disposerais peut-être *jusqu'à 20 000 $* pour vous persuader de me le...

Un léger claquement se fit entendre. Ratablavasky poussa un cri et porta la main à son œil droit, qui se remplit de sang. Florent, stupéfait, hésita une seconde, puis s'élançant vers le vieillard, le saisit par les épaules et le poussa vers la porte, pendant que monsieur Émile, l'air à la fois craintif et triomphant, apparaissait dans le salon, un élastique au bout du doigt. Vertu se mit à japper d'une façon hystérique et se précipita sous le lit, morte de peur. Ratablavasky se dégagea brusquement des mains de Florent et s'adossa contre la porte :

— Très bien, murmura-t-il d'une voix éteinte, je vous dis au revoir.

Pendant un moment, la douleur l'empêcha de continuer. De grosses gouttes de sang tombaient sur le col de sa chemise. Il tourna le bouton et s'avança sur le palier :

— N'ayez crainte, reprit-il doucement, nous nous reverrons en temps opportun.

Florent le regarda descendre, le corps très droit, son feutre soigneusement posé sur la tête.

Monsieur Émile, quelque peu commotionné par son exploit, venait de se précipiter aux toilettes et s'occupait à rendre la bière qu'il avait ingurgitée pendant l'absence de ses amis.

26

Trois jours plus tard, Florent retourna au séminaire Saint-Sulpice, emportant avec lui son précieux recueil de méditations. L'abbé Jeunehomme passa toute la nuit à le lire et à le relire dans tous les sens, essayant de déceler un code, quelque allusion subtile, un détail biographique. Peine perdue. Le texte lui échappait. Ou alors il s'agissait d'une fausse piste. Ils n'avaient sous les yeux que d'interminables considérations édifiantes, écrites dans un style fumeux, ampoulé, exaspérant.

— Laissez-moi le texte, lui dit l'abbé. Je vais le soumettre à un ami. C'est un exégète remarquable. Il s'est même intéressé autrefois aux techniques de décodage.

L'abbé lui remit le livre quelques jours plus tard :

— Je regrette infiniment. Rien à faire. C'est une coquille vide.

Florent haussa les épaules et considéra l'affaire comme classée :

— Advienne que pourra. L'essentiel est que je possède le livre et qu'on me craigne. Occupons-nous plutôt de nous enrichir.

Il se cracha dans les mains et, forçant la vapeur, poursuivit son périple à travers les ouvrages de Palardy, Lessard et Moisan, auxquels s'ajoutèrent ceux de Robert Le Corre et de H. S. Plenderleith qui traitaient particulièrement de restauration et d'entretien.

— Hier, les produits de beauté, ricanait-il, aujourd'hui les antiquités. Encore quelques années de malheur et je vais devenir une véritable encyclopédie vivante !

Il se lia d'amitié avec Jean-Denis Beaumont, un jeune antiquaire qui tenait une boutique de bric-à-brac au coin des rues Saint-Denis et Laurier, roulant le commun des mortels avec un bel entrain et réservant ses trouvailles à une poignée de connaisseurs, pour lesquels il éprouvait un respect quasi maladif. Florent passa bien des après-midi dans sa boutique à l'écouter parler de porcelaines et de vieux meubles. Sa joyeuse matoiserie l'émerveillait. Il essayait de s'en imprégner, voyant bien qu'elle était, avec le flair, un des fondements du métier.

Le 27 octobre au soir, il se planta devant sa femme, les mains sur les hanches, l'air avantageux :

— Eh bien, je me sens prêt. On va faire nos petits et monter à Sainte-Romanie. J'ai hâte de cueillir ces jolies armoires à pointes de diamant. Une fois plein de fric, j'ouvrirai un nouveau restaurant. À qui est-ce que je dois m'adresser pour louer ta gare ? fit-il en se retournant vers Ange-Albert qui l'écoutait avec un sourire sceptique.

Le lendemain matin, Florent se présentait aux bureaux du Canadian Pacific Railways, situés au deuxième étage d'un vieil édifice maussade en bordure de la cour de triage Saint-Luc. V. D. Veedson, un petit vieillard à la peau grise et pleine de plis, avec deux touffes de laine d'acier en guise de sourcils, était accoudé au comptoir en train de lire son journal quand Florent ouvrit la porte.

L'humeur de V. D. Veedson s'accordait particulièrement bien ce matin-là avec l'apparence générale de la bâtisse où il travaillait. Une demi-heure plus tôt en effet, sur l'autoroute Métropolitaine, un camion-remorque chargé de 17 tonnes de haricots en conserve avait laissé tomber une de ses caisses sur le capot de son automobile. Le capot avait réagi en prenant la forme d'un morceau de carton fripé et le cœur de V. D. Veedson avait songé un instant à s'arrêter pour de bon.

— *Sorry, I don't speak French**, déclara-t-il en posant sur Florent un regard qui aurait embarrassé le service des relations publiques.

Florent fronça les sourcils et regarda autour de lui, cherchant de l'aide.

— *Roooberrr!* jappa V. D. Veedson, dont l'humeur se détériorait de seconde en seconde.

Robert était aux toilettes. Les pourparlers s'engagèrent donc, cahin-caha, entre V. D. et Florent. Au bout de quelques minutes, celui-ci, après avoir sorti toutes les pièces d'identité imaginables et expliqué ses intentions pour la troisième fois, s'aperçut que la location de la gare de Sainte-Romanie était le dernier des soucis de V. D. Veedson, qui cherchait avant tout à se débarrasser de lui au plus vite afin de broyer du noir à l'aise.

Robert se glissa derrière son patron et fit un signe à Florent, puis montrant l'horloge d'un coup de menton, il croisa ses deux index.

— *Il veut me voir à dix heures trente?* se dit Florent.

Faisant un léger signe de tête, il ramassa tous ses papiers et partit sans dire un mot. Vingt minutes plus tard, il se présentait de nouveau, le cœur battant. Robert accourut à lui, paperasses en main :

* Désolé, je ne parle pas français.

— Tiens! vite, signe ici! Prends ce reçu et présente-toi au troisième pour tes clés. Salut, et bonne chance.

◆ ◆ ◆

Florent arriva en trombe à l'appartement et déposa les clés devant Élise:

— Eh bien, ma vieille, la gare est à nous. On part demain.

— Ah oui?

Elle se tortillait une couette, embarrassée.

— C'est tout l'effet que ça te fait? fit-il étonné.

— C'est que je pensais... je pensais à monsieur Émile...

— Ah non! éclata Florent. Pas question de l'amener avec nous, celui-là! D'abord, sa mère va refuser, c'est évident! Et puis... et puis on a autre chose à faire, bon sang, que d'élever les enfants... de tout un chacun!

Sa voix faiblit sur ces derniers mots et il détourna le regard.

— Tu ne crois pas ce que tu dis, constata simplement Élise. Tu l'aimes, cet enfant, et ça te torture de le voir se dévoyer jour après jour, mais tu n'oses pas te l'avouer, car tes projets pourraient en souffrir.

Florent quitta la pièce en grommelant et se rendit à la cuisine. Élise le trouva devant le réfrigérateur, une bouteille à la main:

— On noie ses chagrins dans la broue?

Il lui jeta un regard courroucé et prit deux ou trois gorgées.

— Il faut absolument rendre visite à Picquot avant de partir, dit-il au bout d'un moment.

Élise le fixait toujours, l'œil plein d'une ironie féroce. Il rougit brusquement et, posant sa bouteille sur la table, retourna au salon en claquant la porte derrière lui. Le cadran du téléphone se mit à ronronner. Élise, triomphante, n'osait faire un pas. Elle entendait dans l'autre pièce sa voix sifflante et saccadée.

— Imbécile, marmonna-t-elle, change de ton, tu vas tout gâcher.

Florent passa la tête par l'entrebâillement :

— Amène-toi. On s'en va chez la mère Chouinard. Il faut se dépêcher. Elle s'en allait chez le coiffeur.

◆ ◆ ◆

Leur visite tombait mal. Ce matin-là, en faisant le lit de monsieur Émile, madame Chouinard avait découvert des taches organiques que la puberté encore très lointaine de son fils n'arrivait pas à expliquer.

— La petite tabarnac de cochonne, murmura-t-elle en arrachant le drap, je la paye pour surveiller mon p'tit gars et elle joue aux fesses dans son litte avec tous les *bums* du coin. Il doit en voir des vertes et des pas mûres, lui !

Son instinct maternel se réveilla soudain d'un long sommeil :

— Émile ! hurla-t-elle. Viens icitte !

L'enfant montra la tête, méfiant, et voyant l'expression de sa mère, décampa vers la salle de bains, dont la porte se verrouillait de l'intérieur, permettant ainsi de se négocier des sorties honorables.

— Voyons, espèce de petit cave ! cria-t-elle en tambourinant contre la porte, sors *de d'là !* C'est pas à toé que j'en veux !

La sonnette interrompit son discours.

— Qu'est-ce qu'ils peuvent bien me vouloir, ces deux achalants ! grommela-t-elle en se dirigeant vers le vestibule.

À la vue de ses amis, monsieur Émile enfila le corridor à toutes jambes et se jeta contre Élise avec des cris de joie :

— *Hey !* qu'est-ce que vous venez faire icitte ?

Ses transports exacerbèrent la mauvaise humeur de sa mère.

— Jamais de la vie! répondit-elle aussitôt à la demande de Florent. Pour qui me prenez-vous? Une mère sans cœur?

Un coup sourd, suivi d'un long bruit d'écroulement, ponctua cette dernière interrogation. Élise et Florent écarquillèrent les·yeux. Au bout du corridor, une fenêtre s'était brusquement éclairée. Le mur voisin qui l'assombrissait venait de s'affaisser dans un nuage de poussière, au milieu duquel se balançait une énorme boule de fer.

— Voyons! poursuivit madame Chouinard, servez-vous un peu de votre jarnigoine: mon p'tit gars à cent milles d'icitte! Aussi bien dire que je vous le donne à tout jamais, avec ses mitaines et ses bottines!

Florent ploya comme un roseau, sourit tant qu'il put, essaya mille détours, donnant à sa voix l'onctuosité de la crème fouettée: rien n'y fit. Élise prit la relève. Elle dut s'arrêter.·Madame Chouinard, rendue furibonde par les supplications larmoyantes de son fils, agitant les bras, la voix stridente, commençait à faire de sérieuses entorses au code de la politesse.

Florent claqua la portière et fit tourner la clé de contact:

— Satisfaite, à présent? fit-il en se tournant vers Élise.

Celle-ci, réfugiée dans un coin, s'épongeait les yeux en silence.

À six heures, ils se retrouvèrent chez Picquot, qui les avait invités avec Rosine et Ange-Albert pour un souper d'adieu.

— Cessez de vous tourmenter, je me charge du mioche, déclara le cuisinier.

— Et moi aussi, fit Rosine.

— Allons, Élise, reprit Picquot en lui tapotant la main, quitte ce visage de pleureuse! Nous sommes ici pour nous réjouir. Dieu sait quand nous nous retrouverons de nouveau réunis!

Il s'arrêta, car sa voix menaçait de trembloter d'une façon ridicule. Passant à la cuisine, il revint avec une génoise aux fraises qui amena un sourire béat aux lèvres d'Ange-Albert. Florent poussa un sifflement d'admiration.

— Votre départ m'a pris un peu par surprise, s'excusa le cuisinier avec une fausse modestie comique, mais je vous apporterai quelque chose de vraiment soigné quand je viendrai vous voir à Sainte-Romanie.

— Hum! j'imagine les yeux que ferait monsieur Émile s'il était ici, fit Rosine en souriant.

Élise eut un mouvement d'humeur:

— Ne parlons plus de lui, voulez-vous? Après tout, il faut que je m'habitue à me contenter de ma chienne, n'est-ce pas?

◆ ◆ ◆

La pauvre Vertu dormit fort mal cette nuit-là. Couchée aux pieds de ses maîtres, les soubresauts continuels d'Élise et de Florent, qui avaient déjà commencé leur voyage vers Sainte-Romanie, la tinrent éveillée une partie de la nuit et lui arrachèrent même quelques grognements.

Une lumière grise et pâteuse se mit à envahir l'appartement. La chienne sauta du lit et se promena quelque temps à travers les pièces, frissonnante et maussade, la vessie douloureusement gonflée, mais n'osant réveiller personne pour se faire ouvrir la porte. Elle s'assit sur l'appui d'une fenêtre et se mit à contempler mélancoliquement la rue Émery, plus misérable que jamais dans le froid du petit matin.

Soudain, un violent frémissement la traversa. L'œil dilaté, les crocs sortis, elle colla son museau contre la vitre glacée et se mit à observer un piéton arrêté devant l'escalier. L'homme leva la tête et fit un vague signe de la main. La chienne se mit à japper furieusement. Sautant de l'appui, elle s'élança vers la chambre à coucher.

— Ta gueule! hurla Florent.

Elle trottinait dans la chambre, faisant claquer ses griffes comme des castagnettes, la poitrine pleine de gémissements. Florent ouvrit un œil, attendit qu'elle s'approche du lit et, sortant brusquement le bras des couvertures, lui décocha une claque qui l'envoya se réfugier toute tremblante sous la table de la cuisine. Élise poussa un profond soupir, se racla la gorge, saisit le réveille-matin et fixa le cadran d'un œil embrumé.

— Quelle heure est-il? demanda Florent.

— Six heures vingt.

Il grommela quelques menaces confuses et se retourna pesamment dans le lit, bien décidé à dormir encore une heure. Mais un arc électrique venait de s'allumer dans sa tête et la route menant à Sainte-Romanie avait commencé à se dérouler devant lui comme s'il était au volant de sa camionnette.

— Eh! maudite achalante! fit-il en sautant du lit, tu ne pourrais pas pisser à la même heure que tout le monde?

Il lui ouvrit la porte, mais elle refusait de descendre, accroupie toute tremblante sur le paillasson. Élise s'approcha:

— Voyons, cesse de tempêter après elle, tu vas la faire pisser sur le palier.

Florent retourna dans la chambre sans dire un mot, s'habilla, puis se rendit à la cuisine, guilleret comme un millionnaire après le krach de 1929. La vue d'une omelette au bacon arrosée de sirop d'érable le dérida un peu.

— Eh bien, fit-il après avoir vidé son assiette, il ne reste plus qu'à porter le reste des bagages dans le camion et bonjour la compagnie!

En remontant à l'appartement pour chercher une dernière valise, il se trouva nez à nez avec Rosine:

— On part, ma belle.

Il ouvrit les bras et lui donna un baiser que la présence de sa femme aurait sûrement raccourci de moitié.

— Je vais aller avertir Ange-Albert, fit-elle en se dégageant, et elle se hâta vers leur chambre, toute rougissante.

Florent resta immobile un instant au milieu de la pièce en se tripotant le nez d'un air songeur, puis se dirigea vers la cuisine. Un bruit de bouteilles le fit s'arrêter. Il se retourna. La porte d'entrée s'ouvrit lentement et monsieur Émile apparut dans l'embrasure, habillé d'une mauvaise culotte et d'une veste de pyjama tachée de moutarde, tenant dans chaque main un sac à poignées rempli de bouteilles vides.

— Salut, fit-il en souriant, je m'en viens avec vous autres. Je me suis sauvé de chez ma mère.

Un des sacs se mit à bouger. Déjeuner montra la tête, inspecta les lieux, puis sauta par terre.

— Mais, monsieur Émile, murmura Florent d'une voix mal assurée, c'est impossible... Ta mère ne veut pas, tu le sais bien...

— Je m'en crisse! hurla l'enfant. Je suis écœuré de rester chez nous!

Élise et Rosine, attirées par ses cris, essayèrent de le calmer. L'enfant tapa du pied, lança des injures, gifla Rosine, puis, se calmant tout à coup, prit ses deux sacs et dévala l'escalier.

Rosine, Élise et Florent se regardaient, tout décontenancés. Soudain un grand tintamarre s'éleva dans la rue, mêlé à des aboiements.

— Mais c'est Vertu! s'écria Florent.

Il descendit l'escalier quatre à quatre et se retrouva devant un spectacle étonnant: monsieur Émile, la figure convulsée de colère, lançait des bouteilles vides contre le camion tandis que la chienne tournait autour de lui, hystérique. Florent s'élança pour l'arrêter, mais le gamin se retourna brusquement et lui lança une bouteille de

Seven-Up, qui frôla sa joue et alla se fracasser contre un mur :

— J'vas te le casser, ton maudit *truck,* si tu m'amènes pas avec toi ! hurla-t-il.

Soudain, Vertu poussa un cri et s'assit dans les éclats de verre en se léchant vivement une patte.

Trente secondes plus tard, monsieur Émile, maîtrisé, éclatait en sanglots et on apprenait : *primo* qu'il avait juré de ne plus jamais remettre les pieds chez sa mère, qui se fichait de lui et le nourrissait continuellement de macaroni au fromage ; *secundo* que, connaissant fort bien les difficultés qu'Élise et Florent éprouveraient à subvenir à ses besoins, il avait apporté avec lui une provision de bouteilles vides qu'on pouvait revendre cinq cents chacune dans n'importe quelle épicerie ; *tertio* qu'il se faisait fort de fournir chaque semaine 10 $ et même davantage en faisant la collecte des bouteilles, une opération dans laquelle il était passé maître depuis longtemps ; *quarto* qu'il envoyait tout le monde au diable, y compris son propre chat.

Sur toutes ces paroles flottait une inquiétante odeur de bière qui en disait long sur le moral de monsieur Émile depuis la visite qu'Élise et Florent avaient faite à sa mère.

Élise le regardait, toute pâle, sans dire un mot.

— Voyons, monsieur Émile, murmura Florent, qui cachait mal son émotion, tu n'es plus un petit bébé, non ? On voudrait bien t'amener, mais on ne peut pas. La police viendrait te rechercher tout de suite et nous jetterait en prison. C'est ce que tu veux ? Et puis, on ne part pas pour toujours... Tu vas nous revoir souvent, dans une semaine peut-être et, si tu es sage, je suis sûr que ta mère va changer d'idée.

Rosine descendit précipitamment l'escalier, un manteau sur les épaules. Monsieur Émile courut se pelotonner contre elle, silencieux, le visage fermé. Élise voulut l'embrasser, mais reçut un coup de pied. Rosine mit un doigt sur ses lèvres et leur fit signe de s'en aller.

Florent saisit Vertu et la porta dans le camion. De grosses gouttes de sang s'étalèrent une à une dans la poussière de la rue.

— Sainte-Romanie, et vite! grommela-t-il en appuyant sur l'accélérateur.

Élise tourna la tête et aperçut monsieur Émile qui montait lentement l'escalier en tenant Rosine par la main. Elle s'épongea les yeux, puis s'affaira auprès de Vertu qui gémissait tout bas dans un coin.

Florent, la lèvre agitée de tics, n'était pas d'humeur à consoler qui que ce soit. L'image de madame Chouinard, gesticulante, à demi maquillée, le corsage couvert de miettes de pain, lui apparut soudain.

— Espèce de poubelle à sperme, marmonna-t-il entre ses dents. Vieux câlisse d'émigré de brasseur de marde, ajouta-t-il brusquement en tournant ses pensées vers Egon Ratablavasky qui, à cette heure, devait dormir paisiblement, le visage illuminé par un noble sourire. Chien galeux d'Anglais de visage à deux faces, continua-t-il en pointant maintenant ses canons vers l'heureux propriétaire de La Binerie, en train sans doute de siroter son café matinal en compagnie de sa douce épouse. Je finirai bien par l'avoir, ta peau, mon hostie! Que la chance me fasse tomber sur trois ou quatre belles armoires et tu vas savoir comment je m'appelle!

La rage de Florent descendit alors de sa tête à son pied droit, posé sur l'accélérateur. Les automobilistes qui franchissaient le pont Jacques-Cartier ce matin-là assistèrent à de bien curieuses manœuvres. Élise, inconsciente des prouesses de son mari, sommeillait, Vertu sur les genoux.

◆

La lumière cendreuse du matin bleuit peu à peu, puis le soleil se décida à lui donner un peu de légèreté. Le paysage s'élargissait lentement. Une chaîne de montagnes boisées apparut, aux lignes amples et vigoureuses. Florent ressentit une agréable impression d'espace. Sa respiration devint plus libre et il jeta un regard attendri sur Élise qui dormait toujours. Il eut simultanément le goût de boire un excellent café, de faire l'amour, de courir dans les champs et de gagner une grande fortune. La ligne des montagnes devenait moins accidentée, plus harmonieuse. L'autoroute les contournait en faisant de grandes courbes molles et l'on avait un peu l'impression de voler.

— SAINTE-ROMANIE : 4 KM, annonça un panneau indicateur sur le point de tomber (deux jours auparavant il avait été heurté par le corps d'un homme endormi qui avait filé par une portière mal fermée).

— Déjà ? murmura Florent, presque déçu.

Vertu leva la tête, bâilla, puis s'étira longuement sur les genoux d'Élise, qui se réveilla.

— On arrive, annonça Florent.

La chienne se retourna peu à peu, en poussant de petits gémissements, car son entaille la faisait beaucoup souffrir, puis, amassant tout son courage, elle prit son élan et posa les pattes sur le rebord de la portière. Au bout d'une minute, apparemment satisfaite de la configuration des lieux, elle se rendit en boitillant jusqu'au milieu du siège, se roula en boule, poussa un grand soupir et se rendormit.

— Comme ça va être plaisant de vivre ici, murmura Élise. L'air sent bon. J'avais oublié comme ce pays était beau.

— Pourvu que personne ne vienne nous gâter le paysage, ricana Florent.

Ils suivaient maintenant une route secondaire qui sinuait dans une vallée bosselée, où s'étendaient des champs couverts d'herbes jaunies entrecoupés de bosquets. On ne voyait presque aucune habitation. Soudain, à un détour de la route, la voie ferrée apparut à leur droite, toute chétive et modeste, comme si elle avait eu conscience de ne pas être à la hauteur du décor. Les maisons se faisaient de plus en plus nombreuses. La plupart étaient en briques avec pignon et se faisaient remarquer par cet air de coquetterie un peu pincée qu'on retrouve dans les villages de la Nouvelle-Angleterre.

Deux minutes plus tard, ils arrivaient à Sainte-Romanie. Le village, assez important, était massé autour d'une église de briques toute pimpante, bâtie sur une grosse butte. Assis sur le perron de la Boulangerie Marcel Berthiaume, un petit garçon mordait dans un chômeur encore tout chaud, gonflé de confiture de fraises. Florent s'arrêta et baissa la glace :

— *Hey!* 'tit gars, peux-tu me dire où se trouve la gare ?

Le petit garçon leva des yeux surpris et une mince coulée de confiture s'allongea sur son menton. Il la fit refluer d'un coup de langue et s'occupa avec diligence de vider sa bouche pleine de pâte :

— Y en a plus, monsieur. Ils l'ont fermée.

— Oui, je sais. Mais on vient justement la rouvrir.

De saisissement, le garçon se lève et une expression de respect craintif s'étend sur son visage, comme s'il se trouvait face à l'inventeur du chemin de fer lui-même.

— Vou... voulez-vous-tu que je vous conduise ?

— Tu n'as pas peur des chiens, j'espère ? fait Élise en ouvrant la portière.

Il fait signe que non et grimpe dans le camion. Il voisinerait avec un chien enragé pour avoir l'honneur de guider les « gens de la gare » (comme il les appellera désormais, en prenant un air mystérieux). Le voilà assis près d'Élise, raide comme une barre, la main droite posée sur son genou pour cacher une tache de confiture. Le camion démarre.

— Alors, où est-ce qu'elle est, ta gare? demande Florent.

— Vous continuez tout droit jusqu'au magasin général, là-bas, près de la pompe à essence, et puis vous tournez comme ça et ensuite vous allez traverser une petite calvette où ce qu'y a une planche de défoncée (faut pas aller vite), et puis après vous allez voir une maison en briques avec pas de perron. C'est la maison à madame Larose. Y a un chemin qui passe à côté... Attention à la calvette!

Florent applique les freins, mais trop tard. La portière gauche avale brusquement sa vitre.

— Barre de cuivre! mon camion vient de prendre dix ans! marmonne Florent.

— Le petit Lemieux avec des étrangers? murmure madame Larose penchée à la fenêtre de sa cuisine.

— Vous tournez à droite, maintenant, ajoute l'enfant, tout étourdi par le choc. Pas trop vite là non plus, recommande-t-il d'un air important, la route est bien maganée. Après le deuxième tournant, c'est la gare. La gare, fait-il en pointant l'index.

Élise lui glisse une pièce de vingt-cinq sous dans le creux de la main.

— Merci bien, madame.

Il pousse la portière et saute sur le quai:

— C'est-tu vrai que les trains vont se remettre à passer comme dans le temps?

Florent se met à rire:

— Pourquoi pas?

— C'est mon père qui va être content! lance-t-il en s'éloignant à toutes jambes.

Élise l'observe un moment, puis se retourne vers son compagnon:

— Qu'est-ce qui t'a pris de lui raconter de pareilles sornettes? Dans cinq minutes, tout le village va être au courant. Tu ne peux tout de même pas leur sortir des trains de ta poche!

Florent hausse les épaules et s'avance en sifflotant sur le quai envahi de mauvaises herbes :

— Elle est jolie, notre gare, tu ne trouves pas ? Donne les clés.

Il s'agit d'un bâtiment assez petit, constitué d'un rez-de-chaussée et d'un étage mansardé. L'extérieur est peint du traditionnel rouge vin poudreux rehaussé aux angles d'un jaune limonade fadasse. Florent fait courir son ongle sur une planche :

— La peinture est neuve. Bon signe pour le reste.

Avec son toit et ses lucarnes en lignes courbes et ses corniches géantes, supportées par des corbeaux en quart de cercle, elle rappelle curieusement une pagode chinoise.

— Deux ou trois carreaux de brisés, continue Florent qui poursuit son inspection, mais les fenêtres ont l'air en bon état.

Élise pousse un cri :

— Regarde le vieux poêle tout orné de faïence dans la salle d'attente. Un vrai monument ! En ajoutant quelques meubles, on aurait là un fichu de beau salon !

Florent fait la grimace, mais garde ses commentaires pour lui.

La gare est bordée sur trois de ses côtés par un bosquet d'aulnes et de bouleaux à travers lequel on aperçoit vaguement quelques pans de murs, un bout de pignon. À l'arrière, la végétation a commencé à reprendre possession d'une petite cour où finissent de pourrir des traverses jetées pêle-mêle. Au fond se dresse une remise, peinte comme la gare et soigneusement entretenue. Cela jette une note insolite dans ce coin abandonné. En face, au-delà de la voie ferrée, un affaissement de terrain mène à des champs clôturés, bordés au loin par une ligne d'arbres.

— Eh bien, ma vieille, murmure Florent après s'être promené quelques instants sur le quai, si c'est la paix qu'on cherchait, on va l'avoir !

Élise se jette dans ses bras:

— Je suis contente! je suis tellement contente!

Elle lui arrache la clé et, après quelques efforts, parvient à faire jouer l'énorme cadenas qui ferme la porte d'entrée.

Le cœur battant, l'œil fureteur, ils traversent lentement la salle d'attente, pleine de craquements solennels. Vertu zigzague devant eux, le nez au plancher, poussant un éternuement à tous les mètres.

— Ils n'ont même pas vidé le bureau du chef de gare, remarque Florent, et il s'arrête, saisi par l'ampleur insolite de sa voix.

La porte-guichet laisse échapper une longue plainte ensommeillée, puis claque sourdement derrière eux. Élise pointe le doigt, d'un air presque craintif:

— Regarde, le télégraphe...

L'appareil, à peine discernable sous la poussière et les fils d'araignées, dort comme un pharaon dans son sarcophage.

Florent va et vient, déplace des chaises, ouvre des portes, manœuvre des tiroirs pour dissiper l'atmosphère étrange qui les pénètre peu à peu.

— Eh bien, montons voir notre logis, maintenant, lance-t-il avec un entrain un peu forcé.

Ils gravissent en trébuchant un petit escalier ténébreux, encaissé entre des murs de lattes vernies pleins de trottinements inquiétants. La clé tourne aisément dans la serrure, qui donne l'impression d'avoir été huilée la veille.

L'appartement du chef de gare est constitué de sept pièces assez petites, mais bien éclairées, meublées dans le goût des années 1930. Et tandis qu'ils prennent possession de leur logis, le petit Lemieux, la bouche pleine de patates pilées, annonce à toute sa famille que l'ère des locomotives va s'ouvrir de nouveau à Sainte-Romanie-la-délaissée-du-député.

— Je vais en parler au maire à soir après la partie de quilles, marmonne monsieur Lemieux en retournant à son garage une demi-heure plus tard. J'ai bien hâte de voir la face qu'il va faire... Le vieux sacrament de ratoureux! Toujours en cachotteries...

— Vite! s'écrie Florent en se laissant tomber dans un fauteuil. Du Kraft Dinner, du boudin en boîte, n'importe quoi, je meurs de faim!

Pendant quelques secondes, un nuage de poussière embrume ses traits contractés par une quinte de toux.

— Mon Dieu! lève-toi et viens me donner un coup de main, fait Élise, si les tripes te travaillent tant!

Elle se rend à la cuisine, ouvre une armoire, puis une autre, et une autre encore.

— Florent, viens voir! De la vaisselle, des boîtes de conserves, des pots de marinade... un paquet de couches! C'est comme si on nous attendait!

Elle pâlit brusquement et se tourne vers son mari:

— Est-ce que par hasard...

Florent la regarde un instant, interdit, puis s'élance vers le frigidaire. Il n'y trouve qu'une tranche de bacon fossilisée.

— Pfiou! tu m'as fait peur, toi! Allons, calme-toi, pour l'amour de Dieu! Les conserves viennent de l'ancien chef de gare et sa femme avait trop fait de marinades l'année de leur départ, voilà tout!

Élise examine les tablettes encore un moment, puis se retourne vers lui, soulagée:

— Alors oublie ce que je viens de dire et va me chercher un demi-kilo de bœuf haché à l'épicerie. Pendant ce temps, je vais rincer la vaisselle.

— Ah bon? vous êtes le nouveau chef de gare? s'écrie l'épicier Hamel, ravi d'être le premier citoyen de Sainte-Romanie à tenir une conversation en bonne et due forme avec le nouvel arrivant. On vous souhaite la bienvenue dans nos parages! Vous saluerez votre dame de ma part...

Ce ne sera pas un mal que le train s'arrête de nouveau ici, mon cher monsieur. On est mal servis par la route, c'est pas croyable! À chaque tempête de neige, elle bloque pour trois jours et quand vient le printemps on pète nos amortisseurs dans les ventres de bœufs!

— C'est que... c'est que je ne suis pas tout à fait le chef de gare, bafouille Florent. *Barre de cuivre! qu'est-ce que je pourrais bien inventer?* se dit-il intérieurement. C'est que... c'est qu'on m'a plutôt nommé comme... comme enquêteur. Oui, pour vérifier si la fermeture de votre gare n'aurait pas été une erreur, finalement, étant donné, comme vous le prétendez, que la route vous dessert si mal.

— Sainte-barbe! Je fais *plusse* que prétendre! Moi ici qui vous parle, mon cher monsieur, je fais entrer dans le village trois cents tonnes de marchandises par année, pas une livre de moins! Eh bien! depuis quatre ans, les tarifs de camionnage ont grimpé dans les nuages et ils grimpent encore et je ne connais pas le chrétien qui va pouvoir les arrêter! Tellement qu'à chaque automne maintenant le village vire quasiment en conserverie. Les gens ne sont pas fous: ils mettent leurs jardins en boîtes et au diable la nourriture toute faite! Que voulez-vous? Je n'arrête pas de monter mes prix, sinon le transport mangerait tous mes profits. Heureusement que je ne vends pas seulement des vivres... y aurait longtemps que la clé serait dans la porte, je vous prie de me croire. Tandis que si le train revenait, tout changerait, vous le savez bien: après tout, le train vit de nos taxes, c'est un service public comme qui dirait, les tarifs sont les mêmes pour tous, à condition bien sûr que chacun remplisse son devoir. J'espère, mon bon monsieur, s'écria le marchand dans une envolée finale, que vous allez prendre la part de Sainte-Romanie. Tout le monde compte sur vous.

— *Me voilà devenu un grand personnage,* se dit Florent sur le chemin du retour. *Je n'avais pas prévu ça. Comment je vais m'en sortir, le diable le sait.*

Élise l'écouta en riant :

— Voyons, cesse de pleurnicher, la chance te sourit, tout le monde va se tuer à te faire plaisir. Tu n'auras qu'à parler de ta passion pour les antiquités, les meubles vont s'empiler devant toi.

◆ ◆ ◆

— Un inspecteur ! s'écria le maire Meloche en s'arrêtant net sur le trottoir, l'aisselle encore fumante de ses quatre parties de quilles. Ça parle au maudit ! Première nouvelle que j'en ai, Hector ! Que les moineaux viennent me faire sur la tête si je mens ! Qui t'a raconté ça ?

Hector Lemieux eut un plissement de paupières qui laissa entendre qu'il ne fallait pas le prendre pour l'inventeur de la cloche de bois et se mit à ricaner en se balançant sur les talons.

— Mais puisque je te le dis, bout de bonyeu ! éclata Jean-Marie Meloche. Depuis quatorze ans que je suis maire, c'est la première fois qu'une nouvelle de conséquence arrive ici sans prendre la peine de passer par ma bonne oreille !

— Mon petit gars l'a conduit à la gare ce matin, fit l'autre d'un ton goguenard. Et puis vers midi, il s'est rendu chez Hamel pour faire son épicerie. Tu comprends que Marcel ne l'a pas laissé filer sans le faire jaser un peu. Plus que ça : vers trois heures, il est retourné au magasin général avec sa femme et ils sont repartis avec une commande de quatre-vingt-huit piastres. C'est te dire qu'ils ne comptent pas quitter le village demain matin.

Le maire Meloche se frotta le menton, perplexe :

— Ouais, fit-il au bout d'un moment, tu me fais jongler, toi... C'est peut-être la partie de chasse aux canards que j'ai faite l'automne dernier avec le député qui commence à produire son effet...

— Téléphone donc aux bureaux du Canadien Pacifique, et tu sauras tout, pauvre toi !

— Surtout pas! *Sur-tout pas!* Un fou dans une poche, les deux oreilles à l'air... Quand un fonctionnaire vient de prendre une décision, ce n'est pas le moment d'aller le questionner! Il est encore en état de choc, comme qui dirait... Ça serait suffisant pour faire foirer toute notre affaire!

Il tira sur son col pour laisser échapper le surplus de chaleur que la conversation venait d'accumuler sous son parka et se remit à marcher:

— Quel âge qu'il a? demanda-t-il soudain.

— C'est une jeunesse. Vingt-cinq ans, pas plus. Sa femme est une sacrée belle créature, à ce que m'a dit Hamel.

— Un gars d'université, je suppose. Ils sont vlimeux, ceux-là. Il va falloir le flatter dans le sens du poil.

Le lendemain matin, vers neuf heures, Jean-Marie Meloche, la lèvre aimable et l'œil fureteur, entrait dans la salle d'attente. Florent l'avait aperçu par la fenêtre.

— Bon! le village s'est mis à papoter, il va falloir que j'aille débiter mes sornettes, fit-il en enfilant l'escalier.

La rencontre du maire de Sainte-Romanie et de l'enquêteur ès chemins de fer se fit dans une atmosphère de grande cordialité.

— L'électricité, l'eau courante, le chauffage, tout va bien? s'enquit le maire, scrutant, mine de rien, la physionomie de son jeune interlocuteur.

Florent lui assura que tout allait pour le mieux.

— Vous chauffez au bois, ici, je pense, hein?

— Oui, pourquoi?

— Oh, je demandais ça de même, à tout hasard.

Il fit quelques pas dans la salle, les mains dans les poches, l'air hésitant:

— Vous êtes venu pour une enquête, à ce qu'on m'a dit?

La nuque de Florent se couvrit de frissons et il eut une légère impression de vertige.

— Oui, monsieur. Pour décider si on doit rétablir un service régulier sur la ligne de chemin de fer qui passe par votre village. J'avais d'ailleurs l'intention d'aller vous voir à ce sujet cet avant-midi. Quelle est votre opinion?

L'autre haussa les épaules:

— Je l'ai donnée à bien des gens, mon opinion. Monsieur le député Lavigne – j'ai le grand honneur de le compter parmi mes amis – vous en a sans doute parlé. Je lui ai même écrit plusieurs lettres à ce sujet. Mais je ne voudrais pas essayer de vous influencer: ce serait vous rendre un bien vilain service, et à moi aussi!

Et sur ces mots, le maire Meloche se lança dans une longue plaidoirie en faveur de son village, où les effets de la fermeture de la gare ressemblaient d'assez près à ceux d'un raz-de-marée ou d'une pluie de lave. Florent crut deviner que le principal méfait de cette fermeture était d'ordre électoral: le télégraphiste, trois cheminots et un manutentionnaire s'étaient retrouvés sans emploi et attribuaient leurs malheurs à l'incompétence du maire, contre lequel ils menaient depuis une cabale incessante. Florent, de plus en plus effrayé par l'ampleur que prenait son mensonge, promit de mener son enquête avec toute l'objectivité nécessaire.

— On m'a donné tout le temps voulu pour mon rapport, dit-il. Cinq mois, six mois, s'il le faut. Je serai très minutieux.

— Je n'en demande pas plus, répondit le maire en souriant. La vérité parlera à ma place. *Sacrés fonctionnaires! se dit-il. Toujours pareils! Six mois pour une enquête sur une gare de village!*

Il lui serra la main et se dirigea vers la sortie.

— Oh! à propos, pendant que j'y pense, fit-il en mettant la main sur le bouton de la porte, avez-vous jeté un coup d'œil sur votre provision de bois de chauffage? Il doit être pourri, depuis le temps. Je vous pose la question parce que la municipalité a toujours eu coutume jusqu'ici de pourvoir au chauffage de la gare. C'est une habitude de gentillesse qui remonte au temps de mon grand-père.

— Il n'en reste plus tellement, avoua Florent.

— Bon! content de le savoir! Je vous en ferai livrer cinq cordes cet après-midi.

— Cinq cordes? s'étonna l'autre.

— Eh oui, mon ami! Ça dévore en démon, ces vieilles truies-là, fit-il en tapotant l'énorme poêle de fonte victorien qui s'élevait dans la salle d'attente.

— En tout cas, c'est une belle pièce, remarqua Florent qui venait d'apercevoir dans les paroles du maire un filon prometteur. Elle doit bien avoir une soixantaine d'années.

— Si ma mémoire est bonne, c'est le père de Marcel Hamel – notre marchand général – qui l'a installée ici. Ça nous reporte au début du siècle.

— Une bien belle pièce, reprit l'autre en la caressant. Je m'intéresse beaucoup aux antiquités. Je suis collectionneur dans mes temps libres.

— Eh bien! y a peut-être des trouvailles à faire par ici, répondit le maire. *Je l'ai dans ma poche!* jubila-t-il en retournant chez lui.

Il grimpa dans son grenier pour essayer de dénicher deux ou trois vieilleries, mais redescendit bredouille :

— Je gage qu'il va rôder avec son camion à travers tout le comté. Il va falloir que j'avertisse mes gens de ne pas trop ambitionner sur les prix.

Florent était remonté à l'appartement. Élise venait d'avoir la même idée que Jean-Marie Meloche. Un escabeau se dressait au milieu du salon sous une trappe entrouverte.

— Et puis? pas de lit à baldaquin en vue? fit-il en passant la tête par l'ouverture.

Elle était accroupie devant une caisse de livres dans la lumière grisâtre d'un œil-de-bœuf qui n'avait pas connu le torchon depuis la mort de sir Wilfrid Laurier.

447

— Lis-moi ça, fit-elle en lui tendant un gros bouquin à
couverture cartonnée.

— *Quelques fleurs?* drôle de titre pour un recueil de huit
cents pages!

Son regard tomba sur un poème intitulé «La Ballade
des patriarches»:

> Sous les auspices
> De notre hospice
> Les gens vieillissent
> Avec délices.
> Grâce à la loi
> Les vieux sans-toit
> Ont un chez-soi
> Digne des rois.
> Mal de vessie?
> Cœur affaibli?
> On nous guérit
> Au bistouri!
> Etc.

— Ah oui, le poète Platt... Il n'écrira pas de si tôt, celui-
là...

Ils fouillèrent dans la boîte quelques minutes, puis
redescendirent.

27

Florent tremblait qu'on s'informe en hauts lieux à son
sujet. Pour donner le change, il se promena deux ou trois
fois dans le village, l'air important, un calepin à la main,
faisant mine de prendre des notes.

Une visite au curé s'imposait. L'abbé Adélard Bournival,
un grand homme chauve et plein d'entrain, aux traits
épaissis et comme légèrement fossilisés, le reçut avec un
verre de porto et quelques plaisanteries curieusement
salées pour un homme de son état et manifesta un intérêt

marqué pour les cancans qui auraient pu courir sur lui parmi ses paroissiens. Florent prit congé au bout d'une heure, l'estomac garni d'un morceau de gâteau à la mélasse qui faisait la gloire de madame Laflamme, la ménagère du presbytère.

— Tu as la jasette intéressante, mon garçon, fit l'abbé qu'on avait entretenu sur les charmes d'Élise. Viens dîner chez moi dimanche prochain. Tu amèneras ta femme. Le curé Comeau de Saint-Thrasinien sera là. C'est un homme qui a de la conversation, tu verras.

Florent avait eu droit à une visite de l'église et de la sacristie, mais n'avait pu, malgré son désir, descendre au sous-sol, car madame Laflamme avait égaré la clé.

— Bah! tu ne manques pas grand-chose, avait dit l'abbé. C'est un trou à rats rempli de vieux cossins.

— *Il faut que j'aille fouiller là-dedans*, se promit Florent, *même si je dois creuser un tunnel pour y arriver.*

◆ ◆ ◆

Il commença petit à petit à faire le tour des fermiers de la région, sous le prétexte de connaître l'utilisation qu'ils feraient du train si on décidait de le ressusciter. Après quelques mots sur le sujet, il amenait doucement la conversation sur sa «manie des vieilleries»:

— J'en achète parfois pour compléter ma collection. Vous en avez peut-être qui vous encombrent? Si vous voulez, je pourrais y jeter un coup d'œil.

Comme il était de manières simples et agréables, les gens ne se faisaient pas prier et lui faisaient visiter les lieux, maison et bâtiments.

Pendant quelques jours, ses recherches ne portèrent pas grand fruit. Élise s'en inquiétait.

— Je ne suis tout de même pas pour remplir la gare de chaises percées ou de vieilles machines à coudre, disait Florent. Si j'achète n'importe quoi, je n'arrêterai pas

449

d'acheter et les gens auront vite fait de comprendre que je suis un marchand, pas un enquêteur. Non. Il faut plutôt attendre la pièce rare et fourrer au coton le pauvre ignorant qui voudra bien me la vendre.

❖ ❖ ❖

Deux jours plus tard, il la trouvait, sur la ferme d'Omer Lagacé.

— Paraît que vous vous intéressez aux vieux cossins? fit ce dernier en terminant la boîte de ragoût de boulettes qui constituait tout son dîner (il était veuf depuis huit ans et vivait seul, se nourrissant de n'importe quoi et laissant l'entretien de la maison aux soins de sa défunte femme).

Florent sourit avec un petit air détaché:

— Ça dépend de quoi.

— Aimez-vous les vieilles carrioles? J'en ai une dans la grange. Je suis à la veille de la débiter en bois de poêle. Mon grand-père l'a achetée au début du siècle. Si elle vous intéresse, je vous la vends à bon prix, et tout l'attelage avec. Sinon, pas pires amis.

Florent secoua la tête:

— Je m'intéresse surtout aux meubles.

— Venez la voir, ça n'engage à rien! C'est à deux pas.

Ils sortirent et traversèrent un champ couvert de verglas au bout duquel s'élevait une grange plutôt mal en point.

— Avez-vous autre chose à vendre? lui demanda Florent.

— Rien qui vaille. J'aurais eu une couple d'armoires à linge, si c'est ça qui vous intéresse, mais je les ai débitées le printemps dernier.

— *Vieux cave,* pensa Florent et il lui adressa son sourire le plus jovial.

— Aide-moi un peu, veux-tu, mon jeune? fit l'autre en s'approchant de la porte.

Florent souleva un des battants, qui ne tenait plus que par sa penture supérieure, et tira. La lumière du jour fit voir un amoncellement hétéroclite et poussiéreux sous lequel dormait une carriole renversée.

— C'est une belle pièce, une bien belle pièce, fit le fermier.

Il se mit à la dégager.

— Quand on était jeunes, notre grand plaisir, l'hiver, c'était de nous entasser dedans, bien emmitouflés dans des peaux d'ours, et de partir à travers la campagne, un petit flacon caché entre les jambes, une belle créature à côté de nous. Hum, hum! y en a eu des p'tits becs sucrés d'échangés dans c'te carriole-là, mon ami, des p'tits becs et des caresses et peut-être bien d'autres choses aussi! Ça doit être pour ça qu'elle a mis tellement de temps à vieillir.

À mesure que le fouillis de planches, de vieux outils et de meubles infirmes s'éclaircissait, la décrépitude incurable de la carriole devenait de plus en plus manifeste. Florent prit un air contrarié:

— Écoutez, monsieur, je ne voudrais pas vous faire perdre votre temps. Je ne pense pas que votre carriole m'intéresse. N'auriez-vous pas autre chose à me montrer?

Fouillant du regard le fond de la grange, il aperçut alors, à demi cachée par un amas de planches poussiéreuses, une espèce de glacière recouverte de tôle. Les feuilles, grossièrement posées, étaient picotées de rouille et à demi dépeintes.

— Qu'est-ce que c'est que ça?

Le fermier se mit à rire:

— Ça? La glacière à mon oncle Florimond. Tiens, tu me remets en tête qu'il faut que je sacre ça aux vidanges à la première occasion: c'est bourré de guêpes durant l'été, y a pas moyen de l'approcher.

— C'est votre oncle qui l'a construite lui-même? demanda Florent.

Il s'approcha, poussé par une étrange intuition. Son compagnon s'était remis à dégager la carriole :

— Tiens ! regarde-moi ces belles appliques en bois ! C'est tout fait à la main, ça ! Y a pas de machine là-dedans ! Tu remplaces les bouttes qui manquent et ça fait un torrieu de bel effet ! Évidemment, le bois est un peu pourri par-ci par-là, mais le prix sera en conséquence.

Florent ne l'écoutait pas, occupé à examiner la glacière, qui le dépassait de presque un mètre.

— *Mais c'est une vieille armoire transformée, ça*, murmura-t-il en ouvrant un des battants.

L'intérieur avait été doublé de tôle également, mais une feuille à demi détachée laissait voir un joint chevillé. Il referma la porte et se remit à examiner les parois extérieures. Sur le flanc gauche il aperçut, près du piétement, un coin de tôle légèrement soulevé.

Le fermier déployait de grands efforts pour remettre sa carriole à l'endroit et ne lui prêtait pas la moindre attention.

Florent glissa un doigt dans l'interstice et tira de toutes ses forces. Trois clous cédèrent brusquement et le bois apparut. Il retira sa main, qui saignait.

Un énorme fracas remplit tout à coup la grange et le fermier qui ahanait comme un bœuf en train de tirer une montagne laissa échapper un cri de satisfaction : la carriole venait de retomber sur ses patins.

— *Un motif à pli de serviette*, murmura Florent, pâle d'émotion.

Il replia vitement la feuille de tôle et alla retrouver le fermier.

— Tiens ! c'est-y pas beau, ça ? s'écria celui-ci en promenant sa main sur le bois rugueux, faisant mine de ne pas voir les trous et les fissures qui s'ouvraient partout.

— Oui, mais il manque un portillon, observa Florent, et la moitié du fond est partie.

Le fermier eut un sourire agacé :

— Évidemment, mon garçon, si tu t'attendais à retrouver l'étiquette que le fabricant a collée dessus avant de la vendre, le cœur va te fendre de chagrin. En tous les cas, moi, j'ai pas d'autres choses à t'offrir.

Et il fit mine de quitter les lieux. Florent le saisit par le bras.

— Je l'achète. Combien ?

Un frétillement joyeux courut dans les yeux du vieillard :

— Trente piastres. Et c'est pas cher, vu l'âge de la chose.

— Je vais me trouver une remorque et je viendrai la chercher dans un jour ou deux. Et l'espèce de glacière, dans le coin, c'est combien ?

— Mets-la dans la carriole et que le bon Dieu te bénisse ! Tu me payeras quand tu voudras, ajouta-t-il en posant un regard plein de convoitise sur le portefeuille de Florent.

— Si vous voulez me donner un petit coup de main, fit celui-ci en lui remettant l'argent, je vais vous débarrasser de vos guêpes tout de suite.

◆ ◈ ◆

— Élise ! cria-t-il en se précipitant dans la gare, viens voir ce que je viens de dénicher !

Suant et soufflant, ils transportèrent la glacière dans la remise derrière la gare.

— Es-tu bien sûr d'avoir trouvé la merveille du Nouveau Monde ? fit Élise, sceptique, en massant son bras écorché.

— Tout dépend si les deux battants sont d'origine. S'ils le sont et que les clous n'ont pas trop magané le bâti, notre armoire vaut une petite fortune, ma vieille !

Il saisit un marteau et commença d'arracher le revête-ment de tôle, puis s'arrêta :

— Je manque d'outils. Il me faut des pinces. Je vais aller au village.

— Tu ne devrais pas.

— Pourquoi?

— Ça peut faire jaser les gens. Si ton bonhomme apprenait que sa glacière vaut trois fois le prix de la grange où il l'avait mise, finies les aubaines, mon garçon. Monte à Victoriaville, plutôt.

Deux heures plus tard, Florent revenait avec un coffre d'outils:

— À l'œuvre, maintenant!

Un mélange de jurons, de grincements de tôle et de soupirs de satisfaction emplit la remise. Élise l'assistait dans les opérations délicates et préparait des sandwiches et du café. La nuit était tombée depuis longtemps lorsqu'ils s'arrêtèrent, les bras sciés de fatigue.

Florent avait déniché un superbe garde-manger du Régime français, à deux portes grillagées, dont les panneaux latéraux, à plis de serviette, s'ornaient dans leur partie supérieure d'une fleur formée de six cœurs réunis par leur pointe et sculptés en ronde bosse dans le pin. Le grillage des battants, taillé d'une seule pièce, témoignait d'une habileté peu commune. Malheureusement, la partie supérieure d'un des grillages avait été sérieusement abîmée par un clou. Les clous avaient également laissé de nombreuses marques – faciles à camoufler, cependant – sur presque toute la surface du meuble. Le fond du garde-manger et une partie de l'arrière tombaient en pourriture.

— Hum! il a eu la vie dure, le pauvre, soupira Florent. Mais si on ne gâche rien, tu as dix mille dollars devant les yeux, ma vieille. Je ne ferai plus jamais pareille trouvaille.

❖

Trois jours plus tard, le garde-manger était décapé, ciré, frotté, les traces de clous disparues. Mais la réparation du grillage nécessitait les soins d'un expert et Florent avait besoin de vieux pin pour remplacer les parties pourries.

— Je vais aller voir Jean-Denis Beaumont à Montréal. Il saura sûrement m'aider.

Ils transportèrent le meuble dans la camionnette. Florent l'attacha solidement, le recouvrit d'une bâche, puis sauta au volant.

— Notre enquêteur n'enquête pas gros gros de ce temps-ci, remarqua le maire Meloche en voyant le camion déboucher sur la rue Principale.

Il quitta sa chaise et se colla le nez contre la vitrine du magasin général.

— T'attends-tu à ce qu'il monte sur le toit des maisons pour nous crier ses découvertes? fit monsieur Hamel. À ta place, j'ouvrirais l'œil: c'est quand on ne les voit nulle part, mon Jean-Marie, qu'ils sont peut-être occupés à fourrer leur nez partout...

— Coudon, bonyeu de bonyeu! ronchonnait Omer Lagacé en tapotant sa carriole, est-ce qu'il attend qu'une paire de chevaux pousse après pour venir la chercher? Je vais la crisser aux vidanges, moi, s'il se montre pas la face d'ici lundi.

— Dix mille piastres, murmurait Florent qui filait sur l'autoroute comme si le diable s'était mis à ses trousses. Et peut-être douze! Ah! Slipskin, mon écœurant, tu vas apprendre à me connaître!

Il arriva à la boutique de Jean-Denis Beaumont vers midi et le trouva avec un touriste ontarien. Les deux hommes discutaient avec animation, penchés au-dessus d'une vieille perruque à boucles que l'antiquaire venait d'acheter au collège de Joliette avec un lot de vieux costumes de scène. Ce dernier essayait de convaincre son client que la perruque avait appartenu au marquis de

Frontenac ou, à tout le moins, à un de ses fils naturels. Il se tourna vers Florent et lui fit un sourire entendu :

— Donne-moi dix minutes et je t'amène prendre un bon dîner.

Le touriste partit bientôt, emportant d'un air béat son morceau de Régime français.

— À table, maintenant, fit Jean-Denis.

Florent le prit par le bras :

— J'ai quelque chose à te montrer de bien mieux que tes vieilles perruques.

Il l'amena dehors et souleva un pan de la bâche. Jean-Denis Beaumont poussa un sifflement :

— Tabarouette ! où est-ce que t'as piqué ça ? C'est la première fois que j'en vois un ! Trois mille dollars ! Je t'offre trois mille dollars comptants payés en beaux billets de cent.

Florent éclata de rire :

— L'entends-tu ! Les doigts te crochissent de plus en plus, vieux ratoureux. Tu veux me jouer le coup de la perruque, mais à l'envers, hein ? Ménage ta salive, je ne laisserai pas aller ce morceau à moins de dix mille.

L'antiquaire eut un sourire désarmant :

— J'irais même jusqu'à douze ou treize, moi.

Il sauta dans le camion et se mit à examiner le meuble :

— Le grillage de gauche a besoin d'un rossignol. On ira voir le père Morin. Avec un petit cinquante piastres et deux ou trois compliments, on pourra le convaincre de se mettre au travail tout de suite, car il aime les belles choses.

Ses doigts glissaient sur le bois avec des frémissements amoureux.

— Un beau morceau, vraiment, un sacré beau morceau, ne cessait-il de répéter. Beaucoup de marques de clous, mais elles paraissent à peine. Où l'as-tu trouvé ?

— *Je te vois venir, toi*, pensa Florent.

Il lui fit un clin d'œil :

— Dans le comté de Gratte-Moi-le-Dos, près de Sainte-Fesse.

L'autre le regarda sans sourciller :

— Il faut fêter ça. C'est une date dans l'histoire du meuble québécois, tu sais. Je te paye le champagne.

— Le père Morin d'abord, veux-tu? J'aimerais régler l'affaire aujourd'hui.

Ils se rendirent chez l'ébéniste, qui demeurait à quelques maisons de là. Une vieille femme à lunettes d'argent, dont les traits affaissés ne semblaient tenir ensemble que grâce à un fichu noué sous le menton, leur ouvrit la porte :

— Il est parti chez son chiro, répondit-elle à tue-tête. C'est rapport à son cou. Mais je vais vous ouvrir l'atelier. Une belle pièce, fit-elle quand la bâche fut tombée. Revenez vers deux heures.

Ils se rendirent alors rue Berri, en face de la station de métro Laurier, où La Truite argentée venait d'ouvrir ses portes.

— Je te défends de sortir un sou, fit Jean-Denis. Tu viens de dénicher un garde-manger d'avant la Conquête. Il n'y en a pas trois au Québec. On te doit des honneurs.

— Les honneurs font parfois tourner la tête, répliqua Florent avec un sourire malicieux, et quand la tête nous tourne, on fait de mauvaises affaires.

— Pfa! comme t'as l'âme petite! Je te considère comme un frère, rien de moins. Garde ta méfiance pour d'autres.

Ils commandèrent un apéritif, puis un deuxième.

— Mais on fête comme des veufs, s'écria tout à coup Jean-Denis Beaumont. C'est contre nature !

Florent le regarda, surpris. L'antiquaire se pencha au-dessus de la table :

— J'ai rencontré deux jolies poulettes dans un bar la semaine passée. Elles habitent ensemble et sont en chômage. Si je leur téléphonais de venir nous rejoindre ?

— Et mon garde-manger? demanda Florent d'une voix tout amollie.

— Cesse de te faire de la bile, fit l'autre en se levant. Je m'en occupe, de ton garde-manger.

Florent observait l'antiquaire, accoudé au comptoir avec une nonchalance empruntée, l'œil à demi fermé et la bouche tout contre le combiné, comme si ce dernier avait eu une bouche lui aussi, pleine d'effluves enivrants.

— Je m'étais pourtant bien juré... murmura-t-il. Allons! fit-il en se raidissant, tu es venu pour affaires, tiens-t'en aux affaires.

Jean-Denis revint à la table; il souriait d'un air un peu fat:

— Elles arrivent, annonça-t-il en s'assoyant. Avec moi, ça ne traîne pas.

Une bouteille de beaujolais apparut sur la table.

— Je voulais te garder la bonne nouvelle pour le dessert, mais je n'y tiens plus, fit Jean-Denis: je suis quasiment sûr d'avoir un acheteur pour ton garde-manger... et je ne veux pas de commission. Tu m'entends? Pas un sou.

— Tu veux quoi, alors?

— Bah, rien. Dis-moi simplement où tu l'as trouvé.

Florent se cala dans son fauteuil en souriant:

— Je veux bien te vendre mes pommes, cher ami, mais pas mon pommier. Même après deux, trois ou six beaujolais. Est-ce que c'est clair?

— Bon, bon, ça va, ça va, je ne recommencerai plus, fit l'autre avec une moue dépitée. C'est le métier qui me rend crapule, je n'y peux rien.

— Les voilà, murmura Florent.

Il se leva, la jambe un peu molle, tandis que Jean-Denis allait à leur rencontre. Elles étaient toutes les deux plutôt jolies, l'une brune et bouclée, l'autre teinte en blond et les cheveux tombants, un tantinet vulgaires, mais maquillées avec goût, le type parfait de la secrétaire-qui-passe-les-vacances-avec-son-patron-à-Nassau, mais pas sottes pour un sou et sur le qui-vive, malgré leurs sourires. Le beaujolais leur délia rapidement la langue.

— Qu'est-ce que tu fais dans la vie ? murmura la blonde Anne-Marie en se penchant vers Florent.

Celui-ci, que les préambules de discothèque avaient toujours horripilé, répondit un peu n'importe quoi en essayant de briller par son esprit et réussit à la faire rire. Sa compagne lui parut tout à coup sympathique.

— *Les chairs un peu molles, mais le teint encore frais,* se disait-il en la détaillant discrètement.

— *Moins joli que bien d'autres,* pensait-elle, *mais bon garçon, et drôle.*

Au milieu du potage, Florent glissa sa main sous la table, où elle fut bien accueillie. Mais à tous moments, l'image d'Élise, ou celle du garde-manger, venait brouiller ses pulsions. Le moment du dessert arriva. Jean-Denis commanda une bouteille de riesling qui, jointe aux trois beaujolais, les souleva comme un hélicoptère, sans secousse, affectueusement. Florent flottait au-dessus des vignobles ensoleillés de la France et sa main se promenait doucement, d'une façon presque détachée, sur la cuisse de sa compagne, qui lui manifestait son plaisir par des caresses rapides mais remarquablement efficaces.

Le garde-manger, hélas, hantait son esprit. Élise trônait dessus avec un doux sourire. Une torpeur torride s'abattit tout à coup sur lui et son estomac commença à se barbouiller. Il continuait de plaisanter, mais les chairs de la blonde Anne-Marie prenaient peu à peu un aspect irréel, tandis que le sourire d'Élise le piquait de plus en plus cruellement sous les côtes.

— *Est-ce que je vieillis ?* se demanda-t-il avec une sorte de soulagement mélancolique. *La fidélité me gagne.*

Il se fit servir un café.

— *Ouais, mon amoureux refroidit,* se disait Anne-Marie, un peu dépitée de voir ses œillades soulever de moins en moins de remous.

459

Jean-Denis Beaumont observait son ami avec un sourire intrigué.

— Le garde-manger d'abord, murmura ce dernier en le regardant droit dans les yeux.

— Bon! les filles, vous allez nous excuser, fit Jean-Denis après avoir lampé son cognac, mais les affaires nous appellent. Est-ce que je vous reconduis chez vous?

◆ ◈ ◆

Anne-Marie s'avança et se laissa tomber sur son lit:

— Drôle de bonhomme, ce Florent-là! Enfin... il m'a tout de même demandé mon numéro de téléphone...

◆ ◈ ◆

Il était quatre heures trente quand ils se mirent en route pour l'atelier du père Morin.

— *La tête me tourne, j'ai l'estomac comme un sac de roches et je m'en vais discuter affaires!* gémissait Florent intérieurement. *Pauvre imbécile! tu mériterais de te faire fourrer.*

Mais en posant le pied sur le trottoir, juste en face de l'atelier, il fit une cabriole suivie d'une chute à plat ventre qui lui mit le nez en sang et le rendit aussitôt sobre.

— Un beau morceau! vous m'avez apporté un vlimeux de beau morceau! lança le père Morin en lui offrant son mouchoir pour s'essuyer. Je me suis mis dessus tout de suite après dîner. Il ne reste plus qu'à lui passer un peu de cire d'abeille.

Florent examina le grillage. Un petit rossignol, fort bien taillé, remplaçait la section brisée. Il se retourna vers l'ébéniste:

— Mes compliments! je vous apporterai encore du travail.

Le vieil homme grimaça un petit sourire:

— Oh! ne fais pas trop de projets avec moi, mon garçon! J'ai les os du corps qui sont en train de tout se

460

déboîter. Depuis un an, le travail m'est devenu un calvaire. Si ce n'était de ma fille et de mes petits-fils, y a longtemps que j'aurais accroché mes patins...

Il saisit un torchon et se mit à frotter le rossignol avec force soupirs et crachats. La pièce de bois prit bientôt une belle teinte blonde et lumineuse et se confondit peu à peu avec le reste du meuble.

— Il restera toujours une petite différence pour un œil averti, fit-il après avoir promené sa main sur le grillage un moment, mais c'est plus honnête ainsi. Ça sera cinquante piastres et je ne fais pas de factures.

Il les regarda hisser le meuble en se massant la nuque, les submergea de conseils sur la façon de fixer la bâche, puis rentra dans son atelier, le dos arrondi et la jambe lourde.

— Et maintenant, où se trouve ton acheteur? demanda Florent.

Jean-Denis alla téléphoner chez l'ébéniste et revint aussitôt, tout excité:

— Il frétille comme un beigne dans de l'huile bouillante. Demande douze mille et tiens ton bout.

Florent sentit son visage se couvrir de picotements et des petites lueurs roses et bleues se mirent à danser devant ses yeux:

— Où est-ce qu'on va?

— Sur la rue Davaar, à Outremont.

— Il me semble que je suis déjà venu ici, murmura-t-il en s'arrêtant devant une grosse maison de briques couverte de lierre desséché.

Un rideau bougea derrière une fenêtre, puis la porte du garage se leva et un gros homme leur fit signe d'avancer.

— Mais... c'est Spufferbug, mon ancien patron! s'exclama Florent. Quatorze mille, mon cochon, marmonnat-il avec un sourire fielleux, quatorze mille ou je garde le meuble.

— *Bwassonnoo... For God's sake... Don't tell me you're in the antique business!* s'exclama l'autre, en essayant de cacher son dépit. *Well, that's good news** !

Florent se laissa tapoter le dos avec un air bon enfant, répondit aux questions de Spufferbug par deux ou trois monosyllabes et, aidé de Jean-Denis, se mit à défaire la bâche. Le garde-manger apparut, dans toute sa magnificence. Un profond silence se fit. Grimpé dans la camionnette, Spufferbug tournait autour du meuble, une petite flamme maniaque au fond des yeux.

— Quatorze mille! s'exclama Jean-Denis sur le chemin du retour. Ce n'est pas une vente, c'est une vengeance! Je n'aurais jamais cru qu'il payerait! Chapeau! Viens chez moi, tu mérites un verre!

— Voilà pour ta commission, fit l'autre en lui tendant un chèque.

L'antiquaire l'empocha sans sourciller.

Ils s'arrêtèrent chez Jean-Denis, rue Prince-Arthur, où les attendait une bouteille de Courvoisier remplie de cognac bon marché (le vrai Courvoisier ayant servi à l'usage personnel de l'hôte).

— Promets-moi de venir me voir quand tu auras d'autres pièces à vendre, lui demanda l'antiquaire. J'ai de bons clients, tu sais. Ils ne se font jamais tirer l'oreille pour payer, quand le morceau en vaut la peine.

— Juré sur la tête de mon futur fils, répondit l'autre.

Il vida son verre et partit.

— Tiens, pensa-t-il en montant dans le camion, si j'allais voir Picquot? Il doit s'ennuyer à mourir, le pauvre. J'en profiterai pour lui régler ma dette.

Le cuisinier était absent, ce qui étonna Florent à cette heure tardive. Il glissa un chèque dans sa boîte aux let-

---

* Boissonneault... Pour l'amour du saint ciel... Ne me dis pas que tu t'es lancé dans le commerce des antiquités! [...] Eh bien! en v'là une bonne nouvelle!

tres, accompagné d'un mot de remerciement. Deux heures plus tard, Élise lui ouvrait la porte, les traits tirés par l'insomnie.

— Bon Dieu! fit-elle avec ravissement en voyant le chèque de Spufferbug. Et moi qui m'attendais à cinq cents dollars! C'est donc vrai qu'on va devenir riche?

Et sous l'effet de la bonne humeur, elle laissa glisser sa robe de nuit sur le plancher. Un petit monticule de vêtements s'éleva bientôt devant la porte, tandis qu'à Montréal, les entrailles maltraitées par un souper que son achat avait transformé en ciment, monsieur Spufferbug se retournait en soupirant dans son lit aux côtés de sa lourde épouse.

28

La Chance est une dame qui a la peau des joues fort raide et se donne rarement la peine de sourire deux fois de suite à la même personne. Florent ne s'attendait pas à trouver le lendemain un deuxième garde-manger Louis XIII et, effectivement, n'en trouva pas. Dans les jours qui suivirent, il trouva même si peu de pièces intéressantes (un ber à quenouilles et deux cuillères d'étain au poinçon d'Étienne Labrecque) qu'il dut rabattre ses exigences et se contenter d'objets assez quelconques mais de vente facile auprès des amateurs ignorants, au risque d'éveiller des soupçons sur sa véritable occupation.

Or il crut en déceler certains, et des plus vifs, chez le curé Bournival lorsqu'il se présenta au presbytère avec Élise le dimanche 23 novembre après la grand-messe. Madame Laflamme, la ménagère, venait de les introduire dans un grand salon solennel où le curé, la voix haute et le rire facile, parlait avec un gros ecclésiastique à l'air timide et comme endormi.

— Tiens, s'écria le curé en se levant pour les accueillir, voilà notre enquêteur-antiquaire et sa charmante épouse!

— Que voulez-vous dire? bafouilla Florent.

Le curé pouffa de rire et leur serra la main, tandis que son haleine répandait une pénétrante odeur de vin de messe et de tabac.

— Avancez, avancez, que je vous présente à mon ami l'abbé Comeau, un fin lettré s'il en est, même si son humilité lui fait dire le contraire... C'est un spécialiste en littérature grecque et latine, et en mathématiques aussi, je vous en passe un papier.

L'abbé Comeau se leva avec un sourire douloureux, comme si les viscères de son abdomen se trouvaient sans attaches et que le moindre mouvement risquait d'en faire un embrouillamini épouvantable.

— Tout de même, tout de même, fit-il d'une voix presque inaudible, il ne faut pas exagérer. C'était peut-être vrai du temps de ma jeunesse, mais aujourd'hui... Enchanté, madame, fit-il en tendant la main à Élise. Enchanté, monsieur.

— Que vouliez-vous dire en m'appelant votre enquêteur-antiquaire? demanda Florent quelques minutes plus tard quand ils furent attablés dans la salle à manger.

— Ce que je voulais dire?

Il saisit un morceau de pain et se mit à le mâcher d'un air féroce:

— *Sainte écrevisse*, se dit-il intérieurement, *les boyaux me tordent. Je n'ai que le bon Dieu dans l'estomac depuis ce matin. J'ai hâte de lui envoyer de la compagnie.* Ce que je voulais dire? reprit-il. Rien du tout. C'était plutôt une question qu'autre chose. En fait, quelle est ta fonction exacte? fit-il en lui lançant un regard perçant.

— Mais il est enquêteur-stagiaire, répondit Élise en feignant une grande surprise. Vous ne le saviez pas?

Madame Laflamme, une petite femme rousse à la peau sèche et couperosée dont la bouche rappelait vaguement celle d'une grenouille, déposa une soupière fumante au milieu de la table et se tournant vers Florent :

— Ne vous formalisez pas trop des questions de monsieur le curé, fit-elle en minaudant. C'est un fouineur incorrigible et puis... il aime bien taquiner les gens, parfois.

— Et qu'est-ce que ça fait de ses journées, un enquêteur-stagiaire ? reprit le curé Bournival avec un sourire indéfinissable.

Florent avait retrouvé son aplomb. Il se lança dans une brillante improvisation sur ses activités, citant des chiffres de l'*Annuaire du Canada* qu'il avait eu l'heureuse idée de consulter en prévision de ce dîner officiel :

— Le cas de Sainte-Romanie, fit-il en guise de conclusion, est un cas limite. Je me bats de mon mieux pour vous, mais ne soyez pas surpris si cela prend du temps.

— Rien n'est facile ici-bas, soupira l'abbé Comeau en considérant son potage d'un air méditatif.

Le curé Bournival, penché au-dessus de son assiette, s'empiffrait avec un sans-gêne déboutonné :

— Hum ! quel bouillon ! ma ménagère s'est surpassée, s'exclama-t-il, la bouche pleine. Je devrais avoir des invités tous les jours ! Et les antiquités, là-dedans, reprit-il en posant sur Florent son regard matois, qu'est-ce que ça vient faire ?

— C'est un passe-temps.

— Hé bien ! vous en passez du temps, répliqua-t-il en riant.

— Que voulez-vous ? J'ai la passion des vieux meubles... Aussi bien profiter de mon séjour ici. Je n'ai pas d'autres distractions.

L'abbé Comeau leva lentement sa cuillère et se mit à regarder dans le vague. Tous les regards se tournèrent vers lui.

— Sans passion, la vie serait invivable, murmura-t-il d'une voix sourde et comme lointaine. Moi-même, si je n'avais eu les mathématiques à l'époque, je me demande bien où je serais aujourd'hui...

Le curé Bournival repoussa son assiette vide :

— Eh bien, collectionne tout ton soûl, mon garçon. Après tout, c'est une occupation honnête et on doit bien finir par en apprendre quelque chose.

Puis, laissant là le sujet, il se tourna vers l'abbé Comeau et se lança avec lui dans une longue discussion sur certains tripotages auxquels se serait livré un jeune représentant de l'assurance-récolte à Saint-Thrasinien. Ses jeunes invités suivaient la conversation en essayant de montrer tous les signes d'un intérêt soutenu.

— *Est-ce que j'ai vraiment réussi à le convaincre ?* se demandait Florent.

— Voilà, fit tout à coup madame Laflamme à son oreille en déposant devant lui une assiette de rosbif et de patates brunes. Je vous ai servi une portion un peu plus grosse, pour votre jeune appétit. N'ayez pas peur d'en redemander.

Élise l'observait avec un sourire amusé. Allongeant le bras à travers la table, le curé lui toucha la main :

— Comment trouvez-vous notre petit village ? lui demanda-t-il à brûle-pourpoint en arrêtant son regard une fraction de seconde dans l'échancrure de son corsage, pourtant fort chaste.

— Oh, j'aimerais y passer le reste de mes jours, répondit Élise avec une légère rougeur.

Parlant et mangeant tout à la fois, il se mit à la questionner sur ses antécédents avec une sollicitude où surnageaient des traces quelque peu voyantes de galanterie. Il prit un air tout apitoyé en apprenant qu'elle était devenue orpheline à l'âge de quatre ans et avait passé toute son enfance dans un couvent à Rimouski, où l'avait placée une vieille tante à demi invalide qui la recueillait chez elle durant l'été.

Pendant ce temps, Florent et l'abbé Comeau s'étaient découvert un goût commun pour le folklore québécois et discutaient avec passion de violoneux et de vieilles chansons. Il était près de quatre heures quand on se quitta, les jambes un peu amollies par l'eau-de-vie. Madame Laflamme se précipita dans le vestibule pour aider Florent à endosser son manteau.

— Avez-vous retrouvé la clé du sous-sol de l'église ? lui demanda ce dernier.

— Ma foi, je n'ai pas encore eu le temps de chercher. Mais revenez dans deux ou trois jours. J'aurai sans doute mis la main dessus.

— Quand vous voudrez, madame, fit-il, l'œil brillant, le jour ou la nuit !

— Toi, il va falloir que je te surveille, fit Élise en riant quand ils furent dans la rue. Je sens que pour un vieux bahut, tu serais capable de monter dans son lit.

＊ ◈ ＊

Deux semaines plus tard, madame Laflamme n'avait toujours pas retrouvé sa clé. Florent descendit à Montréal au milieu d'une petite neige folichonne, sa camionnette chargée de trésors inestimables : prie-Dieu chambranlants, chaudrons cabossés, vieilles radios atteintes de laryngite, chaises défoncées, sans compter un nombre incroyable de cartes postales des années 1920 représentant des fiancés en train de défaillir d'amour, le regard perdu l'un dans l'autre. Il revint au début de la soirée avec un méchant petit chèque de 165 $ et de fort mauvaise humeur :

— Au train où vont les choses, grommela-t-il, je vais entrer dans mon nouveau restaurant une canne dans chaque main.

Élise se mit à rire :

— Pensais-tu buter sur une pièce rare chaque jour que le bon Dieu amène? Va prendre un bain chaud, ça chasse les idées noires.

Elle le retrouva endormi dans l'eau tiède. Couchée sur une chaise près de lui, Vertu le surveillait d'un air soucieux.

◆ ◆ ◆

Vers trois heures du matin, un sifflement les réveilla brusquement. Quelques instants passèrent. Le sifflement résonna de nouveau, plus rapproché.

— Ma foi! c'est un train, murmura Élise en se dressant dans le lit.

Un grondement sourd se répandit peu à peu dans le sol gelé et monta dans les murs. Florent se précipita à la fenêtre. On ne voyait pas à trois mètres. Sans crier gare, l'hiver avait sorti sa faux et fendu tous les nuages. Des tonnes de neige tombaient doucement du ciel, plongeant le pays dans une atmosphère solennelle et mystérieuse. Le grondement augmentait toujours et se transforma soudain en tonnerre. Les vitres se mirent à tinter et Vertu, au comble de la désolation, poussa un hurlement lugubre. Une peur subite, irraisonnée, s'empara d'Élise. Elle courut rejoindre son mari et lui cria quelque chose, mais il ne l'entendait pas: possédée par toutes les fureurs de l'enfer, une grosse masse noire filait devant la gare dans un fracas étourdissant.

Ici et là, à Sainte-Romanie, des toussotements se firent entendre au fond des lits, des lampes s'allumèrent et le nom de Florent fut prononcé par des voix ensommeillées. Celui-ci restait accoudé à la fenêtre, les deux poings sous le menton, l'air maussade. Élise mit la main sur son épaule.

— Les chemins de rangs vont être bloqués pendant trois jours, grommela-t-il sans se retourner, et je n'ai même pas une vieille chaise à décaper.

Élise s'emporta :

— Mais vas-tu cesser de chialer, à la fin ! Pensais-tu devenir millionnaire en deux semaines ? Engage-toi comme gardien de nuit si tu ne veux pas de tracas !

Florent la prit par les épaules :

— Ma douce moitié est en train de me donner des injections de sang de bœuf pour me renforcer le moral ? fit-il en souriant.

— Si on veut, répondit-elle d'un ton boudeur.

Il lui appliqua une grande tape sur les fesses :

— Sacrée Gaspésienne ! tu as peut-être raison : je veux danser plus vite que le violon. Si on prenait un café ? Je ne m'endors plus du tout.

— *Pourvu qu'il ne me tape pas une autre dépression, celui-là,* pensait-elle en essuyant une tasse, tandis que son mari griffonnait des chiffres sur un bout de papier.

— Voilà, fit-il en déposant son crayon. Si on veut ouvrir un restaurant ce printemps, il nous faut au minimum 40 000 $.

Élise eut un sourire sceptique :

— C'est toute une somme.

— Inutile de rien tenter si on n'a pas les reins solides, ma vieille : je veux m'établir en face de La Binerie pour la mettre en faillite.

Élise fit une volte-face complète et la soucoupe qu'elle tenait à la main alla danser sur le poêle, puis dégringola sur le plancher où elle s'immobilisa en mille miettes. Intriguée, Vertu sauta des genoux de Florent et s'approcha avec prudence pour renifler les débris.

— Ni plus ni moins, reprit Florent, imperturbable. Tant que je n'aurai pas la peau de ce chien sale, je vais me sentir comme une boule sur l'estomac.

— Eh ben ! s'exclama-t-elle, tu n'y vas pas avec le dos de la cuillère, toi ! Et moi qui te croyais dépressif ! C'est plutôt la folie des grandeurs qui te guette, ma parole ! 40 000 $! Penses-tu trouver l'ameublement complet de

Frontenac à Sainte-Romanie? Et supposons que les anges du ciel venaient te l'apporter : serais-tu assez fou pour risquer ta fortune contre un bonhomme qui a failli te casser les reins?

— Oui, je le serais! hurla Florent en assenant un coup de poing sur la table.

Vertu prit ses pattes à son cou et alla se réfugier dans le fond d'une garde-robe.

Il se leva, s'habilla et sortit dehors. La neige tombait de plus en plus dru.

Quand il revint, l'appartement était plongé dans l'obscurité et sa femme couchée. Il s'étendit à ses côtés, un peu honteux de sa colère.

— Je sais que tu ne dors pas, fit-il au bout de quelques instants *(comme ma voix est ridicule!)*. Je le sens à ta respiration.

Il avança la main et lui caressa la joue.

— Bonne nuit, souffla-t-elle.

Et, glissant son pied sous le sien – c'était pour eux un signe de réconciliation –, elle s'endormit aussitôt.

Pelotonné dans la tiédeur du lit, Florent méditait, pendant que la neige battait contre la fenêtre et que les arbres ployaient et gémissaient au-dessus de la gare :

— Le train... je pourrais peut-être me servir du train... Il faut que je questionne l'épicier demain, sans en avoir l'air, pour savoir s'il en passe un de temps à autre malgré que la gare soit désaffectée.

❖ ◈ ❖

Cette peine lui fut épargnée. Le lendemain vers huit heures, le maire Meloche apparaissait, les deux mains plongées dans les poches de son parka. Sa main gauche caressait une demi-douzaine de cigares cubains Revolución Especial, qu'il était allé quérir chez l'épicier Hamel; les deux hommes avaient eu une longue discussion de stratégie. Florent l'aperçut par la fenêtre.

— C'était donc un train rare, se dit-il en dévalant l'escalier pour aller à sa rencontre.

Il l'invita à monter prendre un café. Le maire s'excusa à plusieurs reprises de sa visite matinale, s'offrit de revenir plus tard, assura Florent qu'il passait dans le coin tout à fait par hasard, qu'il voulait simplement prendre de ses nouvelles, etc. Il jacassait, souriait, lançait des plaisanteries, essayant de donner à la conversation un tour anodin et familier :

— ... et puis, comme je le faisais remarquer tout à l'heure à ma femme : l'hiver s'annonce dur en batêche. On est à peine au début de décembre – bonjour, madame, vous allez bien ? s'interrompit-il en voyant apparaître Élise dans la cuisine –, on est à peine au début de décembre et l'aqueduc a déjà commencé à nous donner de la misère, et toujours à la même place : la ruelle Bordeleau. Merci bien, fit-il en prenant la tasse que Florent lui présentait. Un peu de sucre, oui, merci. Et aussi de la crème, si vous en avez. C'est à croire qu'il va falloir creuser jusqu'en Chine, reprit-il, pour que les tuyaux cessent de geler dans ce maudit coin. Pas de problème avec l'eau ici, madame ?

— Du tout, fit Élise.

— À part que la gare ne soit pas facile à chauffer, ajouta Florent, tout va bien.

Jean-Marie Meloche partit d'un grand éclat de rire :

— Si les trains s'arrêtaient devant plus souvent, ça couperait un peu la bise, vous ne trouvez pas ?

— Pour l'instant, ils se contentent de filer, répondit Florent, sibyllin.

— Ils ne filent pas souvent, c'est le moins qu'on puisse dire.

Élise saisit un chiffon et quitta la cuisine. Elle ne se sentait plus capable de cacher sa nervosité.

— Ça va peut-être s'arranger, reprit Florent. Je suis allé à Montréal il y a deux semaines.

— Oui, chargé de vieux meubles, j'ai vu ça.

— Vous avez vu ? Je ne sais pas quelle folie m'a pris depuis un mois : j'achète tout ce qui me tombe sous la main et quand j'ai affaire à Montréal, j'en profite pour aller l'entreposer dans la cave de mes beaux-parents. C'est que je fais partie d'un club de collectionneurs, voyez-vous, et ça me permet de faire des échanges.

— Un coup parti, vous devriez ouvrir un commerce, fit le maire, narquois. J'ai entendu dire que les vieux cossins sont devenus bien à la mode en ville.

— Bah ! c'est une entreprise risquée : sur trois anti-quaires qui ouvrent boutique, on en retrouve deux en faillite six mois plus tard. Et puis j'aime trop mon travail pour l'abandonner comme ça. Vous n'avez pas idée, monsieur Meloche, de tout le mal que je me suis donné pour vous.

— Rapport à quoi ?

— Rapport au train, bien sûr. Mes patrons ne sont pas des gens faciles à convaincre, vous savez.

— Voulez-vous dire que...

— ... que j'en suis venu à la conclusion qu'il fallait rouvrir la gare ? Eh oui ! monsieur Hamel avait raison : la route vous dessert très mal, je m'en suis bien rendu compte. De toute façon, avec la pénurie de pétrole qui s'annonce à l'horizon, la belle époque des routes tire à sa fin : dans dix ans, peut-être moins, nous serons revenus massivement au chemin de fer, qui est *beaucoup* plus économique. Voilà mon opinion. Ce n'est pas tout à fait celle de mes patrons ! Mais je ne lâche pas. Chaque fois que je peux enfoncer mon clou, je le fais. Vous avez dû vous en rendre compte la nuit passée... à moins d'avoir le sommeil dur.

— Je l'ai bien léger, répondit Meloche, le cœur battant. Un rien me réveille.

— Eh bien, j'ai réussi il y a deux semaines *(sainte Blague, priez pour moi !)* à les convaincre d'utiliser la ligne Montréal-

Sainte-Romanie-Victoriaville-Québec comme ligne secondaire d'appoint pour éviter les embouteillages sur la ligne Montréal-Québec. Ils se plaignent des frais d'entretien. Ils me répètent que la ligne n'est pas rentable. Mais demain? Demain, quand le litre d'essence vaudra cinquante sous ou plus et que la balade du dimanche en auto sera devenue un plaisir de riche, nous devrons être prêts à recevoir les milliers de voyageurs qui vont se tourner vers un moyen de transport plus économique. Sinon l'autobus va nous passer encore un autre sapin. Il faut commencer tout de suite à redonner l'habitude du chemin de fer: les profits viendront plus tard! Il faut absolument garder tout notre réseau en état de marche, assouplir nos horaires, les mouler sur la vie d'aujourd'hui – pas celle de l'entre-deux-guerres –, lancer des campagnes de publicité, baisser nos tarifs au maximum. Peu à peu, je vous l'assure, nos wagons se rempliront comme autrefois et les compagnies de chemin de fer feront de nouveau des affaires d'or.

Jean-Marie Meloche croisa les jambes, les décroisa, puis les recroisa de nouveau, essayant désespérément de prendre un air entendu, comme si les paroles de Florent coïncidaient avec des réflexions qu'il avait faites lui-même depuis longtemps. Mais, à la vérité, il étouffait presque d'admiration.

— Et vous n'avez rien vu encore, reprit Florent, que la contenance de son interlocuteur remplissait d'une audace étourdissante. Le train d'hier, ce n'est qu'un début.

Il s'arrêta:

— Mais avant d'aller plus loin, il faut que je vous demande le secret le plus total. Si mes patrons apprenaient un seul mot de ce que je vais vous dire, tout tombe à l'eau. Les paniers percés ont fait échouer bien des projets, vous le savez.

— Mon devoir de maire, balbutia Jean-Marie Meloche d'une voix étranglée, m'oblige à... étant donné la municipalité...

Une vague d'émotion emporta le reste de sa pensée.

— Vous... vous pouvez compter sur moi, poursuivit-il, sa main sur le bras de Florent.

Celui-ci regarda le maire droit dans les yeux:

— Eh bien, voici, articula-t-il lentement, presque ému par le son de sa propre voix. J'essaye, comme je vous l'ai dit, de convaincre le service de planification de réaffecter la ligne qui passe par votre village et de rouvrir la gare. Mais plus que ça: je me bats également pour faire construire un entrepôt qui servira pour la marchandise en transit vers l'est du Québec *(bon sang! c'est incroyable ce qu'on peut trouver quand on laisse aller son imagination!)*. Et je peux vous dire, mon cher monsieur... qu'on est loin de faire la sourde oreille à mes arguments.

— Est-ce que... est-ce que ça va donner de l'ouvrage aux gens de la paroisse?

— On aura besoin d'un commis et d'au moins trois manutentionnaires. Et j'ai demandé qu'on s'adresse à un entrepreneur de la place pour l'entrepôt.

— *Tabarouette!* pensa Jean-Marie Meloche en se levant de saisissement, *un beau contrat pour mon cousin Réjean. Je pourrai peut-être me présenter comme député.*

— À mon avis, continua Florent, c'est la façon de procéder la plus économique. Mais il va falloir s'armer de patience. Et, encore une fois, je vous conseille, monsieur Meloche, d'enterrer ce que je viens de vous dire dans le fond de votre cour et de mettre une roche dessus.

— Promesse faite, promesse tenue. Ma femme n'en saura pas le premier mot.

— Beau fin finaud! lui lança-t-elle une demi-heure plus tard. Il t'a déballé toute son histoire et tu ne lui as même pas offert d'autre bois de chauffage?

— Heu... j'avais un peu perdu mes moyens, faut dire.

— Grouille! Fais quelque chose! Invite-le à souper dimanche prochain. Non, les gens vont trop placoter. Trouve-lui des vieux meubles, tiens.

— Des vieux meubles, des vieux meubles, j'en ai pas dans le fond de ma poche.

— Et ma tante Ophélie? Tu n'y as jamais pensé?

— Tiens! c'est vrai. Ophélie...

— Rends-toi à l'hospice et fais-toi signer une procuration au plus sacrant! Tu lui raconteras n'importe quoi. Je l'ai vue dimanche dernier. Depuis sa dernière crise d'urémie, la tête lui flotte tellement dans les nuages que tu pourrais quasiment passer à ses yeux pour monsieur le curé.

◆ ◆ ◆

— Florent! s'écria Élise d'une voix alarmée, le voilà de nouveau! Et tout excité!

— Ça y est, marmonna celui-ci en jetant un coup d'œil furtif par la fenêtre, j'ai trop menti, mon chien est mort.

— J'ai pensé à vous pendant le dîner, lança le maire tout essoufflé. Si vous avez une heure à perdre, j'ai des choses à vous montrer. Figurez-vous, fit-il en démarrant pendant que Florent prenait place à ses côtés, que j'ai une vieille tante qui a dû casser maison l'an dernier pour aller à l'hospice. Comme elle voit sa fin approcher, elle m'a demandé avant-hier de disposer de ses biens... et je viens de penser à vous.

— Elle habitait le village?

— Non, Victoriaville. Mais dans son jeune temps, elle s'était fait construire une manière de chalet sur le rang David à cinq minutes du village. C'était une personne assez en moyens à l'époque. Son père était entrepreneur et en très bons termes avec le premier ministre Lomer Gouin, si vous comprenez ce que je veux dire.

L'auto quitta la route principale et se lança sur un petit chemin étroit et tout tordu, bordé de chaque côté par d'énormes bancs de neige et couvert de glace vive. La Chevrolet se mit aussitôt à zigzaguer. Jean-Marie Meloche, les deux mains agrippées au volant, se pencha vers Florent, l'œil malicieux :

— Dans la famille, on répète en cachette qu'elle a déjà été la maîtresse de sir Wilfrid Laurier... Avec un peu de chance, ricana-t-il, vous trouverez peut-être un petit paquet de lettres salées au fond d'une boîte à cigares.

Florent sourit et se mit à siffloter en essayant de prendre un air dégagé ; il faisait d'énormes efforts pour cacher son impatience de voir les meubles de la vieille demoiselle :

— *Barre de cuivre! est-ce que la chance me sourit encore une fois?* se demandait-il. *Pourvu qu'il n'essaye pas de me cochonner quand viendra le moment de fixer les prix.*

La route se transforma tout à coup en une spirale interminable qui semblait vouloir les envoyer au centre de la terre rejoindre quelque héros de Jules Verne.

— On est presque arrivés, lança le maire Meloche, tout réjoui par une savante manœuvre de dérapage contrôlé qui se termina tout à coup dans un banc de neige.

L'auto réussit à se dégager, exécuta un demi-tour et s'arrêta devant une vieille tonnelle.

— Eh ben! s'exclama Florent, il était temps qu'on vienne!

Au bout d'une courte allée bordée de sapins se dressait un pavillon de briques à un étage, recouvert d'un toit à pignon à demi effondré sous le poids de la neige. Les carreaux de la plupart des fenêtres avaient été brisés. Le maire Meloche descendit de l'auto et s'engagea dans la neige.

— Une si belle maison, soupira-t-il. C'est arrivé l'hiver dernier. L'employé qui s'occupait d'entretenir les lieux s'est tué en motoneige et ma tante a comme oublié de s'en trouver un autre. Que voulez-vous ? Quand le grand âge nous attrape, l'esprit prend souvent la poudre d'es-campette...

Florent regardait le pavillon d'un air navré :

— Bon sang! les meubles doivent être tout abîmés par l'eau.

— Pas trop, pas trop. Il y a une bonne moitié du toit qui est encore solide et j'ai fixé des feuilles de polythène aux pires endroits. Voyons, ciboire! s'indigna-t-il tout à coup, est-ce que j'aurais laissé mon trousseau de clés dans mon habit du dimanche?

Un cliquetis rassurant se fit aussitôt entendre et il plongea une grosse clé de cuivre dans la serrure. Une puissante odeur de moisi s'épanouit sur le perron. Quelque part dans une pièce, un lambeau de toile claquait au vent.

— Les belles moulures, murmura Florent, l'œil au plafond, en s'avançant respectueusement dans la pénombre.

— Oh! la bâtisse est encore réparable, déclara son compagnon, mais qui voudrait l'acheter? Il n'y a pas de téléphone, pas d'électricité et le puits artésien est rempli de boue.

— Je l'achèterais peut-être, si vous me faisiez un prix raisonnable, déclara Florent après avoir fait le tour des pièces. Quant aux meubles, faites-en ce que vous voulez, ils n'ont plus grande valeur, l'eau les a ruinés.

◆ ◆ ◆

Trois heures plus tard, il revenait à la gare, une promesse de vente en poche. Il grimpa l'escalier quatre à quatre et laissa enfin éclater sa joie:

— Ma vieille, je viens de faire le marché du siècle! Une maison d'été magnifique, remplie de beaux vieux meubles, pour 3800 $!

— Une maison? Qu'est-ce que tu veux qu'on fasse d'une maison? Tu te lances dans l'immobilier, à présent?

Florent secoua la tête:

— À eux seuls, les meubles valent 10 000 $. Quant à la maison, je la garde. Tu comprendras en la voyant cet après-midi.

Élise se mit à tourner une mèche de cheveux entre ses doigts, signe que la colère montait :

— Perds-tu la tête, Florent ? Un restaurant, et maintenant une maison de campagne ! Tu joues au riche un peu trop tôt, mon ami. À ce train-là, on va se retrouver bientôt sous la loi Lacombe*.

— Mais je *vais* devenir riche, lança-t-il d'un air fat. Aussi bien s'habituer tout de suite !

Et, de fait, la liste qu'il dressa des biens de la vieille tante Ophélie avait de quoi couper le souffle. Une fois jetés les rideaux mités, les vieux bouts de corde, les tubes d'onguents cristallisés et autres rebuts, il restait :

> 1 chaise-porte-manteau avec miroir, de style victorien ;
> 1 tableau à l'huile en très bon état représentant l'incendie de Trois-Rivières de 1856 et signé David-Fleury Berlinguet ;
> 1 fauteuil Windsor au dos arqué en deux sections, avec peigne ;
> 2 lits de cuivre ;
> 1 récamier d'esprit Empire ;
> 1 ensemble de salle à manger de style Regency, comprenant 6 chaises, une table (monumentale), un buffet et une desserte ;
> 1 lit tourné en chapelet avec montants-fuseaux ;
> 1 sofa victorien recouvert de crin avec la traverse supérieure ornée en son milieu d'un buste miniature de Louis-Joseph Papineau ;
> 1 table d'applique ;

* Loi permettant aux personnes endettées de rembourser leurs dettes par l'intermédiaire de la cour en étalant les paiements en fonction de la partie saisissable de leurs revenus, leur évitant ainsi la faillite. (N.D.A.)

1 table à thé de style Regency;

4 lampes à l'huile;

1 secrétaire avec abattant et pigeonnier
comportant six tiroirs en arbalète, de
facture très élégante;

3 commodes, sans grand intérêt;

1 buffet à deux corps (magnifique) à pointes
de diamant incomplètes, dont les portes
étaient retenues par de curieux taquets
en forme de papillon;

1 pistolet à silex, milieu XVIIIe siècle,
accompagné de sa poire à poudre et de
son sac à plombs, mais privé de gâchette,
et dont la crosse était gravée au nom de
L. J. Lousteau.

Florent était redevable à la poussière, à l'humidité, au froid – et à l'ignorance intéressée de Jean-Marie Meloche – des conditions incroyablement avantageuses qui avaient présidé à l'achat de tout ce lot. Évidemment, le laquage et le vernissage de certaines pièces étaient à refaire. Des feuilles de placage avaient levé, des joints s'étaient défaits, la moisissure, l'âge et les souris avaient ruiné des tissus autrefois splendides. Mais l'ensemble avait encore beaucoup de gueule.

Florent se hâta de transporter les meubles à Montréal. Cela nécessita quatre voyages et monsieur Morin, l'ébéniste qui avait réparé son garde-manger, le fit venir deux fois pour justifier, preuves à l'appui, les frais supplémentaires que nécessitait la restauration de certaines pièces.

Pris jusqu'aux dents par ses affaires, Florent n'avait pas eu le loisir de revoir Ange-Albert et Aurélien Picquot, dont il était sans nouvelles depuis son départ de Montréal. Leur absence se mit tout à coup à lui peser. Et puis, sans trop se l'avouer, il s'inquiétait du sort de monsieur Émile.

Un bon matin, ils décidèrent d'aller faire une tournée de leurs amis.

— Comment? c'est toi, Boissonneault? s'écria Picquot, que l'émotion portait au tutoiement. Nom de Dieu! je devrais te raccrocher au nez! Un mois sans nouvelles! Comment va Élise? Allons, je vous ordonne de comparaître *subito* devant moi.

Vingt minutes plus tard, ils se présentaient à son appartement. La porte était entrouverte.

— Enlevez vos manteaux et servez-vous un martini, leur cria-t-il de la cuisine, je suis pris par mes fourneaux. Il y a des glaçons dans le salon.

L'instant d'après, ils voyaient apparaître, radieux, le front perlé de sueurs et les deux bras tendus, un Picquot d'une bonne mine étonnante, qui avait légèrement engraissé et semblait rajeuni de dix ans. Il serra fougueusement Élise dans ses bras, puis ce fut au tour de Florent:

— Un mois sans nouvelles! A-t-on jamais vu? Si je m'écoutais, je vous jetterais à la porte après un tel affront. Et alors? comment allez-vous? commences-tu à t'enrichir? fit-il en plongeant son regard dans les yeux de Florent. J'ai bien reçu ton argent et je te remercie. Tu sais, je n'en ai nul besoin. Si jamais...

— Non, ça va, les affaires roulent, je vous assure.

— Est-ce qu'il dit vrai, fit le cuisinier en se tournant vers Élise, ou est-ce l'orgueil qui le fait parler?

— Il dit vrai, fit Élise en souriant. On a presque vingt mille dollars d'économies.

— À la bonne heure! Rien n'aurait pu me faire davantage plaisir. Enfin, le succès!

Son visage devint farouche:

— Tiens-le à la gorge, mon garçon! pas de quartier! Le succès est aussi fourbe que le malheur, crois-moi. Il faut l'avoir constamment à l'œil! Maintenant, passons à table. Le rognon de veau sauce trois moutardes n'attend pas.

— Vous avez meilleure mine que jamais, remarqua Élise en s'assoyant.

— Merci, merci beaucoup, fit Picquot.

Une telle rougeur se répandit sur son visage qu'Élise et Florent se regardèrent, étonnés.

— Élise a raison, reprit Florent. Est-ce qu'il faut féliciter votre médecin... ou quelqu'un d'autre?

— Laissez, laissez, je vous prie, merci beaucoup, balbutia le cuisinier, de plus en plus troublé.

Élise le regarda un instant, tiraillée par la curiosité et la peur de commettre un impair:

— Ça vous gêne qu'on vous trouve bonne mine? dit-elle enfin.

— Il ne s'agit pas de ça, répliqua Picquot avec brusquerie. Il s'agit... il s'agit...

Il se leva debout, les deux poings sur la table:

— ... il s'agit que j'ai pris maîtresse, voilà! Vous vouliez tout savoir, eh bien, c'est fait. Maintenant, je vous ferai remarquer que cette histoire relève de ma plus stricte intimité et que je ne supporterai aucune indiscrétion.

Le repas se poursuivit en silence. Élise et Florent gardaient l'œil dans leur assiette, faisant l'impossible pour conserver leur sérieux.

— Bon, fit Picquot en faisant de visibles efforts pour se radoucir, disons qu'il s'agit d'une personne d'un certain âge, extrêmement distinguée, n'est-ce pas, et que je vous présenterai en temps et lieu, si la chose lui convient. Voilà. C'est tout pour l'instant. Est-ce que votre satané Tchécoslovaque est revenu vous importuner?

Florent secoua la tête:

— Non, et je l'attends de pied ferme si l'envie lui reprend de se montrer.

— C'est qu'il est très fort, l'enfant de salaud. Il nous suit comme la queue suit le chien. À croire qu'il serait acoquiné avec le diable.

— Ne dites pas ça, je vous en prie, fit Élise, toute pâle.

— Bon! voilà que j'ai encore gaffé. Allons, calmez-vous, mon petit. Mon cerveau vient de faire un raté, voilà tout. Ce n'est pas le premier, vous en savez quelque chose. Je vais mettre un peu de musique, cela allégera l'atmosphère.

— Quelle heure est-il? demanda Florent tout à coup. Huit heures? Et c'est un jeudi? Que diriez-vous, monsieur Picquot, si je téléphonais aux Draperies Georgette et que j'invitais Ange-Albert à s'amener ici avec Rosine?

Une expression funèbre descendit sur le visage du cuisinier:

— J'espérais que vous ne me parleriez pas de votre ami, car j'ai beau me creuser la tête je ne trouve plus rien de flatteur à dire à son sujet depuis longtemps. D'abord, n'essayez pas de lui téléphoner: les Draperies Georgette n'existent plus. Incendie criminel, je crois. Il se fait beaucoup de spéculation dans le coin, paraît-il. Donc, il travaille ailleurs... s'il travaille... ce qui m'étonnerait...

— Vous dites ça d'un ton... Qu'est-ce qui se passe, pour l'amour de Dieu? fit Élise.

— Ce qui se passe, ce qui se passe, c'est que notre cher ami s'est mis à jouer aux dés, mais alors, là, comme un véritable enragé... et en compagnie de personnes... des collectionneurs de sentences, des fier-à-bras de ruelles, des corrupteurs de fillettes... Vraiment, c'est du propre!

Florent se trémoussait sur sa chaise comme si on lui avait plongé les deux pieds dans l'eau bouillante:

— Et Rosine, dans toute cette his...

— Et monsieur Émile? coupa Élise d'une voix défaillante.

— Ah! monsieur Émile? ne m'en parlez pas! Évidemment, j'ai dû le prendre en charge, dans la mesure de mes moyens, bien sûr: après tout, je ne suis pas sa bonne, tonnerre de Dieu! Je l'emmène de temps à autre au cinéma, nous faisons de petites promenades, il vient

parfois prendre des collations chez moi. Mercredi dernier, nous sommes allés au Jardin botanique : ce fut très
agréable. En somme, autant que possible, j'essaye de
l'arracher à la fumée des tripots (car voilà les lieux qu'on
lui fait fréquenter !) où sa propension pour les petits
verres trouve un terrain un peu trop favorable, vous vous
en doutez bien. Rosine essaye bien de sauver les meubles,
comme on dit, mais elle n'en mène pas large, la pauvre,
et je me demande combien de temps encore elle endurera
les folies de son petit ami. Quant à lui, je me fiche pas
mal de ce qui peut lui arriver. Mais l'enfant ! Jeudi dernier,
il m'est arrivé ici complètement soûl, après s'être fait
barauder (c'est bien le mot, n'est-ce pas ?) à travers toute
la ville par un chauffeur de taxi sans scrupules qui a eu
le culot de venir me présenter sa note. Elle est en souf-
france, sa note, et je crains fort qu'elle souffre éternellement.

Florent, le regard baissé, tripotait le bord de la nappe,
sans dire un mot. Élise luttait contre les larmes.

— Mon Dieu, il faut absolument faire quelque chose,
murmura-t-elle d'une voix brisée.

— Je suis tout à fait de votre avis ! éclata Picquot. C'est
notre enfant à *tous* ! Inutile de se le cacher ! Il est plus
misérable qu'un orphelin. Je suis allé trouver sa mère la
semaine dernière. Pfeu ! une garce finie ! je n'en voudrais
pas pour garder les cochons ! Si je ne l'avais remise à sa
place par quelques mots bien sentis, elle m'aurait invité
dans son lit, ni plus ni moins. D'ailleurs, saviez-vous, fit
le cuisinier en s'animant de plus en plus, saviez-vous que
monsieur Émile n'a pas mis les pieds dans une classe
depuis une éternité ?

Élise et Florent eurent un mouvement de surprise.

— C'est qu'il ne veut plus fréquenter l'école, le petit
sacrebleu ! Et madame sa mère est d'accord ! Figurez-vous
que cette andouille peinturlurée s'est mis dans la tête
que chacune des écoles de Montréal est une plaque

tournante des réseaux de stupéfiants, un précipice vers la damnation éternelle. Pas question d'y envoyer son fiston! Il a déjà assez de problèmes comme ça, pour citer ses propres mots. Alors – tenez-vous bien –, madame attend d'avoir assez d'argent pour payer à son fils des leçons particulières, rien de moins. Autrement dit, plutôt que de servir de la bouillie à mon chat, je le laisse crever de faim en lui promettant du caviar. Je me suis employé pendant une demi-heure à lui enlever ces folichonneries de la tête... *en pure perte*! Cet enfant n'aura d'instruction que si on l'adopte!

— Pourquoi étiez-vous allé la voir? lui demanda Florent.

— Eh bien, j'allais vous l'écrire, mais puisque vous êtes ici, profitons-en.

Il prit une courte inspiration et, l'espace d'un instant, ses yeux papillotèrent avec une expression qui ressemblait à de la frayeur. Élise et Florent se regardèrent, intrigués.

— Je vais bientôt prendre un mois de vacances, fit le cuisinier d'une voix hésitante. Et j'ai décidé, si vous n'y voyez pas d'inconvénient, d'aller passer quelques jours avec vous dans cette charmante gare... et... et de vous laisser monsieur Émile pour de courtes vacances. Qu'en pensez-vous? Vous le garderez le temps qu'il vous plaira. Inutile de vous dire que je m'engage à subvenir à tous ses besoins et même à lui fournir une petite allocation.

Florent faisait des yeux de poisson:

— Mais... sa mère? Elle vous a donné la permission?

— Je lui ai donné un assez gros magot pour obtenir la garde de l'enfant. Mais attention! il ne s'agit pas ici d'un cas d'adoption, officielle ou officieuse, mais bien d'un *prêt*, comme elle dit. Et inutile de songer à soumettre le cas de notre mioche à l'Assistance sociale, la riposte serait terrible. Elle m'a fait des menaces très précises à ce sujet.

Élise repoussa sa chaise et se précipita dans les bras du cuisinier.

— Mais voyons, balbutia-t-il, cramoisi, qu'est-ce que cela signifie ? Je n'ai fait que mon devoir de citoyen, après tout, je... Allons ! fit-il en la repoussant doucement, trêve de sentimentalités ! j'ai un soufflé au Cointreau à préparer, moi, et j'ai besoin de tous mes moyens.

* ◆ *

— Je ne savais pas qu'il aimait monsieur Émile à ce point, remarqua Florent quelques heures plus tard en filant vers Sainte-Romanie.

— C'est un homme adorable, fit Élise, tout émue, et on dirait que la maladie l'a rendu encore meilleur.

Florent eut un petit rire de satisfaction :

— La maladie l'a mûri et sa maîtresse l'a adouci. Il est tout fin prêt à venir travailler à mon futur restaurant.

Élise se mit à contempler les champs enneigés qui se perdaient au loin dans la noirceur, ponctués ici et là par un arbre solitaire et dénudé. Depuis quelques moments une sourde nervosité la travaillait. Elle se rongeait les ongles, soupirait, cherchait une position confortable sans pouvoir la trouver. Florent se tourna vers elle :

— Qu'est-ce qui se passe ? Tu frétilles comme un ver à chou. Quelque chose te tracasse ?

Elle secoua la tête, sourit, ferma les yeux quelques secondes, puis :

— Ne saute pas au plafond, dit-elle en s'efforçant au calme, je vais t'annoncer une grande nouvelle : je crois que je suis de nouveau enceinte.

La camionnette fit une courte embardée, roula sur l'accotement, puis s'immobilisa, minuscule point de chaleur dans la froide étendue de la nuit.

— Tu es content ? tu es vraiment content ? murmurait Élise sous les caresses frénétiques de son compagnon. J'avais peur de déranger tes projets.

— Ah! ça termine bien une journée! s'écria Florent d'un air exalté.

— J'espère être plus chanceuse cette fois, soupira Élise.

Il prit le visage de sa femme entre ses mains, le contempla un instant et se remit à le couvrir de baisers.

— Depuis quand? Depuis quand le sais-tu?

— Depuis une semaine environ... sans pouvoir encore être tout à fait sûre, se dépêcha-t-elle d'ajouter, submergée d'attendrissement devant la réaction de son mari. Mes seins ont commencé à grossir et depuis deux jours les mamelons me font mal, comme l'autre fois.

Florent se mit à compter sur ses doigts:

— On est aujourd'hui le 30 décembre. C'est donc pour fin août, début septembre. Ma pauvre vieille, tu vas connaître un été difficile, fit-il en la serrant de nouveau dans ses bras.

Elle eut toutes les peines du monde à le dissuader de faire demi-tour. Il voulait l'envoyer consulter un gynécologue dès le lendemain.

— Voyons, calme-toi. Il faut d'abord que je passe un test. Inutile d'appeler les pompiers s'il n'y a pas de feu.

— C'est ça, bougonnait l'autre en poursuivant sa route vers Sainte-Romanie, on commence déjà par une imprudence. J'ai tout simplement eu un réflexe de père, moi.

— *Hum! je me charge de les orienter vers monsieur Émile, tes fameux réflexes,* se dit Élise. *Avec une nature pareille, tu mérites au moins deux enfants.*

Ils arrivèrent à la gare au milieu de la nuit et trouvèrent leur chienne dans un état d'agitation extraordinaire.

— Hé ben! s'écria Florent, étonné. Est-ce qu'on t'a fait boire une cafetière, ou quoi?

Élise attira Vertu contre elle et laissa échapper un cri: le flanc de l'animal présentait une large meurtrissure recouverte de sang à demi coagulé. Florent l'examina:

— C'est comme si on l'avait frappée avec un bâton... Je ne comprends pas...

— Pourvu que nos malheurs ne recommencent pas, soupira Élise.

Ils se couchèrent en silence, n'osant se communiquer leurs pressentiments.

À l'aube, un deuxième convoi traversa le village, consolidant le prestige de Florent jusque dans les fermes les plus reculées. Ils l'écoutèrent gronder un moment, puis se rendormirent et Florent rêva qu'on établissait un cordon de police devant son restaurant pour contenir la multitude des clients.

29

L'annonce de la grossesse d'Élise produisit une commotion dans la famille de Florent. Monsieur et madame Boissonneault vinrent la chercher dans leur luxueuse limousine-baleine et la conduisirent chez un gynécologue à Montréal, alléguant que les cahots de la route rendaient le voyage en camionnette extrêmement périlleux. Petit prétexte pour s'assurer de visu que le logement de leur fils était salubre et propice à la progéniture...

Ils trouvèrent la gare coquette, assez confortable et délicieusement située, mais ne se gênèrent pas pour dire que l'état de leur bru rendait son retour à Montréal hautement souhaitable, les hôpitaux de province, selon eux, ne valant pas grand-chose.

L'examen du gynécologue rassura tout le monde. Élise se portait à merveille. Le fait d'avoir connu une fausse couche ne signifiait nullement qu'elle en risquait une seconde. Avec de la prudence, beaucoup de repos et une vie calme et régulière, elle avait toutes les chances de connaître une grossesse normale. Au moindre signal

d'alarme, on n'avait qu'à téléphoner au service d'obsté-
trique de l'hôpital Sainte-Justine (où pratiquait le docteur
Grosjean). Monsieur Boissonneault tint quand même à
reconduire sa bru à Sainte-Romanie et ce fut sa femme
qui prépara le dîner, après avoir obligé Élise à s'étendre
quelques moments pour « chasser la fatigue du voyage ».
Ils restèrent jusque tard dans la soirée et refusèrent de
partir avant qu'on ne leur promette de venir passer le
mois d'août chez eux à Montréal.

— On pourra se baigner dans la cour durant les grandes
chaleurs, fit monsieur Boissonneault. Je viens de
m'acheter une piscine de dix mètres chez Faucher avec
un gros sac de cristaux marins, une invention extraordinaire, paraît-il : t'en jettes une tasse dans la piscine et
l'eau devient comme de l'authentique eau de mer. Tu
flottes dedans sans quasiment nager !

Trois jours plus tard, le compte de banque de Florent
(par prudence, il déposait son argent à Victoriaville plutôt
qu'à la caisse populaire du village) franchissait le cap des
30 000 $.

— J'ai l'impression de m'être fait royalement fourrer
par le petit Boissonneault, confia le maire Meloche un
soir à son épouse en se glissant sous l'édredon. Je n'ai
jamais vu une maison se faire vider à une pareille vitesse,
on aurait cru que le feu était pris dedans.

— Bon ! le voilà encore une fois qui se revire les sangs
à l'envers, soupira sa femme. Ton souper ne passera pas,
comme d'habitude.

— Je raconte ce que je vois. Il vient de faire un bon
coup, le petit verrat, c'est clair comme le jour. Je l'ai
rencontré en face de l'église, hier. Le visage lui pétait de
contentement. Un peu plus et il chantait des cantiques.
Pourvu qu'il se grouille le cul, maintenant. Je ne veux
pas être six pieds sous terre quand le train va reprendre
son service.

Malgré le froid coupant et les chemins mal déneigés, Florent s'était remis à patrouiller la région avec un enthousiasme accru. Le maire Meloche avait gardé ses réflexions pour lui, mais les habitants de la région commençaient à trouver quelque chose de suspect dans la passion de Florent pour leurs vieilleries et les prix s'étaient mis à monter. Des moules à sucre d'érable, qu'il achetait auparavant 50 cents pièce, ne partaient plus maintenant à moins de 2 $. Il dut déposer 50 $ bien comptés sur le coin d'une table pour mettre la main sur un poêle à trois ponts fabriqué aux Forges Saint-Maurice. Par contre, les armoires s'obtenaient encore à des prix ridicules. Ébranlées par l'âge, défigurées par les couches de peinture, souvent mutilées, personne n'arrivait à croire qu'elles possédaient la moindre valeur. Florent leur jetait un regard condescendant, fixait un prix, les hissait dans son camion et passait des journées entières à les décaper (depuis sa grossesse, Élise n'avait plus le droit de l'aider, à cause des vapeurs nocives).

— Je ne te vois plus, soupirait-elle de temps à autre. Je prends mes repas toute seule et on fait l'amour à peu près aussi souvent que si tu travaillais au lac Saint-Jean.

Florent prenait un air peiné et essayait d'éprouver un chagrin profond, mais il ne ressentait tout au plus qu'un vague chatouillement.

— Laisse-moi encore un peu de temps, demandait-il. Tu sais comme c'est important pour moi, ce restaurant. Il faut que je me prouve une fois pour toutes que je ne suis pas une guenille. Est-ce que tu me préférais quand je passais mes journées couché à broyer du noir ?

Élise ne répondit rien. Florent lui caressa les cheveux :

— Je te demande encore deux ou trois mois, c'est tout. Et quand notre compte atteindra les cinquante mille, je te promets un mois de vacances, où tu voudras.

Elle haussa les épaules :

— Cinquante mille ! Ce sera des vacances à trois, alors.

* ◆ *

Le lendemain, l'hiver décida, par pur caprice, de resserrer son étau. Vers trois heures du matin, une vague de froid féroce s'abattit sur le Québec et des milliards de petites dents aiguës se mirent à mordiller tout ce qui se trouvait à leur portée. Des vitres craquèrent avec un bruit sec et leur blessure se couvrit aussitôt d'une épaisse couche de givre. Les maisons se contractèrent rageusement pour refermer toutes leurs fissures et des couvertures de laine puant la boule-à-mites reprirent du service, tandis que le mazout baissait à vue d'œil dans les réservoirs.

Florent se réveilla d'excellente humeur, se promena tout nu dans l'appartement glacial, jeta un coup d'œil sur l'immobilité lumineuse qui régnait dehors et considéra l'obligation de passer la journée au froid comme un défi enthousiasmant. Il s'habilla en sifflotant sous le regard ensommeillé d'Élise, puis, saisi d'une impulsion, se dévêtit à toute vitesse et la chaleur du lit conjugal atteignit tout à coup des sommets extrêmement agréables.

— Tu devrais rester à la maison, murmura Élise en se pressant contre lui. Tu n'auras pas fait dix pas dehors que les joues vont te craquer.

— Je te promets de revenir au début de l'après-midi, parole d'antiquaire. Aujourd'hui, je sens que la chance va me sourire.

Il aurait été difficile de se tromper davantage. Malgré la succulente odeur d'omelette au bacon qui flottait dans la cuisine, Vertu regarda déjeuner son maître sans bouger d'un poil, peu désireuse de quitter la chaleur bienfaisante du poêle qui ronflait à perdre haleine.

Élise feuillette un livre, assise près du feu. Dans le silence de l'appartement, les clous éclatent de temps à autre avec un bruit sourd, énigmatique. Les fenêtres sont devenues des rectangles éblouissants, la neige une nappe de gaz enflammé. Le bruit est comme aboli. Les arbres et les maisons donnent une impression d'immobilité tellement profonde qu'on les croirait devenus éternels. Le poêle, poussé à bout, vient tout juste de chasser le froid de la cuisine et triomphe avec des gloussements de joie ridicules. Élise digère son dîner, pleine d'un bonheur paisible. Soudain, elle aperçoit par la fenêtre le facteur qui s'élance de son auto et s'avance à grandes enjambées vers la gare, le visage rouge et crispé, l'œil fixe, un jet de vapeur au bout du nez. Elle met son manteau et enfile l'escalier.

On a déposé deux lettres près de la porte. L'une d'elles lui est adressée. L'enveloppe émet un râpement sec, menaçant, et libère une photo. Élise la saisit, étonnée, et pâlit brusquement. Elle la tourne et la retourne entre ses doigts, les lèvres tremblantes. Elle a comme l'impression que ses pieds pivotent à toute vitesse au bout de ses chevilles, que ses cuisses ne contiennent plus que de la glace. Son ventre se remplit de crispations saccadées, qui l'effraient. Elle remonte à la course à l'appartement, froissant la photo dans sa main et s'écrase en pleurs sur une chaise, tandis que Vertu, inquiète, lui lèche les doigts en gémissant.

Pendant ce temps, Florent grelotte au milieu d'une grange, le nez morveux. Il tente de marchander une méchante pharmacie ornée d'appliques en fleur de lys, l'intérieur gommé d'une substance brune dont l'odeur rappelle le Castoria.

— Eh bien, non, fait-il au bout de quelques minutes, quinze dollars, ça dépasse vraiment mes moyens. Je vais vous laisser le bonjour, et à la prochaine.

— C'est comme vous voulez, répond l'autre, le regard pointu, un sourire narquois aux lèvres.

— *Passe la nuit avec ta truie,* marmonne Florent en se dépêchant vers son camion. *Bout de brique! au train où vont les choses, je ne pourrai bientôt plus acheter un dé à coudre!* Ah non! fulmine-t-il en manipulant frénétiquement la clé de contact, tu n'es pas pour me foirer entre les mains aujourd'hui, toi! Ouf! j'ai compris, fait-il quand le moteur se décide enfin à tourner. Vite! à la maison. Je reviendrai quand le temps sera sortable.

En mettant le pied dans la salle d'attente, il aperçoit une enveloppe déchirée devant la porte; une seconde, intacte, repose sur un banc. Il reconnaît aussitôt l'écriture de sa mère et déchire le papier.

Bonjour, vous autres,

Ton père a attrapé une mauvaise grippe en revenant de sa partie de quilles mardi dernier et j'ai dû l'obliger à rester à la maison. Ça ne l'empêche pas de descendre à tous moments dans la cave pour tourner autour de son fameux bateau, qui m'a causé tant de maux de tête. Ta cousine Bernadette est venue nous rendre visite dimanche dernier et elle m'a laissé le parc du petit José. Il ne veut plus jouer dedans depuis un mois. Je suis sûre qu'Élise...

Florent lève la tête tout à coup. Un bruit curieux se fait entendre à l'étage supérieur. Une série de soupirs étouffés mêlés de reniflements. Il se penche, ramasse l'enveloppe déchirée et l'examine, perplexe.

— Élise, s'écrie-t-il tout à coup en montant l'escalier quatre à quatre, rempli d'un sinistre pressentiment, qu'est-ce qui se passe?

Vertu l'accueille avec des gémissements et le conduit à la porte de la chambre à coucher, fermée à clé.

— Élise! pour l'amour de Dieu, qu'est-ce qui se passe?

Des sanglots lui répondent et plus Florent s'énerve, plus ils prennent d'ampleur.

— Ouvre-moi! Dis quelque chose! Qu'est-ce que j'ai fait? Ouvre, bon sang!

De guerre lasse, il retourne à la cuisine. Un morceau de papier chiffonné gît sur la table. Il s'en empare, le déplie et son visage prend tout à coup l'apparence d'une vieille éponge avachie par l'eau de vaisselle. Il se voit nu, étendu sur le dos, les cuisses écartées, devant une jolie fille un peu grassouillette, aux fesses en forme de poire, qui lui prodigue des caresses buccales avec un air glouton. La scène se passe à l'hôtel Nelson dans la chambre à coucher d'Egon Ratablavasky.

— Le vieux salaud, balbutie-t-il en se laissant tomber sur une chaise.

Il a l'impression que son crâne se dilate d'une façon monstrueuse, qu'il occupera bientôt toute la cuisine et que son cerveau, perdu dans cette sphère immense, roule comme une bille, complètement affolé.

— D'abord, du sang-froid...

Il respire profondément, puis réussit à se trouver un peu de force pour se lever et avaler un grand verre d'eau glacée.

— Si au moins j'avais affaire à une photo truquée... Mais non! maudit cave! je me suis jeté moi-même dans le piège... Mon mariage vient de faire patate... Et dire qu'elle est enceinte...

Vertu choisit ce moment pour poser sa tête sur ses genoux en poussant un soupir de poitrinaire. Florent lui assène une claque sur le crâne qui l'envoie au salon, la vue brouillée, les tempes pleines d'élancements.

— Élise, fait-il en revenant devant la porte de la chambre, j'ai vu la photo. Ouvre-moi, que je m'explique, au moins.

— Jamais! va-t'en! c'est fini entre nous! Je prends le prochain autobus pour Montréal!

Et sur ces mots – Dieu sait pourquoi – elle ouvre la porte et s'écroule en larmes aux pieds de Florent. Il essaie de la relever, mais une gifle formidable lui boursoufle la joue. L'arête d'une bague a percé la peau. Une goutte de sang grossit, puis s'allonge lentement. Florent a reculé sous le choc. Il porte la main à son visage et fixe le bout de ses doigts. Malgré la douleur cuisante, la vue du sang le ragaillardit. Dans les circonstances, sa blessure devient son meilleur avocat.

— Écoute-moi! fait-il en lui prenant la tête à deux mains et en la relevant de force. Je n'ai pas encore eu la chance de dire un mot. La photographie vient de Ratablavasky. Le savais-tu?

— Je m'en fiche! hurle Élise en se dégageant.

Elle s'élance dans la chambre vers la garde-robe et une cascade de valises vides répand à travers les pièces un roulement de tonnerre à faire pâlir un artilleur. Florent l'empoigne par la taille:

— Tu vas m'écouter! crie-t-il. Avant de partir, tu vas au moins m'écouter!

Il l'entraîne de force dans la cuisine, saisi par une angoisse insupportable qui lui convulse les entrailles. Mais son geste tombe mal. Il part de la chambre avec une femme en colère et arrive dans la cuisine avec une furie. La voix d'Élise s'est enflée jusqu'à devenir méconnaissable. Chacune de ses mains compte dix ongles, qui ne cessent de s'allonger et de s'effiler. Vingt bouts de souliers s'abattent sur les jambes du pauvre Florent, qui tournent du rouge au bleu et du bleu au violet. C'est le dieu Çiva en personne, avec sa demi-douzaine de bras, venu venger l'amour trahi.

— Salaud! vicieux! visage à deux faces! tu ne verras jamais ton enfant! Va te trouver d'autres plottes, si c'est ce qui t'amuse!

Les portes d'armoires claquent et peu à peu les tablettes se dégarnissent de leur vaisselle qui vole, frappe les murs et rend l'âme avec un bruit lamentable. Florent n'a pas assez de toute son adresse pour parer les coups. Le beau service bleu, cadeau de noces de la vieille tante d'Élise, disparaît pièce par pièce dans l'ouragan. Voici le tour du couvercle de la soupière sur lequel un étrange vieillard, la barbe divisée en sept tresses égales, se tient en souriant, les bras étendus, une fleur dans chaque main. Le couvercle file à travers la pièce en oscillant et se brise en deux contre le poêle. La soupière le suit bientôt, d'un vol plus lourd. Elle sera sauvée d'une bien étrange façon : la porte s'ouvre et monsieur Émile la reçoit en plein sternum d'où elle retombe à ses pieds, intacte.

— Tonnerre et destruction ! qu'est-ce que c'est que tout ce boucan ! s'écrie Picquot qui surgit derrière le gamin.

Élise et Florent, statufiés, observent en silence les deux visiteurs. Dans la pièce d'à côté, on entend Vertu, terrée dans une garde-robe, pousser un long soupir.

— Ventredieu ! reprend le cuisinier, je n'ai jamais vu de spectacle aussi calamiteux depuis le soir de la grande colère de mon maître Arnaud de Baculard au restaurant des Belles Gourmandes.

— Que... que faites-vous ici ? balbutie Florent pendant qu'Élise s'éclipse dans la chambre à coucher.

— Ce que je fais ici ? Ce que je fais ici ? Voyons, mon ami, les émotions vous troublent la mémoire ! Je vous avais prévenu de notre arrivée il y a deux semaines : eh bien, nous voici ! J'ai même pris la peine, pour venir vous voir, de me remettre à l'automobile, que je n'avais pas touchée depuis vingt ans.

Monsieur Émile se massait doucement la poitrine sans dire un mot, les yeux comme des soucoupes. Soudain, il leva la tête vers Picquot, lui fit signe de se pencher et, d'une voix à peine audible :

— Est-ce que je peux aller chercher mon minou en bas ?

— C'est ça, vas-y, mon petit, et laisse-nous seuls un moment. J'ai des choses à dire à ton ami Florent. Qu'est-ce qui se passe ? demanda le cuisinier quand la porte se fut refermée.

Florent entra dans le salon, se laissa tomber dans un fauteuil et se mit à pleurer :

— Ratablavasky, balbutia-t-il. Ma vie est gâchée... par ma faute !

— Qu'est-ce à dire ? Allons, explique-toi ! s'écria Picquot. Tu auras beau pleurer des litres de larmes, ça ne fera pas fondre la cause de ton chagrin.

Florent lui relata en trois mots, avec force rougissements, son aventure-éclair avec la femme de chambre de l'hôtel Nelson, qui remontait à plus d'un an et demi.

— C'est aujourd'hui que je comprends ses beaux sourires. Elle était de mèche avec le Vieux pour me tendre un guet-apens. Jamais je ne pourrai me tirer de celui-là !

Picquot demeura songeur un instant. On entendait un chuchotement dans la salle d'attente : monsieur Émile essayait de remonter le moral de son chat, déboussolé par un séjour de trois heures dans une boîte de carton. Un silence total régnait dans la chambre à coucher. Picquot croisa, puis décroisa les jambes, tiralla sa cravate :

— Ouais... il faut aviser... et cette nouvelle grossesse, ça n'arrange rien... Vous avez du cognac ?

Florent revint avec une bouteille et deux verres qui avaient survécu au massacre et les remplit à moitié. Le cuisinier huma longuement son verre, puis l'entoura de ses mains pour le réchauffer.

— Vous avez agi en imbécile, cela crève les yeux... mais il s'agit d'une imbécillité courante... qui peut s'expliquer... et ensuite... se pardonner.

Il se pencha vers Florent et un murmure de confesseur sortit de ses lèvres :

— C'est la première fois?

Florent fit signe que oui.

— *La première fois qu'elle s'en aperçoit,* rectifia-t-il dans sa tête.

— Alors rien n'est perdu. Ayez confiance.

Il prit une gorgée de cognac, la promena dans sa bouche et respira profondément, les yeux à demi fermés.

— Élise, mon enfant! lança-t-il tout à coup en se levant avec effort, permettez-moi d'aller vous trouver une minute. Si je vous ennuie, vous n'aurez qu'à me jeter dehors.

La porte de la chambre bâillait légèrement; il entra. Quelques instants s'écoulèrent. Florent se rongeait les ongles, affalé dans un fauteuil. Les minutes s'étiraient comme des ères géologiques.

Vertu trouva le courage de sortir de son refuge et rampa vers lui, l'œil suppliant. Il lui fit signe de grimper sur ses genoux et se mit à la caresser.

— Mais qu'est-ce qu'ils font? qu'est-ce qu'ils font? murmura-t-il tout à coup d'une voix enrouée. Ah! si j'avais gardé ma graine dans mes culottes au lieu de jouer à l'étalon avec une femme de chambre...

Il déposa la chienne par terre et alla se coller l'oreille contre la cloison. On n'entendait qu'un bruit indistinct. Soudain, la voix de Picquot s'éleva:

— Mais, mon petit, ça vous engage à quoi? À moins que rien! Allons, venez, venez...

Le sommier poussa une plainte et deux pieds se posèrent sur le plancher. Florent saisit Vertu et se jeta dans le fauteuil.

— Il faut tout de même que vous vous parliez un peu, poursuivait Picquot dans la cuisine. Vous n'êtes pas des acteurs, pour divorcer comme ça à tout propos! Eux, c'est autre chose: tout pour le *box-office,* hein? S'ils ne se donnent pas en pâture aux journaux à potins, c'est bientôt l'oubli. Mais vous! Allons! voyez de quoi il a l'air, ce pauvre nigaud, fit-il en poussant doucement Élise dans le salon. D'une tranche de pain rassis!

Élise, les cheveux défaits, la peau rougie et soulevée ici et là par de minuscules boutons, traversa la pièce sans même lui jeter un regard et alla s'asseoir dans un coin d'ombre d'où, silencieuse, elle garda les yeux obstinément tournés vers la fenêtre.

— Humpff! fit Picquot au bout d'un moment, soudain désemparé.

Il alla s'asseoir à son tour et se mit à gratter une petite tache sur sa cravate en attendant que Florent prenne la parole. Une avalanche de coups de poing s'abattit soudain sur la porte d'entrée.

— Est-ce que je peux entrer, maintenant? cria monsieur Émile.

— Pas encore! répondit le cuisinier. Un peu de patience! On t'appellera quand le moment sera venu.

— Maudit! j'ai faim!

— Minute, j'arrive, lança Florent, heureux de se trouver une diversion.

Il pénétra dans la cuisine et se dirigea vers le frigidaire en zigzaguant parmi les débris de vaisselle. Monsieur Émile avait ouvert la porte et l'attendait sur le seuil, jetant des regards curieux partout. La main tremblante, Florent lui tendit un demi-pain et une enveloppe de fromage en tranches.

— Êtes-vous encore en chicane? demanda l'enfant à voix basse.

Florent fit signe que oui.

— Ma mère aussi, ça lui arrive, des fois. L'autre jour, elle a sacré un grand coup de pied sur la bolle de la toilette et l'eau a toute coulé sur le plancher. C'est parce que son *chum* devait venir la chercher à sept heures, mais y'avait oublié de...

— Tu me raconteras ça tout à l'heure, l'interrompit Florent.

Il referma la porte.

— Mais allez, Boissonneault! lança le cuisinier. Votre femme n'attendra pas après vous jusqu'à la fonte des neiges.

— Je suis un sans-cœur, déclara brusquement ce dernier en revenant dans le salon, et je mériterais que tu me quittes.

— *Voilà un excellent préambule,* pensa Picquot en se levant. Mes enfants, dit-il, je m'en vais. Si quelqu'un peut solutionner votre problème, ce n'est sûrement pas un vieux brasse-soupe comme moi. Discutez-en avec tout le bon sens que la nature vous a donné. Vous tenez entre vos mains le bonheur de vos deux vies, même un imbécile le verrait. J'emmène monsieur Émile pour que vous ayez la paix. Je m'en vais visiter un vieil ami à Victoriaville, qui dirige les cuisines du Manoir Victoria; nous serons de retour demain à la fin de la journée. Si je vois que notre présence est toujours intempestive, nous filerons illico vers Montréal et madame Chouinard reprendra son fils. Quant à vous, ma chère Élise, rappelez-vous ce que je vous ai dit: quoi qu'il ait pu arriver, Florent vous aime. Vous en avez deux preuves: l'état de son visage et celui, sauf votre respect, de vos entrailles; seul un arriéré ou un psychopathe aurait eu le culot de vous faire un enfant avec l'idée de vous quitter un jour. Reconnaissez qu'il n'est ni l'un ni l'autre. Et de un. Mais pensez aussi, chère enfant – et je me permets cette remarque, croyez-moi, sans aucune idée de vous blesser –, que vous serez peut-être bien aise un jour d'avoir accordé le pardon à votre mari, car tout le monde est faillible, comme disent les confesseurs, et je ne sache pas que l'enfer soit peuplé seulement d'hommes. Il est plus facile d'invoquer la clémence d'autrui quand on l'a d'abord pratiquée soi-même. Et puis après tout, pour être franc, il ne s'agit que d'une histoire de fond de culotte, si vous me permettez l'expression. J'ai beaucoup trop parlé. À demain soir, vers huit heures.

Et tandis que monsieur Émile se dirigeait vers l'auto en hurlant de colère, tiré par le cuisinier, Florent s'approcha d'Élise et se mit à lui parler à voix basse, sans penser, guidé par son cœur, qui lui fit dire bien des balourdises mais aussi certaines phrases pleines d'une drôlerie touchante, dont il ne prenait même pas conscience. Élise fulmina de nouveau, puis se remit à pleurer et à son mari, laissant tout amour-propre, l'accompagna. L'heure du souper était passée depuis longtemps. La faim les prit. Il fallut d'abord déblayer la cuisine. On versa dans une boîte de carton les débris de vaisselle, y compris le beau service bleu, dont presque toutes les pièces étaient cassées. Le sort avait épargné deux soucoupes, trois assiettes, une tasse, un saladier et la soupière, que monsieur Émile avait sauvée malgré lui. Florent prépara tant bien que mal un repas froid, qui fut suivi d'une discussion à plusieurs épisodes, remarquable par de brusques changements de ton où alternaient la colère, les larmes et la moquerie, et cela dans tous les ordres possibles.

Le hibou qui venait se percher chaque nuit sur le toit de la remise les aperçut entre deux pans de rideaux en train de se quereller. Il les observa quelques minutes, l'œil condescendant, puis s'endormit. Finalement, la fatigue les vainquit. Élise se retira dans la chambre à coucher et Florent dans le salon. Une heure plus tard, on lui accordait la permission de réintégrer la chambre, mais pas le lit, grands dieux jamais! Il dut se contenter d'un sac de couchage et passa la nuit à écouter les craquements de la maison et le bruit du vent dans les arbres.

Vers sept heures, il se leva sans bruit, observa longuement sa femme, l'air penaud, puis se retira dans la cuisine. Armé d'un tube de colle, il tenta de ressusciter le service bleu.

En le voyant à l'œuvre quelques heures plus tard, Élise eut un sourire moqueur.

— Tiens, fit-il en lui tendant un pot à lait, regarde-moi ça.

Elle resta bouche bée : est-ce qu'il s'agissait bien du même pot qui s'était éparpillé la veille contre le poêle ? Il fallait écarquiller l'œil pour distinguer le réseau des cassures. Seule une petite brèche à la base du pied le déparait encore un peu. Élise examina d'autres pièces, s'exclamant en son for intérieur devant l'habileté de Florent. L'amour contrit lui avait donné des doigts de chirurgien. Vers la fin de l'après-midi, le service avait retrouvé la plus grande partie de son ancienne splendeur. Florent, mort de fatigue, refusa de compléter la réparation du sucrier et le laissa privé de son anse gauche :

— Qu'il me serve d'aide-mémoire, dit-il, théâtral.

Il le posa bien en vue sur une étagère et alla se coucher. Quand il se réveilla quelques heures plus tard, sa femme était pelotonnée contre son dos. Il se retourna et voulut parler, mais elle lui posa vivement la main sur la bouche et détourna la tête.

— Promets-moi..., balbutia-t-elle au bout d'un moment, promets-moi de ne jamais plus me parler de ce qui s'est passé hier.

Un sentiment de honte s'empara de lui comme il n'en avait jamais connu et cette honte s'accompagnait de la certitude absolue de ne pouvoir trouver les mots ou l'attitude convenables.

— *Elle attend peut-être que je la caresse,* pensait-il, l'esprit aux abois, *ou que je la laisse pleurer toute seule... ou que je lui fasse l'amour...*

Il regardait le plafond, perplexe, torturé.

❖ ◆ ❖

— Alors ? demanda Picquot en arrivant à huit heures avec monsieur Émile. Je vous le laisse ou je l'emmène ?

— Qu'il reste, répondit Élise, impassible.

Et, changeant vitement de sujet :

— Vous êtes-vous donné un coup de rasoir? fit-elle en pointant du doigt le menton du cuisinier, recouvert d'un petit pansement.

— Humpff! un coup de rasoir! C'est cette chère peste avec ses fameux trombones, lança Picquot en donnant une petite taloche à monsieur Émile. Il prenait notre chambre d'hôtel pour une salle de tir, malgré mes avertissements. Un de ses projectiles a ricoché sur une glace, et voilà! Un peu plus et vous parliez à un borgne!

Monsieur Émile, renfrogné, fixait le plancher en silence.

— Est-ce que je vous sers à souper? reprit Élise du même air inexpressif. Non? Vous avez mangé? Et ton chat, toi, où l'as-tu fourré?

Florent fit signe à Picquot que l'affaire était close et monsieur Émile sentit que son désintérêt pour les événements de la veille serait fort apprécié.

— J'vas aller le chercher! s'écria-t-il en se précipitant dans l'escalier.

Il s'arrêta brusquement et, se tournant vers Élise d'un air presque insolent:

— Tu vas avoir un bébé, hein? J'espère qu'il chiera pas dans mon lit, au moins!

Déjeuner apparut bientôt, le poil dressé, l'œil mauvais, indigné de tout le trimbalage qu'on lui faisait subir depuis deux jours. Il s'échappa des bras de son maître et se mit à inspecter l'appartement.

— J'ai soupé, observa Picquot, mais je prendrais volontiers une tasse de café, et une goutte de cognac dedans, s'il vous en reste.

On entendit soudain un hurlement dans la pièce voisine. Tout le monde se précipita.

— C'est correct, c'est correct, fit monsieur Émile en montrant Vertu et Déjeuner en train de se renifler avec précaution.

Après un moment d'amnésie qui avait fort effrayé la chienne, Déjeuner venait de reconnaître son ancienne compagne.

— Venez voir votre chambre, fit Élise en prenant le cuisinier par le bras. Je crois que vous allez l'aimer. On vous a installé un beau lit de cuivre.

— Cuivre ou argent, je ne l'occuperai pas longtemps. Je pars demain.

— Demain! s'exclamèrent ses hôtes.

Les yeux de Picquot eurent un clignement malicieux:

— Eh oui, c'est ainsi. Le cœur a ses raisons, et cætera.

Pendant quelques secondes, ils se regardèrent en silence.

— Alors, dans ce cas, je pars avec vous, déclara Florent.

Déjeuner apparut dans la porte juste à ce moment et, s'assoyant sur le seuil, se mit à le fixer droit dans les yeux comme s'il venait de percer ses plans les plus secrets.

— Tu pars avec lui? fit Élise d'une voix changée.

— Huhum. Je me suis promis une petite visite à mon vieil ami Ratablavasky.

30

Monsieur Émile ne manifesta guère d'entrain ce soir-là. Malgré sa longue habitude des cris, menaces, gifles et projectiles de toutes sortes, la scène de la veille l'avait bouleversé.

Élise s'occupait à le débarbouiller avant de le mettre au lit lorsqu'il lui demanda brusquement:

— Est-ce que vous allez vous chicaner encore, toi pis Florent?

Elle se mit à le fixer, interdite.

— Parce que si vous vous chicanez tout le temps, moi, je le sais, vous voudrez plus me garder... Les parents de Pierre Lemieux, ils se chicanaient à tous les soirs, eux autres... Même une fois, madame Lemieux a déboulé l'escalier jusque dans la rue et elle s'est fait une grosse prune sur le front... Ça fait qu'au mois de *septembre* ils ont envoyé Pierre Lemieux chez sa grand-mère et son père est parti aux *Utats-Unis* avec une femme qui avait des maladies.

— Des maladies ?

— Des maladies, répéta l'enfant avec une assurance tranquille.

Élise se remit à lui laver le visage.

— Voyons, fit-elle au bout d'un moment, tout émue, est-ce que tu penses vraiment qu'on serait assez fous pour...

— J'aime ça ici, moi, coupa monsieur Émile d'un ton pleurnicheur. Y a... y a bien plus de neige qu'à *Montrial*...

— Ah bon, fit Élise en souriant. Ce qui t'intéresse surtout, c'est la neige ?

Il fit un grand signe de tête affirmatif, mais le sourire malicieux qui s'épanouissait sur ses lèvres montrait qu'il n'avait pas livré toute sa pensée. Élise acheva de le laver et l'amena dans sa chambre. Au moment où elle se penchait pour le border, il se jeta soudain à son cou et se mit à l'étreindre de toutes ses forces.

— Monsieur Émile ! tu m'étouffes !

— J't'aime ! lança l'enfant et il se plongea sous les couvertures avec de petits gloussements, s'y entortillant des pieds à la tête, et rien ne réussit à le convaincre de montrer son visage.

Élise revint dans la cuisine, toute remuée. Aurélien Picquot s'était lancé dans un discours-fleuve sur la malignité de Ratablavasky. Tout en l'écoutant, Florent observait sa femme du coin de l'œil.

— *Décidément*, se dit-il, *elle est folle de ce petit bout de cul. Il faudrait l'adopter, ma foi... L'adopter ! Et dire qu'hier on parlait de divorce !*

— Et alors, comme j'ai l'honneur de vous le demander pour la seconde fois, fit le cuisinier, piqué par l'inattention de son auditeur, qu'avez-vous l'intention de faire contre ce vieux matou ?

Florent sursauta :

— Je... je n'y ai pas encore pensé. En tout cas, je me prépare à recevoir d'autres photos... et sans doute des photos truquées.

— Évidemment qu'il vous en enverra, s'exclama Picquot. Il veut empoisonner votre mariage et saper vos forces vives afin de vous dominer complètement ! Voilà son but ! C'est le désarmement moral, quoi, qui sera bientôt suivi de la guerre à outrance !

Il se leva et se mit à se promener de long en large, l'air furibond. Il faisait penser à un passager sur le pont d'un navire tombé en difficulté à la suite d'une sottise du capitaine :

— Les révélations de l'abbé Jeunehomme ne lui font plus peur, voilà ce que j'en déduis. Il s'est acoquiné sans doute avec la police ou même – sait-on jamais ? – avec des hauts fonctionnaires de la justice... Pourquoi pas ? hein ? pourquoi pas ? Où est-il, d'ailleurs, ce fameux recueil de méditations qui l'avait tant effrayé ?

Florent haussa les épaules :

— Pour ce que j'en ai tiré...

Élise se leva et passa dans la chambre à coucher.

— Florent ! viens ici ! s'écria-t-elle d'une voix étranglée.

Debout devant une commode, elle contemplait, consternée, le fond d'un tiroir vide :

— Plus de livre..., souffla-t-elle.

— Il serait donc venu ici ? murmura Picquot, éberlué.

Dans la pièce voisine, monsieur Émile, assis dans son lit, n'avait pas perdu un mot. Florent fit une grimace de dépit et se dirigea vers la cuisine. Ils s'attablèrent de nouveau et achevèrent leur café en silence. Florent, de plus en plus rembruni, pianotait sur une assiette à petits coups saccadés. Son regard tomba sur la chienne couchée dans un coin et s'arrêta sur son flanc : la meurtrissure avait laissé une grande cicatrice.

— Eh bien ! s'il cherche la guerre, il va l'avoir ! s'écria-t-il tout à coup en repoussant sa chaise brusquement. Bonsoir. Je me couche.

❖ ◈ ❖

— Monsieur Picquot, dit-il le lendemain au déjeuner, soyez gentil et retardez votre départ d'une journée : j'ai affaire à Montréal et je ne veux plus qu'Élise reste toute seule dans cette gare.

Le cuisinier eut un sourire flatté et se mit à tortiller la pointe de sa moustache :

— Je songeais à vous l'offrir, mais j'attendais que vous m'en glissiez un mot.

Il se leva, se dirigea vers sa chambre et revint avec un étui de cuir dont il sortit un gros mauser qui se mit à jeter des lueurs glaciales :

— La prévoyance est la déesse des cuisiniers, mais nous ne suivons pas ses conseils seulement lorsqu'il s'agit de nos chaudrons. Je ne voyage jamais sans être armé. Colt, mauser, browning, parabellum, je connais tout. Les années de guerre m'ont fait armurier. Qu'il vienne. J'en ferai une passoire.

— Je pense, fit Élise, avoir aperçu un pistolet dans le bureau du chef de gare.

Elle descendit au rez-de-chaussée, attendit quelques instants, puis, s'avançant au pied de l'escalier, appela Florent.

— Alors quoi, fit-il, tu ne le trouves pas ?

— Il n'y a pas de pistolet. Je voulais te parler. Qu'est-ce que tu t'en vas faire à Montréal ? demanda-t-elle, les traits crispés d'inquiétude.

— Je ne peux pas te le dire tout de suite. Il faut que tu me fasses confiance... si tu en es encore capable, ajouta-t-il en rougissant.

— Et alors, ce pistolet, lança Picquot en descendant, vous l'avez trouvé ? Non ? Eh bien, c'est qu'il est disparu avec le livre... comme sans doute bien d'autres choses ! Ah ! forban de malheur ! si je pouvais te tenir...

Florent monta à l'appartement et redescendit avec son manteau :

— Je pars tout de suite, monsieur Picquot, fit-il en lui tendant la main. Veillez bien sur ma femme. Je reviens demain, en début de journée.

— Téléphone-moi ce soir sans faute, lui souffla Élise en l'embrassant, et, de grâce, promets-moi...

— Eh ! mais j'allais oublier ! s'écria Picquot en se frappant le front.

Il s'approcha de Florent :

— Est-ce que je peux vous demander un service ?

— Tout ce que vous voulez.

— Où c'est que tu t'en vas ? demanda monsieur Émile en pyjama, penché au-dessus de l'escalier.

— Eh ! petit ! lança le cuisinier, descends mon manteau, veux-tu ?

— Où c'est que tu t'en vââââs ? répéta monsieur Émile en traînant le manteau jusqu'aux pieds d'Aurélien Picquot, ce qui soulagea le plancher d'une certaine quantité de poussière.

— Je m'en vais faire une commission à Montréal, répondit Florent.

— Amène-moaaaa ! supplia l'enfant.

— Voilà, fit le cuisinier en rougissant comme une jeune fille.

Il tendit un petit colis enrubanné de soie rose à Florent:

— Auriez-vous l'obligeance de remettre ceci au concierge à l'adresse indiquée?

— Madame Émilienne Latouche, lut Florent. Ah bon! c'est votre blonde, je gage?

— Gagez tout votre soûl, peu m'en chaut, rétorqua le cuisinier en remontant l'escalier à toute vitesse.

◆ ◈ ◆

Florent filait à travers le village au volant de sa camionnette:

— Eh bien! c'est donc vrai: il est en amour! murmura-t-il en souriant. On aura tout vu! C'est comme si je venais d'apprendre qu'il se lance dans le ballet.

Mais des réflexions d'un autre ordre l'accaparèrent bientôt. Il porta la main à la poche intérieure de son veston, tâta son portefeuille, puis accéléra. De temps à autre, une pensée désagréable lui tirait le coin de la bouche et il crachait sur le plancher d'un air mécontent.

Il arriva à Montréal vers dix heures et se présenta au *Clairon*.

— Monsieur Gladu travaille chez lui ce matin, déclara sèchement la grande femme osseuse qui officiait à titre de secrétaire, et il a demandé qu'on ne le dérange pas.

Et, de ses gros yeux protubérants, elle regarda la porte d'un air significatif.

— Quelle harpie... grommela-t-il en se glissant dans une cabine téléphonique. On dirait toujours qu'elle vient d'avaler un kilo d'anchois.

— Hein? Boissonneault? Toi-même en personne? s'écria Gladu, la bouche pleine de soupane. Ça parle au maudit! Je voulais justement te voir. *Envoye, chum,* amène-toi!

Le journaliste s'élança vers sa chambre et, sous le regard placide de sa fille Yolande, dont les cinq ans s'épanouissaient dans une obésité inquiétante, il se débarrassa de son pyjama et revêtit un complet carreauté rouge et brun.

— Entre, entre, entre! fit-il en tirant Florent par le bras tandis que celui-ci essayait de secouer ses bottes sur le paillasson. Ma femme est à l'hôpital, on va pouvoir prendre un coup en paix. Dis bonjour au monsieur, nounouche, fit-il en se retournant vers sa fille qui s'avançait lentement vers eux.

— Bonjour, monsieur, fit-elle d'une petite voix chantante.

Et elle se mit à le fixer d'un œil ensommeillé.

— Viens t'asseoir! viens t'asseoir! poursuivit Gladu, pétulant. Je viens justement d'acheter une bonne bouteille de rhum de la Barbade. Il serait temps qu'on lui fasse perdre sa cerise.

La petite Yolande fit quelques pas et saisit Florent par l'index:

— Est-ce que vous voulez venir voir mes jouets avec moi dans ma chambre, monsieur?

Elle parlait lentement, comme sous l'effet de l'hypnose.

— Va regarder la tévé, nounouche, répondit Gladu en lui tapotant le dos, le monsieur a pas le temps de s'occuper de Yolande: il est venu voir popa et ensuite il faut qu'il s'en aille loin loin loin...

Elle leur tourna le dos et s'éloigna dans le corridor en se dandinant lourdement:

— Le monsieur a pas le temps?... Le monsieur a pas le temps? disait-elle doucement.

— Je suis obligé de la garder pour quelques jours, expliqua Gladu, un peu mal à l'aise, en conduisant Florent au salon. Ma femme est à l'hôpital pour se faire enlever des varices.

Ils entrèrent dans une grande pièce rouge tomate meublée en faux style espagnol. À leur droite trônait un téléviseur aux allures vaguement funéraires. Gladu, visiblement fier du décor, lui désigna un fauteuil:

— Assieds-toi, assieds-toi, je reviens tout de suite avec le combustible. Voilà, mon ami, fit-il en déposant sur une table à café un litre de rhum, des verres, une bouteille de Coke et un plat de glaçons.

Il remplit le verre de Florent presque à moitié et s'en versa lui-même un peu plus:

— Coke? sers-toi à ton goût. Comment ça va? fit-il en se dirigeant vers un canapé. On ne te voit plus souvent dans les parages...

Le visage de Florent se ferma légèrement:

— Je ne demeure plus à Montréal.

— Ah non? Eh ben! ça parle au diable! Ça parle au diable, répéta-t-il, attendant une précision qui ne venait pas. Est-ce... est-ce que ça serait indiscret de savoir où tu niches?

Florent eut un geste vague de la main, puis, prenant un air dégagé:

— As-tu vu Slipskin et le vieux Ratablavasky ces derniers temps?

— Moi? J'aimerais mieux me trancher le poignet que de serrer la patte à ces deux sales-là! Veux-tu d'autre rhum? fit-il en s'avançant au-dessus de la table.

Florent lui montra son verre à peine entamé. Le journaliste remplit le sien au tiers, y laissa tomber un glaçon et colora le tout de trois gouttes de Coke. De toute évidence, l'entretien le troublait. Florent le regarda un moment avec un sourire subtilement dédaigneux et prit une gorgée:

— C'est surtout au sujet du Vieux que je suis venu te voir, articula-t-il lentement après avoir déposé son verre.

L'autre le regarda avec un air où l'inquiétude, la ruse et le désir de se rendre utile formaient un curieux mélange:

— Ouin?

— Il s'est remis à m'achaler. Il a essayé de mettre la pagaille dans mon ménage.

Gladu fixa longuement son verre, puis posa sur Florent un regard rempli d'une commisération sincère :

— Le vieux maudit... L'âge l'empironne au lieu de le calmer... C'est à croire que le diable lui a crissé le feu de l'enfer dans le cul.

— J'ai décidé de lui régler son compte une fois pour toutes.

Il sortit de sa poche une liasse de billets de banque et la jeta sur la table à café :

— C'est à toi, si tu veux me donner un coup de main.

Gladu leva les yeux sur lui. Une expression de convoitise ingénue s'épanouit sur son visage.

— Cré nom ! t'as fait du chemin, mon bonhomme, depuis ton nid à coquerelles de la rue Émery ! Gros chars, belles plottes et manteaux de vison, hein ?

Florent secoua la tête en pinçant les lèvres d'un air fat :

— Je n'ai pas le temps de m'amuser, mon vieux, je travaille. Mais le Vieux travaille aussi. À nous jeter sur le pavé.

— Ah, celui-là, soupira le journaliste, il a plusieurs violons d'Inde dans son sac, comme dirait l'autre.

— Suffirait d'attacher le sac, répondit Florent avec un sourire narquois.

— Ouais, bien sûr...

Le journaliste lorgna de nouveau l'argent :

— Reste à savoir comment... C'est un torvisse de vlimeux... je n'ai pas envie de me mettre à scier dans une planche pleine de clous, tu comprends ? Je suis soutien de famille, moi, et...

— Il n'y a pas cinquante-six façons de s'y prendre, coupa Florent.

L'autre le regarda, avec l'air de ne pas comprendre.

— Eh bien quoi? est-ce qu'il faut que je te fasse un dessin? Avec le genre de métier que tu fais, tu dois avoir toutes sortes de contacts, non?

— Des contacts, des contacts, bredouilla le journaliste, tout décontenancé, ça dépend ce qu'on veut dire...

— Je ne pense pas à l'archevêché, mon gros.

— Je... je suis très connu chez les Chevaliers de Colomb et au Club Kiwanis, fit l'autre en s'animant peu à peu... et au Club de l'Âge d'or aussi... je fais partie du conseil d'administration de la Caisse populaire de Saint-Jean-Baptiste... Je suis un ami intime de l'organisateur libéral du comté... D'ailleurs, je vais souvent à la chasse avec lui... Et quand arrivent les élections, c'est moi qui m'occupe de la machine à télégraphes et je te prie de me croire, mon *chum*, qu'il n'y en a pas beaucoup qui savent la faire marcher comme moi...

— Des jeux d'enfants d'école, ça, laissa tomber Florent, dédaigneux.

Il se pencha et saisit la liasse:

— Oublie ce que je viens de dire, je me suis trompé d'adresse.

Gladu bondit sur ses pieds et l'empoigna par le bras:

— Attends, attends! pars pas si vite! Tu veux lui faire casser les jambes, au Vieux, ou bien...

Il dressa le pouce et l'envoya vers le haut en regardant Florent d'un air significatif. Celui-ci se troubla:

— Je n'ai pas encore pris de décision là-dessus. Trouve-moi d'abord quelqu'un de fiable et je verrai.

— Assieds-toi, fit Gladu en se laissant tomber sur le canapé qui poussa un mugissement de bête blessée, et laisse-moi penser un peu.

Il posa les coudes sur ses genoux et porta les mains à son visage, qu'il se mit à malaxer comme de la plasticine. Quelques instants passèrent. Florent l'observait d'un air à la fois ironique et inquiet.

— Ouais ouais ouais... marmonna Gladu d'une voix caverneuse. En passant par... si je lui demandais... hum... suffirait que sa sœur... avec le numéro... ouais, c'est correct...

Il leva vers Florent un regard net et brillant et lui fit un grand sourire :

— Rappelle-moi en début d'après-midi, je te donnerai des nouvelles.

Florent hocha la tête :

— D'accord. Mais avant de partir, je voudrais, si tu permets, te dicter une petite lettre.

Il sortit une feuille de sa poche et l'étala sur la table.

Mon cher Florent,

Je t'écris ce mot pour te dire qu'en ce qui a trait au vieux Ratablavasky je pense avoir trouvé la personne idéale pour le cabosser à ton goût pour qu'il te fiche la sainte paix une fois pour toutes. Mais ça va coûter plus cher que prévu, car je ne te cacherai pas que je me suis désâmé depuis trois jours d'une façon extrêmement aiguë et que la personne en question m'affirme que l'opération comprend beaucoup plus de risques qu'on aurait pensé qu'elle aurait compris. Et dans le cas où tu désirerais que le vieux aille rejoindre sa pauvre maman, il faut mettre au moins le double, sans compter certaines dépenses spéciales.

Rosario Gladu

n. b. : J'aurais pu te téléphoner, mais avec toutes les nouvelles que je lis dans Le Journal de Montréal *sur l'espionnage électronique, j'ai préféré que mes mots se rendent plus lentement, mais plus intimement.*

— Je ne comprends pas, fit Gladu en levant la tête, profondément vexé.

Florent sourit et lui donna une claque sur l'épaule :

— J'ai toujours eu une grande confiance en toi, Rosario, tu le sais bien, et si je te demande de me transcrire ce petit mot, c'est justement pour éviter de la perdre, car j'y tiens comme à mes deux yeux.

— C'est bien en quoi, grommela-t-il. Si on était entre amis...

— On *est* entre amis, mon Rosario... entre amis *prudents* : ce sont les meilleurs... De toute façon, y a pas de ni ci ni ça : tu l'écris ou je m'en vais.

— Content, maintenant ? fit l'autre au bout de quelques minutes en lui tendant une feuille. J'ai changé seulement un mot. T'avais écrit... euh... « je me suis désâmé d'une façon extrêmement aiguë »... J'ai mis : « d'une façon extrêmement continuelle ». C'est plus français.

Florent parcourut la lettre et la glissa dans sa poche :

— Je te téléphone à deux heures. Travaille bien. N'essaye pas de me refiler un de ces petits morveux qui foncent comme une envie de reculer. Je veux quelqu'un de bien, avec une tête sur les épaules, et qui fait du travail propre. Si tu me le trouves, mon portefeuille aura bon cœur.

— Ne t'inquiète pas, *chum*, j'ai bien des cordes à mon arc. La preuve ? Viens voir, fit-il en entraînant Florent dans la salle de bains.

Il pointa l'index vers un curieux appareil en plastique rouge fixé au mur près de la cuvette :

— Crois-le, crois-le pas, cette invention-là vient de ma tête.

Florent ouvrit des yeux étonnés. L'appareil était composé d'un support à papier hygiénique intégré à une radio-transistor, le tout surmonté d'un cendrier plein de mégots. Gladu tourna un bouton. Un filet de voix aigre se mit à donner les nouvelles sportives.

— Eh bien ? qu'est-ce que t'en dis ? demanda le journaliste. Bien pensé, hein ? Avec mon appareil, tu chies en musique, cigarette au bec. Ça couvre les odeurs et le bruit des pets et tout en nettoyant ton corps tu te cultives, au lieu de regarder bêtement les craques du plafond. C'est un Libanais de Toronto qui m'a acheté cette invention-là. Malheureusement, le vieux tabarnac m'a fourré. Mais je me reprendrai. Ce ne sont pas les idées qui me manquent! fit-il en l'amenant dans la cuisine. Et ça? ça te bouche pas un coin, non?

Il s'approcha du comptoir et lui montra un ouvre-boîte électrique entouré d'une grande quantité de vis, de ressorts et de petites pièces aux formes les plus diverses. L'ouvre-boîte présentait la particularité d'être monté dans un gros bloc de verre taillé qui permettait de voir le mécanisme.

— On dira ce qu'on voudra, c'est chic et facile à nettoyer! On pourrait quasiment le mettre dans un salon. Il me reste à faire deux trois petits ajustements et ensuite je me lance dans le *marketing*!

— Magnifique, déclara Florent. Maintenant, tu vas m'excuser, il faut que je m'en aille.

— Pas avant d'avoir vu mon plan contre la pollution.

Il se précipita au salon et revint avec un grand cahier noir qu'il ouvrit sur la table. Florent aperçut des coupes de nez longitudinales dessinées avec la plus grande minutie et accompagnées de nombreuses légendes.

— Eh oui! le filtre nasal. Simple, mais fallait y penser, toton de tôle! Ça ressemble beaucoup au filtre à cigarettes, sauf qu'au lieu d'en avoir un au bout des lèvres, t'en as deux dans le nez. Changeables tous les trois jours. Une vraie mine d'or! Je n'arrive pas à comprendre pourquoi j'ai tant de misère à vendre mon idée. Les gouvernements sont en train de nous mettre le cul sur la paille avec leurs projets anti-pollution. Tandis que mon invention, elle, nous sauverait des millions. Il suffit que chaque citoyen fasse son petit effort tous les trois jours et...

— C'est très intéressant, Rosario, mais, vraiment, il faut que je m'en aille. J'ai...

— Minute. Je ne travaille pas seulement sur des sujets sérieux, fit-il en fouillant fébrilement dans un tiroir. Je m'intéresse aussi au plaisir, tu dois bien t'en douter. Comme par exemple à trouver un nouveau moyen de faire jouir les femmes, rien de moins. Voilà! s'écria-t-il en exhibant un dessin représentant un gant de caoutchouc couvert de milliers de tétines. Le *Love Glove*! Seulement dans ces deux mots, il y a une fortune! Penses-y!

— C'est vrai. On en reparlera, promit Florent en ouvrant la porte. Alors, à deux heures, hein?

Gladu le saisit par le bras et posa sur lui un regard suppliant:

— Tu as de l'argent plein les bottes, toi. Moi, j'ai des idées. Quand le Vieux aura levé les pattes, peut-être qu'on pourrait tous les deux se lancer dans...

Florent se dégagea:

— Occupons-nous d'abord de lui, veux-tu? Quant au reste, dans le temps comme dans le temps...

— Pfiou! fit-il en s'éloignant d'un pas rapide. Quel crampon! Un peu plus et ma journée y passait.

Il ne lui restait plus qu'à tuer le temps jusqu'à deux heures. Il décida d'aller rendre visite à Jean-Denis Beaumont, dont il était sans nouvelles depuis deux semaines.

— Il m'a sûrement vendu quelques pièces. Aussi bien aller récolter mon dû; je sens que je vais avoir besoin d'argent.

Au coin de la rue Saint-Denis, il s'arrêta, bouche bée, devant un spectacle des plus étranges. Un immense clocher gothique s'avançait à l'horizontale dans la rue, tiré par un camion-remorque. Une foule silencieuse massée sur les trottoirs observait la scène. Florent baissa la glace et interpella une espèce de grand adolescent ravagé par l'acné qui s'éloignait en suçant un mégot.

— Ça? C'est le clocher de l'église Sainte-Madeleine qu'on a démolie la semaine passée. Un gars du Connecticut vient de l'acheter pour l'installer dans un parc d'attractions. Sont forts, ces Américain! fit-il en continuant son chemin et il poussa un sifflement d'admiration.

Jean-Denis avait suspendu un écriteau dans la porte de sa boutique pour annoncer à son aimable clientèle qu'il était allé dîner (il était à peine onze heures!). Florent poussa deux ou trois grognements, puis songea tout à coup qu'il n'était pas passé devant La Binerie depuis une éternité.

— Tiens! si j'allais y jeter un coup d'œil? Ça me fera l'effet d'un bon café.

Slipskin était parti faire des courses. Mais Florent n'eut pas besoin de le voir pour stimuler sa haine. Ce dernier y avait pourvu d'une façon fort efficace. Le restaurant venait d'envahir une boutique contiguë. Sa modeste devanture, familière aux clients depuis plus de trente ans, avait été complètement défigurée. Florent poussa une exclamation de rage:

— Quoi! il a acheté la bijouterie Lemieux? Ah! le cochon! il est en train de virer ma Binerie en restaurant américain!

Il arpentait le trottoir à pas saccadés en se mordillant les lèvres, complètement insoucieux qu'on l'aperçoive ou non du restaurant. Son regard tomba soudain sur la devanture d'un minable magasin de coupons situé de biais avec La Binerie. Un écriteau couvert de gros caractères maladroits indiquait que le commerce était à vendre «pour raison de santé». L'instant d'après, Florent s'avançait parmi des empilades d'étoffes poussiéreuses à la recherche du propriétaire:

— Environ cinq mètres par quinze, murmura-t-il en parcourant le local des yeux. Je pourrais y accommoder trente clients, peut-être davantage...

Il s'arrêta devant un comptoir-vitrine couvert de vieux sacs fripés, de papier d'emballage usagé et d'un amoncellement de rouleaux de fil à coudre qui avaient tous pris la même couleur indéfinissable avec les années. Sur le mur d'en face, on avait suspendu une grande affiche en couleurs montrant des mannequins habillés à la mode des années 1940. Une petite porte s'ouvrait derrière le comptoir, mais Florent eut beau écarquiller les yeux, la pénombre qui régnait dans l'autre pièce ne permettait pas de rien distinguer. Il se mit à tambouriner avec sa bague sur la vitre du comptoir, se racla la gorge à quelques reprises, puis, comme personne ne donnait signe de vie, il fit quelques pas vers la porte :

— Est-ce qu'il y a quelqu'un ? demanda-t-il à voix haute.

Un grognement sourd lui répondit, puis le glissement d'une corde se fit entendre et le tintement d'une clochette résonna dans une pièce éloignée. Presque aussitôt, une porte claqua au fond du magasin et la voix d'un jeune homme, rauque et fraîche, comme travaillée par la mue, lui parvint :

— J'arrive tout de suite, monsieur.

Un adolescent à cheveux roux et grosses lunettes apparut, la narine gauche ornée de deux boutons rouge vif :

— Scouze-moi, j'étais de l'autre bord... Qu'est-ce que je peux faire pour toué, monsieur ?

— *Un Juif,* pensa Florent. *La partie va être dure.* Je viens d'apercevoir votre annonce dans la vitrine, répondit-il. Vous abandonnez les affaires ?

L'autre le regardait par en dessous en clignant des yeux d'un air intimidé. Au mot « abandonnez », il prit un air effaré, porta précipitamment le doigt à ses lèvres et fit signe à Florent de le suivre à l'avant du magasin.

— C'est pas à moé, le commerce, dit-il à voix basse, c'est à mon oncle.

Tout en l'écoutant, Florent jetait des coups d'œil rapides pour évaluer l'état du local.

— Il est ben malade, mais c'est comme s'il voulait pas l'être, tu comprends ? lui confia le garçon en rougissant comme s'il venait de proférer une obscénité.

Son regard quitta les épaules de Florent et s'arrêta à mi-ventre.

— Est-ce que l'immeuble lui appartient? demanda celui-ci.

Le garçon fit plusieurs hochements de tête affirmatifs, se risqua à regarder son interlocuteur une seconde dans les yeux, puis retourna tout de suite au ventre.

— Mais la bâtisse est pas à vendre, fit-il comme en s'excusant.

Il frotta l'une contre l'autre la pointe de ses souliers, puis ajouta:

— C'est juste pour louer.

Un cri rauque leur parvint du fond du magasin. Le jeune Juif s'élança et disparut dans la pièce obscure. Florent s'avança pour écouter, mais les craquements du plancher le trahirent et le forcèrent de s'arrêter. Des chuchotements précipités se faisaient entendre, interrompus à tous moments par des grognements rageurs. L'étrange conciliabule cessa bientôt et le jeune Juif, clignant des paupières plus que jamais derrière ses grosses lunettes qui lui faisaient des yeux de grenouille, revint trouver Florent:

— C'est mon oncle qui est couché là, expliqua-t-il avec un sourire confus. Il a paralysé l'an passé en levant un paquet trop pesant, tu comprends? Tout à l'heure, il avait peur, parce qu'il pensait que je voulais vendre la bâtisse, mais je veux juste la louer.

— Combien?

— Cent... cent soixante-cinq piastres par mois, répondit-il craintivement.

Comme Florent ne faisait pas mine de lui sauter au visage, mais se contentait de le regarder avec un sourire indécis, il se risqua d'ajouter:

— Mais... mais il faut acheter le stock... il faut *tout* acheter.

Florent jeta un regard dédaigneux sur la marchandise:

— Combien? demanda-t-il de nouveau.

— J'vas aller vouère mon oncle. Deux mille piastres, annonça-t-il en revenant presque aussitôt.

— Mille quatre cents, pas un sou de plus, rétorqua Florent et il se mit à se promener dans le magasin avec un grand air d'autorité, soulevant un pan d'étoffe poussiéreux, tâtant un mur, fronçant le sourcil à tous moments.

— *Signons le bail au plus sacrant, avant qu'un autre oncle s'amène dans le paysage et fasse doubler le loyer, se dit-il. Je vais demander à Jean-Denis de m'écouler toutes ces guenilles.*

Il se retrouva avec son jeune compagnon dans une salle à débarras encombrée de tables bancales et de mannequins mutilés, vaguement éclairée par une petite fenêtre crasseuse.

— Je suis prêt à signer tout de suite, dit Florent. Mais pour un minimum de cinq ans. Et je ne peux te donner un sou de plus pour la marchandise ; dans le fond, je la prends pour vous rendre service, car je n'en ai aucun besoin : c'est un restaurant que je veux ouvrir ici.

Cette révélation plongea le jeune homme dans un embarras sans fond. Un nouvel afflux de sang lui monta au visage et se rua sur son nez, portant les deux boutons de sa narine gauche à un paroxysme de bien-être.

— J'vas... j'vas aller en parler à mon oncle, bafouilla-t-il, mais je sais pas s'il va voulouère.

Florent attendit quelques minutes, examinant le plafond recouvert de panneaux de tôle moulée à motifs de fleurs :

— Une fois repeint, murmura-t-il, l'effet va être superbe.

— Mon oncle est un peu fatigué, fit l'autre en revenant. Il faut qu'il se repose un bout de temps. Tu veux-tu revenir à trois heures ?

Florent s'en allait dans la rue, les mains dans les poches, tripotant nerveusement des pièces de monnaie. Sa mésaventure de La Binerie le hantait. Il tremblait que le rôle de Slipskin ne soit tenu cette fois-ci par un vieux Juif et son jeune neveu soi-disant timide.

— J'ai besoin de prendre conseil auprès de quelqu'un, fit-il soudain. Je ne vois plus où je m'en vais.

Il entra dans un restaurant et chercha le téléphone.

— Ééééllo, fit monsieur Boissonneault en glissant un bout de cigare imbibé de salive entre les doigts de sa secrétaire qui le jeta à la poubelle d'un air dégoûté. Hein? c'est toi, Florent? Batêche! où est-ce que t'es? En ville? Eh bien, amène-toi, on va aller dîner chez... Non? Tu ne peux pas?

Son regard s'éteignit, puis se ralluma aussitôt.

— Un autre restaurant! s'exclama-t-il. Et t'as besoin de conseils?

La confiance de son fils le flattait au plus haut point. D'un geste impérieux, il congédia sa secrétaire, puis se mit à questionner Florent. Non, bien sûr, si on se basait sur l'emplacement et les dimensions du local, le loyer ne semblait pas excessif, loin de là. Oui, évidemment, il trouvait risqué de s'établir en face de La Binerie, mais voilà, c'était agir en vrai Boissonneault, et que répondre à cela? Oui, rien de plus facile que d'obtenir des renseignements sur le propriétaire. Monsieur Boissonneault avait un ami à l'hôtel de ville qui se chargerait de cela subito presto. En le rappelant vers trois heures, Florent saurait tout, y compris les dimensions du postérieur de toutes les maîtresses du bonhomme, si ça l'intéressait. Mais, pour l'amour du ciel, pas un mot à sa mère avant que tout ne soit réglé, hein? Elle avait déjà assez de problèmes avec ses nerfs comme ça.

Monsieur Boissonneault raccrocha et demeura un long moment comme hébété. Puis, jetant un coup d'œil à sa montre, il demanda qu'on lui appelle un taxi, enfila son veston et sortit.

◆ ◈ ◆

Tandis que l'enquête progressait, Florent attaquait une assiettée de pâté chinois chez un petit restaurateur de la rue Mentana.

— On en faisait du bien meilleur à La Binerie, marmonna-t-il avec mépris, et il était vingt cents moins cher.

Un quart d'heure plus tard, il sonnait chez Gladu.

— J'ai trouvé! s'écria le journaliste du ton d'un zoologiste qui, après de longues années de recherches, arrive face à face avec un serpent extrêmement rare mais long de vingt mètres.

Le trac donnait à ses traits mous et communs un aspect vaguement terreux.

— Un gars de toute confiance, mon *chum,* et qui serait capable de te casser un divan sur le dos du pape si on lui demandait de le faire. Va m'attendre dans mon char pendant que je vais amener la petite chez la voisine.

— Il nous attend au motel Flamand Rose à Ville d'Anjou, fit le journaliste un quart d'heure plus tard en s'asseyant au volant, tout essoufflé. La petite tabarnac, ajouta-t-il sans transition, quand elle a su que je la laissais chez madame Courville pour l'après-midi, elle s'est mise à se rouler par terre en chiant dans ses culottes comme une machine à saucisses. Il a fallu que je lui donne un bain.

Florent lui posa la main sur le bras :

— Comment il s'appelle, ton bonhomme?

Gladu se mit à ricaner avec un petit air entendu :

— Devant moi, il aime se faire appeler Georges-Étienne. Avec les autres, je ne sais pas...

Florent tressaillit :

— Parles-tu sérieusement ? Tu ne connais pas son nom ?

— Qu'est-ce que ça change ? répondit le journaliste.

Et il se lança dans une longue description des pratiques du monde interlope qui les mena jusqu'au Flamand Rose. L'auto s'immobilisa devant la chambre 27. Il était près de trois heures. Gladu se tourna vers Florent, l'air un peu effaré :

— Je t'en prie, vieux, pas de gaffes ! Surtout, ne lui pose pas trop de questions. Tu pourrais te retrouver dans un fond de cour la gueule cousue avec de la broche. Tu me le promets, hein, mon beau Florent ?

— *Hum !* se dit celui-ci pendant que le journaliste frappait à la porte avec une délicatesse de sœur tourière, *j'ai l'impression que je suis en train de changer un mal d'orteil contre un mal de pied.*

— Entrez, fit une voix plutôt jeune, d'un timbre agréable.

Florent aperçut au fond de la pièce, assis à une table couverte de papiers, un homme dans la trentaine, à chevelure noire, en train d'aligner des colonnes de chiffres dans un cahier.

— C'est ton restaurateur ? demanda-t-il à Gladu en levant l'œil sur eux.

Ce dernier hocha vivement la tête.

— Approchez-vous.

Ils obéirent. L'homme leur fit signe de s'asseoir sur le lit. Ils se retrouvèrent dans une position inconfortable, les genoux à la hauteur du nombril, car le matelas était complètement avachi. Georges-Étienne se tourna vers eux et croisa les jambes. C'était un homme mince, correctement mis, avec une moustache fine et soigneusement taillée et des yeux gris-bleu d'une expression rêveuse. On aurait dit un ex-militaire devenu marchand d'objets d'art, ou quelque chose du genre. Il se rejeta un peu en arrière, étouffa un bâillement, puis sembla tout à coup fixer les cheveux de Florent avec la plus grande attention :

— Explique-moi ton problème, veux-tu ? Je ne suis pas sûr d'avoir compris Rosario tout à l'heure.

Florent se garda bien de donner trop de détails, se contentant de présenter Egon Ratablavasky comme une sorte de vieux monsieur aux tendances bizarres, jouissant d'une certaine fortune et possédant, semblait-il, des relations influentes. Depuis deux ans, il prenait plaisir à tourmenter Florent de toutes les façons possibles, sans que celui-ci n'arrive à s'expliquer les motifs qui l'animaient. Florent désirait en finir avec cette histoire. Il était prêt à payer ce qu'il faudrait. Mais il ne songeait pour l'instant qu'à des manœuvres d'intimidation, cela devait être parfaitement clair. Toutefois, si les moyens utilisés ne portaient pas fruit, il n'hésiterait pas à recourir à des solutions plus radicales.

Au nom de Ratablavasky, Georges-Étienne avait eu un mouvement imperceptible, mais n'avait pas émis de commentaires. Quand Florent eut terminé, il se contenta de lui demander une description détaillée du vieillard, son adresse, le nom de ses amis ou de ses connaissances, quelques signes et habitudes particulières, etc. Il s'exprimait d'une façon courtoise, écoutait avec attention et ne prenait pas de notes. Mais tout cela sentait un peu trop la retenue. Quelque chose dans son regard, une certaine lourdeur triviale qui affleurait parfois dans son accent laissaient deviner que la vulgarité et la brutalité les plus grossières n'avaient rien pour l'effrayer ni même pour lui déplaire.

Florent cachait son trouble du mieux qu'il le pouvait, mais sa peau était devenue toute moite et il n'aspirait plus qu'à une chose : se retrouver dehors.

— Allons, cessez de vous inquiéter, fit Georges-Étienne d'un air affable. Je m'occupe de votre affaire. Vous pouvez avoir entière confiance en moi. Je procède toujours en douceur... et par degrés.

Et en disant ces mots il eut un sourire qui emplit Florent d'un étrange sentiment de dégoût.

— Ce... sera combien ? demanda celui-ci en se levant.

— Mille dollars, payables tout de suite, s'il vous plaît.

Ce n'est qu'assis dans l'auto que Florent reprit conscience de la présence de Gladu.

— Je ne sais pas si tu penses ce que je pense, fit le journaliste, mais je le laisserais me piler sur les doigts pendant deux jours et trois nuits plutôt que de risquer de le mettre en Christ.

Florent sourit et ne répondit rien.

Il imaginait Georges-Étienne en habit de velours noir, assis au volant d'une Porsche dans un coin de campagne désert, en train de broyer minutieusement le corps d'un indésirable ligoté au sol, avec la même facilité nonchalante que Florent aurait mise, lui, à traverser un tas de feuilles mortes.

— *Il faut absolument que je pénètre dans l'appartement du Vieux avant lui*, se dit-il tout à coup. *Les négatifs... Dieu sait ce qu'il pourrait faire avec les négatifs, bon sang !*

Gladu lui tapota le coude :

— *Hey !* je te parle ! Qu'est-ce que tu dirais d'aller prendre une bière au Coq Rapide Bar-B-Q ? Ça nous remettrait un peu de nos émotions et puis je pourrais te présenter Ghislaine, ma nouvelle plotte. Elle travaille là-bas comme barmaid.

— Merci, vieux, mais j'aime autant retourner chez moi. Je tombe de fatigue. Peux-tu me ramener à mon camion ? *Pourvu maintenant qu'il ne se mette pas dans la tête de me filer*, murmura Florent, l'œil aux aguets, en tournant la clé de contact.

Après quelques détours prudents, il gara son camion dans une ruelle obscure non loin de la rue Mont-Royal et se présenta au magasin de coupons. La vue des ballots de tissus à travers la vitrine poussiéreuse lui rappela tout à coup les Draperies Georgette.

— Tiens, si je soupais avec Ange-Albert? se dit-il à voix haute en poussant la porte. Ça me donnerait un peu de cœur au ventre avant d'aller à l'hôtel Nelson.

Le jeune Juif s'avança, tout souriant, les cheveux lissés, revêtu de son plus bel habit :

— Bonjour, monsieur. Mon oncle est *prête* à parler avec toi.

— *Il s'est mis en grande toilette,* pensa Florent. *Bon signe, ça.*

Son compagnon passa derrière le comptoir, puis s'effaça devant lui. Florent se retrouva dans une pièce plutôt grande, empestant l'alcool à friction, éclairée par une veilleuse qui répandait une vague lueur bleutée. On voyait partout des empilades de boîtes de carton.

Soudain, un bruit rauque fit sursauter Florent. Il aperçut dans un coin un lit de camp à demi enterré sous un amoncellement de couvertures. Le jeune Juif lui désigna une chaise.

— Assis-toé là, fit-il en actionnant un commutateur.

Une lumière éclatante jaillit d'une ampoule suspendue au-dessus de leur tête. Le visage d'un vieillard apparut parmi les couvertures et Florent s'assit, envahi soudain par un profond malaise.

— C'est mon oncle Abie, fit le jeune homme d'un ton exagérément joyeux, et toi, c'est quoi?

Florent se nomma et essaya de sourire à la tête oblongue, chauve et glabre qui, les yeux presque chavirés, le scrutait avec une attention maniaque. Le jeune homme hésita un moment, puis touchant timidement l'épaule de son invité :

— Avance-toi, monsieur, il te voit pas bien.

Florent tira sa chaise pendant que son compagnon apportait une petite table basse sur laquelle on avait disposé de la paperasse.

— Décidément, se dit Florent, c'est la journée des émotions. Il ne me manque plus qu'un meurtre.

— C'est pas sa chambre, icitte, crut bon d'expliquer le jeune homme. Il passe sa journée icitte pour surveiller son business.

— Est-ce qu'il nous comprend? demanda Florent, qui avait peine à maîtriser son émotion.

Un grognement furieux lui répondit et le vieillard cligna plusieurs fois des yeux en s'agitant dans le lit. Le jeune homme se pencha au-dessus de son oncle et prononça quelques mots en yiddish qui le calmèrent aussitôt.

Chose curieuse, toute sa timidité semblait avoir disparu en présence du malade. Il se mit à manipuler la paperasse:

— Le mois passé, le docteur lui a dit de vendre, mais il veut pas, parce qu'il aime ben ben ben son commerce, tu comprends?... ben que trop. Alors, je lui ai installé un lit icitte et je travaille pour lui. Mais y'a deux jours, on a trouvé une meilleure idée.

Il jeta un regard affectueux à son oncle qui, la tête tournée vers lui, semblait boire ses paroles.

— On va continuer dans le business, mais chez nous. Quand il va être un peu mieux, on va vendre des cartes par la poste: des cartes de Noël, des cartes de bonne fête, toutes sortes de cartes. On va faire beaucoup d'argent, sans être obligés de sortir de la maison. C'est une bonne idée, hein? fit-il en lui jetant un regard entendu.

Florent fit un signe d'assentiment et changea de position sur sa chaise pour la dixième fois.

— Maintenant, reprit l'autre d'une voix hésitante, on a jasé au sujet du loyer, mon oncle et moi, tout à l'heure, et...

Un second grognement retentit. Florent se retourna. Grimaçant sous l'effort, le vieillard balançait imperceptiblement la tête de droite à gauche.

— Mon oncle veut pas signer un bail pour *plusse* que trois ans, expliqua le neveu, et ça serait cent soixante-dix dollars par mois, à cause de l'inflation, tu comprends ? Et puis au sujet de la marchandise, on peut pas baisser... on peut pas baisser en dessous de dix-sept cents piastres... et... et c'est pas cher à ce prix-là, ajouta-t-il, tout honteux de sentir la rougeur envahir de nouveau son visage. Tu sais, monsieur, c'est une belle place, icitte : c'est propre, c'est grand...

— Et c'est vieux, coupa Florent, n'osant pas regarder le malade.

— Oui, mais on bâtit plus comme ça de nos jours : les murs ont deux pieds d'épais, oui, monsieur, deux pieds... L'hiver, la fournaise marche quatre heures par jour, pas plus.

Le vieillard s'agitait. Sa respiration devenait de plus en plus saccadée. Florent se passa la main dans le visage :

— Bon. Va pour le loyer. Quant à votre marchandise, sans vouloir vous blesser, je ne sais pas trop comment je pourrai la vendre, vous savez (un frisson lui passa dans le dos en s'imaginant le regard du vieux). Je ne peux pas vous offrir plus de seize cents dollars. C'est mon dernier prix.

Le jeune Juif se tourna vers son oncle et lui tint un long discours. Florent risqua un coup d'œil. Le vieillard écoutait, impassible, puis il cligna des yeux trois fois et poussa un soupir rauque.

— Ça va, fit son neveu tout soulagé en se tournant vers Florent. Pour toé, mon oncle veut ben. J'vas préparer les papiers, ça prendra pas de temps.

— Combien ?

— Une demi-heure, pas *plusse*.

Florent se leva :

— Parfait. J'ai le temps d'aller prendre une bouchée à côté.

L'odeur d'eau de Javel et de vinaigre qui l'accueillit à son entrée dans le restaurant lui sembla un arôme céleste.

— Pfiou! soupira-t-il en se laissant tomber sur une banquette, j'ai le système nerveux dans le fond des galoches, moi.

Il se releva et se dirigea vers le téléphone.

— Tout est correct, annonça triomphalement monsieur Boissonneault. Le bonhomme semble être honnête, ses titres sont clairs, ses taxes payées, mais j'aimerais quand même aller jeter un coup d'œil dans son... Tu signes le bail dans dix minutes? Ah bon. Eh bien, bonne chance et n'oublie pas de venir nous voir.

Il grimaça de dépit, raccrocha et se mit à fixer le plafond en frottant sa jambe gauche, qui s'était mise tout à coup à élancer.

Florent laissa passer trois quarts d'heure, puis se présenta de nouveau à la boutique, ragaillardi par deux bolées de soupe. Le jeune rouquin l'attendait placidement, assis devant la table. Son oncle semblait dormir, mais il ouvrit les yeux dès qu'on se mit à parler. Florent lut rapidement le contrat, demanda une légère modification à une clause concernant l'entretien du local et se hâta d'apposer sa signature. Le jeune Juif allait l'imiter quand un grognement épouvantable retentit dans la pièce. Ils se retournèrent tous deux vers le lit. Le vieillard, légèrement dressé sur ses coudes, l'œil exorbité, le teint violacé, semblait en proie à une crise d'apoplexie.

— *Vos iz mit dir, Jeter**? s'écria son neveu alarmé.

L'autre demeurait dressé, le regard incandescent, dans un état de crispation horrible à voir. Le jeune Juif laissa échapper une exclamation joyeuse et se précipita vers le lit, les feuilles à la main. Il parlait à son oncle d'une voix saccadée, les yeux pleins de larmes. Florent, stupéfait, le regarda glisser le stylo dans la main raidie du malade,

* Quoi? qu'est-ce que vous avez, mon oncle?

puis tenter de guider ses mouvements. Le premier essai s'étant montré infructueux, il courut chercher un morceau de carton et le glissa sous les feuilles.

— Voilà! lança-t-il avec un accent de triomphe en tendant sa copie du bail à Florent. Il voulait signer lui-même. C'est ben plus correct de même, hein? Tu peux venir t'installer icitte demain soir, si tu veux.

— Merci, pas avant deux mois, bafouilla Florent.

Il lui serra la main et s'éclipsa aussitôt, oubliant son foulard et ses gants, que le garçon courut lui porter dans la rue.

◆ ◆ ◆

C'est sans doute le trouble profond où il était plongé qui l'empêcha d'apercevoir quelques minutes plus tard son ex-ami Slipskin quand leurs véhicules se croisèrent au coin des rues Saint-Denis et Mont-Royal. Slipskin ne l'aperçut pas non plus. Un vieux mégot entre les dents, il rêvassait d'un air lugubre, les lèvres tirées à tous moments par une grimace amère.

Un mois plus tôt, Ratablavasky avait décidé tout à coup d'ouvrir les hostilités. Cela avait débuté par des agaceries insignifiantes, des méchancetés puériles. Slipskin haussait les épaules avec un sourire dédaigneux. Mais la semaine précédente, le vieillard s'était mis à frapper dur. La jeune madame Slipskin avait connu le sort d'Élise. Le facteur lui avait remis un bon matin une grosse enveloppe parfumée au musc. Madame Slipskin y avait trouvé une liste étonnamment complète de toutes les femelles que son mari avait levées durant sa carrière de coureur, une carrière qui débordait de façon inquiétante sur le temps de leurs fréquentations.

Slipskin avait beau se creuser la tête, il n'arrivait pas à se faire une idée claire des fins que poursuivait son ennemi. Il avait essayé plusieurs fois de le rencontrer, mais l'autre se dérobait.

Bertrand sortit la tête de la cuisine. Son patron venait d'entrer dans le restaurant. Slipskin s'arrêta sur le seuil, tout grelottant, l'œil morne, la bouche mauvaise, et promena son regard dans la salle.

— *Hé! hé! hé!* ricana intérieurement l'employé entre ses dents, *t'as la fale basse à soir, hein, beau boss de mon cul? Tu l'auras jamais assez basse à mon goût, non, mossieur! Les profiteurs de ton espèce, je les servirais en sauce blanche aux cochons, oui, mossieur, oui.*

Slipskin s'assit au comptoir. Délaissant tous ses clients, Betty, la jeune serveuse qu'il venait d'engager, se précipita vers lui.

— *Bring me a bowl o' soup, will you*?* fit-il d'un ton maussade.

* ◆ *

Pendant ce temps, Florent gravissait l'escalier extérieur qui menait à son ancien appartement de la rue Émery, tout réjoui d'avoir aperçu de la lumière aux fenêtres.

Six heures sonnaient au clocher-vestige de l'église Saint-Jacques, qu'on venait de doter d'un carillon.

— Je vais l'inviter à souper Chez Marmontel, se dit-il en appuyant sur la sonnette, et peut-être à m'accompagner chez Ratablavasky.

La porte s'ouvrit. Un rectangle lumineux se dessina sur le palier. Florent eut un mouvement de recul. Ange-Albert le regardait tout surpris, les yeux encore pleins de sommeil. Mais c'était un Ange-Albert tellement changé que Florent ne put retenir une exclamation:

— Saint-ciboire, qu'est-ce qui t'arrive?

Il contemplait le visage tuméfié de son ami, marqué de plusieurs coupures encore mal cicatrisées.

* Apporte-moi un bol de soupe, veux-tu?

— Salut, fit l'autre en lui serrant la main. Je suis content de te voir en diable. Entre, viens prendre un café. Élise n'est pas avec toi ?

Et, tout en le questionnant, il dut s'appuyer contre un mur.

— Qu'est-ce qui t'arrive, Ange-Albert ? répéta Florent. On t'a câlissé une volée, ou quoi ? Tu tiens à peine debout !

— Eh oui, soupira l'autre. La semaine dernière. J'ai eu ma leçon.

Il s'arrêta pour reprendre haleine, puis :

— C'était ma première leçon. La deuxième, je l'ai eue tout de suite après : Rosine m'a quitté.

Ils se rendirent à la cuisine. Ange-Albert se mit à rincer des tasses. Une odeur de déchets longuement mûris par la chaleur épaississait l'air de la pièce. L'appartement était à l'abandon. Des bas-culottes pendaient au dossier d'une chaise. Quelques pots de cosmétiques éventés avaient roulé dans un coin et commençaient à se couvrir d'une fine poussière. Tout cela parlait de rupture soudaine, de cafard, de repas pris seul au restaurant, d'interminables soirées passées au café avec de vagues amis à se remplir la panse de bière en faisant des plaisanteries stupides.

— Mais j'y pense, s'écria Florent. Laisse ta cafetière, je t'invite au restaurant. Ça ne te fera pas de tort. Tu ressembles à une épave, mon pauvre vieux. Et puis, ça sera notre façon de fêter la grossesse d'Élise, en espérant qu'elle se rende à terme, cette fois-ci.

Ange-Albert pivota lourdement sur lui-même :

— Elle est repartie pour la famille ?

Il s'avança vers Florent et lui saisit les mains :

— Bonne chance, bredouilla-t-il, bonne chance et félicitations, et surtout soyez prudents !

Le silence se fit. Les deux amis se regardaient, ne sachant plus quoi dire.

— J'ai faim, murmura tout à coup Ange-Albert.

Florent pouffa de rire:

— Eh bien, enfile ton manteau, je t'amène Chez Marmontel.

— Marmontel? Hum! c'est cher.

— Oui, mais quelle cuisine! D'ailleurs, moi aussi j'ai besoin de me repompiner: si tu savais la soirée qui m'attend... Dis-moi, fit-il en l'aidant à descendre l'escalier, qu'est-ce qui s'est passé, au juste? Pourquoi Rosine t'a-t-elle quitté? Tu courais la galipotte, ou quoi?

— Les dés, répondit Ange-Albert en grimaçant de douleur. Les maudits dés. J'ai voulu en vivre. Eh bien, ils m'ont presque tué.

Florent l'aida à prendre place dans la camionnette et réussit à obtenir les détails de l'histoire durant le trajet.

Trois semaines après le départ d'Élise et de Florent pour Sainte-Romanie, il s'était lassé tout à coup de son travail aux Draperies Georgette. Sa fameuse partie de dés au Saint-Malo lui était revenue en tête.

— Tu sais, une ou deux parties comme celle-là par mois, avait-il dit à Rosine, et on vivrait gras comme des chapons.

Rosine s'était opposée, mais n'avait pu l'empêcher de quitter le magasin de tissus. Elle avait dû bientôt se résigner à le suivre dans les cafés de la rue Saint-Denis où, le sourire aux lèvres, l'air bon enfant, il s'était remis au jeu.

Au bout de deux semaines, il faisait partie des célébrités de la rue. Malgré ses victoires, tout le monde l'aimait bien, car il n'abusait pas de son habileté et dépouillait ses adversaires avec une sage modération, se réservant de temps à autre de cinglantes défaites pour éloigner les accusations de tricherie. Le cercle de ses connaissances se mit à grandir. Il jouait maintenant partout, et parfois dans des endroits louches.

— Il faut que j'agrandisse mon terrain de chasse, expliquait-il à Rosine, sinon je n'aurai bientôt plus de gibier.

De temps à autre, les perdants se fâchaient, exigeaient d'autres dés ou même qu'on leur remette leur argent. Ange-Albert s'inclinait toujours, calme et souriant.

— Je n'ai pas besoin d'argent, expliquait-il aux assistants. Je joue pour mon plaisir.

Les jours passaient et son portefeuille prenait une apparence de plus en plus aimable. Les préventions de Rosine commençaient même à s'émousser. Un soir qu'il venait de donner un numéro éblouissant au très chic Ciro's Bar à Côte-Saint-Paul, un certain Marc Lalonde se présenta à lui, confondu d'admiration, et proposa de lui organiser des rencontres avec des adversaires triés sur le volet. Cela lui permettrait de mieux faire connaître son étonnante virtuosité, tout en augmentant ses revenus, dont Lalonde ne demandait qu'un léger pourcentage à titre de commission.

— Tu me jugeras aux résultats, dit-il à Ange-Albert. Si tu n'es pas content, laisse-moi tomber. Pas pires amis.

Les rencontres eurent lieu et l'argent promis tomba dans les poches d'Ange-Albert qui nageait dans l'extase et oubliait toute mesure.

— Il faut profiter du bon temps, lui conseillait Marc Lalonde d'un air paternel, car bientôt, mon pauvre ami, tu seras trop connu. Personne ne voudra plus se risquer à la barbotte ou au *Lucky Seven* contre toi.

Un soir qu'Ange-Albert, poussé par son imprésario, venait d'empocher en moins d'une heure la jolie somme de 2419 $, Lalonde jugea sans doute que la fin du bon temps était arrivée. Il s'offrit, comme d'habitude, à le reconduire chez lui et le fit sortir par la porte arrière du Barina Bar - où s'était jouée la partie -, prétextant que son auto se trouvait dans la cour. Quand ils furent dehors, Ange-Albert constata que Marc Lalonde comptait une demi-douzaine d'amis aux mines plutôt patibulaires qui, malgré le froid intense, l'attendaient patiemment près de son auto en dégustant du gros gin. Lalonde leur fit signe de s'approcher et tendit un carnet de chèques à son compagnon :

— Ça m'arrangerait beaucoup que tu me fasses un chèque de 8247,56 $. Si ma mémoire est bonne, c'est à peu près l'argent qui se trouve dans ton compte de banque.

Ange-Albert promena son regard autour de lui, puis remit le chèque à son imprésario.

— Maintenant, vide tes poches, ordonna Marc Lalonde. Des petits trous-de-cul comme toi, ça mérite une leçon de temps à autre. Merci. Ah oui! un dernier conseil : ferme-toi le clapet si tu tiens à ta santé.

Et pour lui montrer comme l'absence de santé était une épreuve affligeante, il lui fit donner une raclée qui le laissa étendu dans la neige durant deux heures.

Le lendemain, Rosine, qui ne le suivait plus depuis longtemps dans ses pérégrinations nocturnes, faisait ses valises et le quittait.

— Et voilà, soupira Ange-Albert. J'ai téléphoné vingt fois chez ses parents : elle est toujours absente. Et je vais être encore obligé ce soir de me contenter d'une omelette : les mâchoires me font trop mal.

— Mon pauvre vieux, fit son ami en stationnant la camionnette près de la place Jacques-Cartier, je voudrais bien te plaindre, mais tu as couru après ton mal! Ne retouche plus à ces maudits dés!

— Y retoucher? J'ai des crampes d'estomac juste à les voir.

Ils s'avançaient lentement le long de la rue Saint-François-Xavier lorsque Ange-Albert mit le talon sur une bosse de glace et alla s'étaler dans les bras de Florent. Ce dernier poussa une exclamation de dépit, remit son compagnon sur pied et s'avança précipitamment sur le trottoir. Quelqu'un, ces derniers temps, avait jugé bon de remplacer le charmant vieil édifice de pierre grise qui abritait Chez Marmontel par... un terrain de stationnement!

Ce fut donc quelques rues plus loin, à La Petite Coquille, que Florent révéla à son ami le dernier méfait d'Egon Ratablavasky et son intention de récupérer le soir même les négatifs.

— Pénétrer chez lui? fit Ange-Albert, étonné. Tu te prends pour Arsène Lupin?

Florent poursuivit ses confidences et lui parla de Georges-Étienne. L'étonnement de son ami ne connaissait plus de bornes:

— Et tu oses me faire la morale pour trois petits morceaux de bois que je secoue dans le creux de ma main?

— Est-ce que j'ai le choix? rétorqua Florent d'un air sombre.

— Tu pourrais t'adresser à la police.

— Pfa! riche comme il est, il l'a mise dans sa poche depuis longtemps. Et puis je n'ai pas de preuves. Aucune. Pourrais-tu mettre le doigt sur un seul indice? Il n'en laisse jamais. C'est sa marque de commerce. Il nous torture depuis presque deux ans. Jusqu'où ira-t-il? Personne ne le sait. Pourquoi nous a-t-il choisis? Personne ne le sait non plus. Personne ne comprend rien à toute cette histoire, y compris sans doute lui-même. Alors j'ai décidé que ça suffisait. Je regrette même de ne pas avoir demandé qu'on le zigouille tout de suite. Un bon coup de silencieux en plein front et tous nos problèmes seraient finis.

Ange-Albert nettoya soigneusement son assiette avec un morceau de pain, puis levant la tête:

— À ta place, moi, j'irais d'abord voir ton cousin l'abbé... l'abbé Chose...

Florent le regarda une seconde, puis éclata de rire si bruyamment qu'un de leurs voisins de table, un petit homme replet à gros souliers vernis qui ressemblait à un marguillier de campagne, se piqua la luette avec une arête et dut sortir précipitamment son mouchoir pour y déverser le contenu de sa bouche.

— Merci de ton conseil, dit Florent, mais je ne vois pas comment un grand dadais de prêtre qui a de la misère à trouver ses souliers dans sa chambre pourrait m'aider à démêler ce spaghetti.

— Bon, bon... c'est toi qui le sais, soupira l'autre.

Il prit un petit pain, le déchira en deux, étala du beurre sur chaque morceau, puis, l'air recueilli, attaqua une salade à l'ail.

Florent avait déposé sa fourchette depuis dix minutes. Il frétillait de nervosité, assis sur le bout des fesses, consultant sa montre à tous moments. À la fin, n'y tenant plus :

— Dépêche-toi, mon vieux. Je ne te cacherai pas que j'ai hâte de me débarrasser de ma corvée.

Quelques minutes plus tard, ils s'avançaient dans la rue Saint-Paul.

— Je t'accompagne, fit Ange-Albert.

Florent secoua la tête :

— Merci, mon vieux, mais chacun ses problèmes. Tu ne sais pas à quel morceau tu t'attaques. Je te trouve assez mal en point comme ça.

— En tout cas, rien ne m'empêche, si j'en ai envie, d'aller prendre une bière au grill, fit l'autre avec un sourire malicieux.

Ils se dirigèrent vers un passage qui longeait le côté droit de l'hôtel Nelson et donnait sur une cour servant de café-terrasse durant l'été.

— Ses appartements donnent de ce côté, murmura Florent.

Il leva la tête :

— Regarde, c'est au dernier étage, les deux fenêtres du milieu. Il n'y a pas de lumière.

La lueur diffuse qui enveloppait la place Jacques-Cartier faisait briller doucement les carreaux des deux fenêtres, accentuant leur noirceur opaque, qui rappelait la surface lisse d'un filon de charbon.

— Comment comptes-tu pénétrer chez lui? fit Ange-Albert, sceptique.

— Je ne sais pas. J'y pense. Va demander à l'employé de réception si le Vieux se trouve à l'hôtel. On m'a trop vu ici, moi.

Il se met à se promener de long en large, le corps plein de frissons.

— Parti depuis deux jours! annonce Ange-Albert en revenant dans la cour. Et on ne sait où.

Florent le regarde, les lèvres amincies par l'effort intérieur, le regard dur et comme absent:

— Il nous faut un passe-partout. Je vais essayer de trouver une femme de ménage.

— Une femme de ménage à cette heure? Elles travaillent habituellement le matin.

Florent fait un vague signe de la main et se dirige vers le fond de la cour, sur laquelle donne une minuscule crêperie qui fait partie de l'hôtel. Ils s'attablent, jettent un coup d'œil sur le menu.

— Café? propose Florent.

— Heu... si tu permets, fait Ange-Albert, un peu embarrassé, je prendrais plutôt une petite crêpe à la crème glacée.

La serveuse s'approche et prend la commande. Florent ressent une légère nausée. Mais un sentiment d'audace et de légèreté, masquant le trac et alimenté par lui, domine son esprit. Son état d'âme doit se lire sur son visage, car Ange-Albert l'observe, étonné. La serveuse revient avec la commande. Florent se tourne vers elle d'un air bonhomme:

— J'ai une tante qui travaille ici comme femme de ménage.

— Madame Labonté? Ou madame Paquette, peut-être?

— Madame Paquette. Elle ne travaille jamais le soir, hein?

La jeune fille sourit – en fait, à bien la regarder, elle ne fait plus tellement jeune fille: l'œil cerné, la peau terne et un peu sèche, un visage oblong, des lèvres trop grandes et deux énormes tresses brunes qui accentuent son air épuisé et les défaillances de sa fraîcheur.

— Non, bien sûr, fait-elle.

— Dommage. Je voulais lui faire une surprise.

Au mot «surprise», Ange-Albert a légèrement sursauté, car le soulier de Florent vient de laisser une petite marque sur son tibia.

— Je voulais lui laisser un cadeau, poursuit ce dernier. C'est aujourd'hui sa fête.

— Eh bien, laissez-le à la réception. On le lui donnera demain.

Florent secoue la tête:

— Non, je voulais lui faire une surprise *vraiment* surprenante... Vous la connaissez: elle aime tellement taquiner les gens...

La serveuse hésite une seconde, étonnée, puis acquiesce:

— Oui, c'est vrai, elle aime bien rire parfois, quand ses rhumatismes ne lui font pas trop mal.

— Je pourrais... je pourrais laisser mon cadeau dans la poche de son tablier, vous ne pensez pas? Ses vêtements de travail doivent être à l'hôtel, non?

La serveuse sourit.

— Hum, hum. Je peux vous arranger ça.

— Merci. Vous êtes gentille. Je vais lui acheter un petit quelque chose à la boutique d'en face et je reviens.

— Qu'est-ce qui se passe? fait Ange-Albert tandis qu'ils traversent la place Jacques-Cartier à grands pas, les joues glacées par le vent. Tu as vraiment une tante qui travaille ici?

— Une tante de la deuxième cuisse gauche, grand gnochon. Tu n'as pas compris? Ma seule chance de mettre la main sur un passe-partout est de me rendre jusqu'à la poche de son tablier. Pendant ce temps-là, tu distrais la serveuse.

— Et s'il n'est pas là, le passe-partout?

◆ ◆ ◆

— Eh bien, comment trouves-tu mes intuitions, saint Thomas? demande Florent dix minutes plus tard.

Il s'avance dans la cour en faisant tournoyer un gros trousseau de clés au bout de son doigt.

— Maintenant, il ne s'agit plus que de monter chez le Vieux sans se faire remarquer. Toi, tu t'assieds dans le hall avec l'air de flâner et, si jamais tu remarques quelque chose d'inquiétant, tu me téléphones à la chambre 303 ou alors tu cours me rejoindre.

Une grande cohue de jeunes à cheveux longs, vêtus de jeans, de ponchos, de vestes de cuir, de blouses indiennes, s'agitait dans le hall au milieu des rires et de la fumée de cigarettes. Le gros garçon asthmatique préposé à la réception suait derrière son comptoir, actionnant la caisse enregistreuse, rendant la monnaie, remettant les clés, complètement dépassé par les événements. Les deux amis se donnèrent rendez-vous dans une demi-heure et Florent réussit à se faufiler sans encombre jusqu'à l'étroit escalier en colimaçon qui menait aux étages supérieurs. Il était déjà hors d'haleine au premier palier.

— Qu'est-ce que j'ai? murmura-t-il. La peur? Allons, Boissonneault, ce n'est pas le temps de trembler dans tes culottes. Pense à ta femme, à ton enfant, à ta vie!

Il cracha sur un mur par bravade et poursuivit sa montée. Parvenu au troisième, il s'arrêta, essuya ses mains moites contre son pantalon et tendit l'oreille.

— Pschitt! fit une bouteille de bière quelque part dans une chambre.

Une voix de femme aux intonations tendres prononça quelques mots à voix basse, puis éclata de rire. Il enfila un corridor, se rendit jusqu'au bout, puis tourna à gauche. Une grosse porte de chêne ornée d'un heurtoir de cuivre luisait doucement au fond. Florent la fixa quelques instants. Les ailes de son nez étaient glacées, ses doigts raidis et comme insensibles.

— Je vais d'abord frapper, se dit-il. Si j'entends quelqu'un, je me sauverai.

— Pourquoi ne pas en profiter pour le tuer, fit une petite voix insidieuse.

— Idiot, répondit-il, et avec quelle arme?

— Un couteau, reprit la voix, un appuie-livres, une pièce de bois, cela se trouve partout.

Il s'approcha de la porte, saisit le heurtoir et le fit retomber deux fois. Un grand silence suivit.

— Pschitt! fit une autre bouteille derrière lui.

Il se retourna vivement. Le corridor était désert. Il n'était déjà plus très sûr, d'ailleurs, d'avoir réellement entendu un bruit. Soudain, un traînement de pieds se fit entendre de l'autre côté de la porte, accompagné d'un vague bougonnement. Il se rejeta en arrière.

— Qui est là? demanda une voix de vieille femme.

Florent arrondit les yeux. Il vérifia le numéro de la porte.

— Je... je désirerais parler à monsieur Ratablavasky, madame.

La serrure émit une série de cliquètements et une petite tête ronde à nattes grises et lunettes d'argent apparut:

— Non, mais allez-vous me sacrer patience avec votre Rata-j'sais-pas-quoi! Je ne le connais ni d'Ève ni d'Adam, votre bonhomme, et si j'ai un souhait à lui faire, c'est de ne jamais se montrer devant moi!

— Mais pourtant... balbutia Florent.

— Mais pourtant je demeure ici depuis quatre ans et le monde n'arrête pas de me casser les oreilles avec ce nom de démon, comme si je ne méritais pas à mon âge qu'on me fiche un peu la paix!

La porte claqua et les pas s'éloignèrent, accompagnés du même bougonnement furieux.

Florent pivota lentement sur lui-même, dans un état de confusion totale.

— Est-ce que je deviens fou? C'est pourtant bien la même porte de chêne, avec le même heurtoir. Je n'en connais pas d'autre sur tout l'étage!

Il les passa toutes en revue, puis décida d'aller s'informer à la réception.

Il venait de s'engager dans l'escalier lorsqu'un bruit insolite lui fit lever la tête. Appuyé sur la rampe au-dessus de lui, Egon Ratablavasky l'observait, un mouchoir devant la bouche, les épaules secouées par un accès d'hilarité qui lui faisait émettre d'étranges petits ronflements. Florent, figé sur place, le regardait sans dire un mot; il avait l'impression que ses joues étaient devenues de plâtre et se décrochaient de son visage. Plusieurs secondes s'écoulèrent. Ratablavasky réussit enfin à se calmer un peu:

— Bonjour, mon cher jeune homme. Je serais d'avis que... (il porta de nouveau le mouchoir à sa bouche) que vous désiriez me voir, n'est-ce pas? Excusez ma petite drôlerie de *cet instant*. Ma femme de ménage est une personne si... bref, elle est pour moi une très excellente amie. Alors, montez, montez! J'ouvre avec plaisir pour vous la porte de mes modestes appartements.

Florent hésita un instant, puis secoua la tête (il reprenait peu à peu son sang-froid):

— Non, j'ai changé d'avis. Ça suffit comme ça. Bonsoir.

Il se remit à descendre l'escalier, puis s'arrêtant de nouveau, se tourna vers le vieillard. Un sourire sarcastique tordait ses lèvres:

— Ah oui! pendant que j'y pense: ma femme vous remercie pour la photo. Au risque de vous décevoir, le divorce n'aura pas lieu. Malgré notre jeune âge, nous ne nous arrêtons pas à des niaiseries pareilles. Par contre, j'ai eu beaucoup de peine l'autre jour en m'apercevant que j'avais perdu un recueil de méditations qui m'édifiait beaucoup ces temps-ci... Ma piété a fait une de ces chutes...

Ratablavasky éclata de rire et s'élança dans l'escalier avec une agilité surprenante.

— J'ignore ce que vous signifiez avec ce recueil, fit-il en s'arrêtant près de lui (Florent pinça les narines et se recula un peu). Quant à la photo, soyez sûr que je ne *fixais pas un tel but que vous disiez.* Je voulais tout simplement montrer un peu... comment dire?... ma puissance... et aussi j'espérais *de venir me rendre* une petite visite, pourquoi pas? D'ailleurs, je suis très honoré de voir votre ami avec vous, soyez sûr, fit-il en faisant un clin d'œil malicieux.

Il voulut lui tapoter l'épaule, mais Florent le repoussa rudement:

— Gardez vos caresses pour d'autres. On n'a rien en commun, vous et moi.

— Au contraire, beaucoup! répondit le vieillard. Nous pensons beaucoup l'un à l'autre mutuellement, n'est-il pas vrai?

Florent haussa les épaules et se remit à descendre.

— Non! non! attendez un instant, supplia le vieillard. J'ai encore *de telles nombreuses* choses à vous dire!

Assis à l'écart dans un coin du hall, Ange-Albert achevait discrètement un verre de bière (il était défendu de prendre des consommations en dehors du grill) lorsqu'il vit Florent, suivi de Ratablavasky, se diriger rapidement vers la sortie. Florent l'aperçut et lui fit signe de le suivre.

Une couche de glace pleine de bosselures s'étendait sur la place Jacques-Cartier, que de rares piétons traversaient à pas prudents.

— Brrr! fit le vieillard en remontant le col de son paletot, la température, si je puis dire, n'est pas *clémente à la discussion.*

— Quelle discussion? rétorqua Florent d'une voix insolente. J'ai perdu assez de temps à t'écouter ronronner tes sornettes! Salut!

Ange-Albert adressa au vieillard un petit signe de tête narquois et s'éloigna avec son ami.

— Arrêtez! s'écria Ratablavasky, les traits décomposés. Par votre douce bonté, je vous supplie, mon ami, donnez-moi une unique minute!

Il s'élança et saisit Florent par le bras.

Ce dernier se retourna, interdit, et se mit à fixer ce visage illisible, espèce d'énigme faciale, avec son menton en forme de fesses, d'une vulgarité grotesque, ses yeux profondément encavés, pleins d'une étrange noirceur, son nez d'une perfection juvénile et surtout ses lèvres, des lèvres gourmandes et lascives, qui s'épanouissaient avec une insolence insupportable et qu'il aurait tailladées à grands coups de rasoir.

— Que de malheurs, que de malheurs, se mit à gémir le vieillard, les yeux pleins d'eau, quand le cœur n'entend plus ce que dit la bouche! C'est alors que le destin commence *de* rugir! Ah! comment vous dire! Je me suis trompé, oui! J'aime trop de plaisanter sans regarder les circonstances, voilà. J'ai mal agi avec vous, et pourtant c'est l'amour qui guidait ma main, je vous supplie de me croire! J'ai voulu vous enseigner comme avec les petits chiens, sans m'adresser à vos facultés compréhensives. Imbécile! Imbécile que je suis! Comment vous dire, maintenant?

Sa voix baissa tout à coup, se fit pressante, saccadée:

— L'univers, voilà, c'est l'univers qui moule les actes des hommes. Les lois de l'univers agissent plus fortes que vous, que moi, que toute l'humanité, comprenez-vous?

— *Mais il vient de dérailler, ma foi,* se dit Florent qui jeta un regard entendu à Ange-Albert, légèrement en retrait.

— Et quelles sont ces lois ? continua Ratablavasky de la même voix sourde et haletante.

Il leva l'index, puis le majeur :

— Tout est bon. Tout est mauvais. Et le bon et le mauvais, quand on fait l'union... eh bien, c'est la Perfection, voilà, car c'est la Vie complète. Mais vous ne comprenez pas, soupira-t-il. De grâce, quelques petites secondes seulement et mes paroles posséderont un sens dans votre esprit. Et alors peut-être vous m'aimerez. Un arbre, veuillez porter votre esprit *à* un arbre. Il *croisse,* il produit l'ombre et les fruits, c'est l'utilité complète, n'est-ce pas ? Alors un homme s'approche, le jette à terre et bâtit une maison : c'est l'utilité complète aussi. Vivant, c'est l'utilité ; mort, c'est l'utilité également. Eh bien, l'homme, je parle maintenant de l'homme, de vous, de vos amis, de tout le monde. Honnête ? quoi de mieux ? Et voleur ? c'est très bien aussi, car il rend les honnêtes gens prudents. Libre ? quelle merveille ! Non libre, c'est peut-être encore mieux, car cela cause l'amour de la liberté et le combat pour la gagner. Eh bien, voilà les lois de l'univers. Cela donne des combats et le combat produit la Perfection, voilà.

Il s'arrêta pour reprendre son souffle. Ange-Albert l'écoutait avec une expression d'étonnement qui avait donné à son visage la fixité souriante de la pleine lune. Ratablavasky semblait avoir oublié sa présence.

— J'ai voulu, reprit-il en fixant Florent d'un air humble et contrit, m'amuser légèrement avec les buts de votre personne, mais pour votre seul bien. De grâce, il faut croire ce que je dis. J'ai voulu pour vous – comme pour un fils, un véritable fils – la Perfection de la Vie. Esclave, et ensuite libre ! Un esclave libre, il est le plus libre des hommes, n'est-ce pas ? Voilà pourquoi l'envoi de photo...

Mais vous n'avez pas compris, soupira-t-il, car j'agissais peut-être avec trop... de dureté...

Il laissa tomber les bras et posa sur Florent un regard abattu. Mais celui-ci crut y déceler une sorte de frétillement malicieux et implacable qui essayait de se perdre dans la profondeur de la prunelle. Pendant un moment, la peur et la haine conjuguées le laissèrent comme stupide.

— Allons, viens-t'en, dit-il enfin en se tournant vers Ange-Albert, je suis incapable de l'entendre une seconde de plus. Quant à toi, espèce de tête fêlée, j'ai déjà une bouteille de champagne chez moi pour fêter ta mort.

Ratablavasky s'inclina, dans une attitude à la fois déférente et pleine d'ironie, rajusta le col de son paletot et se dirigea lentement vers l'hôtel, la tête haute, le pas souple et nonchalant, comme si toute cette histoire ne présentait plus à ses yeux le moindre intérêt.

◆ ◆ ◆

— Ah! te voilà enfin, murmura Élise quelques heures plus tard.

Vertu l'avait précédée et labourait les cuisses de son maître en poussant des gémissements de plaisir.

— Tu n'as rien, au moins? c'est sûr?

Elle se jeta dans ses bras, tremblante. Florent plissa les yeux de contentement:

— *La photo est bien oubliée*, se dit-il.

La gorge nouée, il se laissa aller pendant quelques instants à un joyeux désordre d'émotions.

— Quelle journée j'ai eue, soupira Élise. Je me mourais d'inquiétude... et puis j'ai surpris deux fois monsieur Émile dans le fond d'une garde-robe en train de boire de la bière... Sans compter que cet après-midi... l'épicier a reçu un appel tellement étrange pour toi... il a noté le message sur un bout de papier... J'ai dû me battre avec monsieur Picquot pour l'empêcher d'alerter toute la police du pays. Heureusement qu'il dort maintenant, le pauvre homme. Il était complètement claqué.

— Moins que vous ne pensez, riposta Picquot en sortant de sa chambre tout habillé, un revolver sanglé sur la poitrine.

Florent pâlit en le voyant:

— *Bon sang!* s'exclama-t-il intérieurement. *J'ai oublié d'aller porter son colis à Émilienne Latouche!*

31

Monsieur Émile, qui savait tirer profit des longues observations qu'il faisait de son chat, décida le lendemain matin de réveiller Florent par une manœuvre typiquement féline: s'accroupissant près du lit, il leva la main, raidit les doigts et se mit à imiter les promenades matinales de Déjeuner sur le ventre de son maître. Après quelques grognements, deux ou trois moulinets rageurs et une bordée d'injures, le dormeur ouvrit l'œil, puis s'assit dans son lit. Monsieur Émile poussa un gloussement de plaisir et se dressa brusquement:

— M'as-tu apporté un cadeau? Hein?

— Fous le camp, fatigant!

Florent se gratta le crâne, le visage tordu de bâillements, médita brumeusement sur ses pantoufles éculées, puis se rendit à la cuisine.

— M'as-tu apporté un cadeau? répéta monsieur Émile en accourant.

— *Hey!* tranquille, toi, à matin. Ton cadeau, c'est que je te garde ici.

— Café? proposa Picquot en apparaissant dans la porte du salon, pendant que monsieur Émile, vexé, battait en retraite.

— Comment! déjà levé, vous?

— Ça vous surprend? grogna le cuisinier. Il faut tout de même que quelqu'un se prive de sommeil si on veut qu'une certaine surveillance soit assurée ici.

Florent se laissa tomber sur une chaise et posa les coudes sur la table pendant que Picquot lui apportait son café. Une facture à l'en-tête de l'épicerie Hamel traînait devant lui. Il l'avait longuement lue et relue la veille avant d'aller se coucher. De sa bonne grosse écriture appliquée, l'épicier y avait transcrit le message qu'on lui avait dicté au téléphone à l'intention de Florent et qui devait présentement faire jaser tout le village:

Cher et très affectueux ami,

J'ai appris avec joie les achats fabuleux que vous faites dans cette si hospitalière région. Que les vieilles choses fassent de vous un homme neuf.

Éternellement vôtre, E.

— L'œuvre d'un fou, marmonna Picquot, l'œil mauvais, en s'attablant. Et il faut être fou soi-même pour ne pas deviner de quel fou il s'agit.

Florent posa la main sur son bras:

— Ne vous inquiétez plus. Je lui ai réglé son compte hier une fois pour toutes.

Le cuisinier se dressa, livide.

— Par la colonne Saint-Georges! N'allez pas me dire que vous...

Florent secoua la tête:

— Je l'ai remis entre bonnes mains. C'est tout comme. Rasseyez-vous, bon sang. On dirait que vous allez défaillir.

— Comme j'ai bien fait de ne pas faire d'enfants, murmura Picquot en se laissant retomber sur sa chaise. L'amour paternel m'aurait détruit. Vous n'avez pas commis d'imprudence, au moins?

Monsieur Émile s'approcha:

— Est-ce que je peux monter sur tes genoux, sioupla?

Il avait l'air si câlin que Florent recula sa chaise et lui fit signe de grimper.

— Donnez-moi un peu de détails tout de même, poursuivit Picquot. Je ne saisis pas très bien.

— Je le sais, moi, ce qu'il veut dire, lança l'enfant, très sérieux. Il lui a pété la gueule, c'est toute! Ah! t'es levée! s'écria-t-il en voyant apparaître Élise. Y'était temps!

Et il sauta des genoux de Florent au moment précis où ce dernier posait ses lèvres sur la tasse de café.

— Fais-moi du pain doré comme l'autre matin, O.K.? fit-il en se jetant contre les genoux d'Élise tandis que Florent s'essuyait le nez.

Elle se mit à câliner l'enfant tout en prêtant l'oreille au cuisinier qui bombardait Florent de questions, sans grand succès d'ailleurs.

— Eh bien, je n'insiste plus, fit le cuisinier en se levant. Je ne voudrais pas forcer votre confiance. En tout cas, si je me fie aux minces bribes que vous avez daigné me jeter, votre geste m'apparaît – et je pèse mes mots – comme de la folie à l'état pur! Mon cher enfant, vous allez vous enfoncer dans un de ces salmigondis dont vous ne ressortirez pas de sitôt, croyez-moi! Cela dit, veuillez m'excuser: il faut que j'aille préparer ma valise. Je dois partir à l'instant.

— Pourquoi toutes ces cachotteries? fit Élise en s'avançant vers Florent. On n'arrive pas à te tirer un son de la bouche depuis hier soir.

— Je veux du pain doré! clama monsieur Émile.

Aurélien Picquot revint bientôt, son paletot sur le bras, sa valise à la main, le visage rieur comme une morgue.

— Restez à dîner, proposa timidement Élise.

— Impossible. J'ai des obligations.

— Je veux mon pain doré! hurla monsieur Émile en tapant du pied.

— Bon sang! fais-lui son pain doré, qu'il se ferme la gueule! éclata Florent. Et vous, déposez votre valise: je vais vous raconter ma journée d'hier minute par minute. J'aurais voulu vous épargner des soucis, mais je vois que vous allez en mourir.

Monsieur Émile arrosa sa première tranche de pain (il en avait demandé six) d'une phénoménale quantité de sirop d'érable et, les yeux à demi fermés de plaisir, avala une première bouchée sous le regard vorace de Vertu, assise à ses pieds. Florent prit Élise et Picquot par le bras, s'enferma avec eux dans le salon et leur raconta sa journée par le menu.

Un lourd silence s'établit alors dans le salon. Le cuisinier se racla la gorge une demi-douzaine de fois, se passa la main sur le front, tira sa moustache:

— Ah! quelle histoire! soupira-t-il. En verra-t-on jamais la fin? Tiens, mon ami, fit-il en fouillant dans la poche intérieure de son veston et lui tendant son revolver, tu en as plus besoin que moi. Et n'hésite surtout pas à m'appeler si tu vois venir un coup dur. Je me tiens à votre disposition *totale*, m'entendez-vous? De toute façon, je m'apprête à quitter mon agence de publicitaires-empoisonneurs et j'aurai beaucoup de loisirs... en attendant de travailler dans votre futur restaurant!

Il se leva et passa à la cuisine:

— Allons, mon petit, viens m'embrasser, je m'en vais. Promets-moi d'être sage.

Monsieur Émile s'avança, tout intimidé par le ton solennel du Français, et posa ses lèvres collantes sur la joue rugueuse de celui-ci. Picquot se tourna vers Élise:

— Tâche d'éviter les émotions, ma fille, dit-il d'une voix changée en l'embrassant. Dans ton état, ce serait funeste.

Puis il serra longuement la main de Florent, tandis que Déjeuner, étalé au milieu de la place, une patte dressée en l'air, les orteils écartés, se léchait minutieusement l'anus, parfaitement indifférent à leurs cérémonies.

En arrivant à son auto, Picquot aperçut le maire Meloche qui s'approchait:

— *Tiens, tiens!* grogna-t-il tout bas, *les vautours cherchent déjà de la charogne.*

— Beau temps aujourd'hui, eh? fit le maire avec un grand sourire. Est-ce que monsieur Boissonneault est à la maison?

— Oh, ça, vous le savez mieux que moi, rétorqua le cuisinier.

Il claqua la portière et s'éloigna.

— Pauvres enfants, murmura-t-il en quittant le village. Je donnerais bien ma main droite et tout l'avant-bras pour qu'on leur fiche la paix une fois pour toutes.

Et il décida sur-le-champ de surveiller lui-même les agissements de Ratablavasky.

◆ ◆ ◆

— Ma chère Élise, conclut Florent quand le maire Meloche les eut quittés, il va falloir relever nos manches et se cracher dans les mains. Encore un ou deux petits messages comme celui que le Vieux vient de nous envoyer et la région ne sera plus travaillable. Pourvu qu'on lui donne sa correction au plus sacrant.

À huit heures, le lendemain matin, Florent se présentait au presbytère de Sainte-Romanie:

— Eh bien, madame Laflamme, l'envie m'a pris ce matin d'aller jeter un coup d'œil dans le sous-sol de l'église pour examiner vos vieux cossins. L'avez-vous retrouvée, cette fameuse clé?

Madame Laflamme contempla Florent dans un état de ravissement qui suspendait l'exercice de la plupart de ses facultés.

— *Bon sang!* se dit-il, *je la fais mouiller, ma parole! Qu'est-ce qu'elle peut bien me trouver?*

La ménagère roucoula quelques mots incompréhensibles, s'échappa de la cuisine à petits pas et revint en balançant une clé au bout du doigt comme s'il se fût agi de la clé du ciel.

— Je ne l'ai retrouvée qu'avant-hier, fit-elle d'une petite voix sucrée. Et savez-vous à quel endroit? Dans l'attirail de chasse de monsieur le curé! Allez comprendre ce qu'elle faisait là!

— Monsieur le curé voudrait peut-être m'accompagner?

— Non non non non! J'ai entièrement confiance en vous! D'ailleurs, il n'est pas revenu de sa messe.

Florent remonta dans le camion:

— Ma foi! une heure avec elle et j'étais admis dans ses intimités, murmura-t-il avec un sourire prétentieux.

Il stationna le long de l'église, à quelques mètres d'une porte latérale qui donnait sur l'abside, et laissa la portière ouverte. De cette façon, il était presque impossible qu'on le voie de la rue quand il sortait du sous-sol et montait dans le camion.

— Hé! hé! si monsieur le curé ne vient pas fouiner et que je fais une trouvaille, on pourra quitter la place demain matin, ricana-t-il en tournant la clé.

La porte grinça et un souffle humide et glacial l'enveloppa. Des marches vermoulues s'enfonçaient dans l'obscurité. Il glissa sa main le long de la paroi et trouva le commutateur. Une lueur jaunâtre apparut trois mètres plus bas et sembla faire frémir un amoncellement de vieilles caisses de bois jetées contre un mur. L'escalier, couvert de moisissures, gémissait un peu plus à chaque marche.

— Eh ben! s'exclama-t-il en levant la tête vers l'ampoule.

Elle était grosse comme un poing et terminée par une sorte de capuchon pointu comme celles qui étaient sorties des mains de Thomas Edison.

— Je l'emporterai tout à l'heure. Elle doit bien valoir vingt dollars.

Le sous-sol était vaste, peuplé de trottinements inquiétants et ne semblait pas contenir grand-chose qui vaille. Au fond, près d'un soupirail obstrué de toiles d'araignées, deux énormes amoncellements de *La Semaine du clergé* finissaient pieusement de moisir. Florent saisit un numéro, puis un autre, les feuilleta, éternua, puis, dépité, donna un coup de pied sur le tas. Un vieux rat rhumatisant, glissé entre deux piles, reçut un coup sur la hanche. Il sortit la tête et darda sur Florent un long regard haineux, pendant que ce dernier s'éloignait en traînant le talon :

— Ouais... ce n'est pas ici que je vais trouver le mobilier de Samuel de Champlain...

Il sentit tout à coup un frôlement contre sa jambe et se jeta de côté. Son pied buta contre un objet caché dans l'ombre et un bruit métallique retentit.

— Qu'est-ce que c'est que ça ? fit-il, le corps parcouru de frissons, en abaissant le faisceau de sa torche sur une petite boîte de bois.

Il fit sauter le couvercle et ses yeux s'agrandirent de plaisir. Six magnifiques chandeliers dormaient côte à côte dans un lit de poussière. Il en prit un, l'essuya avec sa manche.

— Je crois que c'est de l'argent, murmura-t-il.

Il rabattit le couvercle, saisit la boîte et se dirigea à toute vitesse vers l'escalier. En posant le pied sur la première marche, il entendit un claquement de porte et la tête du curé Bournival apparut :

— Eh ben, mon ami, as-tu trouvé quelque chose ? fit-il de sa grosse voix de basse.

— Heu... oui... J'allais justement vous montrer des chandeliers que je viens de dénicher dans un coin.

Le curé l'enveloppa d'un regard matois :

— À la bonne heure, j'ai toujours pensé que tu étais un garçon honnête... Apporte-les-moi donc, que j'y jette un coup d'œil.

Florent, cachant avec peine sa honte et son dépit, déposa la boîte sur le sol et souleva le couvercle. Le visage de son compagnon prit tout à coup une expression de profonde gravité :

— Mais... saint-pétard ! est-ce que je me trompe ?

Il saisit un chandelier et se mit à l'examiner, essuyant la poussière du bout des doigts.

— Sauf erreur, il s'agirait des chandeliers de l'ancienne église paroissiale qui a passé au feu durant les années 1920, sous le règne du curé Duval... Le vieux Rouleau saura me dire ça... Tout le monde pensait qu'on les avait volés...

Il redressa la tête :

— Pas question de les vendre, mon garçon... C'est un souvenir précieux pour notre paroisse... Et puis, c'est de l'argent massif ! As-tu trouvé autre chose ?

Florent secoua la tête, ayant de plus en plus de peine à cacher sa déception.

— Viens, on va tout de même aller jeter un coup d'œil. T'as piqué ma curiosité.

Il examina longuement les *Semaine du clergé*, déplaça un tas de vieilles planches, pesta contre les rats et l'absence d'éclairage, puis décida de remonter.

— Tiens, qu'est-ce que c'est que ça ? fit-il en apercevant sous l'escalier une boîte qui semblait contenir des débris de statues de plâtre.

Il voulut se pencher pour l'examiner de plus près, mais le suif que ses trente-deux années de prêtrise avaient amassé autour de sa taille rendait l'opération tellement pénible qu'il se releva.

— Tu es jeune, toi, fit-il en donnant une petite tape dans le dos de Florent, monte-moi donc ça près de ton camion que je fouille un peu dedans.

Florent se glissa sous les marches et, le visage plein de fils d'araignées, tira péniblement une petite malle à moitié démolie, privée de son couvercle, qui terminait manifestement sa carrière dans le rôle de poubelle. Le curé l'attendait à l'extérieur, tout en jetant des coups d'œil furtifs dans le camion :

— Merci, merci. Le bon Dieu te remettra ça.

Il promena ses doigts quelque temps au milieu des débris, sous le regard éploré d'une tête de Christ qu'on avait amputée de son menton et d'une oreille, puis se releva avec un grand soupir :

— Pousse-la près de la porte. Je vais demander au bedeau de la mettre aux vidanges.

Florent, la mort dans l'âme, transporta les chandeliers jusqu'au presbytère et refusa poliment la tasse de café qu'Adélard Bournival lui offrit pour « lui chasser le froid des boyaux ».

— Et si j'y ajoutais un petit filet de Hennessy trois étoiles ? proposa l'autre, l'œil malicieux.

Florent secouait la tête, prétextant une course urgente.

— Je pense, madame Laflamme, qu'il n'a pas toujours les intentions droites, votre amoureux, fit le curé en observant Florent par la fenêtre. Je viens de le surprendre tout à l'heure dans le sous-sol de l'église avec une demi-douzaine de chandeliers d'argent et il avait le fond de l'œil pas mal trouble pour un bon chrétien.

Madame Laflamme, offensée, haussa les épaules :

— Sauf votre respect, monsieur le curé, vous parlez parfois comme un écervelé. Comme si j'avais la tête aux amoureux, une femme de mon âge !

— J'aurais dû jouer de mes charmes, se disait Florent dépité en montant dans le camion, et m'arranger pour que sa ménagère le retienne au presbytère.

Il jeta un coup d'œil sur la vieille malle, plongea la main dedans et sentit comme de vieux chiffons enfouis sous le plâtre.

— Bah! qu'est-ce que j'ai à perdre, fit-il en la hissant dans le camion. J'y jetterai un coup d'œil ce soir après le souper.

Et ce fut ainsi qu'il put mettre la main, après une journée des plus décevantes, sur plusieurs liasses de lettres dues à la plume d'un certain Magloire Blanchet, curé à Saint-Charles durant les Troubles de 1837, et qui jetaient des lumières fort intéressantes sur l'insurrection des Patriotes. Mais la chance venait de lui sourire pour la dernière fois à Sainte-Romanie.

◆ ◆ ◆

Le lendemain après-midi, en revenant d'une longue tournée dont il ne rapportait que des ennuis de transmission et une vieille chaise berçante défigurée par de gros boulons, Élise lui remit un télégramme de Rosario Gladu :

DÉSIRERAIS TE RENCONTRER CHEZ MOI DEMAIN 3 H P.M. POUR AFFAIRE EXTRÊMEMENT DÉCISION-NELLE.

ROSARIO

Il venait à peine d'en terminer la lecture que l'automobile d'Aurélien Picquot arrivait en trombe devant la gare et passait à deux cheveux de s'immobiliser contre le poêle de fonte de la salle d'attente.

— Mais... qu'est-ce qu'il vient faire ici, celui-là ? s'écria Florent.

Il se précipita dans l'escalier, suivi de monsieur Émile, qui avait jugé inopportun de mettre ses souliers.

— Une... une... une... nouvelle extraordinaire ! hoqueta le cuisinier debout au milieu de la salle.

Les deux mains en avant, il semblait vouloir pomper l'air de toute la gare.

L'enfant le regardait, tout saisi. Florent le fit asseoir. Au bout de quelques instants, il se sentit capable de monter l'escalier.

— Allons, fit Élise, laissez-moi déboutonner votre manteau. Voir si c'est raisonnable de se mettre dans un état pareil !

Le cuisinier se laissait faire, dodelinant de la tête, l'œil à demi fermé. Les bruits de soufflet qui lui emplissaient le crâne d'un vacarme insensé s'atténuèrent peu à peu. Il desserra sa cravate, trempa ses lèvres dans un verre d'eau, puis soupira :

— Ah ! mes enfants ! quelle nouvelle !

Florent le saisit par les épaules :

— Ratablavasky est mort ?

Picquot secoua la tête avec un sourire épuisé :

— Je serais arrivé avec un char de fleurs si c'était vrai... Hélas, il vit toujours... et de plus en plus !

Il trempa ses lèvres une seconde fois, sourit à monsieur Émile qui suivait la scène d'un air effaré, assis dans un coin, les jambes croisées, puis :

— Je me suis rendu à l'hôtel Nelson, hier soir, vers huit heures.

Trois paires d'yeux désapprobateurs se posèrent sur lui.

— Oh, à titre personnel, bien entendu ! se hâta d'ajouter le cuisinier en secouant vivement l'index. Comme l'aurait fait n'importe quel badaud ! D'ailleurs, j'étais méconnaissable avec mes verres fumés, mon anorak et mon foulard de laine.

— Et... pourquoi cette visite ? demanda Florent.

— Eh bien ! j'avais décidé de passer la soirée en territoire ennemi, histoire d'observer ce qui grouillait dans le coin.

— Et alors ?

Il se leva et fit quelques pas, manifestement enchanté du petit spectacle qu'il était en train de donner, mais un étourdissement l'obligea de se rasseoir.

— Et alors, jusqu'à onze heures, rien. Mais à partir de là, mes amis, quelle aventure!

Après trois heures de «surveillance discrète» qui l'avaient mené du bar au grill, du grill à la crêperie et de la crêperie au bar, Picquot avait conclu que son métier d'espion lui faisait récolter plus de calories que de renseignements. Il se rendit à la réception et demanda le numéro de la chambre d'Egon Ratablavasky.

— Il est parti en voyage il y a deux jours, monsieur, lui répondit le gros garçon joufflu, les mâchoires empêtrées dans une chique de gomme qui répandait un désagréable parfum de cerise artificiel.

Picquot fronça les sourcils:

— N'importe. J'ai besoin de connaître son numéro de chambre. Affaire personnelle.

Muni de son renseignement, Picquot sortit de l'hôtel, entra de nouveau dans l'établissement par une porte latérale et enfila l'escalier qui menait aux chambres. Il dut bientôt s'arrêter. Son visage ruisselait de sueurs.

— *Tonnerre et destruction!* grogna-t-il tout bas, le souffle coupé. *Est-ce que, juste au moment où j'ai besoin de toute ma tête, il va lui prendre envie de sauter?*

Il s'appuya au mur quelques moments, prit deux ou trois inspirations et poursuivit prudemment sa montée. Parvenu au troisième étage, il éternua, puis s'avança lentement dans l'espèce de carrefour où se rejoignaient trois corridors mal éclairés. Un calme surprenant régnait partout. On aurait cru l'hôtel abandonné. Après avoir tourné sur place un moment, il enfila le corridor qui s'ouvrait en face de l'escalier, tourna à gauche et s'arrêta de nouveau. À quinze mètres devant lui, une porte entrebâillée laissait filtrer une lueur blafarde. Un coup de klaxon lui parvint tout à coup avec une netteté surprenante.

— *Quelqu'un a ouvert une fenêtre*, se dit-il machinalement.

Maudissant la myopie qui l'empêchait de lire le numéro inscrit sur la porte, il avançait à pas de loup, craignant à chaque seconde que le plancher ne trahisse sa présence.

— *303*, lut-il.

C'était l'appartement d'Egon Ratablavasky. Il fut surpris de garder autant de sang-froid.

— *Ce doit être la rage. La rage énorme que je ressens à la pensée de ce vieillard immonde.*

Il restait planté devant la porte, ne sachant trop que faire, une main dans la poche de son manteau, tripotant une boîte de pastilles de menthe que mademoiselle Émilienne lui avait offerte la veille. Soudain, des crissements se firent entendre, comme si on marchait sur du verre écrasé. La porte s'ouvrit lentement (on entendait avec beaucoup de netteté à présent les bruits de la place Jacques-Cartier) et un homme apparut de dos et s'immobilisa dans l'embrasure, perdu dans une profonde contemplation. Picquot faillit pousser une exclamation.

Une tornade semblait s'être déchaînée dans la pièce. Les meubles étaient renversés, fracassés, le plancher couvert d'éclats de vitre, de mottes de terre, de livres éventrés, de fragments de bois. L'homme eut un toussotement, puis recula d'un pas, le dos toujours tourné.

— Bonsoir, monsieur Picquot, dit Egon Ratablavasky. Comment va la santé? Venez, venez, fit-il en se retournant avec un sourire plein d'une tristesse distinguée, venez considérer le malheur qu'ont fait mes ennemis.

— Je... je n'y suis pour rien, balbutia Picquot, et je ne tolérerai pas que...

— Mais non, mais non! Je *sais* que vous êtes mon ami *estimable,* monsieur Picquot, et j'ai un extrême plaisir à profiter de votre précieuse présence. Venez. Je veux *tout* vous montrer.

Il s'approcha, le prit familièrement par le bras et se mit à parcourir avec lui chacune des pièces de son appartement. On n'en avait épargné aucune.

— C'est par là, fit le vieillard en montrant une fenêtre ouverte qui donnait sur un escalier de sauvetage, que mes ennemis ont *fait fuite* quand je suis arrivé.

Picquot le suivait docilement, la jambe flageolante, le cœur dans la gorge, mais prêt à la riposte, fouillant tout du regard.

— *Si jamais je sors vivant d'ici,* pensa-t-il, *quelle description!*

— N'oubliez pas même une *parcelle,* lui recommanda joyeusement le vieillard, afin que le plaisir de votre jeune ami soit *à toute sa perfection.*

— Qu'est-ce qu'il vient faire là-dedans? grogna le cuisinier en se dégageant brusquement.

Ratablavasky éclata d'un rire si jeune et si cristallin que son interlocuteur le dévisagea, tout déconcerté.

— Allons, continuons la promenade, la santé n'en sera que meilleure, reprit le vieillard en saisissant le Français par le coude.

— Suffit, vieux paltoquet! rugit l'autre en se dégageant de nouveau. Est-ce que tu me prendrais pour...

Il s'échappa de la pièce et se dirigea vers la sortie; le vieillard passa devant et ouvrit obligeamment la porte.

— Vieille croûte rassie! lança le cuisinier dans le corridor. Je n'aurai l'âme en paix que lorsque je te saurai en train de rôtir en enfer, ce qui ne saurait tarder, si j'en juge par l'état de ta carcasse.

Ratablavasky l'écoutait, debout dans l'embrasure, les bras croisés, l'œil à demi fermé, un sourire narquois aux lèvres.

— *Donnez* mes amitiés les plus profondes à monsieur Florent, dit-il de sa voix chantante. Ma porte lui sera toujours ouverte, ainsi qu'à vous. Mais, hélas, je n'habite désormais plus ici depuis deux journées, à cause du trop grand danger, n'est-ce pas, et je pars cette nuit même pour un long voyage afin d'apporter un peu de solidité à ma santé.

Il allait refermer la porte lorsqu'une idée subite l'arrêta. Son sourire fit place à une expression pleine de gravité, tandis qu'il portait la main à sa poche.

— Attendez, fit-il. Voici un petit cadeau, s'il vous plaît, pour votre jeune ami.

Picquot hésita. Mais son interlocuteur, posant sur lui un regard impérieux, lui fit un signe de la main droite. Mû comme malgré lui, le cuisinier s'avança, prit le livre qu'on lui offrait et se mit à le feuilleter d'un air méfiant.

— Je vous prie, je vous prie, disait le vieillard, c'est un *pur cadeau sans pensée cachée*, qui lui fera peut-être comprendre. Soyez bon et remettez-le *en ses mains*.

— Et le voici, ce fameux livre, s'écria Picquot en sortant de sa poche un exemplaire du *Père chrétien debout à l'aube*. Le diable si je comprends quelque chose à cet homme! Savez-vous ce qu'il m'a dit ensuite? Que les vingt mille dollars qu'il vous avait offerts pour ce bouquin n'étaient qu'une petite ruse d'amitié pour vous aider malgré vous dans vos projets. Et le plus curieux de tout, c'est qu'il semblait sincère!

— Il s'agit bien du même exemplaire, murmura Florent après l'avoir examiné.

— J'ai voulu vous avertir au plus tôt, continua le cuisinier. Notre monstre vient d'accuser le coup, mais gare à la riposte! Il n'est allé se tapir dans l'ombre que pour monter de nouvelles machinations.

Florent se leva:

— Vous sentez-vous en état de reprendre la route? Mon camion est sur le point de flancher et j'ai rendez-vous à Montréal avec Gladu.

— Eh quoi! est-ce que j'ai l'air d'un agonisant? Préparez-moi un sandwich et du café bien noir et je vous conduirai à Los Angeles, s'il le faut.

— Mais ton rendez-vous n'est que pour demain, observa Élise.

— Je préfère partir tout de suite.

— Je veux y aller moi itou, glapit monsieur Émile en s'accrochant au bras d'Élise.

— *Tout le monde* y va, décréta Picquot. Il n'est pas question de laisser quelqu'un seul dans cette gare par les temps qui courent. Mais prends garde à toi, petit chenapan! Que je ne te voie pas glisser le bout du petit doigt dans mon coffre à gants. J'y ai mis un flacon de cognac, mais il s'agit d'un cadeau pour mademoiselle Émilienne.

— Que vous allez nous présenter un jour, j'espère? fit Élise d'un air taquin.

— Ma fille, je ne sais où tu trouves la force de sourire dans un pareil moment.

Monsieur Émile les força de s'arrêter deux fois sur le bord de la route pour pisser, puis une troisième fois devant un restaurant parce que la faim lui donnait des crampes d'estomac. Ensuite, ses besoins organiques se mirent à osciller entre ces deux pôles, sans qu'il réussisse à les exprimer autrement que par des pleurnicheries, trépignements, coups de pied dans les banquettes et autres douceurs du genre. Élise, affalée dans un coin, les yeux clos, le cœur chaviré par la nausée (depuis sa grossesse, elle ne supportait plus l'automobile), n'avait pas la force de le contenir. Picquot gardait le silence, mais des soupirs de phoque s'échappaient de sa poitrine à une cadence de plus en plus inquiétante. Soudain, il appliqua les freins, se tourna vers l'arrière et posa sur l'enfant des yeux furibonds:

— Dis donc, petit, c'est chez ta mère que tu veux retourner, ou quoi? Encore un mot et je t'y mène par le bout de l'oreille, et tellement vite que tes talons ne toucheront pas le sol.

Monsieur Émile devint muet comme une carpe et se recroquevilla dans un coin, tout apeuré. Florent se pencha vers le cuisinier:

— Je pense qu'il se sent un peu comme nous tous, lui glissa-t-il à l'oreille. Essayez de le comprendre.

— Ah! quelle histoire! quelle histoire! gémit Picquot en redémarrant. En verra-t-on jamais la fin? Je ne sais ce que je donnerais pour un seul petit événement heureux.

Florent jugea risqué de descendre à leur ancien appartement de la rue Émery et préféra louer une chambre dans un hôtel de la rue Saint-Hubert. Aurélien Picquot décida de passer lui aussi la nuit à l'hôtel, « afin d'avoir la situation bien en main ». Aussitôt arrivé à sa chambre, Florent composa le numéro de Rosario Gladu.

— Je ne sais pas où c'qu'il est, répondit madame Gladu d'une voix peu engageante, et c'est peut-être mieux pour lui de même.

Il essaya de joindre Ange-Albert, sans plus de succès. Élise, la gorge nouée, le regardait sans dire un mot, assise dans un fauteuil et serrant monsieur Émile dans ses bras, un monsieur Émile devenu singulièrement sage.

— Eh bien! il ne nous reste plus qu'à patienter jusqu'à demain, conclut Florent tristement.

Le cuisinier, épuisé par sa soirée d'espionnage, ronflait dans la chambre voisine.

◆ ◆ ◆

— Mon papa est à la toilette, annonça la petite obèse de sa voix fluette et monocorde. Veux-tu venir dans le salon?

Florent s'arrêta devant l'agrandissement d'une coupure de journal accroché bien en vue dans le vestibule. On y voyait le journaliste, hilare et triomphant, au-dessus du texte que voici:

NOTRE REPORTER ROSARIO GLADU ENCORE EN ÉVIDENCE!

Rosario Gladu, notre brillant collaborateur au *Clairon du Plateau* s'est illustré tout dernièrement. Dans l'édition du 3 mars du *Journal de Montréal*, ce valeureux reporter doublé d'un photographe à la lentille rapide a signé un reportage photographique de toute beauté.

En effet, rendu sur les lieux d'un suicide, Rosario a capté du bout de sa lentille la chute d'un homme dans la trentaine. Le malheureux s'était lancé du haut d'un arbre de 15 mètres. Aussi vif que l'éclair, Rosario a réussi à photographier les diverses étapes de la chute fatidique du malheureux.

Nul doute que le reportage photographique qu'a réalisé Rosario dans *Le Journal de Montréal* a contribué à hausser les ventes du quotidien du matin!

Félicitations, Rosario, et continue ton beau travail!

— Ça t'en bouche un coin, pas vrai? fit le journaliste avec un large sourire en s'avançant vers lui, la main tendue. À force de traîner ses bottines partout, on finit par ramasser la piastre! C'est au Caprice, annonça-t-il sans transition, l'air grave. Il nous attend au Caprice.

Florent plissa le front.

— Le club de la rue Saint-Denis? Mais c'est un trou. On ne s'entendra pas parler.

— Eh bien, c'est là quand même. Tu ne t'imagines pas que c'est moi qui décide, hein?

Il se pencha vers sa fille qui les écoutait, le nez en l'air, sans dire un mot:

— *Envoye*, mon petit paquet, va chercher ton manteau. Tu t'en viens faire un tour avec popa. Bah! fit-il en se tournant vers Florent, ça te donnera l'occasion de rencontrer une de mes nouvelles plottes. Elle donne justement des *strips* le jeudi après-midi.

Ses yeux s'allumèrent:

— Tu me diras si tu la trouves mettable.

— À ce que je vois, ta femme n'est pas à la maison, observa Florent, goguenard.

— Partie chez son coiffeur, répondit-il en s'éloignant. Trouves-tu ton manteau, mon petit paquet? fit-il tout haut.

— *Il joue au gars plein d'entrain,* pensa Florent, *mais je le sens qui meurt de peur.*

Le journaliste revint près de Florent.

— Sais-tu comment j'ai réussi à l'accrocher, cette danseuse-là? fit-il en lui mettant la main sur l'épaule.

— Je me le demande bien.

— Avec un tatouage, mon *chum.*

Gladu le fixa pendant quelques secondes, puis déboutonna le haut de sa chemise. Un dessin de vulve extraordinairement réaliste parut au milieu de son sternum, exploitant avec un rare bonheur la pilosité abondante de sa poitrine. Le journaliste s'étranglait de rire devant l'air effaré de son compagnon, s'amusant à plisser et déplisser la peau de sa poitrine pour un surcroît de vérité.

— Est-ce qu'on y va? demanda tout à coup Florent, impatient. Il est presque trois heures.

La petite fille arriva tout habillée en se dandinant lourdement.

— *Ma foi,* se dit-il en la regardant du coin de l'œil pendant qu'ils marchaient sur le trottoir, *on dirait que son menton a encore fait un petit depuis que je l'ai vue.*

Georges-Étienne les attendait au fond de la salle en sirotant un cognac. Ses doigts effilés manipulaient délicatement le ballon qui tournait sur lui-même sans faire osciller le liquide. Le portier les conduisit à sa table et refusa le pourboire que Gladu lui présentait:

— C'est aux frais du *boss,* aujourd'hui.

Georges-Étienne fit un signe de tête à Florent, puis, se tournant vers Gladu:

— Je ne comprends pas, fit-il en désignant l'enfant qui le fixait d'un œil calme et rêveur.

— C'est ma fille Yolande, bredouilla l'autre. J'ai dû l'amener : ma femme est chez le coiffeur.

Georges-Étienne eut un imperceptible haussement d'épaules et les invita à s'asseoir.

La serveuse attendait un peu en retrait pour prendre les commandes. Aussitôt qu'elle se fut éloignée, le pègriot rapprocha sa chaise de celle de Florent et lui tapota la main avec un sourire d'une chaleur étrange dans ce visage de glace :

— Bonne nouvelle. Ton argent a porté fruit. Je ne crois pas que le dénommé Ratablavasky se sente désormais la moindre envie de se fourrer le nez dans tes affaires.

— Ah oui ?

— Je suis allé le trouver chez lui il y a trois jours avec quelques amis. L'appartement n'était pas très beau à voir après notre petite discussion. Ni lui non plus, d'ailleurs, ajouta-t-il en hochant la tête avec un air plein de commisération.

Florent entendit nettement le rythme de son cœur s'accélérer, tandis que sa bouche se remplissait tout à coup d'une salive âcre.

— Ah oui ? fit-il de nouveau.

Un sourire ironique se dessina comme malgré lui sur ses lèvres. Son compagnon le regardait, impassible. La petite Yolande, les mains posées sur ses genoux, observait une danseuse nue sur une plate-forme ; la danseuse faisait glisser un long serpent de fourrure mauve entre ses cuisses sous l'œil inexpressif d'un groupe de camionneurs.

— Eh bien, moi, j'ai entendu un autre son de cloche, reprit Florent, tandis que Gladu posait sur lui un regard médusé.

Il saisit son verre de bière et lentement, par bravade, prit une longue gorgée, puis :

— Un de mes amis l'a vu hier, tout à fait par hasard. Il était en parfaite santé.

— Il... s'agissait peut-être d'une autre personne, émit faiblement Rosario en s'appuyant des deux mains au bord de la table.

— Impossible. Ils se sont parlé pendant un quart d'heure. Qu'est-ce que tu réponds à ça? fit-il en se tournant vers Georges-Étienne, s'efforçant de surmonter son trac.

Celui-ci pinça dédaigneusement les lèvres et se contenta de faire un vague geste du revers de la main.

— Eh bien, moi, j'ai pensé à une petite explication, reprit Florent, sarcastique. Après avoir pris tes renseignements sur mon vieux monsieur, tu t'es aperçu que le poisson était un peu gros pour ta canne à pêche. Alors, au lieu de l'attaquer, tu t'es contenté de saccager son appartement. Mais je demandais plus que ça. Mille dollars, pour briser des meubles, c'est un peu cher.

Gladu se leva, saisit sa fille par la taille et s'éloigna d'un pas sautillant. Georges-Étienne, les deux mains autour de son ballon, regardait Florent avec un sourire amusé.

— Tu t'imaginais sans doute, cher, fit-il d'une voix pleine d'entrain, qu'on tabasse les gens de sa sorte pour un petit mille piastres? Je ne dirige pas une société de bienfaisance...

Il se pencha tout près de Florent et, d'un ton amical, presque tendre:

— Si tu tiens vraiment à ce qu'on le secoue pour la peine, il faudra mettre un peu plus. Mais rien ne t'empêche, bien sûr, de t'adresser ailleurs.

— C'est bien mon intention.

Georges-Étienne se recula un peu, toujours souriant. Un léger craquement se fit entendre sur la table et le cognac se mit à danser dans le ballon.

— Je ne t'en voudrai pas pour deux sous, dit-il. Cependant, je te recommanderais la plus grande discrétion sur notre petite affaire. C'est extrêmement important pour moi. Discrétion, discrétion, discrétion à tout prix. Et au cas où je ne me ferais pas assez convaincant, j'ajoute un dernier argument.

Il avança vivement la main vers Florent qui poussa un cri. Une entaille béante venait de s'ouvrir dans son bras. Il regarda, stupide, le sang qui se répandait sur son pantalon et dégouttait déjà sur le plancher, tandis que son compagnon, de plus en plus réjoui, faisait tourner entre ses doigts le ballon de cognac, maintenant privé de son pied.

◆ ◆ ◆

— Je n'ai plus qu'à me jeter dans le fleuve, murmura Florent, livide, en sortant d'une pharmacie où on l'avait aidé à panser sa blessure.

Picquot faillit pleurer de découragement :

— Mes enfants, je vous emmène avec moi en France. Tant que ce vieillard vivra, vous n'aurez pas la paix. Nous nous cacherons dans un petit coin de campagne en attendant que la mort nous en délivre. J'ai assez d'argent pour subvenir à vos besoins, à vous et à tous les enfants que vous ferez.

Florent sourit, trouva la force de plaisanter. Le calme d'Élise le raffermissait. En le voyant arriver le bras en écharpe, elle avait cru bon d'envoyer monsieur Émile chercher des journaux, ce qu'il avait accepté moyennant rémunération. On entendit bientôt son piaffement dans le corridor.

— Si on allait prendre une bouchée ? proposa Florent. Je ne me suis rien mis dans l'estomac depuis ce matin.

— Je veux un *sundae* aux fraises ! claironna monsieur Émile en laissant tomber les journaux sur le plancher.

Et pendant qu'un composé de lait en poudre, de gomme arabique et de monoglycérides descendait le gosier de monsieur Émile, qui balançait les jambes de contentement, on essaya, à mots très couverts, de dénombrer les moyens qui restaient pour se tirer du pétrin. On en trouva trois : le recours à un avocat, le recours à une agence de détectives... et le meurtre pur et simple.

— Commençons d'abord par l'avocat, fit Picquot. J'en ai connu un excellent autrefois à Québec, et qui nous aurait tirés d'affaire en criant lapin. Mais le pauvre, il est mort dans des circonstances plutôt étranges, écrabouillé sous un piano à Miami.

Florent se leva, s'enferma dans une cabine téléphonique et revint au bout de vingt minutes.

— Cet après-midi, à cinq heures, annonça-t-il. J'ai réussi à mettre la main sur un certain maître Théorêt.

◆

Maître Rodrigue Théorêt, qui tenait bureau au coin des rues Saint-Denis et Sherbrooke, n'avait rien compris à l'histoire de Florent. Il tenait ce dernier pour une espèce d'hurluberlu ou peut-être même – sait-on jamais ? – pour un mauvais plaisant. Mais il avait perdu depuis longtemps, hélas, l'espoir de choisir un jour ses clients et devait se contenter de ce qui se présentait. C'était du reste un fort honnête homme, aux idées grises et carrées, et il ne lui aurait pas fallu beaucoup de succès pour se sentir comblé. On le trouvait à son meilleur dans des activités paisibles comme le bricolage, la promenade philosophique dans les parcs ou la pêche à la ligne, son occupation favorite.

Il écouta poliment le récit de Florent, entrecoupé à tous moments des éclaircissements impénétrables d'Aurélien Picquot. L'histoire de son client lui apparaissait comme un tissu d'aventures abracadabrantes qui tenaient plus de la littérature fantastique que de la réalité et il en vint à se demander si ses trois interlocuteurs ne faisaient pas partie d'une espèce de secte pour détraqués légers qui n'osaient pas avouer leur appartenance.

— *Essayons quand même de leur rentrer un peu de bon sens dans la tête,* pensa-t-il. À votre place, les amis, dit-il quand

Florent se fut arrêté, je prendrais les choses plus calmement. Vous avez eu affaire à un homme plutôt étrange, je le concède, mais il ne me paraît pas très dangereux.

— Pas dangereux! s'exclama Picquot en levant les bras. Il leur a tout de même arraché un restaurant! Il s'agit d'une véritable spoliation!

— En êtes-vous sûr? Votre ami a traversé un moment difficile, le courage l'a abandonné, il a vendu ses parts pour une bouchée de pain: c'est chose courante. Les médecins appellent ça une dépression nerveuse. Quant à cette histoire de pilules, ça n'impressionnera pas beaucoup un juge.

Il sourit à Florent:

— Vous savez, tout le monde passe par des hauts et des bas. Moi-même parfois...

— Sauf votre respect, coupa sèchement Picquot, il ne s'agit pas de vous ici, mais de mon jeune ami, de son épouse et de deux années de merde totale.

— *Marde,* pas merde, murmura monsieur Émile pour lui-même.

Les sourcils de maître Théorêt s'arquèrent et un sourire pincé rassembla ses lèvres en une grosse boule de chair plissée. Il jeta un coup d'œil furtif à sa montre et trouva que l'entrevue s'allongeait démesurément:

— De toute façon, mon cher monsieur, pour revenir à cette histoire de pilules, il aurait fallu demander une expertise, si vous étiez sûr à ce point que votre associé vous droguait à votre insu.

— Et la photo? demanda doucement Élise.

— Eh bien, là, oui, je dois vous avouer qu'il s'agit d'un joli coup de Jarnac et je suis content que vous vous soyez montrée assez adulte, madame, pour... Mais voilà: comment faire la preuve? une bonne preuve solide? D'autant plus... que vous l'avez détruite! Mais je crois tout de même pouvoir vous aider, se hâta-t-il d'ajouter en voyant la consternation sur tous les visages.

Et il suggéra à Florent de faire une déclaration notariée de tous les méfaits que Slipskin et Ratablavasky lui avaient fait subir, déclaration que signeraient Ange-Albert, Élise et Picquot et qui pourrait s'avérer utile advenant le cas où Ratablavasky et ses acolytes s'aviseraient de porter des atteintes encore plus graves à Florent, chose qui semblait peu probable à l'avocat.

— Voulez-vous le fond de ma pensée? fit-il en terminant. Cessez de vous occuper de lui. Sa fantaisie finira par lui passer, comme il arrive presque toujours.

— Quelle endive! fulminait Picquot en s'éloignant dans le corridor. Un peu plus, et il nous faisait tous mettre en camisole de force! Quant à son fameux notaire, si vous m'en croyez...

— J'ai l'intention d'y aller, coupa Florent. Mais auparavant je veux m'adresser à une agence de détectives. Si jamais je dois régler cette affaire dans le sang, je veux qu'il soit clair pour tout le monde que je n'avais pas le choix.

＊ ◈ ＊

Une heure plus tard, ils se présentaient à l'Agence Denis P. Massue, établie dans un vieil édifice cafardeux de la rue Saint-Antoine près de Bleury. Un gros homme goguenard les fit entrer dans un bureau sommairement meublé où flottait un relent de café bouilli, croisa ses mains énormes, fit craquer ses jointures et se mit à écouter Florent.

Au bout de quelques moments, de subtils changements commencèrent à se produire dans son visage aux traits lourds et vigoureux. L'expression impassible et blasée des écornifleurs de motels et des habitués de la morgue fondit peu à peu et fit place à un air de politesse attentive. Son œil fixe et comme endormi se mit à rouler par à-coups rapides, se posant sur chacun de ses interlocuteurs, détaillant leurs vêtements, scrutant l'expression d'un visage. Florent, qui voyait ces changements, commença à s'embrouiller. Sa voix devint agressive, il se mit à parer des coups imaginaires. D'intéressé, le visage du détective devint soucieux. Ce récit obscur et compliqué, où les faits vérifiables s'évaporaient aussitôt apparus, le laissait songeur. Il sentit une peur sourde se répandre en lui à la perspective d'avoir à se lancer dans une affaire bizarre, peut-être plus sérieuse qu'il ne l'aurait souhaité, qui s'ouvrait devant lui comme un tunnel d'ombre se tortillant à l'infini.

— Heu... excusez mon interruption. Vous avez bien dit Ratablavasky, Egon Ratablavasky ? C'est un homme assez âgé, n'est-ce pas ?

Il porta la main devant sa bouche, déplaça une feuille sur son bureau, puis souriant d'un air forcé :

— Combien êtes-vous prêts à payer ? demanda-t-il brusquement. Vous savez, nous travaillons selon les moyens de nos clients.

L'autre le regarda, interdit :

— Mais... le prix qu'il faudra.

Picquot se leva et vint s'appuyer, les deux bras écartés, sur le bureau du détective :

— Mon cher ami, pour nous l'argent n'est pas un problème, comprenez-vous ? Il s'agit avant tout de délivrer la terre d'une crapule qui nous fait baver depuis deux ans.

— Hem... oui... je vois, je vois... Remarquez que notre agence... touche rarement à ce genre d'affaire... C'est que, voyez-vous, mes amis... ça peut coûter très cher... dix mille dollars et plus !

— Et alors ? fit Picquot d'une voix presque menaçante. Je suis solvable. Je peux fournir des garanties.

— Bon. Parfait. Très bien. Très très bien. Mais auparavant, je dois faire une première évaluation. C'est dans les normes de notre maison... Entre parenthèses : dommage que vous n'ayez plus cette photo...

Il leur posa quelques questions en faisant courir négligemment son crayon sur un bout de papier, puis se leva. L'entrevue était terminée.

— Je vous donnerai des nouvelles le plus tôt possible.

Et il les reconduisit à la porte avec une promptitude étonnante.

— Ma foi, grogna le cuisinier, c'est comme si on avait la peste noire!

Élise se tourna vers son mari avec un sourire navré:

— Inutile de nous faire des illusions: on n'entendra plus jamais parler de lui.

Ils firent quelques pas en silence.

— Mais il reste peut-être encore des cartes dans notre jeu, s'écria tout à coup Élise.

Picquot et Florent lui jetèrent un regard interrogatif.

— Notre cher abbé Jeunehomme, l'avez-vous oublié? Il a peut-être reçu d'autres renseignements de son correspondant de France.

— Tu penses? lança Florent, sarcastique.

— Oh, monsieur l'abbé ne va pas très bien de ce temps-ci, soupira la sœur portière. Vous êtes de la parenté? fit-elle en tirant machinalement sur les poils de sa moustache blanche.

Ses yeux fripés s'illuminèrent tout à coup en apercevant monsieur Émile qui venait de pousser la porte, suivi d'Élise:

— Le beau petit garçon! s'écria-t-elle, ravie.

Elle disparut au fond de la pièce, revint avec une boîte de chocolats, poussa la porte-guichet et se pencha au-dessus de l'enfant:

— En veux-tu un, mon chou? Comment t'appelles-tu?

Ses airs onctueux avaient disparu: elle ressemblait maintenant à une grosse grand-mère campagnarde. Florent attendit quelques instants, puis d'une voix légèrement impatiente:

— Excusez-moi d'insister, ma sœur, mais je dois rencontrer l'abbé Jeunehomme pour une affaire importante. Est-ce qu'il est malade au point que...

Elle eut une moue énigmatique, dictée par la discrétion, et disparut de nouveau derrière le guichet.

— Il vous attend, fit-elle en revenant presque aussitôt. Vous connaissez le chemin ? Quant à moi, j'ai bien envie de faire la jasette à ce petit bonhomme-là...

Monsieur Émile, l'œil vrillé sur la boîte de chocolats, ne se fit pas prier.

Le visage plus cireux que jamais, l'abbé Jeunehomme les attendait en haut de l'escalier, perdu dans une soutane fripée qui accentuait sa maigreur. Il leur tendit sa main froide :

— Je suis content de vous voir. Monsieur... ? fit-il en s'adressant à Picquot.

Élise les présenta. L'abbé leur fit signe de le suivre.

— *Ma foi, il se meurt, ce pauvre homme !* s'exclama intérieurement le cuisinier.

— On ne vous tire pas du lit, j'espère ? fit Élise.

— Non. Pourquoi ? demanda l'autre, étonné.

— C'est qu'on nous a dit que vous étiez souffrant et que...

L'abbé eut un haussement d'épaules.

— Je ne suis pas très aimé en bas, répondit-il avec un sourire plein d'ironie.

Il ouvrit une porte et s'effaça. Picquot ne put réprimer une exclamation de surprise en voyant l'énorme masse de livres entassés dans la pièce.

— Toujours aussi bouquineur, mon cousin ?

— Bouquineur, oui – juste un instant, laissez-moi vous débarrasser cette chaise –, mais un bouquineur quelque peu découragé.

— Ah bon ! ah bon ! fit Picquot avec un intérêt tellement exagéré qu'Élise et Florent ne purent réprimer un sourire. Vous avez eu des ennuis ?

— Une grande déception, soupira l'abbé. Est-ce que je peux vous offrir une tasse de thé? J'allais justement m'en servir une.

Il se dépêcha vers une petite table sur laquelle ronronnait un samovar électrique et s'affaira avec des gestes maladroits et nerveux.

— De quelle déception s'agit-il, mon cousin, sans indiscrétion? demanda Florent.

— Pour être franc, je vous avouerai que je ne me sens guère le cœur d'en parler. Je vais plutôt profiter très égoïstement de votre présence pour me changer les idées. Ah oui! j'oubliais... vos ennuis avec cette espèce de monsieur bizarre... c'est chose du passé, j'espère?

Florent fit une grimace:

— Eh non! c'est justement à ce sujet que nous sommes venus vous voir. Est-ce que votre ancien professeur à Louvain ne vous aurait pas fourni par hasard d'autres renseignements sur Egon Ratablavasky?

L'abbé, qui s'occupait de remplir une magnifique théière de porcelaine bleue, leva lentement la tête vers le plafond et on put croire pendant un moment que son âme était partie planer dans les nuées jusqu'à la consommation des siècles.

— Non, dit-il enfin, je ne me souviens pas, je ne me souviens réellement pas.

— Vous êtes sûr? demanda Élise avec un accent d'imploration dans la voix.

Picquot se leva comme si on venait d'électrifier sa chaise:

— Monsieur l'abbé, permettez-moi... c'est une question de vie ou de mort, vous entendez? Ces deux enfants sont aux abois, littéralement aux abois!

L'abbé Jeunehomme les regardait, l'air peiné:

— Il a donc recommencé à vous ennuyer?

— Il nous menace plus que jamais! affirma le cuisinier.

— Je regrette, murmura l'abbé, je regrette infiniment... Dom Périgord ne m'a pas donné de nouvelles depuis l'envoi de ce curieux bouquin... comment s'appelait-il donc? Euh... *Un père chrétien debout à l'aube,* je crois. Encore une fois, quel drôle de titre!

Il tendit à chacun une tasse de porcelaine, translucide comme un pétale de rose, et versa le thé. Un moment de recueillement se fit, qui permit au pouchong de faire apprécier sa délicate saveur. Soudain, Florent se leva et se mit à se promener de long en large dans l'étroit espace que lui laissaient les piles de livres:

— Ah! je donnerais mon œil droit pour le voir monter dans un panier à salade et aller finir le reste de ses sales jours en prison! Le vieux tabarnac! il finira par me rendre fou!

L'abbé toussota et une tache de rougeur s'alluma sur ses joues pâles et ternes:

— À propos de panier à salade... est-ce que je peux me permettre un petit coq-à-l'âne? J'ai toujours cru que cette expression appartenait à un argot assez moderne, mais je me trompais. Balzac l'utilisait déjà en 1846 au début de la troisième partie de *Splendeurs et Misères des courtisanes.* Il en profite d'ailleurs pour nous donner une explication fort intéressante sur l'origine de cette expression.

Il s'arrêta, intimidé tout à coup par les regards étonnés de ses interlocuteurs.

La conversation se mit alors à rouler sur des sujets d'ordre général et d'intérêt douteux, tout le monde cherchant à trouver la phrase heureuse qui permettrait de se quitter. Mais Florent commit un faux pas:

— Comment vont vos recherches sur – j'ai oublié son nom – ce fameux écrivain russe qui avait jeté un de ses bouquins au feu?

De blafard, le teint de l'abbé devint cadavérique.

— Vous voulez parler de Gogol? murmura-t-il d'une voix éteinte.

Il prit quelques secondes pour rassembler ses forces. Son visage et tout son corps s'étaient tellement affaissés qu'Élise fit un mouvement vers lui, croyant qu'il allait s'effondrer.

— Je ne voulais pas vous en parler, reprit l'abbé, car je n'aime pas mêler les gens à mes ennuis personnels. Mon devoir d'état me dicte au contraire de compatir aux souffrances d'autrui... Mais d'autre part... tout garder en soi... c'est tellement difficile...

Il promena un regard abattu sur ses invités :

— Ah! mes chers amis, il est en train de me faire mourir, ce pauvre Gogol... Après tant d'efforts, en arriver là...

— Mais de quoi s'agit-il? coupa Picquot, un peu agacé.

L'abbé Jeunehomme hésita quelques secondes, puis se leva :

— Venez avec moi.

Ils sortirent de la chambre, enfilèrent un long corridor tout en coudes, puis descendirent un escalier de chêne qui se mit à pousser des gémissements comme si chacune de ses marches contenait l'âme souffrante d'une ancienne ouaille condamnée à passer son purgatoire au presbytère. L'abbé, de plus en plus fébrile, sortit un trousseau de clés et ouvrit une petite porte qui donnait dans un sous-sol très bas de plafond.

— Attention aux solives, fit-il en s'avançant dans l'obscurité.

Une sorte de chuintement rythmique indiquait la présence d'une pompe quelque part devant eux.

— Impossible qu'on soit encore sous le presbytère, murmura Florent au bout d'un moment.

— Nous sommes maintenant dans le sous-sol d'une ancienne dépendance qui a été rasée en 1848, répondit l'abbé.

Picquot ponctua cette précision historique d'un juron formidable : son genou gauche venait d'entrer en contact avec une masse métallique de la grosseur d'une borne-fontaine.

— J'aurais dû apporter ma lampe de poche, s'excusa l'abbé, confus.

Le sol s'éleva légèrement et la lumière qui tombait d'un minuscule soupirail permit d'apercevoir une porte bardée de tôle.

— Mon laboratoire, expliqua l'abbé en tournant une clé.

Un flot de lumière fit plisser tous les yeux. Ils pénétrèrent dans une grande pièce fraîchement aménagée, qui tirait autrefois son jour de quatre soupiraux, maintenant aveuglés. Trois des murs étaient bordés de longues tables où l'on avait disposé des appareils qui semblaient destinés à la photographie ou à des opérations connexes. Le quatrième, où s'ouvrait la porte, était couvert de rayonnages chargés de livres.

— Incroyable! s'exclama Picquot. On se croirait dans un roman de Gaston Leroux. Qu'est-ce que c'est que ça? fit-il en s'approchant d'un curieux petit poêle qui se dressait au milieu de la pièce.

L'abbé Jeuhomme poussa un cri:

— Ne touchez à rien! Voilà la cause de tous mes soucis.

Élise se tourna vers lui:

— Le poêle de Gogol? murmura-t-elle.

L'abbé hocha la tête, les yeux pleins d'eau:

— Celui-là même, et qui est devenu le tombeau d'un chef-d'œuvre.

Il s'en approcha, souleva un rond avec des précautions infinies et fit signe à ses compagnons de s'avancer. Une masse de papier aux trois quarts carbonisée gisait au fond sur un lit de cendre.

— Je ne comprends pas, murmura Picquot. De quoi s'agit-il?

Une expression d'étonnement peiné apparut sur le visage de l'abbé:

— Personne ne vous a donc jamais parlé de la deuxième partie des *Âmes mortes* que Gogol, dans un accès de folie religieuse, jeta au feu le 11 février 1852, onze jours avant sa mort?

Picquot plongea de nouveau son regard dans l'ouverture. La masse de papier avait pris tout à coup un aspect lugubre et imposant.

— Voilà le fruit de trois ans de travail, soupira l'abbé en refermant le rond. J'ai dépensé des sommes folles, j'ai travaillé pendant des jours et des nuits, j'ai fait venir des douzaines d'experts. Ils se sont tous accordés pour me dire que je perdais mon temps à vouloir tirer quelque chose de cet amas de débris. Déjà, les vibrations causées par les nombreux déplacements du poêle ont réduit en cendres plus de la moitié du texte. Et il semble n'y avoir aucun moyen de manipuler ce qui reste sans le détruire tout à fait.

Une tristesse poignante avait saisi ses compagnons. Et pourtant, aucun d'entre eux n'avait lu une seule ligne de Gogol. Élise s'approcha de l'abbé et l'entraîna doucement vers la sortie.

— Pas une miette de texte? fit Picquot. Vous n'avez pu rien sauver?

Un sourire sarcastique plissa les lèvres du chercheur.

— Oh, si… Après deux mois de travail, nous avons réussi à reconstituer un groupe de mots d'une façon absolument certaine…

Il sortit un bout de papier de sa poche et le tendit à Picquot.

— C'est du grec? fit ce dernier.

— Non, il s'agit de caractères cyrilliques, répondit l'abbé, et il lut:

— *Boud'te lubezny, dorogoï kapitane, prinesti mné banotchkou gortchitsy.*

— Et qu'est-ce que ça veut dire?

— « Ayez la bonté, mon cher capitaine, de m'apporter un petit pot de moutarde. » *Les Âmes mortes* s'achèvent sur un pot de moutarde. N'est-ce pas sublime ? fit l'abbé avec une grimace amère.

◆ ◆ ◆

Durant la soirée, Élise et Florent, accompagnés d'Aurélien Picquot, de monsieur Émile et d'Ange-Albert, qu'on avait réussi à joindre chez lui, se rendirent chez le notaire pour l'enregistrement de la déclaration. Ange-Albert, pour l'occasion, s'était déniché une chemise blanche et une cravate afin d'atténuer le mauvais effet que ne manquèrent pas de produire sur le magistrat les traces de sa courte et tumultueuse carrière de joueur professionnel.

32

L'hiver finit par se résigner à quitter le Québec, mais ponctua sa défaite par trois inoubliables tempêtes de neige qui passèrent à l'histoire météorologique sous le nom des Trois Sœurs blanches. Saint-Hyacinthe connut un incendie dévastateur parce que les voitures de pompiers s'étaient enlisées dans la neige en plein centre-ville. Le lait et le pain manquèrent durant deux jours à Montréal. Trois personnes moururent de froid près de Sherbrooke et quatre à Saint-Félicien, presque à l'entrée de la ville, en revenant d'une partie de chasse aux renards. Une panne d'électricité frappa tout l'est du Québec pendant une journée et les ébats amoureux, stimulés par la lueur des chandelles et la nécessité de se tenir au chaud sous des couvertures, connurent une intensité extraordinaire, qui dut hâter la venue du printemps. Sainte-Romanie résista aux Trois Sœurs à coups de corvées de déneigement, d'assiettées de ragoût et de rasades de gros gin, mais on enregistra une grave pénurie de pelles au magasin général.

Élise, dont le ventre et les seins commençaient à prendre un aspect plantureux, venait de sortir de ce que Florent appelait plaisamment son «tunnel du sommeil», une période plutôt morne où seule la présence agissante de monsieur Émile l'avait empêchée de dormir seize heures par jour. Quant à Ratablavasky, il donnait l'impression de s'être volatilisé dans la tourmente. Florent téléphona à l'hôtel Nelson plusieurs fois à son sujet. On lui répondait invariablement qu'il n'avait pas donné de nouvelles, mais que sa suite lui était toujours réservée. Florent essayait d'oublier son existence, mais dans la matinée du 27 mars, un incident se produisit qui lui enleva tout espoir de jamais y parvenir.

Il feuilletait *La Presse* dans un petit restaurant d'Arthabaska en attendant de se présenter chez un vieux médecin sur le point de casser maison, lorsque son regard tomba sur la photographie de Georges-Étienne qui accompagnait un article intitulé:

UNE MORT ÉTRANGE

Le corps d'un homme de 43 ans a été retrouvé sans vie hier au 4043 de la rue Rachel dans des circonstances plutôt inusitées. Il s'agit d'un individu du nom de Georges-Étienne Cartier, homme d'affaires, bien connu des milieux policiers. La victime, complètement calcinée, reposait dans son lit lorsqu'un ami fit la macabre découverte. Détail étrange: aucune autre trace de combustion ne put être relevée dans la pièce, dont même la literie se trouvait intacte. La police n'est pas encore parvenue à déterminer l'endroit où est survenu le décès, qui s'explique vraisemblablement par un règlement de comptes. On se perd en conjectures sur les mobiles de l'assassinat. Le sergent Bourgie, de l'escouade des homicides, poursuit son enquête.

Il se garda bien d'annoncer cette nouvelle à Élise et s'efforça même de la considérer comme un simple fait divers, un peu plus insolite que d'autres, sans plus ; mais le lien qui s'établissait dans son esprit entre cette mort sinistre et les dommages que Ratablavasky avait subis à l'hôtel Nelson le faisait frémir.

Un revirement s'était produit à son sujet dans la région et ses tournées d'antiquaire ne rapportaient presque plus rien. Au début du mois d'avril, vers la fin d'un après-midi, il croisa le maire Meloche en face de l'église.

— Salut, mon Florent ! s'écria le maire avec une familiarité surprenante. T'en vas-tu faire tes dévotions à sainte Locomotive, patronne des gros trains ?

Florent s'arrêta, déconcerté.

— Tu lui dois une fière chandelle, à celle-là, hein ? continua le maire, gouailleur. Mais j'ai comme idée que ses faveurs tirent à leur fin.

Il lui tapa un clin d'œil et s'éloigna en riant.

— Eh bien, ma vieille, s'écria Florent, tout dépité, en arrivant à la gare, il est temps de boucler nos valises, on n'a plus rien à faire ici. Meloche a dû s'informer à mon sujet au Canadien Pacifique. Voilà pourquoi je n'arrive même plus à mettre la main sur un vieux crachoir. Je suis brûlé !

— On s'en va-tu ? demanda monsieur Émile qui, un bâton de hockey à la main, se préparait à sortir pour abattre les glaçons suspendus à la corniche de la gare.

— Oui, mon garçon ! On s'en retourne à Montréal, toute la famille.

Monsieur Émile fit une grimace qui augurait mal pour l'heure qui suivrait. Deux jours auparavant, Élise lui avait annoncé, avec tous les ménagements possibles, que sa mère désirait le ravoir auprès d'elle. L'argent de Picquot ne faisait plus aucun effet sur elle depuis le jour où des ragots de voisines étaient parvenus à ses oreilles. On l'accusait, ni plus ni moins, de louer son enfant à un couple de jeunes pervertis.

— Quand bien même vous me donneriez des mille et des millions, avait-elle déclaré au cuisinier, y a rien qui pourra jamais remplacer mon enfant. Je l'ai pas vu depuis trois mois; ça suffit: ramenez-le.

— Je veux pas aller chez ma mère, pleurnicha-t-il, je veux rester avec vous autres.

Vertu, qui avait appris que les accès de mauvaise humeur de monsieur Émile se terminaient souvent par une série de coups de pied dans son arrière-train, s'éloigna prudemment.

— Voyons, fit Élise doucement, il faut être raisonnable. Tu es devenu un grand garçon, maintenant. Quand on sera à Montréal, tu pourras venir nous voir aussi souvent que tu le voudras, comme avant.

— Je veux pas, bon! Je veux rester avec vous autres! se mit à hurler l'enfant. Je l'aime pas, ma mère! Elle fait jamais rien à manger! Toujours des cannes, des cannes, des câlisses de cannes!

Les traits tordus de colère, mais l'œil sec, il tourna les talons et alla se réfugier dans sa chambre.

— Hum... fit Élise à voix basse, je crois qu'on vient de se mettre un problème sur les bras...

Florent poussa un ricanement:

— «On»? «On» comme dans Picquot. C'est lui qui nous a transformés en famille d'accueil. Dieu sait si on en avait besoin, fit-il en pointant le ventre de sa femme.

Élise sourit:

— Voyons, le futur père, tu essayes de faire le dur, mais tu n'y arrives pas. Tu l'aimes autant que moi, cet enfant. Monsieur Émile, viens ici, fit-elle en se retournant. Florent va te raconter tout ce qu'on va faire ensemble une fois rendus à Montréal.

— Non! jappa une voix furieuse.

583

La colère de monsieur Émile dura trois bons quarts d'heure, puis se déversa sur la corniche de la gare, qui perdit tous ses glaçons. L'un d'eux traversa une vitre et s'émietta près du poêle de la salle d'attente. Florent tempêta pour le principe, puis remplaça le carreau, aidé de son jeune protégé.

Sa rencontre avec Jean-Marie Meloche l'avait comme soulagé, car elle ne lui laissait pas le choix : il devait quitter Sainte-Romanie.

De toute façon, il partait le cœur léger : les lettres du curé Blanchet avaient rapporté la coquette somme de 6400 $. Ses économies s'élevaient maintenant à 36 800 $. Il avait donc presque atteint son objectif.

À huit heures, les valises s'entassaient dans le salon. Monsieur Émile avait vite senti qu'il ne gagnerait rien à faire la grosse gueule et s'était joint de bonne grâce aux préparatifs. Mais son calme inhabituel montrait bien à quel point leur retour à Montréal le bouleversait.

— Il serait temps d'aller te coucher, mon caribou, fit Élise vers neuf heures. Les yeux te clignent de fatigue. Viens, que je te débarbouille un peu.

Florent la retint par le bras :

— Repose-toi. Je vais m'en occuper. Tu tiens à peine debout.

Il prit l'enfant par la main et se dirigea vers les toilettes.

— Est-ce que tu vas me raconter une histoire ? demanda monsieur Émile en plissant les paupières pour lutter contre l'envahissement du savon.

— Oui, bien sûr, comme d'habitude.

Son chat couché à ses pieds, il écouta avec beaucoup d'intérêt l'histoire de Florent. Il s'agissait ce soir-là des aventures d'un vieux monsieur qui possédait un seau doué du don de la parole et de celui, pour le moins aussi étonnant, de pouvoir se remplir chaque nuit de saucisses fraîches, de pommes de terre et de navets. Puis monsieur

Émile décida de faire un échange de bons procédés et de raconter lui aussi une histoire de son cru :

— Une fois, c'était un petit gars qu'était parti de chez lui avec son chat parce qu'il s'ennuyait. Puis son chat avait mal au ventre parce qu'il avait mangé trop de ragoût de boulettes. Puis son chat pleurait. Puis le petit gars avait mal au ventre aussi. Puis ils ont marché longtemps longtemps, puis son chat avait mal aux pattes, mais pas le petit gars, parce qu'il avait des grosses bottines. Puis là, ils se sont arrêtés dans une grande maison où il y avait un monsieur puis une madame, mais pas trop vieux. Puis le monsieur et la madame, ils ont dit au petit gars : « Enlève ton manteau, tu vas avoir trop chaud. » Puis là, ils sont restés toute la gang longtemps longtemps, puis tout le monde était content, et puis ils mangeaient plus de ragoût de boulettes, juste de la crème glacée. Puis là, les bandits sont venus pour leur faire mal, mais le petit gars leur a cassé la gueule. Puis son chat a eu des petits minous, puis tout le monde était content, puis c'est tout. L'aimes-tu mon histoire ?

Florent revint au salon :

— Le petit torrieu, il est plus malin qu'un vieux singe, murmura-t-il, la gorge nouée, les yeux pleins de picotements.

Il résuma à sa femme le récit de monsieur Émile.

— Il faut absolument le garder avec nous, cet enfant, fit-elle, tout émue. Il est perdu s'il retourne chez sa mère. Ouvre-toi les yeux, bon sang !

Florent la regarda un instant, l'air malheureux, puis dressant le pouce, il fit le geste de caler une bouteille :

— Es-tu vraiment prête à le prendre avec *tous* ses problèmes ? Penses-y bien, ma belle, ce n'est pas seulement une question de beaux sentiments. Il est peut-être déjà foutu, ton gars.

Ils se remirent au travail et transportèrent la plus grande partie de leurs effets dans le camion, de façon à pouvoir partir sans bruit au petit matin, pendant que le maire Meloche ronflerait encore près de son épouse.

* ◆ *

Le soleil se leva dans une forme splendide et se mit aussitôt à faire pleurer tous les glaçons du village. La croûte glacée qui s'était formée sur les champs au cours de la semaine précédente commença à se ramollir et vers la fin de l'avant-midi de minuscules affaissements apparurent ici et là, annonçant que l'hiver s'était remis à couler encore une fois vers les lacs et les rivières. Dès l'aube, le camion de Florent avait traversé discrètement le village et s'était perdu dans la campagne, faisant lever mille questions inquiètes dans l'esprit de madame Laflamme qui l'avait aperçu par la fenêtre en préparant les grillades de lard salé de monsieur le curé.

La journée s'écoula paisiblement. À tous moments, une porte s'ouvrait et quelqu'un s'avançait sur un perron pour humer le vent tiède qui enveloppait le village avec tendresse et faisait glisser de gros morceaux de neige le long des toits. À quatre heures et quart, au moment où le vent avait repris un peu d'âpreté, l'autobus en provenance de Montréal s'arrêta devant le magasin général et laissa descendre un passager.

Une heure plus tard, le visiteur se présentait au magasin général, complètement morfondu.

— Monsieur Boissonneault n'est pas à la gare ? s'étonna la femme de l'épicier. Sa dame non plus ?

— Oh, mais il est peut-être descendu à Montréal, mon garçon, s'écria monsieur Hamel, sincèrement désolé du contretemps de son visiteur mais ravi à la pensée de pouvoir raconter l'incident à tout le village. Il y descend souvent, tu sais, rapport à ses vieux meubles.

L'épicier se mit à se creuser la tête pour lui trouver un gîte, car l'autobus ne repassait que le lendemain à sept heures. Ange-Albert, l'estomac tiraillé par la faim, attendait modestement dans un coin, tout en croquant une tablette de chocolat.

Florent croquait une tablette identique dans une petite tabagie de la rue Mont-Royal, au coin de Saint-Hubert, où il venait de téléphoner à Picquot.

— Ne bougez pas, j'arrive! avait ordonné le Français. Bah! et puis aussi bien vous l'annoncer tout de suite: quand vous me verrez, j'aurai tout juste donné ma démission à ces ignobles farceurs de chez Barnmeal et je serai prêt à reprendre mes chaudrons.

Il arriva quelques minutes plus tard, rempli d'un enthousiasme qui inspirait des inquiétudes pour sa pression artérielle, secoua la main de Florent, s'extasia devant le ventre d'Élise, puis saisit monsieur Émile dans ses bras et l'embrassa avec une effusion extraordinaire.

— *Hey!* ta barbe me pique! protesta ce dernier, offusqué par tant de sentimentalité.

— Et maintenant, fit Picquot, allons voir ce fameux local. Tu ne perds rien pour attendre, toi, concentré de crapule! ajouta-t-il en levant le poing dans la direction de La Binerie.

Les dimensions du local lui plurent.

— Voilà l'endroit idéal pour installer la cuisine, fit-il en montrant l'arrière-boutique, mais il faudra reculer cette cloison d'un mètre ou deux. Je travaille mal quand je n'ai pas mes aises. Alexis Soyer affirmait que les triomphes de la haute cuisine reposent sur le confort et le sens pratique.

Florent désigna du doigt un lit de camp dégarni, au sommier tout affaissé:

— C'est ici, dit-il, que mon propriétaire a terminé sa carrière commerciale.

Monsieur Émile s'apprêtait à sauter dessus, histoire de vérifier la résistance des ressorts, mais Picquot le souleva par un bras et le déposa quelques mètres plus loin:

— Bas les pattes, petit. Il faudra garder le lit, dit-il à Florent. Je vais coucher ici au début. Eh oui! ne faites pas cette mine-là! Vous savez, ouvrir un restaurant, c'est comme lancer un navire. L'opération est délicate. Il y faut une vigilance de tous les instants. Durant cette phase, mon garçon, les clients sont comme de fragiles nouveau-nés qu'il faut couvrir de soins attentifs.

Il se retrouva bientôt avec Élise derrière un amoncellement de rouleaux de jute:

— Ma fille, j'ai un service à te demander. Je connais la fierté de ton mari, qui l'honore. Mais il manque un peu d'expérience. La bataille qui nous attend sera terrible, plus terrible qu'il ne pense. Il aura besoin de tous ses sous pour tenir. J'ai décidé d'investir ma première année de salaire dans ce restaurant. Il va penser que je lui fais la charité. Je compte sur toi pour le convaincre du contraire. Qu'il me paye des intérêts raisonnables et ça me suffira. Avec le petit magot que j'ai réussi à m'amasser, je n'ai plus besoin de travailler, maintenant. Si je le fais, c'est pour mon plaisir.

Élise fondit en larmes et lui sauta au cou.

— Voyons, voyons, grognait le cuisinier, l'œil plein d'eau, qu'est-ce que c'est que ces pleurnicheries?

Ils se rendirent à l'appartement de la rue Émery pour souper. Florent consulta sa montre. Elle marquait sept heures et quart. L'absence d'Ange-Albert le surprit un peu.

— Est-ce que notre dégustateur de jeunes filles aurait changé de nid? fit-il avec un sourire moqueur. À bien y penser, ce ne serait peut-être pas une mauvaise idée... Depuis que j'ai fait saccager la chambre du Vieux, je n'aime pas trop me retrouver ici.

Élise eut un geste las:

— Bah! ici ou ailleurs... il finit toujours par nous retracer...

— Voilà pourquoi, ma chère enfant, fit le cuisinier, il faudra tôt ou tard un affrontement direct et décisif. Et m'est avis que le plus tôt sera le mieux. Mais discutons plutôt, si vous le voulez bien, de l'installation de notre futur restaurant. Et d'abord, comment allez-vous le nommer?

— *Chez Florent*, ordonna monsieur Émile.

Florent se tourna vers sa femme:

— Tiens, pourquoi pas?

Élise sourit, hocha la tête et ses yeux se rapetissèrent légèrement, comme ceux d'un chat qui vient d'apercevoir une proie:

— En attendant La Binerie de Florent, peut-être?

Pendant ce temps, dans une petite chambre glaciale du presbytère de Sainte-Romanie, Ange-Albert essayait d'adapter sa colonne vertébrale au relief accidenté d'un vieux lit puant la boule-à-mites. Le pauvre songeait avec tristesse aux nuits fulgurantes qu'il avait passées avec Rosine dans un lit presque aussi mauvais, prenant conscience avec horreur qu'il était devenu, lui, le beau coucheur indifférent, aussi fleur bleue qu'une vieille fille en amour.

À cent cinquante kilomètres de là, Élise et Florent brassaient des idées bien différentes. Stylos en main, la tête pleine de chiffres, ils fourbissaient leurs armes sous la direction napoléonienne d'Aurélien Picquot.

— Mes enfants, voyons d'abord à l'équipement de notre restaurant, tout le reste en découle, comme le chiot vient de la chienne. Bien des faillites proviennent d'un excès de sentiment. Le nouveau restaurateur, au lieu de garder la tête froide, s'amourache de son futur établissement: rien n'est assez beau pour lui, il immobilise un capital fou pour l'installation et quand les affaires démarrent trop lentement – ce qui arrive neuf fois sur dix –, il ne lui reste pas assez de fric pour tenir le coup et ce sont les créanciers qui s'emparent de l'affaire pour une bouchée de pain. Et puis, de quelle sorte de restaurant s'agit-il ? Avez-vous pensé au menu ? De combien de places disposerons-nous ?

— Ce sera un peu comme à La Binerie, répondit Florent, mais en mieux et en plus grand. Notre local mesure cinq mètres par quinze. J'ai dressé des plans avant-hier : on peut y installer un comptoir en L de dix-sept places et seize places en banquettes, ce qui donne un total de trente-trois. Avant l'agrandissement, La Binerie en comptait vingt-deux.

Élise eut une moue sceptique :

— Tu tiens vraiment à refaire une autre Binerie ? À mon avis, c'est partir perdant.

— VOILÀ ! s'écria Picquot en dressant l'index. Mon garçon, cette charmante enfant vient de vous éviter un précipice. Chaque restaurant doit posséder *sa personnalité* bien marquée sous peine de végéter, puis de mourir. Il faut concurrencer Slipskin non seulement par nos prix, mais par notre *style*.

Une longue discussion s'engagea, alimentée de café brûlant, ponctuée d'éclats de voix, pleine de va-et-vient, de raclements de chaises, de griffonnages nerveux. Trois heures plus tard, Chez Florent naissait. C'était un petit restaurant (non seulement à cause du local, mais *par vocation*), ouvert de 6 h à 23 h. Le menu s'appuyait pour l'essentiel sur la cuisine traditionnelle québécoise, mais une cuisine discrètement affinée, complétée en sourdine par quelques spécialités françaises ou européennes. Les crêpes au sirop d'érable, la tourtière, le cipate, les fèves au lard et le pâté chinois voisinaient avec le coq au vin et le sauté de veau Marengo, sans oublier les fameuses grands-mères qu'avait popularisées Picquot à La Binerie. Mais comme l'on s'adressait à une clientèle populaire, facile à effaroucher, Élise avait suggéré de rebaptiser les plats européens pour leur donner un petit air de chez nous. La crème de brocoli, la crème de carottes, le potage Parmentier et le velouté Aurore se retrouvèrent sous la rubrique des BONNES SOUPES DE MA TANTE DÉLIMA avec la soupe aux pois et la soupe aux choux. Le coq au vin se présentait comme un « fricot de poulet à la mode du Bas-du-Fleuve ». Le sauté de veau, méprisant les hauts cris des manuels culinaires, portait le nom de « fricassée de veau de Saint-Félicien ». Le tout se complétait de quelques plats vite faits : foie de porc et foie de bœuf poêlés, steak haché, saucisses et les indispensables sandwiches.

La section des desserts affirmait clairement sa double allégeance québécoise et française, car l'amour des douceurs, c'est bien connu, donne de l'audace au dîneur le plus peureux. On y retrouvait les tartes à la farlouche et au sirop d'érable, les beignes et les galettes à la mélasse, mais aussi la crème caramel, les mokas et même les diplomates.

Picquot termina la soirée par une longue déclaration de haine contre les purées de pommes de terre instantanées, les frites préparées en usine, l'utilisation systématique des conserves et tous les cataclysmes culinaires qui ont dévasté l'Occident depuis que les Américains ont décidé de planter leur drapeau dans nos assiettes.

— Ces cochons, vociféra-t-il, sont en train de saper notre civilisation et de transformer la France en un pitoyable, un honteux, un ignoble *supermarket* !

Il s'arrêta, pantelant, écarlate, l'œil trouble, ne sachant plus trop où il en était.

— *Calvinouche*, pensa Florent, *est-ce qu'il va nous taper une attaque ?*

Élise lui apporta un verre d'eau :

— Que diriez-vous, mon bon monsieur Picquot, de rester à coucher ici ? Il est trois heures passées.

Le cuisinier ne se fit pas prier. On l'installa dans la chambre d'Ange-Albert.

— Eh ben, mes amis, fit-il d'une voix éraillée en s'étendant tout habillé sur le lit, ce soir, je sens mes vingt ans loin de moi, je vous prie de me croire. Florent, mon petit, apportez-moi encore un peu d'eau… et le flacon de comprimés qui se trouve dans la poche de mon veston.

Élise se pelotonna frileusement contre son mari qui étendit le bras sous sa nuque, position qui leur servait de prélude au sommeil depuis qu'ils dormaient ensemble.

— Si tu veux mon avis, lui souffla-t-elle à l'oreille, prépare-toi à chercher un remplaçant. Ses années de cuisine sont comptées, à notre pauvre vieil ami.

* ◆ *

Vers sept heures, un rayon de soleil traversa une déchirure de store et tomba sur le front d'Aurélien Picquot. Le cuisinier laissa échapper un profond soupir, sourit d'une façon aussi charmante qu'inattendue, puis ouvrit les yeux. Il examina la chambre pendant quelques secondes, stupéfait, puis sourit de nouveau :

— Comme il fait bon de se réveiller chez des amis, dit-il à voix haute.

Il se leva, défroissa comme il put ses pantalons, ajusta sa cravate devant un bout de miroir terni et se rendit à la cuisine. La cafetière se mit bientôt à ronronner et Vertu à laper sa bouillie. En entrant dans le salon, Élise surprit le cuisinier en train de roucouler à voix basse au téléphone, le petit doigt en l'air, tortillant sa moustache comme un capitaine de cavalerie devant une jolie paysanne.

— Ah bon, déjà levée ? fit-il en raccrochant. Je parlais à un fournisseur. Que diriez-vous d'une omelette au fromage ?

Une demi-heure plus tard, tout le monde s'attablait pour déjeuner.

— Comment je me sens ? répondit le cuisinier. Comme Graham Bell après l'invention du téléphone, voilà comment je me sens.

— Et mademoiselle Émilienne, elle, comment va-t-elle ? fit Élise d'un air taquin.

Picquot plongea le nez dans sa tasse de café, essaya de lutter en vain contre la rougeur, puis se tournant vers Florent :

— Pendant que vous finissiez de vider Sainte-Romanie de ses vieilleries, je ne passais pas mon temps à me tripoter le nez, moi : je suis entré en contact avec des fournisseurs de restaurants pour connaître l'état des prix.

Il fit signe à Élise et Florent de prendre place à ses côtés, sortit des catalogues d'une serviette et les jeta sur la table :

— D'abord, une question capitale : de combien d'argent disposez-vous ?

— 36 000 $, répondit Florent.

— Et à combien s'élève le loyer ?

— À 170 $ par mois, pour un bail de trois ans.

Picquot se mit à griffonner des chiffres en marmonnant, tandis que son visage prenait l'expression paternelle et concentrée d'un vieux médecin de famille en consultation :

— Ouais... il faut vous garder une réserve d'au moins 20 000 $ pour les coups durs et Dieu sait qu'ils ne manqueront pas... Slipskin fera l'impossible pour accrocher votre scalp au-dessus de son comptoir et rien ne vous permet de croire que le Vieux cessera ses manigances. Conséquemment, voici, mes enfants, la proposition que j'ai à vous faire : pendant la première année, je ne réclamerai pas de salaire – mes économies me suffisent amplement pour vivre –, ce qui me donnera droit par contre à une part des profits – disons 10 % – à partir de la deuxième année, jusqu'à concurrence de 28 500 $, qui représentent mon salaire annuel plus un léger intérêt. Non ! non ! et non ! je ne veux pas de remerciements. Nous sommes ici pour parler affaires et pour rien d'autre.

Florent, qu'Élise avait mis au courant des intentions du cuisinier, dut se contenter d'une simple poignée de main pour exprimer sa reconnaissance et encore eut-il bien de la peine à la donner!

Puis, un interminable défilé d'assiettes, de chinois, de marmites à robinet, de supports à tartes, de friteuses, de bains-marie, de couteaux de boucherie, de tables chauffantes et de moules à gâteaux, enveloppés dans des nuages de chiffres qui parlaient de litres, de dollars, de kilogrammes et de chaleur, s'allongea devant eux durant quatre heures. Florent choisissait, Picquot corrigeait, Élise prenait des notes et penchait pour l'un ou pour l'autre quand la discussion devenait trop vive. Le prix de la cuisinière à gaz à deux fourneaux, de la découpeuse électrique, du réfrigérateur et de l'évier s'élevait à 6000 $. Celui de la coutellerie, de la vaisselle (un service pour cent personnes) et des différents chaudrons et ustensiles dépassait 3000 $.

— Trop cher, c'est trop cher, soupirait Picquot.

— Est-ce qu'on ne pourrait pas tout acheter de seconde main? suggéra Élise.

— Hum! c'est acheter les problèmes des autres, ma pauvre enfant, répondit le cuisinier en secouant la tête.

Il reprit la liste, gratta tout ce qu'il put trouver de superflu et récupéra 800 $.

— Allons dîner, maintenant, fit-il en s'épongeant le front. Nous en profiterons pour causer d'aménagement.

La question fut réglée en dix minutes. Florent avait décidé de décorer son restaurant à l'ancienne en tirant parti au maximum du stock d'antiquités qu'il avait mis en consignation chez Jean-Denis Beaumont; celui-ci avait reçu ordre, quelques semaines auparavant, de cesser toute vente. Il fut décidé également, par mesure d'économie, qu'on se dispenserait des services d'un menuisier. Aidé d'Ange-Albert – excellent bricoleur quand ça lui chantait –, Florent construirait les cloisons, les armoires, le comptoir et même les banquettes du futur restaurant. Les travaux se feraient dans le plus grand secret. On ne se rendrait au local qu'en passant par la ruelle. Il importait au plus haut point, en effet, que Slipskin apprenne le plus tard possible l'identité de son nouveau concurrent. Et la même chose valait pour Egon Ratablavasky, dont la disparition prolongée ne faisait illusion à personne.

— Je mijote un petit plan à leur sujet, annonça Florent au cuisinier pendant que ce dernier hélait un taxi qui les emmena chez Bell et Rinfret, où ils avaient décidé d'aller faire des achats d'équipement. Mais n'en dites pas un mot à Élise. Je veux d'abord la préparer.

Celle-ci, les jambes enflées, le dos plein d'élancements, s'en retournait à l'appartement pour se reposer quelques heures et tenir compagnie à Vertu qui supportait mal la solitude. Elle s'arrêta devant l'escalier et observa un moment des ouvriers en train de condamner un vieil édifice victorien qui se dressait de l'autre côté de la rue. Un bruit de course se fit tout à coup entendre et monsieur Émile apparut, les galoches ouvertes et flacotantes, laissant voir des chaussettes dépareillées. La veille, Élise avait réussi à le convaincre d'aller faire un séjour diplomatique chez madame Chouinard pour bien marquer à celle-ci qu'on n'entendait nullement porter atteinte à ses prérogatives de mère.

— *Hey!* je reste avec vous autres pour tout le temps, maintenant, annonça-t-il à tue-tête. Ma mère m'a dit oui si monsieur Picquot lui donne encore d'aut' sous.

— Hum... es-tu bien sûr qu'elle t'a dit ça?

L'enfant s'arrêta net et lui jeta un regard offensé:

— Demandes-y, d'abord, si tu me crois pas. Elle me l'a dit tout à l'heure pendant qu'elle se faisait sécher les cheveux.

Il la suivit en silence dans l'escalier, pénétra dans l'appartement et alla tout droit s'asseoir devant la télévision, manœuvre qui alliait l'efficacité d'une bonne séance de bouderie avec le plaisir de regarder les dessins animés. Élise voulut faire du rangement, mais son ventre bombé lui tiraillait tellement les muscles du dos qu'elle dut aller se coucher. Monsieur Émile s'avança silencieusement dans la chambre.

— Je suis pas fâché, tu sais, fit-il d'une voix câline.

Il s'assit sur le lit et posa la main sur son ventre :

— Ta bedaine te fait-tu mal ? demanda-t-il doucement.

— *Mon Dieu, comme ses manières changent,* pensa-t-elle en serrant les lèvres fortement. *Il est en train de devenir notre enfant pour de bon.*

Ses yeux se mouillèrent. Elle détourna la tête un moment, puis lui adressa un sourire et se mit à le caresser.

— Éliiise, reprit-il, de plus en plus câlin, demande à monsieur Picquot d'aller voir ma mère... Peut-être qu'elle va vouloir, s'il lui donne beaucoup d'argent... Elle manque toujours d'argent...

— Bon, ça va, je lui en parlerai ce soir (*c'est à se demander si elle ne l'a pas envoyé en mission,* pensa-t-elle). Es-tu content, là ?

Monsieur Émile eut un sourire ravi et sauta du lit.

— Ferme la porte, veux-tu ? Je vais essayer de dormir un peu.

Elle sombra dans une sorte de torpeur inquiète, interrompue à tous moments par les coups de talon du bébé dans son ventre. Un craquement la réveilla. Dans la pénombre, quelqu'un se tenait debout devant elle.

— Mon Dieu ! comme tu m'as fait peur, fit-elle d'une voix étranglée en s'assoyant brusquement. J'ai cru que c'était Ratablavasky.

Elle posa la main sur sa gorge pour contenir les battements de son cœur. Ange-Albert la regardait, embarrassé :

— Excuse-moi, j'aurais dû frapper... J'arrive tout droit de Sainte-Romanie. J'étais allé vous rendre visite.

Finalement, j'ai passé la nuit au presbytère. Je ne sais pas si vous êtes au courant, mais on raconte de drôles de choses sur vous au village...

Ils passèrent à la cuisine où monsieur Émile venait de se préparer un bol de céréales qui équivalait à tous ses déjeuners de la semaine. Ange-Albert fit alors une allusion limpide à la vacuité de son estomac, qui gargouillait depuis le matin, puis s'ouvrit une canette de bière et regarda Élise lui préparer une fricassée de poulet.

— Florent va bien? demanda-t-il aimablement.

— Y'est après bâtir son restaurant, annonça monsieur Émile, la bouche pleine. Mais là-bas il va falloir que tu payes pour manger. C'est vrai, hen, Élise?

Des pas alourdis annoncèrent l'arrivée d'Aurélien Picquot.

— Eh bien, ma petite, fit-il, le souffle court, en serrant fortement la main d'Élise, je pourrai me vanter d'avoir aidé ton mari à faire de fameuses économies! Sais-tu combien nous coûtera notre équipement? 7250 $, tout compris. J'en suis moi-même émerveillé!

Et sur ce, il dut s'asseoir afin de permettre à l'émerveillement de se répartir également dans son corps. Florent fit irruption dans la pièce, tout émoustillé:

— Tiens, d'où sors-tu, toi? fit-il en apercevant Ange-Albert. Dis donc, tu ne travailles nulle part, j'espère? J'aurais besoin de toi deux ou trois semaines pour aménager le restaurant.

Ange-Albert eut un sourire mélancolique et lui répondit que depuis quelque temps ses disponibilités étaient presque infinies.

— *Qu'est-ce que c'est que cette mine de poitrinaire?* pensa le cuisinier, agacé. *Sait-il seulement ce qu'est un vrai coup dur? J'aimerais bien le voir aux prises avec nos soucis!*

Florent soupa en deux bouchées et repartit avec Ange-Albert pour la rue Mont-Royal où les attendait Jean-Denis

Beaumont qui avait réussi, moyennant commission, à dénicher un acheteur pour les ballots de coupons. À dix heures, le local était débarrassé. Ils revinrent à l'appartement et trouvèrent monsieur Émile en pleine crise, la main levée, le visage écarlate, s'apprêtant à lancer une bouilloire par la fenêtre. Florent le saisit par la taille et lui aplatit rudement les fesses sur une chaise :

— Un peu de calme, jeune homme ! Les murs vont nous tomber sur la tête ! Qu'est-ce que c'est que cette révolution ?

— Sa mère vient de l'appeler pour qu'il aille passer la nuit à la maison, expliqua Élise. Monsieur Picquot est parti chez elle pour essayer de l'amadouer.

— Tu peux dormir ici, greluchon de malheur, lança le cuisinier en revenant vingt minutes plus tard.

Monsieur Émile eut un petit sourire satisfait, se laissa débarbouiller docilement et se glissa dans son lit sans faire plus de bruit qu'une plume de moineau.

— Alors, comment ça s'est passé ? demanda Florent au cuisinier.

— Mon cher, vous entrez là dans ma vie personnelle. Contentez-vous de savoir que nous pourrons jouir de la présence de cette charmante peste pour quelques semaines encore.

Élise eut beau le questionner avec toute la subtilité dont elle était capable, il n'ajouta pas un mot.

— Florent, il faut faire quelque chose, fit-elle d'une voix suppliante quand ils se retrouvèrent seuls dans leur chambre au moment de se coucher. Regardons les choses en face : elle nous loue son enfant, c'est épouvantable ! Monsieur Picquot a dû encore payer le gros prix et il refuse de parler pour éviter de nous mettre mal à l'aise.

Florent ramena les couvertures à son menton avec une brusquerie qui ne paraissait pas de bon augure :

— Il n'y a pas cinquante-six moyens à prendre, ma vieille... Il faut entamer des procédures d'adoption. Je me prépare à ouvrir un restaurant et tu accouches dans quelques semaines. Est-ce que c'est bien le moment? Et puis, t'imagines-tu qu'il va laisser la bouteille en laissant sa mère, notre monsieur Émile? Belles années en perspective!

Il se tourna sur le côté et sembla sur le point de s'endormir.

Mais soudain un soupir s'échappa de sa poitrine qui aurait pu pousser à travers l'Atlantique la *Nina*, la *Pinta* et la *Santa Maria* toutes ensemble. Il s'assit dans le lit, se gratta la tête, puis une épaule, puis de nouveau la tête et enfin le genou gauche:

— Bon, ça va, je téléphonerai demain au Service social. Mais pas question de l'adopter avant d'avoir reçu l'avis d'un psychologue, tu m'entends? Je ne me sens pas du tout l'âme de dom Bosco.

Il ne put en dire plus long: Élise l'étouffait de caresses.

33

Tel qu'entendu, le marchand de bois vint livrer sa commande à neuf heures le lendemain matin en passant par la ruelle. Aidé d'Aurélien Picquot, Florent mit la dernière main à ses plans et Ange-Albert se lança à l'ouvrage avec un enthousiasme étonnant, comme s'il sentait déjà les effluves de la bonne cuisine à travers le restaurant.

— Un peu de médecine préventive, maintenant, se dit Florent.

Il se rendit chez Rosario Gladu qu'il trouva sur le pas de sa porte.

— Tu me donnes cinq minutes?

— Hum... pas plus. Je suis en retard. Il faut que j'aille à l'hospice Sainte-Sophie faire un papier sur une tombola.

Le journaliste l'amena à la cuisine.

— J'ouvre un autre restaurant, lui annonça Florent avec un sourire frondeur.

Gladu écarta les lèvres comme s'il allait lâcher un rot et ses yeux ressemblèrent pendant une seconde à ceux d'un poisson mort.

— Heu... eh ben! Dévisse-moi le nombril, les deux fesses vont me tomber, finit-il par dire, sans qu'on puisse déceler les liens entre cette expression bizarre et la situation du moment.

— Rosario! ferme la porte! *ej* dors! lança une voix furieuse parmi des grincements de sommier.

Le journaliste s'avança sur la pointe des pieds et ferma doucement la porte de la cuisine.

— À part Élise, continua Florent, monsieur Picquot, Ange-Albert et toi-même, personne n'est au courant de mon projet. Alors, si jamais Slipskin apprend quelque chose, je saurai sa source.

— Pfa! s'exclama l'autre avec une grimace de dégoût. J'aimerais mieux lécher le cul d'une chienne que de reparler à ce crotté-là! De toute façon, je n'attends plus rien de lui. Dans sa tête, je suis un citron pressé, vois-tu... Il ne sait même plus que j'existe... Où est-ce que tu t'établis?

— Presque en face de lui.

Gladu recula d'un pas et se mit à regarder Florent comme si ce dernier venait de lui annoncer qu'il avait acheté l'Arc de Triomphe:

— En face de lui? Es-tu fou? Es-tu fou, Chose? Es-tu fou? Il va te dévorer le temps de le dire! Tu n'auras même pas le temps de vendre un hot-dog.

— C'est à voir. Je suis en train de lui préparer une petite surprise. C'est à ce sujet que je veux te parler. Je n'ai pas trop aimé la façon dont Georges-Étienne m'a traité l'autre fois, mais je ne t'en tiens pas...

— Justement, parlons-en de Georges-Étienne, coupa le journaliste. T'as lu dans les journaux ce qui lui est arrivé? Comprends-tu quelque chose à cette histoire-là, toi? Si t'es venu me proposer de travailler contre Slipskin, pas de problème: je lui dois un chien de ma chienne, à ce bâtard-là, il m'a trop fait baver. Mais je ne veux rien savoir du Vieux, comprends-tu? Si je vois le bout de son oreille dans tes histoires, je sacre mon camp, t'es averti. Il m'a rendu superstitieux, celui-là. J'en suis quasiment à traîner un flacon d'eau bénite dans ma poche.

Florent se mit à rire:

— Calme-toi. Le Vieux, je m'en occupe. C'est de Slipskin qu'il s'agit.

— Est-ce qu'on peut savoir un peu ce que tu mijotes?

Florent promena son regard dans la cuisine, cherchant visiblement à donner un tour prudent à sa réponse. Le journaliste attendait, le pouce enfoncé derrière la ceinture, se grattant doucement la peau du ventre.

— As-tu des accointances avec la police? finit par demander Florent.

Gladu, l'œil méfiant, se passa la langue sur les lèvres à deux ou trois reprises, puis:

— J'ai un beau-frère qui travaille au poste 16, sur la rue Rachel. Mais je te préviens, ajouta-t-il aussitôt, il ne marchera pas dans tes combines. À part la tévé, sa pelouse et ses rondes de patrouille, il n'y a plus rien qui l'intéresse dans la vie. Sa femme l'a fait entrer dans les Lacordaires il y a deux ans: c'est comme si elle l'avait mis six pieds sous terre. *Requiem æternam.* Parti.

— Je n'ai pas de combines à lui proposer. Tout ce que je veux, c'est sa bonne oreille. Je t'en reparlerai quand le temps sera venu.

Il tendit la main au journaliste et lui glissa un billet de 20 $.

— Un petit acompte, fit-il d'un air fat.

— Sacrament! murmura Gladu en le regardant s'éloigner, il ne lésine pas sur les douceurs... À ce train-là, je vais pouvoir m'acheter mon climatiseur avant que les grosses chaleurs pognent.

* ◆ *

Deux jours plus tard, l'attention de Len Slipskin fut éveillée par les deux vitrines aveuglées de vieux journaux de l'ancienne boutique de coupons.

— *Wonder who's going to be there next*[*] ?

— Je viens de rencontrer monsieur Picquot sur la rue Saint-Denis, annonça Bertrand au début de l'après-midi. C'est à peine s'il m'a dit bonjour, le vieux môzusse. Aussitôt que je l'ai dépassé, il s'est lancé dans une ruelle comme si le diable courait après ses culottes... Mon Dieu qu'il a vieilli, *boss*! Les embaumeurs doivent le reluquer.

Slipskin l'écoutait en souriant, debout devant la caisse. Il sifflota un petit moment, songeur, rendit la monnaie à quelques clients, puis, l'air de rien, demanda à Bertrand de quelle ruelle il s'agissait. Une petite promenade nocturne lui apprit que l'ancienne boutique se transformait en restaurant. Le lendemain matin, il se rendait à toute vitesse au Bureau d'évaluation municipal où on lui donna le nom du nouvel occupant.

— *Looking for trouble, eh, Boissonneault?* marmonna-t-il, l'air menaçant. *Hope he's not made friend again with the Old Rat*[**]...

À la fin de la semaine, il se départait de son jeune cuisinier grec et de sa cuisine québécoise approximative et engageait un excellent chef de La Tuque. Florent, alerté par le récit que lui avait fait Picquot de sa fâcheuse rencontre avec Bertrand, envoya Jean-Denis Beaumont à La Binerie pour y glaner des nouvelles et connaître les prix.

[*]   Je me demande bien qui sera le prochain occupant?
[**] Tu cherches la bagarre, hein, Boissonneault? [...] J'espère qu'il ne s'est pas réconcilié avec le Vieux Rat...

Jean-Denis lui annonça le changement de tablier qui venait de se produire.

— Ça y est, il a tout appris, murmura Florent. Eh bien, mes amis, la bataille vient de commencer.

— La *victoire* vient de commencer, corrigea Picquot en se frottant les mains avec une joyeuse fureur. Mon garçon, voilà le temps ou jamais d'y aller à bons coups de dents. Ou alors, abandonne toute ambition et engage-toi comme balayeur dans un hôtel.

L'aménagement du restaurant prit une allure effrénée. Ange-Albert et Florent travaillaient seize heures par jour, couchant sur place pour enlever à Slipskin toute tentation de sabotage. Aurélien Picquot, lui, dormait à l'appartement de la rue Émery, les sourcils froncés, son mauser à portée de la main, faisant une ronde toutes les deux heures malgré les objurgations d'Élise, de plus en plus inquiète de son état de santé. Le jour, entre deux siestes, il supervisait l'installation de la cuisine et griffonnait des notes dans un cahier, sérieux comme un général en train de préparer une incursion en territoire ennemi.

Jean-Denis Beaumont, qu'une solide camaraderie commençait à lier à Florent, se passionna pour la décoration du restaurant et laissa aller certaines pièces à des prix qui portaient à se demander s'il ne rêvait pas de s'associer un jour à son compagnon.

Le 7 mai, il ne restait plus, pour terminer l'aménagement de la cuisine, qu'à faire installer le gaz et donner une dernière couche de peinture aux armoires. Ce matin-là, Ange-Albert s'occupait à poser une banquette, lorsque son regard s'arrêta soudain sur une des vitrines du restaurant. Le soleil, en traversant le papier qui l'aveuglait, l'avait transformée en un rectangle doré. Une ombre trapue s'y dessinait, immobile. Ange-Albert fit signe à Florent, penché devant lui, en train d'installer en rang d'oignons des tabourets d'érable. Celui-ci se retourna, observa la silhouette un moment, puis sortit sans bruit par la porte arrière, enfila la ruelle à toute vitesse et déboucha sur la rue Mont-Royal. Appuyé sur une canne, le nez plus violacé que jamais, le capitaine Galarneau examinait la façade du restaurant. Florent sentit ses genoux fléchir et une bouffée de chaleur lui monta au visage, transformant ses oreilles en deux tisons ardents.

— *Le Vieux l'a envoyé en éclaireur,* se dit-il. *Allons, Florent, montre que t'as du cran.* Salut, mon capitaine, lança-t-il d'une voix railleuse en s'avançant à grandes enjambées. On vient prendre des nouvelles de ma santé?

Le capitaine Galarneau se retourna brusquement, simula la stupéfaction la plus totale et un rire tonitruant s'échappa de sa gorge:

— Eh bien! ça parle au maudit! Boissonneault! qu'est-ce que tu fais ici, jériboire? Je te pensais encore en Floride avec ta charmante épouse. Comment vas-tu?

Son haleine, comme à l'habitude, empestait l'alcool.

— Ménagez vos politesses, répliqua Florent, et dites-moi plutôt ce que vous me voulez... ou plutôt ce que votre patron me veut.

— Mais voyons, mon garçon, fit le capitaine de la même voix tonnante, quel taon t'a piqué au cul, pour employer une expression de mes jeunes années?

Le torse penché en avant, il se balançait lentement au bout de sa canne en décrivant de petits cercles:

— Je passais ici par hasard, j'aperçois cette vitrine et je m'arrête devant pour réfléchir sur certains aspects du commerce et voilà que je te revois! As-tu aimé la Floride, mon flo? Quand êtes-vous revenus?

Florent l'empoigna violemment par le bras et le fit trébucher, tandis que sa canne tombait sur le trottoir:

— Allons, vieil alambic, pousse-toi d'ici, je t'ai assez vu. Tu diras au Vieux que je me porte comme un charme et que je suis paré à le recevoir n'importe quand.

— Hé! les trottoirs sont publics, je te ferai remarquer, bredouilla l'autre en se dégageant.

Il se pencha en geignant et ramassa sa canne:

— Et puis, ajouta-t-il, je n'ai pas vu mon ami Rata-blavasky depuis des mois, oui, depuis des mois! D'ailleurs, soit dit en passant, il vous a tous eus avec son «Ratablavasky» et son accent d'immigré. Connais-tu seulement son vrai nom? Ernest Robichaud, natif de Sainte-Anne-des-Plaines. Eh oui! Ça t'en bouche un coin, pas vrai? Il est aussi Canayen que toi et moi et avec une drôle de vie derrière les épaules, je te prie de me croire, mon flo. Je t'en parlerai peut-être un jour, si tu polis un peu tes manières. Mais je ne te dirai pas tout, hé! hé!

Il s'éloigna en boitillant.

— Et sais-tu pourquoi? fit-il en se retournant au bout d'une dizaine de pas. PARCE QUE J'EN AI PEUR!

Il éclata d'un rire si tonitruant qu'un passant se retourna et le regarda aller un moment, frappant le trottoir du bout de sa canne, le veston de travers, les épaules secouées de mouvements convulsifs. Ange-Albert avait assisté à leur entretien.

— Pas un mot à Élise, lui enjoignit Florent. Dans son état, il faut lui éviter toute émotion... Egon Ratablavasky, Ernest Robichaud... quel méli-mélo! Je me demande si j'en verrai le fin fond...

◆ ◆ ◆

Vers la fin du souper, Élise se pencha vers son mari et posant la main sur la sienne:

— Ratablavasky est venu te voir, hein?

Florent nia avec force.

— Voyons, fit-elle, ne me raconte pas d'histoires, tes yeux parlent à ta place.

Après s'être entêté quelques instants, il finit par tout raconter.

— Mais ne t'inquiète pas. Cette fois-ci, je saurai m'en occuper.

Monsieur Émile, fourchette en l'air, les écoutait avec attention.

— Tiens, j'y pense : on n'a pas de dessert, fit Élise. Monsieur Émile, sois gentil et va nous chercher un litre de crème glacée au coin.

Florent lui tendit un billet de 2 $.

— Je suis tanné, moi, d'être un enfant ! bougonna monsieur Émile en quittant la pièce. On peut jamais savoir ce que les autres disent.

— Eh bien voici, reprit Florent quand la porte eut claqué. Je connais un brocanteur sur la rue Saint-Antoine qui vend parfois des armes sous la table. J'ai l'intention d'aller lui acheter deux revolvers.

Élise eut un mouvement de stupeur :

— Des revolvers ? Tu veux le tuer ?

— *Deux* revolvers : un pour le Vieux, un pour moi.

Picquot se dressa brusquement et posa ses deux mains sur la table :

— Quelle idée ridicule, mon garçon. Le temps des duels est révolu. D'ailleurs la chose même était une sottise.

Ange-Albert observait son ami avec un air sceptique.

— Écoutez-moi avant de me juger, répondit Florent, qui maîtrisait mal son émotion. De toute façon, l'efficacité de mon plan dépend de vous. Nous sommes tous d'accord, n'est-ce pas, pour abandonner l'idée d'aller en justice : le Vieux est beaucoup trop habile. Seule la mort pourra nous en débarrasser. Mais au train où vont les choses, il risque de nous tourmenter longtemps. Il va donc falloir aider la nature, conclut-il avec un sourire sardonique. Eh bien, voici comment : quand il viendra me voir – ce qui ne saurait tarder –, je m'arrangerai pour l'attirer dans un coin discret avec l'un de vous deux, fit-il en s'adressant à Picquot et Ange-Albert. Et là, je l'abattrai, sans plus de discussions. Si on trouve une arme sur lui, tant mieux (mais j'en doute). Sinon, je lui glisserai celle-là dans la main et j'invoquerai le motif de légitime défense.

— Brillant, et je dirais même : *supérieur,* s'exclama le cuisinier en secouant la main de Florent, et j'espère être celui qui verra crever ce vieux porc.

La discussion fut coupée par l'arrivée de monsieur Émile qui apportait trois litres de crème glacée après avoir laissé le billet de 2 $ en acompte à l'épicier.

34

Deux jours avant l'ouverture de Chez Florent, Slipskin réduisit ses prix de vingt pour cent, repeignit sa façade et fit paraître de grandes annonces dans les journaux de quartier où il annonçait la tenue d'un super-concours à l'intention des clients de La Binerie. Premier prix : un séjour de deux semaines pour deux personnes dans un luxueux hôtel de Miami, tous frais payés. Pendant ce temps, Florent devait se chercher une remplaçante à mi-temps pour Élise, de plus en plus incommodée par sa grossesse. Monsieur Boissonneault lui en dénicha une, excellente, qu'il avait connue autrefois à La Brasserie du Coin à Longueuil. Son mari venait de s'engager pour deux ans à la Baie-James, la laissant seule à la maison avec des jumeaux nés au début de l'hiver. Elle accepta tout de suite l'offre de Florent :

— Les gardiennes coûtent cher, dit-elle, mais je n'arrive pas à me passer du public.

Il fut donc décidé qu'Élise et Florent assureraient le service dans la matinée et que la grassouillette madame Jobin travaillerait de onze heures à dix-neuf heures, Florent terminant seul la journée, aidé parfois d'Ange-Albert. Au besoin, on engagerait du personnel supplémentaire.

Florent décida, pour attirer la clientèle, d'offrir durant la première semaine un plat du jour à 1,99 $, soupe, dessert et café inclus. Il avait réussi, en réduisant ses profits au minimum, à calquer ses prix sur ceux de La Binerie. La tactique de Slipskin avait tellement indigné Picquot que son habileté culinaire, embrasée et dilatée par la colère, avait pris des proportions qui touchaient presque au génie. À quatre heures du matin, le jour de l'ouverture, il s'affairait dans la cuisine à préparer ses tourtières, le plat qu'on offrait en spécial ce jour-là, tandis que Florent s'occupait des derniers détails de l'installation. Élise arriva à six heures, le ventre ballot-tant, les yeux bouffis, étrennant une jolie blouse à bro-deries qu'elle s'était confectionnée pour l'occasion.

À six heures dix, un chauffeur d'autobus retraité faisait son apparition et déjeunait gratis, tout intimidé par sa bonne fortune.

— C'était ben ben bon, fit-il en se levant, les oreilles rouges d'émotion. Je vais dire à mon frère de venir... et à ma belle-sœur aussi.

À onze heures, on avait servi vingt-neuf déjeuners et Florent avait eu le plaisir de voir une demi-douzaine de piétons en route vers La Binerie s'arrêter devant sa vitrine, hésiter un court moment, puis entrer chez lui. Deux d'entre eux lui firent des compliments sur les pommes de terre rôties que Picquot servait avec les œufs et un troisième vanta son café. Élise, avec ses manières affables et son ventre bombé, se gagnait instantanément toutes les sympathies, d'autant plus que plusieurs la connaissaient déjà pour avoir fréquenté son ancien res-taurant de l'autre côté de la rue ; une jeune vendeuse de chez Woolworth lui offrit une poussette qui traînait dans son hangar. À tous moments, par la porte de la cuisine, Picquot faisait signe à Florent d'approcher :

— Et alors ? Comment ça va ? Sont-ils contents ? C'est un début *remarquable,* lançait-il invariablement après avoir écouté les propos optimistes de son ami. Demain, ils seront un peu plus nombreux et après-demain ils seront le double, vous verrez. Mais c'est au dîner que le gros de la partie va se jouer.

À midi, quand monsieur Boissonneault vint aux nouvelles, il y avait douze dîneurs dans l'établissement.

— Ta belle-mère n'a pas dormi de la nuit, fit-il en se penchant vers Élise, mais je vais lui téléphoner pour lui dire de cesser de se faire du sang de crapaud. Ça m'a l'air *très bien* parti, fit-il en faisant de touchants efforts pour cacher son appréhension. Mais toi, va vite te reposer à la maison, les traits vont te tomber du visage. Fais confiance à madame Jobin, fit-il en élevant la voix. Elle a beau renverser de temps à autre du café sur les cuisses des clients, c'est une des personnes les plus capables que je connaisse.

Un roucoulement amusé s'éleva derrière le comptoir :

— Si je vous renverse parfois du café sur les cuisses, monsieur Boissonneault, c'est peut-être pour vous empêcher de trop vous occuper des miennes.

Les clients apprécièrent la repartie. Florent ferma les yeux et huma l'air avec ravissement, enivré par l'atmosphère de prospérité qu'il sentait déjà dans son restaurant.

— J'aurais un petit service à te demander quand tes affaires se seront un peu tassées, lui souffla son père en le touchant à l'épaule.

Il avait l'air embarrassé :

— C'est rapport à ta mère. J'aimerais que tu lui dises un mot pour la calmer. Je me suis un peu trompé dans mes calculs, vois-tu, en construisant mon yacht et il faudrait démolir un bout du soubassement pour le sortir de la cave. Moi, dès que j'en parle, c'est comme si le tonnerre tombait sur la maison.

Au bout d'une semaine, le chiffre d'affaires de Chez Florent atteignait 1376,23 $. Le seuil de rentabilité se situait entre 2500 $ et 3000 $.

Durant la quinzaine qui suivit, une progression continue mais très lente se fit, sans qu'on puisse franchir le cap des 2000 $, qui paraissait encore loin. La clientèle des deux restaurants, ravie par la lutte féroce que se livraient Florent et Slipskin, arborait un teint fleuri et prenait un charmant embonpoint, mais Aurélien Picquot, qui livrait la plus dure bataille de sa carrière, maigrissait à vue d'œil, dormait mal et ne supportait plus aucune remarque, même flatteuse.

Un après-midi, Élise reçut l'appel d'une dame d'un certain âge, au contralto roucoulant, qui se présenta timidement comme une amie d'Aurélien Picquot.

— Seriez-vous Émilienne Latouche? demanda Élise.

— Il vous a parlé de moi? s'exclama la femme, toute joyeuse.

— Il nous parle *souvent* de vous. On a tous hâte de vous connaître, ici.

Un soupir plein de tendresse et de résignation se fit entendre au bout du fil:

— Vous savez, je ne demanderais pas mieux, moi. Mais vous connaissez Aurélien: il a *tellement* peur qu'on mette le nez dans son intimité... Alors, je prends patience. Il finira bien par se décider.

Elle poursuivit en lui faisant part des inquiétudes que lui inspirait l'état de santé du cuisinier et lui demanda s'il était possible de décharger Picquot d'une partie de son travail – sans lui en donner les véritables raisons, bien sûr, car il se rebellerait – et de veiller discrètement à ce qu'il prenne ses remèdes et ne commette pas d'excès. Élise, tout émue, promit de faire l'impossible pour persuader son mari d'engager un assistant et invita mademoiselle Latouche à venir la voir chez elle à la première occasion.

❖ ◆ ❖

Depuis une dizaine de jours, Slipskin se faisait un devoir de passer chaque matin devant Chez Florent, sa *Gazette* roulée sous le bras, le sourire aux lèvres, les traits reposés, symbole vivant de la réussite insolente. Le 8 juin, au début de l'après-midi, profitant d'un moment de relâche, madame Jobin prit Florent à part :

— Eh bien, votre Slipskin, c'est un beau cochon sale, lança-t-elle en guise de préambule. Imaginez-vous donc qu'il m'a téléphoné à la maison cet avant-midi pour m'inviter à venir travailler chez lui... en m'offrant quarante dollars de plus par semaine !

Florent la regarda, décontenancé.

— Évidemment, je l'ai envoyé promener, et vite encore ! Je ne suis pas assez niaiseuse pour ne pas deviner qu'il essayait de se procurer des renseignements à bon compte pour jeter votre commerce à terre. Et, une fois qu'il les aurait eus, salut la grosse Judith, va retirer tes chèques d'assurance-chômage. Mais il y a plus grave encore, poursuivit-elle en se penchant à l'oreille de Florent. Un client vient de m'apprendre qu'il fait courir le bruit que vous servez de la viande avariée : c'est ce qui vous permettrait de garder vos prix si bas, malgré que votre chiffre d'affaires ne fasse pas la moitié du sien.

Florent fut songeur tout le reste de la journée, au point que le service en souffrit et que deux clients décidèrent de ne plus remettre les pieds dans son établissement.

— Eh bien, ma chère, le moment de la contre-attaque est arrivé, annonça-t-il à Élise en arrivant à la maison ce soir-là.

Et il lui rapporta les propos de madame Jobin.

— Jusqu'ici, je me suis montré loyal. Ma seule arme a été la bonne cuisine. Mais ce n'est plus suffisant.

— Fais ce que tu dois faire, répondit Élise d'une voix lasse, je ne te le reprocherai jamais. Il nous a trop fait de tort, celui-là.

— Il faut d'abord lui saper le moral. Ensuite, quand il sera assez amoché, je lui porterai le grand coup, comme il m'a fait, mais sans chimie.

Il téléphona à Rosario Gladu et lui demanda de s'amener. En pénétrant dans la cuisine, le journaliste aperçut une bouteille de rhum posée sur la table avec des verres et un pot de limonade. Florent avait ouvert les fenêtres pour faire entrer un peu de fraîcheur, car l'air était suffocant.

— J'aurais un service à te demander, fit-il en lui tendant un verre que Gladu tout en sueur cala d'un coup. Rien de bien compliqué. Il s'agirait tout simplement d'aller rencontrer Bertrand – tu te rappelles Bertrand, l'aide-cuisinier à La Binerie? – et de le faire causer un peu, sans lui dire qui t'envoie, bien sûr. J'aimerais me faire une idée du genre de relations qui existent présentement entre Slipskin et le Vieux. Très important pour moi.

Le journaliste secoua la tête avec une grimace de dégoût:

— Peux pas. Jamais pu parler à une tapette. Le cœur me lève. C'est comme si on me mettait de la graisse de rôti dans les culottes. Et puis ta Bertrande, c'est un panier percé. Tu savais pas? Je l'aurais pas quitté depuis cinq minutes que Slipskin saurait tout. Et peut-être le Vieux aussi. Non, vraiment, je regrette. Trop de marde là-dedans.

Florent, visiblement contrarié, n'insista pas et se mit plutôt à le questionner sur ses fredaines avec Slipskin. C'est ainsi qu'il apprit que son ennemi avait changé d'adresse peu de temps après s'être emparé de La Binerie. Il habitait maintenant le premier étage d'un duplex cossu à Notre-Dame-de-Grâce.

— Es-tu déjà allé chez lui?

— Souvent, répondit le journaliste. C'est *swell* en Christ. Tapis mur à mur, thermostat dans toutes les pièces, fenêtres panoramiques et tout.

— Lève-toi, on y va.

— *Hey hey hey!* capitaine! j'aime bien l'argent que tu me donnes, mais j'aime autant que ce soit moi qui le dépense plutôt que mes héritiers!

— Voyons, tu t'énerves le poil des jambes pour rien. À cette heure-ci, il se trouve sûrement à La Binerie. Et puis, il n'est pas question d'entrer chez lui, tu penses bien. Je veux tout simplement me faire une idée de l'endroit, c'est tout.

À minuit quinze, ils arrivaient au 4521 de la rue Harvard. Gladu stationna son auto trente mètres plus loin, éteignit ses feux, arrêta le moteur. De la lumière brillait au premier étage. Le rez-de-chaussée, lui, était obscur, les stores tirés. Florent observa la maison un moment.

— Dis donc, qui demeure au rez-de-chaussée?

— Le propriétaire.

— Tu le connais?

— Monsieur Chagnon? Bien sûr que je le connais. Un chic type, Hector Chagnon. Entrepreneur en peinture, de son métier. Et grand amateur de tourtière et de fèves au lard. Il vient de temps à autre à La Binerie.

— L'appartement a l'air fermé. On dirait qu'il est parti en voyage.

Gladu eut un vague haussement d'épaules et se passa la main sur le ventre : le mot «tourtière» venait de couvrir la paroi de son estomac d'un suintement de sucs gastriques qui exigeaient de s'attaquer sur-le-champ au mets favori de Hector Chagnon.

— Dis donc, qu'est-ce que tu dirais d'aller prendre une bouchée? Je viens justement de découvrir un maudit bon restaurant italien au coin d'Ontario et de Saint-André, avec deux belles petites serveuses gentilles comme tout...

— Je vais me coucher, mon vieux, je tombe de fatigue. Et puis, tu sais que je n'aime pas laisser ma femme toute seule.

Il fut songeur durant tout le trajet, répondant à peine au bavardage de Gladu.

— Informe-toi donc si ton monsieur Chagnon ne serait pas par hasard parti en voyage, fit-il en le quittant, et si oui, pour combien de temps?

— Cert'n'ment, patron! Tout pour votre plaisir. Je m'en occupe demain avant-midi.

— Parti aux Barbades pour cinq semaines avec toute la famille, annonça-t-il à Florent le lendemain au téléphone. Je viens de l'apprendre d'un voisin.

Florent raccrocha et se mit à faire les cent pas derrière le comptoir en se frottant les mains. Élise le regarda, étonnée:

— Une bonne nouvelle?

— Très bonne. C'est le début du supplice chinois. Monsieur Émile, fit-il en sortant dans la ruelle, viens ici, je voudrais te parler une minute.

◆ ◆ ◆

Cette nuit-là, vers deux heures, monsieur Émile, ravi et tremblant de peur, se glissa entre les barreaux d'un soupirail dans la maison de monsieur Chagnon et régla le thermostat de chaque pièce au maximum. Les calorifères électriques se mirent aussitôt à crépiter et peu à peu de grandes nappes de chaleur s'élevèrent jusqu'au plafond, puis se mirent patiemment à chercher une issue vers l'appartement de Slipskin, que la canicule rendait déjà peu confortable.

— Bonne nuit, maintenant, si tu peux dormir, murmura Florent.

Il s'éloigna sans bruit avec monsieur Émile, un monsieur Émile ivre de fierté, mais encore tout secoué par le trac. En arrivant à l'appartement de la rue Émery où Élise les attendait, les traits tirés par l'angoisse, le gamin fit signe à Florent de se pencher vers lui et, prenant sa voix la plus câline:

— Florent, s'il te plaît, j'ai tellement soif... peux-tu me donner juste *une* gorgée de bière, s'il te plaît, Florent...

Le lendemain, monsieur Émile recevait une autre mission, moins dangereuse, celle-là. Il retourna à l'appartement de sa mère – qu'il trouva en train de s'ébattre avec un importateur suisse qui avait inondé l'appartement de boîtes de chocolat – et entreprit de remplir de coquerelles plusieurs boîtes de fer-blanc percées de petits trous. Comme l'opération se révélait plus difficile que prévu, il dut s'adjoindre des copains, qu'il payait au tarif d'un chocolat pour cinq coquerelles en bonne santé. Dans les jours qui suivirent, une véritable campagne de salubrité publique s'étendit à travers le quartier. Un dépanneur, ravi de l'aubaine, offrit une bouteille de boisson gazeuse pour chaque douzaine de coquerelles, mortes ou vivantes, qu'on extirpait de sa remise. Monsieur Émile, qui disait travailler pour un de ses oncles entomologiste, conclut une entente secrète avec lui selon laquelle cinq bouteilles de boisson gazeuse équivalaient à une bière.

Pendant ce temps, Slipskin continuait de faire le coq chaque matin en passant devant Chez Florent, mais ses belles couleurs avaient un peu pâli sous l'effet de l'insomnie et des sautes d'humeur de sa femme, que la chaleur rendait irritable.

— Et dire qu'il est trop serre-la-cenne pour s'acheter un climatiseur, ricanait Florent derrière son comptoir.

Quelques jours plus tard, quatre centimètres de coquerelles bruissaient joyeusement dans un grand bassin de tôle recouvert d'une moustiquaire que Florent avait installé dans un hangar. Les reliefs du restaurant maintenaient cette myriade de petits copains dans un enthousiasme qui ravissait monsieur Émile et remplissait Élise d'écœurement.

✦ ◈ ✦

Un matin, vers six heures, Slipskin fut réveillé par la sonnerie du téléphone.

— *Shit!* grommela-t-il. *I was just beginning to sleep**.

Il reconnut la voix de Bertrand au bout du fil, mais le pauvre se trouvait dans un état qui l'empêchait d'exprimer convenablement sa pensée. Après avoir essayé pendant un moment de trouver un sens au flot d'onomatopées, d'interjections et de fragments de phrases qui jaillissait de la bouche de l'aide-cuisinier, il raccrocha, sauta dans son auto et se hâta vers La Binerie. À sa grande surprise, malgré l'heure matinale, un groupe de badauds s'étaient rassemblés devant la vitrine et parlaient avec animation, s'esclaffant, se donnant des coups de coude. Bertrand accourut vers lui, échevelé, le visage défait :

— Oh! *boss! boss!* c'est é-pou-van-table!

Slipskin se fraya un chemin à travers la foule et s'arrêta devant la vitrine, suffoqué. Une masse brunâtre et frétillante, extrêmement facile à identifier, s'étendait sur les tables, le comptoir et le plancher de La Binerie. Des coquerelles se promenaient au plafond, exploraient les armoires, grignotaient des miettes de pain, des taches de sauce, une fève au lard, actives, heureuses, omniprésentes. Trois d'entre elles étaient tombées dans un sucrier au bout du comptoir. Après s'être longtemps débattues pour sortir de leur prison, elles semblaient se concerter calmement tout en croquant un grain de sucre.

La Binerie fut fermée pendant deux jours. Slipskin publia des annonces dans les journaux pour rassurer sa clientèle, affirmant que la situation était sous contrôle et que d'ailleurs il n'avait pas été la seule victime de cette invasion, tout un pâté de maisons ayant été atteint. Sur ces entrefaites, sa femme, à bout de nerfs, décida d'aller passer quelques semaines de vacances chez ses parents à Magog.

* Merde! [...] Je venais tout juste de m'endormir.

— Un peu de répit maintenant, décida Florent, sinon il va cesser d'accuser la malchance et jeter l'œil de mon côté.

* ◆ *

Un soir, en feuilletant *La Chimie des produits de beauté* – cela lui arrivait de plus en plus fréquemment depuis quelques jours –, Florent poussa une exclamation de joie.

— Qu'est-ce qui se passe? fit Élise.

— Je viens d'avoir une autre idée.

À la page 1018 de *La Chimie,* au chapitre intitulé «Adjuvants internes de la beauté féminine», un long paragraphe était consacré au sel d'okaloa.

L'okaloa *(georgium aubinensis)* est une plante tropicale qu'on trouve principalement dans les régions centrales de l'Afrique et que la médecine de la fin du XIXe siècle utilisait abondamment contre diverses affections intestinales. Au terme d'un procédé relativement simple, on obtient de la racine de cette plante une poudre blanche et cristalline, peu toxique, imitant le goût et l'apparence du sel à s'y méprendre. Pris en infimes quantités, disait l'auteur, les sels d'okaloa stimulent délicatement les organes d'élimination et, après quelques semaines, donnent au teint une transparence et un éclat merveilleux. Mais on mettait cependant le lecteur en garde contre l'utilisation abusive de cette substance qui pouvait provoquer des diarrhées, des nausées et même des vomissements, quoique sans conséquences durables.

Après deux jours de recherches, Florent réussit à s'en procurer quelques grammes, puis, avec l'aide de monsieur Émile, il s'introduisit un soir dans La Binerie et remplaça le contenu de la salière du cuisinier.

Les résultats ne tardèrent pas à se manifester.

* ◆ *

Vers une heure de l'après-midi le lendemain, une vieille dame laissait son repas sur le trottoir en face du restaurant, imitée une demi-heure plus tard par deux autres clients. Des gens commencèrent à se plaindre à Slipskin d'étourdissements et de maux de tête. Sur la fin de l'après-midi, un commis de banque le traita de « sale empoisonneur » et partit sans payer, se tenant le ventre à deux mains. La cuisine de La Binerie perdait en popularité ce que ses toilettes y gagnaient. Slipskin lui-même et son cuisinier, les boyaux tordus par une diarrhée impitoyable, tenaient à peine sur leurs jambes. Vers la fin de la soirée, aucun employé n'aurait osé se mettre une miette de pain dans la bouche. Le cuisinier fut soumis à un interrogatoire stalinien, mais sans résultats, et menaça de démissionner sur-le-champ. Alors Slipskin se tourna vers l'exterminateur qui l'avait débarrassé de ses coquerelles et l'accusa d'avoir contaminé la nourriture du restaurant, mais il ne put rien prouver. Le lendemain, comme la situation tournait à la catastrophe, il s'adressa au service de santé municipal. Douze heures plus tard, un inspecteur se présentait. Les malaises qui affligeaient la clientèle de La Binerie venaient de disparaître. Slipskin soupira de soulagement, mais les beaux jours de son restaurant avaient filé de l'autre côté de la rue, chez son concurrent.

— *Could it be that son of a bitch**? se demandait-il cent fois par jour en se tordant le cou pour tâcher d'apercevoir ce qui se passait Chez Florent.

Mais les expertises effectuées par le service de santé n'avaient rien révélé.

— Tu ne trouves pas que ça suffit, à présent? fit Élise. Florent secoua la tête, l'air buté:

— Aurais-tu oublié, chère épouse de mon cœur, tous les malheurs qu'il nous a fait endurer? Je ne me sentirai pas satisfait avant de lui avoir mis le talon sur la nuque.

---

* Est-ce que ça serait cet enfant de chienne?

C'est un bain de sang qu'il me faudrait, un vrai bain de sang.

— Un bain de sang? murmura monsieur Émile, extrêmement frappé par l'expression.

Il leva la tête et son regard s'arrêta sur deux énormes boîtes de sauce tomate posées sur une tablette de la dépense.

— Un bain de sang, reprit-il, et un sourire amusé parut sur ses lèvres.

* ◆ *

Ce soir-là – c'était un samedi –, peu après la fermeture, quelqu'un sectionna le fil d'alimentation électrique du restaurant et Florent se retrouva le lundi matin avec cinquante kilos de viande inutilisable.

— Tiens, tiens, Slipskin qui me laisse sa carte de visite. Il se doute de quelque chose. Il faut en finir.

Il téléphona à Rosario Gladu et discuta longuement avec lui. Puis ils se rendirent tous deux chez le beau-frère du journaliste, policier au poste 16, et la discussion se poursuivit, s'allongea, faillit s'interrompre à plusieurs reprises. Mais elle repartait chaque fois, lentement, péniblement. Florent, les cheveux ébouriffés, le visage en sueur, défendait la cause la plus importante de sa vie. Le policier l'écoutait et secouait la tête d'un air obstiné. Rosario Gladu, un verre à la main, le col défait, se levait à tout moment et gesticulait devant son beau-frère ou alors, les lèvres étirées en un long sourire sirupeux, il se penchait à son oreille et lui susurrait quelques mots en faisant aller mollement ses mains. Vers minuit, un léger relâchement se produisit dans les traits jusque-là durcis du policier. Penché au-dessus d'une table, Florent jetait des chiffres sur un bout de papier, se grattait la tête, recommençait ses calculs, puis, finalement, se tournant vers son interlocuteur, il sortit son portefeuille, compta son argent et déposa une liasse sur la table. L'autre se troubla, prit une longue gorgée de gin, puis brusquement, sans plus de façons, tendit la main et empocha l'argent.

— Il m'a presque égorgé, le câlisse, murmura Florent après s'être affalé dans un fauteuil devant sa femme, mais cette fois-ci je pense que c'est le dernier coup de canon.

Le lendemain, Gladu alla rencontrer un de ses bons amis au service des égouts de la ville de Montréal. Il y resta environ une demi-heure, puis repartit, l'air content, pour se rendre chez un marchand d'animaux où il se procura une petite cage métallique.

Deux jours plus tard, il recevait un appel de l'égoutier:

— J'ai ce qu'il te faut, fit l'homme. Trois mâles et une femelle. T'apporteras de l'argent comptant.

Gladu alla prendre livraison de son achat, puis se rendit chez lui l'entreposer dans une remise. Florent l'attendait, assis sur une pile de pneus.

— Parfait, fit-il en examinant le contenu de la cage. On procède ce soir.

◆ ◆ ◆

Slipskin, ce soir-là, resta à La Binerie longtemps après la fermeture, occupé à faire des comptes, l'air accablé. Un moment, on crut qu'il y passerait la nuit. Florent, les poings serrés, jaspinait en faisant les cent pas derrière son comptoir. On avait éteint toutes les lumières du restaurant. Élise se tenait debout derrière la caisse sans dire un mot. Soudain le téléphone sonna. Elle décrocha.

— Notre coquin vient enfin de quitter son repaire, annonça Picquot à l'autre bout du fil, et Gladu l'a pris en filature. Il semble se diriger vers son appartement de Notre-Dame-de-Grâce. Bonne chance, mes enfants, et que Dieu vous assiste!

Florent, le souffle court, les mains moites, embrassa sa femme et se hâta vers le garage en compagnie d'Ange-

Albert. Élise devait rester près du téléphone, prête à recevoir l'appel de Gladu si jamais Slipskin décidait de rebrousser chemin. Elle enverrait alors monsieur Émile les prévenir. Mais celui-ci se montrait peu satisfait du rôle qu'on lui faisait jouer dans cette histoire. Couché dans un coin, il pleurait de rage et martelait le plancher à coups de talons. Élise, indignée des dangers que son mari avait fait courir à l'enfant jusque-là, avait exigé que ce dernier reste auprès d'elle.

— J'vas y aller tout seul, rageait l'enfant. Maudite chienne de câlisse !

Pendant ce temps, la fourgonnette venait de s'arrêter derrière La Binerie. Florent sauta à terre, s'approcha du soupirail, puis s'immobilisa, atterré :

— Il... il vient de se faire installer un système d'alarme...

Ange-Albert alluma une lampe de poche et se mit à examiner la fenêtre qui fermait le soupirail. Au bout d'un moment, il se releva :

— Rien à faire pour cette nuit, mon vieux...

Ange-Albert et Florent consacrèrent les deux jours qui suivirent à se familiariser avec le système d'alarme de Len Slipskin, tandis qu'Élise continuait à subir la mauvaise humeur de monsieur Émile.

— Eh bien, je crois que ça peut aller, fit Ange-Albert après avoir jeté un dernier coup d'œil sur un diagramme qu'il venait de terminer après beaucoup de tâtonnements.

Florent prit une boîte qui contenait des pinces, un tournevis, des bouts de fils électriques, du ruban gommé et une lampe à souder, et partit.

Vers une heure cette nuit-là, la fourgonnette s'arrêta une seconde fois derrière La Binerie et dix minutes plus tard, Ange-Albert se glissait par le soupirail.

* ◆ *

Le lendemain matin, en arrivant au restaurant, Slipskin constata qu'une agitation suspecte régnait dans la cave de La Binerie. Il se disposait à descendre lorsque deux policiers du poste 16 se présentèrent avec un mandat de perquisition, aussitôt suivis d'un fonctionnaire du service d'inspection des aliments. L'inspecteur se rendit à la cuisine et retira du frigidaire dix kilos de bœuf haché de couleur douteuse. Les policiers, eux, étaient descendus à la cave et observaient d'un air écœuré un gros rat d'égout perché sur une poche de patates et qui les fixait sans aménité, tandis que trois de ses compères, tout aussi gros et repoussants (Florent les avait payés 50 $ pièce) trottinaient ici et là en poussant des cris furieux.

On avisa Slipskin que des poursuites seraient intentées contre lui. Puis, au début de l'après-midi, un fonctionnaire lui téléphona pour lui annoncer que son permis de restaurant était temporairement suspendu. La mort dans l'âme, il congédia ses employés.

Quand le dernier fut parti, il sortit une clé de sa poche, cadenassa la porte et demeura un long moment immobile sur le trottoir, le regard braqué sur la vitrine de Chez Florent. Puis il monta dans son auto, se rendit chez son avocat et alla rejoindre sa femme à Magog.

Florent avait suivi la scène caché derrière le rideau de coton rouge qui masquait le bas de sa vitrine. Il fit signe à sa femme de le suivre dans la cuisine.

— La Binerie vient de fermer, annonça-t-il gravement.

Picquot essuya lentement ses mains et s'approcha. Ils se regardèrent en silence. Chose curieuse, personne n'avait le goût de se réjouir.

— Mes enfants, prononça Picquot sentencieusement, n'allez surtout pas confondre une victoire avec une trêve.

Perché sur un tabouret, monsieur Émile les écoutait attentivement. Florent retourna au comptoir. Quelques minutes plus tard, monsieur Émile venait le trouver :

— Comme ça, dit-il tout bas, on va pouvoir aller tout casser ?

— Hein ? Où ça ?

— Là-bas, fit-il en désignant l'autre côté de la rue.

— Es-tu fou ? La police nous arrêterait.

— Elle pourra pas, personne nous verrait.

— Tut tut tut. Calme ta petite tête. La police finit par apprendre bien des choses quand elle s'en donne la peine. Je te défends de mettre les pieds à La Binerie, m'entends-tu ?

Monsieur Émile plissa l'œil, grimaça de dépit et retourna à la cuisine.

— Dis donc, fit Picquot en le voyant perché encore une fois sur le tabouret, tu n'as pas peur de te retrouver un jour perroquet, non ?

L'enfant leva la tête et son regard s'arrêta de nouveau sur les deux énormes boîtes de sauce tomate posées sur une tablette de la dépense. La voix de Florent résonnait dans sa tête : « C'est un bain de sang qu'il me faut, un vrai bain de sang. »

Monsieur Émile, l'air béat, se frotte les chevilles l'une contre l'autre. Il se trouve à La Binerie, assis dans une jolie chaloupe jaune. Il doit courber un peu les épaules pour éviter que sa tête ne frappe le plafond, car il flotte dans un lac de sang vermillon, épais comme du sirop, qui emplit tout le restaurant. À quelques mètres devant lui, Slipskin se débat désespérément, incapable d'atteindre l'embarcation. Il va bientôt couler à pic. Bon débarras ! Quant au vieux Ratablavasky, c'est déjà fait. Son feutre gris flotte encore au fond du restaurant, mais le sang l'imbibe de plus en plus. Dans quelques minutes, il aura rejoint son propriétaire. Oui ! un bain de sang ! c'était un vrai bain de sang qu'il fallait, ou son équivalent le plus rapproché.

Ce fut Élise qui s'aperçut la première que leur protégé mijotait quelque chose. Elle en glissa un mot à Florent qui avertit Picquot, Ange-Albert et madame Jobin, et ils se mirent tous les cinq à le tenir discrètement à l'œil. Deux jours passèrent. Dans l'après-midi du troisième, Élise téléphona à son mari que monsieur Émile venait de disparaître de l'appartement. Florent ne fit ni une ni deux et s'élança vers La Binerie en empruntant la ruelle qui menait à l'arrière, puis, se cachant derrière une pile de vieux pneus, il attendit.

— Le petit sacripant, marmonna-t-il.

L'enfant venait d'apparaître au bout de la ruelle et s'avançait lentement, l'air paisible, tout en jetant des regards en coulisse à gauche et à droite.

— Qu'est-ce que je t'avais dit, tête de pioche? s'écria Florent en quittant sa cachette.

— Ben quoi? se mit à pleurnicher monsieur Émile. Qu'est-ce que j'ai fait? J'ai bien le droit de me promener, maudit!

— Ah bon! tu te promenais? Eh bien, moi, je fais la chasse aux mouches, figure-toi donc, fit-il en lui envoyant des taloches sur la nuque. Que je te revoie ici encore une fois! Tu veux que la police me tombe sur le dos? Hein? C'est ça que tu veux?

Monsieur Émile ne l'écoutait pas, saisi d'une rage où la honte de s'être fait prendre l'emportait sur la douleur des taloches. Malgré ses trépignements et ses cris, on l'enferma pour le reste de la journée dans sa chambre, après avoir pris soin de la vider de tous les objets qui étaient susceptibles de se transformer en projectiles.

— Comme vous êtes vieux jeu, se moquait Ange-Albert. Il faut lui *expliquer.* Quand il aura compris, plus de problèmes.

— C'est vrai, admit Élise.

Le lendemain, pendant le déjeuner, on lui décrivit de long en large les conséquences déplorables que pourraient entraîner ses exploits de voyou à La Binerie.

Monsieur Émile hochait la tête tout en mordant dans sa rôtie couverte d'une épaisse couche de confiture. Il avait pris un air sage et raisonnable et comprenait, enfin.

— Voilà une chose réglée, soupira Florent.

— Il a compris, c'est vrai, pensa Élise, mais... est-ce qu'il a *changé d'idée* ?

◆ ◆ ◆

Trois autres jours passèrent. La Binerie était toujours fermée. Une imperceptible couche de poussière commençait à ternir le nickel de la caisse enregistreuse. Quelqu'un, sans doute un enfant, avait tracé à la craie sur la façade :

ICI ON MANGENT DES COCRELS

Et une autre main avait ajouté :

ET DE LA MARDE

En face, Chez Florent s'installait doucement dans la prospérité. La grassouillette madame Jobin plaisait beaucoup aux clients (plus qu'elle ne l'aurait voulu, parfois), s'était gagné les faveurs de monsieur Émile (ce qui n'était pas sans rendre Élise un peu jalouse) et, qualité encore plus rare, s'accommodait fort bien des façons cavalières d'Aurélien Picquot. Seul l'état de santé de ce dernier empêchait Élise et Florent de s'abandonner librement à la joie de leur victoire. Picquot était manifestement dépassé par son propre succès. Il se plaignait de maux de tête, d'étourdissements. Sa main commençait à trembler. Il lui arrivait maintenant d'être en retard le matin.

— Si tu n'avais eu l'heureuse idée de m'installer un système de climatisation dans la cuisine, disait-il à

Florent parfois, je t'aurais remis mon tablier depuis longtemps. Et l'envie me prend parfois de t'en remettre la moitié.

Bref, il lui fallait un assistant à tout prix. Or, le chiffre d'affaires de Chez Florent, bien que fort prometteur, ne permettait pas encore l'engagement d'un assistant. Il aurait fallu congédier madame Jobin, ce que la grossesse d'Élise empêchait.

— Je vais tenir jusqu'à l'arrivée de votre marmot, déclara le cuisinier à Florent. Mais après... tu devras me fournir de l'aide... ou engager un cuisinier plus jeune.

Florent lui prit les mains :

— Voyons, monsieur Picquot, vous savez bien que je ne peux me passer de vous.

✦ ◈ ✦

Le jeudi 15 juillet, vers 6 heures, Florent se réveilla, stupéfait, sous une grosse brassée de marguerites. Tandis qu'il se frottait les yeux en marmonnant, Élise, vêtue d'un déshabillé bleu pâle, que son ventre bombé transformait presque en tente, l'observait en souriant.

— Qu'est-ce qui se passe ? fit-il.

Elle s'assit sur le bord du lit, le prit par les deux épaules et, l'air grave, le fixa droit dans les yeux :

— Mon cher mari, je viens d'entreprendre mon septième mois ce matin.

Florent la regardait, sans dire un mot.

— Tu ne comprends pas ? Notre enfant est viable. Je peux accoucher n'importe quand, maintenant. Tu es sûr d'être père.

— Eh bien, Boissonneault, quelle mine vous avez ce matin ! s'écria Picquot en arrivant au restaurant. Sophia Loren vous a fait monter dans son lit, ou quoi ?

Florent garda le sourire toute la journée. C'est-à-dire, plus précisément, jusqu'à dix heures du soir. À dix heures, monsieur Émile disparut pour la seconde fois. Ce fut Élise qui s'en aperçut, attirée par les miaulements de Déjeuner dans sa chambre. Son lit était vide, ses pyjamas jetés devant la porte, ses vêtements disparus. Elle téléphona aussitôt à Florent :

— Je ne vois que deux choses : il est parti à La Binerie ou chez sa mère, pour lui chiper des bouteilles de bière. Je le sentais nerveux depuis quelques jours.

Florent jeta son tablier sur le comptoir et partit en maudissant le jour où monsieur Émile était apparu pour la première fois devant lui.

L'inspection de l'arrière de La Binerie ne lui apprit rien. Plus en colère que jamais, il monta dans son camion et se dirigea vers la rue Gilford, où demeurait madame Chouinard. Il stationna dans une rue voisine et fit le reste du chemin à pied, espérant pouvoir obtenir de quelque façon la certitude que monsieur Émile se trouvait chez sa mère sans avoir à sonner et se lancer dans de délicates explications.

De la lumière brillait aux fenêtres, toutes grandes ouvertes à cause de la chaleur. Il entendit un long rire de femme, suivi d'un claquement sec, qui pouvait tout aussi bien être le bruit d'un baiser que le déchirement d'une enveloppe de soupe en poudre. Alors une voix gutturale, puissante et lourde, qu'on aurait placée dans la gueule d'un hippopotame ou d'un bœuf, s'éleva tout à coup dans la nuit :

— *Envoye*, bébé, refais-le encore, j'aime ça.

Du coup, Florent perdit tout courage et retourna au restaurant où madame Jobin essayait vaillamment de travailler comme deux.

— Non, répondit Élise au téléphone, il n'est pas revenu.

Florent raccrocha en soupirant, puis demeura immobile derrière la caisse, fixant d'un œil vide un client étonné qui attendait pour régler sa note.

— Retournez donc à La Binerie, lui souffla madame Jobin à l'oreille. Je vous gage ma robe de noces qu'il est là.

Florent lui demanda de ne plus laisser entrer de nouveaux clients et se retrouva bientôt dans la ruelle mal éclairée, bordée de palissades défoncées, de garages miteux, parsemée de poubelles, de matelas éventrés, de sacs à déchets, de téléviseurs décédés. Il réalisait que monsieur Émile était comme issu naturellement de ce décor misérable, qu'il s'y sentait comme un poisson dans l'eau et se jouerait de lui à volonté.

— Le petit salaud! grommela-t-il. Si je mets la main dessus, les fesses vont lui chauffer.

Il s'approcha du soupirail, jeta un regard aux alentours, puis alluma sa lampe de poche. Une exclamation de surprise lui échappa : la fenêtre avait été enlevée et appuyée contre le mur.

— Le système d'alarme n'a pas fonctionné ? Je ne comprends pas...

Il tendit l'oreille, puis glissa le bras par l'ouverture. Le rayon de sa lampe de poche se promena lentement dans la cave, tirant de l'ombre les rangées de boîtes de conserve, le hachoir à viande, les poches de fèves et de patates. Il ne vit rien de suspect. Mais la rumeur de la rue l'empêchait de vérifier la présence de bruits à l'intérieur. Il avança la tête et écouta. Il n'entendait que les battements de son cœur, sourds, sauvages, insupportables.

— Impossible que monsieur Émile ait désamorcé le système, murmura-t-il en se retirant. Est-ce qu'on me tendrait un piège ?

Il essaya de réfléchir. Peine perdue. Ses idées voletaient comme une nuée de papillons. Il se pencha de nouveau par l'ouverture, gardant sa lampe de poche allumée :

— Monsieur Émile, chuchota-t-il, es-tu ici ?

Soudain, une motocyclette se mit à pétarader au bout de la ruelle ; le bruit s'approchait rapidement. Il éteignit sa lampe et se laissa glisser dans la cave. Chose bizarre, sa peur venait de s'envoler. Il se dirigea vers l'escalier, l'œil aux aguets, gravit quelques marches, puis, se ravisant, revint sur ses pas et se dirigea vers la porte des toilettes, qu'il ouvrit d'un mouvement sec : personne.

Une boîte de conserve lui lança tout à coup un éclair aveuglant, comme une sorte d'avertissement énigmatique. Il pivota brusquement sur lui-même. Sa peur ne s'était assoupie qu'un instant. Elle l'étreignait de nouveau, plus violemment que jamais. Il recula, buta soudain contre l'énorme hachoir à viande installé au milieu de la cave et son visage se tordit de douleur. Au bout d'un moment, il gravit de nouveau l'escalier, mais s'arrêta aussitôt, intrigué.

Un bruit continu, presque imperceptible, venait d'atteindre son oreille. C'était comme un souffle léger, égal et profond, qui ressemblait au murmure d'un ventilateur électrique.

— Vraiment, très belle soirée, n'est-ce pas ? lança tout à coup une voix connue derrière lui.

Ses genoux fléchirent, il fit volte-face, trébucha dans les marches, retrouva son équilibre et braqua le faisceau de sa lampe de poche dans l'enfoncement créé par le cabinet de toilette. Egon Ratablavasky, debout dans l'ombre, l'observait en souriant. Le cerveau de Florent s'était mis à fonctionner à toute allure :

— *Un piège. C'était bien ça. Et monsieur Émile ? Il est ici. J'en suis sûr. Pourvu que... Et moi qui ne suis pas armé. Imbécile. Occasion idéale pour l'abattre. Slipskin écoperait de tout. Il faut que je trouve un moyen. Est-il armé ? Ne semble pas.*

— La bouche a dévoré votre langue ? reprit Ratablavasky, d'une voix doucereuse.

Florent ne bougeait pas. Le vieillard s'éclaircit la gorge, puis :

— Ayez la bonté, cher ami, d'abaisser un peu votre rayon, car mes si pauvres yeux...

— Qu'est-ce que vous faites ici ? coupa Florent d'une voix rauque en s'approchant du hachoir à viande.

Soudain, un déclic se fit en lui. Son bras, sans qu'il lui en ait donné l'ordre, saisit le pilon de métal planté dans la gueule de l'appareil, le souleva avec un élan sauvage et il s'élança contre Egon Ratablavasky coincé contre le mur et toujours immobile. Mais quelque chose le fit trébucher (il ne sut jamais quoi). Le pilon heurta le mur avec un bruit assourdissant et une flammèche l'aveugla. Sa main s'ouvrit, lâchant l'instrument, et il ressentit un violent choc à la tête. Son cerveau, brusquement engourdi, cala.

Un sourire glacial se dessina sur les lèvres d'Egon Ratablavasky. Il fit quelques pas, se pencha au-dessus du corps inanimé de Florent, puis soudain se ravisa. Les marches de l'escalier venaient de craquer. La tête de monsieur Émile apparut, vaguement éclairée par la lampe de poche de Florent allumée sur le sol, puis disparut aussitôt.

La série d'événements incompréhensibles qui venait de débuter se poursuivit alors à une vitesse ahurissante.

Ratablavasky s'élança dans l'escalier et s'assura d'un coup d'œil que la porte du restaurant était bien fermée. Un glissement de chaise dans la cuisine lui indiqua où se trouvait l'enfant. Il s'avança et ouvrit la porte. Une bouffée de chaleur l'enveloppa. Les quatre brûleurs de la cuisinière à gaz étaient ouverts au maximum. La flamme bleue léchait quatre énormes boîtes de conserve bombées d'une façon menaçante. Accroupi sous une table, monsieur Émile le fixait, l'œil phosphorescent. Ratablavasky fit un geste vers les boutons de commande, mais il était déjà trop tard. Une boîte venait de s'ouvrir avec un bruit de canon. Elle fut aussitôt suivie d'une deuxième, puis d'une troisième. Des litres de sauce tomate giclaient partout dans la cuisine pleine de vapeur. Le vieillard éclaboussé recula vers la sortie, les mains devant le visage, tandis que monsieur Émile, une jambe ébouillantée, se recroquevillait sous la table. La quatrième boîte explosa. L'avait-on faite d'une tôle plus épaisse? C'est elle, en tout cas, qui réveilla tout le voisinage (y compris Florent) et donna des ailes à un passant qui se précipita vers un téléphone et alerta la police. Monsieur Émile rampa vers la porte et l'entrouvrit légèrement. Ratablavasky se tenait debout devant lui, s'épongeant avec un mouchoir. L'expression de son visage le glaça d'effroi. Il bondit sur ses pieds et se précipita vers la porte qui donnait sur la ruelle. Elle était cadenassée. Le temps qu'il aurait mis à briser la vitre et à se glisser par la fenêtre aurait amplement suffi au vieillard pour lui mettre la main au collet.

Soudain, le hurlement d'une sirène s'allongea dans la rue. La police arrivait. Alors, monsieur Émile prit son élan et se glissa entre les jambes du vieillard qui poussa un grognement furieux et se précipita à sa poursuite vers l'entrée de la cave. Mais la voiture de police venait de s'arrêter devant La Binerie, balayant les murs avec son feu tournant. Ratablavasky revint sur ses pas et alla ouvrir la porte qui menaçait de céder sous les coups des policiers.

— Messieurs, fit-il en allumant toutes les lumières, je vous attendais. Un stupide accident!

Les deux policiers, ahuris, l'observaient en silence. Souriant et l'air très comme-il-faut sous les coulées de sauce tomate, il ressemblait à un personnage du Grand Guignol à la fin d'un massacre. Ils s'avancèrent, poussant des exclamations d'étonnement. La cuisine s'était transformée en une sorte d'immense plaie sanguinolente qui laissait échapper des traînées fumantes jusqu'au milieu de la place.

— Messieurs, je le dis tout de suite : tout *a pris nais-sance* de ma faute. Je suis à votre disposition.

Pendant qu'on tentait de joindre Slipskin, une ambu-lance conduisit le vieillard à l'hôpital. Un interne l'exa-mina aussitôt. Il ne souffrait que de légères brûlures.

35

Au bruit de la quatrième explosion, Florent s'était réveillé à plat ventre près de l'escalier. Un objet rond, tombé sur le sol, luisait faiblement dans la pénombre à cinq centi-mètres de son nez. Il le considérait depuis un moment d'un œil brumeux lorsque la dégringolade de monsieur Émile dans l'escalier le fit bondir sur ses pieds. Il ramassa machinalement l'objet, saisit l'enfant par le fond de culotte et le projeta par l'ouverture du soupirail. Ce n'est que rendu dans la ruelle qu'il sentit les martèlements d'une affreuse migraine. Il dut s'asseoir un moment derrière une palissade, l'estomac soulevé par la nausée. Monsieur Émile, tout tremblant, le pantalon relevé pour rafraîchir sa brûlure, lui jetait des regards furtifs, sans dire un mot.

Le lendemain matin, Florent sirotait son café en essayant d'éclaircir les événements de la veille lorsque Élise s'approcha de lui, tenant une petite boîte ronde et plate d'environ sept centimètres de diamètre et qui semblait en or :

— Où as-tu trouvé ça ?

Florent l'examina un instant.

— Dans la cave de La Binerie, fit-il.

Une curieuse combinaison de cercles concentriques et de triangles isocèles ornait la boîte sur ses deux faces. Florent l'ouvrit. Elle était vide. Une odeur désagréable s'en échappa, qu'il reconnut aussitôt : l'espèce de relent de pieds mal lavés qui accompagnait partout Ratablavasky.

Au fond, gravée avec beaucoup d'art, on pouvait lire une inscription en langue étrangère. Longtemps après que cette histoire eut connu sa fin, quelqu'un réussit un jour à la traduire :

> Chargée de frais cadavres,
> La charrette de la Mort
> Grince dans la nuit
> Au milieu des débris
> Du ciel effondré.

Élise et Florent considéraient la boîte, perplexes.

— Elle a dû s'échapper des poches du Vieux, fit ce dernier.

Élise se laissa tomber sur une chaise, accablée :

— Qu'est-ce qu'il va nous arriver, maintenant ? Tout allait trop bien.

— Je n'arrive pas à comprendre ce qu'il fricotait la nuit dernière à La Binerie. Ah ! si je n'avais pas trébuché, on fêterait, aujourd'hui... Quelle pitié !

Son visage se crispa et prit une expression désespérée. Il se tourna soudain vers la chambre de monsieur Émile, le poing levé :

— Et tout ça à cause de ce petit fouilleur de fonds de poubelles ! Qu'il ose se montrer devant moi...

— Allons, tu sais bien que tôt ou tard... On nous surveille jour et nuit.

— Eh bien, ma vieille, j'en ai par-dessus la tête... Dans une semaine au plus tard, on sera débarrassés de lui, je te le jure !

Vertu approuva cette déclaration énergique par plusieurs battements de queue. Élise saisit la main de son mari :

— Je t'en supplie, Florent, ne t'entête pas... Va trouver la police... Tu n'es pas de taille...

Il se contenta de hausser les épaules et détourna la tête.

Soudain, un bruit de pas précipités résonna dans l'escalier.

— Florent! cria une voix, hors d'haleine.

— C'est Picquot, dit Élise.

Le cuisinier fit irruption dans la pièce, un journal à la main, au grand effroi de Déjeuner couché devant la porte:

— Mes amis! c'est absolument renversant! Lisez-moi ça!

En page trois du *Journal de Montréal,* on voyait une photographie de la cuisine de La Binerie après l'explosion, accompagnée d'un bref article. Egon Ratablavasky n'était pas nommé, mais on parlait d'un vieillard d'origine étrangère qui aurait avoué être l'auteur du méfait, pour lequel il offrait un généreux dédommagement.

— J'ai agi pour des raisons intimes, disait-il. Il faut pardonner à ma vieillesse.

Le journaliste terminait son papier par de vagues insinuations sur les méfaits de certaines passions quand on a atteint un âge trop avancé. Florent lisait et relisait l'article, bouche bée.

— Qu'est-ce qu'il peut bien machiner? murmura Élise. Mon Dieu, que je suis tannée.

Elle se mit à pleurer sans bruit. Picquot la regardait, navré.

— Si je n'étais athée, murmura-t-il, je maudirais le ciel.

✦ ◈ ✦

À partir de ce jour, les événements se précipitèrent. Florent essaya plusieurs fois d'atteindre Ratablavasky à l'hôtel Nelson pour l'inviter à venir discuter avec lui dans un petit appartement du boulevard Rosemont qu'il venait de louer sous un faux nom. Là-bas, sans plus de discussions, il l'abattrait d'un coup de revolver et l'histoire aurait une fin. Le meurtre ferait les manchettes des journaux à potins pendant un jour ou deux. *Allô Police* en tirerait un reportage avec photos. La police tournerait en rond pendant quelque temps, puis classerait l'affaire comme un règlement de comptes. Il pourrait enfin vivre en paix avec sa femme et son enfant.

Une petite anicroche empêchait son rêve de se réaliser : le vieillard demeurait introuvable. Il logeait toujours à l'hôtel Nelson, pourtant. Son appartement venait d'être remis en état. Monsieur Ratablavasky avait été vu la veille. Il venait de sortir deux minutes auparavant... Il s'était absenté pour la journée. Non, il n'y avait pas de message. Rappelez vers la fin de l'après-midi.

— On se moque de vous, mon pauvre ami, conclut Picquot d'un air abattu.

Malgré le travail qui l'appelait au restaurant, Florent passa plusieurs soirées à l'hôtel Nelson à siroter des cafés en compagnie d'Ange-Albert, dans l'espoir de le voir apparaître. En vain. Seul Picquot, tout à fait par hasard d'ailleurs, l'entrevit un soir au square Phillips, mais en l'apercevant, le vieillard se déroba.

Florent rageait. Comment Ratablavasky avait-il réglé ses comptes avec la justice au sujet de La Binerie ? On s'adressa à la police. Personne ne savait rien.

— Résigne-toi à l'attendre, lui conseilla Ange-Albert, et quand tu le verras, frappe.

— Mauvais, très mauvais, bougonnait Picquot. La meilleure défense restera toujours l'attaque. C'est ce que me disait le lieutenant Alexis de Bellevoie, un ami intime du général de Gaulle, alors que nous filions vers New York en 1944 dans une mer infestée de sous-marins allemands.

Le matin du 25 juillet, soit dix jours après la nuit de l'explosion, une affiche apparut dans la vitrine de La Binerie, indiquant que le restaurant était à vendre ou à louer. Florent s'en réjouit à peine. L'ombre de Ratablavasky gâchait sa victoire.

Sa colère contre monsieur Émile avait fait long feu. Il faut dire que ce dernier ne faisait pas plus de bruit qu'une souris. Son exubérance habituelle avait fait place à un état d'abattement qui commençait à inquiéter Élise. Ratablavasky, à la vérité, l'avait littéralement terrifié. Pendant une semaine, il fit des cauchemars presque chaque nuit. Son appétit diminua. Il n'y avait que la pluie jusque-là pour le garder à la maison. Maintenant, il ne lâchait plus Élise d'une semelle, refusait d'aller jouer dehors, pleurnichait pour des riens. La grossesse d'Élise le rendait de plus en plus jaloux. Il traitait celle-ci de «grosse bedaine sale», se moquait de sa démarche de pingouin, lui assurait que son bébé n'aurait qu'un œil et pas de bras et que, de toute façon, il avait décidé de le jeter à la poubelle. Élise crut remarquer que ce changement d'humeur, chose curieuse, semblait s'être répercuté sur son chat. À part son maître, personne ne pouvait le caresser. Il ne tolérait plus la présence de Vertu, qui devait quitter la pièce quand il arrivait. Sans aller jusqu'à maigrir, il prit une espèce d'air misérable et insatisfait, l'œil hagard, le poil comme terni, les moustaches hérissées.

— Ils font tous les deux une belle paire, remarqua Florent, sarcastique, un matin que monsieur Émile, son chat sur les genoux, chipotait dans ses céréales en maugréant.

— Allons, dit Élise à l'enfant, tu peux t'en aller. Mais ne viens pas me demander à manger dans dix minutes...

Monsieur Émile sortit en courant. Florent se pencha à l'oreille d'Élise :

— Garde l'œil ouvert, ma vieille. J'ai l'impression que notre petit ami est mûr pour une balloune.

◆ ◆ ◆

Il avait deviné juste. Deux jours plus tard, la bouteille de cognac qu'Aurélien Picquot gardait soigneusement cachée au restaurant disparaissait. On retrouva monsieur Émile affalé dans un garage, le flacon de cognac entre les deux jambes, son gilet à locomotive déchiré.

— On l'amène voir un psychologue, ou il retourne chez sa mère! éclata Florent.

Élise se mit à fouiller dans le bottin téléphonique et, une heure plus tard, se dénichait un rendez-vous pour la semaine suivante.

Le lendemain matin, la gueule de bois de monsieur Émile prit une forme imprévue: c'était une peine immense, inconsolable, d'avoir déchiré son gilet à locomotive. Or les effets de sa brosse se montraient irréparables: une fois reprisée, la locomotive donnait l'impression d'avoir été sciée en deux, amputée de la moitié de sa chaudière, puis ressoudée tant bien que mal.

— Tant pis! lui dit Florent. Si ça peut te dompter! Toi-même un jour, si tu n'arrêtes pas de te soûler la gueule comme ça, tu finiras par lui ressembler pour de bon. Peux-tu t'entrer ça dans la tête, une fois pour toutes?

Élise passa tout l'après-midi à lui chercher un autre gilet, mais en vain. Ce fut Ange-Albert, deux jours plus tard, qui en dénicha un à Sainte-Agathe où Rosine, en vacances chez des amis, avait accepté de lui donner rendez-vous, le premier depuis leur rupture (il se garda bien d'en souffler mot).

Mais un malheur encore bien plus grand attendait monsieur Émile. Deux jours plus tard, il se promenait dans une ruelle en compagnie de Déjeuner lorsqu'il s'aperçut tout à coup que... son chat avait disparu! Il l'appela sur tous les tons, patrouilla le quartier, essaya de l'attirer avec une boîte de saumon, rien n'y fit: Déjeuner demeurait introuvable. Voyant son désespoir, Élise se mit à sa recherche. Tout ce qu'elle trouva de suspect, jeté près d'un hangar, fut un petit flacon plein d'un liquide brunâtre qu'elle ne put identifier.

— C'est de l'infusion de valériane, fit Picquot après l'avoir humé. Mais... sacrebleu! j'y pense: c'est avec de la valériane que les filous attiraient les chats à Paris, avant de les débiter, puis de les vendre aux restaurants pour du lapin. Aucun doute là-dessus: ce chat vient d'être victime d'un guet-apens.

Élise et Florent se regardèrent:

— *Ratablavasky*, pensèrent-ils tous deux.

— Eh oui! continua le cuisinier comme s'il avait entendu leurs pensées. Ratablavasky! Mille fois Ratablavasky! C'est sa façon de se venger de la douche à la sauce tomate que lui a infligée monsieur Émile. Mes amis, ça ne peut durer ainsi! Aujourd'hui, c'est le chat, demain, ce sera la chienne, dans un mois peut-être Élise! Il veut nous éliminer petit à petit, le monstre, en faisant durer la terreur! La guerre! Voilà ce qu'il faut! L'abattre à vue, comme un fauve! Il sera toujours temps de s'expliquer avec la justice.

L'état d'affliction dans lequel fut plongé l'enfant peut difficilement se décrire. Pendant trois jours, il erra dans le quartier, accompagné d'Ange-Albert ou de Florent discrètement armés, appelant son chat d'une voix déchirante, sans même prêter attention aux moqueries des enfants qui s'amusaient à l'imiter.

Déjeuner ne reparut pas. Monsieur Émile eut un accès de fièvre qui le força à s'aliter pendant deux jours. Il parlait à peine, ne mangeait presque plus et s'était pris d'une curieuse haine pour Vertu, comme si cette dernière était responsable de la disparition du chat. Quand le moment d'aller voir le psychologue arriva, il fit une colère terrible, fracassa un pot de miel contre un mur et s'enferma dans la salle de bains. Finalement, après beaucoup de promesses, de remontrances et de discussions, Élise réussit à l'amener. Monsieur Émile se montra à peu près aussi loquace que la chaise sur laquelle on l'avait fait asseoir. L'œil baissé, l'air grognon, il ne relevait la tête que pour lancer des regards pleins de méfiance à cet inconnu en cravate qui minaudait devant lui en le questionnant sur des tas de choses qui ne le regardaient pas. Au bout d'un quart d'heure, le psychologue décida de suspendre l'entrevue.

— Il va falloir vous armer de patience, dit-il à Élise. Il m'apparaît très perturbé. Quelque chose le menace. Sans compter une autre menace, permanente celle-là : le retour chez sa mère. Je n'ai pas de conseils à vous donner quant à l'adoption ; c'est une décision qui n'appartient qu'à vous et à votre mari. Ça ne sera jamais un enfant facile, vous vous en doutez bien. Mais il est évident, d'autre part, qu'il vous a choisis depuis longtemps comme ses vrais parents.

— Pourquoi qu'il me posait toutes ces questions-là, le docteur ? fit monsieur Émile quand ils furent dans la rue.

— Mais pour t'aider, voyons, je te l'ai dit. C'est un peu comme ton ami.

— Y'est pas mon ami, rétorqua l'autre : je le connais même pas. Et puis, il fait dur : y'a même pas un poil sur la tête ! S'il veut m'aider, qu'il trouve mon chat.

Quand ils arrivèrent à la maison, Ange-Albert était assis à la cuisine en train de rédiger une lettre. Élise le regarda, un peu étonnée (Ange-Albert n'étant pas précisément un épistolier) et son étonnement grandit quand elle le vit rougir comme une couventine et glisser la lettre dans sa poche avec des gestes embarrassés.

— *Oh ! oh !* se dit-elle. *Il y a du nouveau qui se prépare.*

— Ange-Albert, viens-tu avec moi chercher mon minou ? supplia monsieur Émile en le tirant par la main.

— Laisse-le un petit moment, fit Élise. Voilà trois jours qu'il fait les ruelles avec toi. Il doit commencer à être tanné.

— Non, non, pas du tout, au contraire, fit Ange-Albert en suivant le gamin avec une promptitude qui fit sourire Élise :

— *Le voilà de nouveau amoureux*, se dit-elle. *Mais de qui, cette fois ?*

Vers six heures, ils revinrent bredouilles, comme à l'accoutumée. Monsieur Émile soupa d'un verre de lait et de trois biscuits et, aussitôt sorti de table, manifesta le désir de poursuivre ses recherches.

— Je ne pourrai pas t'accompagner, ce soir, lui dit Ange-Albert. Florent m'a demandé d'aller lui donner un coup de main au restaurant.

— Eh ben, j'y vas quand même.

— Pas question, fit Élise. Je ne veux pas te voir courir les rues tout seul le soir.

Monsieur Émile ne répondit rien, erra quelque temps à travers l'appartement, les mains dans les poches, puis alla s'accroupir devant la télévision. Au bout de dix minutes, voyant Élise affairée dans la cuisine, il s'esquiva par l'escalier et fila dans la ruelle qui longeait l'arrière de la maison.

Il s'arrêta soudain, ahuri, incrédule. Devant lui, au pied d'une palissade, posée bien en évidence sur un bout de madrier pourri, brillait une splendide bouteille de rhum ! Monsieur Émile promena son regard autour de lui, le cœur battant. Une brume onctueuse commença à remplir sa tête et il eut la sensation que de longs filets de chaleur s'étaient mis à lui caresser l'intérieur des veines, ondulant doucement à travers son corps. C'était l'heure du souper. Les ruelles étaient désertes. Par les fenêtres ouvertes, on entendait des bruits d'ustensiles, des rechignements d'enfants qui refusaient de manger, le roulement grave et menaçant de la voix du père qui essayait de diriger le cours du repas, la plainte discrète d'un chien assis près de la table, attendant un geste de charité. Monsieur Émile, toujours aux aguets, s'avança vers la bouteille, passa devant d'un air faussement détaché, puis, reculant d'un pas, la saisit par le goulot et courut se réfugier sous un perron à demi caché par un amoncellement de vieilles planches.

À la quatrième gorgée, il entendit la voix d'Élise qui l'appelait. Il ferma les yeux et se cala contre un vieux tapis plié en quatre qui finissait misérablement ses jours dans la moisissure et les toiles d'araignées. La pénombre qui l'entourait avait pris une jolie teinte bleuâtre, l'humidité se dissipait. Son esprit se mit à flotter doucement à l'aventure. Des images plaisantes se formaient peu à peu devant lui et l'enveloppaient d'un délicat chatoiement de couleurs.

Il se retrouve tout à coup à Sainte-Romanie. C'est l'été. Il est midi. Le soleil inonde les champs à perte de vue. Monsieur Émile s'est laissé tomber dans une botte de foin tiède, son chat sur les genoux, sa tête protégée des rayons cuisants par une masse de foin dorée qui s'est recourbée au-dessus de lui. Le bruit du vent qui traverse un bouquet d'arbres tout près ressemble à une cascade de fines paillettes de verre. Il penche la tête en avant. Le ronronnement de Déjeuner, abruti d'aise et de chaleur, se mêle au bruit de la cascade et lui amène des frissons de plaisir.

Mais soudain le ciel s'assombrit, comme si Dieu venait d'actionner un interrupteur. Une pluie glaciale se met à tomber avec une furie démentielle. Monsieur Émile est seul dans sa botte de foin, trempé comme une lavette, claquant des dents et très inquiet. Son chat miaule désespérément au loin, mais monsieur Émile n'arrive pas à se lever, malgré tous ses efforts. Les miaulements se prolongent, s'amplifient, deviennent insupportables.

— Déjeuner! Déjeuner! où es-tu? hurle-t-il tout à coup en sortant de sous la galerie, le fessier souillé de terre humide, le visage couvert de toiles d'araignées.

Il se tient debout, chancelant, la tête levée, jetant des regards éperdus de tous côtés. Il n'a pas rêvé: ce sont de *vrais* miaulements. Ce sont les miaulements *de son chat!*

Philippe Lafrenière, le garçon du voisin, arrive en courant:

— *Hey!* Boissonneault! viens 'citte! On a trouvé ton minou! Que c'est que t'as? fait le gamin en le dévisageant. T'es-tu saoul?

— Où est-ce qu'il est? bredouille monsieur Émile d'une voix pâteuse.

Il s'élance à la suite de son compagnon. Les miaulements du chat lui ont raffermi les chevilles. Pas assez toutefois pour l'empêcher de trébucher à deux reprises. À la deuxième, il tombe de tout son long sur le ciment crevassé, mais une vieille boîte de carton sur laquelle s'étale BUFFET CHARLOTTE: RÉCEPTIONS DE MARIAGE ET TOUS GENRES, pleine de sandwiches moisis, amortit un peu sa chute. Ils filent dans la ruelle encore un moment et arrivent en vue d'une vieille maison de trois étages à pignon pointu qu'un mystérieux incendie a ravagée quelques mois auparavant, comme il arrive si souvent à Montréal.

— Y'est là! y'est là! lance Philippe Lafrenière en pointant le doigt en l'air. Je l'ai reconnu!

Perché sur la crête du toit, un chat miaule à fendre l'âme en se promenant de long en large. Monsieur Émile n'a même pas eu à l'examiner. Il le reconnaîtrait parmi dix mille chats. Il s'élance vers la maison, enjambe la clôture effondrée et disparaît par la porte arrière.

— *Hey!* tu vas te péter la gueule, lui lance son compagnon qui s'arrête sur le seuil, craintif.

Une forte odeur d'humidité et de bois calciné s'échappe par la porte qui donne sur une grande pièce dévastée.

— Y'est complètement paqueté, explique Philippe Lafrenière, l'air avantageux, en allant rejoindre deux gamins qui viennent d'arriver sur les lieux.

Les escaliers ayant peu souffert du feu, monsieur Émile arrive rapidement au troisième étage et se précipite vers une lucarne qui s'ouvre au milieu du toit, à quelques mètres du sommet. Après bien des efforts, il réussit à soulever une fenêtre à guillotine et avance la tête dehors.

— Tiens bon, mon minou, je m'en viens! lance-t-il d'une voix tremblante.

Les miaulements du chat en deviennent encore plus perçants.

Durant l'incendie, les pompiers ont percé des trous ici et là sur le toit pour faciliter la sortie des gaz. Un de ceux-ci s'ouvre près de la fenêtre. Rien de plus facile que d'y glisser le pied, puis, en s'agrippant aux bardeaux, de ramper jusqu'au sommet et d'attraper le chat.

Philippe Lafrenière a quitté la ruelle et s'est précipité avec ses compagnons du côté de la façade. Il aperçoit une jambe, puis une autre, et voilà monsieur Émile, accroché au rebord d'un trou, qui cherche un point d'appui sous ses pieds.

— Tabarnac! lance-t-il avec une sorte d'enthousiasme horrifié, y va se tuer!

Un couple qui traversait la rue lève la tête. En apercevant le gamin, l'homme s'élance vers la maison pendant que sa compagne, après avoir hésité une seconde, court téléphoner à la police. Philippe Lafrenière, lui, s'est précipité pour avertir Élise. Il la trouve, tout inquiète, en face de chez elle.

— Madame! madame!

Il lui raconte le dernier exploit de l'enfant.

Élise est devenue livide. Sa tête s'est remplie d'un tournoiement confus. Elle ne sent qu'une chose avec précision: un effroi immense, qui lui coupe les jambes.

— Venez! venez! insiste l'enfant.

Elle fait quelques pas, puis se ravise et s'élance dans l'escalier qui mène à son appartement.

◆ ◆ ◆

Penché au-dessus d'une immense bassine, Florent est en train de monter la garniture d'une tourtière à la mode du lac Saint-Jean. Madame Jobin entre en coup de vent dans la cuisine. Le battant de la porte frappe un pot de marinade posé sur le bord du comptoir et le pot s'écrase sur le plancher avec un craquement mat.

— C'est votre femme au téléphone... Elle... Elle n'a pas l'air bien du tout...

Florent lève la tête. À son expression, il comprend qu'un événement grave vient de se produire. Sans dire un mot, il se précipite vers la caisse et saisit le télé-phone :

— Quoi? Je ne comprends pas... Monsieur Émile? Je ne comprends pas ce que tu dis... Attends-moi, j'arrive.

◆ ◆ ◆

Josaphat Duval a fait son entrée dans la police municipale il y a dix-neuf ans. Jusqu'à ces derniers temps, grâce à Dieu, il n'avait jamais eu à se plaindre de sa santé. Mais depuis une semaine, à la moindre contrariété, son esto-mac se remplit de charbons ardents et le fait souffrir, durant des heures, malgré tous les médicaments que sa femme, ses amis et son pharmacien lui ont suggérés. Cela l'empêche de manger du porc frais et du spaghetti (ses deux mets favoris) et le porte à l'irritation.

Ce soir-là, il est assis dans une voiture de police bana-lisée en compagnie de son confrère Frédéric Brunet (surnommé Bedon, en souvenir d'une hernie qu'il s'était faite un jour en s'amusant à soulever des haltères au poste). Ils sont en faction dans une ruelle qui permet de surveiller discrètement la rue Saint-Denis près de Mont-Royal. On les retrouve là plusieurs fois par semaine. Certains soirs, ils prennent en chasse tous les automo-bilistes qui dépassent soixante-cinq kilomètres à l'heure. D'autres soirs, où ils se sentent plus portés à la sévérité, la limite tombe à soixante. Josaphat Duval, la tête penchée, s'occupe à retirer un comprimé antiacide de son enveloppe de cellophane lorsque Bedon Brunet lui donne un coup de coude dans les côtes:

— Bout de Christ! As-tu vu le camion passer? Il vient de brûler une rouge à cent vingt kilomètres à l'heure!

Josaphat tourne la clé de contact et l'auto s'élance sur la rue Saint-Denis. Bon sang! mais c'est qu'il exagère, le type! Le voilà qui brûle un deuxième, puis un troisième feu rouge. Josaphat actionne la sirène, évite de justesse un vieux monsieur avec une brassée de fleurs, exécute une manœuvre savante qui lui permet de se faufiler entre un autobus et deux camions de livraison et gagne ainsi du terrain, tout en grommelant:

— Je vas lui câlisser un de ces billets, l'héritage de son père va y passer.

Le camion s'arrête brusquement au coin de la rue Émery et Saint-Denis. Un gamin ouvre la portière et crie quelque chose au chauffeur. Celui-ci s'élance sur le trottoir et disparaît. Josaphat Duval n'avait pas prévu cette manœuvre. Il arrête son auto en plein milieu de la rue et part à sa poursuite, suivi de Bedon. Des flammes lui montent de l'estomac jusqu'à la gorge, son cerveau bouillonne de colère. C'est qu'il a l'air de se crisser complètement de la police, le cochon sale!

◆ ◆ ◆

Un rassemblement s'est formé au bout de la rue.

— Allez, messieurs de la police, leur dit un grand vieillard distingué d'une curieuse voix chantante, hâtez vos pas!

Ils s'engouffrent dans la foule, bousculent les badauds.

Josaphat aperçoit enfin Florent qu'il reconnaît à sa chemise et à son pantalon blancs. Il lève la main pour lui saisir l'épaule, mais retient aussitôt son geste.

— Appelle une ambulance au plus sacrant, ordonne-t-il à Bedon, et il s'occupe de faire dégager les lieux.

Florent s'est approché de monsieur Émile, près duquel se trouve Élise, muette, le regard inexpressif. L'enfant se trouve à demi enfoncé dans une vieille poubelle cabossée, les jambes pendantes, un bras replié sous lui, le torse courbé d'une façon étrange et horrible. Une entaille lui barre le front, d'où le sang coule en un mince filet. L'œil à demi fermé, le regard brumeux, il respire par la bouche, à petits coups saccadés. Son chat, amaigri, le poil tout hérissé, tourne comme un automate autour de la poubelle en poussant des miaulements enroués.

— Mais qu'est-ce que tu as fait, monsieur Émile? murmure Florent en se penchant vers lui.

L'enfant soulève un peu les paupières et son regard se pose sur lui, puis sur Élise. Mais c'est un regard qui leur parvient de si loin déjà, et au prix de tant d'efforts:

— Mon gilet, souffle monsieur Émile en allongeant la main vers sa locomotive qu'une tache de sang gagne de seconde en seconde.

Des brancardiers s'approchent et, avec des précautions infinies, soulèvent l'enfant, qui ne semble pas s'en apercevoir.

— Pauvre petit mousse, fait un interne à l'hôpital Saint-Luc quelques minutes plus tard, c'est fini.

Madame Chouinard, vêtue d'une robe orange et chaussée de souliers à talons aiguilles également orange, sanglote dans la salle d'urgence, affalée dans un coin.

— Ils me l'ont tué, ils me l'ont tué, répète-t-elle sans arrêt.

Florent vient de ramener Élise à l'appartement, où monsieur et madame Boissonneault, arrivés en toute hâte, s'occupent de la mettre au lit. Il se promène de long en large dans la cuisine, essayant de répondre aux questions d'un inspecteur, tandis qu'Ange-Albert, assis au comptoir du restaurant, dont on a tiré les stores, fabrique une pancarte:

36

L'enterrement de monsieur Émile eut lieu deux jours plus tard sous un soleil radieux au cimetière de la Côte-des-Neiges. L'œil enflé, le mouchoir à la main, l'imprécation à la bouche, madame Chouinard s'était chargée de tout toute seule, montrant les crocs à la plus timide suggestion. Le temps qu'elle n'avait pas passé chez l'entrepreneur de pompes funèbres, le marbrier, le fleuriste ou la couturière s'était consumé à la recherche d'un avocat qui voulût bien se charger de poursuivre Élise et Florent pour la mort de son fils bien-aimé. Elle en vit quatre en deux jours. Après l'avoir écoutée un moment, ils se récusèrent tous l'un après l'autre, lui conseillant de laisser tomber l'affaire, qui ne valait rien.

La tombe de monsieur Émile coûta presque deux mille dollars. Au salon funéraire, ce fut une orgie de fleurs. Élise et Florent ne purent s'y présenter, madame Chouinard ayant menacé de leur crever les yeux s'ils le faisaient. Florent assista de loin à l'enterrement, caché derrière une tombe. Il y avait une vingtaine d'assistants. Quatre hommes à face patibulaire, en habit de fortrel noir avec chemises à jabot et nœud papillon de velours noir, faisaient office de porteurs. C'était probablement des compagnons de travail de madame Chouinard.

En sortant du cimetière, après que tout le monde se fut dispersé, Florent arriva face à face avec Rosario Gladu.

— C'était un bon petit gars, lui dit le journaliste en lui serrant la main, l'œil humide. Tannant comme le maudit, mais plein de cœur. Il vivrait encore s'il vous avait eus comme parents, au lieu de cette grosse plorine.

L'autopsie avait révélé une forte quantité d'alcool dans le sang de l'enfant. Or, Élise jurait ses grands dieux que monsieur Émile avait quitté l'appartement parfaitement sobre, pour la simple raison qu'il n'y avait aucun alcool à la maison ce soir-là. Qui donc l'avait fait boire?

— Ratablavasky, bien sûr, rugissait Picquot, comme c'est lui qui a kidnappé le chat pour le placer ensuite sur le toit et le faire servir d'appât à ce pauvre enfant.

En trois jours, le cuisinier avait vieilli de dix ans; les poches sous ses yeux avaient pris une telle expansion qu'on aurait pu y faire tenir une pièce de cinq sous.

L'inspecteur Dorion, commis à l'enquête, écoutait ces explications d'un air poli mais sceptique. D'abord, ce monsieur Ratablavasky, où nichait-il? L'hôtel Nelson ne l'avait pas vu depuis une éternité, malgré que son loyer ait été payé pour plusieurs mois à l'avance. Le patron de l'hôtel affirmait qu'il était retourné dans son pays... sans pouvoir dire lequel! Et puis cette histoire de vieillard kidnappant un chat, soûlant un gamin et grimpant au sommet d'une maison pour y placer l'animal comme appât, cela ressemblait à du mauvais Rocambole.

Aidé par le jeune Philippe Lafrenière, on retrouva bien une bouteille de rhum fortement entamée et qui portait les empreintes de monsieur Émile, mais personne ne put en déterminer la provenance. De toute façon, ça n'aurait pas été la première fois que monsieur Émile recourait au vol pour étancher sa soif. Aux yeux de la police, l'affaire se résumait à une escapade de chat suivie d'un malheureux accident, que l'état pathologique de l'enfant expliquait tout à fait.

Florent se décida alors à exhiber un billet écrit de la main de Ratablavasky, qu'il avait trouvé dans des circonstances plutôt inusitées.

Quelques heures après la mort de monsieur Émile, Florent s'était rendu à l'hôtel Nelson avec l'intention d'abattre son ennemi.

Il s'introduisit dans l'appartement du vieillard à l'aide du passe-partout qu'il avait chipé à la femme de ménage et n'y trouva personne. Ratablavasky semblait pourtant toujours y habiter : vêtements, meubles, livres, bibelots, objets d'utilité quotidienne, rien n'y manquait. Les monstrueuses fougères qui l'avaient tant frappé à sa première visite croissaient avec la même énergie. Florent, grelottant de peur, avançait dans les pièces silencieuses où semblait flotter comme une présence invisible et maléfique. En pénétrant dans la cuisinette, il aperçut une enveloppe sur une table. Elle était à son nom ! Il la déchira d'une main tremblante et retira une feuille de papier. Elle ne portait que quelques mots :

Cher monsieur Florent,

Voyez mon désolement de ne pouvoir être au rendez-vous. Mais je suis sûr que, même seul, vous vous débrouillez avec perfection. Dans le plaisir de vous revoir ces jours prochains,

E. R.

Une angoisse étouffante le remplit tout à coup. Il sentait l'œil de Ratablavasky posé sur lui à cette seconde même. Au bout de quelques moments, il dut quitter les lieux, sans pouvoir procéder à la fouille qu'il s'était promise.

Il revint à l'hôtel le lendemain et tenta sans succès de soudoyer le gros commis à la réception. Il ne demandait pas grand-chose : qu'on l'avertisse de l'arrivée du vieillard. L'œil baissé, le commis secouait la tête avec un petit sourire apeuré, se défilant sous des prétextes enfantins. Florent lança un juron et partit.

Désormais, il en était sûr : l'initiative du combat lui échapperait toujours, quoi qu'il fasse.

L'inspecteur Dorion, les sourcils relevés, examinait le billet d'un air condescendant :

— Très intéressant, dit-il enfin, sauf que vous avez oublié un petit détail : le billet est daté de l'an dernier !

— Ah oui ? murmura Florent avec une moue dégoûtée.

Il ne voulut même pas y jeter un coup d'œil.

Le restaurant rouvrit dès le lendemain des funérailles.

Personne ne se sentait le courage de supporter l'inaction plus longtemps. Les effets de monsieur Émile furent placés dans une boîte scellée qu'on enfouit dans le fond d'une garde-robe et madame Chouinard, malgré toutes ses réclamations, ne put jamais les récupérer.

∗ ◆ ∗

Sur ces entrefaites, Florent reçut une lettre de madame Jeunehomme. Elle avait été mise au courant du succès que ce dernier connaissait enfin avec son nouveau restaurant. La déconfiture de Slipskin avait transporté d'aise la vieille femme d'affaires qui avait décidé de faire don à Florent de la plantation de pamplemoussiers qu'elle lui avait promise. *«Dans quelques jours,* disait-elle dans sa lettre, *tu recevras de mon notaire les papiers qui te rendront propriétaire. J'espère avoir bientôt le plaisir de vous voir, toi, ta femme et ton mioche. En attendant votre visite, j'administrerai ton bien de mon mieux. Les profits seront versés dans le compte que tu m'indiqueras. »*

Florent lui répondit par une longue lettre de remerciements et lui assura qu'aussitôt que l'état d'Élise et ses affaires le lui permettraient, ils iraient lui rendre visite à son hôtel de Key West.

Chose qu'il n'avait pas cru nécessaire d'ajouter, c'est qu'Élise connaissait une fin de grossesse particulièrement pénible, aggravée par l'état de prostration dans lequel l'avait plongée la mort de monsieur Émile. Son estomac, comprimé par le fœtus, n'était plus qu'une machine à gaz et à brûlures. Ses jambes, aux veines distendues, la faisaient continuellement souffrir. Une fatigue immense, accentuée par la chaleur de l'été, la tenait couchée durant de longues heures qu'elle passait, la respiration haletante, à ruminer des choses tristes.

Un dimanche soir, Aurélien Picquot vint prendre de ses nouvelles... accompagné d'Émilienne Latouche! C'était une dame grassouillette dans la mûre cinquantaine, remarquable par son abondante chevelure blonde, toute frisée, et son maquillage de starlette. («Quel âge me donnez-vous?» demandait-elle aux gens aussitôt qu'elle se sentait un peu à l'aise.) Mademoiselle Latouche était timide, doucement enjouée, avec une voix gutturale et mélodieuse et des manières quelque peu affectées. Un si parfait contraste avec Picquot faisait sourire et inclinait à l'optimisme en rappelant que les contraires s'attirent souvent et se protègent ainsi mutuellement de leurs excès.

— Ma pauvre petite madame, je me suis permis de vous apporter un cadeau, roucoula mademoiselle Émilienne en lui tendant une boîte. Si je peux contribuer à sécher vos beaux yeux, mon bonheur sera parfait.

Élise défit l'emballage et admira une demi-douzaine de mouchoirs de batiste finement brodés.

— Quelle délicatesse, hein? souffla Picquot à l'oreille de Florent. Et c'est ainsi dans presque tout. Si je n'avais pas rencontré cette femme, j'aurais trépassé il y a belle lurette.

◆ ◆ ◆

Après la mort de monsieur Émile, Déjeuner avait continué de vivre à l'appartement. Florent, que la vue du chat rendait malheureux, avait parlé de s'en défaire, mais Élise s'y était opposée farouchement. Est-ce que les chats possèdent une forme d'intelligence que les humains, plongés dans leur égocentrisme naïf, sont portés à sous-évaluer? Toujours est-il que Déjeuner semblait avoir été affecté autant que les autres par la mort de son maître. Il passait la plus grande partie de sa journée sous son lit. Une ou deux fois par jour, il se glissait dans la cuisine, touchait un peu à sa pâtée et demandait la porte. Il n'acceptait de caresses que de la main d'Élise, et rarement. Vertu, malgré ses dispositions pacifiques et sa bonne volonté, ne pouvait pas l'approcher. On le voyait parfois rôder dans la ruelle en miaulant. Était-ce le hasard? Ange-Albert l'aperçut un jour couché contre un mur près de l'endroit où monsieur Émile avait dégringolé du toit. Il se garda bien d'en souffler mot à personne. L'atmosphère qui régnait à l'appartement était déjà assez difficile à supporter comme cela.

Le restaurant prospérait de plus en plus, mais Florent devait se faire violence pour porter attention à la marche de ses affaires. Des idées bizarres lui passaient par la tête. Il en vint par exemple à se demander s'il n'était pas engagé dans un combat contre des forces d'un autre monde.

— Foutaise que tout cela, lui répondit un jour Picquot. Voyons! il n'y a plus que les imbéciles qui prennent ces sornettes au sérieux. Je sais ce dont vous avez besoin: une bonne cure de rationalisme. Diderot, Voltaire, Renan, voilà les gens qu'il vous faut fréquenter! Écoutez-moi: nous avons tout simplement affaire à un maniaque supérieurement habile et notre devoir consiste à devenir plus habiles que lui, voilà tout.

Quelques jours plus tard – le 4 septembre pour être exact –, quelqu'un tentait courageusement de s'acquitter de ce devoir dans des circonstances plutôt bizarres.

Vers le milieu de la matinée, Ange-Albert, qui s'absentait fréquemment de Montréal depuis quelque temps pour des raisons qu'il gardait secrètes, se présenta au restaurant et prit Florent à part:

— Pourrais-tu me prêter ton camion pour une semaine? fit-il en rougissant. Je voudrais prendre des vacances au bord de la mer.

Florent le regarda, étonné, puis un sourire malicieux éclaira son visage:

— Hum, hum! Ça sent la partie de plaisir, ça, mon cher. Est-ce que je me trompe?

— Non, fit l'autre en détournant les yeux, de plus en plus rouge. Mais c'est une partie de plaisir très importante.

— C'est que ça m'embête un peu. Je me sers de ce camion tous les jours. Quand voudrais-tu partir?

— Tout de suite.

Florent le fixa de nouveau, plus étonné que jamais:

— Eh bien! je ne te reconnais plus, toi, le traîne-la-patte! Tiens, prends-le donc. J'essayerai de m'arranger. Mais rends-le-moi jeudi matin sans faute. Il faut que j'aille chez mon fournisseur de fruits et légumes.

Ange-Albert le remercia avec une effusion qui étonna son ami plus que tout le reste et partit aussitôt, rayonnant.

— Je n'ai plus de gousses de vanille, grogna Picquot une heure plus tard. Il m'en faut tout de suite, sinon ma crème va se gâcher.

Florent se rendit à l'épicerie du coin. Puis à une deuxième. Puis à une troisième. Force lui fut de constater, une demi-heure plus tard, que le quartier regorgeait d'essence à la vanille synthétique, mais de gousses, point. Il ne se sentit pas le courage de proposer l'essence à Picquot.

— Ouais... la semaine va être longue, grommela-t-il en cherchant un taxi pour se rendre chez un marchand d'épiceries fines de la rue Laurier.

Il était près de midi quand il se retrouva sur le chemin du retour. C'est à ce moment que les événements prirent une tournure imprévue.

— 345, rue Émery, fit tout à coup une voix dans le récepteur à ondes courtes du taxi. Grouillez-vous, paraît que ça presse.

— Mais c'est chez nous! s'exclama Florent. Vite! allez-y! lança-t-il au chauffeur.

Celui-ci, tout somnolent derrière son volant, écrasé par la chaleur et le poids de ses cent cinquante kilos qui fumaient sur le siège, se retourna vers Florent:

— Où ça? murmura-t-il en bougeant à peine les lèvres.

— 345, rue Émery, reprit la voix avec une pointe de rire. J'ai comme idée que c'est un bébé...

Le taxi fit un virage en U, grimpa sur un coin de trottoir et se dirigea à toute vitesse vers l'appartement.

— Dire qu'à son âge je pouvais gambader comme ça, murmure l'obèse en regardant Florent bondir dans l'escalier.

— Élise! hurle ce dernier en ouvrant la porte à toute volée.

Vertu l'accueille avec des aboiements hystériques et se met à tournoyer autour de lui. Des serviettes humides traînent dans la salle de bains, une autre sur le lit.

— Ça y est, murmure-t-il en s'élançant vers la sortie, le travail est commencé.

Mais il s'arrête aussitôt. Vertu est assise sur le palier, comme pétrifiée.

Des pas montent dans l'escalier. Florent avance la tête, puis se rejette en arrière, livide. Il porte la main à la poche intérieure de son veston, sort un revolver et attend, le regard fixé dans le rectangle sombre de la porte.

— Ce matin, mon ami, fait la voix chantante de Ratablavasky qui poursuit sa lente montée, je me suis permis de faire examiner votre revolver dans la poche de votre veston, car j'avais le désir de causer avec vous *en toute commodité*. Vous pouvez presser sur la gâchette, fait-il en apparaissant dans l'embrasure, une boîte de carton à la main, mais je crains fort que les balles aient perdu leurs ailes, comme *expriment* les militaires. Comment allez-vous, cher monsieur Florent?

Celui-ci le fixe avec des yeux dilatés de haine.

— Votre femme, j'espère, jouit toujours des bienfaits de la santé ? continue le vieillard d'une voix onctueuse et pleine de componction.

Florent, les dents serrées, cherche du coin de l'œil un objet qui pourrait remplacer le revolver.

Quelque part dans l'appartement un léger grattement se fait entendre. Ratablavasky s'avance. Un air de tristesse doucereuse se répand sur son visage tandis que la détestable odeur qu'il traîne partout avec lui envahit peu à peu la pièce :

— J'ai appris qu'un terrible accident a frappé ce pauvre monsieur Émile, n'est-ce pas ? J'ai lu dans les journaux.

Florent vient d'apercevoir sur une table, à quelques mètres de lui, une paire de ciseaux à demi cachée sous une pièce de broderie.

— Je venais justement, poursuit le vieillard, porter un petit hommage – avec bien du retard, j'admets – afin qu'on le dépose sur sa tombe.

Il soulève le couvercle de la boîte qu'il tient dans sa main gauche, dévoilant une couronne funéraire ornée d'un ruban d'argent sur lequel s'étale en lettres dorées :

À MONSIEUR ÉMILE

Le geste est d'un cynisme tellement grotesque que Florent ne peut s'empêcher de ricaner. Le vieillard s'apprête à exhiber autre chose lorsque Florent s'élance tout à coup vers la table, saisit la paire de ciseaux et la lance de toutes ses forces vers la porte. Les pointes s'enfoncent dans le cadre, à un centimètre de la tête de Ratablavasky. Ce dernier, toujours souriant, dépose la boîte sur le plancher, arrache les ciseaux et referme la porte derrière lui.

— Je me permets de m'asseoir, fait-il en se dirigeant vers un fauteuil. Sans avoir l'inconvénient, comme l'autre fois, de recevoir *une* trombone dans l'œil... Vous vous rappelez ?

Florent recule de quelques pas, l'air égaré, cherchant un autre projectile.

— Je désire, poursuit le vieillard en tournant doucement les ciseaux entre ses mains, vous raconter une longue histoire... qui vous fera peut-être un peu peur... mais *laissera votre esprit dans la plus grande clarté.* Prenez une place, je vous prie, sur ce fauteuil devant moi.

Florent, appuyé contre la porte de la chambre à coucher de monsieur Émile, ne bouge pas. Les grattements légers qu'on entendait tout à l'heure proviennent de l'autre côté. C'est Déjeuner qui demande à sortir. Une modulation sourde et grave, pleine de haine, monte dans le silence. La voix de Ratablavasky a fait apparaître dans la cervelle du chat une petite idée toute simple, opaque comme une bille de plomb, qui roule sur elle-même lentement et pousse l'animal contre la porte.

Le vieillard a levé la tête, intrigué.

— Ah oui, je reconnais, fait-il aussitôt. C'est le cher chat de ce pauvre enfant, n'est-ce pas?

Un frémissement vient de traverser Florent tout à coup. Il se mordille les lèvres, perplexe.

— *Après tout, qu'est-ce que je risque?* se dit-il. *Ça me fournira une diversion.*

Et tandis que Ratablavasky se lance dans un préambule fumeux entrecoupé de soupirs et de petits ricanements, il glisse la main dans son dos, feignant l'attention la plus totale. Ses doigts enserrent maintenant le bouton de la porte. Soudain, une masse grise surgit dans la pièce et s'élance vers le vieillard qui lève les mains en laissant échapper un cri de surprise.

Florent s'est avancé, ahuri, et contemple le tourbillon de griffes qui s'est abattu sur le visage de son ennemi. Ce dernier pousse des hurlements affolés. La paire de ciseaux bondit dans l'air et tombe sur le plancher tandis que des gouttes de sang volent de tous côtés. Ratablavasky tente une dernière défense avec ses mains nues, qui se couvrent aussitôt d'entailles profondes, puis s'écroule sur le plancher, la respiration sifflante, les genoux relevés, les deux pieds pointés l'un vers l'autre d'une façon grotesque.

En deux bonds, le chat s'est réfugié sous une table, d'où il fixe sa victime avec des yeux féroces. Le visage de Ratablavasky n'est plus qu'une bouillie sanglante. Florent s'appuie contre le chambranle et vomit longuement. Puis il se dirige vers la cuisine et avale un grand verre d'eau.

De curieux gargouillis s'échappent de la bouche du vieillard. Florent s'avance vers lui, partagé entre une joie haineuse et l'horreur :

— Voilà la réponse de monsieur Émile à ta couronne, entends-tu ?

— Aidez-moi, murmure l'autre d'une voix éteinte.

Florent le regarde un moment, puis ses yeux tombent sur la paire de ciseaux. Il se penche, la ramasse, fait un pas vers le vieillard. Un mouvement de répulsion l'arrête aussitôt. L'idée d'égorger son ennemi lui apparaît tout à coup répugnante et comme irréalisable.

Il retourne dans la cuisine et ouvre la porte qui donne sur l'escalier arrière, afin que le chat puisse s'enfuir. Puis il quitte l'appartement, vidé de tout sentiment. Jamais plus il n'y remettra les pieds. Il avertira la police à partir de l'hôpital. De l'hôpital ? Et si par hasard Élise ne s'y trouvait pas ? L'enlèvement d'Élise : une ultime vengeance de Ratablavasky !

Florent se lance dans une course folle vers l'hôpital Saint-Luc, qui s'élève à trois rues de là. Un cliquètement familier lui fait tourner la tête : c'est Vertu, gueule ouverte, oreilles aplaties, qui le suit sur les talons. Des passants éclatent de rire en le voyant, s'imaginant sans doute qu'il est poursuivi par la chienne. Florent, lui, se meurt d'angoisse : l'arrivée de Ratablavasky, quelques instants après le départ d'Élise, lui semble une coïncidence invraisemblable. Des images atroces se mettent à lui traverser l'esprit. Il bouscule un passant, sépare un couple d'amoureux et court de plus en plus vite, comme porté par le vent. La circulation intense du boulevard Dorchester, qu'il doit traverser pour se rendre à l'hôpital, est devenue pour lui une pure abstraction.

Ligoris Beaubois, vingt-six ans, camionneur employé par la United Canada Corp. (spécialité : barbelés) freine de toutes ses forces pour éviter ce jeune fou et sa chienne qu'on dirait pris en chasse par une colonie d'abeilles africaines. Pendant quelques secondes, il perd le contrôle de son véhicule et ravage la bande gazonnée qui sépare les deux voies du boulevard.

— Impossible ! les chiens ne sont pas admis à l'hôpital ! s'écrie un gardien de sécurité en s'avançant vers eux.

Florent se penche, saisit Vertu et la dépose entre ses bras, puis se dirige, hors d'haleine, vers le guichet de renseignements :

— Boissonneault... Élise Boissonneault... maternité... Vite.

La jeune fille le regarde, étonnée, puis consulte ses fiches :

— Boissonneault, vous dites... Élise ?

— Oui. Vite.

— Je n'ai pas ce nom-là, monsieur. Mon Dieu, fait-elle en voyant l'expression de Florent, qu'est-ce que vous avez ?

— C'est... c'est ma femme, bredouille-t-il, le visage en pleurs.

— À quelle heure est-elle entrée à l'hôpital, monsieur ? Tenez, essuyez-vous.

— Il y a une heure... trois quarts d'heure... je ne sais pas...

— On l'a peut-être reçue directement à l'urgence. Attendez, je téléphone.

Florent ne peut attendre. Il interpelle un infirmier, se fait indiquer la direction, puis enfile l'escalier en trébuchant.

Une infirmière, tout effarouchée, l'attend sur le palier, avertie par la préposée aux renseignements.

— Monsieur Boissonneault? Mais calmez-vous, voyons! Elle est ici, votre femme... dans la salle de travail. Il était temps que vous arriviez. Elle vous attend depuis une heure. Suivez-moi. Et calmez-vous un peu, pour l'amour! Vous allez lui faire peur avec un visage pareil.

Florent se désinfecte les mains, endosse des vêtements stériles et suit l'infirmière. Élise, pâle, les traits tirés, est étendue sur un lit dans une chambre presque nue où trône une grosse horloge murale. En le voyant, elle sourit avec une expression d'immense soulagement et lui prend la main:

— Où étais-tu? Qu'est-ce que tu as? Qu'est-ce qui est arrivé?

— Rien, rien, balbutie Florent.

Il se penche et l'embrasse, les muscles de la gorge horriblement tendus et douloureux, car il lutte de toutes ses forces contre les larmes:

— J'étais parti... acheter des gousses de vanille... Je me suis un peu... perdu...

Une deuxième onde de soulagement passe sur le visage d'Élise. Elle est complètement rassérénée maintenant, du moins autant qu'on peut l'être durant un accouchement! Une contraction la fait soudain grimacer.

— Aide-moi maintenant, fait-elle, haletante. Je t'ai assez attendu...

◆ ◆ ◆

Deux heures plus tard, elle pousse au monde une petite fille de 3,2 kilos, parfaitement constituée, qui manifeste un vif ressentiment de toute la bousculade qu'on vient de lui faire subir. Florent la contemple, un peu abasourdi. Une infirmière la dépose entre ses bras. Il la garde un moment, un peu apeuré, puis la dépose à son tour sur le ventre d'Élise. Ses larmes se sont remises à couler, mais

659

cette fois-ci, il ne fait aucun effort pour les retenir. Son honneur de mâle est sauf: beaucoup de pères – et parmi les plus coriaces – pleurent à la vue de leur rejeton, c'est maintenant un usage admis.

On s'affaire auprès d'Élise, qui a l'impression de s'être éparpillée aux quatre coins de la salle comme le duvet d'un pissenlit sous un coup de vent. Elle cause douce-ment avec son mari, tandis que la petite Florence, le visage cramoisi, tète avec une ardeur fiévreuse sous le regard émerveillé de ses parents.

Soudain, Florent sent un pincement désagréable à l'intérieur de la poitrine: il a complètement oublié d'aver-tir la police. Quelle corvée. Ses jambes ne veulent plus bouger. La salle d'accouchement, avec ses appareils rébarbatifs, lui apparaît comme une sorte d'oasis. S'il le pouvait, il se coucherait sur le plancher dans un coin, devant sa femme et son enfant, et dormirait deux jours d'affilée.

◆ ◆ ◆

— Bon, fait un policier au bout du fil en grignotant un trognon de pomme, on envoie quelqu'un tout de suite. Vous êtes là?

— Non, je suis à l'hôpital Saint-Luc. Ma femme vient d'accoucher d'une fille, ajoute-t-il sans trop savoir pour-quoi.

Puis il retourne auprès d'Élise:

— J'ai une grande nouvelle à t'annoncer.

Il lui raconte, en émoussant les détails trop vifs, sa dernière aventure avec Ratablavasky.

— C'est fini, maintenant. Jamais il ne s'en remettra. Il a sûrement perdu la vue.

Élise, de sa voix éteinte, a une phrase étonnante pour une accouchée:

— À ta place, dit-elle, j'en aurais profité pour l'achever.

Florent la regarde un moment, puis un rire nerveux s'empare de lui:

— Ma foi, tu es encore plus féroce que Déjeuner!

— Où est-il, celui-là? Je veux le ravoir. Va le chercher.

Florent secoue la tête en grimaçant, puis capitule devant l'expression de sa femme:

— Bon, j'irai faire un tour dans la ruelle tout à l'heure. Mais je ne veux plus remettre les pieds à l'appartement. J'enverrai des déménageurs enlever nos meubles.

◆ ◆ ◆

Chose étrange, la police attendit quatre jours avant d'aller trouver Florent. L'entrevue eut lieu au restaurant, un soir, après la fermeture. Picquot avait insisté pour y participer, disant avoir des révélations d'une suprême importance à faire (on n'en sut jamais le premier mot). Florent fut étonné par l'attitude des enquêteurs. On aurait dit qu'ils n'étaient venus le rencontrer que pour la forme. Leur malaise crevait les yeux. Les questions qu'ils posaient, vagues et anodines, sentaient à plein nez l'envie de fermer le dossier. Florent leur fit remarquer que Ratablavasky le torturait, lui, sa femme et ses amis, depuis plus de deux ans, qu'il avait tué un enfant et commis sûrement beaucoup d'autres méfaits. Son cas méritait une enquête en profondeur, à laquelle il s'offrait de collaborer de son mieux.

— Allons, un peu de cran, messieurs! lança Picquot. Nous avons affaire à un imposteur, à un meurtrier, à un escroc et sans doute à un espion. Cela ne vous suffit-il donc pas?

— Dites donc, seriez-vous en train de m'enseigner mon métier? répliqua le capitaine Barbin, piqué au vif.

— L'avez-vous rencontré, au moins? demanda Florent.

Le capitaine fit signe que oui.

— Comment est-il?

— Bien magané, mon ami. À ta place, je ne m'inquié-
terais plus à son sujet. Mais fais tuer ton chat!

— Où est-ce qu'il est, ce fameux chat? demanda le
sergent-détective Blaireau.

Florent haussa les épaules:

— Disparu.

Les deux policiers le regardèrent en souriant, sûrs qu'il
mentait. Mais ni l'un ni l'autre ne se sentait l'envie d'aller
saisir le chat par la peau du cou.

* ◆ *

Élise et Florent louèrent un bel appartement rue
Sherbrooke près de Saint-Denis (six pièces, vitraux, foyer)
dans un vieil immeuble en pierre qui dressait craintivement ses trois étages près d'un mastodonte à balcons de
cent cinquante mètres, terminé trois semaines auparavant. Une mauvaise surprise les attendait: par la fenêtre
de leur chambre à coucher, on apercevait au loin le toit
d'où monsieur Émile avait dégringolé dans le vide. Élise
parla aussitôt de déménager.

— Allons, prends ton mal en patience, ma vieille, lui
dit Florent, on ne restera pas dix ans ici. Laisse passer
l'hiver et je te promets une belle petite maison bien à
nous quelque part dans Rosemont.

* ◆ *

La semaine de vacances qu'Ange-Albert passa avec
Rosine porta fruit. Il s'amena avec elle un jour au restaurant et annonça leur décision de refaire vie commune. Il
reprit bientôt son ancien emploi aux Draperies Georgette,
qui venaient de rouvrir, et se mit à suivre des cours du
soir en ébénisterie. Bref, il se rangeait, ce qui lui attirait
bien des taquineries.

L'abbé Jeunehomme se remettait lentement de sa
cruelle déception de n'avoir pu ressusciter la deuxième
partie des *Âmes mortes*. En octobre, il eut une idée fort

heureuse pour célébrer la mémoire de Philippe Aubert de Gaspé, l'auteur des *Anciens Canadiens* : la tenue d'un banquet dans un décor seigneurial québécois du XVIIIe siècle, reconstitué pour l'occasion. Il s'appuya pour l'élaboration du menu sur le sixième chapitre du roman : « Un souper chez un seigneur canadien ». Pendant une semaine tout le monde potassa le vieux roman afin d'être en mesure de soutenir une conversation distinguée, puis on se rendit à la boutique de Jean-Denis Beaumont, transformée par celui-ci en salle à manger seigneuriale. Jean-Denis avait fait des merveilles comme antiquaire-décorateur et fut chaudement félicité. Le cuisinier du Quinquet avait préparé un pâté de Pâques : dinde, poulets, perdrix, lièvres et pigeons, le tout recouvert de bardes de lard gras, emprisonné dans une croûte épaisse et reposant sur un godiveau de viandes hachées relevé d'oignons et d'épices fines. Le plat fit parler de lui pendant longtemps. Le charme vieillot et parfumé des *Anciens Canadiens*, dont on lut de larges extraits durant le repas, le vin, la bonne chère et le piquant des plaisanteries s'unirent pour créer une sorte d'atmosphère lumineuse qui porta l'abbé au sommet de l'extase. À la fin du repas, il leva sa longue et fine main au-dessus des têtes et réclama le silence :

— Mes amis, je vous invite à une autre fête le mois prochain, en l'honneur de Flaubert, celle-là. Nous tenterons de revivre, par les papilles et par l'esprit, le repas de noces d'Emma Bovary, que l'auteur, si ma mémoire est bonne, a décrit au chapitre quatrième.

◆ ◆ ◆

Au début de novembre, Picquot dut se faire hospitaliser pour surmenage et haute pression. Mademoiselle Émilienne allait le visiter chaque jour ; elle eut le temps de lui faire la lecture intégrale du *Comte de Monte Cristo* qui, selon le cuisinier, agissait comme un véritable baume sur ses nerfs irrités. Quand il revint au restaurant, il avait un assistant.

— Vous avez là la preuve que je ne veux pas me séparer de vous, lui dit Florent. Vous êtes l'âme de mon établissement.

Florent était de plus en plus accaparé par son travail. Son projet de produits de beauté avait refait surface. Il avait pris contact avec un chimiste et lui avait remis cent kilos de feuilles de pamplemoussiers pour qu'il mette au point une crème de nuit.

Slipskin était réapparu brièvement sur la rue Mont-Royal pour procéder à la liquidation de ses affaires. Il venait d'ouvrir un restaurant à Toronto. Florent se permit une dernière malice et acheta par personne interposée l'enseigne de La Binerie qu'il fit transporter chez lui. On trinqua au champagne toute la nuit.

Ses déboires lui avaient durci la peau. Élise constatait, non sans mélancolie, que sa candeur de jeune homme s'était envolée pour faire place à une ambition sèche et nerveuse.

— J'ai pris le goût de gagner, disait-il, quitte à me salir un peu les mains. D'ailleurs, le bonheur propre, est-ce que ça existe ?

Deux jours après sa sortie de l'hôpital, Aurélien Picquot rencontra le capitaine Galarneau dans la rue. Il le toisa avec un mépris écrasant :

— Ma parole, capitaine, vous traînez de plus en plus la patte. Est-ce que par hasard vous auriez goûté au malheur à votre tour ?

— Mais non, mais non, vieux fourneau ! Je me sens vif comme un pinson.

— En tout cas, j'en connais un, moi, qui a reçu sa ration ! Et même, je ne serais pas surpris qu'au moment où l'on parle il soit en train de rôtir au feu éternel.

Le capitaine Galarneau, parfaitement sobre contrairement à son habitude, sourit de toutes ses dents, s'approcha du cuisinier et lui mit la main sur l'épaule dans un geste de familiarité qui rendit Picquot écarlate :

— Dommage de te décevoir, mon cher brasse-sauce, lui dit-il d'une voix éclatante, mais monsieur Ratablavasky (ou plutôt Robichaud, hé ! hé !) ne se porte pas aussi mal que tu le souhaiterais. Il est retourné dans les Vieux Pays pour se faire soigner. Avec tout l'argent qu'il possède, on arrive parfois à des choses étonnantes. D'ailleurs, vous le verrez peut-être un de ces jours revenir humer le bon air de la rue Mont-Royal.

Et, après avoir pincé le menton du cuisinier avec ses gros doigts noueux, il s'éloigna en riant tandis que Picquot, hors de lui, le bombardait de projectiles, l'atteignant derrière la tête avec un morceau de bois, ce qui eut le curieux effet d'augmenter son hilarité.

Le capitaine Galarneau avait-il dit la vérité ou s'amusait-il à torturer Picquot – et, par ricochet, ses amis – dans le but de venger les souffrances d'Egon Ratablavasky ou même, qui sait, peut-être sa mort ? Florent fit faire de longues recherches pour savoir ce qu'il était advenu du vieillard, mais n'obtint jamais de résultats.

◆ ◈ ◆

L'hiver est revenu. Il est une heure du matin. Dans l'immeuble où demeurent Élise et Florent règne une pénombre solennelle, pleine de craquements et de zones noires où l'on n'avance que les mains tendues. Seul le vieux hall rococo, vide et silencieux, jette dans la rue une vague lueur qui donne à la neige une couleur cireuse. Le vent soulève des nuages de neige qui font grimacer un passant morfondu, égaré dans le quartier. Un camion-remorque lourdement chargé peine dans une côte quelque part. Le bruit du moteur poussé à bout ressemble à un hurlement, comme si ses entrailles brûlantes étaient sur le point d'éclater. Couchée au pied du lit de la petite Florence, Vertu ouvre l'œil, tourne la tête d'un air inquiet, puis repose son museau entre ses pattes avec un bref soupir. La nuit est devenue pour elle une chose pénible, compliquée, qu'elle ne réussit à traverser qu'à force de patience.

Dans la chambre d'Élise et de Florent, profondément endormis, Déjeuner veille sur le rebord de la fenêtre, le regard perdu au loin. À voir son œil vert finement strié d'or, où luit une pupille d'un noir insondable, on croirait que sa mémoire continue de le faire souffrir.

Octobre 1980
Montréal
Longueuil
Sanibel Island

Révision
Février 2007
Longueuil

Yves Beauchemin et *Le Matou*

Yves Beauchemin est né le 26 juin 1941 en Abitibi, dans le nord-ouest du Québec. D'abord établie à Rouyn-Noranda, sa famille déménage en 1946 à Clova, un petit village d'une trentaine de familles. Il y fait ses études primaires. Peu doué pour les sports, il amorce très tôt une grande carrière de lecteur.

En 1962, après son cours classique au collège de Joliette, Yves Beauchemin s'inscrit à l'Université de Montréal. Il découvre la ville, qui tiendra toujours une place importante dans son œuvre. En 1965, il obtient une licence en lettres et histoire de l'art.

D'abord chargé de cours à l'Université Laval et à l'École des Hautes Études Commerciales de Montréal, Beauchemin travaille ensuite dans le domaine de l'édition avant de devenir conseiller musical puis recherchiste à Radio-Québec (plus tard Télé-Québec), qu'il quittera en 1983 pour se consacrer entièrement à l'écriture.

Parallèlement à ses divers emplois et avant la sortie aux Éditions La Presse en 1974 de *L'Enfirouapé*, son premier roman, couronné par le Prix France-Québec, Yves Beauchemin publie des nouvelles dans différentes revues québécoises. C'est en 1981 que paraît *Le Matou*, chez Québec Amérique. L'année suivante, le livre connaît un énorme succès en France, où il est publié aux Éditions Julliard, puis chez France Loisirs. De nombreuses autres éditions et traductions se succéderont.

En 1989 paraît *Juliette Pomerleau*, publié l'année suivante à Paris. En 1996, *Le Second Violon* sort simultanément à Montréal et à Paris et, en 1999, *Les Émois d'un marchand de café* est lancé d'abord dans la capitale française, puis, un mois plus tard, à Montréal. C'est en 2004 que débute chez Fides la publication de la trilogie *Charles le téméraire* (*Un temps de chien, Un saut dans le vide, Parti pour la gloire*), qui s'achève en 2006.

À part le roman, Yves Beauchemin maîtrise plusieurs genres, dont le récit autobiographique (*Du sommet d'un arbre*, 1986) et la nouvelle (*Une nuit à l'hôtel*, 2001). En 1992, il écrit le livret d'un opéra, *Le Prix*, mis en musique par Jacques Hétu et monté en 1993 par l'Atelier d'opéra de l'Université du Québec à Montréal sous la direction de Joseph Rouleau. Beauchemin est aussi un prolifique auteur de romans pour enfants (*Une histoire à faire japper*, 1991; *Antoine et Alfred*, 1992; *Alfred sauve Antoine*, 1996; *Alfred et la lune cassée*, 1997).

Ancien président de l'Union des écrivaines et écrivains québécois (UNEQ), membre de l'Académie des lettres du Québec, officier de l'Ordre national du Québec, Yves Beauchemin se définit volontiers comme un écrivain engagé. Défenseur infatigable de la langue française, il a toujours milité pour l'indépendance du Québec. Il intervient régulièrement dans les médias pour défendre d'autres causes, comme celle du patrimoine architectural ou de la préservation de la forêt boréale.

Le Matou

Dans les mois qui suivent sa parution en mars 1981, *Le Matou* est l'objet de nombreux comptes rendus, presque tous extrêmement élogieux.

On salue, entre autres, l'optimisme rafraîchissant du roman, sa langue vive et naturelle, et les très grands talents de conteur de l'écrivain. Gilles Marcotte, dans *L'Actualité* d'août 1981, dit du *Matou* que c'est «un livre remarquable, original, coloré, d'une invention constante». Noël Audet, dans *Le Devoir*, voit pour sa part dans cet «excellent roman» une «fête du récit» où, «pendant près de 600 pages, il n'y a pas une minute de relâche» et où Beauchemin «montre un art consommé de la narration et un entrain époustouflant».

· Pour la critique, *Le Matou* illustre aussi de façon éclatante l'américanité du roman québécois, qui se distingue du roman français, jugé plus introspectif, par son côté concret, proche de l'action et du quotidien des personnages. Les chroniqueurs soulignent également ce qui différencie *Le Matou* du roman québécois du passé, principalement celui des années 1960 et 1970 : d'abord sa longueur, qui ne cesse d'étonner et d'être signalée, mais aussi sa vigueur, son humour, ses personnages bien campés et son intrigue habilement ficelée. Tout le monde trouve du plaisir à lire *Le Matou*, ne cesse-t-on de répéter.

On va jusqu'à souligner et apprécier l'économie stylistique qui permet au lecteur de se laisser totalement absorber par l'histoire. On reconnaît chez Beauchemin les influences littéraires de Balzac, Dickens, Tourgueniev, Gogol. La louange n'est, bien sûr, pas univoque. Certains critiques ont, par exemple, reproché au romancier le côté traditionnel d'Élise, la femme de Florent Boissonneault. Cela n'a guère eu d'effets sur la popularité du roman, qui ne s'est jamais démentie.

Mais si l'accueil des lecteurs est enthousiaste au Québec, c'est en France que le roman connaît le plus de succès, avec près de 700 000 exemplaires vendus, et qu'il entame une carrière internationale – traduit en dix-huit langues, *Le Matou* s'est vendu à 1,6 million d'exemplaires dans le monde entier (en anglais, il a été publié à Toronto et à New York sous le titre de *The Alley Cat*). Les critiques sont au moins aussi élogieuses qu'au Québec. *Le Monde* apprécie «la fantaisie, l'humour et le mystère» du *Matou*: «voilà un gros livre qui se lit à toute allure avec un plaisir infini... Une vraie fête». Le parallèle avec Balzac, maintes fois évoqué, n'échappe pas à Jérôme Garcin dans *Les Nouvelles littéraires*: «*Le Matou*, c'est une comédie humaine québécoise des années quatre-vingt.»

François Nourissier, de l'Académie Goncourt, analyse dans *Le Point* le travail de Beauchemin en connaisseur de la littérature québécoise: «C'est un fort roman picaresque, à la langue savoureuse, à l'invention constante [...]. Voilà sûrement le meilleur livre que nous ait proposé le Québec depuis ses grands classiques. [...] *Le Matou* pourrait être aussi bien un roman américain ou français ; il est né de "la ville" – Montréal, New York ou Paris, peu importe – et de ses rêveries marginales, de ses aventures miteuses, de ses appétits un peu asphyxiés. Tout cela – qui est de la bonne littérature – n'a plus rien à voir avec les proses grinçantes, militantes des années soixante, et encore moins avec l'altière agressivité des textes théoriques d'alors. »

Le commentaire de Bernard Pivot, dans sa très influente émission de télévision *Apostrophes*, est le point d'orgue décisif de l'accueil fait au *Matou*. L'animateur dit de Beauchemin qu'il est un formidable conteur et, de son roman, « drôle, émouvant, picaresque », qu'il est « une révélation ».

Le film inspiré du livre sort le 28 août 1985 à l'occasion du Festival des films du monde de Montréal. Réalisé par Jean Beaudin, cette coproduction franco-québécoise obtient le Prix du jury de ce festival, le Grand Prix du Festival international du film de Québec et un prix Génie pour la musique, signée François Dompierre. Dans les rôles principaux, on trouve Serge Dupire (Florent Boissonneault), Monique Spaziani (Élise Boissonneault), Jean Carmet (Egon Ratablavaski) et Guillaume Lemay-Thivierge (monsieur Émile). Une adaptation télévisuelle en six épisodes a par ailleurs été diffusée en 1987.

Parmi les nombreux prix qui ont été décernés à l'auteur pour son *Matou*, on peut retenir le Prix du grand public du Salon du livre de Montréal, le Prix des jeunes romanciers du *Journal de Montréal*, ainsi que le Grand Prix de la Ville de Montréal, en 1981. En France, il a entre autres reçu le Prix du roman de l'été, à Cannes, et le Prix des lycéens du Conseil régional de l'Île-de-France, à Paris. Autant de distinctions méritées pour une œuvre qui ne cesse, depuis plus de vingt-cinq ans, de trouver des lecteurs enthousiastes.

L'Enfirouapé, roman, Éditions La Presse, 1974.

Le Matou, roman, Éditions Québec Amérique, 1981.

Du sommet d'un arbre, récits, Éditions Québec Amérique, 1986.

L'Avenir du français au Québec, en collaboration, Éditions Québec Amérique, 1987.

Juliette Pomerleau, roman, Éditions Québec Amérique, 1989.

Une histoire à faire japper, roman, Québec Amérique Jeunesse, 1991.

Antoine et Alfred, roman, Québec Amérique Jeunesse, 1992.

Le Prix, livret de l'opéra de Jacques Hétu, Productions Le Prix, 1993.

Entretiens sur la passion de lire, avec Henri Tranquille, Éditions Québec Amérique, 1993.

Le Second Violon, roman, Éditions Québec Amérique, 1996.

Alfred sauve Antoine, roman, Québec Amérique Jeunesse, 1996.

Alfred et la lune cassée, roman, Québec Amérique Jeunesse, 1997.

Les Émois d'un marchand de café, roman, Éditions Québec Amérique, 1999.

Une nuit à l'hôtel, nouvelles, Éditions Québec Amérique, 2001.

Charles le téméraire. Un temps de chien, roman, Éditions Fides, 2004.

Charles le téméraire. Un saut dans le vide, roman, Éditions Fides, 2005.

Charles le téméraire. Parti pour la gloire, roman, Éditions Fides, 2006.

CE LIVRE A ÉTÉ IMPRIMÉ EN SEPTEMBRE 2015
SUR DU PAPIER ENTIÈREMENT RECYCLÉ
SUR LES PRESSES DE MARQUIS IMPRIMEUR
LOUISEVILLE (QUÉBEC)